杜诗学论薮

杜诗选评

林继中文集

一

图书在版编目（CIP）数据

林继中文集 / 林继中著. —上海：上海古籍出版社，
2020.11
ISBN 978-7-5325-9785-7

Ⅰ.①林… Ⅱ.①林… Ⅲ.①中国文学－古典文学
研究－文集 Ⅳ.①I206.2-53

中国版本图书馆 CIP 数据核字（2020）第 207172 号

林继中文集
（全八册）

林继中　著

上海古籍出版社出版发行

（上海瑞金二路 272 号　邮政编码 200020）

（1）网址：www.guji.com.cn
（2）E-mail：guji1@guji.com.cn
（3）易文网网址：www.ewen.co

常熟市人民印刷厂印刷

开本 635×965　1/16　印张 302.75　插页 44　字数 3,780,000
2020 年 11 月第 1 版　2020 年 11 月第 1 次印刷
印数：1—800

ISBN 978-7-5325-9785-7

Ⅰ·3524　定价：1580.00 元

如有质量问题，请与承印公司联系

　　林继中，福建漳州人。1967 年毕业于福建师范学院中文系；1982 年毕业于厦门大学，获文学硕士学位；1986 年毕业于山东大学，获文学博士学位，导师为萧涤非先生。前漳州师范学院院长，现为闽南师范大学荣休教授。长期从事中国古代文学研究。

林继中（右二）与萧涤非（正中）参加《杜甫全集校注》讨论会
1984年5月摄于河南巩县宋陵宾馆

林继中（后排）及其博士论文答辩委员会

（前排左起：蒋维崧，陈贻焮，萧涤非，周振甫，廖仲安）

1986 年 6 月摄于山东大学

杜诗赵次公先後解辑校

源非题

林继中博士论文《杜诗赵次公先后解辑校》由上海古籍出版社出版
1994年初版（右）、2012年修订版（左），封面题签为萧涤非所书

回顾历史，未必是留恋历史。
林继中与夫人张嘉星游俄罗斯，2012 年摄于莫斯科红场

"昼日居于是，穷性命于是。"

林继中在书房，摄于 2017 年

林继中休憩于"我园"

摄于 2018 年

"虽不能至，心向往之。" 对杜诗景仰之情，借翰墨喷薄而出。
杜甫《古柏行》诗意图，林继中绘，2014 年

总　序*

孟　泽

认识林继中先生,大约在十五年前,记得是在芜湖参加的一次古代韵文学研讨会上。人与名对上号后,我告诉他,我买过他的《文学史新视野》,读了有庄子所谓"逃空虚者,闻人足音跫然而喜"之感。

这一次见面后好几年,快相忘于江湖了,我将自己新鲜出炉的一册《王国维鲁迅诗学互训》寄给他,也许是他当时心情好,他极其没有保留地表扬了我对王国维和鲁迅的"互训",并且从此引为可以和他说说话的小伙伴。于是,我得到了更多阅读他的书、更多接其馨欬的时候。

一、林先生以之名家的学问是唐诗,尤其在杜甫研究上独擅胜场。作于八十年代的《杜诗赵次公先后解辑校》,是他追随萧涤非先生时完成的博士论文,萧先生在简短的评语中盛赞该著"惨淡经营",为"杜甫研究提供了一个至今为止最为完善的赵注本",其中,校勘部分"不但要求作者慎思明辨,剖析毫芒,作出判断,而且首先要求作者博涉群书,发现问题,付出巨大的工作量"。"前言部分是综合研究,颇多独到的见解,如对赵次公其人其书的考证及其时代背景的考察,对复杂的宋人注杜所做的一些清源通塞的工作等,大都能做到无征不信,实事求是。"而辑佚部分之甲乙丙三帙的辑佚工

---

* 此文原系孟泽为林继中《文本内外——文化诗学的实验报告》一书所撰序言,原题为《问题·方法·怀抱——林继中先生和他的"文化诗学"》,现移作《林继中文集》总序。

作"尤属创造性劳动",全书"卷帙虽庞大,但提挈有体,行文亦复明净","是一部有相当高价值的学术专著"。

对于此种九十年代以后越来越被业界视为学术正宗的"朴学"工夫,林先生并无太多自我嘉许,他甚至认为,在因为特殊的机缘而拥有了别人不太可能拥有的材料基础上,这不是很难的事情,关键是要下笨功夫,冷板凳要坐得住。自然,这样的说法,也只有对一个像林先生那样悟性极高且富于积累的人,才可以成立的。

与萧涤非先生当年让他从事基础性的学术训练相比,林先生似乎更感念导师的道德文章给他带来的省悟;并感念他在厦门大学从周祖譔先生念硕士时广涉文献、泛览经史,痛读闻一多、钱锺书,以及通过西方文论不断扩张自己、启蒙自己的经历。他说:我自己的研究道路"是一面抓文献古籍,注重考据、义理、辞章,一面读钱锺书先生的《管锥编》、《谈艺录》及西方文论,注重中西互证",因为"东海西海,心理攸同"。

并不限于古典文献学的视野与学力,林先生在观察杜甫,观察唐代诗歌乃至整个文学史时,拥有同辈古典文学学人少有的问题意识与思辨力,这才有他的《文学史新视野》、《文化建构文学史纲》以及《激活传统——寻求中国古代文论的生长点》等对于中国古代文论与文学史,尤其是诗歌史的属于他个人的梳理、总结和发现,才有他对于李白"大雅正声"与杜甫"道德文章"鞭辟入里的辨析和论证。他非常钦佩闻一多研治古典文学的成就,认为闻一多的考论跟古人很不一样,比如说对《芣苢》的考论,闻一多以传注训诂之学与民俗学、神话学、社会学相结合,辨明了芣苢的象征意义,以及以现代人的妇女观观照那个时代妇女在生育问题上所承受的巨大压力。闻一多以现代学术意识为主导,将传注训诂纳入文化大视野,激活了这门古老的传统学科。这种"文献实证"与"文化考察"的结合,不仅将训诂学从伦理道德的传统束缚中解放出来,释放出空前的能量,还在"文学主体性"的回归中,既恢复了语境和诗意,并将之融入了现代学术。他说，这就是一种自觉的"中国文化诗学"。

林先生直言，当代中国的人文学术，最重要的其实就是回到民国那些大师，回到闻一多这样的学术路径上来，并以之为原点和起点，明白并且保守自己的身份，调整固化的甚至越位的立场，深化体验，发现问题。

没有问题意识，没有方法论的自觉，没有被那种基于个人的特殊领会而又可能覆盖文学史普遍事实的问题与方法所贯穿，文学与文学史就是一堆没有经纬、没有主脑的材料和碎片。按照稍稍"后现代"一点的理解，所谓历史，大半是书写者的历史，并没有一种本质性、一元性的存在，它存在于阐释者的阐释中，存在于不同观念、不同趣味、不同视角的特殊观照中，只有足够的没有休止的问题意识与不断的方法论上的自觉自新，才有可能一步步接近魅力不竭的经典源泉与梦幻般迷乱的历史真相。对于林先生而言，则让他近乎本能地意识到，他的理论研究与发明，并不就是"绝对真理"，用他自己的话说，很多事情都不要想一次性解决，真理可以无限逼近，但永远不可能到达其终点。很多东西不可能完美，所谓"大成若缺，其用不弊"，而"文学史的视野永无边界"。任何方法指导下的研究，都不免盲人摸象，等而下之地摸到大象的屁股，自然不如摸到象牙来得"本质"，但你不能说他完全不对题。有时候，只有"非理性"可以打破条条框框，特别是对于艺术家来说，尤其要保持"非理性"的能力。而人文世界，最美丽的一元最终也会是噩梦。

二、承认认知的有限性和真理的相对性，当然不意味着可以放下朝向真理的努力，对于一个古典文学研究者而言，"还原语境"是一个没有止境、没有尽头，必须不断俯仰投身的过程，而"重建诗意"则是为我们荒芜的心灵和蛮荒的处境寻觅栖息之地和泊归之所，为此，我们寤寐思之、上下求之。几年前，林先生集合身边一群年轻学者，成立了文化诗学研究所，倡导通过"文化诗学"的路径研读历史，检阅现实，探寻民族文化的主体性，按照林先生的说法：文化诗学不是简单地将各个学科拼凑在一起,而是要将各学科知识方法有机融合起来,既使其"化合一体"又保证其"多元个性"。"文化诗学"的研究要重视实践,文化诗学的建构不只是为了回顾过去,而是希望有一个更美好的未来。文化诗学的"诗意化"也是一样,通过对真相的追寻(因为没有真,就无所谓善与美;其中这个"真"是我们中国古代人"真性情"的"真"),使"真"与"善"结合成"美"。此外,林先生还主张文化诗学的实地检验,比如找"艺术之乡"的诏安县,全面铺开研究其历史、文化,并在文化考察中研究其文艺史、社会史或思想史,并追究其建构过程。方法路径与"民族志"类似,但倾向与追求不同,林先生更侧重于考察其审美趣味、审美经验的流变及其建构历程,并进一步研究这种审美形态通过我们的理论研究可以引导到一个什么样的更高的社会层面上去。

很显然,林先生心目中的"文化诗学"与斯蒂芬·葛林伯雷(Stephen Greenblatt)的"the poetics of culture"并不同义,也不同于时贤对于"文化诗学"的沿引和引申,而基本是"林家铺子"的特产。

自从林先生不厌其繁地向我阐述他的"文化诗学"观,我就一直试图跟上他的思路,也一直在琢磨,林先生的治学和思考,为什么会并不自足于他得心应手、轻车熟路的杜甫和杜诗,并不自足于盛唐诗歌与文化,甚至并不自足于他独出心裁的文学史与文论研究,而是再次出发,兴致勃勃地和他的学生及同道讲论起"文化诗学"来,而且"一发不可收拾"?

获得方法论上的启发,从不同的学术思维,从更广阔的文化视域中,获得具有阐释力、洞察力的概念和路径,显然是目标之一,也就是他所说的"要借用西方的水来反复冲洗我们的传统思维,积淀太深,太丰富了,需要'减肥'一下"。方法的自觉,某种意义上正是理论自觉、思想自觉的表征,由此可以提升受制于习惯、受制于下意识本能而并不一定具有开放性与正确性的直觉判断的品质和水准,也是思想者可以超越主流意识形态遮蔽和垄断的重要凭据。

　　但是,我感觉,这似乎还不是林先生揭橥"文化诗学"的全部动力,甚至不是最根本的动力。根本的动力也许在于,他试图拥有一种充分理解传统文学与文化的精神高度,一种具有普遍意义和价值的思想逻辑,并由此融贯中西,汇通古今。"我们心里头需要装着一个这样大的历史文化视野,正如王国维先生在《国学丛刊序》中所言:'中西二学,盛则俱盛,衰则俱衰,风气既开,互相推助。且居今日之世,讲今日之学,未有西学不兴而中学能兴者,未有中学不兴而西学能兴者。'"此种文化上的自觉,此种因为自觉而带来的心灵的自由与开放,或者说,因为心灵自由与开放而带来的文化自觉,才是林先生未必自觉的动机与动力,也使得他可以从唐诗,从李白、杜甫那里获得别开生面的同情与了解。此种自觉与自我超越,甚至不只是要重建语境,再现诗意,召唤盛唐,而别有期许。如此,方可以理解他对费孝通先生一个说法的认同,他说,他"对费孝通先生'各美其美,美其所美,美美与共,天下大同'之'文化自觉'理论一接触就心向往之"。"'文化自觉'不仅是对民族文化的认识,还要将民族文化置于全人类文化里面,多元统一。正所谓'各美其美,美其所美,美美与共,天下大同'。""从长远看,保存民族文化并非我们的终极目的,构建全人类共同的新文化才是我们的高远目标。我们将拿出什么样的'菜单',以之贡献于人类新文化?"

　　只有这样创辟"新文化"的怀抱,才是他通过"文化诗学"的倡议所表达、所激发的学术壮心与热情所在。而他作为艺术家与思想者的无可羁束的心性,则成全了他宽阔而自由的审美,成全了他严肃而通达的思考。在林先生的手眼中,传统学术的"义理、考据、辞章、经济"之学,显示了崭新的含义:贯通"义理",自然要在历史深处,包括在现实生活的纷扰中,发现人性的诗意光辉,发现精神的同一性与心灵的同构;尊重"考据",必须具有还原历史现场的学识、教养和方法;付诸"辞章",则意味着获得特定心智条件下的思想力与表现力,而最终是一种明敏的感受力、想象力与创造力;"经济",也不再是政治性、社会性的事功,而是一种创造新文化的抱负与情怀,一种从日常生活境遇中感知"诗意"的敏锐、天真与单纯。由此出发,庶几可以接榫盛唐时代王维、李白的"大雅正声",接榫杜甫的诗心,庶几可以造就新的"道德文章"。

如此"极高明而道中庸"的思维,使得林先生几乎没有当代中国人文学术场域中那种狭隘而平庸的山头主义,那种以艰深文浅陋的伪专业主义的"领地意识"。他的治学也就如同一种源于内在生命需要的自我抒写,一种对于广大的人文世界的体认与洞察,无须钦定,也少见功利性的自我限定,而有"万不得已者"在。他在《杜诗研究续貂》"自序"中说:"况周颐《蕙风词话》云,吾听风雨,吾览江山,常觉风雨江山外有万不得已者在。此万不得已者,即词心也。余览杜诗,则有忧生忧世万不得已者自沉冥杳霭寂寞中来,此万不得已者,即杜之诗心也,此诗心诗意即之愈稀,味之愈浓,超越语言,超越个体之生命,与华夏文化同在,引我思,引我悟。"他还说:"人有各种骄傲,就像跳高一样,想怎么跳就怎么跳,只要不是跳木马将别人按在底下。我自信,只要给我一支笔,一叠稿纸,一杯茶,就能写文章。我们搞文学不像搞物理、化学需要实验室,外面的大社会就是我的实验室。做学问不一定著作等身,蔡元培、赵元任对学术贡献大不大?你说他们有哪些巨著?但又为什么所有学人都将他们当丰碑,对不对?学问与学术贡献真不在于你在哪里和你有多少专著、论文,还包括其他很多东西。"

三、没有"明心见性"的澄明理性,不具备"知人论世"的能力和"自我抒写"的才具,自然无法懂得"万不得已者"何谓也,自然不能有如林先生这样"光风霁月"的洒落襟怀,不能有如此这般"予取予求"的豁达、自如与从容。夏虫不可以语冰,这样的豁达、自如与从容,甚至不是每一个同业者都可以理喻的。

记得去年到漳州参观林先生的书画展,似乎不经意的闲聊中,他嘲笑我总是以一些纠结得不行的人与现象作为观察对象与研究对象，结果不免把自己也弄得忧心忡忡，四顾茫然。他说，在一个物质化生存成为压倒性主题而不免窘迫的文化时代中，他很享受阔大的盛唐，他很庆幸自己可以接受盛唐文明与盛唐文化的长期浸染，他很高兴以唐诗为业，徜徉其间，这至少让他的精神世界不那么狭窄，不那么荒寒冷硬。

这不是林先生偶然的即兴说法，我曾经读到他九十年代出版的《诗国观潮》，《后记》中的一段话说："我赞成鲁迅的研究魏晋乱世与明清专制，从中找出'国民性'的病灶来，我也欣赏马斯洛的研究人类'不断发展的那一部分'的主张，我于是想在唐文化的研究中描画出我民族肌体曾经有过的健美，但我反对以任何影射的方式去处理历史上发生过的任何事情和现象，因为它并不'有趣'而近乎无聊；可我却又喜欢用现代人的眼光来观照古人古事，企盼能在今古之间发现一条时间的隧道……力图让'孤立'的现象在文化各因子错综复杂的大构架中找到合适的坐标。"

很显然，这段话所关涉的，不只是"术业"和"方法"的工具性选择，而事关一个人的心性、气质和风度，关乎一个人心灵深处的认同与服膺，关乎所谓"价值理想"与"人文精神"。

自从认识林先生，我总不免有点奇怪，在一个越来越制度化和规训化的学术语境中，花样百出的功利主义和蒙昧主义的目标，无孔不入的诱导性的或压抑性的力量，堂而皇之，大行其道，思想为犬儒放逐，常识被利益遮蔽，说得严重一点，真有如鲁迅曾经感慨过的，"没一处没有名目，没一处没有地主，没一处没有驱逐和牢笼"。因为失去了价值关怀，失去了人文的整体视野，也失去了对于自由对于真理的主动奔赴，人文学术往往弄成了浅薄的应景与艳俗的装饰，成为眩人耳目的花拳绣腿，成为没有是非没有好坏甚至没有廉耻的名利场，成为不学之徒的内部循环和内部供养。而作为出道得早，很早就卓有成就，因此在学术界占得一席之地的林先生，为什么似乎毫不在意他在古典文学领域的"名分"和"话语权"，而敢于在不同学科乃至不同行当之间任性地挪移迁徙?

他甚至早就告诉过我,做完手头的几件事情,他将不再写作学术文章,而用更多的精力写字、画画,顺带考察考察"文人画",他把这看成是他乐于从事的"文艺实践",看成是"生活化"的美学,其中有着一种常常让他难以拒绝的整全完满的境界。他说,当下大多弄诗文书画者,多以一技示人骄人,能贯通者很少。更根本的是,具有诗文书画的某种能力之后,是不是拥有一种真正的趣味和内涵,单项的技术固然可以让人叹为观止,但也可能仅仅是奇技淫巧而已,真正令人心仪的是那种出之以整体气象的圆融、浑厚与通透。

仔细想想,林先生的选择,林先生在学术上的"任性",林先生对于"整体气象"的向往,或许正是一个人文学者本该有的当行本色,只是我们有部分人小才微善,还别有用心,以学术作为谋取一份"稻粱"的手段,活生生地把"人文"之学弄成了反人文的不学有术的"专业"。于是,"不知腐鼠成滋味,猜意鹓雏竟未休",林先生和他的所作所为,反而成了不可思议的怪物。

很多时候,遵循内心,保持个性自由,不能不是一种冒险,一种自我放逐。然而,敢于"自由",敢于冒险"实验",不仅证明一种天性的不羁,也正是"实验"者旺盛的生命力和创造力的自供。林先生把他的新著命名为《文本内外——文化诗学的实验报告》,我乐于认为,所谓"文本内外",意味着著作者能够入内出外,突破习以为常的定势与模式,参透审美的乃至文化的隐秘与玄机;而他所称的"实验",则不只是一个学者的自谦,更是他所认可的某种学术的"本质"乃至"人"的"本质"所在。黄宗羲曰"心无本体,工夫所至,即是本体",此之谓欤!

乙未初秋,草成于长沙烂泥中

总　目

第一册目录

杜 诗 学 论 薮

下　编

杜 诗 选 评

杜诗学论薮

这是一个古老的传说：当追日的巨人夸父因饥渴而轰然倒地的一瞬，他用尽最后的力，抛出手中的杖。那桃木杖划空而坠，深深地植入黄土地——长出一片桃林，为子孙解饥渴。

当我们的诗人杜甫历尽磨难，于一叶扁舟伏枕托孤之际，他油然记起了遥远的传说："持危觅邓林。"邓林，那世世代代寻寻觅觅的桃树林啊！可潦倒的天才却没意识到他手中的桃竹杖也早已划空而过，化作文化史上另一片邓林——那星空般熠熠闪烁的一千四百多首杜诗，哺育着一代又一代华夏子孙！

——摘自林继中《杜诗选评》前言

序

莫砺锋

　　最近，林继中学长将其杜甫研究论文结成专集，示以书稿且索序焉。虽然我的学力与资历俱不足为此书撰序，也深知为人作序易得"佛头着粪"之讥，但还是慨然应承，原因有二。

　　首先，我与林兄相交多年，且夙以兄长视之，故不敢违命。上世纪七十年代末，我考入南京大学，在程千帆先生门下读研。与此同时，林兄考入厦门大学，从周祖譔先生攻读硕士学位；后又考入山东大学，从萧涤非先生攻读博士学位。程先生与周、萧两位先生相交甚笃，我与林兄则谊属"通家"。1982 年 9 月，程先生亲赴厦门主持林兄的论文答辩。1984 年 9 月，萧涤非先生审阅我的博士学位论文，亲笔填写论文评议表。我与林兄都是被"文革"耽误了十年青春的一代学子，否极泰来，总算搭上了前辈学者招收研究生的末班车，又因师长的交情而彼此结识，不但能从导师以外的前辈学者处亲聆教诲，也能与同门以外的"通家"互收切磋之益，真是三生有幸。我与林兄才性不侔，他才力充沛，兼擅书画，而我只会死读书，他任校长多年且不废治学，而我当个普通教师还感到汲深绠短，但我们都是喜欢读书的素心人。岁月荏苒，转瞬之间我们都已两鬓苍苍。2008 年夏，我与林兄同游新疆，在吉木萨尔道口临别赠诗，有句云："多情最是天山雪，偏照临歧两白头。"常以为此生能得知己如林兄者数人，足矣。如今忽蒙林兄不弃，命我作序，"敬谢不敏"的话又怎

5

能说得出口。

其次,我与林兄有共同的爱好,那就是杜诗。林兄是实至名归的杜诗专家,他在萧涤非先生指导下完成的博士论文题作《杜诗赵次公先后解辑校》,该文由三部分组成:第一部分是前言,第二部分是对早已散佚的前半部赵注的辑佚,第三部分则是对后半部赵注的明钞本的校订,后两个部分合在一起,就是现存赵注的全貌。萧涤非先生称它们"为今后杜甫研究提供了一个至今为止最为完善的赵注本",诚非虚誉。《杜诗赵次公先后解辑校》于1994年公开出版,当即引起杜诗学界的瞩目,八年后再版的修订本更趋完善。由于林兄的这个贡献,他已成为学界公认的杜诗专家,也是我心目中的少陵功臣。我则不然。我虽然也写过两本关于杜甫的书,以及几篇杜甫研究论文,但都是零打碎敲,格局既不成体统,成就也微不足道。但是我自信有一点是与林兄相同的,那就是由衷地敬仰杜甫,我们对杜甫的热爱都始于踏上学术研究的道路之前。在我们心目中,杜甫不仅仅是学术研究的对象,也不仅仅是诗歌史上的古人,杜甫一直以蹇驴破帽的潦倒模样混杂在我辈中间,他的文章歌哭都能引起我们内心的深刻共鸣。"瞻之在前,忽焉在后",在我们的人生道路上,杜甫的身影将会伴随终生。因此,我对林兄新著中的观念深为认同,愿借作序的机会表示同声相应。

林继中的新著题作《杜诗学论薮》,分成三编。上编收文七篇,是关于杜诗的"宏观研究";中编收文十二篇,是关于杜诗的"微观研究";下编收文十一篇,是关于杜诗学史的研究。这些论文中约有三分之二是我早已读过的,其中有半数是读后留下深刻印象的。这次为了写序,又重新阅读一过,感受颇深。林著中颇有严谨细密、体大思精的论文,例如中编的《杜诗〈洗兵马〉钱注发微》和下编的《赵次公及其杜诗注》,堪称近年来杜诗研究中的重头文章。先看前者,钱谦益注杜,以深度阐释见长,他曾借钱遵王之口,自诩其对《冬日洛城北谒玄元皇帝庙》、《洗兵马》、《诸将五首》诸篇的笺释达到了

"凿开鸿蒙,手洗日月"的高度。后人对这几首的钱笺多予肯定,但对《洗兵马》一篇则议论纷纷。钱笺认为《洗兵马》的主旨是讥刺:"《洗兵马》,刺肃宗也。刺其不能尽子道,且不能信任父之贤臣以致太平也。"对此,清人多不以为然,朱鹤龄、潘耒、浦起龙等人严辞痛驳,以为《洗兵马》乃颂体,并指斥钱笺为深文曲解。惟杨伦折衷调停,认为"深文固非,即泛说亦非也"。当代学者多有称赞钱笺独具手眼者,但批评钱笺的人也不少见。可以说,钱氏《洗兵马》笺注的是非功过,仍是一件聚讼纷纭的学术公案。林继中认为这个问题"涉及理解的客观性、历史性与阐释的有效性诸问题",故进行了全面的深入研究。从表面上看,林文仍是平亭众说,对钱笺的态度则接近杨伦。但是,林文是在更深的层面上得出这个结论的。首先,林文对相关史实进行了详尽深密的考订,搜集史料竭泽而渔,探索隐情则深入幽微。其次,林文对杜诗文本的解读也超迈前贤,不但对《洗兵马》一诗穷究底蕴,而且用其他杜诗来"以杜证杜"。其三,林文对钱氏其人及所处时代进行全面的观照,对钱笺的失误和合理性均有平实公允的判断。所以林文的一系列结论都是逻辑严密、坚确可信的,如"钱注作为对肃宗朝史料的理解或许是深刻的,但作为对该诗主题意旨的把握却是不准确的",以及"将眼光越过'忠君'、'温柔敦厚'的定势看杜诗,并将《洗兵马》视为后半部杜诗的一个新起点,与之连成一个整体来读,从'大胆议论君主'的角度重新认识杜诗,则钱注无疑极具启发性",蒙叟地下有知,当亦心服。再看后者,《赵次公及其杜诗注》原是《杜诗赵次公先后解辑校》一书的前言,长达三万字,实为一篇体大思精的学术论文,足以单独成篇。该文对赵次公的生平进行考证,在文献不足的情况下得出了堪称精当的结论。该文又对赵注的本来面目和来龙去脉作了深入的探究,基本弄清了赵注的版本源流。该文还对赵注明钞本进行详尽的考证,证实此本既非赝本,也非清钞本,这个结论堪称定谳。此外,该文还全面考察了赵注在题解、串讲、品评、系年、句法义例等方面的情形,并分析了后人对赵注的误解,从而对赵注的价值作了实事求是的评判,精当公允。如果说《杜诗赵次公先后解辑校》一书堪称"少陵功臣"的话,那么《赵次公及其杜诗注》一文就堪称"次公功臣"。上述两篇论文都是当代杜诗研究的重要成果,是足以载入杜诗学史的学术记录。顺便指出,这两篇文章都是发表在《中华文史论丛》上的,文章的学术水准与刊物的学术品位交相辉映。

　　林著中的论文大多立意新颖,或自创新说,或力破陈说。前者如《杜律:生命的形式》。杜甫对律诗艺术的贡献,前人论之已夥,但人们大多从格律形式或题材走向方面着眼,林文则指出:"杜律有自家的'逻辑'与'秩序',那就是以情感生命起伏为起伏,极力追摹生命的节奏,让诗的形式之律动与人的内在生命之律动取得同步合拍,并由此焕发出诗美。"值得注意的是,此文的思路和视角颇有与西方现代文艺理论相通之处,但它并未照搬西方理论的名词术语,它的结论是通过对杜甫的律诗所作的极为细致的文本分析而得出的,富有说服力。文末引美国符号论美学家苏珊·朗格的话以作结:"假如它是一首优秀的诗篇,它就必然是一种表现性的形式……这种表现性形式借助于构成成分之间作用力的紧张和松弛,借助于这些成分之间的平衡和非平衡,就产生出一种有机性的幻觉,亦即被艺术家们称之'生命的形式'的幻觉。"但这不是对西方话语的套用,而是对"东海西海,心理攸同"的学理的生动证明。后者如《诗心驱史笔——杜甫八哀诗讨论》。杜甫的《八哀诗》,历来多遭讥评,主要集矢于"芜词累句",宋人叶梦得首创此说:"《八哀》八篇,本非集中高唱……极多累句,余尝痛刊去,仅各取其半,方为尽善。"后人刘克庄、杨慎、王士禛等皆附和之,几成定论。林文则从《八哀诗》的"传记诗"性质入手,认为"杜甫有意增加叙述的成分,追求史传的效果",从而"放笔直叙,结构完整谨严,用以记人"。林文还指出,《八哀诗》虽是"以组诗的形式来表现一代英灵,取得史的反思致用的效果","但仍以'伤时'的抒情性为主脑,为此甚至不避与

'史笔'相左的'累句'、'失轻重之体',而力求感情的回荡、寄思的饱满"。此文并非专门针对"累句"之说的驳难,但它以更广阔的视野和更宏通的眼光审视了《八哀诗》的特殊性质,从而使"累句"说不攻自破。林著中的这些论文并未有意标新立异,但它们以实事求是的态度研究杜诗,得出的新颖见解具备充足的文献基础和学理依据。在我心目中,这就是古代文学研究领域中最有价值的论文。

从整体上看,林著有两大特点。第一个特点是广阔的学术视野。林继中的学术研究虽以杜诗为主要对象,但他对整部古代诗歌史了然于胸,对诗歌在唐宋时期的发展演变有着尤其深刻的理解。林继中著有《文化建构文学史纲》,对中唐至北宋近四百年的文学史进程进行论述,重点考察了中唐至北宋的诗歌发展的流程,而杜甫在诗歌史上典范地位的奠定,正是此段文学史中最为重要的事件。收入本书的《杜诗与宋人诗歌价值观》、《杜诗与宋人诗歌价值观续论》,就是产生于这种广阔学术视野中的具体成果。这种"综观衢路"的论述,当然远胜于"各照隅隙"的作家研究。林著的第二个特点是全书洋溢着热爱杜甫的感情色彩。当代学人往往误认为学术研究中不应渗入感情,这甚至被视为一种学术规范。但是古代文学研究,尤其是古典诗歌研究,又怎能彻底剔除感情因素?中国古典诗歌的基本性质是抒情,"言志"也好,"缘情"也好,其实都是对这种性质的认定。杜诗更是如此。杜甫被梁启超称为"情圣",一部杜诗就是这位情圣百感交集、歌哭无端的诗语表述。清人卢世㴶云:"《赴奉先》及《北征》,肝肠如火,涕泪横流,读此而不感动者,其人必不忠。"林继中读杜,就进入了涕泪横流的境界。林继中论杜,也时时伴随着强烈的感情。当代的杜诗学论著,很少以杜诗的情感为研究对象,本书中却有多篇论文专论杜甫的道德情操或杜诗的情感内蕴,比如《论杜甫"集大成"的情感本体》、《杜诗的张力——忠君爱民思想在杜诗中的表现形式》、《杜诗情感意象的一种构图方式》,它们都是逻辑严谨、思虑周至的学术论文,但字里行间激荡着感情的波澜。我相信这些文字定会以严密的论证说服读者,也定会以充沛的感情打动读者。《杜诗学论薮》将受到杜诗学界和广大杜诗爱好者的双重欢迎,是胜券在握的。

2014 年 6 月 22 日

于南京城东美林东苑寓所

上　编

论杜甫"集大成"的情感本体

一

自中唐元稹提出杜甫"集大成"一说以来,已为学者所认同。其《唐故工部员外郎杜君墓系铭并序》云:

> 予读诗至杜子美,而知小大之有所总萃焉。始尧舜时,君臣以赓歌相和……唐兴,官学大振,历世之文,能者互出,而又沈宋之流,研练精切,稳顺声势,谓之为律诗。由是而后,文变之体极焉。然而莫不好古者遗近,务华者去实,效齐梁则不逮于魏晋,工乐府则力屈于五言,律切则骨格不存,闲暇则纤秾莫备。至于子美,盖所谓上薄风骚,下该沈宋,古傍苏李,气夺曹刘,掩颜谢之孤高,杂徐庾之流丽,尽得古今之体势,而兼人人之所独专矣……则诗人以来,未有如子美者……予尝欲件拆其文,体别相附,与来者为之准,特病懒未就。

从上文看来,元稹所谓的集大成,主要是指各种风格与体式的完备及典范性。程千帆、莫砺锋则以现代人的眼光对此作了重要的补充:

　　杜甫对文学传统的继承,不但不是零星地、机械地借鉴某几位前人,也不是把前人的长处简单地相加在一起,而是在对前代遗产全面考察以后,作出了合适的扬弃与继承,从而在自己的创作中显示出前所未有的充实与和谐。[①]

　　诚如宋人王禹偁所说:"子美集开诗世界。"(《日长简仲咸》)杜甫集大成的意义不仅在于承前,更在于启后。问题是:这种整合与创新如何成为可能? 杜诗的典范性使这一问题具有普遍意义。论者多从时代、学力、儒学、家族、社会等等外部原因去考察,取得了不俗的成绩。然而对杜甫何以能超越众人"而兼人人之所独专"的主体性,则深论者寡焉。叶嘉莹以下所论也因此显得难能可贵:

　　　　我以为其主要因素,实可简单归纳为以下两点:其一,是因为他之生于可以集大成之足以有为的时代;其二,是因为他之禀有可以集大成之足以有为的容量。

何为集大成之容量? 叶氏认为:

　　　　乃在于他生而禀有着一种极为难得的健全的才性——那就是他的博大、均衡与正常。杜甫是一位感性与知性兼长并美的诗人,他一方面具有极大且极强的感性,可以深入于他所接触到的任何事物之中,而把握住他所欲攫取的事物之精华;而另一方面,他又有着极清明周至的理性,足以脱出于一切事物的蒙蔽与拘限之外,做到博观兼采而无所偏失。[②]

────────────────

① 程千帆等《被开拓的诗世界》,上海古籍出版社 1990 年版,第 8 页。顺便说一下,说杜集大成是"各体大备"并不精确,杜无骚体。然而杜诗之得力处,一在汉乐府精神,一在屈原的骚体精神,故无妨其集大成。

② 叶嘉莹《杜甫〈秋兴八首〉集说·代序》,上海古籍出版社 1988 年版,第 4 页。

此论切中要害。正是由于杜甫具有博大、均衡、正常的主体性，才使他在那个"可以集大成的"大时代完成集大成的历史使命。盛唐是一个中华民族主体性突出的时代，也必然是一个众多个体活力四射的时代。在盛唐诗空上，李白、王维、王昌龄、孟浩然、高适、岑参、李颀、元结……群星灿烂，每个个体无不具有很强的个性。然而唯有杜甫博大、均衡、正常的个性最为健全。所谓的"正常"，应指在任何情境下，他都能保持人性的本真，不被异化（或称"担荷力"）。真，是杜甫主体性的根基。它是杜甫自觉的价值取向："由来意气合，直取性情真。"所以萧涤非先生《杜诗体别·引言》标举杜诗："其一曰真，诗莫贵乎真，杜诗之不可及，亦正在有真情。"

个体主体性的内核是情感本体，古人叫"真性情"，是由"才、气、学、习"交互而成的心理结构①，叶燮《原诗》认为天地之大，古今之变，万汇之赜，无非"理、事、情"三者，"然具是三者，又有总而持之、条而贯之者，曰气。事、理、情之所为用，气为之用也"。三者交互为用，这才有氤氲磅礴的生气。当代美学家李泽厚说得更清楚：心理本体的特点就在"理性融在感性中、社会融在个体中、历史融在心理中"②。性情的实质就是心理本体、情感本体，而真性情就是能体现人性本真的性情。

然而人的禀性各不相同，各有各的真性情。杜甫的真性情又有何特点呢？我认为其特点就在于真与善无间的结合方式。这种结合方式使个性与社会性浑融一体，使其才性最大化，因而"禀有可以集大成之足以有为的容量"。不妨说杜之真，是以善为内容的；但就其主体性而言，则善只是其本真的表露，善倒成为真的形式。其真与善在生活中介的作用下双向建构，成为杜甫独特的情感结构，从而完成其扬弃与继承的主体性。容下文分而析之。

---

① 参看刘勰《文心雕龙·体性》。
② 李泽厚《美学四讲》，天津社会科学院出版社 2002 年版，第 48 页。

二

关于真与善的关系，徐复观《传统文学思想中诗的个性与社会性问题》一文有精辟的论析。他认为，诗的个性即社会性，是《毛诗正义》所谓的"一人心乃是一国之心"。诗人要获得此心，就必须先经历一个把"一国之意"、"天下之心"内化为己心的历程①。问题的关键就在这个"历程"。

首先是起点。虽然我尚不能认同"人之初，性本善"的先验论，但将它看成是人类经历长期社会化，中华民族历史文明不断发展、提升、积淀的成果，如徐先生所指出的，它已经是中国文化的一个"根本信念"，则大体不错。那么善又是什么呢？《辞海》有云：凡具有人格者之负责行为，其自身有绝对价值者曰善。这种出自人格的负责行为，我认为就是人际关怀。孔子仁学的基础就是讲亲子之爱、泛爱众，孟子讲推己及人，墨子讲兼爱，宋道学讲民胞物与，都是围绕关心人、爱护人这一人际关怀的核心问题，它便是中国古代的人道主义、人性自觉。它是个性与社会性之间的脐带。具有这种自觉的人在处理人际关系时就会有同情心与利他的倾向，经过不断的、长期的心理体验（修养）与实践，就会内化为人格化的情感，即体现其人性本真的真性情。而杜甫"奉儒守法"的家世，则对其情感结构的形成有深刻的影响。最为突出的一点是：儒学"亲亲"之爱已积淀为一种"家族性格"，从杜审言的曾祖杜叔毗事母至孝，曾为兄手刃仇人，到杜甫之叔父杜并为父报仇，乃至甫之姑舍子救甫，都典型地体现了这一血亲之爱的家族性格。而杜甫更是将儒家仁学当作实现"致君尧舜上"理想的根本，并由此出发，推己及人，己饥己

---

① 　徐复观《中国文学精神》，上海书店出版社 2004 年版。

溺,在长期苦难生活经历的体验中内化为人格情感。

生活经历与体验是内在化的催化剂。学问、修养通过亲历亲证,使"理性融在感性中";而融入了理性的感性所激发出来的情感则驱动个体对外在的情境做出超越个体情绪的"合理"反应,于是不断地亲历亲证逐渐形成相对稳定的情感结构,即个性。通过践履将仁学融入感性中,是杜甫"社会融在个体中"的重要方式,是杜甫之所以同行独见的根本原因。终杜甫一生,仁学作为外在的理想与内在的人性自觉,是皮骨并存的,也是杜甫行为发生的原动力之所在。正是这一动力推进了把"一国之意"、"天下之心"内化为己心的历程,从杜诗中我们不难发现其历历足迹。兹以战争给百姓带来苦难这一中国文学的原型主题为例,稍事说明:

如果说杜甫早期之作,更多的是写自己的"志";那么天宝十一、十二载的《兵车行》、《丽人行》、《前出塞》等乐府诗的出现,便标志着杜甫已经有意向汉乐府学习,瞄准了社会现实。不过盛唐诗人如李白、高适、王昌龄,乃至陶翰辈都写过类似的乐府诗,杜与诸人尚未拉开距离。创作于天宝十四载"安史之乱"前夕的五古《自京赴奉先县咏怀五百字》,是杜诗深化的一大节点。经过困守长安十年的历练,杜甫的情感由"致君尧舜上"向"穷年忧黎元"倾斜,"仁学"的道德内容已内化为个体独立的情感本体。试读这样的诗句:

> 老妻寄异县,十口隔风雪。谁能久不顾,庶往共饥渴。入门闻号啕,幼子饿已卒……岂知秋禾登,贫窭有仓卒?生常免租税,名不隶征伐。抚迹犹酸辛,平人固骚屑。默思失业徒,因念远戍卒。忧端齐终南,澒洞不可掇!

"庶往共饥渴",不是同情与怜悯,甚至不只是己饥己溺,亦是徐复观所说的:"乃系把他整个的生命,投入于对时代无可奈何的责任感里面。"①杜甫"无可奈何"却不能自已,从内心的剧烈矛盾中掘发出人性深度,如《新婚别》者,这便是上文所提出的"人格的负责行为",是把"一国之意"、"天下之心"内化为己心,是理性与感性、个性与社会性、真与善的合体。尔后深重的灾难更强化了这一情感(只要一读《彭衙行》及"同谷七歌",便能刻骨铭心地感知杜甫所受的苦难有多深重),促使杜甫写出了一大批包括"三吏"、"三别"在内的乐府歌行,展示了杜甫人道主义的博大胸怀,标志着"原型主题"已向"情感的原型"内化。也就是说,杜甫的情感本体已生发出一种"新感觉",汉乐府歌咏民间疾苦的精神已溢出本体裁,无论古体、今体而无往不具此种精神,此种精神外化为杜甫手眼独具的取材与表达方式。兹举《三绝句》第二首为例,尝海一勺:

　　　　二十一家同入蜀,唯残一人出骆谷。自说二女啮臂时,回头却向秦云哭。

　　这首七绝写的是战争与百姓苦难的原型主题,不妨与建安文人王粲的乐府诗《七哀诗》作一比较:

　　　　西京乱无象,豺虎方遘患。复弃中国去,远身适荆蛮。亲戚对我悲,朋友相追攀。出门无所见,白骨蔽平原。路有饥妇人,抱子弃草间。顾闻号泣声,挥涕独不还。未知身死处,何能两相完?驱马弃之去,不忍听此言。南登霸陵岸,回首望长安。悟彼下泉人,喟然伤心肝。

　　杜之绝句与王之乐府题材的相似性一望可知。王粲以旁观者口吻写出,已十分感人;杜则以受难者本人口吻写出,诚如《杜臆》所

----
① 徐复观《中国文学精神》,上海书店出版社 2004 年版,第 47 页。

评:"今借其口语倒一转,而悲不可堪。"然而这不仅仅是个"借其口语倒一转"的技巧问题,而是杜甫以亲身的经验补写出最感人的细节:"二女啮臂时"——只要一读《彭衙行》"痴女饥咬我"便知。这就叫己饥己溺,就叫真性情!叶燮《原诗·内篇下》有云:

> 千古诗人推杜甫,其诗随所遇之人、之境、之事、之物,无处不发其思君王、忧祸乱、悲时日、念友朋、吊古人、怀远道,凡欢愉、幽愁、离舍、今昔之感,一一触类而起;因遇得题,因题达情,因情敷句,皆因甫有其胸襟以为基,如星宿之海,万源从出;如钻燧之火,无处不发……

这"胸襟"就是情感本体。有情感本体就有其个性化的感觉,能"因遇得题,因题达情,因情敷句",取得艺术创作的自由。我认为这才是杜甫能"集大成"且"开世界"的奥秘所在。

三

如前所论,杜甫情感结构之特点就在于真与善的无间结合方式,杜之真,是以善为内容的;但就其主体性而言,则善只是其本真的表露,善倒成为真的形式。真善一体形成杜甫见人所不见,道人所未道的"新感觉"。新感觉首先表现在对社会成见强有力的挑战。《有感五首》云:

> 莫取金汤固,长令宇宙新。不过行俭德,盗贼本王臣。

《小雅·北山》:"率土之滨,莫非王臣。"然而杜甫在与底层百姓的亲密接触中,已深深领悟到官逼民反的道理,王臣与盗贼是可以互相转化的，早先《无家别》已喊出"人生无家别，何以为蒸藜"，蒸藜就是百姓、王臣，此诗再进一步不就是汉乐府的《东门行》了吗？杜甫认为要"王臣"不化为"盗贼"，就得釜底抽薪——"行俭德"。约略同时之作《为阆州王使君进论巴蜀安危表》则云："是重敛之下，免出多门，西南之人，有活望矣!"统治者的"俭德"，就是给老百姓留条活路。杜之"独见"，还是从己饥己溺中得来。

对社会成见的挑战更深刻地表现为对历来被鄙视的底层百姓美好人性的发露。《遭田父泥饮美严中丞》云：

> 步屧随春风，村村自花柳。田翁逼社日，邀我尝春酒。酒酣夸新尹："畜眼未见有!"回头指大男："渠是弓弩手。名在飞骑籍，长番岁时久。前日放营农，辛苦救衰朽。差科死则已，誓不举家走! 今年大作社，拾遗能住否?"叫妇开大瓶，盆中为吾取。感此气扬扬，须知风化首。语多虽杂乱，说尹终在口。朝来偶然出，自卯将及酉。久客惜人情，如何拒邻叟？高声索果栗，欲起时被肘。指挥过无礼，未觉村野丑。月出遮我留，仍嗔问升斗。

"感此"两句，萧涤非师注云："这两句是杜甫的评断，也是写此诗的主旨所在。风化首，是说为政的首要任务在于爱民。田父的意气扬扬，不避差科，就是因为他的儿子被放回营农。"[1]此诗不但为至交严武能以爱民为政喜，更为农家安居乐业喜。《唐书》本传称杜在成都"与田父野老相狎荡，无拘检"，道出杜此情正出自真性情。此真情与野老之真情交汇，故能一反士大夫的社会成见而"未觉村野丑"，写出"朴野气象如画"（《杜臆》）。《杜诗详注》引郝敬曰："此诗情景意象，妙解入神……野老留客，与田家朴直之致，无不生

---

[1] 萧涤非《杜甫诗选注》，人民文学出版社 1979 年版，第 191 页。下引只注页码。

活。昔人称其为诗史,正使班(固)、马(司马迁)记事,未必如此亲切。千百世下,读者无不绝倒。"杜继承班、马而又超越班、马处,就在于对农父们有新了解、新感觉。至如《负薪行》,更是对"丑女"作了全新的描写:

> 夔州处女发半华,四十五十无夫家。更遭丧乱嫁不售,一生抱恨堪咨嗟。土风坐男使女立,应当门户女出入。十犹八九负薪归,卖薪得钱应供给。至老双鬟只垂颈,野花山叶银钗并。筋力登危集市门,死生射利兼盐井。面妆首饰杂啼痕,地褊衣寒困石根。若道巫山女粗丑,何得此有昭君村?

涤非师评曰:"把贫穷的劳动妇女作为题材并寄以深厚同情,在全部古典诗歌史上都是少见的。"(第238页)的确,写出下层民众(尤其是女性)的心灵美,是杜甫对中国文学最深刻的开拓! 再读下面这首《示獠奴阿段》:

> 山木苍苍落日曛,竹竿袅袅细泉分。郡人入夜争余沥,竖子寻源独不闻。病渴三更回白首,传声一注湿青云。曾惊陶侃胡奴异,怪尔常穿虎豹群。

《杜诗镜铨》引《困学纪闻》云:"《北史》:獠者,南蛮别种,无名字,以长幼次第呼之。丈夫称阿謩、阿段,妇人称阿夷、阿等之类,皆语之次第称谓也。"此诗不但以富丽体式的七律为连姓名都没有的少数族仆人作传,直是前不见古人,且写出阿段不与人争水、穿险寻源为人造福的高尚行为。"病渴",杜甫在云安时已有消渴之疾,即糖尿病。此病常口渴思饮水,正盼水之时,忽听得水声从天而来,其情可知。"传声一注湿青云",美与善缊缊一气。

事实上,"新感觉"已体现为杜甫独特的审美趣味而无往非新。

他能从桃树看到"高秋总馈贫人食"(《题桃树》),从柏树看到"苦心岂免容蝼蚁"、"古来材大难为用"(《古柏行》);与盛唐好丰腴的审美趣味不同,主张"书贵瘦硬方通神"(《李潮八分小篆歌》),批评大画家韩幹画肥马是"忍使骅骝气凋丧"(《丹青引》),偏来写瘦马、病马、枯棕、病橘;连没有生命的石头,他也从"石角皆北向"(《剑门》)中感到割据的忧虑。这就是杜甫感性中的社会性。这种独特的审美趣味催生了杜甫的拗句:"中巴之东巴东山"(《夔州歌十绝句》),"扶藜叹世者谁子"(《白帝城最高楼》),平仄的不和谐正好表达出诗人心中倔强与无奈的张力。情感上的不平衡同时还催生了杜甫式的反对句:"朱门酒肉臭,路有冻死骨";"敏捷诗千首,飘零酒一杯";"新松恨不高千尺,恶竹应须斩万竿";"乾坤一腐儒"……这就是杜甫创造的与其情感结构相对应的美的形式,是继承,也是创新。

四

然而杜甫"集大成"最深邃的意义还在于:将人伦日用的感性的生活经验通过其情感本体升华、提炼为具有生命意味的艺术形式,极大地丰富了中国文学中的社会美。

吃饭,应是最普通、最具动物性的生活经验了吧?但你读一下这样的诗句:"饭抄云子白,瓜嚼水精寒。"(《与鄠县源大少府宴渼陂》)"白露黄粱熟,分张素有期。已应春得细,颇觉寄来迟。味岂同金菊,香宜酌绿葵。老人他日爱,正想滑流匙。"(《佐还山后寄》三首)个中之美,岂是那些面对山珍海味"犀箸厌饫久未下"(《丽人行》)的贵人们所能梦见者!名句"香稻啄余鹦鹉粒"(《秋兴》八首),人们只注意到它的华美形式,却少有人注意到盛世那"稻米流脂粟米白,公私仓廪俱丰实"(《忆昔》)对战乱中的百姓是怎样一种美丽的记忆？当感性不只是感性,形式也不仅仅是形式,真与善就能产生一种独异的美感。《又呈吴郎》就是这样一首诗：

> 堂前扑枣任西邻,无食无儿一妇人。不为困穷宁有此,只缘恐惧转须亲。即防远客虽多事,便插疏篱却甚真。已诉征求穷到骨,正思戎马泪沾巾。

诗中充满心理之互动,诗人、贫妇、吴郎,在人性的沟通中情感本体被对象化,于是显露出真善之美①。

悲剧性更能体现生命力,而在困境中的幽默感则使之饱含着生命的意味。"汝啼吾手战,吾笑汝身长"(《元日示宗武》),悲喜交集,而亲亲之中却透出一股生命的担荷力。"囊空恐羞涩,留得一钱看"(《囊空》),写苦况,更是写倔强。理性在感性中,生命的意味在形式中。

感性中的理性,还为杜甫的想象力插上翅膀。试读《凤凰台》：

> 亭亭凤凰台,北对西康州。西伯今寂寞,凤声亦悠悠。山峻路绝踪,石林气高浮。安得万丈梯,为君上上头？恐有无母雏,饥寒日啾啾。我能剖心血,饮啄慰孤愁。心以当竹实,炯然无外求。血以当醴泉,岂徒比清流？所重王者瑞,敢辞微命休？坐看彩翮长,纵意八极周。自天衔瑞图,飞下十二楼。图以奉至尊,凤以垂鸿猷。再光中兴业,一洗苍生忧。深衷正为此,群盗何淹留？

凤凰台在同谷县,是座不太起眼的小山,只因传说中周文王时有凤鸣于岐山,便浮想联翩,兴会淋漓。杜甫是借助历史文化那长

---

① 对诗中细腻的心理沟通,涤非师有妙解,请参看《杜甫研究·谈杜甫的又呈吴郎》及该书第 83 页中间一段。

长的跑道,让想象起飞的。子曰:"文王既没,文不在兹乎?"(《论语》)孔子以文化载体自许,杜甫以稷、契自许,都以济世活国为己任。刳心沥血护持凤凰,也就是护持自己的理想。《十八家诗抄》引张廉卿云:"孤怀伟抱,忽尔喷溢,成此奇境。"可谓探得诗心。事实上无论是"安得壮士挽天河,净洗甲兵长不用"(《洗兵马》),还是"安得广厦千万间,大庇天下寒士俱欢颜"(《茅屋为秋风所破歌》),杜诗中那些最具想象力的妙句都得力于中国历史文化中"根本的信念"。至如杜甫典型的总体风格"沉郁顿挫",同样是这一历史文化积淀的产物,也许这是另一个话题了①。

(原载《福州大学学报》2012 年第 4 期)

---

① 　参看拙作《沉郁:士大夫文化心理的积淀》,《文艺理论研究》1994 年第 6 期(收入本《文集》第一册)。

杜 诗 的 张 力

——忠君爱民思想在杜诗中的表现形式

一

忠君与爱民的矛盾,一直是正直的士大夫心中解不开的死结,也是今人研究杜甫难以理清的难点。萧涤非先生曾就这一问题做过深入的讨论,他认为:在"家天下"的封建社会里,忠君是封建道德的核心,所有士大夫几乎无一不打上"忠君"的烙印。"问题在于你是为了个人的荣华富贵,还是想通过忠君取得人君的信任来为国家人民做一番事业。"下面这段话最为辩证:

> 忠君与爱国爱民总是交织在一起。如杜诗"时危思报主"之与"济时肯杀身","日夕思朝廷"之与"穷年忧黎元",便都是明显的例证。"报主"之中有"济时","济时"之中也有"报主";"思朝廷"是为了"忧黎元","忧黎元"所以就得"思朝廷",因为在那个时代老百姓的命就是捏在那个"朝廷"上。①

杜甫本人也曾用精警的诗句表达了上面这层意思:"上感九庙焚,下悯万民疮。"尤其是在国家处于分裂的边缘,朝廷具有统一的

---

① 萧涤非《杜甫研究》,齐鲁书社 1980 年版,再版前言第 10 页。

号召力，"忠君"于时有其特殊的意义。然而，即使在这样的时刻，朝廷与百姓的利益也并不总是一致的。君王有时仅仅为了一己的"大欲"，不惜让百姓付出惨痛的代价。如至德年间，唐肃宗急欲回长安坐龙廷，不用李泌牵制敌军、待机直捣敌巢范阳的万全良策，乃借回纥兵，竟与之约："克城之日，土地、士庶归唐，金帛、子女皆归回纥。"（《资治通鉴》卷二二〇至德二载条）朝廷残忍地出卖了百姓。后来杜甫有《留花门》，极写其"花门既须留，原野转萧瑟"（卷七）的悲愤无奈之心情①。既收二京，肃宗又因猜忌郭子仪、李光弼诸将"功高盖主"，乃以宦官鱼朝恩统领九节度使，导致原本可以取胜的邺城之役大溃败，军民跌入苦难的深渊。杜甫"三吏"、"三别"写的正是这一悲剧。在社稷危难之际，朝廷却将一己私欲置于百姓存亡之上，身处下层官吏的杜甫又能怎样？面对"急应河阳役"的老妇，"对君洗红妆"的新娘，"子孙阵亡尽"的老者，他还得强忍泪水，劝他们上前线："送行勿泣血，仆射如父兄。"（卷七）因而我们不但感受到时艰与民病，同时也感受到诗人那一颗为"两歧"所撕裂的心！其鸿篇巨制《自京赴奉先县咏怀五百字》开篇反复地表达了这种痛苦：

> 杜陵有布衣，老大意转拙。许身一何愚，窃比稷与契。居然成濩落，白首甘契阔。盖棺事则已，此志常觊豁。穷年忧黎元，叹息肠内热。取笑同学翁，浩歌弥激烈。非无江海志，潇洒送日月。生逢尧舜君，不忍便永诀。当今廊庙具，构厦岂云缺。葵藿倾太阳，物性固莫夺。（卷四）

诗中"生逢尧舜君，不忍便永诀"一联，是该诗情结之所在。在大厦将倾国家危难的前夕，玄宗君臣犹在骊山作乐，如此"尧舜君"，真该像《东门行》主人公那样说："吾去为迟！"然而"致君尧舜上"的

---

① 本篇所引杜诗除另注出处外，皆引自《杜诗详注》，只标卷数。

承诺又使之"不忍便永诀"。《北征》开篇有云：

> 皇帝二载秋,闰八月初吉。杜子将北征,苍茫问家室。维时遭艰虞,朝野少暇日。顾惭恩私被,诏许归蓬荜。拜辞诣阙下,怵惕久未出。虽乏谏诤姿,恐君有遗失。君诚中兴主,经纬固密勿。东胡反未已,臣甫愤所切。挥涕恋行在,道途犹恍惚。乾坤含疮痍,忧虞何时毕?(卷五)

毕杜一生,无论是在位还是在野,不管君主是爱听还是不爱听,杜甫总是以谏官自居,出于"无可奈何的责任感",不断纠正君主的缺失。杜之"忠君",指归在"爱民",这才是"不忍便永诀"的前提,也就是萧先生所说:"'思朝廷'是为了'忧黎元'。"

是的,在对君与对民的情感上,杜甫是有所分别的。问题的关键还在"己饥己溺"上。王嗣奭《杜臆》卷一笺释《自京赴奉先县咏怀》"许身一何愚,窃比稷与契"有云:"人多疑自许稷契之语,不知稷契元无他奇,只是己溺己饥之念而已。"己溺己饥乃是"小欲"通往"一国之心"的桥梁。《孟子·离娄上》云:"禹思天下有溺者,由己溺之也。"将同情心上升为一种对"天下"的责任感,便是"一国之心"。然而同情心仍可分为两个层次:一是出自理性的思考,一是出自亲身的体验。前者如白居易,后者如杜甫。白居易《新乐府》、《秦中吟》诸多作品,关心民病,为民请命,已属难能可贵,但将其《新制绫袄成感而有吟》细读一过,便会发现白与杜之间的差距。白氏是在自己有了一件新绫袄"宴安往往欢侵夜,卧稳昏昏睡到明",这才"心中为念农桑苦,耳里如闻饥冻声。争得大裘长万丈,与君都盖洛阳城"。这是出自儒家"己饥己溺"的"理念"。但杜甫在"入门闻号咷,幼子饥已卒"的处境下,尚能"默思失业徒,因念远戍卒"(《自京赴奉先县吟咏》);在自家"床头屋漏无干处"的境况中,发此大愿:"安得广厦千万间,大庇天下寒士俱欢颜……吾庐独破受冻死亦

27

足!"(《茅屋为秋风所破歌》)二者相比较,杜甫与底层百姓相濡以沫,更觉"十指连心",感情更进一层,真切不隔。

理学家与西方一些哲人都主张诗人应成为"认识的纯粹主体",只从"理念"出发,不著个性。这种将个性情感与群体情感对立起来,将特殊性与普遍性分割开来的看法是片面的。王夫之《诗广传》卷一曾厉声斥责诗人杜甫:

> 呜呼!甫之诞于言志也,将以为游乞之津也,则其诗曰"窃比稷与契";迫其欲之迫而哀以鸣也,则其诗曰"残杯与冷炙,到处潜悲辛"。是唐虞之廷有悲辛杯炙之稷契,曾不如呼蹴之下有甘死不辱之乞人也。甫失其心,亦无足道耳。韩愈承之,孟郊师之,曹邺传之,而诗遂永亡于天下。

殊不知正是杜甫能将一己之悲辛与沉沦社会底层的百姓打成一片,这才成就了"一国之心"(《毛诗正义》卷一)。须知"男女有所怨恨,相从而歌,饥者歌其食,劳者歌其事"(《春秋公羊传》宣公十五年解诂)。这才是最基本的"民之性"。对杜甫而言,其情、志一也,"思朝廷"与"忧黎元"一也。杜甫继承、发扬光大的才是《诗经》中民歌的精神,谁曰不然?

二

"思朝廷"与"忧黎元"矛盾双方互为因果,不但体现在"思朝廷是为了'忧黎元','忧黎元'所以就得'思朝廷'"所产生的向心力上,同时还体现在由于"忧黎元"而不满朝廷腐败所产生的离心力上。如前所论,杜甫在与百姓共患难的亲历、亲证中,洞见朝廷的腐败,事实上已产生了一种与朝廷的疏离感。浦起龙《读杜心解·读杜提纲》相当谨慎地接触到这一问题：

> 客秦州，作客之始。当日背乡西去，为东都被兵，家毁人散之故。河北一日未荡，东都一日不宁。晓此，后半部诗了了……说杜者动云每饭不忘君，固是，然只恁地说，篇法都坏。试思一首诗本是贴身话，无端在中腰夹插国事，或结尾拖带朝局，没头没脑，成甚结构？杜老即不然。譬如《恨别》诗，"闻道河阳近乘胜，司徒急为破幽燕"，是望其扫除祸本，为还乡作计。《出峡》诗，"朝士兼戎服，君王按湛庐"，"五云高太甲，六月旷抟扶"，是言国乱尚武，耻与甲卒同列，因而且向东南。以此推之，慨世还是慨身。太史公《屈平传》谓其"系心君国，不忘欲反，冀君之一寤，俗之一改也。然终无可奈何，故不可以反"数语，正蹑着杜氏鼻孔。益信从前客秦州之始为寇乱，不为关辅饥，原委的然。

浦氏的观察是细密的。他发现后半部杜诗口口只想北还，却不是还朝廷，而只是还乡。（代宗广德元年杜甫有一次还朝机会：朝廷召补京兆功曹参军，不赴。）浦氏暗示什么呢？从所引《屈平传》用屈原"不忘欲反"却又"不可以反"看，杜甫的"终无可奈何"的心情说穿了就是与朝廷的疏离感。浦氏认为《大历三年春白帝城放船出瞿塘峡……》诗，"朝士"、"五云"二联"是言国乱尚武，耻与甲卒同列"，因而出峡不是直返长安，而是想往东南。原诗云：

> 老向巴人里，今辞楚塞隅。入舟翻不乐，解缆独长吁……此生遭圣代，谁分哭穷途。卧疾淹为客，蒙恩早厕儒。庭争酬造化，朴直乞江湖。滟滪险相迫，沧浪深可逾……朝士兼戎服，君王按湛庐。旌头初俶扰，鹢首丽泥涂。甲卒身虽贵，书生道

固殊。出尘皆野鹤,历块匪辕驹。伊吕终难降,韩彭不易呼。五云高太甲,六月旷抟扶。迥首黎元病,争权将帅诛。山林托疲苶,未必免崎岖。(《读杜心解》卷五之四)

此诗为杜甫晚年之作,久滞巴蜀,如今决意出峡本应是快心乐事,却云"入舟翻不乐,解缆独长吁",何也? 浦解云:

"朝士"一段,表所以只到江陵,不即北归之故。盖朝庭久事戎兵,由首恶殃流京阙,是使甲士志得,儒生道消。君子居此世,固当如"出尘"之"鹤","历块"之"驹",飘然远逐,无与此辈同列也。

"羞与甲卒同列"的根本原因还在于"儒生道消","甲卒身虽贵,书生道固殊",不相为谋也。是《独酌成诗》所谓"兵戈犹在眼,儒术岂谋身"(卷五),杜甫亲近朝廷的前提是得志行道,不能"行道"又何必回朝? 然而结尾又兜回来说:"五云高太甲,六月旷抟扶。"本可以像大鹏举翼,乘风图南,却又回望长安五色庆云,仍然期盼着朝廷的自新自振①。还是当初"不忍便永诀"的心结,也是后半部杜诗反复出现的旋律。回头再看杜甫决然离开长安西行,根本原因不是"关辅饥",而是与朝廷合不来。

乾元二年所作《两当县吴十侍御江上宅》曾为被贬谪的吴侍御抱不平云:"不忍杀无辜,所以分黑白。上官权许与,失意见迁斥。朝廷非不知,闭口休叹息。"杜甫眼见朝廷是非黑白不分,身为谏官,

---

① 五云,浦注引《隋书》:天子气,或如华盖在雾中,或有五色。证以杜诗《宣政殿退朝晚出左掖》"云近蓬莱常五色",蓬莱宫即大明宫,以五色庆云指代天子所居,浦注是。太甲,旧注不明,成都杜甫草堂博物馆等编注《杜诗全集》第 2082 页引《史记·殷本纪》,认为当指成汤之嫡长孙太甲,曾被伊尹流放至杜甫家乡附近的尸乡,"联想到太甲能悔过自责,修德使诸侯咸归而百姓以宁,因用以喻当今皇帝;可见杜甫内心始终寄希望于皇帝"。兹用其说。

十分无奈:"余时忝诤臣,丹陛实咫尺。相看受狼狈,至死难塞责!"(卷八)最剧烈的冲突表现在廷争救房琯一事上。《壮游》忆及此事云:"上感九庙焚,下悯万民疮。斯时伏青蒲,廷诤守御床。"(卷十六)可见杜甫是将"廷争"与"忧黎元"联系起来的。廷争是爱君,更是爱民,而且事关个体的人格,不得不争。这就是上引《出峡》诗所说:"廷争酬造化,朴直乞江湖。"天地生我刚正不阿,我得对得起天地良心。"道不行则卷",我只好远走江湖。《秦州杂诗二十首》的最后一首,将这层意思挑明了:"唐尧真自圣,野老复何知!"仇注云:"自圣,见说言不能入。何知,见朝政不忍闻。故挈妻子而偕隐。"(卷七)又句下注明:"此讽肃宗也。"然而浦起龙却斥仇注"以'自圣'为说言不入,是为腹诽"。原因就在于浦起龙强调杜甫对君主是"一副血诚"。《读杜心解·发凡》称:

> 老杜天资惇厚,伦理最笃,诗凡涉君臣、父子、兄弟、夫妇、朋友之间,都从一副血诚流出。

浦起龙显然已意识到,杜甫的道德伦理已经不仅仅是一种理念,它已内化为道德情感,"从一副血诚流出",对于老杜父子、兄弟、夫妇、朋友之间的"血诚",论者并无异议,自不必论。至如君臣之间的"血诚",则犹有说焉。

君主犯错误,臣子如何做才是"一副血诚"呢?浦氏的意见是:

> 玄肃之际多微词。读者要屏去逆料意见、腹诽意见、追咎意见。老杜爱君,事前则出以忧危,遇事则出以规讽,事后则出以哀伤。这里蹉一针,厚薄天渊。(《读杜提纲》)

浦氏认为君主有错误,臣子可以有"微词",但必须是站在君主一边，为之忧危、规讽、哀伤，而不是腹诽、追咎、讽刺①。综观《读杜心解》，的确是有其强调杜甫的忠君思想，而有意张扬其对于人主的幻想的一面；但无可讳言，杜诗中也的确存在着对君主割不断的情感。作于肃宗至德二载(757)的《收京三首》之二有云：

> 生意甘衰白，天涯正寂寥。忽闻哀痛诏，又下圣明朝。羽翼怀商老，文思忆帝尧。叨逢罪己日，洒涕望青霄。(卷五)

哀痛诏，未见于是年史载。各注纷纭，皆不贴切，唯清人梁运昌《杜园说杜》所议通达：

> 哀痛罪己之诏，必收京后所下。注家或引前此即位诏，则太远；或引还京十一月朔所下，则此时尚未还京。大约句语明白，是可依据，《旧唐书》疏略谬误，不得以彼而疑此也。②

皇帝下罪己诏，大抵是在关键时期作出的一种姿态，以唤起臣民对自己的信心。此诗表达的正是杜甫闻诏后的复杂感受。浦注云："声与泪与眉端喜气，一并跃出。"(卷三之一)《杜臆》云："'叨逢罪己'正指哀痛诏，而'露洒望青霄'亦喜亦忧，恐其托之空言也。"(卷二)甚是。从"羽翼"一联看，玄、肃父子的矛盾已见端倪③，是杜甫"事前则出以忧危"的例证。可见杜甫对皇帝也是"听其言而观

---

① 事实上更有一些士大夫是直接批评杜甫诗中的"微词"，如杨慎《升庵诗话》卷四直指杜诗"慎莫近前丞相嗔"、"千家今有百家存"、"哀哀寡妇诛求尽"等，是"类于讪讦"。而王夫之《诗译》第十二则、《夕堂永日绪论内编》第三十七则(见戴鸿森《薑斋诗话笺注》，人民文学出版社 1981 年版)，对诗中讽刺更是厉声抨击。可见君主专制日甚的封建社会后期，杜甫对君主批评的态度已引起一些儒者的强烈不满。还有一点要注意，古人对"规讽"与讽刺是有区别的，前者"宅心忠厚"，后者则有站在君王对立面之嫌。
② 梁运昌《杜园说杜》，书目文献出版社 1995 年影印本，第 548 页。
③ 详参陈贻焮《杜甫评传》上卷第十章第一节《如此中兴主》，上海古籍出版社 1982 年版，第 413 页。

其行"。闻罪己诏则深受感动,为之一洒热泪,充满了期待。然而经验告诉他,这并不可靠,"又下圣明朝"可见"罪己"已不是第一回了,故又"恐其托之空言也"。杜甫后半生总是陷在"期待——失望——再期待"的循环中。如后来《有感五首》云"愿闻哀痛诏,端拱问疮痍"(卷十一);《往在》云"一朝罪己已,万里车书通"(卷十六),皆对皇帝幡然自新寄望殷殷。

正是"期待/失望"的张力,孕育出杜诗中最有意味的历史意象之一——孔明。《蜀相》诗云:

> 丞相祠堂何处寻?锦官城外柏森森。映阶碧草自春色,隔叶黄鹂空好音。三顾频烦天下计,两朝开济老臣心。出师未捷身先死,长使英雄泪满襟!(卷九)

此诗句句贴切蜀相,却意不在蜀相事迹,而在乎孔明与刘备间的"君臣相得"。如果说,李白的个性突出地体现了社会化了的人对自然的回归①;那么,杜甫的个性则深刻地体现了人性内在的悖论式的矛盾。萧涤非先生曾指出:"杜甫入蜀以后,思想上有一个很突出的变化,那就是他不再'自比稷与契',而向往于诸葛亮。"②为什么?我想原因就在于杜甫在肃宗朝短暂的任职,使他痛感朝廷的黑暗,"思朝廷"与"忧黎元"难以两全。所以他幻想有一个孔明与刘备般"君臣相得"的环境,得到明君充分的信任,放手济世。人格独立与得志行道都在孔明这一意象上得到统一。事实上这种"统一"只是一种相互制约的张力。借用浦起龙的话说:"晓此,后半部诗了了。"

---

① 参看拙作《"布衣感"新论》,《文学评论》2007年第6期(收入本《文集》第六册)。
② 萧涤非《杜甫研究》,山东人民出版社1956年版,第381页。

三

我们感兴趣的还在于这种张力的表现形式。

对偶是中国诗的要素,其中"反对"尤为论者所称许。《文心雕龙·丽辞》云:

> 故丽辞之体,凡有四对:言对为易,事对为难,反对为优,正对为劣。

《文镜秘府论》北卷《论对属》则详举反对云:

> 凡为文章,皆须对属,诚以事不孤立,必有配匹而成。至若上与下,尊与卑,有与无,同与异,去与来,虚与实,出与入,是与非,贤与愚,悲与乐,明与暗,浊与清,存与亡,进与退,如此等状,名为反对者也。

钱锺书《管锥编》认为对仗这一形式最适合表现事理的不同性能与正反两个方面,相反而相成。他说:"世间事理,每具双边二柄,正反仇合;倘求义贱词达,对仗攸宜。"①事实上杜甫正是充分认识到对仗这一特点,在诗中特多反对,使一联之间理殊趣合,一首之内理圆事密,既反映了充满矛盾对抗的外部世界,也表达了他那复杂无奈的内心世界。反对,成为杜诗中张力的最佳表现形式,不可不论。

大体说来,杜诗张力形式有两大类:一是在字句间形成张力;

---

① 钱锺书《管锥编》,中华书局 1979 年版,第 1475 页。

一是在内、外结构间形成张力。前者在杜诗中比比皆是,大抵如《文镜秘府论》所述者。兹举数例,以资隅反。字句间之张力,一种是将极不对称的事物铐在一起,好比荆轲把秦王之袖,五步之内一决生死,造成极其紧张的关系。如"朱门酒肉臭,路有冻死骨"是《自京赴奉先县咏怀五百字》中的名句。《孟子·梁惠王》云:"庖有肥肉,厩有肥马,民有饥色,野有饿莩,此率兽而食人也!"此联概括了孟子的这段话,但诚如《瓯北诗话》所说:"此皆古人久已说过,而一入少陵手,而觉惊心动魄,似从古未经人道者。"这与其反对之形式有关:十字之间,贫富悬殊立见,社会矛盾之尖锐自然令人震慑。且将此联辐射全诗,便凸显了诗人"思朝廷"与"忧黎元"之间两歧的处境,效果特著。至如《江汉》云"乾坤一腐儒"(卷二三),便产生逆反效果。诚如黄生所说:"'一腐儒'上着'乾坤'字,自鄙而兼自负之辞。人见其与时龃龉,未免腐儒目之,然身在草野,心忧社稷,乾坤之内,此腐儒能有几人!"(《杜诗说》卷五)"腐儒"而能与"天地"抗礼,张力之巨大可知。

字句间之张力,还有一种是心理情感方面的。如《元日示宗武》诗云:

> 汝啼吾手战,吾笑汝身长。处处逢正月,迢迢滞远方。飘零还柏酒,衰病只藜床。训谕青衿子,名惭白首郎。赋诗犹落笔,献寿更称觞。不见江东弟,高歌泪数行!(卷二十一)

仇注指出:"此诗皆悲喜并言。啼手战,是悲;笑身长,是喜。逢正月,是喜;滞远方,是悲。对柏酒,是喜;坐藜床,是悲。子可教,是喜;身去官,是悲。赋诗称觞,又是喜;忆弟泪行,又是悲。"诗人情感好比是交流电似地振荡,反对便是其导体。这种悲喜交集的情境在杜诗中颇为常见。更有一种是从表、里的对照中,见出诗人穿透事物本质的思力,如《有感五首》:"莫取金汤固,长令宇宙新。不过行俭德,盗贼本王臣。"(卷十一)对立面的转化就在上下句一转之间。总之,杜诗反对之丰富性与表现力言之不尽,当俟另文再议。

兹论内、外结构间形成之张力。所谓"内结构",我指的是形式结构所以形成的内在思维方式。如《述怀》云:"自寄一封书,今已十月后。反畏消息来,寸心亦何有。"(卷五)寄书探问消息,反畏消息回复,这是心理上的矛盾,不是字面上的矛盾。然而只有这样才能确切写出在战乱中生怕亲人罹祸那颗孤悬的心!陈贻焮先生说得好:"老杜当时因身许国和中顾私而激发出来的思想斗争是剧烈的,他的内心痛苦在诗中得到了充分的表露。"①"身许国"与"中顾私"的矛盾形成张力,是浦起龙所说的"慨世还是慨身"(上引)。再如《彭衙行》:"痴女饥咬我,啼畏虎狼闻。怀中掩其口,反侧声愈嗔。"(卷五)反常的行为与内心的痛苦相激成章,倍觉感人。

内、外结构的矛盾往往达成杜诗特有的悖论、反讽、自嘲的叙事方式。兹以《释闷》为例:

> 四海十年不解兵,犬戎也复临咸京。失道非关出襄野,扬鞭忽是过湖城。豺狼塞路人断绝,烽火照夜尸纵横。天子亦应厌奔走,群公固合思升平。但恐诛求不改辙,闻道婆孽能全生。江边老翁错料事,眼暗不见风尘清。(卷十二)

萧涤非先生称:"诛求应当改辙,却偏未改辙;婆孽不应全生,却偏能全生;国事竟是这样出人意料之外,所以说'错料事'。"②事实上通篇都以反对形成反讽,如仇注所说:"通篇一气转下,皆作怪叹之词。"这股"正与反"的张力凸显了诗人的价值判断与现实之间的冲突。所谓反讽,相当于修辞学上之"倒辞"。陈望道《修辞学发凡》称:"或因情深难言,或因嫌忌怕说,便将正意用了倒头的语言来

---

① 　陈贻焮《杜甫评传》上卷,上海古籍出版社 1982 年版,第 359 页。
② 　萧涤非《杜甫诗选注》,人民文学出版社 2002 年版,第 199 页。

表现,但又别无嘲弄讽刺等意思包含在内的。"①这种方法一旦成为观察、提示事物本质的整体思维,则上升为内结构,是推动全局的血脉之所在。本文第一节论及《自京赴奉先县咏怀五百字》、《北征》诸长篇巨制,正是以"忧黎元"与"思朝廷"这对矛盾为血脉,深度地反映了杜甫当时"不忍便永诀"的内心矛盾,是徐复观所论杜甫创作冲动之源:"杜甫对于他的时代的痛切感受,并不是想飞越,而是去承担下来。要承担却又无法承担,这便形成杜甫一生的苦难精神。"②这种叙事方式在杜甫后期排律中,因其形成的独特性而尤为常见,如《大历三年春白帝城放船……四十韵》、《夔府书怀四十韵》、《风疾舟中伏枕书怀三十六韵奉呈湖南亲友》诸作中都有典型的表观,因笔者有另文发表,兹不赘③。

这种内、外结构形成的张力还存在于组诗之间。《诸将》五首的主脑是通过一组诗对近年发生的重大事件进行批评,意在激发朝廷将领报效国家的责任心,所以多反省语、设问句,从正反两方面叙事。尤其是第二首:

> 韩公本意筑三城,拟绝天骄拔汉旌。岂谓尽烦回纥马,翻然远求朔方兵!胡来不觉潼关隘,龙起犹闻晋水清。独使至尊忧社稷,诸君何以答升平?(卷十六)

前四句言事与愿违,不该发生的事却发生了。后四句言"地利不如人和","独"字暗示君臣离心,对诸将的谴责,以设问句出之,婉转而严厉,通篇具有很强的反讽意味。仇注引陈廷敬曰:"一、二章言吐蕃、回纥,其事对,其诗章、句法亦相似;三、四章言河北、广南,

---

① 陈望道《修辞学发凡》,上海文艺出版社 1962 年版,第 135 页。
② 徐复观《中国文学精神》,上海书店出版社 2004 年版,第 47—48 页。
③ 详见拙文《论杜律铺陈排比的叙事方式》,《杜甫研究学刊》2007 年第 1 期(收入本《文集》第一册)。

其事对,其章、句法又相似;末则收到蜀中,另为一体。"陈氏已发现组诗结构的独特性,尚未发露其与内结构之对应。末首何以"另为一体"? 试读原诗:

> 锦江春色逐人来,巫峡清秋万壑哀。正忆往时严仆射,共迎中使望乡台。主恩前后三持节,军令分明数举杯。西蜀地形天下险,安危须仗出群材。(卷十六)

此首从正面肯定严武与朝廷一心,能守边安民。钱注称该诗"感今而指昔",颂严武可当安危之寄,而今之非其人可知,诗旨远而词文。由此可知,末首与前四首又形成正反相对照的张力,直如古建筑的"勾心斗角"互为斗拱,句与句,联与联,篇与篇之间,形成张力,紧相勾连。至如《羌村》三首,偷生与报国;《秋兴》八首,盛世与乱世;同样是外结构与内结构对应,形成反讽的张力。感受杜诗的沉郁顿挫,不能不注意其中几乎无处不在的张力。

(原载《文学遗产》2009 年第 3 期)

天 地 境 界
——杜诗中的人伦、人道、人格

　　杜甫与儒学之关系，是个古老的话题。然而在经历了长期对中国文化精神作沉痛反思后之今日，它又是一个全新的话题。本文拟从人性的角度切入，略陈管见。

一

　　中国传统文化总是将个体自我定位在人伦关系中，把他看成群体的一分子，社会的角色；这在西方视角中，至今被视为个体缺乏主体性的一大弱点。然而人性中既有自然属性，又有社会属性，而社会属性更是体现了人的本质。所以文化史家庞朴认为：

> 　　用西方的观点看中国，可以说中国人没有形成一种独立的人格(韦伯)；用中国的观点看西方，可以说西方人没有形成一种社会的人格。合理的观点，也许是两者的统一；人既是独立的个体，又是群体的分子，既是演员，又是角色。①

---

① 　庞朴《蓟门散思》，上海文艺出版社 1996 年版，第 234 页。着重号为引者所加。

这种合璧自然是令人神往。不过中国传统文化对"独立人格"也有自己的看法,不应忽视。

我们就从个体的定位说起。中国传统文化将个体定位于人伦之际,毋庸置疑。问题是:这仅仅是起点,并非终结。《论语·学而》有云:

> 子曰:"弟子,入则孝,出则弟,谨而信,泛爱众而亲仁。"

《论语·泰伯》又云:

> 君子笃于亲,则民兴于仁。

将个体定位于伦理秩序中,无非是为了促成社会道德的自觉,达成和谐社会。孔子将孝悌的礼制人性化,培养人伦日用的道德情感,从而使血缘关系超越特定的氏族社会的历史局限,成为"仁"的基础。在此基础之上,孟子进一步明确指出:

> 恻隐之心,仁之端也。(《孟子·公孙丑上》)

> 老吾老,以及人之老;幼吾幼,以及人之幼。天下可运于掌。(《孟子·梁惠王上》)

人伦正是通过个体的互动,跃入人道。其中,起关键作用的是个体的人格。诚如李泽厚所指出:"与外在的人道主义相对应并与之紧相联系制约,'仁'在内在方面突出了个体人格的主动性和独立性。"①所以《孟子·滕文公下》有云:

---

① 李泽厚《中国古代思想史论》,安徽文艺出版社 1994 年版,第 29 页。着重号为引者所加。

得志,与民由之;不得志,独行其道。富贵不能淫,贫贱不能移,威武不能屈,此之谓大丈夫。

个体由是又独立于人伦之际。这才是中国人所认可的独立人格。这固然不是西方意义上的"自我"、"主体性",但现代"独立人格"之建构就与之不相容吗? 就人性的本质而言,个体自我的独立人格不应当置于脱离乃至与社会绝对对立的境地上。

笔者正是居于这一认识来探索、肯定杜甫的道德情感与独立人格。

二

杜甫对妻儿、兄妹、族人、朋友之挚爱,为历来论者所乐道,可不必再议。至其民胞物与,泽被瘦马病鹤、鸡虫蝼蚁,也广为人知,同样可不必再议。萧涤非先生曾以"人道主义"概括之,认为"这是杜甫的基本思想"[①]。涤非师一方面指出杜甫这一主导思想来源于儒学,同时又指出另一方面:"但他却不象孔丘、孟轲那样俨然以救世主自居的姿态出现。为了不幸的人们的幸福,他是愿意牺牲自己的生命的。"(页50)先生将杜甫《茅屋为秋风所破歌》与白居易《新制布裘》二诗作了比较,认为杜甫"吾庐独破受冻死亦足"与白居易"稳暖皆如我,天下无寒人"的境界不同,"白只是推己及人,杜则是舍己为人"(页50)。先生还进一步指出:"一部杜诗,便是杜甫'我能剖心血……一洗苍生忧'的实践。"(页51)这正是杜甫与一般儒者的重大区别,是个性化的"人道主义"。杜甫只取儒学的人文关怀的精神,其推己及人并非儒家道德教义的演示,而是以社会底层一

---

① 萧涤非《杜甫研究》,齐鲁书社1980年版,第49页。着重号为引者所加,以下引该书,只注页码。

分子的身份在苦难的现实中以己饥己溺之亲历去亲证"一国之心"。也就是说,其人道精神并非从儒学经典"涵养用敬"、"格物致知",或作内心的"理欲交战"中得来,他的人道精神既是无我的,又是有我的。只是他的"我",与当时苦难大众之心是相通的,是为"己饥己溺"。浦起龙于此似有会心,其《读杜心解·读杜提纲》乃谓杜诗"慨世还是慨身"。

如何是"慨世还是慨身"？细读杜诗,不难发现:老杜对世事发感慨,无不与自身经历、处境息息相关,筋连着骨,十指连着心。不必举《自京赴奉先县咏怀五百字》、《北征》与"三吏"、"三别"诸名篇为证,即以被朱熹判为"顾其卒章叹老嗟卑,则志亦陋矣"的《乾元中寓居同谷县作歌》七首,及王夫之讥为"诞于言志也,将以为游乞之津也"的《奉赠韦左丞丈二十二韵》为例①,亦可看出杜甫慨世与慨身之间的血肉关系。兹列二诗于下。《乾元中寓居同谷县作歌》七首云:

> 有客有客字子美,白头乱发垂过耳。岁拾橡栗随狙公,天寒日暮山谷里。中原无书归不得,手脚冻皴皮肉死。呜呼一歌兮歌已哀,悲风为我从天来。

> 长镵长镵白木柄,我生托子以为命。黄精无苗山雪盛,短衣数挽不掩胫。此时与子空归来,男呻女吟四壁静。呜呼二歌兮歌始放,邻里为我色惆怅。

> 有弟有弟在远方,三人各瘦何人强。生别展转不相见,胡尘暗天道路长。东飞鸳鹅后鹙鸧,安得送我置汝旁。呜呼三歌

---

① 《晦庵先生朱文公文集》卷八四《跋杜工部同谷七歌》云:"杜陵此歌,豪宕奇崛,诗流少及之者。顾其卒章叹老嗟卑,则志亦陋矣,人可以不闻道哉!"王夫之《诗广传》卷一云:"呜呼！甫之诞于言志也,将以为游乞之津也,则其诗曰'窃比稷与契';追其欲之迫而哀以鸣也,则其诗曰'残杯与冷炙,到处潜悲辛'。是唐虞之廷有悲辛杯炙之稷契,曾不如嚅嗫蹴之下有甘死不辱之乞人也。"

兮歌三发，汝归何处收兄骨。

有妹有妹在钟离，良人早殁诸孤痴。长淮浪高蛟龙怒，十年不见来何时。扁舟欲往箭满眼，杳杳南国多旌旗。呜呼四歌兮歌四奏，林猿为我啼清昼。

四山多风溪水急，寒雨飒飒枯树湿。黄蒿古城云不开，白狐跳梁黄狐立。我生何为在穷谷，中夜起坐万感集。呜呼五歌兮歌正长，魂招不来归故乡。

南有龙兮在山湫，古木茏苁枝相樛。木叶黄落龙正蛰，蝮蛇东来水上游。我行怪此安敢出，拔剑欲斩且复休。呜呼六歌兮歌思迟，溪壑为我回春姿。

男儿生不成名身已老，三年饥走荒山道。长安卿相多少年，富贵应须致身早。山中儒生旧相识，但话宿昔伤怀抱。呜呼七歌兮悄终曲，仰视皇天白日速。

《奉赠韦左丞丈二十二韵》云：

纨绔不饿死，儒冠多误身。丈人试静听，贱子请具陈。甫昔少年日，早充观国宾。读书破万卷，下笔如有神。赋料扬雄敌，诗看子建亲。李邕求识面，王翰愿卜邻。自谓颇挺出，立登要路津。致君尧舜上，再使风俗淳。此意竟萧条，行歌非隐沦。骑驴三十载，旅食京华春。朝扣富儿门，暮随肥马尘。残杯与冷炙，到处潜悲辛。主上顷见征，欻然欲求伸。青冥却垂翅，蹭蹬无纵鳞。甚愧丈人厚，甚知丈人真。每于百僚上，猥诵佳句新。窃效贡公喜，难甘原宪贫。焉能心怏怏，只是走踆踆。今欲东入海，即将西去秦。尚怜终南山，回首清渭滨。常拟报一饭，况怀辞大臣。白鸥没浩荡，万里谁能驯。

同谷七歌,长歌当哭,撕心裂肺。逢此绝境岂能不仰天一呼,感慨万端:"胡尘暗天道路长","杳杳南国多旌旗"。男呻女吟的妻儿,存亡未卜的弟妹,乱世罹难的大众,尽在慨身慨世之中。卒章乃感慨曰"长安卿相多少年,富贵应须致身早"。无奈中的愤激语、反讽语,正与《秋兴》八首云"同学少年多不贱,五陵衣马自轻肥"同,而朱熹竟责之"叹老嗟卑",噫! 施鸿保《读杜诗说》卷九斥之曰:"朱子特未遭此境耳!"痛快。"遭"与"未遭"间,是道铁门槛,唯有"遭此境"者才能慨身即慨世,不以"救世主"自居,在亲历亲证中直觉"一国之心",将"一国之事,系一人之本"(《诗序》)。《奉赠韦左丞丈二十二韵》言抱负不作谦语,直指"致君尧舜上",言困顿不讳狼狈,直云"残杯与冷炙"、"朝扣""暮随",是真性情,也是当时一大批失意寒士的真境况。杜之所以卓然特立者,乃在于困顿中不弃理想。毕杜一生,"此志常觊豁"(《自京赴奉先县咏怀五百字》),体现了士无恒产而有恒心的弘毅精神,是上引"得志,与民由之;不得志,独行其道"的"贫贱不能移"之"大丈夫"精神。这也是杜甫"叹老嗟卑"、"悲辛杯炙"之与嗟来之食者迥异之处。

应提请注意的是:杜甫的"人道主义"不仅仅是单向的"推己及人",杜诗中还表达了对他人的"推己及人"的感激之情。如《病后过王倚饮赠歌》云:

> 麟角凤嘴世莫识,煎胶续弦奇自见。尚看王生抱此怀,在于甫也何由羡。且过王生慰畴昔,素知贱子甘贫贱。酷见冻馁不足耻,多病沉年苦无健。王生怪我颜色恶,答云伏枕艰难遍。疟疠三秋孰可忍,寒热百日相交战。头白眼暗坐有胝,肉黄皮皱命如线。惟生哀我未平复,为我力致美肴膳。遣人向市赊香粳,唤妇出房亲自馔。长安冬菹酸且绿,金城土酥静如练。兼求蓄豪且割鲜,密沽斗酒谐终宴。故人情义晚谁似,令我手脚轻欲旋。老马为驹信不虚,当时得意况深眷。但使残年饱吃

饭，只愿无事常相见。

穷愁潦倒如此，杜甫尽情写出，言人所不屑言、不愿言、不敢言，为的是表达感激之情，更是要肯定、歌颂人世间尚存的那点温情。唯有"遭此境"的杜甫，才知道人与人之间的相互关爱之可贵，它是道德的，又是超乎道德的。典型如《哀王孙》：

> 长安城头头白乌，夜飞延秋门上呼。又向人家啄大屋，屋底达官走避胡。金鞭断折九马死，骨肉不得同驰驱。腰下宝玦青珊瑚，可怜王孙泣路隅。问之不肯道姓名，但道困苦乞为奴。已经百日窜荆棘，身上无有完肌肤。高帝子孙尽隆准，龙种自与常人殊。豺狼在邑龙在野，王孙善保千金躯。不敢长语临交衢，且为王孙立斯须。昨夜东风吹血腥，东来橐驼满旧都。朔方健儿好身手，昔何勇锐今何愚。窃闻天子已传位，圣德北服南单于。花门剺面请雪耻，慎勿出口他人狙。哀哉王孙慎勿疏，五陵佳气无时无。

诗中情感十分复杂，既有"龙种自与常人殊"的庸俗忠君思想，又有对处于特殊历史境况下"但道困苦乞为奴"的弱者的悲悯之情。联系杜甫平常对锦衣玉食的纨绔子弟的厌恶情绪看，此际应是出于一种人道的同情。至如《奉赠王中允维》，对迫授伪署的王维更是在同情中包含着宽容："共传收庾信，不比得陈琳。一病缘明主，三年独此心！"这与刻意以道德律人而不恤者是不同的。这种情怀使其"新松恨不高千尺，恶竹应须斩万竿"（《将赴成都草堂途中有作先寄严郑公五首》）的爱憎分明的性格更为丰满细腻。出自公心，且能带一种体贴他人之情（恻隐之心），这就有很高的人生境界。朱熹《四书章句集注·论语集注》卷六评"曾点气象"有这么一段话：

> 曾点之学,盖有以见夫人欲尽处,天理流行,随处充满……则又不过即其所居之位,乐其日用之常,初无舍己为人之意。而其胸次悠然,直与天地万物上下同流。

道德情感能在伦常日用中随处充满,自然流出,便是所谓的"天地境界"。哲学家冯友兰对此作了详尽的发挥,认为此境界在自然境界、功利境界、道德境界之上。蒙培元《理性与情感》将此四种境界概述为:

> 自然境界中的人是没有自觉的,功利境界、道德境界和天地境界中的人,都是有自觉的,但是又有不同。功利境界中的人的自觉是有私的或求利的;道德境界中的人的自觉是无私的,为公的;天地境界中的人的自觉则更高,他既是无我的,又是有我的,无我者无私我,有我者,有真我。他不仅是为公的,而且是超越道德的,是"天地万物一体"的。①

我于哲学,向无"觉解",但观此自觉而又自然,无我中有我,初无用意却能"从心所欲不逾矩"的境界,也不难体会是一种很高的境界。它使我不禁联想到涤非师解读杜甫的《又呈吴郎》,于此我体悟到杜诗中的无我、有我与真我。原诗如下:

> 堂前扑枣任西邻,无食无儿一妇人。不为困穷宁有此?只缘恐惧转须亲。即防远客虽多事,便插疏篱却甚真。已诉征求贫到骨,正思戎马泪盈巾。

涤非师说,第一句"任"字很重要,要让"无食无儿一妇人"放手

① 蒙培元《理性与情感——重读〈贞元六书〉、〈南渡集〉》,《读书》2007年第11期,第23—24页。着重号为引者所加。

去打枣儿吃,爱打多少就打多少。杜甫写这首诗,仿佛是在对吴郎说:朋友!对这样一个上天无路入地无门的穷苦妇人,你说我们能不任她打点枣儿吗?紧接二句又叮嘱说:如果不是穷得万般无奈,她又哪里会去打别人家的枣子呢?正由于她心怀恐惧,我们更应该表示亲善。于是第五、六两句转落到吴郎,十分委婉地说:那寡妇一见你插篱笆就心存戒备,未免多心了,但你一搬来就插篱笆,却也很像真的要禁止她打枣呢!含蓄的提示是因为怕话说得太直、太生硬,教训味太重,反有可能引起吴郎的反感。联系题目《又呈吴郎》,须知此草堂本是杜甫所有,只是让后辈的吴郎居住,反用了一个表示尊敬的"呈"字,好像和对方身份不相称,其实这些正是为了让吴郎较容易接受劝告,体现了杜甫"不以救世主自居",极尽体贴他人之真情。结句也是全诗的结穴,由一个穷苦的寡妇,由一件扑枣的小事,杜甫竟联想到整个国家大局,以致流泪(页205—209)。这不就是上面说的那种很高的境界吗?

三

冯友兰言四种境界之分别,认为在自然境界中,人不知有我,其行道德之事是由于习惯或冲动;在功利境界中,人有我,即行道德之事,也是为我,将它当作求名求利之工具;在道德境界中,人无我,其行道德之事,是因其为道德而行之;而在天地境界中,人亦无我,不过此无我却是有真我。"有我"有二义,一是有私心,一是有主宰。尽心尽性,皆须我为。"宇宙内事,乃己分内事。"所以天地境界中人,不惟不是无我,而是真正地有我。这种"真我",是依照人之性者,得以完全发展①。依此,我粗浅的体会是,所谓"天地境界",应

---

① 详见《冯友兰选集》下卷,北京大学出版社2000年版,第282—283页。着重号为引者所加。

是人性的"全"：人不但是社会的，也是自然的。他的一切行为，不但要合乎道德，而且这种道德规范已然内化为道德情感而无处不在，自然流出，毫无矫情，其外在形式正与自然境界同。所以冯先生又说：

> 尽人职尽人伦底事，是道德底事。但天民行之，这种事对于他又有超道德底意义。张横渠《西铭》，即说明此点。《西铭》云："乾称父，坤称母。余兹藐焉，乃混然中处。故天地之塞，吾其体；天地之帅，吾其性。民，吾同胞；物，吾与也。"……此篇的真正好处，在其从事天的观点，以看道德的事。如此看，则道德底事，又有一种超道德底意义。①

以此观杜诗，岂不"正蹋着杜氏鼻孔"（浦起龙《读杜提纲》）！且看杜甫《题桃树》：

> 小径升堂旧不斜，五株桃树亦从遮。高秋总馈贫人食，来岁还舒满眼花。帘户每宜通乳燕，儿童莫信打慈鸦。寡妻群盗非今日，天下车书正一家。

宋人赵次公笺注引陈恬语云："参得此诗，乃知杜公作诗之妙处。"次公又云："题止谓之题桃树，非是专题咏桃，盖因桃树而题其所怀也。此诗含仁民爱物之心，与夫遏乱喜治之意……公后有《［又］呈吴郎》诗云：（略）。意与此合。"②清代黄生《杜诗说》卷九又有所发挥云："本题桃树，乃因实及花，因人及物，复因一室及一方，因一方及天下……观其思深意远，忧乐无方，寓民胞物与之怀，于吟花弄鸟之际。"赵注"此诗含仁民爱物之心"，比黄笺"寓民胞物

---

① 《冯友兰选集》下卷，第347页。着重号为引者所加。
② 林继中《杜诗赵次公先后解辑校》下册，上海古籍出版社1994年版，第745—746页。

与之怀"更贴合杜甫"初无作意"的情怀。与《又呈吴郎》合读,的确
能发露杜甫仁民爱物之心。不过黄生的推导更觉细密:"因实及花,
因人及物,复因一室及一方,因一方及天下。"连类而及,民胞物与打
成一片。如果说任桃树遮径而不忍芟其枝,与"总馈人食"尚有功利
的联系,那么帘户通燕、莫打慈鸦的愿心则更纯然是对生命的爱惜。
故黄生《杜诗说》卷九又云:"此诗与五言'枣熟从人打,葵荒欲自
锄。盘餐老夫食,分减及溪鱼'同意,所谓'易识浮生理,难加一物
违'也。"人与社会,人与自然相依相待之"理",岂不是"道德底事,
又有一种超道德底意义"?而此种意义,又岂能囿乎儒学一家之说?

　　事实上,道家所谓的"道德",就具有超越儒家从人伦之际所确
定的"道德"之意义。《老子》有云:"上德不德,是以有德。下德不
失德,是以无德……故失道而后德,失德而后仁。"(三十八章)高亨
认为,上德之"德",指自然德性;下德之"德",指人们创造的"仁"、
"义"之类[1]。仁义之类的道德要次"法自然"之道德一等。《庄子》
也认为:"乘道德而浮游","浮游乎万物之祖,物物而不物于物",此
是"道德之乡"。冯友兰认为:"我们所谓天地境界,用道家的话,应
称为道德境界。"[2]可见天地境界是包括儒道二家最高的人格理想,
共同构成了"人与天地参"的精神境界。其中,庄子对独立人格、自
由精神的描述,无疑丰富、强化了儒家"独行其道"的人格本体论。
而儒家弘毅的人格力量加上道家求"全"(人性之健全)、求"真"(真
性情)的人性诉求,便是杜甫极具张力的情感结构的两大资源。老
杜卓尔不群处,就在于他一直是在人伦秩序中捍卫着个体人格的尊
严,取嵇、阮之狂狷而不流于诞,取陶潜之质性自然而不避现实,以
真性情为"独化",知其不可为而为之,成就了一部沉郁顿挫、风格独
特的杜诗。清代叶燮《原诗》有云:

---

① 　高亨《老子注释》,河南人民出版社 1980 年版,第 89 页。
② 　《冯友兰选集》下卷,第 184 页。

"作诗者在抒写性情。"此语夫人能知之,夫人能言之,而未尽夫人能然之者矣。"作诗有性情必有面目。"此不但未尽夫人能然之,并未尽夫人能知之而言之者也。如杜甫之诗,随举其一篇,篇举其一句,无处不可见其忧国爱君,悯时伤乱,遭颠沛而不苟,处穷约而不滥,崎岖兵戈盗贼之地,而以山川景物友朋杯酒抒愤陶情:此杜甫之面目也。

叶燮可谓道尽杜诗中的道德境界,却尚未道尽杜诗中的天地境界。倒是性格复杂、情感丰富的苏轼,早早便看出杜甫健全人性之端倪。他一方面指出:"古今诗人众矣,而杜子美为首,岂非以其流落饥寒,终身不用,而一饭未尝忘君也欤?"(《东坡集·王定国诗集叙》)另一方面又欣赏其"闲适诗",《书子美黄四娘诗》有云:"此诗虽不甚佳,可以见子美清狂野逸之态,故仆喜书之。"(《东坡题跋》卷二)"清狂"二字直道出老杜与嵇、阮、陶之间的同异。日本学者宇野直人曾统计过从《诗经》到鱼玄机的诗中出现的"狂"字的使用频率,其中李白现存 997 首诗中"狂"字出现 27 次,杜甫现存1 450 首诗中出现 26 次①。李杜有力地开拓了"狂"字的表现内涵。作者举杜诗"痛饮狂歌空度日"、"耽酒须微禄,狂歌托圣朝"、"寇盗狂歌外,形骸痛饮中"等例,认为杜诗中狂的状态多半伴随着酒和歌,含有失意、避乱、自隐、感愤、不得已而为之等意味②。所言甚是,但尚不足以包涵苏轼所谓的"清狂"。先读苏轼"喜而书之"的《江畔独步寻花七绝句》中的二首:

　　　　江上被花恼不彻,无处告诉只颠狂。走觅南邻爱酒伴,经旬出饮独空床。

① ［日］宇野直人《柳永论稿》,张海鸥译,上海古籍出版社 1998 年版,第 45 页。
② 同上,第 51 页。

> 黄四娘家花满蹊,千朵万朵压枝低。流连戏蝶时时舞,自在娇莺恰恰啼。

这种"狂"与狂歌痛饮之"狂"有相当大的区别,恰好是老杜草堂定居后的一种新心态。《江村》一首道出其中缘故:

> 清江一曲抱村流,长夏江村事事幽。自去自来梁上燕,相亲相近水中鸥。老妻画纸为棋局,稚子敲针作钓钩。但有故人供禄米,微躯此外更何求?

仇注云:"燕鸥二句,见物忘机。妻子二句,见老少各得。盖多年匍匐,至此始得少休也。"这是一种人性复归的感觉。再取《客至》、《遣意二首》、《漫成二首》连片读去:

> 舍南舍北皆春水,但见群鸥日日来。花径不曾缘客扫,蓬门今始为君开。盘飧市远无兼味,樽酒家贫只旧醅。肯与邻翁相对饮?隔篱呼取尽余杯。

> 啭枝黄鸟近,泛渚白鸥轻。一径野花落,孤村春水生。衰年催酿黍,细雨更移橙。渐喜交游绝,幽居不用名。

> 檐影微微落,津流脉脉斜。野船明细火,宿雁聚圆沙。云掩初弦月,香传小树花。邻人有美酒,稚子夜能赊。

> 野日荒荒白,春流泯泯清。渚蒲随地有,村径逐门成。只作披衣惯,常从漉酒生。眼边无俗物,多病也身轻。

> 江皋已仲春,花下复清晨。仰面贪看鸟,回头错应人。读书难字过,对酒满壶频。近识峨眉老,知予懒是真。

与杜甫在两京忍辱负重、无可奈何的日子相比,杜甫在田野闲适生活中相当惬意。人与人之间,人与自然之间,春水花径,邻翁野老,相处十分融洽。其原因一则有"故人供禄米",二则"眼边无俗物",不必再"驱驰丧我真"(《寄张十二山人彪三十韵》,秦州诗)。老杜此际之"清狂",是与"真"相联系的。

　　真,是包含着善而又高于善的健全人性。自晋人"以山水明道"以来,开发了"人的自然化"的意境,如宗白华先生所说,是自然美与人格美同时被发现:"晋人向外发现了自然,向内发现了自己的深情。"①它使一些士大夫在大自然的感召下,暂时忘却名利得失,使人性得到某种程度的修复。这是一种"真"。老杜成都草堂诗也往往得此意境。然而这仅仅是其"真"的一个方面,杜甫之真,更多的是率真,近乎王充"疾虚妄"之真(《论衡·佚文篇》)。兹举数例:

　　　　不爱入州府,畏人嫌我真。(《暇日小园散病将种秋菜……》)

　　　　物白讳受玷,行高无污真。(《敬寄族弟唐十八使君》)

　　　　由来意气合,直取性情真。(《赠王二十四侍御契四十韵》)

　　　　吾兄吾兄巢许伦,一生喜怒长任真。(《狂歌行赠四兄》)

将"直取性情真"与"驱驰丧我真"合读,更能领会老杜"思朝廷"与"忧黎元"之间的紧张关系。早在天宝末,杜甫就在《自京赴奉先县咏怀五百字》中道出这种尴尬:

　　　　杜陵有布衣,老大意转拙。许身一何愚? 窃比稷与契。居然成濩落,白首甘契阔。盖棺事则已,此志常觊豁。穷年忧黎元,叹息肠内热。取笑同学翁,浩歌弥激烈。非无江海志,潇洒送日月。生逢尧舜君,不忍便永诀。当今廊庙具,构厦岂云缺?

―――――――――

① 宗白华《美学散步》,上海人民出版社 1981 年版,第 183 页。

葵藿倾太阳,物性固莫夺。顾惟蝼蚁辈,但自求其穴。胡为慕大鲸,辄拟偃溟渤? 以兹悟生理,独耻事干谒。兀兀遂至今,忍为尘埃没。终愧巢与由,未能易其节。沉饮聊自遣,放歌破愁绝。

乾元二年(759),杜甫决然踏上远离朝廷崎岖西行之路,"不忍便永诀"终于不得不诀。其原因不但是长安饥馑,还因为对朝廷不明是非的失望①。入蜀后杜甫的诗歌创作开始更多地指向自己的内心世界,咀嚼人生经验,进行深刻的反思。其独立之人格也因此而展现在诗作中更具一种自由精神:

万里桥西一草堂,百花潭水即沧浪。风含翠筱娟娟静,雨裛红蕖冉冉香。厚禄故人书断绝,恒饥稚子色凄凉。欲填沟壑唯疏放,自笑狂夫老更狂。(《狂夫》)

"欲填沟壑"竟有雅兴从容流连于雨荷风竹间,这正是老杜后期"清狂"本色。与当日在朝"避人焚谏草"(《晚出左掖》)相比多少自在! 真,就要"吾丧我",不断舍弃"假我"、"非我",渣滓日去,真吾(我)日来。在这点上似与晋人近。但杜甫并非玄学式从摆脱人际关系(人伦)中去寻求个体独立,而是儒学式仍在人伦之际确立个体之价值。然而这种确立又并非从"涵养用敬"、"理欲交战"的内省功夫中来,而是放下社会面具,不矫情,"疾虚妄",以真率之丰沛感情去贴近现实,进行反思,从体验中来。在这点上又与后来的宋人不同。这种态度使杜甫在远离朝廷时能"以我为诗",开辟诗国新天地。王嗣奭《杜诗笺选旧序》说得透彻:

———————

① 请参见前篇《杜诗的张力》。

（杜诗）每一阅之，别是一番光景，转阅转妙，如探渊海，珊瑚、木难，在在皆是，而不能穷其藏也。然一言以蔽之曰：以我为诗，得性情之真而已。情与境触，其变无穷，而诗之变亦无穷也。（《杜臆》卷首）

的确，杜甫后期"以我为诗"极具创造力，其深刻的反思性，其历史意象之丰富，容另文专论。这里只就其因率真而开创的新题材、新意境略作讨论。

试读《暇日小园散病将种秋菜督勤耕牛兼书触目》：

不爱入州府，畏人嫌我真。及乎归茅宇，旁舍未曾嗔。老病忌拘束，应接丧精神。江村意自放，林木心所欣。秋耕属地湿，山雨近甚匀。冬菁饭之半，牛力晚来新。深耕种数亩，未甚后四邻。嘉蔬既不一，名数颇具陈。荆巫非苦寒，采撷接青春。飞来两白鹤，暮啄泥中芹。雄者左翮垂，损伤已露筋。一步再流血，尚经矰缴勤。三步六号叫，志屈悲哀频。鸾皇不相待，侧颈诉高旻。杖藜俯沙渚，为汝鼻酸辛。

开首则曰"畏人嫌我真"，是老杜对自己独立人格之自觉。以下拉杂写来，但以真性情贯之，则"民胞物与"之情自然流出，浑然一体。

天地境界也许并不那么玄妙恍惚，它只不过是一种理想化的健全人性。当然，它有它的历史规定性。

（原载《东南大学学报》2010 年第 5 期，略有删改）

星宿之海：杜诗中的道德情感

一

康德说："若果说一个对象是美的，以此来证明我有鉴赏力，关键是系于我自己心里从这个表象看出什么来。"①对一个成功的诗人如杜甫，我们还想追问：他是如何看出来的？又是如何表达的？事实上，古之论者也是注意到这一问题。清人叶燮《原诗·内篇下》有云：

> 千古诗人推杜甫，其诗随所遇之人、之境、之事、之物，无处不发其思君王、忧祸乱、悲时、念友朋、吊古人、怀远道，凡欢愉、幽愁、离合、今昔之感，一一触类而起；因遇得题，因题达情，因情敷句，皆因甫有其胸襟以为基，如星宿之海，万源从出；如钻燧之火，无处不发……

所谓"胸襟"，便是传统文论常见之"情性"，或如刘勰所云之"成心"。《文心雕龙·体性》称：

---

① 北京大学哲学系编《西方美学家论美和美感》，商务印书馆 1982 年版，第 152 页。着重号为引者所加。

　　夫情动而言形，理发而文见，盖沿隐以至显，因内而符外者
也。然才有庸隽，气有刚柔，学有浅深，习有雅郑，并情性所铄，
陶染所凝，是以笔区云谲，文苑波诡者矣。故辞理庸隽，莫能翻
其才；风趣刚柔，宁或改其气；事义浅深，未闻乖其学；体式雅
郑，鲜有反其习；各师成心，其异如面。

　　神秘的情性其实是由先天禀赋的才性与后天的教育、习染、修
养共构的一种接受外物之心理基础，刘勰称之为“成心”。这是心与
物交融的中介，“所遇之人、之境、之事、之物”都将在此酝酿、发酵，
“凡欢愉、幽愁、离合、今昔之感，一一触类而起”，是创作情绪万源之
所从出。经此中介发酵过的情性，与创作个性、作品体貌风格之形
成有直接的关系，故《体性》又云：

　　若夫八体屡迁，功以学成，才力居中，肇自血气；气以实志，
志以定言，吐纳英华，莫非情性。是以贾生俊发，故文洁而体
清；长卿傲诞，故理侈而辞溢；子云沉寂，故志隐而味深……触
类以推，表里必符，岂非自然之恒资，才气之大略哉！

　　刘氏描画出“文体”（文章体貌风格）形成的“路线图”。这是一
个表里相符的过程：“吐纳英华，莫非情性。”不但由先天禀赋的才性
与气质构成，还深受后天的学识与习染的影响，“才自内发，学以外
成”（《事类》），内外交应形成创作个性。结合对全文的理解，试作
图示如下：

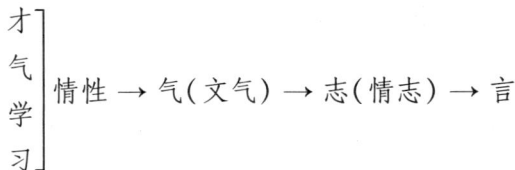

$$\left.\begin{matrix}才\\气\\学\\习\end{matrix}\right] \text{情性} \rightarrow \text{气（文气）} \rightarrow \text{志（情志）} \rightarrow \text{言}$$

情性并不直达文体，它还要激发为气，这个"气"已不是原始的"血气"，而是创作时产生的"文气"。这股气来自平日养成的才、气、学、习，所以平日要注重人格修养与文学修养。《体性》又云"故宜摹体以定习，因性以练才"，根据个人的才性进行双修。但问题的关键还在于熔铸才、气、学、习的情性，在创作发动时必须发酵为文气，将情性提升为情志，"志思蓄愤，吟咏情性"（《情采》），形成创作激情，驱动文辞，形成创作体貌，故曰："气以实志，志以定言。"

情志，可以说是传统文论的核心范畴。在内容与形式的关系中，它总是处于枢纽的地位，风力、骨气、比兴、格调、义理总是围着它转。杜甫之所以"随所遇之人、之境、之事、之物，无处不发其思君王、忧祸乱"之心者，根本原因当从主导其成心的"情志"中寻求。

杜甫《奉赠韦左丞丈二十二韵》云："致君尧舜上，再使风俗淳。"这就是杜甫情志的核心。然而"致君尧舜"对"士"而言，是一个相当普遍的理想追求，可以说已成为一种"文化遗传"。杜甫因其才、气、学、习与之相近，所以最易接受这一遗传。其《进雕赋表》称："自先君恕、预以降，奉儒守官，未坠素业。"他总念念不忘那"传之以仁义礼智信，列之以公侯伯子男"的光荣家世，杜预之文治武功，杜审言之文学成就，使他自觉到负有"致君尧舜上"与家族中兴的双重使命。在性格方面，《唐才子传》称杜审言"恃高才傲世见疾"，而《新唐书》则称杜甫"性褊躁傲诞"，颇有乃祖之风。史载，杜审言之曾祖杜叔毗事母至孝，曾为兄手刃仇人于京城，而杜审言之子杜并（一作升），又为父杀仇，甚至杜甫之姑母也是个"义姑"①。刚烈执着之个性加上深厚的家族伦理情感，似乎已成为杜氏家族的一种"血性"。这对儒家伦理学而言，是一个很好的出发点。因为儒学的创建者孔、孟，是以人类的自然属性为出发点，即以血缘骨肉亲情为

---

① 《杜诗详注》载杜甫《唐故万年县京兆杜氏墓志》，"杜并"作"杜升"。该文称其姑母为"义姑"，云："甫昔卧病于我诸姑，姑之子又病，问巫，巫曰：'处楹之东南隅者吉。'姑遂易子之地以安我。我用是存，而姑之子卒。"

基础的"孝","推己及人"至"泛爱众"的"仁"。以此自然属性的心理基础接受外在的社会规范、伦理道德要求,将其内化为人性自觉的道德情感。杜甫在《自京赴奉先县咏怀五百字》中自许"葵藿倾太阳,物性固莫夺",良有以也。

对一个诗人来说,问题还在于道德情感的人格化与普遍情感的个性化。《毛诗序》云:

> 国史明乎得失之迹,伤人伦之废,哀刑政之苛,吟咏情性,以风其上,达于事变而怀其旧俗者也。故变风发乎情,止乎礼义。发乎情,民之性也;止乎礼义,先王之泽也。

如何"发乎情,止乎礼义"? 接下来几句是关键:

> 是以一国之事,系一人之本,谓之风;言天下之事,形四方之风,谓之雅。雅者,正也,言王政之所由废兴也。

儒学于此并未要求诗人作乡愿式的亦步亦趋,只是要求关心国事、天下事,"言王政之所由废兴"耳。孔颖达《毛诗正义》释云:

> 一人者,作诗之人。其作诗者,道己一人之心耳。要所言一人[之]心,乃是一国之心。诗人览一国之意以为己心,故一国之事系此一人使言之也……诗人总天下之心、四方风俗,以为己意,而咏歌王政……必是言当举世之心,动合一国之意,然后得为风雅,载在乐章。

徐复观《传统文学思想中诗的个性与社会性问题》于此有精到的阐释:

"要所言一人[之]心，乃是一国之心"，这是说作诗者虽系诗人之一人，但此诗人之心乃是一国之心，即是说，诗人的个性即是诗人的社会性。诗人的个性何以能即是诗人的社会性？因为诗人是"览一国之意以为己心"、"总天下之心、四方风俗以为己意"。即是诗人先经历了一个把"一国之意"、"天下之心"，内在化而形成自己的心，形成自己的个性的历程。①

以此反观杜诗，可谓丝丝入扣。清人浦起龙《读杜心解·发凡》早已指出："老杜天姿惇厚，伦理最笃，诗凡涉君臣、父子、兄弟、夫妇、朋友之间，都从一副血诚流出。"《目谱》又称："少陵之诗，一人之性情而三朝之事会寄焉者也。"这就是说，"伦理"这一带有普遍意义的道德理性已内化为杜甫的人格，是杜甫情感结构中起主导作用的要素，由此形成杜甫最鲜明的创作个性，即历代论者所叹服的"同行独见"。例如《同诸公登慈恩寺塔》，诗当作于天宝十一载（752）秋，同行同作有高适、薛据、岑参、储光羲诸人。薛诗已佚，储诗稍弱，高、岑、杜三家各具特色，如大将旗鼓相当，但诚如《杜诗详注》所说："三家（高、岑、储）结语，未免拘束，致鲜后劲。杜于末幅，另开眼界，独辟思议，力量百倍于人。"兹录高、岑、杜诗末尾几句于下，以供比较。

秋风昨夜至，秦塞多清旷。千里何苍苍，五陵郁相望。盛时渐阮步，末宦知周防。输效独无因，斯焉可游放。（高）

秋色从西来，苍然满关中。五陵北原上，万古青濛濛。净理了可悟，胜因夙所宗。誓将挂冠去，觉道终无穷。（岑）

秦山忽破碎，泾渭不可求。俯视但一气，焉能辨皇州。回

---

① 徐复观《中国文学精神》，上海书店出版社 2004 年版，第 2 页。

首叫虞舜,苍梧云正愁。惜哉瑶池饮,日晏昆仑丘。黄鹄去不息,哀鸣何所投?君看随阳雁,各有稻粱谋。(杜)

虞舜,古代贤君,借指唐太宗。天宝十一载,唐帝国外表尚强大,但已伏"安史之乱"的祸胎。"瑶池饮",喻唐玄宗犹沉湎于安乐,安不思危。杜甫欲"致君尧舜上",不意玄宗却日见昏庸。回首一叫,将胸中郁碑吐出,是全诗显豁处,也是高、岑所未到处。杜甫的"独辟思议",正来自深沉的忧患意识,是其"致君尧舜"情志的发露。在儒家价值观中,忧患意识有其突出的地位。《孟子·告子》云:"入则无法家拂士,出则无敌国外患者,国恒亡。"孟子将个体的忧患与群体的忧患结合起来,提升到关系国家存亡的历史规律这一高度上来认识。而杜甫正是将这一忧患意识化为个体的"胸襟"——不但是理性的历史责任感,更是具有强烈个人情感色彩的"情志",以此"只眼"(内视觉)看世界,即叶燮所谓"随所遇之人、之境、之事、之物",总能与其"思君王、忧祸乱、悲时"之成心相触起情,发人所未发,同行而独见。

二

子曰:"有德者必有言。"(《论语·宪问》)只不过此言未必成诗,尤其是好诗。诗人首先要有穿透般的感受力,是所谓"精微穿溟滓,飞动摧霹雳"者,这才能同行独见地"看出什么来"。杜甫先天的才性与上述那深厚的道德情感,养成杜甫独有的感受力,与其"集大成"式的学力相表里,造就杜诗高、大、深的总体风貌。

所谓"高",首先就是杜诗焕发出来的那种崇高感。康德曾指出,在理性的道德律令与感性个体的利益相冲突的情况下,道德理性便会显示出其超越自己的一种人格力量而无比崇高①。北宋王安石则用自己的话语来表述杜诗那种出自人格力量与伦理风范的崇高感：

> 吾观少陵诗，谓与元气侔。力能排天斡九地，壮颜毅色不可求……惜哉命之穷，颠倒不见收。青衫老更斥，饿走半九州。瘦妻僵前子仆后，攘攘盗贼森戈矛。吟哦当此时，不废朝廷忧。常愿天子圣，大臣各伊周。宁令吾庐独破受冻死，不忍四海赤子寒飕飕。伤屯悼屈止一身，嗟时之人我所羞。所以见公画，再拜涕泗流！（《杜甫画像》）

王安石从千百首杜诗中独挑明《茅屋为秋风所破歌》一首，可谓是眼光如炬。当然，也有人对这种舍己为人的崇高感表示极不理解。如《唐诗援》云：

> "'安得广厦千万间'，发此大愿力，便是措大想头。"申凫盟此语最妙，他人定谓是老杜比稷、契处矣。

在这些人看来，杜甫此时穷愁潦倒，自顾不暇，还会想到"安得广厦千万间，大庇天下寒士尽欢颜"，无非是穷措大的空想，算什么"自比稷与契"？申凫盟们无意中歪打正着道出了杜甫"自比稷与契"的独特之处。如前所论，自比稷契、致君尧舜是"士"的普遍追求，杜甫在《奉赠韦左丞丈二十二韵》提出这一理想，其时，他选择的是出仕辅君致治之路，与众人并无多大差别。然而仕途不断碰壁，而战乱又将其卷进社会底层，亲历身受的社会现实使之痛感到"致君尧舜上"与"穷年忧黎元"之间的距离。作于"安史之乱"前夕的

---

① 具体论述参看［德］康德《实践理性批判》，关文运译，商务印书馆 1960 年版，第88—89 页。

《自京赴奉先县咏怀五百字》已露端倪：诗的前半诉说纡徐纠结的情感，"葵藿倾太阳"的本性使其与朝廷"不忍便永诀"，而后半部分展示"彤庭所分帛，本自寒女出。鞭挞其夫家，聚敛贡城阙"的现状又使之不能不意识到向朝廷靠拢的错误，"独耻事干谒"。正是这两种情感的纠结，"以志定言"，凭借杜甫深厚的文学修养与文字天才，写出沉郁顿挫的杰作。在"安史之乱"中所作的"三吏"、"三别"，其中对战乱中无助百姓之同情，与对朝廷之体谅、维护，对制造乱象的叛军之敌忾，多股复杂情感的纠结激荡，不但形成沉郁顿挫的文气，更促成杜甫"上感九庙焚，下悯万民疮"（《壮游》）的道德情怀，而且愈来愈多地倾注于后者。经过社会底层生活的历练，可以说，杜甫"致君尧舜"的理想内涵更丰富了，具有更多个性化的东西，有着质的变化。即以后期所作的《茅屋为秋风所破歌》论，其不可及处就在超越个体利害的道德情感，在穷愁潦倒自救不暇的境况中想到的是"大庇天下寒士尽欢颜"，乃至不惜"吾庐独破受冻死"。白居易也有两首仿作，即前期的《新制布裘》与后期的《新制绫袄成感而有作》。前者云："安得万里裘，盖裹周四垠！稳暖皆如我，天下无寒人。"后者云："宴安往往欢侵夜，卧稳昏昏睡到明。百姓多寒无可救，一身独暖亦何情。心中为念农桑苦，耳里如闻饥冻声。争得大裘长万丈，与君都盖洛阳城！"从少壮到老年，从布裘到绫袄，白氏不改初衷地关心百姓，虽然是以不损害自己的利益为前提，但应当说已是难能可贵了。然则白、杜在不同情境下发出的呻吟与呐喊，哪个更具冲击力还容置辨吗？明代王嗣奭《杜臆》卷一曾一针见血地指出："人多疑'自许稷契'之语，不知稷契元无他奇，只是己溺己饥之念而已！"无君可"致"的"稷契"，也依然要"己饥己溺"。然而要实践这种"元（原）无他奇"的己溺己饥，又谈何容易！我们只要联系《自京赴奉先县咏怀五百字》那段撕心裂肺的自述，便可感铭杜甫的悲天悯人是"从一副血诚流出"！该诗云：

老妻寄异县，十口隔风雪。谁能久不顾？庶往共饥渴。入门闻号咷，幼子饿已卒！吾宁舍一哀，里巷亦呜咽。所愧为人父，无食致夭折。岂知秋禾登，贫窭有仓卒。生常免租税，名不隶征伐。抚迹犹酸辛，平人固骚屑。默思失业徒，因念远戍卒。忧端齐终南，澒洞不可掇！

是的，杜甫此时自身已困极、痛极，他自顾不暇却还能"默思失业徒"，岂不更是"措大想头"？但正是这一念，使杜诗迸发出感人肺腑的崇高感。诚如徐复观所说，杜甫这种创作冲动"是因为他的一生，乃系把他整个的生命，投入于对时代无可奈何的责任感里面"①！正是这种"无可奈何"逼出杜甫的自我超越。宋人方回《瀛奎律髓》卷二九曾做过这样的假设：

唐中叶衰矣，却只成就得老杜一部诗也。不知终始不乱，老杜得时行道如姚、宋，此一部杜诗不过如其祖审言，能雅歌咏治象耳，不过皆《何将军山林》、《李监宅》等诗耳，宁有如今一部诗乎？

以儒家标准看，名相姚崇、宋璟的确是在当时条件下尽了其"致君尧舜"的一份心，却未能达到杜甫己溺己饥的境界。是那种在道德律令与感性个体利益相冲突情境下迸发出的人格力量与崇高感，使杜甫诗中的道德情感不断升华，不断向外推及，进而达到"大"的境界。

所谓"大"，不但指杜诗雄阔的气象与题材，还指其悲天悯人、民胞物与，能致广大而尽精微的爱心。其实儒家伦理学是一个复杂的体系，既有其维护封建宗法等级制社会的阶级性，同时又有保留原

---

① 徐复观《中国文学精神》，第47页。着重号为引者所加。

始社会遗风,将社会看作是一个血肉相连的宗法共同体而力主恤孤济贫、民胞物与的"全民性",从而在调和社会各阶级矛盾的层面上,有其古代人道主义的性质,成为该社会的"普遍情感"。如上所论,杜甫典型地具备该"推己及人"至"泛爱众"之博大情怀——其中或杂有释家普度众生的思想。这种情怀随着杜甫社会感受的日广日新而日深。且不说"三吏"、"三别"、《三绝句》(前年渝州杀刺史)一类泣血般的为民请命,或对妻儿弟妹那柔肠寸断的亲情,乃至对朋辈如李白、郑虔诸人牵肠挂肚式的关爱;哪怕是无亲无故的"女子小人",柴火油盐的"细事",也都能在杜诗中发露其无所不在的爱心。如《负薪行》,"四十五十无夫家"的夔州丑女被寄以深切的同情,而《示獠奴阿段》,则以历来用以歌功颂德的七律为一位仆人作传,表达对其辛勤劳动的感激之情,直是前无古人。再读这首《又呈吴郎》:

> 堂前扑枣任西邻,无食无儿一妇人。不为困穷宁有此? 只缘恐惧转须亲! 即防远客虽多事,便插疏篱却甚真。已诉征求贫到骨,正思戎马泪沾巾。

中间四句极见功力,既写出贫妇人的无奈与恐惧,又写出吴郎插篱的私心,还托出杜甫讲究效果,怕伤害吴郎自尊而措辞极尽委婉之能事的苦心,可谓一支笔写出三人心理,同时还唤起读者的同情心。如果不是推心置腹、感同身受,如何能至此化境!

身陷困境的杜甫,还将其仁爱广被落难王孙、失意将相、画师舞女。《哀王孙》、《八哀诗》、《丹青引》、《观公孙大娘弟子舞剑器行》之类便是。甚至瘦马病鹤、鸡虫植被,都能引发其民胞物与之心。试读《题桃树》:

> 小径升堂旧不斜,五株桃树亦从遮。高秋总馈贫人食,来

岁还舒满眼花。帘户每宜通乳燕，儿童莫信打慈鸦。寡妻群盗非今日，天下车书正一家！

赵次公注："题止谓之题桃树，非是专谓咏桃，盖因桃树而题其所怀也。此诗含仁民爱物之心，与夫遇乱喜治之意。"①因"高秋总馈贫人食"而爱桃，又由爱桃泛及乳燕慈鸦，再推及遇乱喜治，是推己及人的同情心驱动想象力，遂使诗中饱含古代的人道主义。诚如萧先生云："妙在结合眼前实景和日常生活，故不流于说教。"②道德理性于此化为鲜明的个体感受。

更有一类是将堵积胸中那无边的悲天悯人情怀借超现实之意象一吐而出如《凤凰台》者：

> 亭亭凤凰台，北对西康州。西伯今寂寞，凤声亦悠悠。山峻路绝踪，石林气高浮。安得万丈梯，为君上上头？恐有无母雏，饥寒日啾啾。我能剖心血，饮啄慰孤愁。心以当竹实，炯然无外求。血以当醴泉，岂徒比清流？所重王者瑞，敢辞微命休！坐看彩翮长，纵意八极周。自天衔瑞图，飞下十二楼。图以奉至尊，凤以垂鸿猷。再光中兴业，一洗苍生忧。深衷正为此，群盗何淹留！

浦起龙《读杜心解》称："是诗想入非非，要只是凤凰台本地风光，亦只是老杜平生血性，不惜此身颠沛，但期国运中兴，剖心血，兴会淋漓。"正因其不泥于具体事迹，反而能将"平生血性"无所不在地尽情展示。护持凤凰，便是护持自己的理想。子曰："文王既没，文不在兹乎？"（《论语》）孔子以文化载体自许，杜甫以稷契自许，都体现了古国"士"的文化精神。方东美《中国形而上学中之宇宙与

---

① 林继中《杜诗赵次公先后解辑校》下册，上海古籍出版社1994年版，第745页。
② 萧涤非《杜甫诗选注》，人民文学出版社1998年版，第207页。

个人》称中国本体论特色有二："一方面深植根于现实界，另一方面
又腾冲超拔，趋入崇高理想的胜境而点化现实。"①正是这种入世的
超越精神使杜甫既有执着于现实之深情，又有超然反思之理性；终
能直面人生而形成巨大的担荷力，由高、由大，转深。

所谓"深"，既指杜诗情感之深挚，又指杜诗思理之深刻。就道
德情感而言，还指其对人性发露之深入。王国维《人间诗话》有云：

> 诗人对宇宙（一作自然）人生，须入乎其内，又须出乎其
> 外。入乎其内，故能写之。出乎其外，故能观之。入乎其内，故
> 有生气。出乎其外，故有高致。

杜之情深，自其"入乎其内"感受真切得来；杜之理深，自其"出
乎其外"看得透彻得来。难能可贵的还在于：杜甫"阅历虽深有血
性"（龚自珍句），能于情动处运思，于运思时动情；深情而明理，看透
而不绝情。典型如《新婚别》。在这首诗里，诗人化身为新娘子，不
但口吻酷肖，且矛盾复杂的情绪如同己出：

> 暮婚晨告别，无乃太匆忙！君行虽不远，守边赴河阳。妾
> 身未分明，何以拜姑嫜？父母养我时，日夜令我藏。生女有所
> 归，鸡狗亦得将。君今往死地，沉痛迫中肠！

"君行"二句，萧涤非先生认为有深意：第一，它点明了造成新
婚别的根由；第二，它说明了当时进行的战争是一次守边卫国的正
义之战②。可以说这是全诗杂糅情感之结穴所在。身份未明，夫君
赴死，惨酷的现实不可逆转且又不能不接受。"生女有所归，鸡狗亦

---

① 该文收入刘小枫编《中国文化的特质》，生活·读书·新知三联书店 1990 年版。着重号
　为引者所加。
② 萧涤非《杜甫研究》，齐鲁书社 1980 年版，第 220 页。

得将！"诗人对新娘子尴尬的处境倾注了无限的同情。然而保家卫国的道德律令使人不能不头脑清醒：

> 誓欲随君去，形势反苍黄。勿为新婚念，努力事戎行。妇人在军中，兵气恐不扬。

话说到这份上，已令人哽咽，但"他人不过说到七八分者，少陵必说到十分，甚至十二三分者"（《瓯北诗话》）。就本质而言，杜诗之深，就在于对人性的不断深入发掘：

> 自嗟贫家女，久致罗襦裳。罗襦不复施，对君洗红妆。仰视百鸟飞，大小必双翔。人事多错迕，与君永相望。

处社会下层的"小人、女子"，深情明理，其健全的人格历来又有几人能解？非人所能知而知之且发露之者，惟其甫也！杜甫从心灵的最深处发露了新娘子情绪不可解而强为之解的痛苦，犹莎士比亚《泰特斯·安德洛尼斯》所形容："像堵塞的炉膛，把心灵烧成灰烬！"情、理于此一片血肉模糊。

再如《留花门》，写来唐助战的回纥军，勇决无前，却杀掠成性："田家最恐惧，麦倒桑枝折。"且"公主歌黄鹄"以和亲事点明国耻。对如此军队，就情言之，不欲留之；然就形势思之，又不得不留之："中原有驱除，隐忍用此物。""此物"二字是诗人悲极、愤极之语，也是情、理相激之语。而其中无论情乎、理乎，都源自诗人那"上感九庙焚，下悯万民疮"的道德情感。至若名篇《登岳阳楼》，杨伦《杜诗镜铨》引王阮亭语云："元气浑沦，不可凑泊，高立云霄，纵怀身世。"可谓高、大、深具备。然而，如果不是结句转出"戎马关山北"五字，则"乾坤日夜浮"亦只是与孟浩然"气蒸云梦泽"争高低耳。深厚的道德情感乃是杜诗整体风格统摄力之所在。

<h1 style="text-align:center">三</h1>

关键还在道德情感的诗化。

历来论者都说李白诗的主观性强,而杜诗则客观性强。这要看是从哪个角度讲。从审美判断言之,杜诗以不同于李诗的方式表现出同样强烈的主观色彩,即透过感受不动声色地体现其主观情感。

"白水暮东流,青山犹哭声。"这是《新安吏》写抓丁场面的句子。《杜臆》云:"哭声众,宛若声从山水出,而山哭水亦哭矣!至暮,则哭别者已分手去矣,白水亦东流,独青山在,而犹带哭声,盖气青色惨,若有余哀也。""犹"字透出背后强烈的主观情感。

"影静千官里,心苏七校前。"这是杜甫至德二载(757)从长安沦陷区逃归唐政府所在地凤翔,所作《自京窜至凤翔喜达行在》中的句子。《杜诗镜铨》引张云:"脱险回思,情景逼真,只'影静'、'心苏'字,以前种种奔窜惊危之状,俱可想见。"又王夫之《唐诗选评》卷三:"'影静千官里',写出避难仓皇之余,收拾仍入衣冠队里,一段生涩情景,妙甚。非此,则千官之静亦不足道也。"二注互相发明,只有经历过九死一生奔赴朝廷的人,眼中才有此特殊感受,其背后有多少沦陷区"眼穿当落日,心死著寒灰"的日日夜夜!至如"社稷缠妖气,干戈送老儒"(《舟中出江陵南浦奉寄郑少尹审》),缠、送二字将灾难未有穷期,晚年疲于奔命之感和盘托出。萧先生说:"缠字和送字诚然是很工的,但如杜甫没有久经丧乱的经历,也琢磨不出。"①与其说杜诗反映的是客观世界本身,毋宁说杜诗表现的是其主体对客体的经验。

然而在文学作品中,任何个人情感都必须与普遍情感取得某种

---

① 萧涤非《杜甫研究》,第99页。

联系,否则就不能引发美感,不成其为文学作品,起不到"诗可以群"的作用。尤其是杜甫情感结构如前所论,就在于"一人心乃是一国之心","一人之性情而三朝之事会寄焉者",其感受一端与"同行独见"的鲜明个性相联系,另一端乃与"普遍情感"相联系。也就是说,杜甫丰富的个人感受因其内在"泛爱众"的情感内容,而具有一定的普遍性,即真、善、美的一致性。试读《春望》:

> 国破山河在,城春草木深。感时花溅泪,恨别鸟惊心。烽火连三月,家书抵万金。白头搔更短,浑欲不胜簪。

见花溅泪、闻鸟惊心,一反常情,是很强烈的个人感受,却系于对家国之爱心。而颈联写盼得家书的急切心情,本是常语,也因为道得每个"乱离人"的心思,是普遍情感,遂成名联。整首诗焕发出一种坚定的信念,凝于首句:"国破山河在!"字字千钧。国虽破(长安陷),而山河在——人心亦在!犹《北征》云:"胡命其能久,皇纲未宜绝!""国破山河在,城春草木深",这就是生命呈现出的顽强!很难想象,如果没有与深厚的道德情感相联系的普遍情感,这首诗能具有如此大的担荷力?反之,如果不是"国破山河在"、"感时花溅泪"这类独特的审美体验,这首诗也很难有如此大的吸引力。再如写于至德元载(756)唐军陈陶斜之败后的《悲陈陶》:

> 孟冬十郡良家子,血作陈陶泽中水!野旷天清无战声,四万义军同日死!群胡归来血洗箭,仍唱胡歌饮都市。都人回面向北啼,日夜更望官军至。

"血洗箭",《杜诗详注》作"雪洗箭"。又注明宋人赵次公本作"血洗箭"。"血洗箭"的意象奇特,故引起后人争议,或解作以血水洗箭,或解作洗箭上之血,或解作血满箭上如以血洗;都没有注意到

"洗"字既是诗人目睹之感觉,更是主观惨酷的感受。上列几种解如萧先生所批评:"都未免太拘泥。血字一作雪,也不对。杀了你的人不算,仍要在你的家里喝你的酒来庆祝胜利。这情况,是诗人杜甫也是所有的长安居民所痛心的。"①胡人未必有意以血洗箭,是"痛心"这一强烈的主观情绪使诗人有"血洗箭"的视觉印象。这一独特意象既写出唐军败之惨,也写出胡人胜之骄,更写出诗人与长安居民闻之痛! 其情感效果就在"结语兜转一笔好,写出人心不去"(《读杜心解》)。是的,诗人感受的一端虽来自对表象独到的观察与体验,但另一端却维系于民族历史形成的普遍情感。试以下式明之:

表象↔感受↔普遍情感

何谓"普遍情感"? 我认为它是在一定的历史文化情境中,人们(某一群体)在理性、情感方面的相互沟通,也是一种历史文化的积淀,道德情感尤其如此。如前所论,儒家悲天悯人情怀,便是儒家文化长期的历史生成,具有相当的普遍性。《孟子·告子上》曰:

> 恻隐之心,人皆有之;羞恶之心,人皆有之;恭敬之心,人皆有之;是非之心,人皆有之。恻隐之心,仁也;羞恶之心,义也;恭敬之心,礼也;是非之心,智也。

经孟子一番推导,儒家力倡的仁义礼智也成为"人皆有之"的内在道德情感。经长期历史积淀,它的确曾经成为中国古代各阶层可相互"对话"的一种"普遍情感"。

通过心物交融,达到物我同一;通过审美联想,创构诗歌意象;

---

① 萧涤非《杜甫诗选注》,第68页。着重号为引者所加。

这是杜诗创作中沟通表象与普遍情感间联系的重要手段。

关于表象与情感之关系，西方有"移情"、"异质同构"诸说，与我国传统的"心物交融"、"物我同一"诸说相通而不尽相同。《文心雕龙·物色》称："写气图貌，既随物以宛转，属采附声，亦与心而徘徊。"心随物动，物因心移："情往似赠，兴来如答。"主客双方在交往中形成"对话"关系。应提请注意的是："感物"之"物"，应包括社会人事，如钟嵘《诗品·序》所说"楚臣去境，汉妾辞宫"之类，"凡斯种种"皆属"物之感人"。而杜诗所专注者，尤在此类体现"民胞物与"精神的"物（人事）我同一"。以《佳人》为例，诗写乱世遭弃而幽居空谷的一位贵妇人。清人黄生《杜诗说》卷一评曰："偶有此人，有此事，适切放臣之感，故作此诗。"又云："后人无其事而拟作与有其事而题必明道其事，皆不足与言古乐府者也。"黄生的意思是：诗妙不在记实，也不在虚构，乃在"此人此事"与"放臣之感"适切相遇起情，有意无意，存天机于灭没之间。换句话说，"天寒翠袖薄，日暮倚修竹"的意象乃是"弃妇"与"放臣"情感沟通之产物。"物我同一"之"同"，沟通是也。"放臣之感"，正是杜甫平生"致君尧舜上"情志不得舒展之痛处，故往往"随所遇之人、之境、之事、之物"触情而起。入蜀后有关诸葛孔明之题吟屡见，原因就在此。试读《蜀相》：

> 丞相祠堂何处寻？锦官城外柏森森。映阶碧草自春色，隔叶黄鹂空好音。三顾频烦天下计，两朝开济老臣心。出师未捷身先死，长使英雄泪满襟！

诗虽句句贴切蜀相孔明，却又意不在记叙蜀相孔明，而在孔明与刘备之间的"君臣相得"。全诗血脉所在，正在于斯。《杜诗解》称："当日有未了之事，在今日长留一未了之计，未了之心。""长使"二字不但写出诗人的感慨，也写出士大夫与君主专制之间的历史感应。《宋史·宗泽传》载，抗金名将宗泽病危，即吟尾联，三呼"过

河"而薨。"普遍情感"深植根于民族历史文化的积淀之中可见。杜诗中孔明的形象,是历史文化积淀之意象。再看《古柏行》:

> 孔明庙前有老柏,柯如青铜根如石。霜皮溜雨四十围,黛色参天二千尺。君臣已与时际会,树木犹为人爱惜。云来气接巫峡长,月出寒通雪山白。忆昨路绕锦亭东,先主武侯同閟宫。崔嵬枝干郊原古,窈窕丹青户牖空。落落盘据虽得地,冥冥孤高多烈风。扶持自是神明力,正直元因造化工。大厦如倾要梁栋,万牛回首丘山重。不露文章世已惊,未辞剪伐谁能送? 苦心岂免容蝼蚁,香叶终经宿鸾凤。志士幽人莫怨嗟,古来材大难为用!

高、大、深具备,这是一首十足典型的杜诗。正如明人李梦阳所说:"情者,动乎遇者也。"(《梅月先生诗序》)夔府武侯庙前老柏树再度触发诗人"君臣际会"之情志,是另种形式的"放臣之感"。此种触发,杜甫谓之"发兴":

> 云山已发兴,玉佩仍当歌。(《陪李北海宴历下亭》)
>
> 客身逢故旧,发兴自林泉。(《春日江村》)

"发兴"二字有力地表达了物我相激相生之情状。想象是情感的展开。首先是古柏巨木激发诗人有关"材大"的想象,而"致君尧舜"之情志又将此审美联想导向"君臣际会",再回到平生志不得伸之现实,古柏巨木之意象遂渗透"古来材大难为用"之普遍情感。是之谓:兴象。其间,情志起着主导作用。故上引《梅月先生诗序》又云:"君子无不根之情,忧乐潜之中而后感应之外,故遇者因乎情,诗者形乎遇。"此则开篇引《原诗》所谓"因遇得题,因题达情,因情敷句,皆因甫有其胸襟以为基"者也。

四

最后，我想重点讨论审美联想在杜诗道德情感诗化过程中的特殊意义。

仍以上节《古柏行》为例。"云来气接巫峡长，月出寒通雪山白。"诗人于此发兴，飞驰想象，东接巫峡，西通雪山，打通时空的阻隔。此后，由夔府之柏联想到成都武侯祠之柏，再由柏之孤高联想到栋梁之材，再联想到先主、武侯之君臣际会，再联想到材大谁送？再联想到志士幽人……一路联想似多米诺骨牌，形成非推理性的逻辑，不断强化古柏的符号意味。在连锁式联想过程中，夔府之柏、成都之柏、君臣、志士，物我的意象不断叠加。柏之大材，柏之"苦心"，大柏之难送，与夫孔明之大材，志士贤人乃及诗人之苦心，不断同一，重组成"材大难为用"的意象——诗中之柏的艺术幻象。这是一个由感觉形象到超越感官，又返回表象的诗化过程。想象，是转化的关键。杜甫的这种审美联想与李白那种癫狂醉梦式的想象有所不同，它带着某种理性，是情、理、事如盐入水般化入对表象那鲜明的感觉之中。这种理，就是与杜甫"致君尧舜上"的情志相联系的"君臣际会"之"理"，植根于杜甫深厚的伦理道德情感之中①。再如《客从》：

> 客从南溟来，遗我泉客珠。珠中有隐字，欲辨不成书。缄之箧笥久，以俟公家须。开视化为血，哀今征敛无！

---

① 至于"君臣际会"中的"忠君"思想，是个老问题，已有许多评论文章可参考，不是本文讨论重点，兹不赘（请参考本《文集》第一册所收《杜诗的张力——忠君爱民思想在杜诗中的表现形式》一文）。

　　由南海珠联想到鲛人泣血，再想象为珠化为血，现实事物在联想中转化为诗的意象，其中已饱含诗人爱民的道德情感，故《杜臆》云："此为急敛而发。上之所敛，皆小民之血，今并血而无之矣！"让思想带上血肉，这是杜诗联想之效用。杜诗之联想还往往超越简单的"对应"，将极不相干的事物拉近，铸成紧密的意象，是为"纵则长河落天，收则灵珠在握"手段。

　　"影著啼猿树，魂飘结蜃楼。"这是《第五弟丰独在江左近三四载寂无消息觅使寄此二首》中的句子。"啼猿"叠加"树"，再叠加上诗人之"影"。身羁峡内对亲人望眼欲穿之情乃转换为世间不可能有的"视觉意象"。

　　"天地日流血，朝廷谁请缨?"（《岁暮》）广德元年（763）吐蕃陷松、维、保三州，诗人由具体的战事联想及整个国家百姓长期处战祸之中，遂以"天地"这一直觉形象取代"人间"一类的抽象词语，更觉触目惊心！

　　诗人晚年尤注重在记忆中搜索感官材料，激情的想象带着理性的沉思，如《秋兴八首》。即以历来争讼纷纭的"香稻啄余鹦鹉粒，碧梧栖老凤凰枝"为例，便是从记忆幻化而来的意象。"倒装句"也罢，"以名词做形容词"也罢，"形容短语"也罢，总归诗人服从的是强烈的主观印象，而不是语法规则。诚如叶嘉莹所说："我以为正是这种新颖的句法，才使这二句超脱于一般以平铺直叙来写拘狭现实之情事的范畴，而进入于一种引人联想触发的感情境界。"①诗人有意解除语法秩序的束缚，让香稻、鹦鹉、碧梧、凤凰等意象解放出来，并以"啄余"、"栖老"逗出读者的联想，一似拼板游戏，让读者以想象力重组这些意象间的关系。先让我们回到原组诗第八首：

　　　昆吾御宿自逶迤，紫阁峰阴入渼陂。香稻啄余鹦鹉粒，碧

───────────

①　叶嘉莹《杜甫〈秋兴八首〉集说·代序》，上海古籍出版社 1988 年版，第 57 页。着重号为引者所加。

梧栖老凤凰枝。佳人拾翠春相问，仙侣同舟晚更移。彩笔昔曾干气象，白头吟望苦低垂。

诗的主体是咏渼陂忆旧游。诗人早年在长安曾游过渼陂，写下《与鄠县源大少府宴渼陂》、《城西陂泛舟》、《渼陂行》、《渼陂西南台》诸诗，有"饭抄云子白，瓜嚼水精寒"、"鱼吹细浪摇歌扇，燕蹴飞花落舞筵"、"船舷暝戛云际寺，水面月出蓝田关"等精美的诗句，可见渼陂之游曾给诗人留下了美好的印象。在历尽沧桑，"白头吟望苦低垂"的暮年，这些美好的记忆犹如尚未被菜刀刮净的鱼身上那带血的残鳞，重新熠熠闪光，勾起诗人对整个"彩笔昔曾干气象"的盛世强烈的向往。香稻碧梧，佳人仙侣，诗人正是以记忆中这些残缺的兴象，为读者留下充裕的联想空间，在读者的自由联想中补足意象全景。是作者与读者连锁式的双重联想（象外之象）使诗获得了完整性。当然，这已是一个艺术幻境。只要读一读诗人困守长安时写下的"饥卧动即向一旬，敝衣何啻联百结"（《投简咸华两县诸子》）、"日籴太仓五升米，时赴郑老同襟期"（《醉时歌》）一类的句子，便会明白香稻碧梧并非"盛世"的全部。记忆联想是根魔杖。然而细加品味，此诗中持此杖者，仍是那深厚的道德情感。是"上感九庙焚，下悯万民疮"的情志使其记忆联想具有很强的选择性。故《杜诗提要》乃曰："昔曾、今（吟）望四字，不唯收尽一篇之意，而八篇之大旨，无不统摄于斯矣！"

通过联想创构历史意象，赋予历史以现实经验的生命力，让现实经验承载历史文化积淀的厚重感，是杜诗创构意象的另一重要手段，是陈寅恪《读哀江南赋》一文中所说的："古事今情，虽不同物，若于异中求同，同中见异，融会异同，混合古今，别造一同异俱冥，今古合流之幻觉，斯实文章之绝诣，而作者之能事也。"①兹以《登楼》为

① 陈寅恪《金明馆丛稿初编》，上海古籍出版社 1980 年版，第 209 页。着重号为引者所加。

例,聊供隅反:

> 花近高楼伤客心,万方多难此登临。锦江春色来天地,玉垒浮云变古今。北极朝廷终不改,西山盗寇莫相侵。可怜后主还祠庙,日暮聊为梁甫吟。

"锦江"一联,想象已从实景中金蝉脱壳,由浮云之变驰入古今之变;继之"北极"一联又以古例今,明盗寇虽猖獗一时而一统大势不可改易之理;终之以蜀后主之昏庸,亦悟人才之重要,故"日暮聊为梁甫吟"——以喜吟梁甫吟之孔明指代临危受命之人才。高友工《律诗的美学》称此诗:"有意识地通过个人的与共通的引喻意欲构成一个意象世界,引入单一意象所无法提供的丰富义蕴。"①此犹上述的以古事今情、眼前景心中事、现实经验与历史文化积淀交融互摄别造一同异俱冥之艺境。而杜甫忠君、爱民、济世之情志自在其中。即使是"以议论为诗"如《诸将》五首,亦不乏历史意象。其一曰:

> 汉朝陵墓对南山,胡虏千秋尚入关。昨日玉鱼蒙葬地,早时金碗出人间。见愁汗马西戎逼,曾闪朱旗北斗殷。多少材官守泾渭,将军且莫破愁颜!

《读杜心解》注:"既曰'千秋',又曰'昨日'、'早时',显惨祸之速,既隐之,复惕之也。"浦氏已注意到汉唐时空之错杂。《通鉴》广德元年(763)条载,柳伉上疏,言及吐蕃不血刃而入京师,劫宫闱,焚陵寝,而"武士无一人力战者"。君臣上下离心如此。玉鱼、金碗之出土,既写汉陵被掘,亦写唐陵被掘。然而汉陵被掘在西汉亡后赤

---

① [美]倪豪士编选《美国学者论唐代文学》,上海古籍出版社1994年版,第69页。

眉起义之际,唐陵被掘却在唐军平"安史之乱"以后,奇耻大辱不言而喻。"既隐之,复惕之"正是诗人良苦用心:既要对诸将进行严厉批评,又要以此激发其良心与责任感,期盼其今后报效国家。深厚的伦理道德情感以历史意象出之,诗人的感性与理性在想象力中融为一体,这正是杜诗的一个重要特征。

道德情感虽然并非杜诗全部的情感内容,但处于主脑地位则无疑。

(原载《杜甫研究学刊》2005 年第 4 期)

沉郁：士大夫文化心理的积淀

> 心灵并不是任何时候都能从心的内部找到的，有时可以从整个人类或不称之为心灵生活的整个历史中找到。
>
> ——C. G. 荣格

一

许多理论，往往能说明现象的一部分乃至大部分，却未必能说明其全部。许多理论的实践者，则因其能说明部分、大部分，便放心地推及其全部。谬误于是产生。

近年流行的"儒道互补"论，无疑有其合理性，能较好地解释士大夫达则兼济、穷则独善的二元价值取向。然而，并非任何历史阶段、任何士大夫身上，都能有二者互补的协调。尤其是以此论解释文艺现象时，儒、道并不一定只取这种形式的"互补"：儒家对后世文艺的影响主要在主题内容方面，道家则主要在审美方面。事实是，在相当多情势下，恰恰是儒、道处于不可协调的对抗状态之中，才二者相激，经过整合，从内容到风格造就了复杂的文艺个性。

相类似的还有"宣泄说"。弗洛伊德将艺术创作当成作家缓解不满足愿望的活动，作品使作家，也使读者被抑制的愿望得到

而狐疑。"这种不可排遣的忧郁情绪越拽越紧："心挂结而不解兮,思蹇产而不释!"(《哀郢》)终于逼迫诗人走上绝路："其唯以死亡为逃亡乎! 故'从彭咸之所居'为归宿焉。"(《管锥编》页584)诗人以"骚"而欲"离"始,以"骚"而不可"离"终。正是这种"剪不断、理还乱"的情绪,造就了似往已回、悱恻缠绵的风格。青年鲁迅在《摩罗诗力说》中指出,屈原"抽写哀怨,郁为奇文","中多芳菲悱恻之语而反抗挑战则终其篇未能见"。的确,屈原为"沉郁"定的调子就是"芳菲悱恻",是怨不是怒。

四

苏东坡有一段妙语,颇能解颐:

> 仆尝问:荔枝何所似? 或曰:"荔枝似龙眼。"坐客皆笑其陋。荔枝实无所似也。仆云:"荔枝似江瑶柱。"应者皆忧然,仆亦不辨。昨日见毕仲游,问杜甫似何人? 仲游曰:"似司马迁。"仆喜而不答,盖与曩言会也。(《东坡先生志林》卷十一)

的确,有些看似不相关的事物,却能以其"不似之似"而得其神似。文学上不相同的文体,也往往可以在风格上相通,相互间发生深刻的影响,而这种影响又往往只是间接的、感应式的,故很难凿实言之。古人每每凭着直觉,于作品的浸润与作家品格的体味之际,悟出这种"不似之似"来。在古人看来,不但诗家杜甫似史家司马迁,而且史家司马迁又似"楚辞"之父屈原。刘熙载《艺概》云:"太史公文,兼括六艺百家之旨。第论其恻怛之情,抑扬之致,则得于《诗》三百篇及《离骚》居多。"又云:"学《离骚》得其情者为太史公。"我们只要细细品味一下《史记·屈原贾生列传》与《报任安书》，便不难感受到其中抑郁之气与《离骚》是如何相通。难怪鲁迅会称《史记》是"无韵之《离骚》"（《汉文学史纲要》）。通观屈、马、杜在身世遭遇、人格品性与悲天悯人情怀诸方面，都有极相似之处，由此可见共同的文化心理是不同时代、不同文体作家风格相似的基础。推而广之，则贾谊、扬雄与杜甫在沉郁风格方面的内在联系也是可索求的了。

贾谊是位忧患意识特强的文士，只要看他的《治安策》中有那么多"可为痛哭者"、"可为长太息者"就可以明白。扬雄虽然是个比较纯粹的学问家，与屈、贾的悲天悯人不可同日而语，但其个人遭际寂寞，郁郁终生，使其赋隐曲深藏着许多沉郁的情绪，所以早期的杜甫与之同气相求，在献赋时称：

> 臣之述作，虽不能鼓吹六经，先鸣数子，至于沉郁顿挫，随时敏捷，扬雄、枚皋之徒，庶可企及也。（《进雕赋表》）

杜甫这里说的是其"述作"与扬雄之间的某种联系。我认为这种联系主要是：扬雄赋以学力见长，其铺叙富赡，而这种汉赋所特有的"厚"，对杜甫是有直接影响的（不论早期的赋，还是后来的诗）。事实上，从宋玉的《九辩》，到贾谊的《鹏鸟赋》、《治安策》，乃至扬雄之赋，都有一种如漆一般的层积的厚重之美。如刘歆《与扬雄书》所称："非子云淡雅之才，沉郁之思，不能经年锐积，以成此书。"汉文、汉赋之厚，是不厌其烦的铺陈，直至形成"苞括宇宙，总揽人物"（《西京杂记》）的气势。而这与沉郁那种积愤难消的心理构成颇有相类之处，所以有着潜在的影响，使"沉郁"于屈原的"悱恻缠绵"之外，又增一着重学力的层积、厚重之美。

五

在长期动荡的岁月里，人们苦闷郁积，百端交集，遂将忧患意识聚焦于"人生不满百"的整个人生的感叹上，发而为动人心魄的五言诗，这就是产生东汉末的文人之作——《古诗十九首》。由此引发了魏晋人对个体生命的沉思。以"三曹"为领袖的建安文人，其建功立业的愿望在人生的咏叹中不但没有消减，反而更显迫切、强烈。曹操诗云："烈士暮年，壮心不已"（《龟虽寿》），曹植诗云："烈士多悲心，小人偷自闲"（《杂诗》），便是这种心情的抒发。大凡庸人易自得其乐，而志士因其对人生价值的追求总是多忧患而易伤悲。然而，这种伤悲又因其对人生价值的不舍的追求而具有激昂的情调。为沉郁风格输入这种情调的，正是这批建安诗人。

《敖陶孙诗评》称："魏武帝如幽燕老将，气韵沉雄。"《古诗源》则称："子桓（曹丕）以下，纯乎魏响，沉雄俊爽，时露霸气。"事实上，"沉雄"是建安时代的基本风格。诚如《文心雕龙·时序》所说："观其时文，雅好慷慨，良由世积乱离，风衰俗怨，并志深而笔长，故梗概而多气也。"是环境的巨大压力使个体的情志与群体的利益紧密关联，而情志的合一又使个体的感伤具有了广阔的背景与深厚的内容。魏武帝的沉雄自不待言，曹植伊郁而能慷慨也显而易见，举《送应氏》一首，可概其余：

> 步登北邙阪，遥望洛阳山。洛阳何寂寞，宫室尽烧焚。垣墙皆顿擗，荆棘上参天。不见旧耆老，但睹新少年。侧足无行径，荒畴不复田。游子久不归，不识陌与阡。中野何萧条，千里无人烟。念我平常居，气结不能言。

胸中郁塞乃至"气结",其间宫焚垣颓、畴荒烟断,多少忧患层积于心中,是为"沉";而颓垣荒畴背后隐藏着古代志士仁人那点悲天悯人的人文精神,燋火不息,是为"雄"。于是个体之"情"与皈依群体利益之"志"合而为一,经多少人的实践,终于积淀为士大夫的一种文化心理。乱世中形成的"建安风骨"之所以能再现于治世之"盛唐气象",此为传薪之火。

六

然而,在忧患中真正能沉浸于个体生命之思、之体验者,为晋宋间人。盖此间玄风炽盛,而"玄学与美学的内在的联结点则主要在于个体在人格理想上、在内在的自我精神上超越有限达到无限"[①]。而这种超越,注重"在情感中去达到对无限的体验,进入一种超越有限的、自由的人生境界"(同上)。也就是说,玄风使人在自我精神上不同程度地从对群体的依附中,相对地独立出来,在人生境界中取得"自由"。这一美学的玄学在方法上的特征是:"论人事则轻忽有形之粗迹,而专期神理之妙用。"[②]这是一个将人生体验化实为虚的过程,它不但引发了陶渊明式的在田园日常生活中物我同化的自我实现,而且造就了阮籍式的心神远举,从"礼法"的名实之辩中超越出来的自我实现。

阮籍是位充满矛盾的人物。在其胸中,儒、道思想并存、对抗而相持不下,所以在《咏怀八十二首》中,两种思想并陈杂出。其独到者,在于善"轻忽有形之粗迹",化实为虚,将矛盾对抗淡入无际而永恒的时空。化忧患为寂寞,在寂寞中体验这忧患的人生。所以钟嵘

---

① 李泽厚、刘纲纪主编《中国美学史》第 2 卷,中国社会科学出版社 1987 年版,第 109 页。着重号为引者所加。
② 《汤用彤学术论文集》,中华书局 1983 年版,第 214 页。

《诗品》称其诗为"颇多感慨之词，厥旨渊放，归趣难求"。试读其《咏怀》：

> 夜中不能寐，起坐弹鸣琴。薄帷鉴明月，清风吹我襟。孤鸿号外野，翔鸟鸣北林。徘徊将何见，忧思独伤心！（其一）

此诗历代注家纷纷，皆欲以史实相印证，企图刺取其中"微言大义"。还是何焯评得好："籍之忧思所谓有甚于生者，注家何足以知之！"阮籍的忧患是"情伤一时，而心存百代"（黄节语），具有形而上的宇宙意识，故起而弹琴，反增寂寞。而清风明月、孤鸿林野，适足成为充塞其寂寞之空间。是的，阮籍是很善于将"殷忧令志结，怵惕常若惊"的郁塞化为空旷的寂寞的。他对一时之情伤不作具体描述，而是用时空来表达其寂寞感："独坐空堂上，谁可与亲者"；"绿水扬洪波，旷野莽茫茫"；"开轩临四野，登高望所思，丘墓蔽山冈，万代同一时"。何义门《读书记》称："阮嗣宗《咏怀诗》，其源本诸《离骚》。"不错，但可以进一步讲，阮籍是将屈子的情感结构与《古诗十九首》的人生印象、建安诗人的激昂情绪，一股脑儿都揉进蓬蓬松松的时空里去，化为深邃的寂寞：

> 昔余游大梁，登于黄华颠。共工宅玄冥，高台造青天。幽荒邈悠悠，凄怆怀所怜。所怜者谁子？明察应自然。应龙沉冀州，妖女不得眠。肆侈陵世俗，岂云永厥年。（其二十九）

这首诗实在是陈子昂《登幽州台歌》的先声。陈诗云：

> 前不见古人，后不见来者。念天地之悠悠，独怆然而涕下！

陈子昂提炼出阮诗中的宇宙生命意识，强化其时空心理，凸显了个体的寂寞感。陈子谦《钱学论》认为这就是钱锺书命名的"农山心境"①。所谓"农山心境",源自孔子登农山而叹曰:"登高望下,使人心悲!"钱锺书认为能曲传此心理者,要数唐人李峤的《楚望赋》:

> 非历览无以寄杼轴之怀,非高远无以开沉郁之绪……思必深而深必怨,望必远而远必伤。故夫望之为体也,使人惨凄伊郁,惆怅不平,兴发思虑,惊荡心灵。②

这里颇为深刻地发露了沉郁之思与登高怀远之间的关系。然而登高之所以能枨触开沉郁之绪者,更在于望远思深,仗境起心,易唤醒深层意识中最古老的忧患意识,使之升上表层来——"是发现也,非发明也"。广而深的视野易引起"永恒"的联想,从而形成巨大的空间与永恒时间对渺小个体的压力,使以"带头羊"自居的士大夫之贤者更感到沉重的历史责任,产生"人不我知"的寂寞与孤独感。至是,"沉郁"于厚重之外,又多一层深邃之美。

七

沉郁风格至"诗圣"杜甫,可谓圆成。其重大贡献是于"厚"、于"深"之外又拓之使"阔",沉郁风格之"三维"于是乎大备。盖杜诗境界阔大,古人早有定论,如王安石诗云:"吾观少陵诗,谓与元气侔。力能排天斡九地,壮颜毅色不可求。浩荡八极中,生物岂不稠。丑妍巨细千万殊,竟莫见以何雕锼。"(《杜甫画像》)所谓"阔大",不但指如"吴楚东南坼,乾坤日夜浮"、"锦江春色来天地,玉垒浮云变

---

① 详见陈子谦《钱学论》,四川文艺出版社1992年版,第248—261页。
② 详见《管锥编》第3册《全上古三代文》论《招魂》与《高唐赋》。

古今"之类气象雄浑、俯仰古今的意境，且指"上感九庙焚，下悯万民疮"（《壮游》）的胸襟与视野。也就是说，杜甫的"阔大"，是眼界能溢出"君臣之际"，及乎百姓；是萧涤非先生所指出的："在杜甫诗中，我们可以找到当时社会生活，特别是人民的生活和人民的愿望最广阔的反映。"①这就使文人诗的疆土得到大幅度的开拓，且升华为一种审美意识："或看翡翠兰苕上，未掣鲸鱼碧海中。"（《戏为六绝句》）杜甫所道出的也正是盛唐以壮阔为美的时代特征，而这种审美特征在杜诗中又得到最典型的印证。它使杜诗的沉郁风格获得了与传统相区别而与时代相呼应的个性。试以《洗兵马》为例（见《钱注杜诗》卷二，诗长不录），其中从诸将破胡、回纥喂肉至郭相深谋、肃宗问寝、张公筹策……对"二三豪杰"整顿乾坤太平可期做了层层渲染，时事掌故叠出，可谓之"厚"；而忧患由"三年笛里《关山月》，万国兵前草木风"的历史教训到"攀龙附凤势莫当，天下尽化为侯王"的眼前现实危机，及至"安得壮士挽天河，净洗甲兵长不用"的未来筹划，可谓之"深"；议论所及，则上至宫闱之秘，民族之争，中涉达官丑妍，下及"田家望望惜雨干"、"城南思妇愁多梦"之民生民病，广及社会各个层次，可谓之"阔"。而充塞其中的是深沉的忧思、伊郁难平的愤懑、对太平中兴强烈的向往，浑然一气，直贯全篇。《洗兵马》并不是杜诗中最优秀的杰构，反而更能代表杜诗的较为普遍的现象。可以说，厚、深、阔三维共构了杜诗与传统有内在联系而又与之明显差异的沉郁风格：沉，不是阴沉；郁，不是悒郁；而是萧涤非先生指出的"沉雄勃郁"②。此种风格之形成，既是现实的，也是历史的。说它是现实的，是因为杜甫所处的是一个由极盛跌入大乱的特定历史时期，盛世强烈的印象使之毕生不忘，即使在最困难的环境中仍能有"中兴"的信心。说它是历史的，是因为杜甫从士大夫的集体无意识中汲取了力量。容下文稍作讨论。

---

① 萧涤非《杜甫研究》，齐鲁书社 1980 年版，第 73 页。
② 同上，第 12 页。着重号为引者所加。

八

清人浦起龙《读杜心解·发凡》云："老杜天姿惇厚,伦理最笃,诗凡涉君臣、父子、兄弟、夫妇、朋友之间,都从一副血诚流出。"排除浦氏固有的封建意识,应当承认,他接触到的是"文化基因"。杜甫的家世是"自先君恕、预以降,奉儒守官,未坠素业"(《进雕赋表》),儒学对杜甫影响最深。我们虽然不能说儒家理想人格已"塑成全人类之潜意识",但它的确已积淀为士大夫深层的文化心理。试读杜甫的《凤凰台》诗:

> 亭亭凤凰台,北对西康州。西伯今寂寞,凤声亦悠悠。山峻路绝踪,石林气高浮;安得万丈梯,为君上上头? 恐有无母雏,饥寒日啾啾。我能剖心血,饮啄慰孤愁。心以当竹实,炯然忘外求;血以当醴泉,岂徒比清流? 所重王者瑞,敢辞微命休! ……再光中兴业,一洗苍生忧。深衷正为此,群盗何淹留!

诗中体现的难道不就是孔、孟以来的古代人道主义精神? 这就是"一副血诚"。后世崇奉杜诗,与其再塑了富有历史责任感的儒者形象不无关系。宋人赵次公《杜工部草堂记》云:

> 惟杜陵野老,负王佐之才,有意当世,而肮脏不偶(刚直倔强貌),胸中所蕴,一切写之以诗。①

赵氏已意识到,杜诗产生于理想与现实的碰撞。然而,值得研

---

① 见《成都文类》卷四二。

剡中……》、《南奔书怀》、《经乱离后天恩流夜郎……》一类有明显写实倾向之作。可惜，由于李白的气质以及过早地逝去，他在这条路上并没走出多远。"安史之乱"以后尚存的高适、岑参、储光羲、王维诸盛唐诗人，也由于未曾或未能找到新的表现手段而喑哑了。唯有在天宝年间已有明显写人生倾向的诗人杜甫、元结诸人，以其个人素质方面的准备首先适应现实，为大变动的时代所选择，成为历史大转折时的代表人物。

如果说，在盛唐时代，《骚》以其浪漫的表现手法在意气飞扬的盛唐人中受到普遍的重视；那么，浪漫精神的失落，则使人们的目光移向"风雅比兴"，因为它是最现成且最具传统势力的批判武器。因此，早在天宝年间就倡"风雅"的元结，便首先成为这一转折关头的重要作者。

元结（719—770），字次山，自号漫叟。天宝年间所作的《闵荒诗》、《二风诗》、《系乐府十二首》已有明显的写人生的倾向。如《系乐府·农臣怨》：

> 农臣何所怨，乃欲干人主。不识天地心，徒然怨风雨。将论草木患，欲说昆虫苦。巡回宫阙旁，其意无由吐。一朝哭都市，泪尽归田亩。谣颂若采之，此言当可取。

诗从题材、立意到形式，已具后来"新乐府"之眉目。元结的创作有明确的主导思想，如天宝六载（747）在《二风诗论》中就提出诗歌要"极帝王理乱之道，系古人规讽之流"；天宝十载（751）又于《系乐府十二首序》提出诗歌应"上感于上，下化于下"的主张。"安史之乱"后，他更力倡风雅，乾元三年（760）编《箧中集》，作序明言编集的目的是矫正"风雅不兴"的时弊，尖锐地批评近世作者"拘限声病，喜尚形似，且以流易为辞，不知丧于雅正"；后五年又于《刘侍御月夜宴会序》中感慨道："於戏！文章道丧盖久矣。时之作者，烦杂过多,歌儿舞女,且相喜爱,系之风雅。谁道是邪?"矛头所指,是"近世作者",是"时之作者",表达了该时期社会剧变对文学改轨的迫切需求。元结得风气之先,理解了新时代的要求,但遗憾的是他只从儒家旧武库里选取批判的武器,甚至只是继承隋末王通一脉余绪,所倡"风雅比兴",过分地强调了诗歌的政教功能,局限在美刺、规讽之旨,意在裨补时政,供帝王参考。如《春陵行》结句称:"何人采国风,吾欲献此辞。"《文编序》也说:"故所为之文……其意必欲劝之忠孝,诱以仁惠,急于公真,守其节分。如此,非救时劝俗之所须者欤?"在艺术上也有明显的复古倾向,抛弃了盛唐丰富不尽的传统,由此潜伏下使文艺走向单一、枯槁的危机。

作者的主张并不能代替其创作实践。元结的创作实践及其所编选的《箧中集》表明,其实践比其主张路子更宽。《箧中集》收沈千运、孟云卿、王季友等七人诗二十四首。诗数量不多,题材却颇广泛。作为其间统一的因素,则是质朴古奥的风格。元结诗文取材更多样,并不专为美刺而作,特别是"安史之乱"以后,特殊的生活经历,促使他写人生的一面更趋成熟,具有天宝年间为美刺而作的《二风诗》、《系乐府》所不能比拟的深度与魅力。广德二年(764)于道州刺史任上作的《春陵行》与《贼退示官吏》二首是其杰出的代表作。《春陵行》写百姓于战乱中的疲敝状况很感人:

大乡无十家,大族命单赢。朝餐是草根,暮食乃木皮。出言气欲绝,意速行步迟。追呼尚不忍,况乃鞭扑之!

而《贼退示官吏》则语意更为沉痛,兹录全诗并序:

癸卯岁,西原贼入道府,焚烧杀掠,几尽而去。明年,贼又攻永州,破邵,不犯此州边鄙而退。岂力能制乱欤?盖蒙其伤怜而已。诸使何为忍苦征敛,故作诗一篇,以示官吏。

　　昔岁逢太平,山林二十年。泉源在庭户,洞壑当门前。井税有常期,日晏犹得眠。忽然遭世变,数岁亲戎旃。今来典斯郡,山夷又纷然。城小贼不屠,人贫伤可怜。是以陷邻境,此州独见全。使臣将王命,岂不如贼焉!今彼征敛者,迫之如火煎。谁能绝人命,以作时世贤。思欲委符节,引竿自刺船。将家就鱼麦,归老江海边。

　　当时杜甫看到二诗,曾惊呼说:"不意复见比兴体制,微婉顿挫之辞!"并给予很高的评价:"二章对秋月,一字偕华星。"(《同元使君春陵行序》)杜甫由此而发的"比兴体制",已经不是元结有意识倡导的作为政教工具的"风雅比兴",而是面对人生的写实风格,但作为创作实践,二人是相通的。在创作实践中较明确地追求反映人生的诗人,还有顾况(727—815)与戴叔伦(732—789),而当时诗人(包括所谓"大历才子")一般也多少都有些反映现实之作。兹录顾况、戴叔伦各一首,以概其余:

　　囝生南方,闽吏得之,乃绝其阳。为臧为获,致金满房。为髡为钳,如视草木。天道无知,我罹其毒。神道无知,彼受其福。郎罢别囝:"吾悔生汝!及汝既生,人劝不举。不从人言,果获是苦。"囝别郎罢,心摧血下!隔地绝天,及至黄泉,不得在郎罢前!(顾况《囝》)

　　乳燕入巢笋成竹,谁家二女种新谷。无人无牛不及犁,持刀斫地翻作泥。自言家贫母年老,长兄从军未娶嫂。去年灾疫牛困空,截绢买刀都市中。头巾掩面畏人识,以刀代牛谁与同?姊妹相携心正苦,不见路人唯见土。疏通畦陇防乱苗,整顿沟塍待时雨。日正南冈午饷归,可怜朝雉扰惊飞。东邻西舍花发尽,共惜余芳泪满衣。(戴叔伦《女耕田行》)

真正能体现时代精神及其走向的人物是杜甫。

杜甫(712—770),字子美,生于河南巩县,出身于一个"奉儒守官"的官僚家庭,祖父杜审言为武则天时代著名诗人。三十五岁以前,杜甫基本上过着裘马清狂、饮酒赋诗的生活,属创作准备期。三十五岁后,处于天宝末期,唐帝国正酝酿一场巨大的危机,杜甫十年困守长安,辛苦备尝,对现实生活有了较为深刻的体会,写出《兵车行》、《丽人行》等富有批判精神的杰作。同时,不应忽视的是:作为时代精神体现的盛唐文人那种追求个体自由的奔放不羁,而又充满历史责任感与民族自信心的自负,对杜甫个性发展有极其深刻的影响。《饮中八仙歌》、《房兵曹胡马》可视为盛唐文人的写照。前者使其得风气之先,在时代急转弯时能迅速转换角色;后者使其敢于正视艰辛破败的现实,而能充满信心,坚忍不拔。二者是杜诗沉雄郁勃风格形成的主体方面的重要依据。

真正标志杜甫超迈时辈走上伟大的创造道路的划时代之作,是《自京赴奉先县咏怀五百字》。这是一首彪炳于中国文学史的巨作:

> 杜陵有布衣,老大意转拙。许身一何愚,窃比稷与契。居然成濩落,白首甘契阔。盖棺事则已,此志常觊豁。穷年忧黎元,叹息肠内热。取笑同学翁,浩歌弥激烈。非无江海志,潇洒送日月。生逢尧舜君,不忍便永诀。当今廊庙具,构厦岂云缺?葵藿倾太阳,物性固莫夺。顾惟蝼蚁辈,但自求其穴。胡为慕大鲸,辄拟偃溟渤?以兹悟生理,独耻事干谒。兀兀遂至今,忍为尘埃没?终愧巢与由,未能易其节。沉饮聊自遣,放歌破愁绝。岁暮百草零,疾风高岗裂。天衢阴峥嵘,客子中夜发。霜严衣带断,指直不得结。凌晨过骊山,御榻在嵽嵲。蚩尤塞寒空,蹴踏崖谷滑。瑶池气郁律,羽林相摩戛。君臣留欢娱,乐动殷胶葛。赐浴皆长缨,与宴非短褐。彤庭所分帛,本自寒女出。鞭挞其夫家,聚敛贡城阙!圣人筐篚恩,实欲邦国活。臣如忽

至理，君岂弃此物？多士盈朝廷，仁者宜战栗！况闻内金盘，尽在卫霍室。中堂舞神仙，烟雾蒙玉质。暖客貂鼠裘，悲管逐清瑟。劝客驼蹄羹，霜橙压香橘。朱门酒肉臭，路有冻死骨！荣枯咫尺异，惆怅难再述！北辕就泾渭，官渡又改辙。群冰从西下，极目高崒兀。疑是崆峒来，怒触天柱折。河梁幸未坼，枝撑声窸窣。行李相攀援，川广不可越。老妻寄异县，十口隔风雪。谁能久不顾？庶往共饥渴！入门闻号咷，幼子饿已卒。吾宁舍一哀，里巷亦呜咽！所愧为人父，无食致夭折！岂知秋禾登，贫窭有仓卒？生常免租税，名不隶征伐。抚迹犹酸辛，平人固骚屑。默思失业徒，因念远戍卒。忧端齐终南，澒洞不可掇！

这首作于"安史之乱"前夕的厚、重、拙、大的诗，其意义首先在于颇为充分地展现了杜甫推己及人的仁者之心，以及杜诗沉郁顿挫的基本风格特征，预示了杜诗的发展前景。在此后陷贼、逃难、为官的四年多的时间里，诗人写下了《春望》、《哀江头》、《羌村》三首及《北征》、《新安吏》、《石壕吏》、《潼关吏》、《新婚别》、《垂老别》、《无家别》等一系列石破天惊的史诗式杰作，将杜甫的足迹深深地嵌入民族文化史。这是杜诗主题的深化期。自《诗经》以来，诗歌关注现实已成为传统，杜甫从传统中汲取营养，又将传统提升到一个新的高度：不但以客观的态度面对现实，而且以己饥己溺推己及人的仁者之心体味现实。这就使其诗作往往具有两个层次的景深，或在矛盾心态中形成一种张力。如上引诗，诗人以客观的态度面对现实，清醒地意识到危机之所在："朱门酒肉臭，路有冻死骨！"统治集团的奢靡，平民百姓的艰辛；对比强烈的客观现实不容仁者不战栗。由此而逼入第二个层次：仁者内心世界的昭示。妻儿寄迹他乡，虽然救贫无计，也要"庶往共饥渴"。这是何等深醇的至情！更感人的是"入门闻号咷，幼子饿已卒"，此情此景令人肠断，却引发了诗人推己及人之心："默思失业徒，因念远戍卒。忧端齐终南，澒洞不可掇！"

这种悲天悯人的仁心应当说是古代士大夫所能达到的人道主义的最高境界了。然而杜诗主题的深化还表现在对个体与群体利益之间矛盾关系的处理。"三吏"、"三别"典型地体现了这一特色。以《新安吏》为例：

> 客行新安道，喧呼闻点兵。"借问新安吏：县小更无丁？""府帖昨夜下，次选中男行。""中男绝短小，何以守王城？"肥男有母送，瘦男独伶俜。白水暮东流，青山犹哭声！"莫自使眼枯，收汝泪纵横。眼枯即见骨，天地终无情！我军取相州，日夕望其平。岂意贼难料，归军星散营。就粮近故垒，练卒依旧京。掘壕不到水，牧马役亦轻。况乃王师顺，抚养甚分明。送行勿泣血，仆射如父兄。"

诗人既要揭露统治者惨无人道的拉夫政策，又要劝勉人们隐忍一切痛苦去支持救亡图存的战争，从而在客观上体现人民自我牺牲的爱国精神。但其中的矛盾是如此的不可调和，而强行调和不可调和的矛盾终于撕裂了诗人的肝肺，迸发出"眼枯即见骨，天地终无情"的呼天抢地式的大恸！整组"三吏"、"三别"都有如是矛盾张力所形成的"拱形结构"，使读者千载之下犹能感受到诗人心灵负载的沉重。最细腻地体现这一情感的，当以《新婚别》为例：

> 兔丝附蓬麻，引蔓故不长。嫁女与征夫，不如弃路旁。结发为妻子，席不暖君床。暮婚晨告别，无乃太匆忙！君行虽不远，守边赴河阳。妾身未分明，何以拜姑嫜？父母养我时，日夜令我藏。生女有所归，鸡狗亦得将。君今往死地，沉痛迫中肠！誓欲随君去，形势反苍黄。勿为新婚念，努力事戎行。妇人在军中，兵气恐不扬。自嗟贫家女，久致罗襦裳。罗襦不复施，对君洗红妆。仰视百鸟飞，大小必双翔。人事多错迕，与君永

相望！

新婚之日竟成生离死别之时，诗人对战争残酷性的揭露不可谓不深刻。然而支持朝廷，将镇压叛乱的战争继续进行下去，在诗人看来又是正义的、必要的、义不容辞的，所以不能不忍心让新娘子说出"勿为新婚念，努力事戎行"的苦涩的话来。愈是顾全大局，愈是柔肠寸断，愈是催人泪下，如果不是以天下国家为己任而又与百姓同其患难，怎能如此深入地反映这种复杂矛盾的思想感情？可见与底层人民共患难促使杜甫在相当程度上超越了儒家仁学，将中国文化中固有的人文精神推向一个新的高度。

乾元二年（759），杜甫拖儿带女经秦州（今甘肃天水）入蜀。"五载客蜀郡，一年居梓州"（《去蜀》），其间，在成都草堂有一段较长的安定的生活，是杜诗的开拓期。安定，使杜甫有可能细细地反刍生活的意味，因之诗作的题材得到极大的开拓：大到军国大事，过往的历史反思，小至一草一木、一饮一啄，无不一一入诗，诗的功能于是发挥到了极致：可咏物，可应酬，可记事，可题画，可充书简，可作评议，几乎是无所不能。更重要的是，对生活细细地品味不但使诗人能以小见大，发露其悲天悯人之心，如《茅屋为秋风所破歌》、《枯棕》、《题桃树》诸作，而且使诗人对国事民病的关注裹上了一重活泼泼的生活情趣，其民胞物与之情怀表现得分外亲切。相应地，杜诗也因此而增进了将敏锐的观察与细腻的感受用极其准确的语言表达出来的技巧，使诗的功能与美的形式臻于完善。《春夜喜雨》便是一首这样的小诗：

> 好雨知时节，当春乃发生。随风潜入夜，润物细无声。野径云俱黑，江船火独明。晓看红湿处，花重锦官城。

在此类充满生活情趣的诗中，诗人真率的一面得到显露，如

《客至》：

> 舍南舍北皆春水，但见群鸥日日来。花径不曾缘客扫，蓬门今始为君开。盘飧市远无兼味，樽酒家贫只旧醅。肯与邻翁相对饮？隔篱呼取尽余杯。

七律写得如此脱略不受羁束，正与诗人疏放率真的生活态度合拍。文学史上陶潜曾以日常平凡生活入诗，使诗国畛域得以扩张，但这种生活尚属封闭式的文人隐居，与真正的平民生活在情感上仍有较大的隔阂。杜甫真率的性格，使其一方面"不爱入州府，畏人嫌我真"（《暇日小园散病将种秋菜……》），与官场拉开了距离，另一方面则"田父要皆去，邻家问不违"（《寒食》），过着一种"与田夫野老相狎荡，无拘检"（《旧唐书》本传）的开放式的平民生活。这就使杜诗的审美趣味内在地具有了平民的气质，即明人王嗣奭所谓的"朴野气象"。其代表作当推《遭田父泥饮美严中丞》：

> 步屧随春风，村村自花柳。田翁逼社日，邀我尝春酒。酒酣夸新尹："畜眼未见有！"回头指大男："渠是弓弩手。名在飞骑籍，长番岁时久。前日放营农，辛苦救衰朽。差科死则已，誓不举家走！今年大作社，拾遗能住否？"叫妇开大瓶，盆中为吾取。感此气扬扬，须知风化首。语多虽杂乱，说尹终在口。朝来偶然出，自卯将及酉。久客惜人情，如何拒邻叟？高声索果栗，欲起时被肘。指挥过无礼，未觉村野丑。月出遮我留，仍嗔问升斗。

这首诗表现的情趣无可置疑地表明：杜诗艺术犹如古树上的新芽，是传统诗歌进入一个全新领域的象征。

永泰二年（766），杜甫五十五岁，居夔州，从此开始其生命历程的最后五个年头。此时的杜甫为肺病、耳聋、头风、风痹，以及精神上的失望、孤独、思乡、苦闷所困。他辛苦备尝，阅尽沧桑，早年的呼号、激愤已化为深沉的反思。所以该时期杜诗特多回忆及历史经验的总结。如《壮游》、《昔游》、《往在》、《八哀》、《诸将》五首、《历历》诸章等。而且，此期的杜甫更加自觉地从事诗歌表现形式的探索，如长篇排律、拗格律诗、连章体的大量出现，以及古律相参的写法，都表明这是杜诗形式再探索期。其中令人瞩目的是对七律的巨大改造，这一努力典型地体现了杜诗由雅入俗的总体倾向。

七律在杜甫以前是很有些贵族气的，因其体式端整堂皇，故一般都用来制作"奉和"、"应制"之类的官样诗，且在各家诗中只占很小的比例。至杜甫，才力倡写七律，计一百五十一首之多（其中七十三首作于夔州以后），超过了他以前的初唐、盛唐诗人所作的总和，而且，七律在杜甫手中是"诗料无所不入"（《唐音癸签》），可抒情，可记事，可写景，可议论，表现出一种从容于格律之中的风致，如《又呈吴郎》：

> 堂前扑枣任西邻，无食无儿一妇人。不为困穷宁有此？只缘恐惧转须亲。即防远客虽多事，便插疏篱却甚真。已诉征求贫到骨，正思戎马泪沾巾。

杜甫己饥己溺的仁者之心在这里表现为亲切婉转的诉说："不为困穷宁有此？只缘恐惧转须亲。"一副血诚的情感表现与前期"朱门酒肉臭，路有冻死骨"的呼号式表现法迥异，而同样感人至深。而这样婉转诉说的风格如行云流水，使细腻的情感内容与严格的七律形式是如此融合无间，达到了从心所欲的化境。再如《登高》：

> 风急天高猿啸哀，渚清沙白鸟飞回。无边落木萧萧下，不尽长江滚滚来。万里悲秋常作客，百年多病独登台。艰难苦恨

繁霜鬓，潦倒新停浊酒杯。

这是杜甫最负盛名的一首七律，语言之精练，对仗之自然，意蕴之丰富，可谓登峰造极。《九日》《白帝》《诸将》五首、《咏怀古迹》五首、《秋兴》八首等等，也都是这一时期的七律名篇。另外，杜甫还创作了许多"拗体"诗，即以拗折之声律写拗涩之情怀，如《白帝城最高楼》：

城尖径仄旌旆愁，独立飘渺之飞楼。峡坼云霾龙虎睡，江清日抱鼋鼍游。扶桑西枝对断石，弱水东影随长流。杖藜叹世者谁子？泣血迸空回白头。

杜甫以其大量成功的创作实践锻就了中国诗歌中最典丽精美的体式，七律从此成为中国古典诗歌重要的形式。

大历五年（770）冬，诗人力疾写下《风疾舟中伏枕书怀三十六韵奉呈湖南亲友》的绝笔长诗，流尽最后一滴泪。

如果说，元结只是从旧武库中找到武器，适应了现实的新需求；那么，杜甫对现实需求的反应则比元结要复杂得多。他首先表现在对传统的继承更全面、更深厚、更本质。杜甫的思想虽然杂有释、道成分，但主流是儒学。我们这个民族是个具有深广的忧患意识的民族，忧患意识使我民族更执着于现实，更注重经验，形成一整套对个人与宇宙形而上的独特理解，儒家的价值观便是其典型。《孟子·告子》曾提出"生于忧患而死于安乐"的命题，认为"无敌国外患者，国恒亡"，将人生忧患与社会忧患、个体忧患与群体忧患结合起来思考，从而强调个体必须有"困于心，衡于虑"的忧患意识，才能成为"天将降大任于是人"的有用人才。由此，忧患意识被视为士大夫个体必备的修养，从而化为个体人格内在的历史责任感。孟子对忧患的思考，体现了儒家个体皈依于群体的价值观。经过千百年来的整合与积淀,终于形成中国士君子将个体消融于群体的生命选择。杜甫所继承的"仁学"传统,其核心正是这一价值观,尤其侧重于"忧国忧民",即对国家、民族、人民的历史责任感。这一价值观发而为杜诗的艺术特征,便是后人所称道的"诗史"与"沉郁顿挫"的风格。

晚唐人孟启《本事诗》首次称杜诗为"诗史":"杜逢禄山之难,流离陇蜀,毕陈于诗,推见至隐,殆无遗事,故当时号为'诗史'。"孟氏只强调杜甫写实的一面,尚未能真正揭示诗史的特质。诗史的特质,不仅在于有史的取材与笔法,更在于有反思致用的性质。我们民族虽然少有西方荷马史诗式的叙事长篇,却有着比世界任何民族都多的带经验性的有史的反思特质的诗篇。循是以求,即不但"三吏"、"三别"、《忆昔》、《北征》是诗史,即便是《洗兵马》、《释闷》、《诸将》,乃至《秋兴》八首、《咏怀古迹》五首,也都是具有反思致用性质的诗史。特别是杜甫在夔州时期所作回忆诗,虽有纪事的"史"的一面,但重点在反思,通过回忆将往事酿造成今日之情感意象。如史家往往征引杜甫《忆昔》(忆昔开元全盛日)诗,以证"开天盛世",虽然开元天宝之世在中国封建社会堪称"海内富安",但未必就是"公私仓廪俱丰实"。据敦煌和吐鲁番发现的物价资料分析,可推知当时一般农民较好者可稍免冻馁,有一部分则仍衣食不赡。以诗人当时十年长安的生活看,也并不富裕。"长安苦寒谁独悲?杜陵野老骨欲折。"(《投简咸华两县诸子》)"骑驴十三载,旅食京华春。朝扣富儿门,暮随肥马尘。残杯与冷炙,到处潜悲辛。"(《奉赠韦左丞丈二十二韵》)由此可推知杜甫后期诗中向往的"开天盛世"更大成分是以往事今情别造的艺术幻境,是对太平世界一往情深的感情的意象化。"神尧旧天下,会见出腥臊!"(《避地》)是这种坚定的中兴信念使杜甫在艰难辗转中写出美好的回忆,使以丽句写故园深沉之思的《秋兴》八首在艺术上取得突破。兹录其三首如下:

蓬莱宫阙对南山,承露金茎宵汉间。西望瑶池降王母,东来紫气满函关。云移雉尾开宫扇,日绕龙鳞识圣颜。一卧沧江惊岁晚,几回青琐点朝班。

昆明池水汉时功,武帝旌旗在眼中。织女机丝虚夜月,石鲸鳞甲动秋风。波漂菰米沉云黑,露冷莲房坠粉红。关塞极天惟鸟道,江湖满地一渔翁。

昆吾御宿自逶迤,紫阁峰阴入渼陂。香稻啄余鹦鹉粒,碧梧栖老凤凰枝。佳人拾翠春相问,仙侣同舟晚更移。彩笔昔曾干气象,白头吟望苦低垂。

诗通过回忆中的印象虚化实物,从而创构出美丽的情感意象。如以"紫气东来"渲染帝京的壮丽景象,以"机丝虚夜月"、"鳞甲动秋风"幻化织女、石鲸,以鹦鹉、凤凰叠印香稻、碧梧之丰美,组成极易引发读者遐想的境界,从而使形式典丽精密的七律具有空灵变幻的艺术魅力,而"史"的反思特质也就由写实走向超越现实而又点化现实的境界。

与诗史特质相表里的,是沉郁顿挫的艺术风格。文学史表明,举凡将个人情志与民族、国家、社会之忧患血脉相连的优秀文学作品,大都不同程度地得沉郁之美,如屈原《离骚》、司马迁《史记》、庾信《哀江南赋》、陈子昂《感遇》等。此类作品的沉郁风格可视为作者在生命选择中及其所背负的历史责任感中所焕发出的文采。杜诗从内容到形式最典型地体现了这一文化精神。透过沉郁顿挫的风格,显示了杜甫民胞物与、己饥己溺、摩顶放踵的人格力量。浦起龙《读杜心解·发凡》称:"老杜天姿惇厚,伦理最笃。诗凡涉君臣、父子、兄弟、夫妇、朋友之间,都从一副血诚流出,而语及君臣者尤多。"的确,杜诗中表现人伦亲情甚多且甚深厚,由于都是在忧患的背景中体现这一深情,所以更显出"一副血诚"。如"安史之乱"前夕所作的《自京赴奉先县咏怀五百字》诗说:"老妻寄异县,十口隔风雪。谁能久不顾？庶往共饥渴！"逃脱安史叛后所作《述怀》诗又说："嵚岑猛虎场,郁结回我首。自寄一封书,今已七月后。反畏消息来,寸心亦何有？"逃难入成都后所作《百忧集行》诗则说："强将笑语供主人,悲见生涯百忧集！入门依旧四壁空,老妻睹我颜色同。痴儿不知父子礼,叫怒索饭啼门东。"所表达的是生死与共的至情,在心灵的感应与情感的跌宕中,我们体味着诗人高尚的人格。杜甫对弟妹、朋友,也都有深淳的情感流露于诗中,乃至君臣之间,也有《槐叶冷陶》诗记录着杜甫在漂泊中对君主的思念之情。然而必须指出的是,这些"凡涉君臣、父子、兄弟、夫妇、朋友之间"的诗,有一个总体倾向,即对社会的关怀,是"上感九庙焚,下悯万民疮"(《壮游》),是"穷年忧黎元"的济世之心的体现。因此,他的至情往往是由家而想到国,由己而推及人。如《题桃树》：

小径升堂旧不斜,五株桃树亦从遮。高秋总馈贫人食,来岁还舒满眼花。帘户每宜通乳燕,儿童莫信打慈鸦。寡妻群盗非今日,天下车书正一家。

古人评此诗或云："因桃树而念及贫人,因贫人而兼及鸦雀,因鸦雀而遂及寡妻群盗,相连而下。"或云："公一生稷契心事,尽在此诗中。以堂中作天下观,以天下作堂中观。"都是指杜诗的仁爱精神。这种精神在实践中还有所突破,如名篇《茅屋为秋风所破歌》：

八月秋高风怒号,卷我屋上三重茅。茅飞渡江洒江郊,高者挂罥长林梢,下者飘转沉塘坳。南村群童欺我老无力：忍能对面为盗贼,公然抱茅入竹去,唇焦口燥呼不得！归来倚仗自叹息。俄顷风定云墨色,秋天漠漠向昏黑。布衾多年冷似铁,娇儿恶卧踏里裂。床头屋漏无干处,雨脚如麻未断绝。自经丧乱少睡眠,长夜沾湿何由彻？安得广厦千万间,大庇天下寒士俱欢颜,风雨不动安如山!呜呼!何时眼前突兀见此屋?吾庐独破受冻死亦足!

诗中所表现已不仅仅是推己及人,而是舍己为人,实践了儒家仁学的理想境界,而且深刻地体现了古代的人道主义精神。作于秦州的《凤凰台》诗,杜甫自剖心血:

安得万丈梯,为君上上头?恐有无母雏,饥寒日啾啾。我能剖心血,饮啄慰孤愁。

不惜刿心沥血,但愿"一洗苍生忧"的生命选择,至此已超越了儒家"立德、立功、立言"的价值追求。

然而,杜甫毕竟是士大夫中人,他"一洗苍生忧"的愿望只能寄托在历史上曾经出现过的"贤相"一类人物身上,这就是浦起龙称"语及君臣者尤多"的原因。自逃难入蜀后,杜甫不再"自比稷与契",而是向往于动乱中辅助刘备平定蜀国的大臣诸葛亮。他有一系列赞美诸葛亮的诗,其中如《蜀相》:

丞相祠堂何处寻?锦官城外柏森森。映阶碧草自春色,隔叶黄鹂空好音。三顾频烦天下计,两朝开济老臣心。出师未捷身先死,长使英雄泪满襟。

颔联将祠堂春色写得十分美好,然后用"自"、"空"二字将这美好的春景一齐抹倒,加倍突出对诸葛亮的倾慕之情。颈联从大处着眼,高度地概括和评价其一生功绩与才德。尾联则声泪俱下,表达诗人无限哀思,"长使"二字大大地扩充了艺术感染范围,使千年以下有志未遂的英雄人物不能不发同声一哭。北宋末年抗金爱国将领宗泽临终吟诵的正是这两句诗,并三呼"过河",赍志而亡。无论古、律,这种沉郁的风格都贯穿着雄勃之气,读来铿锵顿挫,激动人心。在这里,顿挫,不但指其声调文气,更重要的是指感情波澜的抑扬起伏;沉,不是消沉,郁,不是悒郁;杜诗沉郁顿挫的风格是沉雄勃郁、抑扬顿挫、振奋人心的风格,是在深沉的忧患意识中有雄勃之气,是在正视苦难现实时不失其民族自信心与个体的自尊心。所以无论是怎样的逆境,杜诗的格调总是那么沉挚而高昂,是那种所谓的"保护元气文字"。杜诗的这种风格对此后中国文学史起着典范的作用,不断振起历代文风,成为中国诗史的脊梁。

与杜甫悲天悯人的博大胸怀、杜诗沉郁顿挫艺术风格相应的是杜甫"不薄今人爱古人"的文学史观,"转益多师"的文学观与"或看翡翠兰苕上,未掣鲸鱼碧海中"的审美理想。《戏为六绝句》颇为集中地表达了这些观点,兹录其中三首:

> 不薄今人爱古人,清词丽句必为邻。窃攀屈宋宜方驾,恐与齐梁作后尘。

> 未及前贤更勿疑,递相祖述复先谁?别裁伪体亲风雅,转益多师是汝师。

> 才力应难跨数公,凡今谁是出群雄?或看翡翠兰苕上,未掣鲸鱼碧海中。

诗表明杜甫有极其阔大的视野与海纳百川似的胸襟,以及不排斥婉柔之美却着力追求崇高的审美理想。正因为如此,才造就了杜甫这一"集大成"的文学巨匠。

历来评论家都承认杜诗"集大成"的地位,是所谓"尽得古今之体势"、"浑涵汪茫,千汇万状"者。由于杜诗从内容到形式乃至审美趣味无比的丰富性,为后人提供了多向选择的可能,从而对不同时代不同个性的诗人产生了多方向、多层次的影响。从这一意义上讲,杜诗又诚如宋人王禹偁所说:"子美集开诗世界。"(《日长简仲咸》)文学史的变迁将依次展示这一深巨的影响。这里仅就杜诗所预示的时代新走向略事说明。

盛唐文化向中唐文化滑落,首先表现为高华雅逸的贵族气派让位于平易近人的世俗风度。因此,杜诗中"由雅入俗"的一面首先为中晚唐人所妥接受,并发生内在的影响。

杜诗"由雅入俗"风格分别体现在题材的取向、语言的运用、表现手法及诗歌的创新诸方面。元稹《乐府古题序》称:"诗人杜甫《悲陈陶》、《哀江头》、《兵车》、《丽人》等,凡所歌行,率皆即事名篇,无复倚傍。"这不仅是"名篇"的问题,而且是个题材取向问题。杜诗的平民化,不仅表现在《兵车行》、《石壕吏》一类反映民间疾苦的时事题材上,而且表现在对平民日常生活情趣的津津乐道。如《江村》诗:

> 清江一曲抱村流,长夏江村事事幽:自去自来堂上燕,相亲相近水中鸥。老妻画纸为棋局,稚子敲针作钓钩。但有故人供禄米,微躯此处更何求?

诗里没有一点贵族气息,只有淳朴的乡村平民情趣,而且也很口语化。元稹《酬孝甫见赠》曾指出这一特点,说:"怜渠直道当时语,不著心源傍古人。"特别是入蜀后所作,有意别开生面,以方言俗语入诗,宋人吴可《藏海诗话》称:

> 老杜诗云:"一夜水高三尺强,数日不可更禁当。南市津头有船卖,无钱即买系篱旁。"与《竹枝词》相似,盖即俗为雅。

事实上,杜甫不是将俗语雅化了,而应当说是有意将"雅"引向俗世间。杜甫引用俗语往往有深意,如卢世漼《杜诗胥抄》评"万姓

中　编

疮痍合，群凶嗜欲肥"说："合字、肥字，惨不可读。"再如"爷娘妻子
走相送"、"牵衣顿足拦道哭"、"生女有所归，鸡狗亦得将"，都是为
了更真切地再现俗世间的生活场景与平民的心理活动。典型如上
引《遭田父泥饮美严中丞》一诗，王嗣奭《杜臆》评得真切："妙在写
出村人口角，朴野气象如画。"用"当时语"造成"朴野气象"，与陶、
谢、王、孟传统田园诗那种典雅雍容的风度截然不同，是"由雅入俗"
的新诗风。不必说是乐府歌行、七古、五古，就连一向被视为典雅端
庄体制宏丽的七律形式，也经杜甫之手而由雅入俗，如《送路六侍御
入朝》诗：

　　童稚情亲四十年，中间消息两茫然。更为后会知何地？忽
漫相逢是别筵。不分桃花红胜锦，生憎柳絮白于绵。剑南春色
还无赖，触忤愁人到酒边。

从语言到情趣，都弥漫着平民生活气息。尤其是上引《又呈吴
郎》一首，用七律反映民间疾苦，直是前无古人。杜甫对律诗的完善
与开拓直接影响了中唐诗人的审美趣味，以文为诗，长篇排律，拗体
诗，等等，都总体地改变了传统诗歌的观念和写法，以其摩天巨刃划
时代地开创了新诗风，预示了时代的新走向。

（原载《漳州师范学院学报》1996 年第 3 期）

杜诗学——民族的文化诗学

廖仲安先生的《杜诗学》(《首都师范大学学报》1994 年第 5、6 两期)以简要的文字疏而不漏地勾画了杜诗学的历史形成,在学术文化界面临大变革之今日,及时地总结了历史经验,由此对杜诗学的未来形成一种展望。

据我的理解,该文所示杜诗学之历程,可概括为如下的图式:

对杜诗内容与形式的讨论——对"诗史"的认识——发掘伦理、人格的意义

简单地说,就是人们首先认识到杜诗集古今诗歌之大成的意义。元稹《唐故工部员外郎杜君墓系铭》:"盖所谓上薄风骚,下该沈宋,古傍苏李,气夺曹刘,掩颜谢之孤高,杂徐庾之流丽,尽得古今之体势,而兼人人之所独专矣。"这段名言,最具代表性。元、白倡新乐府,也是从学习杜甫"缘事而发"、"借古题写时事"入手,关注杜甫对诗歌的内容与形式方面的贡献。由于他们对杜诗内容现实性的注重,便引发了人们对杜诗具有史的意义的认识。晚唐孟启《本事诗》首称杜诗为"诗史",但对其内涵有深刻发露的是宋人胡宗愈《成都草堂诗碑序》:"先生以诗鸣于唐,凡出处去就,动息劳佚,悲欢忧乐,忠愤感激,好贤恶恶,一见于诗。读之,可以知其世。学士大夫,谓之诗史。"此后,凡经乱离,人们都分外痛切地感受到杜诗这一

"诗史"的特质。而王安石则注重其人格力量与伦理风范,《杜甫画像》云:"吾观少陵诗,谓与元气侔。力能排天斡九地,壮颜毅色不可求。浩荡八极中,生物岂不稠。妍丑巨细千万殊,竟莫见以何雕镂。惜哉命之穷,颠倒不见收。青衫老更斥,饿走半九州。瘦妻僵前子仆后,攘攘盗贼森戈矛。吟哦当此时,不废朝廷忧。常愿天子圣,大臣各伊周。宁令吾庐独破受冻死,不忍四海赤子寒飕飕。伤屯悼屈止一身,嗟时之人我所羞。所以见公画,再拜涕泗流!"自此,杜诗中的济世热情、政治信念、人情伦理、诗圣风范,成为杜诗学研究的热点。

以上为历来杜诗学的三个基本支点,而廖文深刻处,还在于指明三者共存却因人、因事、因时代而各有侧重。如宋之黄庭坚,重在对杜诗词章方面的继承,力倡"以俗为雅,以故为新",并以之为号召建立江西诗派而风靡一代;同为宋人的李纲,因处于民族危难之中而更注重杜诗的人情伦理,在《重校正杜子美集序》中说:"子美之诗凡千四百三十余篇,其忠义气节,羁旅艰难,悲愤无聊,一见于诗……平时读之,未见其工,迨亲更兵火丧乱之后,诵其诗如出乎其时,犁然有当于人心,然后知其语之妙也。"至明前后七子和杨慎诸人,则主张学古诗必汉魏二谢,学今体诗必盛唐杜甫。看似尊杜,实则排斥杜甫那些五古、七古体裁的诗史名篇。甚至集注杜之大成的清人仇兆鳌,廖文也于充分肯定之际指出:仇氏因以进《杜诗详注》受知于康熙皇帝,所以在注中强调杜甫"立言忠厚,可以垂教万世",往往有意识地削弱杜诗的思想锋芒。通观全文,杜诗学源远流长且未有穷期之历史发展轨迹历历在目,从中不难看出,其总趋势必然是三个基本支点的交融。于是廖先生于文末水到渠成地总结道:"从一般历史文化意义来说,杜诗的影响所及,早就不局限于文学范围。"

这是总结,也是展望。

杜诗中蕴含的极其丰富的真善美,的确有其文学所不能局限的意义。就以用力最勤的杜诗注而言,不同时代、不同注家,对读者都有其不同的导向,有着不同的文化背景。如宋人治杜诗学,所尚在辑校集注,并颇重系年与出处,是与宋人崇杜,对杜诗有史的特质的认识,以及江西诗派倡杜诗"无一字无来处"有关;而元人治杜诗学,一转而为批点、选注,风行数百年,乃至在明、清两代形成一种专读杜甫律诗的风气,是与封建后期文化专制日甚,文人噤不敢言而八股日渐风行有关。杜诗学与文化这层密切的关系,已为现代学人所关注。以《两岸丛书》张高评编《宋诗综论丛编》为例,所选大陆学者有关论文28篇,其中就有5篇是专题论杜诗与宋人之关系①,所取之角度,也大体上是从宋人的杜学切入。可见杜诗已超乎文学范畴,这是杜诗接受史成为文化史的一条不容忽视的线索,发掘杜诗流传过程中带出的种种文化意义,也就成为杜诗学题中之义。

　　那么,我们对杜诗学的文化意义是否已经有了足够的认识并取得共识? 未必。曾经成为"显学"的杜学,在时下讲究"实用"的社会风尚中受到冲击是可以料想的。然而,真正有生命力的东西毋需保驾,只要做适当调整,杜学继续发展也是可以料想的。调整自身,才是问题的关键。显然,作为求发展的杜学本身不宜无视外部环境的变迁而依然故我,一仍其旧地只在传统范围内讨生活。管见以为,杜学之生命所在,并不在于能以不变应万变,恰恰相反,其生命所在,乃在于杜诗本身有极其多面的丰富内涵,且与中国文化精神息息相通,因此: 一、它具有大多数古代作家所不能企及的典型性与普通意义,是中国文化的一个相对稳定的因素,具有顽强的生命力。二、随着时代环境的变化与文化精神的变迁,不同时代不同的人对杜诗有着不同的再认识,它是个探不到底的动荡的海洋。变,也是杜学生命之所在,而且是在"永生"意义上的生命之体现。这种

---

① 　这五篇论文的题目是:《从陶杜诗的典范意义看宋诗的审美意识》、《论宋人对杜诗的态度》、《杜诗与宋人诗歌价值观》、《论宋学对杜诗的曲解和误解》、《论杜甫晚期今体诗的特点及其对宋人的影响》。

变可以与传统并存不悖，也可以是传统的合理延伸。如清人已经意识到"读杜不专是学作诗"，"杜诗合把做古书读"，"史家只载得一时事迹，诗家直显出一时气运"（浦起龙《读杜心解》）；而我们则将杜诗学推进一层，做一番关系民族文化心理的研究。这是顺理成章的事，可以说是变，也可以说是某种继承。

在民族文化心理的层次上研究杜诗，不仅是需要，也是可能。事实上已有论者注意到杜甫曾是中国文化生命的"托命之人"，是中国文化的人格代表，由此进而探索中国的文化精神[①]。匡亚明先生将莫砺锋著《杜甫评传》收入所编《中国思想家评传丛书》，恐怕也是出于类似的考虑。我认为，这是有识之士对杜诗学所作的适当调整，在某种程度上预示了杜学的前景。

就以历来人们已形成共识的杜诗风格特征"沉郁顿挫"而言，在这一独特艺术风格中，就饱含了民族文化心理的内容。浦起龙《读杜心解·发凡》云："老杜天姿悖厚，伦理最笃，诗凡涉君臣、父子、兄弟、夫妇、朋友之间，都从一副血诚流出。"所谓"一副血诚"，并非什么玄之又玄的东西，究其实，不过是指其人格的自然流露而已，其中"伦理最笃"又显然与杜甫笃信儒学有直接关系。试读《凤凰台》诗：

> 亭亭凤凰台，北对西康州。西伯今寂寞，凤声亦悠悠。山峻路绝踪，石林气高浮。安得万丈梯，为君上上头。恐有无母雏，饥寒日啾啾。我能剖心血，饮啄慰孤愁。心以当竹实，炯然忘外求。血以当醴泉，岂徒比清流。所重王者瑞，敢辞微命休……再光中兴业，一洗苍生忧。深衷正为此，群盗何淹留。

诗中有浓郁的悲天悯人意味，或许不无佛家普渡众生的影子，

---

① 参看胡晓明《略论杜甫诗学与中国文化精神》，《文艺理论研究》1994 年第 5 期。

但"所重王者瑞"、"再光中兴业"云云,则明白无误地表明其核心思想是孔孟的仁学,在其"悲天悯人"的古代人道主义当中,伦理的含量甚高。这种"一副血诚"显然传自"文化基因"。我们尤感兴趣的是,这种悲天悯人的意味往往能焕发出沉郁之美。翻检杜诗不难发现,凡涉九庙焚、万民疮者,往往沉郁的意味最厚。如《自京赴奉先县咏怀五百字》、《春望》、"三吏"、"三别"、《有感五首》、《又呈吴郎》、《登岳阳楼》等等,此类例举不胜举。推而广之,在中国文学史上,凡是将个人的情志与民族国家群体之忧患血肉相连的优秀文艺作品,大都能不同程度地得沉郁之美,如陈子昂《感遇》、庾信《哀江南赋》、司马迁《史记》、屈原《离骚》等。可见,沉郁风格是与某种民族文化有着深层的联系的,比如说儒家个体皈依于群体的价值观及由此产生的历史责任感,甚或可追踪到《易》,所谓"君子终日乾乾,夕惕若",以及《诗·小旻》云"战战兢兢,如临深渊"之类我民族先民普遍存在的深广的忧患意识。①

以上例子,或许能给我们启示:将杜诗研究从单个作家、线式因果研究的封闭体系中解放出来,放在文化大系中以大观小、经纬交织地进行考察,这会更有利于发掘杜诗深层的内蕴;同时,由于杜甫及其创作所具有的罕见的典型性,随着这一研究的深入势必有助于人们对中国文学乃至中国文化及其某些规律的认识与归纳。因此,笔者认为:杜诗学可以、也应当成为我民族的文化诗学。

(原载《首都师范大学学报》1995 年第 4 期)

---

① 参看拙作《沉郁:士大夫文化心理的积淀》,《文艺理论研究》1994 年第 6 期(收入本《文集》第一册);《时空寂寞——士大夫忧患意识的诗语言》,《天府新论》1994 年第 5 期(收入本《文集》第六册)。

杜甫早期的干谒游宴诗

杜甫思想质的飞跃产生于何时？郭沫若在《诗歌史中的双子星座》(《杜甫研究论文集》三辑)一文中认为：

> 从755年(按,是年"安史之乱"爆发)以后一直到他的逝世,十五六年间所度过的基本上是流浪的生活,饥寒交迫的生活……"朱门酒肉臭,路有冻死骨。"这样的响彻千古的名句,不在这样的生活中是不能产生的。

"安史之乱"后的生活是杜甫成为伟大的现实主义作家的根本保证,这无疑是个事实。不过有必要指出："朱门"这句诗不产生于"十五六年"的流浪生活之中,而是在其开端的"安史之乱"初爆发之时。之所以产生时序倒置的错误印象,原因在偏重了"安史之乱"后现实生活的影响,而忽视了长安十年现实生活已经给予杜甫强有力的影响。由于杜甫长安十年间有较大量的干谒、游宴之作,所以往往给人以"雅歌咏治象"(方回《瀛奎律髓》卷二九)的印象,而对杜甫思想发展进行了断裂的描述,内在依据往往显得不足。事实上,就天宝末年杜甫的思想与创作倾向看,即使"安史之乱"因某种原因得以延缓时日爆发,杜甫走向"现实主义"也势在必行。当然,这里有速度、深度、广度的差别。

本文试图就杜甫干谒宴游之作的分析,梳理出杜甫徘徊于廊庙与山林之间,开始面向现实这一思想发展过程的轨迹。

一、干谒诗中的矛盾因素

对杜甫早期的干谒之作,即献给皇帝,以及向达官贵人投赠以求汲引的诗赋,非但今人,便是古人也不满。刘克庄就说:"张垍虽为词臣,恩泽侯尔,今有'黄麻似六经'(杜甫《赠翰林张四学士垍》),未之敢闻。"(《后村先生大全集》卷一八二《诗话新集》)连爱杜极深的王嗣奭,在《杜臆》卷一评《奉赠太常张卿垍》中,也指责他"语涉诡谀","后面陈情,亦觉过于卑屈"。

古人是以"出处"、"气节"为标准来否定这些干谒之作的,而我们应当有我们的标准。事实上,目前不少研究文章已颇为详尽地论述了"干谒"是唐代士子求仕的一种普遍风气。"干谒"而能成为一种风气,正说明这一现象不仅仅是与个人"气节"相联系,而且是受当时统治阶级所制约,是当时较普遍存在的社会心理的反映。就杜甫而言,则典型地体现了本阶级的引力对一个知识分子的作用。杜甫总是念念不忘他那"传之以仁义礼智信,列之以公侯伯子男"(《唐故万年县君京兆杜氏墓志》)的光荣家世,杜预的文治武功,杜审言的文学渊源等等,他概括成一句话,叫作:"奉儒守官,未坠素业。"(《进雕赋表》)这就使杜甫自觉到负有"致君尧舜"与家族中兴的双重使命。所以,在投献《三大礼赋》无成之后,他还能以"儒术诚难起,家声庶已存"(《奉留赠集贤院崔于二学士》)自慰。可见杜甫从事干谒、营求功名的行动,实在是出自本阶级的引力。无论出身、教养,都要求他主动、积极地向朝廷靠拢,把杜甫的干谒、求仕仅仅归结为父亲死后薄产不能满足生活需要,"只有做官,因为做官是宦家子弟的唯一的生活道路"便具有片面性。也就是说,杜甫从事"干谒"是有着相当的主动性的。从干谒诗中可看到他是以本阶级的"肖子"自居的：

> 老骥思千里,饥鹰待一呼！(《赠韦左丞丈济》)
>
> 气冲星象表,词感帝王尊。(《奉留赠集贤院崔于二学士》)
>
> 自谓颇挺出,立登要路津。致君尧舜上,再使风俗淳。
> (《奉赠韦左丞丈二十二韵》)

这样的口气在当时干谒诗中是颇罕见的,难怪《唐摭言》要特地把后一首收入"自负"门。这自负,也就是以本阶级、家族的肖子自居。然而,此时的统治集团已无需这样的"肖子"。杜甫愈是靠拢这一集团,就愈分明地嗅到一股尸臭,愈使他厌恶这一集团的所作所为。向心力是与离心力同时存在的。从干谒诗的陈情部分,我们觉察到这一离心力的产生。

长安十年的不断碰壁,使杜甫深感屈辱。就在《奉赠韦左丞丈二十二韵》这首干谒诗中,他对自己的干谒活动作了真实的描写：

> 骑驴十三载,旅食京华春。朝扣富儿门,暮随肥马尘。残杯与冷炙,到处潜悲辛。

王嗣奭《杜臆》称此诗"直抒胸臆,如写尺牍","'朝叩'、'暮随'等语,正见误身,此他人所讳。而不惜为知己言之"。的确,作为杜甫干谒之作的特色,就在于敢于直面惨淡的人生,并在干谒诗中作出大胆、如实的反映。他不但向小官诉穷："饥卧动即向一旬,敝衣何啻联百结"(《投简咸华两县诸子》);"荒岁儿女瘦,暮途涕泗零。主人念老马,廨署容秋萤"(《桥陵诗三十韵因呈县内诸官》);向大官也诉穷："江湖漂短褐,霜雪满飞蓬"(《奉寄河南韦尹丈人》);"有客虽安命,衰容岂壮夫。家人忧几杖,甲子混泥途"(《赠韦左丞丈济》);"有儒愁饿死,早晚报平津"(《奉赠鲜于京兆二十韵》);"壮节初题柱,生涯独转蓬"(《投赠哥舒开府翰二十韵》);甚至"途穷乃叫阍",向皇帝也诉穷:"顷者卖药都市,寄食友朋"(《进三大礼赋表》);"退尝困于衣食"(《进封西岳赋表》)。这对"太平盛世"、"野无遗贤"无疑是个嘲讽!晚唐作家罗隐曾在《谗书序》中说自己的干谒之作是:"他人用是以荣,而予用是以辱;他人用是以富贵,而予用是以困穷。苟如是,予之书乃自谗耳。"

杜甫在干谒诗中以"肖子"自居,势必使窃据高位的庸才愧恨;在干谒诗中诉穷,也无疑是对"太平盛世"的否定。这些诗往往要起"自谗"的作用,只是杜甫未必自觉罢了。更重要的还在于:杜甫正是通过困守长安的生活体验,感受到阶级的存在——尽管当时不可能使用"阶级"这一概念。"朱门酒肉臭,路有冻死骨"决不是"顿悟"语,而是目睹身受的"渐悟"语。这种穷富的强烈对比,在早期干谒、游宴诗中也有所反映:

> 纨绔不饿死,儒冠多误身。(《奉赠韦左丞丈二十二韵》)

> 赤县官曹拥才杰,软裘快马当冰雪。长安苦寒谁独悲,杜陵野老骨欲折。(《投简咸华两县诸子》)

> 甲第纷纷厌粱肉,广文先生饭不足。(《醉时歌》)

正是生活现实自己的逻辑力量使杜甫靠拢统治集团的干谒活动适得其反:愈接近这一集团,就使他愈在感情上远离这一集团。这就是杜甫在长安从事干谒活动所处的矛盾状态。反映于杜甫的干谒游宴诗中,便是既有其与当时干谒诗相类的"徒有羡鱼情"(孟浩然《望洞庭湖赠张丞相》)式的主动向统治集团靠拢,对达官贵人抱有幻想的非"现实主义"的一面;更有其对社会本质愈来愈清醒的认识的一面,其中包孕着现实主义的因素。这正是杜甫之所以能

"同行而独见,同见而独领"(王嗣奭语),在"安史之乱"的激烈社会矛盾中迅速走向"现实主义"道路的内在依据。要知道,并非所有优秀作家在这场尖锐的斗争中都走上"现实主义"道路的。

二、徘徊于廊庙与山林之间

杜甫初到长安时,虽困顿,对前途却充满信心:

刘毅从来布衣愿,家无担石输百万!(《今夕行》)

淮王门有客,终不愧孙登。(《赠特进汝阳王》)

自谓颇挺出,立登要路津。致君尧舜上,再使风俗淳。(《奉赠韦左丞丈二十二韵》)

其间虽"破胆遭前政",应试落选受过打击,但还是将"干谒"当成实现自己政治理想"致君尧舜"的手段。因此,在干谒诗中,杜甫想靠自己的才能来打动达官贵人:

读书破万卷,下笔如有神。(《奉赠韦左丞丈二十二韵》)

老骥思千里,饥鹰待一呼。君能微感激,亦足慰榛芜。(《赠韦左丞丈济》)

但天宝末腐败的用人制度终于使杜甫意识到:向达官贵人言理想,骋才学,只能是对牛弹琴。特别在向皇帝献赋后,虽也一时"气冲星象表,词感帝王尊",但并未被擢用,依旧孑然一身:"圣朝已知贱士丑,一物自荷皇天慈。此身饮罢无归处,独立苍茫自咏诗。"(《乐游园歌》)由此,他得出一个深刻的结论:

使者求颜阖,诸公厌祢衡。(《敬赠郑谏议十韵》)

统治集团"爱才"、"招贤"只是一场骗局,他甚至意识到"纨绔不饿死,儒冠多误身"是个必然,进而对统治者提倡"儒术"表示怀疑:

儒术诚难起,家声庶已存。(《奉留赠集贤院崔于二学士》)

儒术于我何有哉,孔丘盗跖俱尘埃。(《醉时歌》)

综观杜甫一生,对"儒术"本身信仰是笃定的,所以这些激愤语的矛头所向,应当是那些口头提倡者。与此相联系的是对以文章求仕表示怀疑:

计疏疑翰墨,时过忆松筠。(《奉赠鲜于京兆二十韵》)

词赋工无益,山林迹未赊。尽捻书籍卖,来问尔东家。
(《陪郑广文游何将军山林》)

既然以儒术诗书求仕来实现理想已属不可能,那么干谒就从实现理想的手段降而为求生存的手段了。事实上当时杜甫生活是困顿潦倒的。《病后过王倚饮赠歌》写诗人病后"头白眼暗坐有胝,肉黄皮皱命如线",当他受友人一饭的款待后,竟会"令我手足轻欲旋"!这样的"欢乐"令人读之心酸。此时诗人的"理想"是:"但使残年饱吃饭,只愿无事长相见!"因此,杜甫在长安后期的干谒对象已不像前期那样集中在韦济、汝阳王等"知己"身上,而是"病笃乱投医",连鲜于仲通、哥舒翰之流也不惜一投。不过,诗中不再侈谈"理想"与才能,只是很现实地提出:"有儒愁饿死!"

作为与"病笃乱投医"的干谒诗同时出现的,值得注意的现象是:此期诗人还写下一批游宴于山林田园的诗,如《陪郑广文游何将军山林十首》、《重过何氏五首》、《奉陪郑驸马韦曲二首》、《城西陂泛舟》、《渼陂行》、《崔驸马山亭宴集》等。

这是杜甫徘徊于廊庙与山林之间所留下的两行反方向的足迹。宋人方回《瀛奎律髓》卷二九说：

> 唐中叶衰矣，却只成就得老杜一部诗也。不知终始不乱，老杜得时行道如姚、宋，此一部杜诗不过如其祖审言，能雅歌咏治象耳，不过皆《何将军山林》、《李监宅》等诗耳，宁有如今一部诗乎？

在这一问题上，方氏的评论是符合杜甫总的创作实际的，是接近唯物史观的。如果没有生活环境的影响，杜甫是不可能凭空地成为一个伟大的现实主义诗人的。方回能看到这一点，在古人中是难能可贵。然而，杜甫从主观方面摆脱本阶级的引力，积极干预生活，也是成就此一部杜诗的不容忽视的因素。对后一点，方氏不尽了然。就其所举之《何将军山林》（即《陪郑广文游何将军山林》十首与《重过何氏》五首），实在不应与《李监宅》一例视之。后者是应酬文学，内容单薄，"屏开金孔雀，褥隐绣芙蓉"的描写只让人"尚觉王孙贵"而已，的确是去乃祖不远。而《何将军山林》却要复杂得多，它是杜甫"厌机巧"（见杜甫《赠李白》诗）思想的侧面，是徘徊于廊庙与山林之间的一串脚印，是其走向现实的一个"中介"。

游何园诗约写于天宝十一至十三载间（依黄鹤编次）。这正是杜甫困守长安，身心交病，处于矛盾彷徨的后期。固然他"致君尧舜"的理想之火并未熄灭——甚至死前一年还唱出"落日心犹壮"（《江汉》）的诗句，但此时的杜甫对统治集团已深感绝望，多次表示要引去：

> 君不见韝上鹰，一饱即飞掣。焉能作堂上燕，衔泥附炎热！

野人旷荡无娴颜,岂可久在王侯间。(《去矣行》)

他甚至表示:"世复轻骅骝,吾甘杂蛙黾。"(《渼陂西南台》)既然统治者不用贤能,与其屈身王侯间,还不如山林中"杂蛙黾"去!与腐朽的官场相比,山林田野令人"怀新目似击"(《渼陂西南台》)。这就是在处于精神矛盾状态中山林游宴题材之所以使诗人深感兴趣的内在原因。这一现象以后也曾重复出现过:被贬华州司功参军前夕,对君国失望之际,也多有宴游之作,如《曲江对酒》、《曲江对雨》等,是所谓"懒朝真与世相违"。杜甫宴游之作往往与"厌机巧"的心境相联系。

《陪郑广文游何将军山林十首》是"连章体",结构完整统一,为历代论者所称道,王嗣奭就说:"此十诗明是一篇游记。"但十首中有一首专写一种叫"戎王子"的域外奇花,历来编者多觉得不协:"文气似与上下文绝不相蒙。"(李调元《诗话》卷下)其实,这首正是全组诗"兴"之所在。《杜诗言志》说:"因池边瞥见绝域异花,为雨露所离披,即触著古今来多少怀才抱德之士,流落不偶以没世者,不禁为之叹惜。"这话是"以意逆志",得杜诗心的。第四首便将这层感慨挑明了:"词赋工无益,山林迹未赊。尽捻书籍卖,来问尔东家。"贯穿组诗的正是这一感慨。诗人特别敏感的是何园无拘无束安定富足的生活情趣,特别是人与人之间的关系是淳朴的:"银甲弹筝用,金鱼换酒来","野老来看客,河鱼不取钱"。与长安城中残杯冷炙、朝扣暮随的生活形成鲜明的对比,难怪诗人要"坐对秦山晚,江湖兴颇随"了。他甚至考虑过这样的方案:"何日沾微禄,归山买薄田。"先弄个小官当,解决吃饭问题;再买田,远离污秽的官场。可知那时的杜甫对腐败的朝政是相当绝望的,他求仕已不是想要"致君尧舜"了。所以当他终于弄到右卫率府兵曹时便说是:"耽酒须微禄,狂歌托圣朝"(《官定后戏赠》),与前期充满幻想的"自谓颇挺出,立登要路津"形成鲜明的对比。幻灭、徘徊,是杜甫奋身投入生活洪流的前奏。

三、离心力>向心力

"穷年忧黎元"的实践使杜甫"致君尧舜"的理想得以升华。就在杜甫幻灭、徘徊的同时,他并未陷入一己哀怨之中,而是由己及人地注视着社会现实,写下《兵车行》这样的"现实主义"的杰作。因此,尽管诗人想从山林田园中得到解脱,而自然景色却往往适得其反地勾起他无限心事。《渼陂行》:"琉璃汗漫泛舟入,事殊兴极忧思集。鼋作鲸吞不复知,恶风白浪何嗟及。"卢世㴶将此诗比作屈原的《九歌》,不为无见。正因为杜甫的理想是与"忧黎元"紧紧相联系的,所以终其一生,虽有幻灭、徘徊,却始终没有伯夷、叔齐式的"开小差"。与杜同时的王维,也曾有过"北阙献书寝不报,南山种田时不登。百人会中身不预,五侯门前心不能"(《不遇咏》)的不平;也曾对李林甫一党表示不合作,但他往往囿于一己之哀怨,终于遁向林间小路,日益离开社会现实了。

廊庙与山林都没能留住杜甫,杜甫终于走向民间。在杜甫身上,对本阶级的离心力大于向心力。

将杜甫推出徘徊圈子的是现实的力量。天宝十三载,关中大饥,杜甫靠领太仓的救济粮度日。处于下层生活之中,使杜甫有可能感受到时代的大动荡即将来临,写下了《自京赴奉先县咏怀五百字》。

关于杜甫奉先县之行,有说是探亲的,有说是"禄山反书未闻,公已潜畿甸"避乱的,也有猜想是与统治集团不合拂袖而去的。从以上杜甫思想发展的逻辑推测,后一种可能性较大,傅庚生《杜甫诗论》就曾提出"莫非杜甫当真是赋《去矣行》以后就弃官回了奉先"的疑问。从诗本身看:"老妻寄异县,十口隔风雪。谁能久不顾,庶往共饥渴",明言是要与家人"共饥渴"的,应是弃官而来,并非短期探亲。又说:"生逢尧舜君,不忍便永诀。"不忍永诀,正因为此行意味着将是永诀。所以,奉先之行标志着杜甫与当时统治集团思想感情上的矛盾冲突已达到高峰,如果不是新的民族矛盾出现,并成为主要矛盾,杜甫与朝廷之间感情上的裂痕是很难弥合的。

诗的第一部分,可以说是长安十年从事求仕活动的思想矛盾的回顾、总结。录如下:

> 杜陵有布衣,老大意转拙。许身一何愚,窃比稷与契。居然成濩落,白首甘契阔。盖棺事则已,此志常觊豁。穷年忧黎元,叹息肠内热。取笑同学翁,浩歌弥激烈。非无江海志,萧洒送日月。生逢尧舜君,不忍便永诀。当今廊庙具,构厦岂云缺?葵藿倾太阳,物性固莫夺。顾惟蝼蚁辈,但自求其穴。胡为慕大鲸,辄拟偃溟渤?以兹悟生理,独耻事干谒。兀兀遂至今,忍为尘埃没。终愧巢与由,未能易其节。沉饮聊自遣,放歌破愁绝。

这里总结了两件事。其一是:自己"窃比稷与契"是因为"穷年忧黎元",而此志虽然无人理解,但九死而无悔:"盖棺事则已,此志常觊豁!"其二是:自己的志向虽然不可动摇,但过去一直以干谒为手段却是错误的。这错,他认为主要错在认错对象:"当今廊庙具,构厦岂云缺?"人家根本就不需要真心为民的人!这与后来写的"安危大臣在,不必泪长流"(《去蜀》)一样是痛绝语。所以下面说:念我等"蚁民",本该"但自求其穴",怎么搞的会想要干预国事?他悟到干谒失败的原因,并为几年来"朝扣暮随"深感有愧于心。这是很深刻的觉醒,是摆脱本阶级引力,走向人民的重要一环。

如上所论,在杜甫干谒诗中,通过理想与现实的强烈对照,通过对自己贫困生活的诉说,杜甫的干谒诗已在一定程度上反映了社会现实的一个侧面,而这首长诗则已从个人遭遇中摆脱出来,甚至超出"厌机巧"而站在更高的角度,由己及人地反映社会生活本质的方面:"彤庭所分帛,本自寒女出。鞭挞其夫家,聚敛贡城阙。""入门闻号陶,幼子饿已卒……岂知秋禾登,贫窭有仓卒。生常免租税,名不隶征伐……默思失业徒,因念远戍卒。"正是这一由己及人歌斯哭斯的深厚感情,使杜诗具有一股白居易所不能企及的感人力量。也正是因为杜甫诗能反映的不但是所见、所闻,而且是所历、所感,所以"朱门"一联虽如赵翼《瓯北诗话》卷二指出的,乃源于《孟子》、《史记》、《淮南子》,但这句诗远比上述诸书要感人,使人惊心动魄。

长安十年好比张弓,《自京赴奉先县咏怀五百字》好比扳动弩机。杜甫走上"现实主义"道路并非"突变",杜甫思想质的飞跃乃孕育于长安十年。杜甫早期干谒、游宴之作不应划入"反现实主义"的"雅歌咏治象"之列,而应当重视其中孕育的"现实主义"因素。

(原载《草堂》1986 年第 2 期)

杜诗《洗兵马》钱注发微

　　《洗兵马》是杜诗的重要篇章,王安石选杜诗取为压卷。杜诗重要注家钱谦益则以是篇之注为得意之笔,在自序中借钱遵王之口,誉为"凿开鸿蒙,手洗日·月,当大书特书,昭揭万世"者。然而对是篇之笺注,历来聚讼纷纭。事实上它涉及理解的客观性、历史性与阐释的有效性诸问题,有必要进一步详加讨论。

一

　　杜甫《洗兵马》的系年有三种说法:(1)作于至德二载收京后;(2)作于乾元元年春;(3)作于乾元二年春。其中当以乾元二年春一说最流行,重要注家如黄鹤、仇兆鳌、浦起龙、杨伦等,及今人萧涤非、朱东润、陈贻焮诸先生咸持此说。此说诸家举证颇丰,可以说史料与文本已取得一一对应。然而涤非师仍非常谨慎地说:"关于此诗写作年代,我因一时还难确定,所以注文一开始就用了'大概'二字。"①这是严肃的学者负责任的态度。事实上历史材料先天地存在着缺陷:它不可能全部保留至今,不可能全面完整地反映历史事件,疏漏残缺失真在所难免。何况作为历史叙述的史料并不等同历

---

① 本文引萧注,咸见萧涤非《杜甫诗选注》,人民文学出版社 1985 年版,第 101—107 页《洗兵马》注文。下文不另标明。

史真相。因之读者对它必然要有所选择、推理、判断,"纯客观"的研究不可能做到。研究者只好通过不断比较、反思、调整、理解,在文本"意指"的暗示与制约下重建语境。所以涤非师在该诗系年问题上轻易不下结论,只是提出倾向。的确,在诠释该诗的史料选择上与对文本意指的理解上,尚有许多模棱两可的地方。

先看史料的选用:

(1)诗云:"中兴诸将收山东。"山东,唐时指华山以东,包括河北一带。主张系于乾元二年春者(下简作"乾元二年说")举史载乾元元年十月,郭子仪自杏园渡河,破安太清,围卫州。鲁炅、季广琛、崔光远、李嗣业皆会子仪于卫州。安庆绪来救,复破之,拔卫州,追安庆绪至邺。许叔冀、董秦、王思礼、薛兼训引兵继至,围邺。是为"中兴诸将收山东",乾元元年十月以后事也。然而,我们可以另引一段史料:史载至德二载(757)九月收西京,十月收东京。《资治通鉴》是年十一月条,载张镐帅鲁炅等五节度徇河南、河东郡县,皆下之。史思明以所部十三郡,高秀严以所部郡县降(史思明至乾元元年六月后复反,但乾元元年春尚未复反),十二月沧、瀛、安(定?)、深、德、棣等州降,"河北率为唐有矣"。则乾元元年春依去年冬之战局称"中兴诸将收山东",也是可以的。且沧州、德州、棣州皆近渤海,使下文"已喜皇威清海岱"有了着落,比引乾元元年十月围邺事似更切合诗意。

(2)诗云:"回纥喂肉蒲萄宫。"仇注引《资治通鉴》乾元元年八月,回纥遣其臣骨啜特勒及帝德将骁骑三千,助讨安庆绪,上命朔方左武锋使仆固怀恩领之。萧涤非先生则引《资治通鉴》至德二载(757)十月,回纥叶护自东京还,肃宗命百官迎于长乐驿,肃宗与宴于宣政殿。萧注所引宣政殿事,自然要比仇注所引更贴切蒲萄宫宴回纥之诗意。然而这条史料也就同样可为乾元元年(758)春一说所用。更关键的是:

(3)诗云:"成王功大心转小,郭相谋深古来少。司徒清鉴悬明镜,尚书气与秋天杳。"成王,乾元元年三月,李俶自楚王徙封成王,同年四月,立为皇太子(两《唐书》同载)。则乾元二年不得称"成王"。浦起龙《读杜心解》注云"王已立为太子,句意在于纪功,故称其勋爵",似觉勉强。至若"尚书",指王思礼,乾元元年八月加兵部尚书。"乾元二年说"以此证明诗当作于乾元元年八月以后。而《资治通鉴》至德元载(756)十月条,房琯将兵复两京,令兵部尚书王思礼副之(《旧唐书》肃宗本纪同),则称王思礼为"尚书",亦不必待乾元元年八月后也。

再看对文本意指理解的多歧性:

(1)诗云:"已喜皇威清海岱,常思仙仗过崆峒。"崆峒,据《中国历史地图集》(中华地图学社版)第五册,隋唐时有二崆峒,一在肃州,一在岷州,皆属陇右道。后代乃有原州平凉之崆峒,故钱注、朱注咸以为肃宗自灵武南回过此原州之崆峒,所以这一句也就含有某种讽喻的意味。我认为,此"崆峒"当指陇右岷州之崆峒。杜甫《青阳峡》诗云:"昨忆踰陇坂,高秋视吴岳。东笑莲花卑,北知崆峒薄。"在陇坂上可望见崆峒山。且《史记·五帝纪》有云:"黄帝西至空桐,登鸡头。"此空桐即崆峒。"仙仗"配黄帝西去的典故,自然切合。由此可推知:"常思仙仗过崆峒",当指收京而思西向入蜀之上皇也,并非实指。对崆峒山不同的定位,也就引出不同的诠释。

(2)诗云:"关中既留萧丞相,幕下复用张子房。""萧丞相"指何人?历来注家纷纭,或云指郭子仪(赵次公注),或云指萧华(宋人旧注),或云指杜鸿渐(蔡梦弼注),钱注则云指房琯。"张子房"指何人?注家似较为一致,谓指张镐。赵昌平先生与作者论诗书认为:"关中既留萧丞相,幕下复用张子房。张公一生江海客……",此为顶针句格,"张公"必复指上句之"张子房",二句说一人,无可置疑。所论明快,颇具说服力。然而"萧丞相"指何人,仍难定论。且所谓"顶真",似也不必绝对化,盖杜甫用典注重切姓,如"杜酒偏劳劝,张梨不外求"。"萧丞相"如指萧华,则萧华陷贼"伪署魏州刺史",见诸《旧唐书·萧华传》,必非所指。既然此处"萧丞相"不必姓萧,则"张子房"亦不必姓张,方为切对。正是由于语言本身的多义性,且中国古典诗歌追求言外之意,措辞深婉,更使文本意义有其超越作者意指的独立性,造成多种阐释的空间。譬如我们是否可做如下理解:"关中既留",指房琯至德元载八月与韦见素等由蜀奉宝册之灵武,《资治通鉴》至德元载九月条载肃宗"以韦见素本附杨国忠,意薄之;素闻房琯名,虚心待之……由是军国事多谋于琯。琯亦以天下为己任,知无不为;诸相拱手避之"。房琯以玄宗文部尚书、同中书门下平章事的特殊身份与韦见素等由蜀奉使至属关内道的灵武,唯房琯独为肃宗所重,留为己用,所以称"关中既留"。至于"幕下复用",清代梁运昌《杜园说杜》笺云:"子房则从来并指张镐,但不应琯一句而镐五句,则此子房当指邺侯(李泌),不以切姓论也。张镐独详于二公者,此时琯已罢相,泌已还山,张乃现在倚任之人,故借作收科。"今按,房琯罢相在至德二载(757),张镐罢相在乾元元年(758)五月,李泌归隐在至德二载(757)十月,则梁氏云云,在时间上是可能的。且无论从形式上看,还是从收京前后的形势上看,梁氏的批评也不无道理。盖李泌在收京前后也是朝廷核心人物,与房琯同为蜀中来的旧臣,尤其值得注意的是,李泌是皇室家庭矛盾的重要调解人,所以当时与房琯一内一外,是辅助肃宗的两个主要旧臣,言"既留"、"复用",非先后之序,乃同时并用之意,相当"既……又……"的句式。至于所谓"幕下",当与军旅将帅有关,于李泌亦远比张镐贴切。《资治通鉴》至德元载九月条载:"上与泌出行军,军士指之,窃言曰:'衣黄者,圣人也。衣白者,山人也。'上闻之,以告泌,曰:'艰难之际,不敢相屈以官,且衣紫袍以绝群疑。'泌不得已,受之;服之,入谢,上笑曰:'既服此,岂可无名称!'出怀中敕,以泌为侍谋军国、元帅府行军长史……置元帅府于禁中,俶(李俶,时为天下兵马元帅,即后来的成王、太子)入则泌在府,泌入俶亦如之。"生动而详尽地记载了李泌"入幕"的经过,此佳话当时想必广为流传,切合"幕下复用张子房"诗意;且泌多智谋,纵谈神仙,或言曾与赤松子等游处,比张镐更酷似张子房。再者,杜甫于乾元元年所作《观兵》诗及《为华州郭使君进灭残寇形势图状》文中所提出的战略,与李泌击叛军首尾复其巢穴的著名战略相近,对房琯看法亦相近(史载陈涛斜之败,李泌出手营救房琯),如此种种,杜甫于情理中不应遗李泌于"中兴"人物之外①。如是,则二句微言有贤臣如此而两失之,用戒张镐之勿再失(史云乾元元年五月张镐罢相,可谓不幸而言中),而琯、泌各一句,镐四句,于形式上也较为合理。然而此说尚无确证,推理居多,不敢言必,只是作为一种歧见,谨供参考。

(3)诗云:"田家望望惜雨干。""乾元二年说"引史载乾元二年春久旱。然则,"惜雨干"并非无雨,而恰好相反,是有雨而眼巴巴地看着它干掉——这是由于丁壮皆上前线,春种无人,是以"惜"之。

(4)诗云:"淇上健儿归莫懒。""乾元二年说"认为淇水在卫,与相州邻,淇上健儿指乾元元年十月后围相州之兵。"淇上健儿"是否只能是指九节度使围邺之兵?《资治通鉴》乾元元年三月条载镇西、北庭行营节度使李嗣业屯河内。四月条载安庆绪闻李嗣业在河内,与蔡希德、崔乾祐将步骑二万,涉沁水攻之,不胜而还。河内,即怀州,在东都东北,为都畿屏障;而淇水所在的卫州正处于相州(即邺城)与怀州之间。如果我们考虑到李嗣业是收东都的先锋,是张镐徇河南、河东的五节度使之一,而所领北庭四镇兵此时已成为朝廷倚重的一支主力部队。(杜甫自己就有《观安西兵过赴关中待命》二首,对李部平叛的重要性有很高的评价:"四镇富精锐,摧锋皆绝伦。还闻献士卒,足以静风尘。"又云:"奇兵不在众,万马救中原。谈笑无河北,心肝奉至尊。")那么屯兵东京附近的唐军主力之一的李嗣业部,与盘踞相州作困兽之斗的叛军魁首安庆绪之间的战事,

---

① 《收京》三首有云:"羽翼怀商老,文思忆帝尧。"仇注以为商老当指李泌。可见杜甫对李泌并非潘耒所云"从无一字交涉"。详下文。

就不可能只发生上引史料所载那一次而已。李、安之间的卫州（即淇上），在乾元元年三四月已是兵家必争之地，是该时段的一个主战场；故"淇上健儿"有可能指李嗣业的部队，不必待九节度使围邺城也。浦起龙《读杜心解·读杜提纲》有云："代宗朝诗，有与国史不相似者。史不言河北多事，子美日日忧之；史不言朝廷轻儒，诗中每每见之。"肃宗朝相州战事亦当作如是观。"淇上健儿"尚有阐释的空间。

以上诸歧见，据现存史料尚不足以定谳，且诗的特质在抒写情志，多想象之语，所记史实侧重点自与史家有异。所以浦起龙又说："可见史家只载得一时事迹，诗家直显出一时气运。诗之妙，正在史笔不到处。"《杜园说杜》该诗笺注亦称："从前注家，大抵混引史事，将诗中语种种错会，越有证据越见支离而聚讼纷纷。"二家说法比较通达，也都强调整体把握。由于唐代遗存资料相当丰富，所以要证成某一具体观点乃至寻求史料与文本在语词上的对应、巧合，都有相当大的可能性。因之浦起龙《读杜提纲》主张读杜诗"须通首一气读。若一题几首，再连章一片读。还要判成片工夫，全部一齐读。全部诗竟是一索子贯"。只有"上下文"的整体性才能"显出一时气运"来。文本的意味就存在于部分与整体的相互说明之中。这个"整体"，首先是"上下文"（诗的意脉），广之则作者的所有作品，乃至其所从属的一种文化体系。秉此原则，我们来解读首韵十二句：

> 中兴诸将收山东，捷书夜报清昼同。河广传闻一苇过，胡危命在破竹中。只残邺城不日得，独任朔方无限功。京师皆骑汗血马，回纥喂肉蒲萄宫。已喜皇威清海岱，常思仙仗过崆峒。三年笛里关山月，万国兵前草木风。

《杜园说杜》提醒我们要注意题下原注："收京后作。"所谓"原

133

注"，即便不是作者自注，也是早期辑录者之注，最近作者原意，不应忽视之，然而也不必将此四字理解为紧接《收京》三首之后①。杜甫《新安吏》下亦有旧注曰："收京后作。"但该诗作于乾元二年（759）三月九节度师败相州后，已是定论，距至德二载（757）九月收京已二年。应当说，乾元元年春至乾元二年春，该时段的战局都具备了激发作者这种情绪的可能性，只不过我们详细比较这两个时段作者的所有现存作品，则前者要比后者更具完整性与激发胜利喜悦的冲动性。事实上自至德二载九月作《喜闻官军已临贼境》，十月作《收京》三首，就已经一改前此不久所作《羌村》三首、《彭衙行》那种忧心忡忡的基调，直至次年乾元元年春在长安宫廷唱和诸诗，整体上透出一股喜气来，可谓"一索子贯"，"显出一时气运"。读者一读便知，兹不列举。所以今人郑文《杜诗檠诂》会说：

　　其以相州兵溃为据以定本诗创作之时，似亦不当。盖乾元元年十二月，魏州失陷，唐军三万被歼，乾元二年正月李嗣业战死城下，唐军自冬涉春，城不能下，军无统帅，将各异心，转输无继，财尽粮竭，形成败溃之势，岂是"中兴诸将收山东"之时哉！且子美出掾华州，牢骚之语，比比皆是，而此诗赞美恢复，情绪欢畅，因疑《详注》所引史料不免失当。②

　　须补充的是：《洗兵马》与《喜闻官军已临贼境二十韵》、《收京》三首，不但惊喜式的冲动情绪相似，而且在内容上也往往可以相互发明。兹录二题原文如下，以供对照：

---

① 《王状元百家注编年杜陵诗史》（百家注）系此诗于至德二载《收京》三首下，《杜园说杜》亦系此诗于至德二载（757）。然而诗云"成王功大心转小"，史载乾元元年（758）三月楚王李俶始徙成王，杜甫不得预称其为成王，仅此一端，便可否决广德二载之系年。
② 郑文《杜诗檠诂》，巴蜀书社 1992 年版，第 175 页。

喜闻官军已临贼境二十韵

胡虏潜京县,官军拥贼壕。鼎鱼犹假息,穴蚁欲何逃。帐殿罗玄冕,辕门照白袍。秦山当警跸,汉苑入旌旄。路失羊肠险,云横雉尾高。五原空壁垒,八水散风涛。今日看天意,游魂贷尔曹。乞降那更得,尚诈莫徒劳。元帅归龙种,司空握豹韬。前军苏武节,左将吕虔刀。兵气回飞鸟,威声没巨鳌。戈铤开雪色,弓矢尚秋毫。天步艰方尽,时和运更遭。谁云遗毒螫,已是沃腥臊。睿想丹墀近,神行羽卫牢。花门腾绝漠,拓羯渡临洮。此辈感恩至,羸俘何足操。锋先衣染血,骑突剑吹毛。喜觉都城动,悲怜子女号。家家卖钗钏,只待献春醪。

收 京 三 首

其 一

仙仗离丹极,妖星照玉除。须为下殿走,不可好楼居。暂屈汾阳驾,聊飞燕将书。依然七庙略,更与万方初。

其 二

生意甘衰白,天涯正寂寥。忽闻哀痛诏,又下圣明朝。羽翼怀商老,文思忆帝尧。叨逢罪己日,沾洒望青霄。

其 三

汗马收宫阙,春城铲贼壕。赏应歌杕杜,归及荐樱桃。杂虏横戈数,功臣甲第高。万方频送喜,无乃圣躬劳。

《洗兵马》云:"中兴诸将收山东,捷书夜报清昼同。河广传闻一苇渡,胡危命在破竹中。"《喜闻官军已临贼境》则云:"胡骑潜京县,官军拥贼壕。鼎鱼犹假息,穴蚁欲何逃。"又曰:"今日看天意,游魂贷尔曹。"杜甫作于乾元元年七月的《为华州郭使君进灭残寇形势图状》亦云"则庆绪之首,可翘足待之而已",可见在乾元二年以前,杜甫已有"只残邺城不日得"的看法。又检萧涤非先生注引《唐书·肃宗纪》："至德二载十一月下制曰：朕亲总元戎，扫清群孽。势若摧枯，易同破竹。"对形势的评估与杜甫诗文相当一致，故云"只残邺城不日得"，无须待乾元二年二月九节度使围邺使其食尽时也。

《洗兵马》云："独任朔方无限功。""独任"当与下联"京师皆骑汗血马，回纥喂肉蒲萄宫"连读，则"独任"者，在众军中独倚为主导、指挥者也。《喜闻官军已临贼境》则云："元帅归龙种，司空握豹韬。前军苏武节，左将吕虔刀。"司空指郭子仪，时兼天下兵马副元帅，是"临贼境"的实际军事总指挥。"握豹韬"突出了郭子仪掌控全局的地位。"前军苏武节"，仇注引胡夏客曰："嗣业所将，皆蕃夷四镇兵，故以苏武之典属国为比。"甚是。外来兵只处于辅助地位甚明。故诗又云："花门腾绝漠，拓羯渡临洮。此辈感恩至，嬴俘何足操。"拓羯，指北庭四镇兵。《旧唐书》肃宗本纪至德二载九月条，载元帅广平王统朔方、安西、回纥、南蛮、大食之众二十万，东向讨贼。众军中朔方军是朝廷倚重的"领头羊"。虽然按惯例称"广平王收西京"，但肃宗心里明白，大功归郭子仪。故是年十一月下制云："广平王俶受委元帅，能振天声；郭子仪决胜无前，克成大业。"《资治通鉴》至德二载十一月条载肃宗劳子仪曰："吾之家国，由卿再造。"则"独任"云云，是正面肯定肃宗能倚重子仪，未必是对其九节度使围邺不置元帅一事的讽谏，如是，则"万国兵前草木风"之"万国"，当非仇注所谓"会兵邺城"之九节度使兵，而是上引朔方、安西、回纥、南蛮、大食之众。此句写出叛军在"多国部队"面前"草木皆兵"的恐慌心态，正与"胡危命在破竹中"相应，至此，三年战事该做个了断，乃曰："三年笛里关山月。"其间"常思仙仗过崆峒"一句，《杜诗镜铨》引朱注以为崆峒在原州平凉县百里。肃宗至灵武及南回皆经过此山。"此欲其以起事艰难为念也。"然而首韵十二句，整体是在写闻捷之喜，独此句提示肃宗要"忆苦思甜"，文气似不畅。《收京》三首乃云："仙仗离丹极。"指玄宗由长安出走奔蜀。又云："羽翼怀商老，文思忆帝尧。"仇注："此时怀商老而李泌已去，忆帝尧而上皇初归。"证诸《资治通鉴》至德二载九月条,载是月甲辰,捷书至凤翔,即日遣中使入蜀奏上皇,并表请东归。同时,肃宗还以骏马召李泌于长安。可见"怀商老"并"忆帝尧"写的是时事,并无讽谏之意。如前所论,《洗兵马》"仙仗过崆峒"指玄宗入蜀,则《洗兵马》云云,同样是收京后立即想到让上皇东归之心情,如此则十二句一气呵成①。

《洗兵马》云:"东走无复忆鲈鱼,南飞觉有安巢鸟。青春复随冠冕入,紫禁正耐烟花绕。"四句一气读,写的是拨乱反正,恢复正常秩序的景象,是《杜臆》所谓:"帝还京在去年十月,而云'青春''冠冕入','紫檀''烟花绕',言京城复见繁华,非必其时。"《收京》亦有云:"汗马收宫阙,春城铲贼壕。赏应歌《杕杜》,归及荐樱桃。""春城"、"荐樱桃"云,同样是虚写。作于同年十二月的《腊日》已云:"漏泄春光有柳条。"而作于乾元元年春左拾遗任上的一些"宫廷诗",也多"青春"气象,如《宣政殿退朝晚出左掖》云"天门日射黄金榜,春殿晴曛赤羽旗",《紫宸退朝口号》云"香飘合殿春风转,花复千官淑景移",《晚出左掖》云"春旗簇仗齐",《题省中壁》云"鸣鸠乳燕青春深",而著名的《奉和贾至舍人早朝大明宫》,唱和诸人也都透出一派"莺啭皇州春色阑"(岑参)的"喜跃之象"。可以说,无论虚写实写,"青春"已是该时段京洛君臣士民乐观情绪的符号。杜甫同作于该时段的《送李校书二十六韵》有云:"乾元元年春,万姓始安宅。"这就是杜甫乐观情绪之所从来。总体上说,这是乾元元年春特有的"一时气运",而乾元二年春已不复具备这种普遍的乐观情绪。

《洗兵马》云:"攀龙附凤势莫当,天下尽化为侯王。汝等岂知蒙帝力,时来不得夸身强。"初读此四句紧接"鹤驾通宵凤辇备,鸡鸣

---

① 友人赵昌平先生与余论诗书,以为"已喜皇威清海岱,常思仙仗过崆峒。三年笛里关山月,万国兵前草木风"四句间之关系是:"今一昔一昔一今",即上二句由当前"今上"清海岱而忆及"上皇"昔日之入蜀,"三年"句接写尔后兵戈不息,再逆接"已喜"句之写今日新形势。所析极精到,合乎钱锺书所谓"丫叉句法"。不敢掠美,谨录于此。

问寝龙楼晓"之后,颇觉突兀。试读《收京》三首之三,"春城""樱桃"四句后也紧接"杂虏横戈数,功臣甲第高。万方频送喜,无乃圣躬劳",便觉章法颇相似,盖二者都是从正反两面说事,因收京之喜引出将骄臣奢之忧。总而言之,将《洗兵马》放在收京后至乾元元年春的整体语境中,可感受到它们之间的统一性。

综上所述,《洗兵马》作于唐肃宗乾元元年(758)春的可能性较大。

二

杜甫《洗兵马》诗,钱注附录《少陵先生年谱》明确地系诸乾元元年。不过我们还应注意钱氏《注杜诗略例》自称:"今据吴若本,识其大略,某卷为天宝未乱作,某卷为居秦州、居成都、居夔州作,其紊乱失次者,略为诠订,而诸家曲说,一切削去。"他是反对"年经月纬,若亲与子美游从",而主张"约略言之"的。钱氏这种识其大略的态度对该诗的阐释有一定影响,因此我们有必要在较大范围的语境中去把握钱氏对该诗主题意指的理解。

对中国古典诗歌而言,诗是情志的创造物,意义形式是情志的对象化。所以阐释者不能弃文本意指于不顾,这就是阐释中存在着的"客观性",它制约着阐释者"以意逆志"的整个释义过程。然而,杜诗的"诗史"性质如上引浦起龙所说,并非"只载得一时事迹"而在乎"直显出一时气运",即其特质存乎诗人情志对象化于历史现象之中,是诗人对历史现象的体验与感受。因此,对杜诗的阐释必然是阐释者与其对话的结果,是在对话中寻求"客观性",而不可能只是史料的征引与史迹的直观。也就是说,对文本意义"客观性"的追求,离不开阐释者主观的参与和理解。对话始终处于主、客双方相互制约、相互发明之张力当中。所谓"诗史互证"的钱注是其典型,这种互证并非文本与史料之间简单的对应,更是渗透钱谦益本人对二者关系的理解。不妨说,其"注",是为其"笺"服务的。

钱笺将该诗主题归结为"《洗兵马》,刺肃宗也",实在是有悖于文本显示的主导气氛,即《杜臆》所谓:"喜跃之象,浮动笔墨间。"然而这并不能否定文本中有寓刺于颂的成分。而这一点已是今之学者所普遍认可的。问题是钱氏揭示玄、肃父子间矛盾之端倪有何意义?与文本意指又有何联系?

我们先来看看史书的相关记载,乾元二年春以前的玄、肃父子间矛盾到底已达到怎样的程度。兹将《资治通鉴》相关材料罗列如下:

1. 至德元载五月条:丁酉,玄宗将发马嵬,父老共拥太子(即后来的唐肃宗)马,不得行。玄宗曰:"天也!"乃谕将士曰:"太子仁孝,可奉宗庙,汝曹善辅佐之。"且宣旨欲传位,太子不受。

秋七月,太子至灵武。裴冕、杜鸿渐等劝进,肃宗即位于灵武,改元。

丁卯,上皇(玄宗)制:以太子亨充天下兵马元帅,永王璘、盛王琦、丰王珙、虢王巨等分领诸道节度使。(今按,王夫之《读通鉴论》卷二三曰:"玄宗闻东京之陷,即欲使太子监国矣;其发马嵬,且宣传位之旨矣。乃未几而以太子充元帅,诸王分总天下节制,以分太子之权。忽予忽夺,疑天下而召纷争,所谓一言而可以丧邦者在此矣。"又曰:"托玄宗二三不定之命,割裂以雄长于其方,太子虽有元帅之虚名,亦恶能统一而使无参差乎?玄宗之犹豫不决,各以天下授太子,不尽皆杨氏衔土之罪也,其父子之间,离忌而是以召乱久矣。"王氏的分析是深刻的。肃宗自立使天下及时地有了一个领导抗战的核心,未尝不是唐之幸,但自立的合法性因玄宗的犹豫也就成了问题,不能不成为肃宗的一块心病。后来种种猜忌,都从此中来。)

2. 至德元载九月条：肃宗欲立张良娣为皇后，李泌对曰："陛下在灵武，以群臣望尺寸之功，故践大位，非私已也。至于家事，宜待于上皇之命，不过晚岁月之间耳。"（今按，李泌给了肃宗一个软钉子，同时道出肃宗与新近群臣的关系，及其在旧臣心目中的地位，这又伏下肃宗对旧臣猜忌的危机。）

3. 至德元载十月条：贺兰进明对肃宗说：房琯在蜀佐玄宗时，"使陛下与诸王分领诸道节制，仍置陛下于河塞空虚之地，又布私党于诸道，使统大权。其意以为上皇一子得天下，则已不失富贵，此岂忠臣所为乎"！肃宗由是疏远房琯。（今按，《旧唐书·房琯传》引贺兰进明云云，与此大体一致，但多一句："此虽于圣皇似忠，于陛下非忠也。"点明房琯属"旧臣"。）

4. 至德二载正月条：肃宗欲立广平王李俶为太子，李泌对曰："至于家事，当俟上皇。不然，后代何以辨陛下灵武即位之意邪！"李俶闻知，固辞曰："陛下犹未奉晨昏，臣何以敢当储副！愿俟上皇还宫，臣之幸也。"肃宗赏慰之。（今按，将"灵武即位之意"与"未奉晨昏"联系起来，无疑在心理上对肃宗造成很大的压力，肃宗的"赏慰之"当视为对舆论的屈服。）

5. 至德二载二月条：李泌劝用陇右、河西、安西、西域之兵皆会的形势取安史之巢穴范阳，肃宗曰："朕切于晨昏之恋，不能待此决矣。"（今按，肃宗也用"晨昏"来堵谏者之口，"晨昏"至此已成为影响大局的关键词。）

6. 至德二载九月条：甲辰，收京捷报至凤翔，肃宗即日遣中使入蜀奏玄宗，并以骏马召李泌至长安，谓之曰："朕已表请上皇东归，朕当还东宫复修臣子之职。"泌曰："上皇不来矣。"上惊，问故。泌曰："理势自然。"上曰："为之奈何？"泌曰："今请更为群臣贺表，言自马嵬请留，灵武劝进，及今成功，圣上思恋晨昏，请速还京以就孝养之意，则可矣。"肃宗乃使泌重草表，读之而泣："朕始以至诚愿归万机。今闻先生之言，乃寤其失。"立命中使奉表入蜀①。(今按,以下尚有一段李泌以谮杀建宁王为例,劝导肃宗"慎将来"的话头,盖"是时广平王有大功,良娣忌之,潜构流言,故泌言及之"。皇家三代生死矛盾于此毕露。李泌既看透肃宗"还东宫""愿归万机"的虚伪,也猜透玄宗的疑惧,并警示肃宗"慎将来",同时明白肃宗集团猜忌之心难除的危机,故又决然隐退,可谓面面俱到,不愧为智者的思谋。其中"晨昏"二字仍是关键之词。盖所谓"理势自然",潜台词便是肃宗羽翼已丰,张良娣、李辅国为代表的一班"功臣"已形成强势集团,肃宗的"合法"地位不容改变。知子莫若父,肃宗"还东宫"的话玄宗自然不信,如果玄宗因此待在西蜀,形同"另立中央",朝廷如何稳定?所以肃宗如能"奉晨昏","其乐也融融",维系正常的伦理秩序,是当时稳定朝廷的唯一希望。此意由"群臣"上表,或能打消玄宗的疑虑。果然,十月壬戌条载"上皇得上请归东宫表,彷徨不能食,欲不归,及群臣表至,乃大喜,命食作乐,下诰定行日"。危机暂时缓解。再证以《旧唐书·肃宗本纪》至德二载正月条:上皇在蜀,每得上表疏,讯其使者,知上涕恋晨省,乃下诰曰"至和育物,大孝安亲,古之哲王,必由斯道",云云。自知大势已然的玄宗,此时但求安度晚年②,故大讲"孝道"以维系伦常。肃宗亦深知乃父心思,故十一月条载肃宗下制云:"朕早承圣训,尝读礼经,义切奉先,恐不克荷。今复宗庙于函洛,迎上皇于巴蜀;导銮舆而反正,朝寝门而问安;寰宇载宁,朕愿毕矣。"肃宗在"晨昏"上做足文章,父子间算是找到了一个契合点。唐史烂熟于心的钱谦益,于《洗兵马》特拈出"问寝"二字作笺,可谓微言大义,独具只眼。)

---

① 《新唐书·李泌传》的表述似更简明显豁:二京平,帝迎上皇,自请归东宫,以遂子道。泌曰:"上皇不来矣。"乃为群臣通奏,"具言天子思恋晨昏,请促还以就孝养"。"促还"二字能尽其意。

② 《新唐书·高力士传》:"帝(此指唐玄宗)闻肃宗即位,喜曰:'吾儿应天顺人,改元至德,不忘孝乎,当何忧?'力士曰:'两京失守,生人流亡,河南汉北为战区,天下痛心,而陛下以为何忧,臣不敢闻。'"可见玄宗系心不在国家百姓,乃在自己能否安度晚年。

7. 至德二载十一月条：丙申，上皇至凤翔；从兵六百余人，上皇悉命甲兵输郡库。上发精骑三千奉迎。十二月丙午，上皇登望贤宫南楼，上释黄袍，着紫袍，望楼下马，趋进，拜舞于楼下。"上皇降楼，抚上而泣，上捧上皇足，呜咽不自胜。上皇索黄袍，自为上着之，上伏地顿首固辞。上皇曰：'天数、人心皆归于汝，使朕得保养余齿，汝之孝也！'上不得已，受之。"（今按，这一幕喜剧比郑庄公见其母姜氏于大隧之中还要精彩。肃宗做足文章，终于如愿以偿，有玄宗亲手黄袍加身，取得无可争议的"合法性"。而玄宗则似乎是真放下心来，对途中被肃宗缴了卫士之械并未引起警觉。《洗兵马》"鹤禁"句下钱注："《高力士［外］传》，太上皇至凤翔，贼臣李辅国诏收随驾甲杖。上［皇］曰：'临至皇城，安用此物。'悉命收付所（由）［司］……移仗之端，莫不由此。"①钱注推理应当说是合逻辑的。）

玄宗的"放心"还可以从同条史料中得到佐证：肃宗是年处置从伪诸臣，但欲免张说之子张均、张垍死，玄宗不许，肃宗叩头再拜曰："臣非张说父子，无有今日。臣不能活均、垍，使死者有知，何面目见说于九泉！"因俯伏流涕。（今按，话已说到这份上，玄宗还是处死了张均，长流张垍于岭表。此事当然会在肃宗皇帝心上留下阴影，从此事亦可见玄宗是时于肃宗尚无顾虑。）

8. 乾元元年六月，下制数房琯罪，贬幽州刺史，刘秩贬阆州刺史，严武贬巴州刺史，皆房琯党也。（今按，房、严皆所谓玄宗"旧臣"，贬之则去玄宗羽翼，肃宗已有所行动。）

以上为史载乾元二年春以前的玄、肃父子间矛盾的大体情况，"晨昏"之中包藏着危机，特别是乾元后，可谓"山雨欲来风满楼"。对身在朝廷而敏于察事的杜甫而言，不可能不有感于心。这正是钱笺立论的基础，也是我们评估钱笺得失的一项权衡。

现在让我们回头看看钱氏揭示玄、肃父子间矛盾的端倪与杜诗

---

① "移仗"，指上元元年七月丁未，李辅国率众强徙玄宗由兴庆宫入西内事。

文本意指之间的关联。为此,有必要先将钱笺录如下,以供分析:

　　笺曰:《洗兵马》,刺肃宗也。刺其不能尽子道,且不能信任父之贤臣,以致太平也。首序中兴诸将之功,而即继之曰:"已喜皇威清海岱,常思仙仗过崆峒。"崆峒者,朔方回銮之地。安不忘危,所谓愿君无忘其在莒也。两京收复,銮舆反正。紫禁依然,寝门无恙。整顿乾坤皆二三豪俊之力,于灵武诸人何与?诸人侥天之幸,攀龙附凤,化为侯王,又欲开猜阻之隙,建非常之功,岂非所谓贪天功以为己力者乎?斥之曰"汝等",贱而恶之之辞也。当是时,内则张良娣、李辅国,外则崔圆、贺兰进明辈,皆逢君之恶,忌疾蜀郡元从之臣。而玄宗旧臣,遣赴行在,一时物望最重者,无如房琯、张镐。琯既以进明之谮罢矣,镐虽继相而旋出,亦不能久于其位,故章末谆复言之。"青袍白马"以下,言能终用镐,则扶颠筹策,太平之效,可以坐致,如此望之也,亦忧之也,非寻常颂祷之词也。"张公一生"以下,独详于张者,琯已罢矣,犹望其专用镐也。是时李邺侯亦先去矣,泌亦琯、镐一流人也。泌之告肃宗也,一则曰陛下家事,必待上皇,一则曰上皇不来矣。泌虽在肃宗左右,实乃心上皇。琯之败,泌力为营救,肃宗必心疑之。泌之力辞还山,以避祸也。镐等终用,则泌亦当复出,故曰"隐士休歌《紫芝曲》"也。两京既复,诸将之能事毕矣,故曰"整顿乾坤济时了"。收京之后,洗兵马以致太平,此贤相之任也。而肃宗以谗猜之故,不能信用其父之贤臣,故曰"安得壮士挽天河,净洗甲兵常不用?"盖至是而太平之望益邈矣。呜呼!伤哉!

　　公之自拾遗移官,以上疏救房琯也。琯夙负重名,驰驱奉册。肃宗以其为上皇建议,诸子悉领大藩,心忌而恶之。乾元元年六月,下诏贬琯,并及刘秩、严武等,以琯党也。旧书甫本传云:房琯布衣时与甫善,琯罢相,甫上言:"琯不宜罢。"肃宗怒,贬琯为刺史,出甫为华州司功参军。按:杜集有至德二载六月《奉谢口敕放三司推问状》,盖琯罢相时,公抗疏论救,诏三司推问,以张镐救,敕放就列。至次年六月,复与琯俱贬也。然而诏书不及者,以官卑耳。镐代琯相亦罢,亦坐琯党也。公流落剑外,卒依严武,拜房相之墓,哭其旅榇。而肃代间论事,则于封建三致意焉。此公一生出处事君交友之大节,而后世罕有知之者。则以房琯之生平为唐史抹杀,而肃宗之逆状,隐而未暴故也。史称琯登相位,夺将权,聚浮薄之徒,败军旅之事。又言其高谈虚论,招纳宾客,因董庭兰以招纳货贿,若以周行具悉之诏,为金科玉条者。琯以宰相自请讨贼,可谓之夺将权乎?刘秩固不足当曳落河,王思礼、严武亦可谓浮薄之徒乎?门客受赃,不宜见累,肃宗犹不能非张镐之言,而史顾以此坐琯乎?请循本而论之:肃宗擅立之后,猜忌其父,因而猜忌其父所遣之臣,而琯其尤也。贺兰进明之谮琯曰:"琯昨于南朝,为圣皇制置天下,于圣皇为忠,于陛下则非忠。"圣皇于陛下,何人也?而敢以忠不忠为言,其仇雠视父之心,进明深知之矣。李辅国之言曰:"陈玄礼、高力士谋不利于陛下。"六军将士,尽灵武功臣,皆反仄不安。琯与镐在朝,何啻十玄礼、百力士!肃宗志岂尝斯须忘之?是故琯之求将兵,知不安其位而以危事自效也。许之将而又使中人监之,不欲其专兵也,又使其进退不得自便也。败兵之后不即去,而以琴客之事罢,俾正衙门弹劾以秽其名也。罢琯而相镐,不得已而从人望也。五月相,八月即出之河南,不欲其久于内也。六月贬琯而五月先罢镐,汲汲乎惟恐锄之不尽也。琯败师而罢,镐有功而亦罢,意不在乎功罪也。自汉以来,钩党之事多矣,未有人主自钩党者,未有人主钩其父之臣以为党而文致罪状、榜在朝堂、以明欺天下后世者。六月之诏,岂不大异哉!肃宗之事上皇,视汉宣帝之于昌邑,其心内忌,不啻过之。幽居西内,辟谷成疾,与主父之探雀鷇何异?移仗之日,玄宗呼力士曰:"微将军,阿瞒几为兵死鬼矣。"论至于此,当与商臣、隋广、同服上刑,许世子止岂足道哉?唐史有隐于肃宗,归其狱于辅国。而后世读史者无异辞。司马公《通鉴》乃特书曰:"令万安、咸宜二公主视服膳,四方所献珍异,先荐上皇。"呜呼!斯岂李辅国所谓匹夫之孝乎?何儒者之易愚也?余读杜诗,感鸡鸣问寝之语,考信唐史房琯被谮之故,故牵连书之如此。

钱笺所云,胥有出处,问题还在于如何理解、运用这些史料。钱笺用这些史料,目的还在于证成《洗兵马》意指乃在乎"刺肃宗也,刺其不能尽于子道,且不能信任父之贤臣,以致太平也"。肃宗不能尽子道,但如能任贤,倒也未必不能"致太平",所以关键还在于"且不能信任父之贤臣"。三者间的因果关系,钱笺一语道尽:"而肃宗以谗猜之故,不能信用其父之贤臣……盖至是而太平之望益邈矣。"居于这一认识,钱笺明确地将臣子们坐实为"玄宗旧臣"与"灵武诸人"二党,前者以房琯、张镐、刘秩、严武为代表,后者以张良娣、李辅国、崔圆、贺兰进明辈为代表。钱注服务于钱笺,故"鹤禁"以下诸注莫不以此划线,言之凿凿。笺注于是合力将"鹤禁"以下大半首诗的意指导向二党之争。

房琯诸人是否有结党?肃宗认为有。《旧唐书·房琯传》载乾元元年六月诏曰:"崇党近名,实为害政之本……(房琯)又与前国子祭酒刘秩、前京兆少尹严武等潜为交结,轻肆言谈,有朋党不公之名,违臣子奉上之体……朕自临御寰区……深嫉比周之徒,虚伪成俗。今兹所遣,实属其辜……凡百卿士,宜悉朕怀。"诏书如此,则钱氏所言不为无据。究唐世朋党之形成,与"皇位继承权不固定"有直接的关系,陈寅恪《唐代政治史述论稿》中篇论之甚详,兹不赘。钱氏有鉴于此,指出"唐史有隐于肃宗,归其狱于辅国,而后世读史者无异辞",乃将矛头直指肃宗,揭示"六月之诏"是"人主自钩党者"。

不能不说这是钱氏过人的史识,难怪其自诩"手洗日月"。问题是历史乃一前后相承相续的发展过程,不容前后倒置;而每一历史阶段都有其特定的情势,不容混淆。肃宗乾元年间固然已露宦官与廷臣结为朋党之端倪,但与中唐以后朋党左右朝政的情势不可同日而语,甚至与肃宗上元以后情势也有所不同。而钱氏所依据的重要文献"六月之诏"是在乾元元年六月,即钱氏该诗系年乾元元年春之后。更何况诗与史文体不同,表现形式也大异其趣。诚如浦起龙《读杜心解·读杜提纲》所说:"史家只载得一时事迹,诗家直显出一时气运。"史家往往是事后对时事作追记与整理,而诗家则往往是对"当下"情事的感言。大诗人杜甫的"诗史"特征,并非将诗体当史体,而在乎能将历史发展过程中不同节点上的真实感受准确地记录下来,整部的杜诗连贯、整体、动态地反映出唐帝国该段历史的"气运"。所以浦起龙教人读杜甫诗要"一片读",这才能"一索子贯"地读出事物前后相承相续的发展的动态过程。从杜诗对借兵回纥这一事件的感受看,也是从"花门剺面请雪耻"(《哀王孙》)的赞许、期望,到"阴风西北来,惨淡随回纥。其王愿助顺,其俗善驰突……此辈少为贵,四方服勇决"(《北征》)的虽称许而有所保留;再到《留花门》对朝廷"隐忍用此物",借回纥兵平叛政策得失的忧虑,写出诗人心路历程,也写出历史变数的发展过程。这种与时俱进的动态过程,才是"史"的实质。诗人的"预见性",只是对事物发展趋势的敏感,并非"未卜先知"。同样,对玄、肃父子矛盾的宫廷内幕,作为"芝麻官"的杜甫,不可能像参与其中的李泌知道得那么清楚,在收二京的"中兴"气氛中,他只能是敏感地提醒最高统治者要处理好这件事,以大局为重。这便是前文提及的"诗人情志",是阐释者不能弃之不顾的"客观性"。本来"以史证诗"就不是万能的,它有它先天的"死角",诚如王夫之《薑斋诗话》卷一所云:"夫诗之不可以史为,若口与目之不相为代也。"史料入诗,必须经过诗人情感的酝酿才能成为审美对象,好比米之为酒,必经发酵,未经酿造之米,还是米而已。故诗之高下,不取决于所用题材之大小,而取决于诗人所发露之意境能否感人至深。《洗兵马》之妙,就在于能将时事与情感镕为一炉,"一篇四转韵,一韵十二句,句似排律,自成一体。而笔力矫健,词气老苍,喜跃之象,浮动笔墨间"(《杜臆》)。如果结合上节篇末所述至德二载至乾元元年春诸作共同的"喜跃之象"看,则这种"不知手之舞之,足之蹈之"的"喜跃之象",不但是诗人自家的真情迸发,也是当时唐王朝臣民上下普遍的情感。真是"一人心,乃一国之心"(《毛诗正义》)者也!而在表现形式上则体现出诗人特有的个人风格:沉郁顿挫,悲喜颂刺杂糅的情感。《洗兵马》前二十二句从正面写收京的喜悦之情,其中又以"常思仙仗过崆峒"、"成王功大心转小"为意脉,隐伏肃宗上下三代之家事,至"鹤禁通宵凤辇备",始转入对"拨乱反正"明白的期待:首先是期盼玄、肃及成王皇室一家子能"君君臣臣父父子子"各安其位,遵守伦理秩序,和睦相安,形成一个统一的核心,才能改变乱世中"天下尽化为侯王"的局面;接着是期盼能任用贤能,迎来大一统的太平盛世;最后归结到百姓安居乐业,不再有战争。全诗意脉分明,一索子贯。然而冷酷的现实证明这只是诗人"当下"的善良愿望,形势却往相反的方向发展,期盼颠倒成了不幸的预言,我们不能因此便认定杜甫"当下"已厌恶肃宗而"不欲其成乎为君"。

理解是阐释的前提。由于钱氏与老杜所处时代迥异,二人性情也相去甚远①,所以认识上颇难沟通,尤其是在价值判断上,时有相左。这一点突出表现在"忠君爱民"问题上,钱氏难以理解、体会杜甫那种"思朝廷"是为了"忧黎元","忧黎元"所以就得"思朝廷"的杂糅情感②。盖"安史之乱"作,玄宗西走蜀川,群龙无首,在此特殊情况下唐肃宗自立为帝,竖起抗战之帅旗,无疑起着凝聚民心、军心

---

① 钱氏气节有亏,一生热衷仕途,为人处世欠忠厚,与杜甫自有天渊之别,不证自明。
② 详见萧涤非《杜甫研究》(修订本)再版前言,齐鲁书社 1980 年版,第 8—10 页;又,参看拙作《杜诗的张力》,《文学遗产》2009 年第 3 期(收入本《文集》第一册)。

的核心作用。杜甫从沦陷区直奔凤翔行在,不走蜀川,根本原因在此。综观老杜至德、乾元年间诗文,总体上对肃宗是持一种充满期待而又不时规劝补救的态度。如《自京窜至凤翔喜达行在所》有云:"司隶章初睹,南阳气已新",乃以汉光武比肃宗。《送灵州李判官》云:"近贺中兴主,神兵动朔方",以"中兴主"视之。《述怀》云:"麻鞋见天子,衣袖露两肘……涕泪受拾遗,流离主恩厚",对"天子"感激情深。《春宿左省》云:"明朝有封事,数问夜如何?"《晚出左掖》云:"避人焚谏草,骑马欲鸡栖。"佐肃宗忠勤如此,岂有"不欲其成乎为君"之意? 即使是因疏救房琯遭贬,仍曰"近侍归京邑,移官岂至尊。无才日衰老,驻马望千门"(《至德二载甫自京金光门出间道归凤翔乾元初从左拾遗移华州掾与亲故别因出此门有悲往事》),拳拳之情可掬。然而钱注却将该诗意指阐释为杜甫不欲肃宗"成乎为君",无异乎盼望玄宗复辟,岂不证成肃宗"钩党"并非无端猜忌"旧臣"? 这应是钱注无视杜甫其时佐肃宗的情志之失。

　　这里有必要对"鹤禁通宵凤辇备,鸡鸣问寝龙楼晓"一联稍事讨论①。钱注认为"鹤禁"、"问寝"都是指肃宗的"太子"身份,"引太子东朝之礼以讽喻也。鹤驾龙楼,不欲其成乎为君也"。此论遭后来注家群起而驳之。其中浦起龙议论最详:

　　　　《收京》诗不云乎:"羽翼怀商老,文思忆帝尧。"盖兼父道子道言之也。先是广平有大功,良娣忌而谮之,动摇岌岌。至是已立为太子,谮竟不行。乃若上皇长庆楼置酒之衅,全然未启。公此时深幸外寇将尽,而内嫌不生。特为工丽之辞,铺张盛美。其曰"鹤驾通宵",言东宫早晚入侍,爱子之诚,无嫌无疑也。其曰"鸡鸣问寝",言南内晨昏恋切,孝亲之道,尽礼尽制

---

① 　"鹤禁",各本多作"鹤驾",《四部备要》玉钩草堂重印本,作"鹤禁";《集千家注杜工部诗集》、《杜诗阐》作"鹤禁"。钱注本正文作"鹤禁",但"问寝"句下注引作"鹤驾龙楼"。二者咸指太子身份,无碍大局。

也。或问："凤辇"，天子所御，何可移之太子？"问寝"，乃《文王世子》语，何偏以此为帝孝？余曰：不然！此二句正须看得活相，益显天伦之乐。"鹤驾"既来，"凤辇"亦备，父子相随以朝寝门。欢然交忻，"龙楼待晓"，岂不休哉！（《读杜心解》卷二之一）

浦解兼玄、肃、代三代而言，鹤驾凤辇各有归属，与"仙仗"、"成王"句相呼应，似亦妥帖。然则犹有惑焉："鹤驾"既属李俶，"凤辇"属肃宗，则肃宗常用车驾何必太子李俶"通宵"为"备"？又，浦解云："'鹤驾'既来，'凤辇'亦备"，则"通宵"二字似无着落。杨伦《杜诗镜铨》乃曰：

> 言鹤驾通宵，备凤辇以迎上皇；鸡鸣报晓，趋龙楼以伸问寝也。（卷五）

则"通宵"所备者，"迎上皇"之凤辇也。盖上皇初自蜀来，似无合适的"凤辇"——《通鉴》卷二二〇唐肃宗至德二载十二月丙午条载："上皇至咸阳，上备法驾迎于望贤宫。"这里所备法驾可能是临时性的，所以肃宗还要"通宵"为备新的"迎上皇"之"凤辇"，作为玄宗以后的"专车"。而这里的"鹤驾"，相当于"鹤禁"，暗示肃宗其时既为皇帝又兼太子的双重身份。《通鉴》该条所载唐玄宗回京不肯居正殿而肃宗再三避位还东宫而玄宗不许一段文字，惟妙惟肖地写出肃宗当时颇尴尬的双重身份（文长不引）。杜诗所写，正是该特殊历史时期的特殊事件。这也是上文所云的"当下"性，其时杜甫对肃宗尚存感激，并寄有许多幻想，不违其"麻鞋见天子，衣袖露两肘……涕泪受拾遗，流离主恩厚"（《述怀》）的初衷。固然此联对玄、肃关系已有微词，属"以颂寓规"，但其规讽的口吻与后来《秦州杂诗》所谓"唐尧真自圣，野老复何知"的反讽颇为不同，而钱注"不欲其成乎为君"的断言与当时总体语境下杜甫期盼肃宗致太平之意指相去甚远。也就是说,钱注作为对肃宗朝史料的理解或许是深刻的,但作为对该诗主题意指的把握却是不准确的。

三

当代西方释义学曾将文本的"含义"(或译作"意思")与"意义"作了区分,"意义在整个历史过程中发生变化,而意思则保持不变;作者写进意思,而读者则确定意义"①。我认为这一区分有助于我们顾及作者意指与读者参与理解之两端,在两者所形成的张力"磁场"中进行"视野交融",把握文本的内涵(包括作者意指所未表达的或语言多义性所提供的各种潜在可能性)。综合以上两方面,则阐释者首先应明了文本的含义,在此基础上进一步参与建构文本的意义。没有前者的"客观性",后者便易流于随意性;没有后者的积极参与,前者则易枯萎,失去现实的生命力,未能尽显文本的历史效果。以此衡量《洗兵马》钱注,则得失易明。

钱注之失,首先在于如上节所论,未能充分尊重文本含义的"客观性",扣紧诗中意象,逆得其时其地诗人"当下"之情志。然而,我们还应看到,不同的历史文化背景总是能使读者从文本中看到某些前人所未曾看到的东西,"作者未必然,读者未必不然",揭示出文本的潜在意义。钱氏将矛头直指唐肃宗,并聚焦于"钩党",是有其历史文化背景的转换以及个人特殊的经历与性情诸原因的。就钱氏所处的时代背景而言,有明一代是传统政治恶化,君主独裁走向极

①　[英]特里·伊格尔顿《现象学,阐释学,接受理论——当代西方文艺理论》,王逢振译,江苏教育出版社 2006 年版,第 65 页。相关论述参看[美]雷·韦勒克等著《文学理论》第 12 章"本文生命理论"的相关论述,以及[美]赫施《解释的有效性》附录"本文含义的两个视界"。

端的时代。钱穆《国史大纲》指出：恶化的原因之一，是"在于明代不惜严刑酷罚来对待士大夫"①。廷杖、诏狱、厂卫，君主对臣下极尽侮辱之能事。明太祖是以"驯兽"之术对待士大夫，赵园《明清之际士大夫研究》对此有入木三分的分析：

> 明太祖的杀戮士人，对于有明二百余年间"人主"与士的关系，是含义严重的象征……苏伯衡比较了元明当道的对于士，以为元之于诸生，"取之难，进之难，用之难者，无他，不贵之也。不贵之，以故困折之也"。明之于诸生则不然，"取之易，进之易，用之易，无他，贵之也。贵之，故假借之也"。苏氏不便明言的是，与其"假借之"，不如"困折之"："夫困折之，则其求之也不全，而责之也不备。假借之，则其求之也必全，而责之也必备。"（《苏平仲文集》，四部丛刊）到明清之交，士人对其命运的表达，已无须如此含蓄。黄宗羲就径直说明代皇帝对士"奴婢蓄之"，怨愤之情溢于言表……"易代"固然是痛苦，但如王夫之、黄宗羲的大胆言论又使人想到易代的某种"解放意义"。②

"困折之"的本意是要驯服而用之，不料却引起激烈的反弹："上积疑其臣而蓄以奴隶，下积畏其君而视同秦越。"③"天子视旧臣元老真如寇仇。于是诏书每下，必怀忿疾，戾气填胸，怨言溢口。"④君臣相激，朝野牴牾，戾气弥天。黄宗羲《原君》痛斥君主的自私，乃至说出"为天下大害者，君而已矣"的话来。对暴君绝望的反思的确有着"某种解放的意义"，非关"易代"也。明末对君主大

---

① 钱穆《国史大纲》，商务印书馆1996年版，第666页。
② 赵园《明清之际士大夫研究》，北京大学出版社1999年版，第6页。着重号为引者所加。
③ 黄宗羲《子刘子学言》，《黄宗羲全集》第1册，第276页。关于"上积疑其臣"，史不绝书。只要翻阅《明史纪事本末》卷七二"崇祯治乱"条，崇祯皇帝积疑臣下，"疑其党徇"，责以"朋比"，"谕以毋党同伐异"云云，所载甚明。
④ 万斯同《书杨文忠传后》，《石园文集》卷五。

胆的议论无疑是中唐以来"天王圣明，臣罪当诛"思想"禁区"的解放。即使是坚决站在"朝廷立场"的王夫之，也直斥唐肃宗"自立于灵武，律以君臣父子之大伦，罪无可辞也"（《读通鉴论》卷二三）。将钱笺"自汉以来，钩党之事多矣，未有人主自钩党者，未有人主钩其父之臣以为党，而又致罪状，榜在朝堂，以明欺天下后世者"之论，置于这一语境中，也就不难理解了。钱氏仕明三十五年，三十五年间无日不随党争浮沉，尤其是崇祯、弘光年间更是一再处于党争的漩涡中心。崇祯元年（1628），"东林领袖"钱谦益"枚卜"（推荐阁臣）惨败，崇祯九年（1636）后又继陷"丁丑狱案"，成为党争的焦点人物。《杜诗小笺》作于崇祯六年（1633），《杜诗二笺》作于崇祯七年（1634），适当其间。"人主钩党"之痛，体现于笺注中，正是其借诗明志、以诗存史、以史证诗主张在阐释学上之实践，主观性太著，难免"强杜以从我"之嫌①。然而，如果我们将杜诗放在一个更为广阔的视域关联中去理解，或者说是将眼光越过"忠君"、"温柔敦厚"的定势看杜诗，并将《洗兵马》视为后半部杜诗的一个新起点，与之连成一个整体来读，从"大胆议论君主"的角度重新认识杜诗，则钱注无疑极具启发性。至少有如下两事值得重视：

（1）钱注将《洗兵马》纳入后半部杜诗整体，有其合理性与深刻性。

《钱注杜诗·略例》首则云：

> 吕汲公大防作《杜诗年谱》，以谓次第其出处之岁月，略见其为文之时，得以考其辞力，少而锐，壮而肆，老而严者如此。汲公之意善矣，亦约略言之耳。后之为年谱者，纪年系事，互相

---

① 钱氏为证成已见，或不惜曲解文本，乃至臆撰出处，为学人所批评。兹举二例：一是钱锺书《谈艺录》补订指出钱谦益擅改王世贞原文，见中华书局1984年版，第385—386页。一是钱、朱之争，钱氏于《奉同郭给事汤东灵湫作》注杜撰"吴若本注，'原'，昆仑东北脚名也"的出处。参看莫砺锋《杜甫诗歌讲演录》，广西师范大学出版社2007年版，第124页。

排缵,梁权道、黄鹤、鲁訔之徒,用以编次后先,年经月纬,若亲与子美游从,而籍记其笔扎者。其无可援据,则穿凿其诗之片言只字,而曲为之说,其亦近于愚矣。今据吴若本,识其大略,某卷为天宝未乱作,某卷为居秦州、居成都、居夔州作。其紊乱失次者,略为诠订。而诸家曲说,一切削去。

所谓"识其大略",便是通过系年"略见其为文之时,得以考其辞力:少而锐,壮而肆……"云云,是对杜诗阶段性的把握,而非"年经月纬","穿凿其诗之片言只字"。这是一种近乎整体性思维的主张。如果我们依次细读钱氏《读杜小笺》、《读杜二笺》、《钱注杜诗》,便不难发现这种思维方式是自觉的。显例是《读杜小笺》注《洗兵马》只三处,较简略;至《二笺》而篇幅加大,议论始深,各笺较有顾盼。如《二笺》计36则,7则涉及玄宗与肃宗之矛盾,且将《小笺》中《至德二年甫自京金光门出……》笺注的主要内容并入《洗兵马》笺注。事实上钱笺对肃宗钩党的抨击不但是《洗兵马》笺注之核心,也是后半部钱笺重中之重,引发出许多议论来。即以钱氏自许"凿开鸿蒙,手洗日月"的《玄元皇帝庙》、《洗兵马》、《入朝》、《诸将》四篇观之,除《玄元皇帝庙》(即《冬日洛城北谒玄元皇帝庙》)属前半部杜诗,而后三首都涉及对肃宗、代宗的讽刺。与其说《洗兵马》钱笺是对该诗主题的揭示,不如说是对钱氏心目中后半部杜诗主旨所在的发露。事实上《读杜小笺》于《洗兵马》笺注中已明确指出"已而听李辅国谗间,遂有移仗之事,其端已见于此",并无混淆时间次序之弊。而上节所引《钱注杜诗》该诗笺曰"公流落剑外,卒依严武……而肃代间论事,则于封建三致意焉。此公一生出处事君交友之大节,而后世罕有知之者"云云,岂不是为后半部杜诗作笺而何?①

---

① 事实上《读杜小笺》于《洗兵马》笺注已明确指出"已而听李辅国谗间,遂有移仗之事,其端见已见于此","移仗之端,莫不由此",并无混淆时间次序之弊,可见钱氏是兼后半部杜诗而言的。

再进一层言之,钱笺敏锐地捉住"问寝"这一关键词生发其议论,可谓纲举目张,有其历史的合理性与深刻性。"问寝"钱注如下:

> 肃宗即位,下制曰:复宗庙于函、雒,迎上皇于巴、蜀。道銮舆而反正,朝寝门而问安。朕愿毕矣。上皇至自蜀,即日幸兴庆宫,肃宗请归东宫,不许。此诗援据寝门之诏,引太子东朝之礼以讽谕也。鹤驾龙楼,不欲其成乎为君也。颜鲁公《天下放生池碑》云:"迎上皇于西蜀,申子道于中京,一日三朝,大明天子之孝;问安侍膳,不改家人之礼。"东坡云:"鲁公知肃宗有愧于是,故以此谏也。"《高力士传》:"太上皇至凤翔,贼臣李辅国诏收随驾甲仗。上曰:'临至王城,何用此物。'悉令收付所由。"辅国趋驰末品,小了纤人,一承攀附之恩,致位云霄之上,欲令猜阻,更树勋庸。移仗之端,莫不由此。

"问寝",也就是"奉晨昏",是"家人之礼",是"天伦",意味着玄、肃之间正常的封建伦理关系。如前所述,这是《唐书·肃宗本纪》与《资治通鉴》肃宗至德、乾元年间一再出现的关键词。事实上它也是君臣之间攻防之具。可见"晨昏"事关大局,是唐室激烈的宫廷斗争的烟幕弹。杜甫《洗兵马》于"喜跃之象"中插入"问寝",绝非偶然。陈寅恪《唐代政治史述论稿》以一半的篇幅专论有唐一代的"政治革命及党派分野"(中篇),指出"唐代皇位之继承常不固定,当新旧君主接续之交往往有宫廷革命",且"皇位继承既不固定,则朝臣党派之活动必不能止息"[1]。这是带规律性的东西,杜甫虽然对宫廷斗争之内幕未能如李泌所知之深,但以其诗人的敏感及其不俗的史识,在喜悦之际不忘忧患地点明"问寝"所隐伏的危机,正是杜甫沉郁顿挫的本色。钱氏以其对唐史的熟悉,及其对明末政治

---

① 陈寅恪《唐代政治史论述稿》,上海古籍出版社1982年版,第50、60页。

斗争的体验,悟出杜诗文本潜在的意义,自有其合理性与深刻性。至于钱笺"唐史有隐于肃宗,归其狱于辅国,而读书者无异辞……何儒者之易愚也"云云,更是超越前人的史识,达到杜诗因时代与作者个人原因而未及的高度,是我们评价该诗的重要参照。

(2)基于以上认识,我们对《洗兵马》在整部杜诗中的作用,似应有一个新的定位。以眼光深刻著称的王安石,编杜诗以该诗压卷,凸显其重要性,颇值得深思。

事实上《洗兵马》不但气势磅礴,风雅颂并作,既存盛唐气象,又开"即事名篇"、"句似排律"之风,从内容到形式充分体现杜诗独特的风格;而且它是杜甫对肃宗期望值最高的一个节点。然而,此后杜甫就从这一情感之巅直跌入失望之渊。乾元二年(759)春,杜甫自东京返华州,从沿途所作"三吏"、"三别"中,我们看到诗人"思朝廷"与"忧黎元"之间的矛盾已达到撕肝裂肺的地步。是年秋,杜甫终于决然挈妻携子远离朝廷西去。就在杜甫刚翻越陇坂即写下声调苍凉的《秦州杂诗》中,诗人道出了远离朝廷的根本原因:"唐尧真自圣,野老复何知!"仇注:"自圣,见说言不能入;何知,见朝政不忍闻。"还有什么比这一行动更能表白杜甫对肃宗失望乃至近乎绝望之情?因其期盼之殷,故其失望也深。只有将《洗兵马》对肃宗致太平之期盼与之合读,我们才能体悟何以杜甫在"幼子饿已卒"的困危中还要说"生逢尧舜君(指玄宗),不忍便永诀"(《自京赴奉先县咏怀五百字》);而今因为"关辅饥"就撇下朝廷决然离去,不再回头——甚至后来的代宗都唤不回(广德元年杜甫被召补京兆功曹参军,不赴)。在《洗兵马》中,诗人寄语殷殷,希望玄、肃父子和睦相处,任用贤能,拨乱反正——而今所有期盼者一一付诸东流。在陇右所作《两当县吴十侍御江上宅》忆及当年的同事吴十侍御:"不忍杀无辜,所以分白黑。上官权许与,失意见迁斥……朝廷非不知,闭口休叹息。余时忝诤臣,丹陛实咫尺。相看受狼狈,至死难塞责。"说言既不能入,咫尺丹陛又有何用? 不妨说,是《洗兵马》与"三吏"、"三别"共构了杜诗情感跌宕的分水岭——前者是山之阳,后者是山之阴。此后野老、野人、野客成了杜诗常见词,随处可见野亭、野寺、野水、野航、野径、野趣、野逸。在野身份的认同使杜甫不再老提"稷与契",取而代之的是孔明,而且兴趣所在不是孔明的功业,而是其与刘备"君臣相得"的鱼水关系。他对皇帝的期望值已经从"尧舜"直降到刘备这样能容得下贤臣的君主。"张后不乐上为忙"(《忆昔》二首)这种带调侃意味的诗句,绝不会出现在《洗兵马》之前。而"思朝廷"的重点也更多地体现在对朝廷政策的批评与建议。这些已是后话了。

钱注使我们对《洗兵马》另眼相看。

(原载《中华文史论丛》2011 年第 3 期)

杜甫《有感五首》求是

——兼论其"书生气"

《有感五首》是杜甫唐代宗广德年间在梓州一带所作的重要组诗,其二云:

> 幽蓟余蛇豕,乾坤尚虎狼。诸侯春不贡,使者日相望。慎勿吞青海,无劳问越裳。大君先息战,归马华山阳。

钱笺:"是时史朝义下诸降将奄有幽、魏之地,骄恣不贡,代宗懦弱,不能致讨。此诗云'慎勿吞青海,无劳问越裳',安有节镇之近,不修职贡,而顾能从事远略者乎? 盖叹之也。息战归马,谓其不能用兵,而婉词以讥之也。李翱云:'唐子孙不能以天下取河北。'正此意也。旧注谓戒人主生事外夷,可谓愚矣。"

朱注引钱笺,加按:"言西南夷不足忧,所可虑者,藩镇耳。"明确"息战"止言边事可息,而对不臣之藩镇则当战,是为"息战"之二边。浦起龙、杨伦注亦沿用钱说,认为诗讽朝廷"苟冀无事"的懦弱。

仇注认为钱注近是,"但此时民苦兵革,亦岂可劝之用兵乎? ……诗言息战归马,盖欲收镇兵以实关内"。乃引史料证实之,以为"公(杜甫)之熟筹时事,正与汾阳(郭子仪)意同"。

平章诸说,钱注毕竟敏锐,抓住"息战"这一关键,直揭出代宗懦弱的本性,但于杜甫良苦之用心尚未达一间。仇注则能以大观小,顾及形势的复杂性与特殊性,不拘泥于一事一议,故能更进一层,捉住"时民苦兵革"这一要害,篇末引黄生云云,更是牵出老杜"归本于主德"的"大抱负",只可惜所引唯黄生的赞语而未能撷取其发露老杜"与民更始"的真知灼见。

黄生《杜诗说》卷六说《有感五首》其二云:"此诗言河北之孽尚存,四方之盗又煽,诸道贡献不至,而出使者四督之,朝廷之艰窘亦甚矣。然理乱丝者必有其绪,目前时事宜且勿急平贼,自用兵以来,赋敛横加,民困已极,诛求所迫,转徙逃亡,适足为盗资耳。后半云云,特以休兵之说进。其未尽之旨,则见于后数章焉。"

其中有两点值得注意,一是看到当时事势的矛盾性与复杂性,并主张"理乱丝者必有其绪";二是认为五首是个整体,故"未尽之旨,则见于后数章"。事势的复杂性就在于内外各种矛盾并作,理其头绪,就在诛求之甚,唯有先息战养民才是攘外安内的根本。"先"者,先事息战,再图后事也。故后面三首是诗人治乱丝之策。也就是说,要阐明"息战"真意,必须以大观小,求得诗心。其三云:

> 洛下舟车入,天中贡赋均。日闻红粟腐,寒待翠华春。莫取金汤固,长令宇宙新。不过行俭德,盗贼本王臣。

仇注于此引了截然相反的两种意见:

> 钱谦益曰:自吐蕃入寇,车驾东幸,程元振劝帝都洛阳以避蕃乱。郭子仪附章论奏,其略曰:"东周之地,久陷贼中,宫室焚烧,十不存一。矧其土地狭隘,才数百里间,东有成皋,南有二室,险不足恃,适为战场。明明天子,躬俭节用,苟能抑竖刁、易牙之权,任蘧瑗、史鳅之直,则黎元自理,寇盗自息。"公此意,正隐括汾阳论奏大意。

> 朱鹤龄曰:唐江淮之粟,皆输洛阳,转运京师。时刘晏主

漕,疏浚汴渠,故言洛下舟车无阻,贡赋大集,当急布春和,散储粟以赡穷民。

王道俊《博议》曰:《伤春》诗有"近传王在洛"及"沧海欲东巡"之句,则此诗为传闻代宗将幸东都而作也。史称丧乱以来,汴水湮废,漕运自江汉抵梁洋,迂险劳费。广德二年三月,以刘晏为河南江淮转运使。时兵火之后,中外艰食。晏乃疏汴水,岁运米数十万石以给关中。公之意,唐建东都,本备巡幸。今汴洛之间,贡赋道均,且漕渠已通,仓粟不乏,只待翠华之临耳。勿谓洛阳隘陋,无金汤可守。乘此时而赫然东巡,号令天下,则宇宙长新矣。盖能行恭俭之德,则率土皆臣,盗贼岂足虑哉? 王导论迁都云:"能弘卫文大帛之冠,无往不可。若不绩其麻,则乐土为墟。"公意正此意也。

按:已上两说不同,今主钱氏,有子仪筹策可据也。①

两种意见固然相反,但认为诗涉"迁都"则一也。后之论者多循此解诗。如黄生《杜诗说》、仇注、浦注、杨伦注,乃至今人冯至等编注《杜甫诗选》、萧涤非先生《杜甫诗选注》、陈贻焮《杜甫评传》,莫不如是。

这里有个系年问题。郭子仪奏议迁都事,当在广德元年冬吐蕃遁去长安后;而《有感五首》系年则有二说,一曰在广德元年秋,一曰在广德二年春。则一在吐蕃入长安前,一在吐蕃入长安后。浦注主前说云:"或编广德元年之春,则'风急'、'梧凋'之语无着;或编元年之冬,则吐蕃以十月陷长安,诗中不见。宜在元年之秋。"的确,吐蕃陷长安是大事,《有感》岂能不痛感而言之? 此为力证。再就其内证看,杜诗与郭奏亦有出入。细读郭子仪《请车驾还京奏》(《全唐文》卷三三二),虽亦主张节用薄征与杜诗合,但郭氏强调长安险固

---

① 王道俊《博议》,应为潘柽章《杜诗博议》,嫁名明代王道俊、宋代杜田等。详见蔡锦芳《〈杜诗博议〉质疑》,《杜甫研究学刊》1989 年第 2 期。

可恃而洛阳"土地狭阨,才数百里间,东有成皋,南有二室,险不足恃,适为战场",与杜诗云"莫取金汤固"不合。盖杜诗用典最讲究切当,诚如仇注所引,"金城汤池"之典当用诸关中而非洛阳①,杜诗云云恰好是对长安险固可恃的否定;而郭奏云洛阳"久陷贼中,宫室焚烧,十不存一……人烟断绝,千里萧条",与杜诗"日闻红粟腐"以见洛阳仓粟之丰的描写亦不合,岂能解释为"正櫽栝汾阳论奏大意"? 今人郑文则据该诗当系年于广德元年八九月间,而断言:以发生在此后的迁都、漕运附会的种种笺注议论,"根据亦俱失矣"②。此论最为斩截痛快! 以史证诗最忌捉住诗的字面与某史料文献之间只字片言的巧合或相似之处,大加发挥,曲为弥缝;而是应当将个别现象与众多事实同时联系起来,顾及"全人"、"全篇",追求整体上的一致性。

其实,早在宋人赵次公杜诗注中,已有较为平实而通达的说法:

> 诗意当是广德元年史朝义正月已灭之后,吐蕃十月未陷京师之前。句有言胡灭,则指史朝义也。新交战,则吐蕃也。觅张骞,则指奉使吐蕃者也。余蛇豕,则指河北叛将也。虎狼、盗贼,则以指袁晁也。不臣朝,又以指河北叛将也。亲贤,则指雍王适与郭子仪也。将自疑,则指仆固怀恩也。③

以上各点是就五首通体而言,都不难从史料中得到印证,兹不列举。笔者只想将该组诗放在诗人广德元年冬月前的作品中,作为一个整体来考察,因为如果是同时期同一人的作品,其对时局的感受必然有其相似性与可比性。时杜甫在梓州一带,陈贻焮《杜诗评

---

① 《文选》卷五一贾谊《过秦论》:"自以为关中之固,金城千里,子孙帝王万世之业。"
② 郑文《杜诗檠诂》,巴蜀书社1992年版,第352页。
③ 林继中《杜诗赵次公先后解辑校》上册,上海古籍出版社1994年版,第562页。

传》中卷有颇为翔实的考论,成为我主要的参考文本①。

其时有《喜雨》诗云:

> 春旱天地昏,日色赤如血。农事都已休,兵戎况骚屑。巴
> 人困军须,恸哭厚土热。沧江夜来雨,真宰罪一雪。谷根小苏
> 息,沴气终不灭。何由见宁岁,解我忧思结。峥嵘群山云,交会
> 未断绝。安得鞭雷公,滂沱洗吴越。

篇下原注:"时闻浙右多盗贼。"大概由于这一注脚,至今注家都
将末句解析为诗人希望广德元年四月出兵的李光弼及时平定浙右
袁晁的起义。然而篇末"原注"只是旧注,并不能肯定是诗人的自
注;即使是诗人自注,也断不能直指是诗人催促李光弼去镇压袁晁,
它只是点明何以由巴雨联想到吴越的原因,所以更重要的是要看全
诗的意脉。诗人因久旱得雨,巴人稍舒困顿,但"沴气终不灭",只有
"见宁岁",天下太平,才能"解我忧思结",由此联想到遥远的吴越。
(自闻官军收河南河北以来,杜甫一直有出蜀之思,往吴越也是其选
择之一。)"真宰罪一雪"一句不应忽略。久旱民困是"真宰"之罪,
巴蜀这里终于下雨了,所以其罪得以湔雪,但吴越之民仍处水火,故
欲"鞭雷公",也来一场喜雨,惠及吴越,解民倒悬。"鞭雷公"与"罪
真宰"是一致的,是与《有感五首》的"愿闻哀痛诏"遥相呼应的,是
力促统治者改善政治,与"长令宇宙新"也是一致的,不应解读为催
李光弼去镇压起义。陈贻焮引《资治通鉴》卷二二二"租庸使元载
以江、淮虽经兵荒,其民比诸道犹有资产,乃按籍举八年租调之违负
及逋逃者,计其大数而征之"云云,指出袁晁领头的吴越民众起义,
究其起因,实为官逼民反所致,甚是。陈先生进而敏感地联系到《有
感五首》所云"不过行俭德,盗贼本王臣",堪称的评(第 847 页)。

---

① 陈贻焮《杜甫评传》中卷,上海古籍出版社 1988 年版。下引该书只标页码。

《喜雨》"原注"中的"盗贼",便是此"本王臣"的"盗贼",息兵养民才是根本,诗人怎么忍心"催促"李光弼去镇压呢? 两诗可以互训。《喜雨》末句应有新的诠释。无论如何,二首的情感是相通的。

又,是年秋所作《送陵州路使君赴任》云:

> 王室比多难,高官皆武臣。幽燕通使者,岳牧用词人。国待贤良急,君当拔擢新。佩刀成气象,行盖出风尘。战伐乾坤破,疮痍府库贫。众僚宜洁白,万役但平均。霄汉瞻佳士,泥途任此身。秋天正摇落,回首大江滨。

此诗与《有感五首》可谓一气相通,且互相发明。"岳牧用词人"与《有感五首》其二"诸侯春不贡"恰成反对,指明时局症结之所在: 河北虽平,道路已通,何以诸侯不贡? 正是由于"高官皆武臣",文治偏废,故倡"岳牧用词人"。《有感五首》其五"登坛名绝假,报主尔何迟。邻郡辄无色,之官皆有词",正是武重文轻的具体表现。一正一反,托出杜甫的文治思想,容另叙。而"战伐乾坤破,疮痍府库贫。众僚宜洁白,万役但平均"则是《有感五首》中"行俭德"的具体化。

又,《对雨》有云:"雪岭防秋急,绳桥战胜迟。西戎甥舅礼,未敢背恩私。"陈贻焮《杜甫评传》谓:"如今吐蕃已尽取河西、陇右(包括秦州、成州在内)之地,马上就要打到长安,把皇帝赶跑了,老杜还念念不忘昔人舅甥之国的礼与情,并寄希望于万一,这种妄自尊大的心理,这种书生之见,真是够可以的了。"(第851页)陈说或有助于对"慎勿吞青海"的理解,但该诗同时也表明这是吐蕃未陷京师前,杜甫在消息闭塞的巴蜀所持的特有看法[1],更证明持"慎勿吞青海"之见的《有感五首》不可能作于吐蕃已出入京师之后的狼子野

---

[1]　广德元年秋,杜甫又有《为阆州王使君进论巴蜀安危表》称吐蕃侵扰,"意者报复摩弥青海之役决矣",似乎认为战端责任在双方,这种判断颇为特殊。

心昭彰的广德二年春。

又，《王命》："汉北豺狼满，巴西道路难。血埋诸将甲，骨断使臣鞍。"感受之深如见。《有感五首》以"白骨新交战，云台旧拓边。乘槎断消息，无处觅张骞"发兴，当与此惨痛的直接感受有关，而旧注引李之芳出使吐蕃为说，但李出使在广德元年四月，路途遥远，且巴蜀消息不灵，且李被拘二年是后事，老杜似不应于当年秋便急着说"断消息"。

以上引证尚属零碎，而作于广德元年秋之《为阆州王使君进论巴蜀安危表》则从总体上与《有感五首》一气相通，兹摘录如下：

> 臣某言：伏自陛下平山东，收燕蓟，洎海隅万里，百姓感动，喜王业再康，疮痏苏息，陛下明圣，社稷之灵，以至于此。然河南河北，贡赋未入，江淮转输，异于曩时。惟独剑南，自用兵以来，税敛则殷，部领不绝，琼林诸库，仰给最多。是蜀之土地膏腴，物产繁富，足以供王命也。近者，贼臣恶子，频有乱常，巴蜀之人，横被烦费，犹自劝勉，充备百役，不敢怨嗟。吐蕃今下松维等州，成都已不安矣。杨琳师再胁普合，颙颙两川，不得相救，百姓骚动，未知所裁。况臣本州，山南所管，初置节度，庶事草创，岂眼力及东西两川矣。伏愿陛下听政之余，料巴蜀之理乱，审救援之得失，定两川之异同，问分管之可否，度长计大，速以亲贤出镇，哀罢人以安反仄。犬戎侵轶，群盗窥伺，庶可遏矣。而三蜀，大府也，征取万计，陛下忍坐见其狼狈哉！不即为之，臣窃恐蛮夷得恣屠割耳。实为陛下有所痛惜，必以亲王，委之节钺，此古之维城磐石之义明矣。陛下何疑哉？在选择亲贤，加以醇厚明哲之老为之师傅，则万无覆败之迹，又何疑焉？其次付重臣旧德，智略经久，举事允惬，不限获于苍黄之际，临危制变之明者，观其树勋庸于当时，扶泥涂于已坠，整顿理体，竭露臣节，必见方面小康也。今梁州既置节度，与成都足以久

远相应矣。东川更分管数州,于内幕府取给,破弊滋甚,若兵马悉付西川,梁州益坦为声援,是重敛之下,免出多门,西南之人,有活望矣……敕天下征收赦文,减省军用外,诸色杂赋名目,伏愿省之又省之,剑南诸州,亦困而复振矣。将相之任,内外交迁,西川分阃,以伏贤俊,愚臣特望以亲王总戎者,意在根固流长,国家万代之利也,敢轻易而言。(《杜诗详注》卷二五)

此表与《有感五首》从内容到情感上的一致性,一望可知。其中对诛求病民反复言之,对亲贤出镇期盼殷殷,致意再三;《有感五首》与其说是"正隳梏汾阳论奏大意",不如说是"隳梏"此表大意。尤其值得注意的是:二者的思路意脉,颇为相近。容理其绪于下:

该表以平山东,收燕蓟,喜王业再康起,紧接着一转至"然河南河北,贡赋未入,江淮转输,异于曩时",遂倾诉巴蜀百姓负荷之重,再转入呼吁"速以亲贤出镇,哀罢人以安反仄。犬戎侵轶,群盗窥伺,庶可遏矣"。其间还提出任用重臣旧德而能临危制变者,以之整顿理体,必见小康,活民有望,其中便有"长令宇宙新"之含义,而其关键还在"减省军用外,诸色杂赋名目,伏愿省之又省之"。结穴在"将相之任,内外交迁,西川分阃,以伏贤俊。愚臣特望以亲王总戎者,意在根固流长,国家万代之利也"。

《有感五首》第一首即总体言天下尚未太平,第二首即转入治国方略:息战养民才是根本。第三首上承"诸侯春不贡",忆及盛唐时"洛下舟车入,天中贡赋均"之盛况,与上表云"河南河北,贡赋未入,江淮转输,异于曩时"发自同一感受。《杜臆》云:"前四句(即'洛下舟车入'四句)亦追论往事……玄宗屡幸左藏,见其充实,滥加赏赐,故有'行俭'之语。"条理分明,甚是①。事实上将下四句"莫取金汤固,长令宇宙新。不过行俭德,盗贼本王臣"与第四首"受钺

---

① 杜甫作于广德元年秋的《九日》诗,于登高感怀之后,忽转以"酒阑却忆十年事,肠断骊山清路尘"作结,其跳跃的联想反衬时局的苍黄,以见因果,手法与此相同。

亲贤往"、"终依古封建"云云合读，便是表奏主体部分（"伏愿陛下听政之余"至"意在根固流长，国家万代之利也"）的内容，分言、合说之异，只是因为文体不同所致。正因文体不同，第五首乃言表奏中之所不敢言，将第一首"将帅蒙恩泽，兵戈有岁年。至今劳圣主，何以报皇天"的问责追进至人主：不信任武臣致使"兵残将自疑"，而偏重、姑息武人又致使文治不振，唯有人主自律，"愿闻哀痛诏"，才有中兴的希望。

　　表与诗意脉之相近如上述，两相发明又使我们加深了对《有感五首》的理解。钱注以为第四首乃"公（指杜）追叹朝廷不用琯（指房琯）议，失强干弱枝之义"，尚属皮相之谈。房、杜两说，同中有异。《旧唐书》卷九《玄宗本纪》载玄宗入蜀，"甲子，次普安郡，宪部侍郎房琯自后至，上与语甚悦，即日拜为吏部尚书、同中书门下平章事。丁卯，诏以皇太子讳充天下兵马元帅，都统朔方、河东、河北、平卢等节度兵马，收复两京；永王璘江陵府都督，统山南东路、黔中、江南西路等节度大使；盛王琦广陵郡大都督，统江南东路、淮南、河南等路节度大使；丰王珙武威郡都督，领河西、陇右、安西、北庭等路节度大使。初，京师陷贼，车驾仓皇出幸，人未知所向，众心震骇，及闻是诏，远近相庆"。则房琯所谓"封建"，纯粹是为强化王室以收拾人心。以今日眼光看，"依古封建"颇逆历史进程，与其在陈涛斜用春秋时战法相似，是泥古不化的"迂"。而杜甫虽难免同其迂，但参之该表，则"终依古封建"还有其不同于房琯的出发点与合理性在。杜甫有鉴于两川军阀内斗，无人统合，百姓骚动，这才提出"速以亲贤出镇，哀罢人以安反仄"，后者才是杜甫倡"封建"的指归。其"强干弱枝"是与表中"根固流长"相联系的，无论枝干，都需要百姓供养这条"根"！五首息战、行俭德、封建（任亲贤）、下哀痛诏如是等等主张，都是为了"根固"，即儒家"民惟帮本，本固邦宁"的民本思想的集中表现，且其中饱含着杜甫对挣扎求活的百姓无限的同情。黄生称："《有感五首》，在公生平为大抱负，即全集之大本领。"（《杜诗说》卷六）良有以也[①]。

然而，以今日的眼光观之，便感到诗中休兵、封建的主张似不切实际，而以"行俭德"说昏君更属"与虎谋皮"。总之，是透出一股"书生气"。事实上读"安史之乱"前后这段唐史，总觉得面对骄兵悍将与昏庸猜忌的君主，当时的儒生们实在是拿不出多少新办法，多少也都透出一股书生气。难怪今之学者要批评当时思想界的平庸，"安史之乱"是场"文化危机"。《剑桥中国隋唐史》则从制度、经济、社会结构各种变化入手，揭示了该时期社会的深层矛盾，建立了全新的参照系，对李林甫、元载、第五琦等做了全新的评价[②]。这些当然是历史学的进步，不过从以大一统为特点的中国历史发展的进程看，正是张说、张九龄直至房琯、颜真卿、杨绾、贾至、柳伉、独孤及等等一大批主张"文治"的儒生们的"书生气"，阻碍着各色各样的分裂势力，渐积地鼓动了后来的新儒学思潮，引导出北宋的"文官政治"，自有其特殊的历史意义，绝非李林甫、元载辈所能替代。兹录《资治通鉴》几则史料如下：

代宗广德元年（763）条：

> 太常博士柳伉上疏，以为："犬戎犯关度陇，不血刃而入京师，劫宫闱，焚陵寝，武士无一人力战者，此将帅叛陛下也。陛下疏元功，委近习，日引月长，以成大祸，群臣在廷，无一人犯颜回虑者，此公卿叛陛下也。陛下始出都，百姓填然，夺府库，相杀戮，此三辅叛陛下也。自十月朔召诸道兵，尽四十日，无只轮入关，此四方叛陛下也。内外离叛，陛下以今日之势为安邪，危邪？若以为危，岂得高枕，不为天下讨罪人乎！臣闻良医疗疾，当病饮药，药不当病，犹无益也。陛下视今日之病，何繇至此

---

① 息战养民是杜甫大半辈子的心结，《昼梦》云"安得务农息战斗，普天无吏横索钱"，《蚕谷行》云"焉得铸甲作农器，一寸荒田牛得耕"等等，不一而足。
② 详［英］崔瑞德编《剑桥中国隋唐史》第七章，中国社会科学出版社1990年版。

乎？必欲存宗庙社稷，独斩元振首，驰告天下，悉出内使隶诸
州，持神策兵付大臣，然后削尊号，下诏引咎，曰：'天下其许朕
自新改过，宜即募士西赴朝廷；若以朕恶未悛，则帝王大器，敢
妨圣贤，其听天下所往。'如此，而兵不至，人不感，天下不服，臣
请阖门寸斩以谢陛下。"上以元振尝有保护功，十一月，辛丑，削
元振官爵，放归田里。

同上，十二月丁亥条：

车驾发陕州。左丞颜真卿请上先谒陵庙，然后还宫，元载
不从，真卿怒曰："朝廷岂堪相公再坏邪！"载由是衔之。

永泰元年（765）三月条：

左拾遗洛阳独孤及上疏曰："陛下召冕等待制以备询问，此
五帝盛德也。顷者陛下虽容其直，而不录其言，有容下之名，无
听谏之实，遂使谏者稍稍钳口饱食，相招为禄仕，此忠鲠之人所
以窃叹，而臣亦耻之。今师兴不息十年矣，人之生产，空于杼
轴。拥兵者第馆亘街陌，奴婢厌酒肉，而贫人羸饿就役，剥肤及
髓。长安城中白昼椎剽，吏不敢诘，官乱职废，将惰卒暴，百揆
隳刺，如沸粥纷麻，民不敢诉于有司，有司不敢闻于陛下，茹毒
饮痛，穷而无告。陛下不以此时思所以救之之术，臣实惧焉。
今天下惟朔方、陇西有吐蕃、仆固之虞，邠泾、凤翔之兵足以当
之矣。自此而往，东泊海，南至番禺，西尽巴、蜀，无鼠窃之盗而
兵不为解。倾天下之货，竭天下之谷，以给不用之军，臣不知其
故。假令居安思危，自可厄要害之地，俾置屯御，悉休其余，以
粮储扉屦之资充疲人贡赋，岁可减国租之半。陛下岂可持疑于
改作，使率土之患日甚一日乎！"上不能用。

不同时、不同地、不同人,但济世之策与杜甫《有感》约略相似(如休战养民、下罪己诏等),尤其是那股"临危莫爱身"(《奉送严公入朝十韵》)的"折槛"(死谏)精神,更是与老杜一气如虹。王元化释"情志"有云:"情志应该合理地理解作在人的内心中所反映的时代精神。"①《有感五首》之美,尚不在议论如何高明,展示了杜甫议政的"大本领",而更在乎体现了杜甫生平为民请命的"大抱负",诗人的情志发露了时代的正气!

（原载《杜甫研究学刊》2012 年第 3 期）

---

① 　王元化《思辨随笔》,上海文艺出版社 1995 年版,第 233 页。

诗 心 驱 史 笔

——杜甫《八哀诗》讨论

一

杜甫《八哀诗》向来被认作诗的传记,明人王嗣奭《杜臆》卷七说得分明:

> 此八公传也,而以韵语纪之,乃老杜创格,盖法《诗》之《颂》;而称为"诗史",不虚耳!

仇兆鳌《杜诗详注》卷一六亦引郝敬曰:

> 《八哀》诗雄富,是传纪文字之用韵者。文史为诗,自子美始。

既然认定《八哀》是传记诗,便难怪论者要以史笔求之,所以赞誉者固多,而求疵者亦时有之,如仇注云:

> 曲江(张九龄)见禄山有反相,欲因失律诛之,明皇不听,至幸蜀以后,追思其言,遣使祭赠。此事乃一生大节,关于国家治乱兴亡,篇中尚略而未详,其历叙官阶,详记文翰,颇失轻重

之体,刘须溪尝议及之。

并录杨慎(升庵)的一篇补作,将张九龄"一生大节"补足而后快。

这里涉及对"诗史"的总体认识。

自孟启《本事诗》"杜逢禄山之难,流离陇蜀,毕陈于诗,推见至隐,殆无遗事,故当时号为'诗史'"之论出,"诗史"不但成为人们对杜诗认识的一种思维定势,且成为人们对诗歌叙事性的一种规范。如果说,"史诗"是将史诗化,那么,这里所谓的"诗史"则似乎是要求将诗"史化"。这是否合乎杜甫的初衷? 其中得失,正是本文所要讨论的问题。

二

以诗记人,并非"老杜创格"。早在南宋,赵次公已指出:

> 《选》诗有《七哀诗》之名,曹子建、王仲宣、张景阳皆作焉。诗止一首而名之曰"七哀诗",特取其义耳。注云:七哀,谓痛而哀,义而哀,感而哀,怨而哀,耳目闻见而哀,口叹而哀,鼻酸而哀也。子建之诗为汉末征役别离妇人哀叹,仲宣之诗专哀汉乱,景阳之诗虽再赋,而前诗则哀人事迁化,后诗则哀帝室渐衰。今公自有八篇以哀八公,而名之曰"八哀诗",亦挨傍《选》诗题目声气之熟耳,乃颜延年《五君咏》之比也。东坡为《李承之挽词》尝曰:"凄凉《五君咏》,沉痛《八哀诗》。"最为工切。①

赵氏辨明《八哀诗》本质在记人,与《五君咏》相近而与《七哀

---

① 北京图书馆藏《新定杜工部古诗近体诗先后并解》末帙卷一。

诗》相远。今人胡国瑞《魏晋南北朝文学史》第 138 页也指出,《八哀诗》祖出沈约的《怀旧诗》九首,每首伤悼一个逝去的友人。朱东润《中国文学论集》卷二《杜甫的八哀诗》更上溯《诗经》和乐府,认为《陇上歌》便是以诗叙述人物的一例,并指出:

> 颜延之的《五君咏》,还是抒情方面为主,不一定是专门为了叙述这五位名士。

这就比赵次公更进一层辨明了《八哀诗》与传统人物诗的联系与区别。关键就在是否"专门为了叙述"。

<h1 style="text-align:center">三</h1>

"专门为了叙述",是本原作者用心的一把钥匙。

杜甫有意增加叙述的成分,追求史传的效果,其用心是明显的。试与《五君咏》作一比较:

> 阮公虽沦迹,识密鉴亦洞。沉醉似埋照,寓辞类托讽。长啸若怀人,越礼自惊众。物故不可论,途穷能无恸。(《阮步兵》)[1]

> 司空出东夷,童稚刷劲翮。追随幽蓟儿,颖锐物不隔。服事哥舒翰,意无流沙碛。未甚拔行间,犬戎大充斥。短小精悍姿,屹然强寇敌。贯穿百万众,出入由咫尺。马鞍悬将首,甲外控鸣镝。洗剑青海水,刻铭天山石。九曲非外蕃,其王转深壁。飞兔不近驾,鸷鸟资远击。晓达兵家流,饱闻《春秋》癖。胸襟

---

[1]　逯钦立辑校《先秦汉魏晋南北朝诗》中册,宋诗卷五《五君咏》五首之一。

日沉静,肃肃自有适。潼关初溃散,万乘犹辟易。偏裨无所施,元帅见手格。太子入朔方,至尊狩梁益。胡马缠伊洛,中原气甚逆。肃宗登宝位,塞望势敦迫。公时徒步至,请罪将厚责。际会清河公,间道传玉册。天王拜跪毕,说论果冰释。翠华卷飞雪,熊虎亘阡陌。屯兵凤凰山,帐殿泾渭辟。金城贼咽喉,诏镇雄所搤。禁暴靖无双,爽气春淅沥。巷有从公歌,野多青青麦。及夫哭庙后,复领太原役。恐惧禄位高,怅望王土窄。不得见清时,呜呼就窀穸。永系五湖舟,悲甚田横客。千秋汾晋间,事与云水白。(《赠司空王公思礼》)①

颜延之《五君咏·阮步兵》捉住阮籍饮酒放诞、识鉴越礼的特征,用虚笔写意式地勾出阮籍的形象;杜甫《八哀诗》则近乎白描,多用实写。诗从王思礼的祖籍、童年一直写到死,平生事迹颇为完整,是史传的写法。尤需注意的是,杜甫采用正面直写(类似徒手格斗的所谓"白战")的方法,得史笔之所长。如果说颜延之的"长啸若怀人,越礼自惊众"是用虚笔传神,那么杜甫则以"短小精悍姿"、"马鞍悬将首"的白描与"意无流沙碛"、"胸襟日沉静"的渲染传神,更见厚实而空灵。从二诗比照中,可见杜甫有意放笔直叙,结构完整谨严,用以记人,其优点是不言而喻的。

四

何以见得杜甫是"有意"创格?为避"强杜以从我"之嫌,让我们再看一例内证——杜甫早期同类题材的创作:《饮中八仙歌》。

此诗系年,仇注颇谨慎,云:"此诗当是天宝年间追忆旧事而赋

---

① 仇兆鳌《杜诗详注》卷一六《八哀诗》之一,下引杜诗咸见此本,只标卷数,不另注。

之,未详何年。"关于作意,刘凤诰《杜工部诗话》称:

> 少陵性豪嗜酒,得钱辄沽,自谓"饮酣视八极,俗物都茫茫"。追数交游,作《饮中八仙歌》,聊寄出尘之想。

"追数交游"与《八哀诗》序自称"叹旧怀贤"的作意是相似的,都是写对八位逝去的人物的追怀。但二诗写法颇异,萧涤非先生曾对《饮中八仙歌》的结构作过探索,说:

> 这首诗,在体裁上也是一个创格。看起来好像很乱,其实也有组织,八人中,贺知章资格最老(比李白大四十一岁,比杜甫大五十二岁),所以便放在第一位。其他便按官爵,从王公宰相一直说到布衣。写李白独多一句,并不是为了私人的交谊,而是因为这八人中,李白最为伟大,故有意把他作个重点。①

事实上,"饮中八仙"是以李白为轴心,不但独多一句描写,且是以他所代表的那种求解放的精神为横贯全篇的内在气势,左顾右盼,形成全篇的联系。《八哀》虽然一人一传,并无"轴心"人物,但仍有其共同的情感背景——"伤时盗贼未息"。(如果进一步探究其深层的情感联系,则其所伤又集中在贤才未尽其用而有补于时上。)正是这种情感联系使"八仙"与"八哀"散而不离,具整体感。因此,二者的立意谋篇并无本质的不同,迥异其趣者,在于笔法。试举《饮中八仙歌》关于李白的描写为例:

> 李白一斗诗百篇,长安市上酒家眠。天子呼来不上船,自称臣是酒中仙。(卷二)

---

① 萧涤非《杜甫诗选注》,人民文学出版社1985年版,第15页。

　　李白事迹,老杜熟之矣！然而,他只取这一细节:一个著名的翰林供奉,竟然沉溺市井酒楼,连至高无上的皇帝也"呼来不上船",其蔑视权贵的傲态呼之欲出。而同样恃才傲物的李邕,在《八哀诗》中则取另一种笔墨:

　　　　长啸宇宙间,高才日陵替。古人不可见,前辈复谁继?忆昔李公存,词林有根柢。声华当健笔,洒落富清制。风流散金石,追琢山岳锐。情穷造化理,学贯天人际。干谒走其门,碑版照四裔……往者武后朝,引用多宠嬖。否臧太常议,面折二张势。衰俗凛生风,排荡秋旻霁。

　　不难看出,前者要比后者更近似《五君咏》那种写意的笔调。杜甫是很擅长以此笔法勾勒人物使之栩栩然的,而《八哀诗》却摒去此法不用,采用不厌其烦的叙述笔调写人,可见是有意创格。

五

　　这就涉及"累句"的一桩公案。宋人叶梦得《石林诗话》卷上曾批评说:

　　　　然《八哀》八篇,本非集中高唱,而世多尊称之,不敢议,此乃揣骨听声耳,其病盖伤于多也。如《李邕》、《苏源明》诗中,极多累句,余尝痛刊去,仅各取其半,方为尽善。然此语不可为不知者言也。

　　叶氏之论颇得后人响应,如刘克庄、王士禛等。王士禛《居易录》称"《八哀诗》钝滞冗长,绝少剪裁"。朱东润《中国文学论集·

杜甫的八哀诗》指出：

> 士祯的主张，在明、清的批评家中，有不少的同情者。从五家合评杜诗中，我们可以指出《八哀诗》受到普遍的指责，有时甚至放笔直下，大段涂抹。倘使我们把其中的每一句，作为一个单位，连同其他个别字句计算在内，那么《八哀》所受到的涂抹，多至七十九处。（216页）

其实早在王士祯等之前，明人杨升庵（慎）早已"放笔直下"，将《八哀》中的张九龄篇改写一过了（见仇注引）。即使是为之辩护的王嗣奭，也只能在李邕篇后说：

> 李才名甚盛，而其死甚惨，公痛之极，故云"竟掩宣尼袂"，又云"魂断苍梧帝"，又曰"事近小臣毙"，末又曰"坡陀青州血"，不觉言之复也。（仇注引）

用"不觉"来为之开脱，仍然是承认"累句"，只不过是"表示理解"而已。然而，"累句"问题不应只视为对杜诗的整体批评。《八哀诗》的遭遇只是个特例。盖杜甫被拥上几乎是"议论不敢到"的"诗圣"地位后，王士祯等竟如此放肆，似乎颇有点"造反精神"。其实不然，只是因为杜甫《八哀》有"反传统"倾向。谁反对传统，谁就受谴责，"诗圣"亦不得免焉。

六

中国文学向来特重精腴简奥。钱锺书总结前人意见，认为古人无纸，汗青刻简，为力不易，是以文辞简严，取足达意而止。作书繁衍,未必尽由纸笔之易,而纸笔之故,居其强半。古人不得不然,后人不识其所以然,乃视为当然,因伛以为恭,简奥乃成为衡文的重要标准①。

无论如何,中国诗(包括叙事诗)讲究精练,嫌弃"累句",已达到近乎苛求的地步,这是个事实。就人物诗而言,无论《硕人》、《陇上歌》、《五君咏》、《怀旧》九首,乃至杜甫早期《饮中八仙歌》,都以写意传神为主,寥寥数笔,点到辄止。

当然,也有例外。乐府民歌由于始自口语,毋需灾梨祸枣,故叙事往往详尽不怕繁复,如《陌上桑》、《木兰诗》,还有虽或出文人之手而显然有民歌风的《孔雀东南飞》。虽然这些诗最后还是用文字固定下来,但仍保留不少口语的成分。口语的鲜活性,涤非师曾有过生动的对比:

> 行者见罗敷,下担捋髭须;少年见罗敷,脱帽著帩头;耕者忘其犁,锄者忘其锄;来归相怨怒,但坐观罗敷。(《陌上桑》)

> 行徒用息驾,饥者以忘餐。(曹植《美女篇》)

大诗人曹植只用两句,便概括了汉民歌一大段的意思。简练无疑是简练了,但同时也失去了民歌那种水灵灵的鲜活,而显得干瘪②。杜甫正是摄取了民歌这种叙事不怕繁复的精神,大胆改造叙事诗,写下不朽篇章"三吏"、"三别"。关于这一方面,前贤所论甚笃,此不赘。笔者只是想提请注意这一事实:杜甫晚年并不满足于"三吏"、"三别"的乐府写法,"晚节渐于诗律细"(《遣闷戏呈路十九曹长》),倾力于诗歌表现形式的探索,颇注重古体与律体的互相渗透。《八哀诗》正是杜甫晚年另辟人物诗新路子,摄取民歌叙事精

---

① 钱锺书《管锥编》第1册,第161—164页。
② 详见萧涤非《杜甫研究》,第167页。

神,以史传笔法,参用古体、律体的一次大胆尝试。

七

杜诗的"集大成"已是人们的共识,但这种"集"不但是千汇万状的传统表现形式的继承,更具有超越传统的"创"的意味。《八哀诗》迥异于"三吏"、"三别"之处,首先在于它是更纯粹的人物诗,是以组诗的形式来表现一代英灵,取得史的反思致用的效果。

史的本质就是反思致用。司马光编通史之所以命名为《资治通鉴》,正是基于此认识。因此,对"史笔"的要求如杜预序《左传正义》所示,既要"尽而不汙,直书其事,具文见意",又要"惩恶而劝善",达到"章往考来"的目的。让我们以此来理解《八哀诗》的序:

> 伤时盗贼未息,兴起王公、李公,叹旧怀贤,终于张相国。八公前后存殁,遂不铨次焉。

"叹旧怀贤"不是目的,目的在"伤时盗贼未息"的后面。因此,"八公存殁"前后次序并不重要,重要的是与"伤时盗贼未息"的关系。"兴起王公、李公……终于张相国"这一结构的提示,有深意焉。王嗣奭《杜臆》卷七称:

> 王、李名将,因盗贼未息,故兴起二公,此为国家哀之者。继以严武、汝阳、李、苏、郑,皆素交,则叹旧。九龄名相,则怀贤。

王氏所见,大略不错,但太泥于"叹旧怀贤",而忽略了"伤时"

二字的重要性。"兴起王公、李公",王、李名将,自然是"独使至尊忧社稷,诸君何以答升平"(《诸将》五首)的伤时无良将的意思。如果进一步细读王、李二首,便会发现其详略轻重颇有异趣。一是写王思礼"潼关初溃散"至"谠论果冰释"一段十六句(见上第三节引),一是写李光弼"异王册崇勋"一段八句,如下:

> 异王册崇勋,小敌信所怯。拥兵镇汴河,千里初妥贴。青绳纷营营,风雨秋一叶。内省未入朝,死泪终映睫。

写王思礼那十六句,颇有"累句"之嫌,浦起龙《读杜心解》卷一之五就说:

> 中幅"潼关溃散"十六句,详失守、走谒、赦免事,非叙功正文。其叙将斩而以"徒步"、"请罪"为言,使王公转有地步。

浦注于此实在未搔到痒处。杜甫详写失守后种种情节,对叙述王思礼而言,自然是"非叙功之正文",但他并不是为王思礼开脱,"转有地步",也不仅是强调一将之难求,而且还借写王思礼一生生死交关的际遇,同时描述贤相房琯在唐王朝存亡未卜、玄肃父子皇权传授的关键时期的威望和风采,和他保护将才的谠论和卓识。王思礼的形象也同时就突出了,他后来镇守关中的赫赫战功也就写得顺理成章了。末句"嗟嗟邓大夫,士卒终倒戟"也是以文吏不能驭军的教训,反衬王思礼确实是系一方安危的将才。李光弼以"异王册崇勋",拥兵千里,坐镇河汴,诚然是名高一时,但是功高震主的形势,却为自己种下了祸根,虽小心翼翼,终不免招来谗毁。"青蝇纷营营,风雨秋一叶",十分贴切地表现良将命运悬于昏君、宦官之手的悲凉晚景。"大屋去高栋,长城扫遗堞"是对昏君自毁长城的直笔指斥。李光弼与王思礼不同遭际的对比,一正一反,写出用人之道关系国家的安危。贤才尽其用,才是《八哀》的主脑,"伤时"的焦点所在。

八

　　严武、李邕作为恃才傲物的典型,有其相似处,而其不同遭遇之对照,又与王、李之对照相似。下面的记叙值得回味:

> 往者武后朝,引用多宠嬖。否臧太常议,面折二张势。衰俗凛生风,排荡秋旻霁。忠贞负冤恨,宫阙深旒缀。放逐早联翩,低垂困炎疠。日斜鹏鸟入,魂断苍梧帝。荣枯走不暇,星驾无安税。几分汉庭竹,凤拥文侯篲。终悲洛阳狱,事近小臣毙。祸阶初负谤,易力何深哜!

　　对李邕这位文坛"独步四十年"的忠贞直言之士的不幸遭遇,杜甫寄予了无限同情。末句周甸注云:"且其祸起负谤,非有实事,挤之亦易为力,何必深噬至此乎!"可谓义形于色。哀伤之深,故云"竟掩宣尼袂",又云"魂断苍梧帝",又云"事近小臣毙",又云"坡陀青州血"。不是"累句"也,不是"不觉言之复也",是梁启超所谓"回荡表情法"①。

　　再看汝阳王一首。此诗似乎与"伤时"有点游离,但放在中唐皇室内部斗争剧烈的大背景下看,诗亟称汝阳王的恭谨,与玄宗之间"倍此骨肉亲"云云,则不无"伤时"之意。仇注于此颇有得,曾与《赠特进汝阳王二十二韵》做对比,说:

---

① 梁启超《中国韵文里头所表现的情感》第三节,收入《乙丑重编饮冰室文集》卷七一,中华书局 1926 年版。

前拈"凤德升"(《赠特进汝阳王》有"天人凤德升"之句)为全诗之纲,于"奇毛赐鹰",只一语轻点("奇毛或赐鹰");此拈"谨洁极"("爱其谨洁极,倍此骨肉亲")为通篇之眼,将"诏王射雁",用三段详叙。

用三段二十四句详写射猎时汝阳王表现出的"谨洁极",并不是什么"以旁出见奇"的"太史公笔法",而是在当时情势下诗人所要倡导的范例。后人所批评的"累句",从上文分析看来,恰恰是诗人用心之所在(成功与否尚可别论)。诚如涤非师所指出,杜甫用心处不在事迹之记实,而在诗人之寄思,即:"希望大臣们都能像张九龄、王思礼、李光弼等,所以写了《八哀诗》。"①笔者曾据此对张九龄篇"详记文翰,颇失轻重之体"做过评析:

此篇取舍,正见杜甫之用心处不在时事之纪实,亦步亦趋,而在写出心目中理想之大臣,警醒当世。诗中推重的是张九龄的人格、风度与学术:"乃知君子心,用才文章境('境'或作'炳')。"之所以如此,恐怕是有感于玄宗重用张说与张九龄,以文治致盛世,后来却转用素无学术、仅能秉笔(竟将"弄璋"写作"弄獐")的李林甫之流,由盛入衰②。在此武人跋扈的年代里,"详记文翰"是有深意的。仇氏以为"颇失轻重"处,正是杜甫用心处,这就是:对人的反思。③

至今,我仍持这一看法。

---

①　详见萧涤非《杜甫研究》,第 12 页。
②　参看《汪篯隋唐史论稿》所收《唐玄宗时期史治与文学之争》,第 196 页。
③　参看拙著《文化建构文学史纲(中唐—北宋)》,海峡文艺出版社 1993 年版,第 142 页(收入本《文集》第四册)。

九

在辨明作者心迹的前提下，我们应当承认，《八哀》时有芜杂、笔力不齐的现象。苏源明篇后仇注说得是：

> 《八哀》诗，苦心力索，未免人胜于天。就诸章而论，前五篇精悍苍古，后三首却繁密不疏，尚须分别而观。

苏源明与郑虔的事迹不多，不足与严武、李光弼诸人抗礼，而文字篇幅又必须诸篇相称，当然免不了"苦心力索"，显出拼凑的痕迹。但我们不能同意刘克庄的"取消主义"。郑虔篇后仇注引刘克庄语云：

> 《八哀》诗中，如郑、苏二首，非无可说，但每篇多芜辞累句，或为韵所拘，殊欠条鬯，不如《饮中八仙》之警策。盖《八仙歌》，每人只三四句，《八哀》诗，或累押二三十韵，以此知繁不如简，虽大手笔亦然。

"繁不如简"的结论太草率了。这是旧传统的一偏之见。事实上许多优秀诗人总是在实践中极力要摆脱这一偏见。苏辙《栾城三集》卷八《诗病五事》称：

> 老杜陷贼时有诗曰："少陵野老吞声哭……欲往城南忘城北。"予爱其词气，如百金战马，注坡蓦涧，如履平地，得诗人之遗法。如白乐天诗，词甚工，然拙于纪事，寸步不遗，犹恐失之，此所以望老杜之藩篱而不及也。

这也是"繁不如简"的论调。然而,白居易《长恨歌》、韦庄《秦妇吟》毕竟以所谓"寸步不遗"的叙事笔法获得了广大的读者,在文学史上得一席之地。即便是老杜自己,也并不一味满足于《哀江头》、《饮中八仙歌》那种"如连山断岭,虽相去绝远,而气象联络"(苏辙语)的写法,《八哀》就是他力辟新路子的明证。

十

从第三节所引王思礼篇来看《八哀》成功之处。全篇六十四句,不但从其出身、童稚写到死,中间三段战功几经曲折,且在结尾做了史传式的评赞。王思礼这一形象是完整的,立体的,是《饮中八仙歌》所不可取代的。其中"意无流沙碛"、"胸襟日沉静"的传神佳句,也足以同《八仙歌》"举觞白眼望青天"、"天子呼来不上船"、"脱帽露顶王公前"诸句相媲美。特别是"潼关初溃散"至"谠论果冰释"一段,将历史大事与传主经历娓娓叙来,其间难以直言的原委曲折,历历分明而又含蓄蕴藉,真正达到微而显、志而晦、婉而成章、尽而不汙、惩恶而劝善的史家最高境界①。

然而,诗人毕竟非史臣。使人系心的不只是传主遭遇,更有时代风云的鼓荡:"胡马缠伊洛,中原气甚逆!"左右读者的是感情的起伏:时或"犬戎大充斥",时或"洗剑青海水",时或"元帅见手格",时或"请罪将厚责",时或"爽气春淅沥",时或"怅望王土窄"……随着诗笔的喜怒哀乐,我们不能不与诗人同鼓舞共呼吸。《读杜心解·发凡》说杜诗"多叠章而下,须通长打片看去,才显真面目"。如果我们将《八哀》一组一气读下,更觉波澜壮阔!《读杜心解·读杜提纲》又称:"史家只载得一时事迹,诗家直显出一时气运。诗之

---

① 《左传》成公十四年九月《传》曰:"君子曰:'《春秋》之称,微而显,志而晦,婉而成章,尽而不汙,惩恶而劝善。非圣人孰能修之。'"

妙,正在史笔不到处。"真是金针度人。的确,如严武篇的"公来雪山重,公去雪山轻",李光弼篇的"死泪终映睫",李邕篇的"易力何深唢",张九龄篇的"乃知君子心,用才文章境"云云,都是诗心所自出,是"史笔不到处"。为此,将《八哀》视作"传纪文字之用韵者",显然不确切。明末卢世㴶《读杜私言》卷二说:"《八哀诗》伤繁又伤泛中,有数十光洁语,与日月并垂者,又为浓云所掩,然而诗家之元气在焉,杜诗之体统存焉,不可遗,亦不容选。"这是一段很有真知灼见的评论。

十一

让我们回到对"诗史"的总体认识上来。孟启"毕陈于诗,推见至隐,殆无遗事"的"定义",至少是对"诗史"认识的一种不准确的导向。从上文对《八哀诗》的讨论可看出,杜于史只取叙述之长,虽形似史传,而于取舍谋篇,都出以诗心。其中虽有对史传记人完整性的追求,但仍以"伤时"的抒情性为主脑,为此甚至不避与"史笔"相左的"累句"、"失轻重之体",而力求感情的回荡、寄思的饱满。

杜甫对诗歌反映时事又作何要求呢? 就在写《八哀》前不久的广德元年,元结曾写下《舂陵行》与《贼退示官吏》这两首著名的时事诗。杜甫看了十分感动,和了一首《同元使君舂陵行》,序中兴奋地说:"不意复见比兴体制,微婉顿挫之词。""比兴"仍然是杜甫对时事诗的要求。或曰"少陵知诗之为诗,未知不诗之为诗"(赵秉文《与李孟英书》),颇为深刻地表露了杜甫对诗歌自身艺术规律的执着,即使是以史的题材入诗如《八哀》,也仍然要将它诗化,是以诗心驱史笔。杜甫正是在这一点上与后来"以文为诗"的接武者相区别的。

保持诗心,不使诗歌自身的特点泯灭在新形式之中。这是《八哀诗》留给诗歌形式革新者的一条宝贵经验。

（原载《首都师范大学学报》1993 年第 5 期）

杜诗议论之为美

议论,是诗歌创作中不可或缺的"配角",这一点目前似较普遍得到认可。然而,诗中议论是否有其独立意义的艺术美呢? 本文谨就杜诗议论成功的经验作一些探讨。

一

别林斯基曾指出:"艺术不能容忍掺入抽象的哲学观念,尤其是议论的东西,它只容受诗情观念,而诗情观念不是三段论法,不是教条,不是规则,它是活生生的热情,它是激情! "[1]强调"观念"要有强烈的感情因素才能进入诗。我国清代批评家沈德潜也在《说诗晬语》卷下说过:"人谓诗主性情,不主议论。似也,而亦不尽然。试思《二雅》中何处无议论? 杜老古诗中,《自京赴奉先县咏怀五百字》、《北征》、《八哀》诸作,近体中,《蜀相》、《咏怀》、《诸葛》诸作,纯乎议论。但议论须带情韵以行,勿近伧父面目耳。"中外二位批评家都不约而同地指出观念性的东西要步入诗苑就必须强化其中的感情因素。这是"议论诗化"的一条"必由之路"。在这方面,我国古文论有其独特的自成体系的见解,即"文气说"。

---

① 《外国理论家作家论形象思维》,第 72 页。

　　与西方文艺理论强调形象的塑造不同,我国古代文艺理论强调的是"情志"的抒发,即以抒情为核心,以作家的自我表现为核心。所以评诗衡文、论书品画,都讲究内在的"气"、"韵"、"意",而不是典型形象。《昭昧詹言》就说:"凡诗文书画,以精神为主。精神者,气之华也。""气"被视为诗文书画中一以贯之的东西。

　　最早提出"文以气为主"的是曹丕的《典论·论文》。后来刘勰、钟嵘也以之评诗衡文。正因为诗、文都讲究"气",彼此沟通,形象思维与逻辑思维往往重合,所以我国古代相当多的议论文也被列为优秀的文学作品。如贾谊《过秦论》、骆宾王《讨武曌檄》、苏洵《六国论》等,均以"气胜",而韩愈"以文为诗"的某些成功处也往往得力于此。杜诗更是如此。宋张戒《岁寒堂诗话》卷上说:

　　　　杜子美诗,专以气胜。

　　诗、文相通以"气",这是"以文为诗"、"以议论为诗"的内在依据。

　　何者为文中之"气"？刘永济《十四朝文学要略》页137说:

　　　　文帝所谓气,即彦和所谓风。风者,文中所述之情思,有运行流畅之力者也,亦即文家所谓意。意者,志也。志亦兼情思为言,故在人则为情思,为气质,为意志。在文则为气,为风,为力。

　　简言之,"文气"是指作家情思在诗文中表达酣畅,有感发力,充满着别林斯基所谓"诗情观念"得以形成所必需的那种"活生生的热情"。杜诗议论的特色,也正在于饱含着这种"活生生的热情",所以被称为"专以气胜"。

　　试以《北征》后半之议论为例。这一大段议论承首段"乾坤含疮痍,忧虞何时毕"而来。这时的杜甫因救房琯忤旨,被肃宗墨制放还鄜州省家。但他欲去不忍,既行犹思,时时以苍生社稷为念,最得屈原《离骚》的精神。至德二年八月前,正是睢阳危急,广平王李俶与郭子仪借助于回纥,大军将收复西京,两军对峙的关键时刻。杜甫这段四十余句二百余字的议论一气呵成。先极言回纥的勇决无前,再言奸臣就戮,终言中兴在即。气吞安史,一扫悲观气氛。不但在当时之振奋人心可知,且千载后读之犹能感受诗人心灵的搏动。苏东坡称此诗"忠义之气与秋色争高"①,便是一例。

这段既是对时局的评论,亦是对来日"中兴"的渴望;既是对未来战局准确的判断,亦是激扬群情的抒情文字,的确做到沈德潜所谓"议论须带情韵以行",与诗中记叙部分交辉映映,是诗的有机部分。美学家克罗齐说过:

> 诗人由于心灵的统一,不仅含有激情的材料,而且保持了这种激情并把它提高到诗人的激情(艺术激情),因此,思想家或散文家也不仅保持了这种激情并把它提高到科学的激情,而且保持了直觉的力量,由于这种力量,他的判断和围绕判断的激情,一起被表现出来,所以这些判断既有其科学特性又有其艺术特性。②

《北征》中这段议论正是"判断和围绕判断的激情,一起被表现出来",逻辑思维与形象思维在这里得以重合,所以有很浓的诗味。

作为"以气势胜"的诗化了的议论的艺术特征,是"气势飞动"。即杜甫所谓"精微穿溟滓,飞动摧霹雳"(《夜听许十一诵诗爱而有作》),"意惬关飞动,篇终接浑茫"(《寄彭州高三十五使君适虢州岑二十七长史参三十韵》)。

---

① 杨伦《杜诗镜铨》卷四眉批所引。
② [意]克罗齐《美学原理》,朱光潜译,外国文学出版社1983年版,第265页。

议论风发,总而持之,条而贯之,读来意气骏爽,就能得"飞动"之美。杜诗长篇如《自京赴奉先县咏怀五百字》《洗兵马》,连章如《有感五首》《诸将》五首,短篇如《蜀相》《八阵图》,皆是。反之,议论繁杂失统,板滞乏情,则如《文心雕龙·风骨》所云:"风骨不飞,则振采失鲜,负声无力。"试将《诸将》与白居易的《新乐府·城盐州》作一比较。白诗如陈寅恪《元白诗笺证稿》所指出,乃悉承杜《诸将》第二首之意。然而,杜诗形式上音节响亮,流转一气,与议论内容对诸将责以大义的理直气壮相和谐,形成一股飞动的气势①,诚如《杜诗镜铨》卷十三所评:"此与《有感五首》皆以议论为诗,其感愤时事处慷慨蕴藉,反覆唱叹。"这是"诗之为诗"者。白诗则以三十七句之篇幅,而无真切之见解与激情,如陈寅恪所评:"未见有当于当日之情事。"索莫乏气,缺少感发人的诗力。

饱含激情,气势飞动,此乃杜诗议论之为美者一。

二

议论的诗化过程,也就是诗人主观思想感情客观化、对象化的过程。它必然使诗化了的议论饱含个人的真情实感,是个性化了的语言,从而有着诗人自己的面目。叶燮《原诗·外篇上》指出:"作诗有性情,必有面目。"他还特别指出杜诗的面目:

> 如杜甫之诗,随举其一篇,篇举其一句,无处不可见其忧国爱君,悯时伤乱,遭颠沛而不苟,处穷约而不滥,崎岖兵戈盗贼之地,而以山川景物、友朋杯酒抒愤陶情,此杜甫之面目也。我一读之,甫之面目,跃然于前。

---

① 关于此诗的飞动之美,马茂元《晚照楼论文集》第146页有精到的论述,可参阅。

杜诗语言是高度个性化了的语言,故能使人读杜诗如见其人。这一艺术特征同样突出地体现在杜诗议论上。

首先是杜诗中的议论很准确地传递了诗人悯时伤乱、关心民病、慨身慨世的思想感情:读《遣愤》至"莫令鞭血地,再湿汉臣衣",诗人扼腕悲愤之情自见;读《昼梦》至"安得务农息战斗,普天无吏横索钱",诗人关心民病、念兹在兹之情自见;读《行官张望补稻畦水归》至"遗穗及众多,我仓戒滋蔓",诗人民胞物与、仁慈爱人之情自见;读《茅屋为秋风所破歌》,诗人己饥己溺的人道主义精神自见。这些议论是诗人思想感情的晶体,可以说画龙必点此睛,方能破壁飞去。

杜诗中的议论还直接有力地参与了抒情主人公性格的塑造。《新唐书》卷二〇一称杜甫"性褊躁傲诞"。就对达官贵人的态度而言,杜甫的确有其"褊躁"的一面。他自己就说:"畏人成小筑,褊性合幽栖。"(《畏人》)其所以"畏人",是因为"畏人嫌我真"(《暇日小园散病将种秋菜督勤耕牛兼书触目》)。"真",是杜甫最可贵的气质。他"所历厌机巧"(《赠李白》),对那些庸俗无耻的权贵深恶痛绝:"眼边无俗物,多病也身轻!"(《漫成》)在《将赴成都草堂途中有作先寄严郑公五首》中说:"新松恨不高千尺,恶竹应须斩万竿。"在《朱凤行》中说:"愿分竹实及蝼蚁,尽使鸱枭相怒号。"从这种直截痛快的议论中,我们感受了诗人的人格美。

杜诗议论的个性化,还表现在更深层、更内在的心理形象的塑造上。心理形象,即精神的形象,用语言再现,一直是诗人的重要课题。杜甫借助诗中议论的手段来表现内心世界,为我们提供了成功的经验。《凤凰台》一诗便是以"比兴"杂议论,展现了诗人丰富的内心世界:

> 我能剖心血,饮啄慰孤愁。心以当竹实,炯然无外求。血以当醴泉,岂徒比清流?所重王者瑞,敢辞微命休。坐看彩翮

长,举意八极周。自天衔瑞图,飞下十二楼。图以奉至尊,凤以垂鸿猷。再光中兴业,一洗苍生忧。深衷正为此,群盗何淹留。

《杜诗镜铨》卷七引张上若评:"亦只是杜老平生血性,奇情横溢,兴会淋漓。"的确,抒情主人公那种摩顶放踵,利天下则为之的高尚精神呼之欲出。这种比干剖腹式地掏出肺腑以示人之作,真是前无古人!

此类议论的艺术特色就在于真挚感人,善于推心置腹地再现复杂的内心矛盾。仅"安危大臣在,何必泪长流"(《去蜀》)一语,便包含着诗人既恨大臣处理国事之不力,又怨己身废置边远而不用,却又退而自宽自慰,那种愤激已极而又无可奈何的复杂心情,真是如闻如见!再如《自京赴奉先县咏怀五百字》,这一长篇自始至终议论错镂,记叙事实上起了贯串与引发作用,主要还是以议论作内心剖白,表达其深广的忧愤。开篇一段议论写矛盾的心理,首先是理想与现实的矛盾。诗人的理想是"窃比稷与契",一心要"致君尧舜上,再使风俗淳"(《奉赠韦左丞丈二十二韵》)。但现实是十年困守长安,穷愁潦倒,只落得"取笑同学翁"。这时诗人的心情是矛盾的。朝廷昏庸,政治黑暗,仕途蹭蹬,使诗人想退隐江湖。然而葵藿向太阳,"穷年忧黎元"的热肠使他不忍永诀,进退维谷。诗人想从哲理的参悟上求解脱:"顾惟蝼蚁辈,但自求其穴;胡为慕大鲸,辄拟偃溟渤。"向来注家大都认为这几句是对蝇营狗苟之辈的讽刺,其实未必然。"蝼蚁求穴"①与《庄子》所谓"鹪鹩巢林"、"偃鼠饮河"在哲理上是相通的,是"退隐"在哲学上的依据②,所以说是"以兹悟生

---

① "蝼蚁"往往被认作为人蔑视之物,但杜甫《朱凤行》偏说:"愿分竹实及蝼蚁。"其义与所谓"蚁民"相近。
② 杜甫就曾多次将自己的在野比作"鹪鹩在一枝"(《秦州杂诗》)、"飞栖假一枝"(《偶题》)。

理"①。然而,诗人内心并未取得真正的平衡,所以仍须沉饮放歌以破愁绝。这些互为矛盾、自嘲自解、一放一收的议论,深刻表现了诗人内心中理想与现实、出仕与退隐之间的矛盾冲突。这些矛盾至中间一段由于现实的激发得于展开。诗人目睹骊山上君臣荒淫废政,矛盾中"穷年忧黎元"的一面占了上风,终于发为对贫富悬殊的现实的猛烈抨击,写出"朱门酒肉臭,路有冻死骨"的千古名句。至篇末,诗人从一己之悲哀中解脱出来,升华为悲天悯人的高尚情怀,矛盾得以统一。在这里,矛盾的逻辑发展是明晰的。然而,它与记叙结成有机整体,揭示了抒情主人公内在的忧愤,塑造了这一深层的心理形象。这一形象的丰富性可与《离骚》所塑造的诗人忧愤的心理形象相媲美。

充分个性化,深入揭示诗人的内心世界,真挚感人,此乃杜诗议论之为美者二。

三

最深邃的思想既可以是哲学,也可以是诗。诗与哲学在思想的深刻性上往往造成相似的境界,即引人深思,使人在反复推求之中情感活动趋向强烈,造成华严宗所谓两镜相摄的无穷境界。在这一交接线上,单靠体裁是不易分清哪是哲学哪是诗的。所以最深刻的思想不但有哲学味,更有诗味。也就是说,主观的思想可以客体化、对象化成为审美对象,能使人产生美感。因之,巴尔扎克说:"艺术是思想的结晶。"②别林斯基说:"要想使诗句成为诗的诗句,光有流畅和铿锵的音调是不够的,光有感情也是不够的,还需要组成一切

---

① "悟"一作"惧"。"以兹惧生理"云云,则意为因慕大鲸鼓浪于大海,乃惧而从事干谒以求"立登要路津",至今引为耻而愧对巢由。其悔不退隐之意更显豁。

② 《论艺术家》,《古典文艺理论译丛》第 10 册,第 100 页。

诗的真正内容的思想。"①就这一意义上说,杜诗议论的深刻性是"诗化"的最重要因素。

然而,中国古典诗歌对语言有着高度凝炼的要求,深刻的思想在诗中也须有相应的高度凝炼的语言。中国古代诗评将这二者的完美结合称为"警策"。蔡梦弼《杜工部草堂诗话》卷一引《吕氏童蒙训》说:

> 子美诗云:"语不惊人死不休。"所谓惊人语,即警策也。

杜甫有意识地以高度准确而凝炼之语言,发深刻而含情之议论,自然能发人深省,以极大的"比重"得"警策"之美。

杜诗议论的"警策之美"首先体现在对许多社会本质问题深透的见解上。且不说名句如"朱门酒肉臭"一联,即如《有感》所云:"莫取金汤固,长令宇宙新。不过行俭德,盗贼本王臣。"不但指出维持统治的根本出路在于不断革新政治,而且比"水可以载舟,亦可以覆舟"更进一层,指出"盗贼"是统治者无休止的剥削造成的,揭示了"官迫民反"的规律。句中"长令宇宙新"这一形象,气势宏大,使人耳目一新。下两句中,"盗贼"与"王臣"这一对在封建社会中势不两立的形象,用一"本"字,便彻底沟通了。五字之间这一急剧的转化揭示了一个长期为封建伦理所埋没的社会本质问题,使人豁然大彻大悟,深得"警策"之美。

还有些深刻的议论或表现在诗人洞察时弊、深明韬略上,如《前出塞》(挽弓当挽强)。或是对生活深入的观察与理解上,如:"文章憎命达,魑魅喜人过"(《天末怀李白》),是对有才华的作家与险恶的社会环境之间不相容的关系的概括;"能事不受相促迫"(《戏题画山水图歌》),是对艺术规律的总结;"江山如有待,花柳更无私"

---

① 转引自《美学论丛》第 2 集,第 143 页。

（《后游》），是对自然景物所蕴含的"理趣"的显示……此类议论的艺术特色，前人颇多精辟的见解，此不赘。

以高度凝炼的语言表达深刻的思想，发人深省，此乃杜诗议论之为美者三。

诗中议论是否有其独立意义的艺术价值？从上述杜诗议论成功的经验看，回答是肯定的。问题只在于，诗中议论必须是诗化了的议论。杜诗以其海涵地负无往而非诗的丰富性，为我们提供了有关的成功的经验，是一笔宝贵的遗产。在现代化的社会中，人的主观能动性愈来愈受重视，它要求诗歌在更大程度与范围内对纷至沓来的事物进行议论，这是不可回避的事实。杜诗中议论诗化的成功经验当可为新诗人提供有益的借鉴。

（原载《文史哲》1986 年第 4 期）

杜诗情感意象的一种构图方式

古往今来许多艺术家，创造了一些在图上看似并无矛盾而实际上是不可能的图形，如荷兰版画家 M.C.埃夏"瞭望塔"，画中连接两层建筑物的一根柱子，同时又是错开的。下面这个图形也是"不可能图形"：

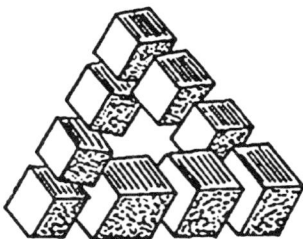

这种"不可能图形"闪烁着人类的创造精神。我们感兴趣的是，这种图形还隐藏在诗里。清人叶燮的《原诗》就曾经明确无误地指出，杜甫诗中有些创境属不可能图形。如"碧瓦初寒外"（《冬日洛城北谒玄元皇帝庙》），无象无形的"初寒"如何才是在有形有质的碧瓦之"外"？诚如叶氏所说：

> 昔人云：王维诗中有画。凡诗可画者，为诗家能事，如风云雨雪景象之至虚者，画家无不可绘之于笔。若初寒，内外之景色，即董、巨复生，恐也束手搁笔矣。（《原诗·内篇下》）

　　这就是诗中的"不可能图形"。就画而言之,"初寒"如何分内外?"碧瓦"又如何才能在初寒之"外"?但就感受而言,却是可能的。仰视巍巍玄元寺,觉得碧瓦之高已超然乎充塞于天地人间之寒气,则非"外"字不可。它将作者对高华壮丽的玄元寺的感受,借碧瓦之实体传达给读者,是所谓"呈于象,感于目,会于心"者。再如杜诗名句:"星临万户动,月傍九霄多。"(《春宿左省》)月或有言圆缺,言升沉,言高下,未有言多少者。"今日多,不知月本来多乎?抑傍九霄而始多乎?不知月多乎?月所照之境多乎?"(《原诗·内篇下》)事实上这个"多"字只是感受,是杜甫为拾遗值班忧国事不能寐时看月的独特感受,只有"多"字才足以表达他复杂的心绪。又《船下夔州郭宿雨湿不得上岸》有云:"晨钟云外湿。"钟声无形安能湿?钟声又如何辨其湿?又《晚秋陪严郑公摩诃池泛舟》有句云:"高城秋自落。""秋"如何落?从何而落?叶氏赞叹不已:"所谓言语道断,思维路绝。然其中之理,至虚而实,至渺而近,灼然心目之间,殆如鸢飞鱼跃之昭著也。"(《原诗·内篇下》)叶氏接触到的是一个精神形象的再现问题,是古老的"言意之辩"。用语言表达内心世界,也就是寻求对不可表达之物的表达。我们的先人早就意识到,要表现精神就必须借助于形象,是所谓"尽意莫若象"。因为与精神形象相对等的客观世界的形象可以通过暗示,引起联想,发生感应,最大限度地逼近直接视觉,使精神形象得以化虚为实。因此,诗歌语言极力追摹图画的视觉效果,用语言塑造"象",并组成画面,以达到表现内心世界——"情志"的目的。就复杂的内心世界再现的难度而言,真是"言语道断,思维路绝",但借助成功的形象的直接呈露,却可以使之"至虚而实,至渺而近",甚至如鸢飞鱼跃一般,活泼泼地就在眼前。试读杜甫《江汉》诗:

　　片帆天共远,永夜月同孤。落日心犹壮,秋风病欲苏。①

云远月孤、秋风落日组成奇异的共时的阔大而又萧瑟的场景,与杜甫晚年力困身衰却又壮心不已的境况相感应,融而为一。虽仿佛可见,却又不可勾画。至如"天地日流血"(《岁暮》)、"帝乡愁绪外,春色泪痕边"(《泛舟送魏十八仓曹还京》)、"春风入鼓鼙"(《春日梓州登楼》二首)等,都是"至虚而实,至渺而近",成功地创构了诗中的"不可能图形"。叶燮《原诗》将这种表达方法归结为:

　　　　唯不可名言之理,不可施见之事,不可径达之情,则幽渺以为理,想象以为事,惝恍以为情,方为理至、事至、情至之语。必有不可言之理,不可述之事,遇之于欲会意象之表,而理与事无不灿然于前者也。

"想象以为事"与"默会意象之表"二事,尤需拈出。钱锺书认为:"诗也者,有象之言,依象以成言;舍象忘言,是无诗矣。"(《管锥编》页12)诗之形象是诗人自筑之巢,是诗人情之所归,"歌斯哭斯、聚骨肉之家室也"。从某种意义上说,诗是想象力的竞赛,创构新意象,让意味与诗的形式得到最完美的化合,乃是诗人神圣的使命。作为"诗圣"的杜甫,其不朽之功能不在此乎?"他人共见之而不能知不能言,惟甫见而知之,而能言之。"叶氏能发明杜甫"想象以为事"、"默会意象之表"的创作方法,实在是杜诗功臣。
　　杜甫对艺术意象的创构是自觉的。清人徐增《而庵诗话》称:

_____

①　"秋风病欲苏",或将"苏"解释作"康复",似未妥。参杜诗《秋清》云"高秋苏病气",《秋峡》云"肺气久衰翁",乃知"苏"者(病)复甚也。如此方与上句心壮而奈何日落相应,不敢言必,谨记于此。落日,象征暮年,但于此仍可作景物看。或云日月并见,盖诗不取一时可也。

> 论诗者以为杜甫不成句者多;乃知子美之法失久矣。子美诗有句、有读,一句中有二、三读者;其不成句处,正是其极得意之处也。

如果我们不拘于只从句读来理解这段话,那么"不成句处"杜自觉是"极得意处",正是杜甫对诗要有诗自家特有的句法的自觉追求。对于迷恋既成事物的人来说,是不可理解的。杜诗"香稻啄余鹦鹉粒"(《秋兴》八首)一联竟至千古聚讼,甚至有认为"简直不通"、"全无文学价值"者。而为杜辩者则云是"倒装句法",是"语序颠倒"以便使读者在弄清其含义时心理上多一层阻力,产生"劲力"云。事实上仍是以惯常语法秩序做尺度。然而安知杜甫极得意处不在此? 如此方合乎自己的感受。唐人对汉字的视觉效果似有直觉。殷璠《河岳英灵集》已明确地以"兴象"取代传统的"比兴",强调象与情志间的感发作用①。杜甫诗中语序多"以意为之",正是对形象思维的极力追摹。

青——惜峰峦过,黄——知橘柚来。(《放船》)

由第一眼的印象到引起感受的情绪再到理性判断,秩序井然,不正是"意识流"所追求的效果? 试看"经心石镜月,到面雪山风"(《春日江村》五首)这样的语序,难道不是惟妙惟肖地绘制出诗人因感受的强烈才引起对事物的关注的思维轨迹? 杜甫善用汉字的视觉性恰恰就表现在他似乎不经心地将这些客观上无序的共时的画面组合成有序的诗的语法,从而精确地表达了自己的感受,并尽量减少耗散地传递给读者:

---

① 参看拙作《释"神来、气来、情来"说》,《古代文学理论研究》第 11 辑(收入本《文集》第六册)。

　　桃花细逐杨花落，黄鸟时兼白鸟飞。(《曲江对酒》)

在自然界，桃花、杨花本是错杂飘落，而黄鸟、白鸟也无所谓谁伴谁
飞，就像斑马无所谓白底黑纹还是黑底白纹。现在经杜甫组织入
诗，"逐"、"兼"二字化无序为有序，而人情便在其中：衬出下联"纵
饮久判人共弃，懒朝真与世相违"那种人弃世违的社会现象在自己
心中引起的反应。就本质上说，这种与情志结合而成的景物仍是
"不可能图形"。杜甫将景物与情志紧密结合，有时达到"化合"的
程度。如上文所举"鹦鹉粒"、"凤凰枝"便是。萧涤非师曾在《杜甫
研究》中指出，此联"并不是什么倒装句"，而是"以名词作形容词
用"①。又如《秋尽》云："篱边老却陶潜菊，江上徒逢袁绍杯。""陶潜
菊"为何物？是"陶潜"与"菊"化合而成的一个艺术世界里的"新品
种"。同类尚有"天寒邵伯树"(《巴山》)、"厌就成都卜，休为吏部
眠"(《游子》)等。如果说，这些"以名词作形容词用"的意象还只是
镀金似地将典故附着在形象之上；那么，如"天畔登楼眼，随风入故
园"(《春日梓州登楼》二首)、"画图省识春风面"(《咏怀古迹》五
首)、"岸风翻夕浪"(《泊岳阳城下》)之类，则不只是"镀金"，而是
"登楼"与"眼"、"春风"与"面"、"岸"与"风"、"夕"与"浪"的"合
金"。至如"影著啼猿树"(《第五弟丰独在江左》)、"听猿实下三声
泪"(《秋兴》八首)、"清江锦石伤心丽"(《滕王亭子》)之类，竟是情
与景的"有机化合物"了。"影著啼猿树"，固然可释为：身羁峡内，
每依于峡间之树，而峡间之树多著啼猿。但如此分解，则"啼猿树"
之意味又何在哉！"听猿实下三声泪"，也可理顺句法为："听猿三
声实下泪"，而去"三声泪"那声色并作之意味又何其太远！"伤心
丽"三字更如混沌不可凿一般，是"壮丽"、"华丽"、"清丽"……诸多
"丽"之外的又一新品种，是诗人独特感受与"清江锦石"化生而成

---

① 萧涤非《杜甫研究》，齐鲁书社 1980 年版，第 105 页。

的一个独立的新生命！这正应着苏珊·朗格所说的：艺术的形式"它并不把欣赏者带往超出了它自身之外的意义中去,如果它们表现的意味离开了表现这种意味的感性的或诗的形式。这种意味就无法被我们掌握"①。这种新意象,电影中的叠印镜头犹不足喻之,它是乐谱中的和声,佳肴中的色、香、味。

杜诗为我们提供了一种情感意象的创构方式。西格蒙特·弗洛伊德曾在《诗人与幻想》一文中劝告我们要"从对幻想的研究入手来考察诗的选材问题"②。我听从这一劝告,由此角度思考,更觉得杜诗中的"不可能图形"应有其更广泛的意义。试读"瓢弃樽无绿,炉存火似红"（《对雪》）,"翠华想象空山里,玉殿虚无野寺中"（《咏怀古迹》五首）,"织女机丝虚夜月,石鲸鳞甲动秋风"（《秋兴》八首）,这些幻觉图像又如何能画得出？诚如弗洛伊德所言："诗人也像做游戏的儿童一样在做同样的事儿,他创造出一个幻想世界,并十分严肃认真地去创造。"③诗人用现实的材料重建一个虚幻的艺术空间,将属于自我世界里的东西置诸一个为他所喜爱的结构中——犹如庄子欲置大树于"无何有之乡"——且把满腔热情注入这一空间。下面二例颇能说明问题：

月　　夜

令夜鄜州月,闺中只独看。遥怜小儿女,未解忆长安。香雾云鬟湿,清辉玉臂寒。何时倚虚幌,双照泪痕干。

闻官军收河南河北

剑外忽传收蓟北,初闻涕泪满衣裳。却看妻子愁何在,漫卷诗书喜欲狂。白日放歌须纵酒,青春作伴好还乡。即从巴峡

---

① ［美］苏珊·朗格《艺术问题》,滕守尧译,中国社会科学出版社1983年版,第128页。
② 中国社会科学院美学研究室编《美学译文》第3辑,中国社会科学出版社1984年版,第336页。
③ 同上。

穿巫峡,便下襄阳向洛阳。

浦起龙《读杜心解》笺《月夜》云:"心已驰神到彼,诗从对面飞来。"的确,"香雾"一联作实景读,不过常语耳;但作为"对面飞来"的想象之辞,其由情感幻化出的视觉画面,愈是逼真愈能衬托出诗人的情深意笃。《闻官军收河南河北》"题事只一句,余俱写情"(浦氏语),后半首归乡历程尽在想象之中。如作真记事读,尾联连置四地名,未免有按着地图记流水账之嫌,但作为神驰归途语读,自然急转直下不知手之舞之足之蹈之,欢快之情在幻境中活现。

请再广而言之。艾略特曾以氧与二氧化硫化合成硫酸为例,说:"这个化合作用只有在加上白金的时候才会发生;然而新化合物中却并不含有一点儿白金。诗人的心灵就是一条白金丝。它可以部分地或全部地在诗人本身的经验上起作用。"又说:"诗人的心灵实在是一种贮藏器,收藏着无数种感觉、词句、意象,搁在那儿,直等到能组合成新化合物的各分子到齐了。"①依照我的理解,诗人是以自己独特的感受去点化那些收藏于胸中的各种感觉、词句、意象,从而化合为一种区别于非艺术经验的新的带有普遍性的经验,并传达给读者。就上述杜诗的创作实践看,艾略特对创作规律的概括不为无见。东西方文心往往有相通之处。清人王夫之《薑斋诗话》有云:

> 意犹帅也,无帅之兵谓之乌合。李、杜所以称大家者,无意之诗,十不得一二也。烟云泉石,花鸟苔林,金铺锦帐,寓意则灵。

"寓意则灵"与艾略特"白金丝"的作用相去不远。王氏又云:

---

① ［英］托·斯·艾略特《传统与个人才能》,卞之琳译,收入《艾略特诗学文集》,国际文化出版公司1989年版。

> 情景名为二，而实不可离。神于诗者妙合无垠，巧者则有情中景，景中情。景中情者，如"长安一片月"，自然是孤凄忆远之情；"影静千官里"，自然是喜达行在之情。情中景尤难曲写，如"诗成珠玉在挥毫"，写出才人瀚墨淋漓、自心欣赏之景。

王氏似乎已直觉到情与景的化合，而所谓"情中景"已接触到艺术幻象的产生。挥毫成诗的才情所产生的"珠玉"这一意象，已不是客观世界的珠玉，而是情感的具象，当归入"不可能图形"之列。这便是王氏所谓"含情而能达，会景而生心，体物而得神，则自有灵通之句，参化工之妙"。他又举例说："情语能以转折为含蓄者，唯杜陵居胜。'清渭无情极，愁时独向东'、'柔橹轻鸥外，含悽觉汝贤'之类是也。"王氏已意识到作为诗人主观倾向性的"意"，能使物"灵"，也就是能创造出一个属于诗人独有之新情景。如果将王夫之此论与上引叶燮的诗论合看，那么我们说中国古代的诗论家已经觉察到诗人用诗的语言能创造艺术幻象应不为过。而且，上引材料都把例证集中在杜诗也决非偶合，它说明杜诗在这方面至少是个典型。

我们说"艺术幻象"，并不仅仅是杜牧曾阐发过的李贺那种荒国侈殿牛鬼蛇神式的幻觉世界。作为一代诗史的杜甫，更多地以心理的方式重新编织从个人生活经验中蒸馏出的细节，经诗人主观感情的点化，以自己独特的用词、语句、意象、结构，再造一个全新的感觉世界。试以杜甫《登楼》为例：

> 花近高楼伤客心，万方多难此登临。锦江春色来天地，玉垒浮云变古今。北极朝廷终不改，西山寇盗莫相侵。可怜后主还祠庙，日暮聊为梁甫吟。

诗写的是登楼寓目所感，但只有颔联是写寓目所见之景色。如果再仔细看,则只有"锦江春色"、"玉垒浮云"两个断片才是实景,而与之连缀的"来天地"、"变古今"是想象语耳。浦起龙以"形"、"影"为喻来说明实景与心象之间的关系,颇得诗心。抄一段在下面:

> "花近高楼",春满眼也。"伤客心",寇警山外也。只七字,函盖通篇。次句申说醒亮,三从"花近楼"出,四从"伤客心"出,五从"春来天地"出,六从"云变古今"出。论眼内,则三、四实,五、六虚。论心事,则三、四影,五、六形也。(《读杜心解》卷四之一)

诗人登楼所见本是春满眼;但因"万方多难",心事重重,故山水也寓情思。第三句从"花近楼"生出,第四句从"伤客心"生出,说的是诗人具象化的手段:因花近楼,故注目于锦江春,进而感知天地皆春,因勾起心事重重,故望玉垒浮云,能想象古今万事之多变。又由此"变"字引出心事来,自信朝廷如北极终不可变易,现在屡犯边的"西山寇盗"是成不了气候的。然而诗人从"玉垒浮云"中已悟及"古今"之"变"是常理,正托出惟恐朝廷倾覆之心理。所以浦氏以为"论心事,则三、四影,五、六形也"。也就是说,锦江、玉垒的景色是从朝廷、盗寇的心事中化生出的意象。溢出视野的"来天地"之春色,与穿透历史的"变古今"之浮云,咸属"不可能图形"。宋人叶梦得《石林诗话》卷下曾将此联与韩愈"将军旧压三司贵,相国新兼五等崇"相比较,认为韩联"非不壮也,然意亦尽于此矣"。问题就在于韩联只是事实的陈述,杜联是艺术幻象的创构。至如"北极朝廷终不改"一句,"北极"与"朝廷"在"终不改"的心理作用下,也成为相吸引的两磁铁,平列在一起,毋需黏合剂而自然黏合。诗人心理在结构中所起的贯串、编织、点化的作用不言而喻。

　　然而,诗中意象并非仅仅处于被动的被编织的地位,它们之间会相互作用,幻化出无穷的意味。试读胡应麟誉为"古今七言律第一"的杜甫名篇《登高》：

> 风急天高猿啸哀，渚清沙白鸟飞回。无边落木萧萧下，不尽长江滚滚来。万里悲秋常作客，百年多病独登台。艰难苦恨繁霜鬓，潦倒新停浊酒杯。

"万里"一联含九层意思（或云他乡作客一可悲，经常作客二可悲，万里作客三可悲，况当秋风萧瑟四可悲，登台易生悲愁五可悲，亲朋凋零独去登台六可悲，扶病而登七可悲，此病常来八可悲，人生不过百年，在病愁中过却，九可悲），且不觉堆垛，历来为论者所推许。但尤需发明的是，这九层意思是来自万里、悲秋、作客、百年、多病、独、登台诸多意象的交错组合，示意图如下：

如图所示，各种意象互相组合，你中有我，我中有你，如镜镜相摄的"华严境界"，意味叠出。甚至整首诗中风急、天高、渚清、沙白、猿啸、鸟飞、萧萧落木、滚滚长江……互为斗拱，有序而无序；交织共时，一目而尽收眼底，是秋的和弦，是秋的场景，是秋的气息。诸相如演员各各俱有个性，又都染上诗人的情绪，合力演活一出"群英会"。至此，诗中秋景已非夔州实景，而是"离形得似"的艺术幻境，是读者毋需亲临夔州即可感受到的一个秋景；诗中的悲秋之情也不仅仅是杜甫个人独有的情绪，而是从个人生活经验中提取的具有普遍性的审美经验，也就是经特定方式组合而成的一种感人形式，即克莱夫·贝尔所谓的"有意味的形式"。叶嘉莹称杜甫这种点化功夫为"写现实而超越现实"①，而此种情感意象的成功创构，首推《秋兴》八首。

"八首是一首"的组诗《秋兴》八首，其气势、规模、变化、境界之大，在七律中罕有其匹。它是杜甫晚年创新之作，以现实与想象交错的秋声月影写尽怀乡恋阙之情、慨往伤今之意。诚如明人唐元竑《杜诗捃》所云，其"抽绪似《骚》"，是"空中彩绘，水面云霞"，有"神光离合之妙"（翁方纲语）。对此种"写现实而超越现实"的点化功夫做一番探讨，无疑是有意义的。

清人卢元昌《杜诗阐》认为八首"前三章以夔府为主"，"后五章以长安为主"。而前后遥映，以见今昔之悲。的确，孤城落日，独卧秋江，看石上藤萝、塞上风云，听白帝寒砧、粉堞悲笳，能不思青琐朝班、花萼御气，忆拾翠佳人、同舟仙侣？然而，正是今昔风物经"回忆"的筛选，将往日或曾有过的美好事物孤立起来，而芟除现实中并存过的其他事物，使昔日长安与现实隔断，成为艺术的幻象。不难考知，杜甫在长安十载不乏"朝扣富儿门，暮随肥马尘。残杯与冷炙，到处潜悲辛"（《奉赠韦左丞丈二十二韵》）的日子，但在《秋兴》八首中浮现出的，只剩下蓬莱云日、霄汉金茎之类经"滤色镜"处理过的色彩鲜丽的意象。对这些中选的长安旧时风物，杜甫还要进一步寓之以"意"，使之"灵"。如"蓬莱宫阙对南山，承露金茎霄汉间，西望瑶池降王母，东来紫气满函关"（其五）。将长安宫阙镀上一层神话的"金"，使之恍若仙境而浮离现实。再如"花萼夹城通御气，芙蓉小苑入边愁，珠帘绣柱围黄鹄，锦缆牙樯起白鸥"（其六），在曲江楼苑中渗入作者盛衰之变的感慨，是浦起龙《读杜心解》所谓"总是一片身亲意想之神"。至如"织女机丝虚夜月，石鲸鳞甲动秋风"，"红豆啄余鹦鹉粒，碧梧栖老凤凰枝"，已见上文分析，兹不赘。

---

① 叶嘉莹《杜甫〈秋兴八首〉集说·代序》，上海古籍出版社1988年版，第58页。

而这些意象与前几首的清秋燕子、两开丛菊诸意象又交互辉映,由诗人恋阙怀乡、慨古伤今之心理编织出一个比《登高》远为复杂斑斓的锦绣,展示了杜甫高超的情感意象的构图技巧。

（原载《文艺理论研究》1992 年第 1 期）

杜律：生命的形式

一

陈寅恪《读哀江南赋》有云：

> 兰成作赋,用古典以述今事。古事今情,虽不同物,若于异中求同,同中见异,融会异同,混合古今,别造一同异俱冥、今古合流之幻觉,斯实文章之绝诣,而作者之能事也。[①]

陈氏乃历史学大家,却深识文学之特质,寥寥数语,揭示了文学乃以古事今情别造艺术幻境之手段。以此解读杜甫的律诗,尤易入。

杜甫《遣忧》云：

> 乱离知又甚,消息苦难真。受谏无今日,临危忆古人。纷纷乘白马,攘攘著黄巾。隋氏留宫室,焚烧何太频。

通篇以古事叙今情,"白马"指南朝作乱之侯景事,"黄巾"指后汉张角起义事,加上隋宫之焚,是古今时空的再造。也就是说,从纷

---

① 陈寅恪《金明馆丛稿初编》,上海古籍出版社 1980 年版,第 209 页。

乱的往事的回忆中,我们依稀"看到"当时吐蕃入侵长安、唐帝仓猝出逃的情景。然而,这决非纪实,其中根本没有一点点实景的描写,仅仅是我们置身往事的联想,是"经验"的再现。它既不是往事的实指,也非眼下的场景,它只是用虚幻的经验重构的幻境。只有一样是实实在在可感受到的,那就是诗人当时沉痛的情感,在"临危忆古人"的屏幕中呈现。

再如五律《滕王亭子》:

> 寂寞春山路,君王不复行。古墙犹竹色,虚阁自松声。乌雀荒村暮,云霞过客情。尚思歌吹入,千骑拥霓旌。

古墙虚阁,竹色松声,是眼前景,但末句于极荒寂中忽见千骑歌吹,由实入虚,古今时空交错,造成艺术幻境,而"过客"向往昔日太平繁华、伤今战乱频仍之情沁入人心。杜律的这种表现手法与其古体诗中的表现手法有明显不同。萧涤非先生曾指出:"在反映人民生活和一般社会状况方面,他,几乎没有例外的一概使用伸缩性较大、便于铺叙描写的古体诗……至于个人(比较的说)的抒情,则大都用律诗。"[①]杜甫曾自称"忆在潼关诗兴多"(《览物》),入蜀以前,杜甫精力主要集中在及时反映社会生活,创作出《兵车行》、"三吏"、"三别"等杰作。入蜀后,由于偏在一隅,远离中原那火热的政治中心,生活也较安定,所以颇倾心于形式的讲究,自称"晚节渐于诗律细"(《遣闷戏呈路十九曹长》),写下大量的律诗[②]。不妨说,杜甫后期致力于抒情诗形式的研究,力图创造诗歌独特的语言,表现诗歌独特的境界。古今时空交错,"别造一同异俱冥、今古合流之幻觉",便是杜甫基于对优秀的文学传统的理解,并引入律诗创作的一

---

① 萧涤非《杜甫研究》,齐鲁书社 1980 年版,第 88 页。
② 莫砺锋《杜甫评传》,南京大学出版社 1993 年版,第 235 页。书中据《读杜心解》统计,杜甫入蜀前有五律 154 首,入蜀后则增至 476 首;七律入蜀前 24 首,入蜀后 127 首。

个重要的创造。杜甫这一良苦用心并不是人人都能理解的。徐增《而庵诗话》云：

> 论诗者以为杜甫不成句者多，乃知子美之法失之久矣。子美诗有句、有读，一句中有二、三读者，其不成句处，正是其极得意之处也。

将杜子美"极得意之处"认作"不成句"的显例是"香稻啄余鹦鹉粒，碧梧栖老凤凰枝"（《秋兴》八首其八）一联。有人认为此联"简直不通"，为之辩者，或云"倒装句法"，或云"语序颠倒"，或云"倒剔"，都仍然以惯常的语法秩序做尺度，于杜甫别造诗家语言之良苦用心尚未会意焉。南宋赵次公反对"倒装"说，云：

> 若杜公诗则不然，特纪其旧游渼陂之所见，尚余红稻在地，乃宫中所供鹦鹉之余粒。又观所种之梧，年深即老却凤凰所栖之枝。既以红稻、碧梧为主，则句法不得不然也。①

此说为后来"举鹦鹉、凤凰以形容香稻、碧梧之美"一说张本。《读杜心解》则进一步说：

> "鹦鹉粒"即是"红豆"；"凤凰枝"即是"碧梧"。犹饲鹤则云"鹤料"，巢燕则云"燕泥"耳。

浦解将主宾更紧密地给合成一个"合成词"，虽然有的学者"嫌庸俗呆滞"②，但不能不承认浦解触及了杜诗语言一个特色：将景物与情志"化合"为一个有机的意象。萧涤非先生在《杜甫研究》中曾

---

① 拙辑《杜诗赵次公先后解辑校》戊帙卷九，上海古籍出版社 1994 年版，第 1145 页。
② 叶嘉莹《杜甫〈秋兴八首〉集说》，上海古籍出版社 1988 年版，第 516 页。

指出杜诗"有以名词作形容词用的"，如：

> 篱边老却陶潜菊，江上徒逢袁绍杯。(《秋尽》)

"香稻"联与此相类似，"不是什么倒装句"①。还可以举一些例子："天寒邵伯树"(《巴山》)；"厌就成都卜，休为吏部眠"(《游子》)；"春风回首仲宣楼"(《将赴荆南寄别李剑州》)；"杜酒偏劳劝，张梨不外求"(《题张氏隐居》)；"池要山简马，月静庾公楼"(《秋日寄题郑监湖上亭》)；"看君宜著王乔履"(《七月一日题终明府水楼》)；"卜筑应同蒋诩径，为园须似邵平瓜"(《舍弟观赴蓝田取妻子……》)等等。其中一些"以名词做形容词"的效果便是造成古今时空的交错。如"池要山简马，月静庾公楼"一联，马乃今日之马，楼乃今日之楼，却冠之以古人山简之马、庾公之楼。《读杜心解》于《秋日寄题郑监湖上亭》三首题下笺云：

> 湖亭在江陵，公尚未到，故之诗全不实写亭景，都就宾朋文宴上结想，以致即欲出峡之情，直作一封尺牍看。

诗其一录如下：

> 碧草违春意，沅湘万里秋。池要山简马，月静庾公楼。磨灭余篇翰，平生一钓舟。高唐寒浪减，仿佛识昭丘。

原来只是想象之中的幻境：主如庾公之雅兴，客如山简之风流。它只是经验材料的再组织，"别造一同异俱冥、今古合流之幻觉"，郑监湖亭浮现出栩栩如生的宾主相得的场景，而诗人出峡之情

---

① 萧涤非《杜甫研究》，齐鲁书社 1980 年版，第 105 页。

也就具有了血肉。于是乎"山简马"、"庾公楼"也就不仅仅是"名词做形容词用"的语法现象,而是诗人独自的创构。这种有生命的"合成词"还可以推而广之,如"天畔登楼眼,随春入故园"(《春日梓州登楼》二首),"画图省识春风面"(《咏怀古迹》五首),"清江锦石伤心丽"(《滕王亭子》),"影著啼猿树"(《第五弟丰独在江左》),云云。何谓"登楼眼"?有人评"思妇楼头柳"云:"除却楼头不是柳。""思妇"与"楼头柳"已经长在一起,成了"连体儿"了。"登楼眼"亦如是。再如"影著啼猿树",是杜甫身羁峡内,日依峡间之树,日闻树上之啼猿,身影已如同达摩面壁而影著石里一样,"影著啼猿树"五字断断不可分离,是杜甫思乡之心与啼猿峡树的有机结合。"清江锦石"之丽,也同样著上杜甫的"伤心"而不可磨灭。至如"乾坤万里眼,时序百年心"(《春日江村》五首),不但"万里眼"、"百年心"各成有机整体,便是此十字,也断断不可分离,血脉一贯也。

二

以上云云,关涉到诗歌语言的情感性质。诗歌语言与作为推理性符号的普通语言不同,乃在于诗人用语言材料创造"意象",是"一种诉诸于直觉的意象,一种充满了情感、生命和富有个性的意象,一种诉诸于感受的活的东西"[①]。杜诗语言典型地体现了这一特质。

在杜甫的律诗中,语法往往要服务于感受。如:"春水船如天上坐,老年花似雾中看。"(《小寒食舟中作》)此句或出自沈佺期《钓竿篇》:"人疑天上坐,鱼似镜中悬。"但沈诗是以此形容水之清空,杜诗却重在人的主观感受。"人疑天上坐"与普通语法并无相悖之处,而

---

① ［美］苏珊·朗格《艺术问题》,滕守尧等译,中国社会科学出版社1983年版,第134页。着重号为引者所加。

"春水、船、如天上坐"，全句应为"春水之上乘舟，有如天上坐"，杜甫借助一联之间的对应，让语法比较正常的下联"老年（时）花似雾中看"带出上联"春水"/"船"/"如天上坐"之间的语法关系。于是春水荡漾中乘舟的恍惚与老年时看花之朦胧的感受便有了一致性。再如《避地》有云："诗书遂墙壁，奴仆且旄旌。"这在普通语言中是"不通"的。此联在该用动词的地方却用了关联词，这并非语法的需要，而是为了精确地传达诗人的感受：在战乱中斯文扫地，诗书只好藏入墙壁间，而武夫则得志，连奴仆也因战功而树起旄旌！遂，不得已也；且，见诗人之蔑视与不平也。"诗书"与"墙壁"之间，"奴仆"与"旄旌"之间不是靠语法胶粘起来，而是拱桥似的靠意象块与意象块之间对抗的张力贴紧的。还可举个例子，如："日月笼中鸟，乾坤水上萍。"（《衡州送李大夫七丈勉赴广州》）《读杜心解》笺曰："日月，至动也，自留滞者值之，觉年年坐困；乾坤，至常也，自流离者处之，觉在无根。"（卷三之六）其实不必如此周折费神，读者从"日月"与"笼中鸟"，"乾坤"与"水上萍"之间的极不相称，便可直觉到作者内心的郁闷。同类如"乾坤一腐儒"、"白发千茎雪"云云，已是杜诗中常见的"语法"了。

杜律"语法"总是将强烈的印象放在凸出的位置。如"乱石闭门高"（《崔驸马山亭宴集》），乱石高耸，中间插入"闭门"，并非乱石因闭门方高耸，而是为了突出惊异的感受：在此门内竟有如此高耸之乱石，不易藏者竟然能藏之，乃见崔驸马山亭园林之大、之深。再如"碧色动柴门"（《春水》），不言春水流经门外，光影摇曳于柴扉之上，却将感官所得最强烈之印象——"碧色"，直接凸现出来，成为"动"的主体。同样手法还可举"天地日流血"（《岁暮》），因"安史之乱"祸害深广，军队、百姓到处在流血与死亡，便直呼"天地流血"，战乱之酷烈给人直观的强烈印象。如果说这是用"部分取代全体"，或"全体取代部分"，尚有"理"可循，那么"客愁连蟋蟀"（《官亭夕坐戏简颜十少府》）就近乎"不可理喻"了。《诗经·七月》云："七月在野,八月在宇,九月在户,十月蟋蟀入我床下。"随着节令的变换,蟋蟀由外迁内以避寒气,所以赵次公注云:"蟋蟀字,见于《毛诗·七月篇》,以为岁候。"①然而,蟋蟀不只是岁候的象征,它的形象让我们记起"吟蛩"这一别称,它在寒风中的鸣叫声使"客愁连蟋蟀"成为可能。同样,"烽火连三月"(《春望》)以实连虚,造成时空的混一,给人奇特的感觉。黄鹤注云:"三月"指季春三月;浦起龙则驳云:"但如此则不成句法矣。"浦氏"考史"后认定:"此云'连三月'者,谓连逢两个三月。"此注只能证明此公尚未彻悟此句杜诗。"烽火"属空间,"三月"属时间,之所以能"连"而"成句法",是因为它不是客观世界之反映,而是诗人心灵世界之表现。它与"江春入旧年"(王湾《次北固山下》)同属诗家特有的"句法",是诗人的感受,是时空在心灵中的通感。这种特殊的"句法"充分表明了杜甫对艺术意象的创构是自觉的,是有意创造虚幻的艺术意境。如"春风入鼓鞞"(《春日梓州登楼》二首),如"高城秋自落"(《晚秋陪严郑公摩诃池泛舟》),如"月傍九霄多"(《春宿左省》),如"帝乡愁绪外,春色泪痕边"(《泛舟送魏十八仓曹还京》)等,都是"不可言之理,不可述之事,遇之于默会意象之表,而理与事无不灿然于前者也"(叶燮《原诗》)②。这也就是杜诗语言的情感性质:诉诸直觉,诉诸感受。

与杜诗语言的情感性质相配套的是:以形象代替概念、推理、判断。如:"万事已黄发,残生随白鸥。"(《去蜀》)万事如何?"已黄发。"残生又如何?"随白鸥。"这种禅林公案式的答非所问,正是杜诗意味深长之处。从"黄发"的形象中读者自悟出"万事已休"的断语,从"白鸥"的形象中读者亦自悟出"残生无着落"的断语。再如"肺病几时朝日边"(《十二月一日三首》),上句虽有"明光起草人所羡"的向往,但这"肺病"二字,已否决了"几时朝日边"的打算。而

① 拙辑《杜诗赵次公先后解辑校》,上海古籍出版社 1994 年版,第 1309 页。
② 参看拙作《杜诗情感意象的一种构图方式》,《文艺理论研究》1992 年第 1 期(收入本《文集》第一册)。

这些"推理"是从诗人提供的形象中读者自家得来，作者可没说。又"路经滟滪双蓬鬓"（《将赴荆南寄别李剑州》），则旅途之艰辛可知，"双蓬鬓"的形象饱含了游子的辛酸。诗人另有"身世双蓬鬓，乾坤一草亭"句（《暮春题瀼西新赁草屋》），密集的意象间没一个动词，不下半句判断语，只让意象之间靠张力互相支撑，在对称中形成反差，互相补明了意义。至如"勋业频看镜，行藏独倚楼"（《江上》），极见含蓄，以"频看镜"的具体动作暗示书生老去功业无成的焦虑之情，以"独倚楼"的具体行为显示内心的寂寞与无奈。从这些富有个性的"句法"中，我们似乎感触到杜甫律诗有自家的"逻辑"，有自家的"秩序"。

三

杜律有自家的"逻辑"与"秩序"，那就是以情感生命起伏为起伏，极力追摹生命的节奏，让诗的形式之律动与人的内在生命之律动取得同步合拍，并由此焕发出诗美。

先来看看律诗形式自身的律动。字词与音节同步的关系是汉语的特点，所以两句诗之间要整齐对称是容易的。《诗经》中已有这样的对句："鳣鲔发发，葭菼揭揭。"六朝"四声"的发现，使诗人们掌握了汉语声调变化的规律。唐人律诗便是利用对偶与声调的两大规律，让修辞对称之美与声调变化之美结合起来，在一联中既整齐又富有变化，形成和而不同的美感。试读下面两组诗句：

丈夫志四海，万里犹比邻。恩爱苟不亏，在远分日亲。（曹植《赠白马王彪》）

海内存知己，天涯若比邻。（王勃《杜少府之任蜀州》）

　　两组诗内容大体相同,但表达方式不同。曹诗比较散,王诗高度集中,并形成对称。"天涯"与"海内"构成巨大的空间,推开距离;"知己"与"比邻"又拉回来,贴得很近。十字之间形成的跌宕似河水几步间跌落为瀑布,具有冲击力。从声调上看,曹植平仄交替不整齐,读起来较生涩,增强了"散"的感觉;王诗则"仄仄平平仄,平平仄仄平",平仄在同句形成交替,对句间形成相反的镜像似的对应。可以说王诗借助格律将曹诗原有的意思表达得更明朗,更紧凑,且流畅有气势。这就是律诗形式潜在的美学功能。杜甫巧妙地利用了这些功能,并借助其律动追摹心理的律动、情感的律动,由此将浓烈的情感注入格律之中,使之成为有生命的美的形式。

　　在森严的格律中从容地进行心理刻画,应是老杜首创。"仰面贪看鸟,回头错应人。读书难字过,对酒满壶频。"(《漫成》二首之二)一副漫不经心的样子,是疏懒的心理形象的再现①。至如"却看妻子愁何在,漫卷诗书喜欲狂"(《闻官军收河南河北》),同样是读书漫不经心,但表现的是狂喜的心境。下面结句"即从巴峡穿巫峡,便下襄阳向洛阳",并非实事,只是驰想,"双动"用法与"流水对"使还乡之思迅疾如飞,正体现此时诗人心灵的节奏。这种刻画有时具有很强的主观意味,如:"竹叶于人既无分,菊花从此不须开!"(《九日》五首)重阳是饮酒之日,却因老病孤独而"无分"("竹叶",酒名),因饮酒须赏菊,既不饮酒何必赏菊? 故连累了菊花"从此不须开"。主观至极,诗趣亦至极。

　　老杜不但于己,于人也体贴。如《又呈吴郎》通篇便是"反复推明"他人心理的杰作,萧涤非师有精妙的解说,可参阅②。该诗节奏和缓,有娓娓道来的意味,与所表达之心理内容相当和谐。而表达另一种强烈情绪时,则用另样的节奏,如《白帝》:

① 　"难字过"有多种解释,我是从全诗解读的,成善楷《杜诗笺记》第126条"读书难字过"有评辨,可参看。
② 　萧涤非《杜甫研究》,齐鲁书社1980年版,第207页。

　　白帝城中云出门，白帝城下雨翻盆。高江急峡雷霆斗，古木苍藤日月昏。戎马不如归马逸，千家今有百家存。哀哀寡妇诛求尽，恸哭秋原何处村？

　　云方出城，便成倾盆暴雨，紧接下来似连锁反应，雨急江涨，自高处泻下，至峡争出，激浪如雷霆之斗，而苍藤古木遮蔽无光，使画面更觉阴沉。这是写景，更是写心——面对百姓被官匪逼得走投无路的惨状，诗人心如刀绞，正与山洪在峡中折腾、愤怒同。"戎马不如归马逸"，似急管繁弦后突然换了慢板，但以下三句长歌当哭，是哽咽后的一声长啼，令人不忍卒读。诗的节奏便是诗人生命的节奏，诗的律动便是诗人生命的律动！

　　杜律对心律的追摹还体现在重新组织感官材料，使之合乎心律的秩序。如七律《返照》云"返照入江翻石壁"，似乎在追踪客观事象的因果过程，但事实上在大自然中，这一运动过程（夕阳的射线"入江"，再"翻"上石壁），我们的眼睛是看不到的，将这一运动过程慢动作地再现，是诗的幻象。事实上，这一运动的轨迹是诗人"不可久留豺虎乱"那忐忑心绪的同步。《长江》二首云："归心异波浪，何事即翻飞。"可为此句注脚。再如《江村》云："自去自来堂上燕，相亲相近水中鸥。"写出"长夏江村事事幽"的自然律动，但"自去自来"、"相亲相近"并非鸟儿的自我感觉，只能是诗人旁观的感受，所以说到底此自然律动是经诗人主观印证了的与心律同步的律动。至如"桃花细逐杨花落，黄鸟时兼白鸟飞"（《曲江对酒》），自然界本是桃花、杨花纷陈杂下，黄鸟、白鸟穿错交飞，是杜诗用"逐"、"兼"二字化无序为有序。同时作品《曲江》二首亦云："穿花蛱蝶深深见，点水蜻蜓款款飞。"精巧的对仗也给人井然有序的感觉。诗写于唐军克复长安不久、杜甫在左拾遗任上已携家来长安的 758 年春天。这是安史乱后朝廷初获"小康"的短暂时期，也是杜甫在皇帝身边当差唯一的一次机会。这对"窃比稷与契"的杜甫当然很重要，心态要比一生中任何一个"空奔走"的时期要安定,此期作品也不期然而然地显得秩序井然。"旌旗日暖龙蛇动,宫殿风微燕雀高"(《奉和贾至舍人早朝大明宫》),"宫草霏霏承委佩,炉烟细细驻游丝"(《宣政殿退朝晚出左掖》),"香飘合殿春风转,花复千官淑景移"(《紫宸殿退朝口号》)多少都体现了这种风格。

"新秩序"的组织,有时是循着心理感受的轨迹进行的。如:"经心石镜月,到面雪山风。"(《春日江村》五首之三)这样的语序是对诗人因强烈的感受才引起对事物的关注的思维轨迹之摹拟。再如:"青——惜峰峦过,黄——知橘柚来。"(《放船》)由第一眼的印象到引起感受的情绪,再到理性的判断,秩序井然,不正是"意识流"所追求的效果? 试读《春夜喜雨》:

> 好雨知时节,当春乃发生。随风潜入夜,润物细无声。野径云俱黑,江船火独明。晓看红湿处,花重锦官城。

"发生"二字是关键。以下四句极力追摹大自然的律动,诚如仇注所称:曰"潜",曰"细",脉脉绵绵,写得造化发生之机,最为密切。然而这一律动也正是诗人情意之律动,浦起龙笺曰:"'喜'意都从罅缝里迸透。"诗的律动、自然的律动、心的律动,在同一节奏下取得和谐。

律动有时是在对抗的紧张中进行的。《宿江边阁》有云:

> 薄云岩际宿,孤月浪中翻。鹳鹤追飞静,豺狼得食喧。

动与静的对抗造成紧张与不和谐。然而,这正是诗人"不眠忧战伐,无力正乾坤"矛盾心情的投射。再如"江涛万古峡,肺气久衰翁"(《秋峡》),雄强恒定与衰弱短暂的巨大反差造成对抗的紧张,显现出诗人心理的极大的不平衡,是浦起龙所谓:"到底有按捺不下气概!"(《读杜心解》卷三之六)然而杜律形式的生命感更多的是体现为思接混茫,虚实交错,情景交融,生成有机的整体。如《对雪》:

> 战哭多新鬼,愁吟独老翁。乱云低薄暮,急雪舞回风。瓢弃樽无绿,炉存火似红。数州消息断,愁坐正书空。

仇注称:"至德元载十月,房琯大败于陈陶斜,诗正为是而作。"官军新败,期待转空,心绪之纷乱正与急雪回风同。佚名氏《杜诗言志》卷三云:"瓢虽无绿,犹可以作绿想;炉虽不红,亦可以作红观。是极寒苦中一点生气自存,留以俟将来乱极反治之消息。"可谓"披文入情"。"火似红"是"炉存"引起的幻觉,正与此时诗人一战收复长安之期望虽破灭,而中兴之期待仍在的心境相似。浦起龙称此诗中间咏雪是"绾摄两头"(《读杜心解》卷三之一),也可以说是"愁吟"、"愁坐"中所见之心境正如雪景,且其间虚虚实实,幻境实景混茫一气,正是全诗有机结构的体现。浦起龙曾盛称杜甫《蜀相》诗云:"后来武侯庙诗,名作林立,然必枚举一事为句。始信此诗统体浑成,尽空作者。"(《读杜心解》卷四之一)原诗录如下:

> 蜀相祠堂何处寻?锦官城外柏森森。映阶碧草自春色,隔叶黄鹂空好音。三顾频烦天下计,两朝开济老臣心。出师未捷身先死,长使英雄泪满襟。

此诗之所以浑化,就在于虽句句贴切蜀相,却又意不在记叙蜀相,故无"枚举"之弊。我们解读此诗境的过程中,也就"解读"了诗人。诗人意不在武侯,而在诸葛亮与刘备之间"君臣相得"的人才环境。"三顾频烦天下计,两朝开济老臣心"所概括的不是武侯一生之无数功业,而是"君臣相得"这一封建时代贤人志士所向往的人才环境。这就是全诗血脉之所在,其他各句都由此流出。"何处寻",

"寻"字饱含诗人追慕之情;"柏森森",不但是实景,也是时间的标志,更是"君臣已与时际会,树木犹为人爱惜"(《古柏行》)即爱戴之情的具象;"自春色"、"空好音",诚如涤非师所解:"诗人的意图,正是要把祠堂的春景写得十分美好,然后再用'自''空'二字将这美好的春景如草色莺声等一齐抹倒,来加倍突出对诸葛亮的倾慕心情。"①这首诗的感染力,还来自七律形式美本身,"作为一首七言律诗,它要求结构紧凑,对仗工整,声调和谐,语言精炼等等,所有这些优点,《蜀相》一诗可以说都具备了"(萧涤非先生语)。甚至连押韵,也用的是闭口收尾"十二侵"韵。(用闽南方言读之,犹见此特点。)这与全诗体现的深沉的内心情感世界也是相当一致的②。

美国符号论美学家苏珊·朗格有一段话有助于我们理解"生命的形式",引以作结:

　　假如它是一首优秀的诗篇,它就必然是一种表现性的形式……这种表现性形式借助于构成成分之间作用力的紧张和松弛,借助于这些成分之间的平衡和非平衡,就产生出一种有机性的幻觉,亦即被艺术家们称之为"生命的形式"的幻觉。③

(原载《首都师范大学学报》1996年第4期)

---

① 以上句解均参见萧涤非《杜甫研究·介绍杜甫的七律〈蜀相〉》。下引萧先生语同此,不另注。
② 此说得自已故厦门大学教授黄典诚先生。笔者在厦大攻读硕士学位时,曾聆听先生讲座。
③ 〔美〕苏珊·朗格《艺术问题》,第143页。

论杜律铺陈排比的叙述方式

对杜甫的诗歌成就作全面评估当始于中唐人元稹。在《唐故工部员外郎杜君墓系铭并序》中，他认为诗至子美"盖所谓上薄风骚，下该沈宋，古傍苏李，气夺曹刘，掩颜谢之孤高，杂徐庾之流丽，尽得古今之体势，而兼人人之所独专矣。"他特别指出："至若铺陈终始，排比声韵，大或千言，次犹数百，辞气豪迈而风调清深，属对律切而脱弃凡近，则李（白）尚不能历其藩翰，况堂奥乎！"（《元氏长庆集》卷五六）所论杜之"集大成"，已为后人广泛认同，而其"铺陈终始，排比声韵"之誉，却招来非议。如元好问《论诗》绝句云："排比铺张特一途，藩篱如此亦区区。少陵自有连城璧，争奈微之识珷玞！"（《杜诗详注·附编》）此论一出，"铺陈排比"几成贬语。但细揣元稹意思，"至若"云云，只是要在"兼人人之所独专"的基础上突出杜甫独得之处①。如果我们兼顾元稹《乐府古题序》所论，便知元稹对杜甫"即事名篇，无复倚傍"的创作方法有发明之功，并非对少陵的"连城璧"茫然无知。再如元稹《叙诗寄乐天书》云："得杜甫诗数百首，爱其浩荡津涯，处处臻到，始病沈宋之不存寄兴，而讶子昂之未暇旁备矣！"（《元氏长庆集》卷三十）元稹不但要求诗要有"寄兴"，还要重视诗的"浩荡津涯，处处臻到"，即形式的多样、臻美所造成的

---

① 胡应麟《诗薮》内编卷四称："李、杜才气格调，古体歌行，大概相埒……惟长篇叙事，古今子美。故元、白论咸主此，第非究竟公案。"此评判较为公允，铺陈排比诚为杜诗一大特色，只是以此定李、杜优劣则误。

整体气势。所以"铺陈终始，排比声韵"是与下文"辞气豪迈而风调清深，属对律切而脱弃凡近"紧密联系的，正是突出杜甫诗"浩荡津涯"的艺术特征，铺陈排比虽然只是"集大成"中的"一途"，却是颇能显示其叙述艺术特征的"一途"。因作是篇，请试辨之。

一

叙述方式是作者理解、把握、表现客观世界的方式。如以秦州诗为分水岭，则前期杜甫叙事多用"缘事而发"的方式，而形式自由的古体诗为其首选。这一选择是由于杜甫其时处于政治中心地带的京、洛间，目睹身受许多重大的历史事件，有丰富的直接经验在内心涌动，需要一种直捷的表现形式，乐府传统"缘事而发"的叙述方式遂适其用。综观前期叙事较著的名篇，如《兵车行》、《丽人行》、《哀王孙》、《哀江头》等为七古，《前出塞》、《后出塞》、"三吏"、"三别"等为五古，这些诗皆以叙事为主线，直道其事，通过细节、对话、自白、视觉画面，追求一种现场感。关于此种方式之讨论，历来已颇充分，兹不赘论。

然而各种文体自有其局限。如"三吏"、"三别"一类叙事，要求事件本身有一定长度与完整性，题材不易得；再者，诗歌本不是构建"纯客观"叙事幻觉的最佳文体，既不如史，又不如小说。尤其是中国诗以抒情见长，有其独特的叙述方式与语体。王夫之《古诗评选》卷四有一段评语云：

> 诗有叙事语者，较史尤不易。史才固以髀括生色，而从实著笔自易；诗则即事生情，即语绘状，一用史法，则相感不在永言和声之中，诗道废矣！此"上山采蘼芜"一诗所以妙夺天工也，杜子美仿之作《石壕吏》，亦将酷肖，而每于刻画处，犹以逼

写见真,终觉于史有余,于诗不足。

"永言和声",指的是诗歌特有的语体,即讲究韵律、节奏的抒情语体,如《文心雕龙·定势》所指出"赋颂歌诗,则羽仪乎清丽",而"史论序注,则师范于核要"。不同文体有其不同的语势,诗歌的语体贵清丽,史论的语体贵核实,两不相侔。所谓"诗有叙事语者,较史尤不易",就在于它必需顾及诗歌自家的语体,其叙事应是"即事生情,即语绘状","相感"必在"永言和声之中"。也就是说,文体不离语体,中国诗中的叙事,仍应属抒情语体。对此,杜甫是自觉的。他在《戏为六绝句》中说:"不薄今人爱古人,清词丽句必为邻。"清丽,也还是杜诗的语体追求。故杜诗一曰:"为人性僻耽佳句,语不惊人死不休"(《江上值水如海势聊短述》);再曰:"晚节渐于诗律细"(《遣闷戏呈路十九曹长》),"熟知二谢将能事,颇学阴何苦用心"(《解闷》)。王夫之虽然未能充分肯定《石壕吏》的诗性,但的确抉发出杜甫文体不离语体之诗心。

同属前期的《自京赴奉先县咏怀五百字》与《北征》,代表杜诗又一种叙述方式,似乎更能体现杜甫对诗歌语体的追求。二诗皆以长篇叙事,但推进的主线却是诗人的情志。《自京赴奉先县咏怀五百字》开篇以三十二句明志,"窃比稷与契"、"穷年忧黎元"是主脑。以下叙述过骊山所见所闻,因君臣作乐而激发"朱门酒肉臭,路有冻死骨"的不平,接叙还家而"入门闻号咷"之惨况,遂推己及人有"默思失业徒"之悲天悯人情怀。二段叙事皆"即事生情,即语绘状",情志是主脑,叙事服从情志的需要,是之谓"以情使事"。这一特征在《北征》中有明显的进展。《北征》结构更复杂,开篇写探家与恋朝的矛盾心情:归心如焚却又对朝廷放心不下。"挥涕恋行在,道途犹恍惚"是这次旅途的总体情绪。浦起龙《读杜心解》笺云:"盖内'顾'则思家,陛'辞'则恋主,私谊公忠,一时迸露,遂为一诗之纲领。"大体上不错。不把握这一"纲领",就难以理解全篇的叙述。

中间一段或写山果橡栗，或写鸱鸟野鼠，或写古战场，或写饮马窟。至归家一段，悲喜感触，琐琐细细，靡不具陈，诚如《初白庵诗评》所说："叙事言情，不伦不类，拉拉杂杂，信笔直书。作者亦不自知其所以然，而家国之感，悲喜之绪，随其枨触，引而弥长。"讲的也是"即事生情"的意思，而整合这些"拉拉杂杂"的是以情志为内线的结构：就在诗人似乎已沉溺于天伦乐之际，忽迸出四十八句对借兵回纥、马嵬兵变诸军国大事的煌煌议论，遥接开篇国事割舍不下的心绪，中间大段叙事似山脉起伏断而实连，家事国事遂筋连着骨，通片读去，更觉全诗已整合为一个以国事为重心的整体。语体上则是显出铺陈的特色。此种以情使事的叙述方式可概括为：一是所注重不在故事性、逻辑性、"客观性"，而在乎与情志间的隐显关系；二是与直陈其事的叙事方式相比较，更重视"即语绘状"，结构上的切割画面与语势上杂用对偶句铺陈的赋法。这两个特征在杜甫前期尚不足为主流，至后期远离政治中心，较少接触军国大事的情境下，日渐成为各体诗主要的叙事方式。

二

　　文体之通变，其内驱力在乎内容与形式之间的矛盾。新事物、新情感、新视角等等，都可能促使那些不愿因形式而牺牲内容的作者，去改变旧形式，寻求与新内容相适应的新形式。杜甫自乾元二年（759）弃官西入秦州，自此日渐远离政治中心，至晚年孤栖夔府，所接触者无非草民细事，很难再有军国大题材可作。这就促使杜甫寻求新的叙述方式。至此，我们有必要回到前面有关"集大成"的话题。

　　杜甫的"集大成"，不仅是各体具备，号称"武库"；更重要还在于能得各体之精神，化而用之。故胡应麟《诗薮》内编卷二有云：

222

"少陵不效四言,不仿《离骚》,不用乐府旧题,是此老胸中壁立处。然《风》、《骚》、乐府遗意,杜往往深得之。"其深刻处还在善于沟通各种文体,如运古入律、以歌行入律、古诗杂律、歌行用乐府语等。事实上不同文体之"对话",往往是创新之途径。故《诗薮》内编卷四又云:"杜诗正而能变,变而能化,化而不失本调,不失本调而兼得众调,故绝不可及。"杜甫后期对叙述方式的探索是多方位的,可谓各体并进,且交叉互渗而"不失本调"。杜甫后期排律日见增多,应是其探索新叙述方式的一个重要方面,同样体现了注重文体互渗而不失本调的"集大成"精神。

排律,或以为乃律诗之延伸或扩充。从体制言之似是,自文学史观之则非。排律之称始于元人杨士弘《唐音》,而排律渊源本与四韵律同步演进,且四韵于南朝时并非主流形式,唐人甚至以六韵为科举准式,并非先有四韵律,而后有排律,故无所谓"延伸"或"扩充"。高棅《唐诗品汇·五言排律叙目》云:

> 排律之作,其源自颜、谢诸人。古诗之变,首尾排句,联对精密。梁陈以还,俪句尤切。唐兴,始专此体,与古诗差别……其文辞之美,篇什之盛,盖由四海晏安,万机多暇,君臣游豫赓歌而得之者。故其文体精丽,风容色泽,以词气相高而止矣。

所谓"首尾排句,联对精密","文体精丽,风容色泽,以词气相高",当属排律传统的语体,可上溯至汉赋。《文心雕龙·诠赋》云:"赋者,铺也。铺采摛文,体物写志也。"铺,铺陈,即对同一事物进行多层面的描写,或以同类事物进行排比。这是一种非常独特的叙述方式。而铺排的基本要素无非丽藻、偶对、用典。在诗歌律化进程中,赋的这些"基因"已移位至律诗①。排律于此为甚,加上声律之

---

① 参看拙文《文学自觉与诗赋的消长》,《东南学术》2002 年第 1 期。

讲究,是赋的近亲。杜甫排律尤能将这些基本要素组合变化,发挥到极致,形成沉郁顿挫的整体风貌。在古体、排律中,这一总体风格分属不同的叙述方式。试以同类题材的五古《奉赠韦左丞丈二十二韵》、五排《上韦左相二十韵》略作比较。二诗皆为求达官汲引之作,但前者用古体"直抒胸臆,如写书牍"(《杜臆》);后者用排律,典重含蓄。不同语势导致呈露的心境有别。前诗作于天宝九载(748)冬以后①,杜犹在"强仕"之年,锋芒尚露,开篇即云:"纨绔不饿死,儒冠多误身!"言抱负则云"致君尧舜上",不作谦让;言困顿则云"朝扣富儿门,暮随肥马尘",不讳言狼狈。古诗之自由无拘最宜畅达此情。后一首排律作于天宝十四载(755),杜44岁,困窘至极,是冬所作《咏怀五百字》已发出"许身一何愚"之感慨,是出处无奈的心境。《读杜心解》云:"篇首颂之,中言相职在于容贤,而末乃自叙见意。"不得不颂之,乃"纯以虚怀好士为颂扬之词",尽量保留点士的尊严。排律文体雅丽,自然是首选。不过,排律虽然易铺采摛文,易造就气势,但偶对精严,又造成以联对为单元的封闭性,文气不畅。而一路用典又自设路障,造成读者心理上的滞碍。故尔排偶描写易而畅叙难。当然,排律中也有开阖畅达者,如《投赠哥舒开府二十韵》:

> 今代麒麟阁,何人第一功。君王自神武,驾驭必英雄。开府当朝杰,论兵迈古风。先锋百胜在,略地两隅空。青海无传箭,天山早挂弓。廉颇仍走敌,魏绛已和戎。每惜河湟弃,新兼节制通。智谋垂睿想,出入冠诸公。日月低秦树,乾坤绕汉宫。胡人愁逐北,宛马又从东。受命边沙远,归来御席同。轩墀曾宠鹤,畋猎旧非熊。茅土加名数,山河誓始终。策行遗战伐,契合动昭融。勋业青冥上,交亲气概中。未为珠履客,已见白头

---

① 陈铁民《由新发现的韦济墓志看杜甫天宝中的行止》,据墓志云韦济于天宝九载迁尚书左丞,杜甫诗题称"奉赠韦左丞丈",则当在九载冬后。见《文学遗产》1992年第4期。

翁。壮节初题柱,生涯独转蓬。几年春草歇,今日暮途穷。军事留孙楚,行间识吕蒙。防身一长剑,将欲倚崆峒。

此诗虽极意铺陈,却不伤于芜碎,实在是得力于文气的贯通。开篇二句不用偶对,陡然有势,而转换承接甚是圆健,如《读杜心解》所称:"其'策行'一联,流水下;言帝心默契,不在迹而在神也。又恰好绾合篇首。"《杜诗镜铨》于"勋业"二句下则引王阮亭云:"人自叙,一句一转,脱手如弹丸。""一句一转"的叙述方式值得注意:由对方的"勋业"一转至"交亲"的态度,再转至己方入幕之意愿,急转至岁月已逝,终转至壮志犹在。场景、情景、意念的快速转换形成"一句一转,脱手如弹丸"的跳脱式叙述,是杜甫将古体精神运于排律以打破板滞结构的有力手段。至如《寄彭州高三十五使君适虢州岑二十七长史参三十韵》,错综跳脱写来,可谓"一支笔写三家事"。杜、高、岑,三人或分或合,"陇草萧萧白,洮云片片黄(杜所在地)。天彭剑阁外(高所在地),虢略鼎湖旁(岑所在地)"。三人天各一方可知。"济世宜公等,安贫亦士常。蚩尤终戮辱,胡羯漫猖狂。"勉友、自叹、期盼、伤时,在排比中一时写出。浦注以为"宾主互用,笔如游龙",诚然。宋人早就注意到这种大开大阖的跳脱写法,并与白居易作比较。苏辙《诗病五事》评杜诗《哀江头》云:"予爱其词气如百金战马,注坡蓦涧,如履平地,得诗人之遗法。如白乐天诗词甚工,然拙于纪事,寸步不遗,犹恐失之,此所以望老杜之藩垣而不及也。"(《栾城集》卷八)白氏叙事诗是另一种写法,姑不论;而杜诗"注坡蓦涧"的跳脱叙述方式却是一大创新,尤其是用诸排律。

美国学者王靖献《唐诗中的叙事性》指出:"律诗是最不易于进行叙事的诗体。"因为"律诗要求两联(三、四两行与五、六两行)形成对偶,这就大大妨碍了诗的叙事进程,相反,这使它成为一种表述诗的理念与景物的理想的静止形式。"①作为一般规律,这一意见是准确的。然而天才们总是想方设法要突破一般规律,"以独造为宗"。所以王文同时赞赏《秋兴》八首以组诗的形式,将抒情诗"发展为一种激动人心的叙述"②。排律叙事,则是杜甫另一路数的探索。与组诗不同,排律必须在铺叙中化静态为动态,在排比中化对应为跳脱,保留铺采摘文之特色,方"不失本调"。试读排律《送蔡希鲁都尉还陇右因寄高三十五书记》:

> 蔡子勇成癖,弯弓西射胡。健儿宁斗死,壮士耻为儒。官是先锋得,才缘挑战须。身轻一鸟过,枪急万人呼。云幕随开府,春城赴上都。马头金匼匝,驼背锦模糊。咫尺雪山路,归飞青海隅。上公犹宠锡,突将且前驱。汉水黄河远,凉州白麦枯。因君问消息,好在阮元瑜。

首八句铺写健儿快马,明白如话的语言、跃动的句式皆与之相称。中八句如浦注所称:"四叙入朝,四叙归陇。瞥然而来,瞥然而去。"时而在边塞,时而"赴上都";方在"雪山路",忽归"青海隅"。这里是用画面的急剧切换来实现地理上大跨度的飞跃,时空跌宕与主人公轻捷身手拍合。对偶句于是恰恰成为一种优势:画面的对应造成时空的快速切换。至如"身轻一鸟过,枪急万人呼","马头金匼匝,驼背锦模糊",更是充分利用对应关系,以紧密的视觉意象形成张力,摆脱日常语法,造就中国诗歌特有的意象语言③。直接以律诗自家句式形成阖辟驰骤之势,是杜甫排律"不失本调"成功之所在。它如《大历三年春白帝城放船……四十韵》,上半叙事,以画面

---

① 〔美〕倪豪士编选《美国学者论唐代文学》,上海古籍出版社 1994 年版,第 316 页。着重号为引者所加。下引只注页码。
② 同上,第 318 页。
③ "身轻"句按日常完整句式当为:身轻似一鸟飞过;枪使得快,引发万人惊呼。"马头"一句当为:马头用金饰物匼匝(绕缭),驼背上铺着锦绣,令人眼花缭乱。

纪行,转接飘曳,如随舟历峡;《秋日夔府咏怀……一百韵》开篇场景连续切换,不但有流动感,且构成意象世界。画面化、意象化是杜甫排律重要的叙述方式。

三

杜甫排律能力避板滞,还在于结构上的开阖变化。浦起龙评《秋日夔府咏怀》,认为"是诗制局运机之妙,在于独往独来,乍离乍合,使人不可端倪",而白居易《代书》诗虽流美,但少变化,"不免直头布袋"云(《读杜心解》卷五之三)。杜甫排律的确注重结构上的多变,然而其深刻处还在乎"内结构"与叙述方式之间形成的隐显关系。下文我们将更多地讨论铺陈排比之"比"。

我所说的内结构,指的是形式结构之所以形成的内在思维方式;或者说是作者在创作中组合人生经验与事物表象的内在规则。《文心雕龙·丽辞》云:

> 造化赋形,支体必双,神理为用,事不孤立。夫心生文辞,运载百虑,高下相须,自然成对。

刘氏称对偶符合"事不孤立"的自然属性,其实所符合的是古代以易理为代表的阴阳太极的二元思维方式①。故又云:

> 唐虞之世,辞未极文,而皋陶赞云:"罪疑惟轻,功疑惟重。"益陈谟云:"满招损,谦受益。"岂营丽辞,率然对尔。

---

① [美] 浦安迪《中国叙事学》,北京大学出版社 1996 年版,第 48 页。

皋陶与益虽然无意讲究对偶,但由于将事物的正反两方面都考虑到了,也就自然成对。刘氏还特推重"反对",盖"反对者,理殊趣合者也"。易理的二元思维不但重视事物的二分,更注重矛盾可互补与转化的相反相成,即"理殊趣合"。因此,对偶不但成为表述二元思维之利器,且在"反对"的形式中更易达成悖论、反讽、自嘲的叙述方式。杜甫在古体诗《北征》中,是这样表达其矛盾心情的:

> 顾惭恩私被,诏许归蓬荜。拜辞诣阙下,怵惕久未出。虽乏谏诤姿,恐君有遗失。君诚中兴主,经纬固密勿。东胡反未已,臣甫愤所切。挥涕恋行在,道途犹恍惚。

类似心情在《秦州杂诗》中以对仗的形式出之:

> 唐尧真自圣,野老复何知!

对仗的形式使矛盾双方短兵相接,压缩情感,产生反弹,表现出来对朝廷失望之意要比上引诗强烈——它已牵涉到杜甫决然离京西去的原因,但字面义(外延)与内在义(内涵)相反,是为反讽。

反讽,修辞学上相当于"倒辞",即"或因情深难言,或因嫌忌怕说,便将正意用了倒头的语言来表现,但又别无嘲弄讽刺等意思包含在内的"[1]。英美新批评派则以之作为抒情语体的一种技巧。瑞恰慈认为,"反讽性观照"是诗的必要条件,是指"通常互相干扰、冲突排斥、互相抵销的方面在诗人手中结合成一个稳定平衡状态"[2]。这些意见无疑是有助于我们对杜律反讽式叙述的理解。试读其七

---

[1]　陈望道《修辞学发凡》,上海文艺出版社 1962 年版,第 135 页。
[2]　转引自童庆炳《文体与文体的创造》,云南人民出版社 1999 年版,第 132 页。

言排律《释闷》：

> 四海十年不解兵，犬戎也复临咸京。失道非关出襄野，扬
> 鞭忽是过湖城。豺狼塞路人断绝，烽火照夜尸纵横。天子亦应
> 厌奔走，群公固合思升平。但恐诛求不改辙，闻道婴孽能全生。
> 江边老翁错料事，眼暗不见风尘清。

代宗广德元年（763）十月，吐蕃陷长安，帝奔陕州，不久，杜甫写下这首排律。首联所营造的危机感弥漫全诗，形成语境压力。次联倒用两则典故：上句用《庄子》称黄帝将见大隗于具茨之山，至襄城迷途；下句见史传及《世说新语》，晋明帝阴察王敦军情被追逃。然而二帝皆主动出击，代宗却是被迫出逃，故曰"非关"、"忽是"。"天子亦应厌奔走，群公固合思升平"，反讽意味更明显。至"但恐"一联，"思升平"而"诛求不改辙"，无异南辕北辙；而"婴孽"却在朝廷庇护下"全生"，也属悖论语。末联又以自嘲口吻表达内心沉痛，进一步强化诗人的价值判断与现实之间的矛盾冲突，与篇首形成的危机感相激成章。通篇以悖论、反讽、自嘲等反常化的处理方式叙述，通过对仗的形式将互相排斥的矛盾双方纳于一体，由对应、对比达成统一的语境。可见反讽、悖论、自嘲可以是一种修辞方法，然而一旦成为观察、提示事物本质的整体思维，则上升为内结构，左右全局。如五排《大历三年春白帝城放船……四十韵》云："此生遭圣代，谁分哭穷途？"是悖论语。此句上承"入舟翻不乐，解缆独长吁"、"生涯临桌兀，死地脱斯须"，下接"廷争酬造化，朴直乞江湖"、"回首黎元病，争权将帅诛"，则"此生"不幸而"遭"此"圣代"，一种无可奈何的心情弥漫全篇。徐复观论杜甫创作冲动力之根源时曾指出："是因为他的一生，乃系把他整个地生命，投入于对时代无可奈何地责任感里面。"接下又说："杜甫对于他的时代的痛切感受，并不是想飞越，而是去承担下来。要承担却又无法承担，这便形成杜甫一生

的苦难精神。"①这种精神,乃植根于中国文化中最可称道的悲天悯人的人文精神,还源自杜甫内心的深刻矛盾:"上感九庙焚,下悯万民疮。"(《壮游》)在现实中,"朝廷"与"黎元"是一对矛盾,对历史人物的杜甫而言,"思朝廷"是为了"忧黎元","忧黎元"所以就得"思朝廷"②。这对矛盾是相辅相成的统一体,它左右着杜甫反讽式思维。特别是后期杜甫进退维谷的处境、价值观与现实发生更剧烈的碰撞,"或因情深难言,或因嫌忌怕说"而形成的"倒辞",便成为杜甫重要的叙述方式。此种方式在杜律中颇常见,如《登楼》、《诸将》、《将赴成都草堂……》皆是。不过本文只论排律。排律擅铺排,故其反讽又具自家特色。例以《寄李十二白二十韵》,开篇十二句铺陈李之"声名","才高心不展"下十六句连用祢衡、原宪等九个典故为比,言所难言。如是"积墨"式的铺排使"才高心不展"之反讽经厚积而获得沉郁之美。再如《夔府书怀四十韵》,或以为"莫寻其绪,棼如乱丝",原因就在时空交错、画面支离。但就内结构看,无非己身与国事之悖论关系:己身是"不才名位晚";国事呢,是"庙算高难测"。自己帮不上忙,只能劝勉"群公各典司"的"群公"。故中间二十八句杂忆时事,铺写血史;又接着将各种看法、建议错杂言之,期盼"群公"能为国立功。全篇叙述主线不是时间秩序,也不是事件逻辑,而是事随情转,服务于"无可奈何的责任感"。而能综合各种手法于铺陈排比中创构内涵与外延和谐之语境者,当首推其绝笔:《风疾舟中伏枕书怀三十六韵奉呈湖南亲友》。诗如下:

> 轩辕休制律,虞舜罢弹琴。尚错雄鸣管,犹伤半死心。圣贤名古邈,羁旅病年侵。舟泊常依震,湖平早见参。如闻马融笛,若倚仲宣襟。故国悲寒望,群云惨岁阴。水乡霾白屋,枫岸叠青岑。郁郁冬炎瘴,濛濛雨滞淫。鼓迎非祭鬼,弹落似鸮禽。

---

① 徐复观《中国文学精神》,上海书店出版社 2004 年版,第 47—48 页。着重号为引者所加。
② 参看萧涤非《杜甫研究》,齐鲁书社 1980 年版,再版前言第 10 页。

兴尽才无闷,愁来遽不禁。生涯相汨没,时物自萧森。疑惑尊中弩,淹留冠上簪。牵裾惊魏帝,投阁为刘歆。狂走终奚适,微才谢所钦。吾安藜不糁,汝贵玉为琛。乌几重重缚,鹑衣寸寸针。哀伤同庾信,述作异陈琳。十暑岷山葛,三霜楚户砧。叨陪锦帐座,久放白头吟。反朴时难遇,忘机陆易沈。应过数粒食,得近四知金。春草封归恨,源花费独寻。转蓬忧悄悄,行药病涔涔。瘗夭追潘岳,持危觅邓林。蹉跎翻学步,感激在知音。却假苏张舌,高夸周宋镡。纳流迷浩汗,峻址得嵌嵒。城府开清旭,松筠起碧浔。披颜争倩倩,逸足竞骎骎。朗鉴存愚直,皇天实照临。公孙仍恃险,侯景未生擒。书信中原阔,干戈北斗深。畏人千里井,问俗九州箴。战血流依旧,军声动至今。葛洪尸定解,许靖力还任。家事丹砂诀,无成涕作霖。

起四句或以为戏言,或以为愤激语,其实当六句一片读:先圣制乐本为调和(舜歌《南风》云:"可以解吾民之愠兮。"),而今吾病如此,制乐何用?紧接"圣贤名古邈,羁旅病年侵",暗示国事、家事已到"圣贤救不得"的地步。愤激语以戏言出之,有很浓的反讽意味。以下十六句则扣紧"羁旅"铺叙,多用画面、场景的切换叙事。"疑惑"以下二十句至"得近四知金",排比典故,写寄食蜀楚的不得已。"微才谢所钦"、"汝贵玉为琛"、"述作异陈琳"几句有明显的反讽意味。"叨陪"、"应过"两联写寄食的无奈,尤觉沉痛。以上铺写漂泊寄食之无奈,是为下文求助作铺垫,以求得同情和理解。以下十八句将诉求对象定位在"知音"。"蹉跎翻学步,感激在知音。却假苏张舌,高夸周宋镡。"涤非师引郭受《赠杜甫》"新诗海内流传遍",指出"杜甫在入湖南以前,还从未得过这样高的推崇和荣誉"[①]。杜甫的同时代人樊晃《杜工部小集序》亦称:"文集六十卷,

---

① 萧涤非《杜甫诗选注》,人民文学出版社 1985 年版,第 351 页。

行于江汉之南。"看来这些"苏张舌"对杜诗流播还是起过积极作用的，"知音"也不全是客套话。诗用典雅整秩的排律以示尊重，当与此有关。末段写战血军声，回乡不得，生命将终，以家事相托。这样泣血之事却以自嘲式的反讽语出之。浦注："结联语妙，思之失笑。家事只靠'丹砂'，则将登仙乎？况又'无成'也。'作霖'乃活人之本，而以'涕'为之，则是饮泣待毙耳！"涤非师称此解深得"作"意①。杜之倔强与担荷力于此可感知，而铺陈排比呈现的"浩荡津涯，处处臻到"的浑厚整秩之美，亦非他体所易到。

（原载《杜甫研究学刊》2007 年第 1 期）

---

① 萧涤非《杜甫诗选注》，人民文学出版社 1985 年版，第 337 页。

古事今情：杜诗与庾赋的内在联系

形式美是可移植的。一种体裁的表现形式可以被另一种体裁所吸收，整合为自身的表现形式；或者说，某些意象化手段可以在不同体裁的艺术形式中发生影响，一脉相承。这也是文学史前后相续、相互发明的重要线索。本文拟从这一视角来考察杜诗与庾赋之间的内在联系。

上

或云："汉以后无赋。"就赋的发展而言，两汉以来一直在演进，至宋后才入衰微；就其骈辞大赋的"巨丽"精神而言，则奠定了中国古代文学的某些基本特质，流衍于各种文体而不灭。"汉以后无赋"的片面看法误导了人们，使之低估了赋在中国文学史中的深远影响。

所谓汉赋的巨丽精神，体现在艺术上就是以铺叙骈偶的手法，秀错绮交地造成包罗繁富、气势宏阔的形式美。进入"文学的自觉时代"以后，大赋虽日趋瓦解，而"丽"的一面却得到发扬。尤其值得注意的是，在这个重"情"的时代里，赋的诗化与诗的赋化，都在"丽"字上交汇。也就是说，讲究骈偶与辞藻已成风尚，综观六朝文学的趋势，便是"缘情"与"沉思翰藻"的追求，二者正是文学自立的必备条件。体现在赋体的演化上,是赋的诗化,即"结构的小品化、内涵的抒情化和形式的韵律化"①。而诗与其他文体也日渐渗透"铺采摛文"的赋的精神,诚如瞿兑之《中国骈文概论》所指出:赋的精神已扩散到各种文体,"凡是写景写情之文,用之于记序书启的无往不然。"鲍照就是"以作赋的气局来作书(书信)"的②。而作为南北朝赋的诗化与诗的"赋化"的"终结者",是庾信其人。

马积高《赋史》曾正确地指出:庾信后期之风"由华艳新巧变为沉郁秾丽"。又认为:庾信在梁时作的赋与沈约、萧纲诸人同类作品没有什么根本区别,"但也有某些细小的差别:一是用典更多,如《春赋》开头十二句就用了八个典"云云③。其实呢,"用典更多"这一"细小的差别"里面,却蕴涵着一种独特的表现手法,在其晚期作品中得到充分的展示。陈寅恪《读哀江南赋》有一段深刻的论述云:

> 兰成(庾信小字)作赋,用古典以述今事。古事今情,虽不同物,若于异中求同,同中见异,融会异同,混合古今,别造一同异俱冥,今古合流之幻觉,斯实文章之绝诣,而作者之能事也。④

用典虽是"古已有之"的手法,但善用古典以述今事,有意通过古典与今事的异同对比,别造一同异俱冥的完整的艺术世界,应自庾信始,而《哀江南赋》则堪为典范。试读下文:

> 下江余城,长林故营。徒思拑马之秣,未见烧牛之兵。章曼枝以毂走,宫之奇以族行。河无冰而马渡,关未晓而鸡鸣。忠臣解骨,君子吞声。章华望祭之所,云梦伪游之地。荒谷缢

---

① 郭维森、许结《中国辞赋发展史》,江苏教育出版社 1996 年版,第 28 页。
② 瞿兑之《中国骈文概论》,刘麟生编《中国文学八论》,北京市中国书店 1985 年版,第 18—19 页。
③ 马积高《赋史》,上海古籍出版社 1987 年版,第 239—240 页。
④ 陈寅恪《金明馆丛稿初编》,上海古籍出版社 1980 年版,第 209 页。

于莫敖，冶父囚于群帅。硎谷摺拉，鹰鹯批攒。冤霜夏零，愤泉秋沸。城崩杞妇之哭，竹染湘妃之泪。①

前四句引田单守即墨反败为胜故事，"徒思"、"未见"，反用其事也。征诸史实，梁将王琳所部甚盛，又得众心，为元帝所忌，迁于岭外。故武宁之战，征王琳赴援不及，遂失江陵。故倪注云："言此武陵郡下江、长林本可固守，惜无良将，所以见败也。"反用田单故事亟见叹惋之情。接下来又用一连串典故摹拟了江陵败亡之日，士大夫及无辜百姓奔走、受杀戮的惨状。其中用章曼枝、宫之奇流亡故事，不但指世家大族难逃此劫，更是抒发"忠臣解骨，君子吞声"之愤懑，对梁元帝猜忌王琳、陆法和、谢答仁诸人，拒谏孤行，致使国事不可挽回，表示了强烈的不满与愤恨！"摺拉"、"批攒"更是活现了当日的人间地狱。倪注引《元帝纪》，载当时帝王将相被俘被戮之惨状，且魏军"乃选百姓数万口，分为奴婢，小弱者皆杀之"。荒谷之缢，冶父之囚，拉胁摺齿云云，就不再是古人受难，而是千百万当时人民的受难！如果我们联系到庾信《伤心赋序》中提及的二男一女死于金陵丧乱，而其老母妻子亦在被掳北上的难民流中，则"冤霜夏零，愤泉秋沸。城崩杞妇之哭，竹染湘妃之泪"所迸发的就不是什么典故，而是自家的血泪之情！尤能见庾氏"别造一同异俱冥，今古合流"之境界者，当推下面一段文字：

水毒秦泾，山高赵陉。十里五里，长亭短亭。饥随蛰燕，暗逐流萤。秦中水黑，关上泥青。于时瓦解冰泮，风飞电散。浑然千里，淄、渑一乱。雪暗如沙，冰横似岸。逢赴洛之陆机，见离家之王粲。莫不闻陇水而掩泣，向关山而长叹。况复君在交河，妾在青波。石望夫而逾远，山望子而逾多。才人之忆代郡，

公主之去清河。栩阳亭有离别之赋,临江王有愁思之歌。别有飘飘武威,羁旅金微。班超生而望返,温序死而思归。李陵之双凫永去,苏武之一雁空飞。

北地之黑水白山与古事今情浑然一体,绵丽之辞,哀怨之情,虚虚实实,恍兮惚兮,是一艺术幻境,却使人感到真实。自"逢赴洛之陆机"以下,种种生离死别之典故层见叠出,似十面埋伏,又似铁网珊瑚钩,疏而不漏,务使不可言状之情绪在博喻中显现。诸多典故从不同视角照明同一心理形象:或夫妻离散,或才人下嫁,或公主落难,或壮士去国;班超、温序,生生死死;陆机、王粲,有家难回;李陵更是屈身事故有国难奔。庾氏正是以这些不同视角的诸多典故,极力摹拟了自身在亡国破家时那万端的愁绪与矛盾心态。事实上庾氏遭际,是任一单向典故所难穷尽的,其中既有妻离子散之悲苦,又有公主才士落难之委屈,更有羁臣降将的无奈与尴尬,实在是非博喻不足达其情。而就读者方面说,诸多事典又为之留下了广阔的联想空间。"作者未必然,读者未必不然",如班超、温序、苏武之忠贞,想来庾氏未必敢攀附,但读者则尽可联而系之,使原文更增一层悲壮苍凉之色彩。加上"水毒秦泾,山高赵陉"、"饥随蛰燕,暗逐流萤"之类似用典似写景,清词丽句穿插其间,更使读者如置身黑水白山,感受亲切。层积,可成沉郁;绵丽,更见悱恻。这又是以抒情为主,渟滀缠绵情调的屈赋的复归。如果说汉赋是以铺叙实物造成繁富阔大之气象,那么庾赋则以敷陈事典层积而成沉郁苍凉之风格。庾信有意将这一敷陈事典的手法移植至诗中,却未臻厥美。

《拟咏怀诗》二十七首是庾信成就最高的一组诗,倪注称:"皆在周乡关之思,其辞旨与《哀江南赋》同矣。"不但辞旨同,有相当一部分诗手法亦同。如下引这首:

周王逢郑忿,楚后值秦冤。梯冲已鹤列,冀马忽云屯。武安檐瓦振，昆阳猛兽奔。流星夕照镜，烽火夜烧原。古狱饶冤气，空亭多枉魂。天道或可问，微兮不忍言。

所写境遇与上引《哀江南赋》"下江余城"一段相类，也都用敷陈事典的手法，但诗的效果似较次，原因在于诗自有体，贵在"不隔"，与读者相感应而共构意境，太多的事典易窒息读者的想象力。至如：

斗麟能食日，战水定惊龙。鼓鞞喧七萃，风尘乱九重。鼎湖去无返，苍梧悲不从。徒劳铜爵妓，遥望西陵松。

厚重的古事压灭了今情，殆无余味可回。反之，以准确的典故点醒全境，则诗味更足：

萧条亭障远，凄惨风尘多。关门临白狄，城影入黄河。秋风苏武别，寒水送荆轲。谁言气盖世，晨起帐中歌。

正如城影之入黄河，一种无可奈何的情绪也散落诗境中。这才是诗中的"古事今情"。然而综观庾作，能用古典以述今事，别造艺术情境，且具沉郁秾丽风格者，当推其后期赋作最为成熟（《小园赋》亦极佳）。庾诗亦有意用事典造成意象群来"围剿"情思，诚如陈祚明《采菽堂古诗选》所评："情纷纠而繁会，意杂集以无端"，"使事则古今奔赴，述感则万比抽新"。将此项"移植"工作继续下去，乃臻厥美者，是唐代诗人杜子美。

下

杜甫《进鵰赋表》自称："臣之述作，虽不足以鼓吹六经，先鸣数子,至于沉郁顿挫,随时敏捷,而扬雄枚皋之流,庶可跂及也。""沉郁顿挫"是杜诗典型风格,却被用来自称其赋,当非偶然。盖杜甫于赋体,得意在此四字,成功则转在杜诗。就其以敷陈事典的手法积成沉郁风格而言之,当以晚年排律、联章体诗为典型。

杜甫漂泊无依的晚年使之时常提及处境相类的前代诗人庾信。《咏怀古迹》五首之一:

> 支离东北风尘际,漂泊西南天地间。三峡楼台淹日月,五溪衣服共云山。羯胡事主终无赖,词客哀时且未还。庾信平生最萧瑟,暮年诗赋动江关。

颈联是关掠点:类似处境下的"词客"。所以他不但关注庾信的"平生",更关注其"动江关"的诗赋。晚年大量创作排律与联章体诗,当与此类形式最便于敷陈事典,取得与庾信《哀江南赋》相似的效果有关。兹以其绝笔《风疾舟中伏枕书怀三十六韵奉呈湖南亲友》为例,试作阐述。诗云:

> 轩辕休制律,虞舜罢弹琴。尚错雄鸣管,犹伤半死心。圣贤名古邈,羁旅病年侵。舟泊常依震,湖平早见参。如闻马融笛,若倚仲宣襟。故国悲寒望,群云惨岁阴。水乡霾白屋,枫岸叠青岑。郁郁冬炎瘴,濛濛雨滞淫。鼓迎非祭鬼,弹落似鸮禽。兴尽才无闷,愁来遽不禁。生涯相汩没,时物自萧森。疑惑尊中弩,淹留冠上簪。牵裾惊魏帝,投阁为刘歆。狂走终奚适,微才谢所钦。吾安藜不糁,汝贵玉为琛。乌几重重缚,鹑衣寸寸针。哀伤同庾信,述作异陈琳。

先抄至此,已见典故叠出。其中"疑惑"以下四句,用杯弓蛇影、辛毗冒死进谏、扬雄因刘歆而投阁三个典故,将一段难言之隐圈示出来。赵次公解曰："今云'牵裾惊魏帝'，则言其曾为左拾遗时谏房琯有才不宜罢免，而肃宗怒之也"；"今云'投阁为刘歆'，则又言琯既贬邠州刺史，而公出为华州司功也"①。所言甚是。三典从不同角度暗示肃宗之多疑，己身之忠直，事后处置之不当。从暗示的整体，读者感受到诗人心情的沉痛与郁结，从中又领悟到该事件在诗人一生中有如何重要的位置。诗的下文是：

> 十暑岷山葛，三霜楚户砧。叨陪锦帐座，久放白头吟。反朴时难遇，忘机陆易沉。应过数粒食，得近四知金。春草封归恨，源花费独寻。转蓬忧悄悄，行药病涔涔。瘗夭追潘岳，持危觅邓林。蹉跎翻学步，感激在知音。却假苏张舌，高夸周宋镡。纳流迷浩汗，峻址得嵚崟。城府开清旭，松筠起碧浔。披颜争倩倩，逸足竞骎骎。朗鉴存愚直，皇天实照临。公孙仍恃险，侯景未生擒。书信中原阔，干戈北斗深。畏人千里井，问俗九州箴。战血流依旧，军声动至今。葛洪尸定解，许靖力还任。家事丹砂诀，无成涕作霖。

此段典故更呈连环状，一环扣一环，直逼出忧愤之深广。十暑三霜，岷山楚地，是诗人人生的最后一站。"应过数粒食，得近四知金"，浦起龙《读杜心解》注云："'应过'二句，才合上湖南亲友。缘不能无'数粒'之食，遂强颜而受'四知'之金也。"浦注点明此句是杜甫写此诗目的之所在，呈湖南亲友所以求助也。然事有难于启齿者，故用《鵩鸟赋》、《后汉书》故事出之，表达了复杂矛盾的心绪。"瘗夭追潘岳，持危觅邓林"，用潘岳写夸父故事，表明当下处境之艰难：一子女夭死，自身贫病衰惫之至。《山海经》记夸父追日，渴死，弃其杖化为邓林（桃林）。以此喻自身衰惫至极，却愿身后家人能有

---

① 拙著《杜诗赵次公先后解辑校》下册，上海古籍出版社 1994 年版，第 1462 页。

荫蔽之所,如夸父之杖化为邓林也。"却假苏张舌,高夸周宋镡",用苏秦、张仪与《庄子·说剑篇》故事。浦注:"言欲借以吹嘘也。"以下六句则是想象中诸亲友披颜相接纳的美好画面,于是有"朗鉴存愚直,皇天实照临"(好人有好报)之叹——骨子里则是"皇天不察余之忠诚兮"的愤懑。求助之腼颜,身后之百忧,对家人之关切,对亲友之期盼,对命运之怨嗟,凡此种种,在事典敷陈中化难言为暗示而尽在其中。"公孙"一句至结束,更是一气呵成,是个有机整体。公孙述、侯景,或据险或攻陷,概括了当时军阀混战的现实,与"书信中原阔,干戈北斗深"、"战血流依旧,军声动至今"浑然一体,可谓"混合古今,别造一同异俱冥"之艺术境界。"畏人"、"问俗"穿插其间,是赵次公注所谓:"公之俯仰随世可见矣!"结尾则以葛洪尸解来宽慰家属,且以许靖寄殷于亲友。钱谦益注引袁徽与荀彧书云:"许文休英才伟士,智略足以计事。自流宕以来,与群士相随,每有患急,常先人后己;与九族中外,同其饥寒。"这是杜甫最后的一线希望,期待湖南亲友中有许靖式的人物。杜甫对身后家人的忧心可见。

　　一首《书怀》,抵一篇《哀江南赋》。其间敷陈事典,穿插实景今事,虚虚实实,沉郁顿挫,手法何其相似乃尔!然而庾赋之敷陈是平面的,是"四面楚歌"式的;杜诗之敷陈却是推进式层层深入,更见沉郁之气。杜甫后期排律可作如是观者甚多,可见并非偶然得之,而是为表现其后期多反思之内容对形式所做的探索与实验。

　　高友工《律诗美学》对盛唐晚期杜甫之宇宙观做了研究,认为:"简单意象的叠置不再适于表达复杂的意义。他(指杜甫)有意通过用典来建造一个意象世界,因为事典可以引入简单意象无法表达的复杂的意义维度。"[①]我认为这正是杜诗对庾赋进行改造的出发点,在敷陈事典之外,更着力于用古典述今事,古事今情,化为具有

---

① 乐黛云等编选《北美中国古典文学研究名家十年文选》,江苏人民出版社1996年版,第99页。

丰富的历史文化内涵的意象、意境。且读其《登楼》诗：

　　花近高楼伤客心，万方多难此登临。锦江春色来天地，玉垒浮云变古今。北极朝廷终不改，西山寇盗莫相侵。可怜后主还祠庙，日暮聊为《梁甫吟》。

　　前六句的结构好比古建筑的"斗拱"，钩心斗角，相互扶持。浦起龙《读杜心解》卷四之一笺云："'花近高楼'，春满眼前也。'伤客心'，寇警山外也。只七字，涵盖通篇。次句申说醒亮，三从'花近楼'出，四从'伤客心'出，五从'春来天地'出，六从'云变古今'出。论眼内，则三、四实，五、六虚。论心事，则三、四影，五、六形也。而两联俱带侧注，为西戎开示，恰好接出后主祠庙来。"简言之，全篇由首句辐射出，正、反相承，互为虚实。"锦江春色"是天地自然，是永恒，是"正"；"玉垒浮云"是暂时性的，是"变"。"北极朝廷"，朝廷似北极之永恒也，是"正"；"西山寇盗"则是猖獗一时者，是"变"。由此引出尾联，同样是：后主虽昏庸，但代表"正统"，只要有能吟《梁甫吟》的诸葛亮一流人物在，事仍可为。故浦注又云："'后主还祠'，见帝统为大居正，非么麽得以妄干矣，是以'梁甫'长'吟'，'客心'虽'伤'而不改其浩落也。于正伪久暂之间，勘透根源，彼狁焉启疆者，曾不能以一瞬，不亦太无谓哉！"我认为此解颇得杜诗心。也由此可见其用典已不仅是"暗示"些什么（如钱注所云"讬讽于后主之用黄皓"），它蕴涵着更为复杂的历史文化的意义，不妨看作一个文化符号，体现着历史文化的历时性与共时性。如何使事典转化为具有深刻意蕴与鲜明形象性的历史文化符号，正是杜甫晚期所致力的诗学课题。

　　庾信在事典的意象化方面有成功的经验。《哀江南赋》云"饥随蛰燕，暗逐流萤"，云"石望夫而愈远，山望子而愈多"。既用典故，又具形象。《小园赋》云"龟言此地之寒，鹤讶今年之雪"，用典叙今事不但贴切,且具鲜明的形象性。倪注"龟言"用苻坚事,"客龟"言:"我将归江南,不遇,死于秦。"解梦云为亡国之征。"鹤讶",用《异苑》寓言,二鹤语于桥下:"今兹寒不减尧崩年也。"言梁元帝死,若尧崩。从中我们既感受到庾信之处境与情绪,又感受到北地之寒气。杜甫在这方面更有突破性的进展。且读其《禹庙》诗:

> 禹庙空山里,秋风落日斜。荒庭垂橘柚,古屋画龙蛇。云气嘘青壁,江声走白沙。早知乘四载,疏凿控三巴。

浦起龙笺曰:"三、四,孙莘老云:苞'橘柚'、驱'龙蛇',皆禹事。愚按:妙在只是写景,有意无意。'青壁',谓庙外崖壁,正在'白沙'之上。'嘘'之'走'之,造物之气势,即神禹之气势也。神理与结联叹颂禹功一片。"浦注云云,无非是说杜诗已将大禹事迹化入实景中。高友工对此有精辟的见解:他认为此诗有两层意义,"第一层,每句诗都是围绕禹庙或其周围景物的描写,并以这种对具体事物的描写统一全诗;第二层,每句诗都提到了禹王那些流传至今的丰功伟绩,在这些业绩的衬托下,禹王的形象显得格外高大,因此而成为统一全诗的另一个中心"[①]。他将这种现象称为"整体性典故"。我认为这种"整体性"意味着事典已完成其意象化。也就是说,杜甫以特殊的用典方式实现了艺术幻象的创造。还是陈寅恪评庾赋所说的那句话:"用古典以述今事……别造一同异俱冥,今古合流之幻觉。"

最神似《哀江南赋》,又最具独创性者,当推联章体《秋兴》八首。

萧涤非先生有个总评:"大抵前三首详夔州而略长安,后五首详长安而略夔州;前三首由夔州而思及长安,后五首则由思长安而归

---

① ［美］高友工、梅祖麟《唐诗的魅力》,上海古籍出版社1989年版,第165页。

结到夔州；前三首由现实走向回忆，后五首则由回忆回到现实。至各首之间，则亦首尾相衔，有一定次第，不能移易，八首只如一首。"又说："篇中'每依北斗望京华'、'故国平居有所思'，是全诗的纲目。"①以故国之思使组诗融为一体是其特色，而其中典故的运用则化入意境，融合无间。

第二首"听猿实下三声泪，奉使虚随八月槎"一联，上句用《水经注》所引歌谣"巴东三峡巫峡长，猿鸣三声泪沾裳"，写的是在夔实况。下句用《博物志》《荆楚岁时记》有人乘槎至天河故事，表达原拟随严武还朝之愿望不得实现之遗憾。透露诗人心事，由此隔断现实，不觉中让读者进入艺术幻境，也就是萧先生说的"由现实走向回忆"。

第三首"匡衡抗疏功名薄，刘向传经心事违"一联，二句反用《汉书·匡衡传》与《汉书·刘向传》故事：匡衡上疏进谏升迁，而自己却因上疏救房琯被贬；刘向因儒学进身，自己却家素业儒而贫病。由此比照形成反差，更见命运不公，与尾联所写现实再度形成反差，沉郁顿挫。

第五首"西望瑶池降王母，东来紫气满函关"一联，以神话中的王母与传说中的老子故事渲染气氛，使回忆中的当年帝都景物更见瑰丽，是所谓"情中景"，是事典的高度意象化。

第六首"昆明池水汉时功，武帝旌旗在眼中"一联，用汉武穿池习水战故事，领起全篇，使下四句描写笼罩着一种昌盛之气氛，与尾联一落千丈的现实形成极大的反差。

综观组诗，善以事典为中介，把个人身世与历史环境之变化结合起来，往事今情，用绵丽之辞写惆怅之绪，虚虚实实，恍兮惚兮，与《哀江南赋》有神似之处。其中用典能化入意境，了无痕迹，比庾信事典的意象化程度更进一层，更具整体性。然而，就其内在特质而

---

① 萧涤非《杜甫诗选注》，人民文学出版社 1979 年版，第 251 页。

言,庾赋杜诗,在以古事今情别造艺术幻境方面,有其深刻的联系。如果我们再仔细品味屈原《离骚》、阮籍《咏怀》、庾信《哀江南》诸赋,及杜甫后期诗歌,会感悟到其间某些似曾相识的联系。这些不同体裁抒情作品的表现手段是可以互相参照的,其前后相承相异的关系也正是文学史发展的一条隐形的重要线索,似应引起重视。

（原载《杜甫研究学刊》2000 年第 2 期）

读杜小札（八则）

一

历来论诗者都说李白诗的主观性强，而杜甫诗则客观性强。这要看是从哪个角度讲。从审美判断言之，杜诗以不同于李诗的方式表现出同样强烈的主观色彩，即透过感受不动声色地体现其主观感情。

"白水暮东流，青山犹哭声。"这是《新安吏》写抓丁场面的句子。《杜臆》云："哭声众，宛若声从山水出，而山哭水亦哭矣！至暮，则哭别者已分手去矣，白水亦东流，独青山在，而犹带哭声，盖气青色惨，若有余哀也。""犹"字透出背后强烈的主观情感。

然而，更重要的还在于杜甫强烈的主观感情色彩是与"普通情感"相联系的，是所谓"一人心乃是一国之心"、"一人之性情而三朝之事会寄焉者"。试读《春望》，见花溅泪，闻鸟惊心，一反常情，极强烈的个人感受却系诸对家国之爱心。颈联写盼得家书的急切心情本是常语，也因为道得"乱离人"人人的心思，属普通情感，遂成名言。再如写于至德元载唐军陈陶斜之败后的《悲陈陶》：

> 孟冬十郡良家子，血作陈陶泽中水！野旷天清无战声，四万义军同日死。群胡归来血洗箭，仍唱胡歌饮都市。都人回面向北啼，日夜更望官军至。

245

血洗箭,《杜诗详注》作"雪洗箭",又注明赵次公本作"血洗箭"。此意象颇奇特,故引起后人争议,或解作以血洗箭,或解作洗箭上之血,或解作血满箭上;但都没注意到"洗"字既是诗人目睹之表象,更是主观惨酷之感受。上列云云,萧涤非先生批评说:"都未免太拘泥。血字一作雪,也不对。杀了你的人不算,仍要在你的家里喝你的酒来庆祝胜利。这情况,是诗人杜甫也是所有的长安居民所痛心的。"(《杜甫诗选注》)胡人未必真以血洗其箭,是痛心这一强烈的主观情绪使诗人有此视觉印象耳。这一独特意象既写出唐军败之惨,也写出胡人胜之骄,更写出诗人与长安人闻之痛!

二

最深邃的思想既可以是哲学,也可以是诗。诗与哲学在思想的深刻性上往往造成相似的境界,即引人深思,使人在反复推求之中情感活动趋向强烈,造成华严宗所谓两镜相摄的无穷境界。在这一交接线上,单靠体裁是不易分清哪是哲学哪是诗的。所以最深刻的思想不但有哲学味,更有诗味。也就是说,主观的思想可以客体化、对象化成为审美对象,能使人产生美感。

然而,中国古典诗歌对语言有着高度凝炼的要求,深刻的思想在诗中也须有相应的高度凝练的语言。中国古代诗评将这二者的完美结合称为"警策"。蔡梦弼《杜工部草堂诗话》卷一引《吕氏童蒙训》说:

> 子美诗云:"语不惊人死不休。"所谓惊人语,即警策也。

杜甫有意识地以高度精准之语言,发深刻而含情之议论,自然能发人深省,以极大的"比重"得"警策"之美。

杜诗议论的"警策之美"首先体现在对许多社会本质问题深透的见解上。且不说名句如"朱门酒肉臭"一联,即如《有感》所云:"莫取金汤固,长令宇宙新。不过行俭德,盗贼本王臣"。不但指出维持统治的根本出路在于不断革新政治,而且比"水可以载舟,亦可以覆舟"更进一层,指出"盗贼"是统治者无休止的剥削造成的,揭示了"官逼民反"的规律。句中"长令宇宙新"这一形象,气势宏大,使人耳目一新。下两句中,"盗贼"与"王臣"这一对在封建社会中势不两立的形象,用一"本"字,便彻底沟通了。五字之间这一急剧的转化揭示了一个长期为封建伦理所埋没的社会本质问题,使人豁然大彻大悟,深得"警策"之美。

还有些深刻的议论或表现在诗人洞察时弊、深明韬略上,如《前出塞》(挽弓当挽强);或是对生活深入的观察与理解上,如"文章憎命达,魑魅喜人过"(《天末怀李白》),是有才华的作家与险恶的社会环境之间不相容的关系的概括;"能事不受相促迫"(《戏题画山水图歌》),对艺术规律的总结;"江山如有待,花柳更无私"(《后游》),是对自然景物所蕴含的"理趣"的显示;此类议论的艺术特色,前人颇多精辟的见解,此不赘。

三

关于表象与情感之关系,西方有"移情"、"异质同构"诸说,与我国传统的"心物交融"、"物我同一"诸说相通而又不尽相同。《文心雕龙·物色》称"写气图貌,既随物以宛转,属采附声,亦与心而徘徊。"心随物动,物因心移;"情往似赠,兴来如答",主客双方在交往中形成"对话"关系。应注意的是,感物之"物",当包括社会与人事,如《诗品·序》所说"楚臣去境,汉妾辞宫"之类。而杜诗所专注者尤在此类体现其"民胞物与"情怀的"物我同一"。以《佳人》为例,诗写乱世遭弃而幽居空谷的一贵妇。黄生《杜诗说》卷一:"偶有此人,有此事,适切放臣之感,故作此诗。"又曰:"后人无其事而拟作与有其事而题必明道其事,皆不足与言古乐府者也。"诗妙不在纪实,也不在虚构,乃在"此人此事"与"放臣之感"适切相遇起情,有意无意,存天机于灭没存亡之间。换句话说,"天寒翠袖薄,日暮倚修竹"意象乃"弃妇"与"放臣"情感沟通之产物。物我同一之"同",沟通是也。而"放臣之感"乃杜甫平生"致君尧舜上"情志不得抒之痛处,故往往"随所遇之人,之境,之事,之物"触起,不择地而作。入蜀后有关孔明题吟屡见,原因在此。

《古柏行》是另一类"物我同一",却同为"物我同一"者也。正如明代李梦阳云:"情者,动乎遇者也。"(《梅月先生诗序》)夔之柏,再度触起诗人"君臣际会"之情与"放臣之感"。首先是古柏巨木激发诗人关于"材大"之想象,而"致君尧舜"之情志又将此审美联想导向"君臣际会",再回到志不得伸之现实中来,遂与"古来材大难为用"之普遍情感相通。此乃叶燮《原诗·内篇下》所谓"因遇得题,因题达情,因情敷句,皆因甫有其胸襟以为基"者也。

四

审美联想在杜诗道德情感诗化过程中,有特殊意义。仍以《古柏行》为例。"云来气接巫峡长,月出寒通雪山白",诗人于此发兴,飞驰想象,东接巫峡,西通雪山,打通时空的隔离。此后,由夔之柏联想到成都武侯祠之柏,再由柏之孤高联及栋梁之材,再联想到志士幽人……一路相接的联想似多米诺骨牌,形成非推理性的逻辑,不断强化古柏的符号意味。在连锁式联想过程中,夔府之柏,成都之柏,君臣、志士,物我的意象不断叠加。柏之大材,柏之"苦心",大柏之难用;与夫孔明之大才,志士贤者乃至诗人之苦心,不断同一,重组成"材大难为用"之意象——诗中之柏的艺术幻象。这是一个据实构虚，由感觉形象到超越感官，又返回表象的诗化过程。联想，正是转化的关键。

杜甫之审美联想与李白梦幻式的想象有所不同，它总是带着某种理性，是情、理、事如盐入水般化入对表象那鲜明的感觉之中。这种理，就是与杜甫"致君尧舜"的情志相联系的"理"，它深深植根于杜甫"上感九庙焚，下悯万民疮"（《壮游》）那深厚的伦理道德情感之中。如《客从》：

> 客从南溟来，遗我泉客珠。珠中有隐字，欲辨不成书。缄之箧笥久，以俟公家须。开视化为血，哀今征敛无。

由南海珠联及鲛人泪，再想象化为珠，化为血，现实事物在联想中转化为诗的意象，其中饱含诗人爱民的道德情感。《杜臆》云："此为急敛而发。上之所敛，皆小民之血，今并血而无之矣！"让思想带上血肉，斯为杜诗联想之效用。

五

古人所云"但见情性，不睹文字"，"不着一字，尽得风流"，即通过意象、意境，追求言外之意。历来被推为"无言独化"的诗人代表是王维。在语言的暗示性方面，王维无疑有独到之处。然而就文学语言追求感觉化、对个别事物的具体表达这一本质而言，独步诗坛的还是杜甫。

杜甫的用词下字（特别是动词），已引起人们的注意，或曰"准确"，或曰"陌生化"，或曰"超常"，或曰"不确定性"，等等。箭都射中了靶子，却没击中靶心。杜甫用词下字，总是尽量将词语的指称功能隐去,凸显其表现的功能,使之感觉化。《王阆州筵奉酬十一舅惜别之作》云:"万壑树声满,千崖秋气高。""高"者,初非丈量得来,只是听秋声而有此感耳。又如《曲江》二首云:"一片花飞减却春,风飘万点正愁人。"春色如何加减?"减"字写的是"愁人"的感觉。再如《青阳峡》:"溪西五里石,愤怒向我落。"并非诗人有意要将石"拟人化",或是诗人"愤怒"心理的"外射",而只是以心理上的恐惧反映出石势的倾危而已,凸显的还是感觉。

以细腻独特的感受来表现、传递事物的个别性,是杜甫常用的手法。如《野人送朱樱》云:"数回细写愁仍破,万颗匀圆讶许同。"细写,小心倾倒。如此小心侍候,还要"愁仍破",这篮樱桃的细皮嫩肉便如在目前了。而一个"讶"字,又将樱桃的匀圆衬得无与伦比。于是樱桃的特质,就不是荔枝、杨桃什么的可混同了,难怪古人极称其"肖物精微"。再看下面一组杜诗中写星星的句子:"星临万户动,月傍九霄多。""星垂平野阔,月涌大江流。""傍见北斗向江低,仰看明星当空大。""暗水流花径,春星带草堂。"第一句是在宫中看星星,千门万户,峨然巍然,星星似在屋顶上,故曰"临"。第二句是在平野看星星,大地在茫茫的夜色中展开,空旷无参照物,你就是参照物;"垂"字写出诗人与星星直接相对的感觉。第三句是夜归所见,"山黑家中已眠卧",寂寥,无月,仰面忽见疏朗之明星,"大"字是当时一瞬间突出的印象。第四句"带"字颇具"不确定性",或解为拖带,或解为襟带,如《西都赋》之"带以洪河泾渭之川"云。因月落,故繁星显,如带萦于草堂之上,形容春星之密。二句写有月时之星星,二句写无月时之星星,同中见异如此,关键就在能写出不同视觉环境下的具体感受。

然而杜甫之为杜甫,还在于善于将主体的经验介入语言,注入个性,主客双方的特质在"情往似赠,兴来如答"的交往中相互发明,达到触物圆览、一色两耀的佳境。仍以"星"为例:"回眺积水外,始知众星干。"

历来评论多以为下此"干"字险。众星如何有干湿？"干"字真是"匪夷所思"。让我们回到原诗《水会渡》：

> 山行有常程，是夜尚未安。微月没已久，崖倾路何难。大江动我前，汹若溟渤宽。篙师暗理楫，歌笑轻波澜。霜浓木石滑，风急手足寒。入舟已千忧，陟巘仍万盘。回眺积水外，始知众星干。远游令人瘦，衰疾惭加餐！

此首为杜甫乾元二年（759）率全家从同谷县入蜀所作的纪行诗，写夜渡之险。你想，月黑风急，崖倾霜浓，且"大江动我前，汹若溟渤宽"，能不"入舟已千忧"吗？只有亲历了如此夜渡惊险之后，才能领会"回眺积水外，始知众星干"的奇特感受——当时以为一切都在波涛中，而今抵岸回眸，回过神来，乃嗔怪何以众星没在急流轰浪中被打湿。"干"字既写出诗人独特的感受，也写出夜渡之险，其惝恍之情如画。如《唐诗归》钟惺云："险，想却真。"杜甫让主体意识潜入客体之中，总是不动声色的。

六

《自平》，大历二年（767）冬作于夔州，取首句二字为题：

> 自平中官吕太一，收珠南海千余日。近供生犀翡翠稀，复恐征戍干戈密。蛮溪豪族小动摇，世封刺史非时朝。蓬莱殿前诸主将，才如伏波不得骄。

中官，即宦官。收珠南海，指征收南海市舶税。《旧唐书·郑畋传》载："右仆射于琮曰：南海有市舶之利，岁贡珠玑。"市舶使，或称押蕃舶使,是朝廷任命的对外征税使,宋人罗浚《宝庆四明志》"市舶"条:"东南际海,海外杂国时候风潮,贾舶交至,唐有市舶使总其征。"市舶在唐玄宗时就引起朝廷的重视,开元四年,张九龄《开大庾岭路记》云:"海外诸国,日以通商……上足以备府库之用,下足以赡江淮之求。"在安史乱后,朝廷财政尤其困难,市舶税就更显得重要,所以远处僻地的杜甫关注着广州发生的平叛事件,提出中肯的意见。而由此诗也可见少陵眼界与心胸。

七

《春夜峡州田侍御长史津亭留宴得筵字》:

> 北斗三更席,西江万里船。杖藜登水榭,挥翰宿春天。白发烦多酒,明星惜此筵。始知云雨峡,忽尽下牢边。

君不见石拱桥,不用一匙灰土,却依凭石块之间的拱力,紧贴坚牢,百年不圮。此诗也典型地体现了杜甫五律密集意象所特有的拱力结构。"北斗/三更/席,西江/万里/船",词与词之间并无语法关联,只有意象与意象之间的张力,空白处为读者留下遐想余地;"挥翰宿春天","宿春天"也绝非动宾结构,"春天"显然不是"宿"的对象;"白发烦多酒,明星惜此筵","烦"谁? 谁"惜"? 这只能是诗中独特的"语法"。意象与意象靠磁力联系起来,读者依上下文可以补足完整的意义。这样写有什么好处呢? 那就是通过迫使读者积极参与,将平时熟视无睹的意象中的诗意寻找出来,激发出新鲜感来。"三更席"不是要比"半夜三更摆宴席"雅了许多? "宿春天"不是要比"在春天里(挥笔写诗)"更有诗味与得意? "明星惜此筵"不是要比"天将晓我仍在宴会上流连"更深情、更画面化一些?

八

　　始读《暮春江陵送马大卿公恩命追赴阙下》诗，总觉得将马大说得"潘陆应同调，孙吴亦异时"，如此了得，却不见事迹，颇怪老杜轻于许与；至读"天意高难问，人情老易悲"二句，忽转入自叹时运不济，表出向阙之思，实在是阅尽沧桑人语，则以上颂美马卿之词正是要衬出命运的水火两重天，非谀词矣！附原诗："自古求忠孝，名家信有之。吾贤富才术，此道未磷淄。玉府标孤映，霜蹄去不疑。激扬音韵彻，籍甚众多推。潘陆应同调，孙吴亦异时。北辰征事业，南纪赴恩私。卿月升金掌，王春度玉墀。薰风行应律，湛露即歌诗。天意高难问，人情老易悲。樽前江汉阔，后会且深期。"

　　（原载《光明日报》、《古典文学知识》等，有较多的删补）

杜 注 参 议

一

《宋本杜工部集》保留一些旧注,有些是杜甫自注,有些则不是。除明显标明"介甫云"、"东坡尝云"者外,如卷十一《梅雨》"南京"句下注云:"'西'一作'犀'。明皇以成都为南京,犀浦乃属邑";同卷《野老》"片云何意"下注:"一作'事',又云'行云几处'";诸如此类,都是注家口吻,非杜自注。至如卷九《忆幼子》题下注:"字骥子,时隔绝在鄜州。"而卷十六《宗武生日》诗后又注云:"宗武小名骥子,曾有诗'骥子好男儿'。"老杜总不至于连自己儿子的字与小名都混为一谈吧? 二者至少有一注非杜自注。又,卷十三《玉台观》同题二首,中间只隔一《滕王亭子》,前一首题下注云:"滕王作";后一首题下注云"滕王造"。后注意思明确,谓玉台观为滕王所建造;前注则意思不明:是说此诗为滕王所作,抑此亭子为滕王所造? 如后一义,则何必两首题下皆注? 只此数例,可明旧注未必尽是杜甫自注也。

二

《奉先刘少府新画山水障歌》"闻君扫却赤县图,乘兴遣画沧洲趣"
扫却,一挥而就。杜诗:"戏拈秃笔扫骅骝。"注家或以为先画一幅地图,再画一幅山水。地图是细活,需精绘者,如何"扫却"？误。"赤县图"当借指奉先县"形势"(山),与下句"沧州趣"(水)合读,则先画山后画水,是共一幅完整的奉先山水图。

三

《北征》"我行已水滨,我仆犹木末"

木末,树梢。这里将图景平面化了:我已行至水滨,而仆人还在山腰,望过去就好像在树梢上。平面化是中国画特有的空间意识,也常见于诗中写景,乃祖杜审言已有类似写法:"树杪玉堂悬。"宗白华《美学散步·中国诗画中所表现的空间意识》有超越传统的阐述,应采用。

四

《北征》"此辈少为贵"

此句注家历来意见不一。浦起龙说得对:读杜诗要"判成片工夫",不应就一字一句论。先以下面这一小段为整体读:

> 阴风西北来,惨淡随回纥。其王愿助顺,其俗善驰突。送兵五千人,驱马一万匹。此辈少为贵,四方服勇决。所用皆鹰腾,破敌过箭疾。圣心颇虚伫,时议气欲夺。伊洛指掌收,西京不足拔。官军请深入,蓄锐可俱发。此举开青徐,旋瞻略恒碣。

阴风二句,回纥以剽悍著称,故以"阴风"、"惨淡"形容其杀气,并无褒贬。其王句,《通鉴》:至德二载九月郭子仪以回纥兵精,请益征其兵击叛军,怀仁可汗乃遣其子叶护将精兵四千余人来凤翔助战。送兵六句,当与"其王愿助顺,其俗善驰突"一气读。少,去声,少壮。《史记·匈奴传》载其风俗"贵壮健,贱老弱"。回纥与匈奴同族。游牧民族尚武,以下三句皆写其"勇决"。或云:少,上声,言杜甫预见到回纥骄悍,多则难制。但从上下文的文气看,此节先写国难当头何时方休? 接写回纥随秋风而来,"其王愿助顺,其俗善驰突"。注意:"送兵"二句承"助顺",言其一人两马,能作长途奔袭。"此辈"二句承"其俗",而"少为贵"正是匈奴"贵壮健"之俗。这是老杜常见的句法与章法,幸勿放过。气欲夺,曹慕樊《杜诗杂说》:"夺"借为"脱",舒也。所以"此句盖谓,皇上既然倾心希望借回纥兵力,收复两京,时议亦极为乐观,以为喘息将舒也"。与上八句合读,则文从字顺,上下团结一致,鼓舞人心,与下文的乐观情绪相拍合。

五

《行次昭陵》"文物多师古,朝廷半老儒。直词宁戮辱,贤路不崎岖"

文物,此指典章制度。此诗可视为《北征》结尾四句"园陵固有神,扫洒数不缺。煌煌太宗业,树立甚宏达"的补注。中国人重祖宗崇拜,虽儒家不能免,故曰:"祭如在,祭神如神在。"杜甫之于太宗,所崇拜者不但在颂其武功,更重其文治——"文物多师古,朝廷半老儒。直词宁戮辱,贤路不崎岖。"四句与其说是对"贞观之治"的总结,毋宁说是杜甫对当前朝政所寄的希望。不久后所作《重经昭陵》又云:"风尘三尺剑,社稷一戎衣。翼亮贞文德,丕承戢武威。"贞文德,正文德也;戢武威,止武修文也,这才是致治之道。杜甫的文治思想,远的说上承儒学"王道",近接"二张"(张说、张九龄)的"文

256

学"（详参《汪篯隋唐史论稿·唐玄宗时期吏治与文学之争》），更主要还在于乱世中对现实深刻的体会。不但叛军多是残暴好战的武人，官军中也不乏将悍卒暴者，"诗书遂墙壁，奴仆且旌旄"，"攀龙附凤势莫当，天下尽化为侯王"，"上将盈边鄙，元勋溢鼎铭"，此类句举不胜举，直至入蜀后还要感慨万千地说："王室比多难，高官皆武臣！"文治思想是连贯后半部杜诗的一条颇重要的线索，应标示。

六

《洗兵马》"田家望望惜雨干，布谷处处催春种。淇上健儿归莫懒，城南思妇愁多梦"

仇注："按史：乾元二年春旱，故有田家望雨之句。"后之注家亦多以天旱为言。望望，眼巴巴地看着。春雨干，非无雨也，言农家眼巴巴地看着宝贵的春雨干掉，却不能及时播种。淇上句，淇水在卫州，与邺城邻。淇上健儿，指攻邺唐军。农家之所以不能及时春种，正由于子弟战于淇上，非因大旱也。归莫懒，则鼓励士兵一鼓作气平叛，及早还乡，犹得抢播也。

七

《早秋苦热堆案相仍》题下旧注"时任华州司功"

七月六日苦炎蒸，对食暂餐还不能。每愁夜中自足蝎，况乃秋后转多蝇。束带发狂欲大叫，簿书何急来相仍。南望青松架短壑，安得赤脚踏层冰。

这首诗有的说是"吴体"拗格,有的说是古诗,还有的说"作律诗读尤老"——没明说到底算不算律诗。纪晓岚干脆不客气说:"此杜极粗鄙之作。"仇注则引朱瀚推开一步说:"此必赝作也。命题既蠢,而全诗亦无一句可取,纵云发狂大叫时戏作俳谐,恐万不至此,风雅果安在乎?"说到底是嫌这诗不登大雅。《读杜心解》讲得比较实在:"借苦热泄傲吏之愤,即嵇康'七不堪'意。老杜每有此粗糙语。"杜甫为人有狂狷的一面,文字有粗豪一路,这是事实。此诗正是二者相匹配的例子。嵇康《与山巨源绝交书》有这样的文字:"性复疏懒,筋驽肉缓,头面常一月十五日不洗;不大闷痒,不能沐也。每常小便而忍不起,令胞中略转,乃起耳。"又曰:"此犹禽鹿,少见驯育,则服从教制;长而见羁,则狂顾顿缨,赴蹈汤火。"又曰:"危坐一时,痹不得摇,性复多虱,把搔不已,而当裹以章服,拜揖上官,三不堪也。"这样的文字你说是雅还是不雅?内容与形式融洽无间,辞善达意,便是化俗为雅。"每愁夜中自足蝎,况乃秋后转多蝇。束带发狂欲大叫,簿书何急来相仍",虽然粗糙,但写得很有现实感,很传神。粗糙并不是粗鄙。杜甫这首诗通过厌苦热而表达一种对官场吏事的不耐烦,十分率真生动,体现其狂狷的一面,何粗鄙之有!

八

《秦州杂诗二十首》其五"南使宜天马,由来万匹强。浮云连阵没,秋草遍山长"

南使,唐时牧马官,《旧唐书·职官志》:"凡诸群牧,立南北东西四使以分统之。"又《新唐书·兵志》:"其后突厥款塞,玄宗厚抚之,岁许朔方军西受降城为互市,以金帛市马,于河东、朔方、陇右牧之。"则此句谓南使所辖之陇右,适宜牧养良马,故有下联。浮云,形容马群之大且动。没,被遮蔽。二句谓马群被高深的秋草所淹没,与"风吹草低见牛羊"意境相反而相成,上承"宜天马"耳。或引《西京杂记》,谓浮云为马名,汉文帝九匹良马之一。朱注:"《通鉴》:是年者三月,九节度之师溃于邺城,战马万匹,惟存三千。此诗'浮云连阵没',正其事也。"字词偶有相近便附会诗意,应属误导。

九

《废畦》在秦州作,废畦即荒芜的菜畦

　　　　秋蔬拥霜露,岂敢惜凋残。暮景数枝叶,天风吹汝寒。绿沾泥滓尽,香与岁时阑。生意春如昨,悲君白玉盘。

首联"秋蔬"而曰"岂敢"云云,显然是"以人理待之",非喻人事而何?黄生曰:"古诗:'委身玉盘中,历年冀见食。'此言'悲君白玉盘',委身知不再,歇后成句。"这"菜"颇有点"毛遂自荐"的意思。不过我看杜诗讲的是整个"废畦",不应只荐自己一棵"菜"。如果"君"指君王,"畦"喻用人机制、贤路,则如今肃宗朝小人当道,诸贤如郭子仪、李泌、房琯乃至自己,尽在被排摈之列,贤路废塞,诸贤似"拥霜露"而凋残之"秋蔬"。菜畦既废,诸蔬凋残,玉盘遂空,所以"悲君白玉盘"也。

十

《铜瓶》乾元二年(759)在秦州作

　　　　乱后碧井废,时清瑶殿深。铜瓶未失水,百丈有哀音。侧

想美人意,应悲寒瑨沉。蛟龙半缺落,犹得折黄金。

铜瓶,此指宫中铜制汲水器。《杜诗说》:"以铜为瓶,而以金饰其上为蛟龙。此宫中之物,乱后散于民间,或有得其缺折之余者,故因所见而起兴。"或谓蛟龙是瓶身刻绘者,如是,则如何"缺落"? 蛟龙,应指以蛟龙形象为饰物之瓶耳。折,并非"缺折",乃"当"也,相当于、抵得上。此言铜瓶虽"半缺落"其瓶耳,然其整体制作精美,犹抵得上黄金之价值。

此诗运思巧妙,从残缺的铜瓶之精美,见出当年宫中之奢华,意在忆盛世而悲时艰。残缺,往往为读者留下更广阔的想象空间,名塑"断臂的维纳斯"是也。《韩非子·解老》有云:"人希见生象也,而得死象之骨,案其图而以想其生也。""铜瓶未失水,百丈有哀音。侧想美人意,应悲寒瑨沉。"四句体现了杜甫"以想其生"的惊人想象力。他从一缺残之铜瓶中遥体人情,以揣以摩,活现了当年宫中某个生活片断,那宫女一闪之身影更觉哀婉动人。中唐诗人张籍有《楚妃怨》一首,恰好"补出"此断片。诗曰:"梧桐落叶黄金井,横架辘轳牵素绠。美人初起天未明,手拂银瓶秋水冷。"不止此也,这个缺残铜瓶还有另一层美学上的意义,那就是它无意间记录下的历史沧桑,那乱世人眼中的太平的价值。知否知否! 诗人眼中"犹得折黄金"并非古董商眼中的"犹得折黄金",未曾经历过战乱的人是估不出"太平"的价值的。

陇右诗是杜诗枢纽

一

历来论者多重杜甫陇右诗之"图经"特色,而清代重要杜诗注家浦起龙《读杜心解》却颇重其枢纽意义,在《读杜提纲》中用过半的文字阐述此意。录如下:

> 客秦川,作客之始。当日背乡西去,为东都被兵,家毁人散之故。河北一日未荡,东都一日不宁。晓此,后半部诗了了。本传旧谱并说是关辅饥,没交涉。
>
> 蜀中诗只"剑外官人冷"一句盖却。设不遇严武,蚤已东下。夔州诗口口只想出峡,荆州、湖南诗口口只想北还。
>
> 说杜者云每饭不忘君,固是。然只恁地说,篇法都坏。试思一首诗本是贴身话,无端在中腰夹插国事,或结尾拖带朝局,没头没脑,成甚结构?杜老即不然。譬如《恨别》诗"闻道河阳近乘胜,司徒急为破幽燕",是望其扫除祸本,为还乡作计。《出峡》诗"朝士兼戎服,君王按湛卢","五云高太甲,六月旷抟扶",是言国乱尚武,耻与甲卒同列,因而且向东南。以此推之,慨世还是慨身。太史公《屈平传》谓其"系心君国,不忘欲反,冀君之一寤,俗之一改也。然终无可奈何,故不可以反"数语,正蹴着杜氏鼻孔。益信从前客秦州之始为寇乱,不为关辅饥,

261

原委的然。

所谓"客秦州",当包括整个在陇右时期。去两京而客秦州,是杜甫离开朝廷政治中心的决定性一步,从此不再回头。这是杜诗一大关节。不言"转折",而言"枢纽",是因为我考虑到从本质上看,杜甫此后并未改变其"思朝廷"与"忧黎元"之初衷,只是二者间的重心有所调整,有所深化,其表现形式也有所改变,但一部杜诗仍是一索子贯,不可打为两截子。细味浦氏云云,也只是要强调其"无可奈何",而"系心君国,不忘欲反"才是前后杜诗筋连着骨的脉络所在,故"晓此,后半部诗了了"。且"转折"指现象,"枢纽"指产生此现象之文本。

乾元二年(759)秋后的陇右诗与前半部诗的内在联系,首先在于它是至德元载(756)以来种下的"因"所结成的"果"。说杜甫客秦州与"关辅饥""没交涉"是不对的,因为诗人自己在秦州所作《寄彭州高三十五使君适虢州岑二十七长史参三十韵》中称:"无钱居帝里,尽室在边疆。"显然与经济状况大有关系,"关辅饥"让贫困的一家子活不下去。然而这只是外在的原因,当年安禄山作乱前夕,"幼子饿已卒"的情况下,他在《自京赴奉先县咏怀五百字》中犹曰:"生逢尧舜君,不忍便永诀。当今廊庙具,构厦岂云缺?葵藿倾太阳,物性固莫夺!"安史乱起,唐肃宗即位灵武,诗人竟把家小撇在羌村,只身奔赴行在,不幸被俘。后经历千辛万苦,终于"麻鞋见天子,衣袖露两肘"(《述怀》)。即使肃宗厌恶他,让他回鄜州探亲,他在《北征》中犹"拜辞诣阙下,怵惕久未出。虽乏谏诤姿,恐君有遗失……挥涕恋行在,道途犹恍惚"。甚至被贬为华州司功参军,出城门犹三步一回头,恋恋不能去:"近侍归京邑,移官岂至尊。无才日衰老,驻马望千门!"(《至德二载甫自京金光门出……》)如今何以仅为"无钱居帝里"就毅然决然而去,甚至后来唐代宗都召不回头?《秦州杂诗》(其二十)道出深刻的内在原因:"唐尧真自圣,野老复何知!"涤非师注:"古人说'后从谏则圣',而你陛下却真是天生的圣帝,我这老匹夫又懂得什么呢!"①这当然是对肃宗的讽刺。仇注:"自圣,见说言不能入,何知,见朝政不忍闻。"这才是老杜挈妻子离朝廷的内在原因。

关于这一点,我们可以从稍后所作《两当县吴十侍御江上宅》诗中得到印证。诗有云:

> 昔在凤翔都,共通金闺籍。天子犹蒙尘,东郊暗长戟。兵家忌间谍,此辈常接迹。台中领举劾,君必慎剖析。不忍杀无辜,所以分白黑。上官权许与,失意见迁斥。仲尼甘旅人,向子识损益。朝廷非不知,闭口休叹息。余时忝诤臣,丹陛实咫尺。相看受狼狈,至死难塞责。行迈心多违,出门无与适。于公负明义,惆怅头更白。

"上官"、"朝廷"不分黑白,滥杀无辜,正由于肃宗的刚愎自用,倒行逆施,根本不恤民情。这正是杜甫最痛心处!从史料中我们不难看出唐肃宗是一个极自私的人,为一己之私,可以置国家长远利益于不顾,不惜出卖百姓,对他所依靠的功臣施以小计谋来算计他们,甚至对父子兄弟子女也往往骨肉相残。这些劣迹屡见于史书,已是唐史常识,恕不列举,仅举一例以见其残忍地出卖支持卫国战争的老百姓的极端自私。《资治通鉴》卷二二〇至德二载条:

> 初,上欲速得京师,与回纥约曰:"克城之日,土地、士庶归唐,金帛、子女皆归回纥。"至是(今按,指收复长安时),叶护欲如约。广平王俶拜于叶护马前曰:"今始得西京,若遽俘掠,则东京之人皆为贼固守,不可复取矣,愿至东京乃如约。"叶护惊跃下马答拜,跪捧王足,曰:"当为殿下径往东京。"即与仆固怀

---

① 萧涤非《杜甫诗选注》,人民文学出版社 1985 年版。

恩引回纥、西域之兵自城南过,营于浐水之东。百姓、军士、胡虏见俶拜,皆泣曰:"广平王真华、夷之主!"上闻之,喜曰:"朕不及也!"俶整众入城,百姓老幼夹道欢呼悲泣。

肃宗之残忍、虚伪可见,被出卖的老百姓之无助、悲痛如闻。虽然这一事件未具体再现于杜诗,但它对"穷年忧黎元"的杜甫的刺激是不言而喻的。在收京后所创作的惊天地、泣鬼神的"三吏"、"三别"中,我们感受到诗人内心极度的矛盾与痛苦已趋极限:

> 他一方面根据当时人民固有的"同仇敌忾"的爱国热情进一步鼓励人民参战,有时借新娘子的口说话:"勿为新婚念,努力事戎行!"(《新婚别》)杜甫看得清楚:没有人民的参战,国家马上就要灭亡;但朝廷如果不顾人民的死活,自掘坟墓,人民也就很难以参战,国家还是要灭亡。所以杜甫在另一面则大力揭露当时兵役的黑暗并直接痛斥统治者的残暴:"眼枯即见骨,天地终无情!"(《新安吏》)所谓"天地",实即朝廷。①

"三吏"、"三别"典型地体现了杜甫"思朝廷"是为了"忧黎元","忧黎元"所以就得"思朝廷"。而诗人一旦意识到这个"尧舜君"刚愎自用,倒行逆施,根本不恤民情,处处只为一己之私,"致君尧舜"的幻想便会破灭,他还要弃家不顾,死跟"朝廷"吗?"生逢尧舜君,不忍便永诀"终于演变为"唐尧真自圣,野老复何知",毅然决然离朝廷而去。洛阳返华州之行的所见所闻所思,是杜甫"客秦州"的最大推手。

---

① 萧涤非《杜甫研究》修订本,齐鲁书社1980年版,第29页。

二

陇右诗对"安史之乱"以来的现实作了深刻的反思,浦起龙于此作了重要的提示。开篇所引浦氏云云,将杜甫背乡西去与其君臣关系联系起来考虑,可谓切中肯綮。尤为难得的是,他指出杜诗"慨世还是慨身"的特质——杜甫是在现实中经过亲历亲感去思考、处理其君臣关系的。虽然浦氏有"片面地强调了杜甫的忠君思想"(中华书局版《读杜心解》点校说明)的弊病,但以上提示仍具发明之功。

诚如浦氏所指出,"国乱尚武,耻与甲卒同列"的确是杜甫一大心结。"国乱尚武"本无可厚非,问题是尚武而弃儒术不用,"诗书遂墙壁,奴仆且旌旄"(《避地》),于是文治既废,道德沦丧,群小趁机"攀龙附凤势莫当,天下尽化为侯王"(《洗兵马》),乱上添乱,乱象无已时。杜甫客秦州以后,对这个问题作了深入的反思:"万方声一概,吾道竟何之!"(《秦州杂诗》之四)"此邦今尚武,何处且依仁?"(《寄张十二山人彪三十韵》)杜甫认为大乱更需要文治相辅,使百姓安定下来才是根本大计。关于这一点,《秦州见敕目薛璩毕曜迁官》诗中有明确的表述:

> 羽书还似急,烽火未全停。师老资残寇,戎生及近坰。忠臣辞愤激,烈士涕飘零。上将盈边鄙,元勋溢鼎铭。仰思调玉烛,谁定握青萍。

仇注:"上将元勋,见功臣可仗。"愚意以为"盈"、"溢"不无讽刺意味。盖满地上将元勋,何以烽火未停? 仇注又云:"欲调玉烛,青萍谁属? 言当专任李郭,以致太平。"仍未达一间。《尔雅·释天》:

"四时调和谓之玉烛。"调和阴阳是宰相、诸文臣的职责,则"调玉烛"与"握青萍"并列,文武当并用也。后来在梓州所作《有感五首》强化了这一主张:"莫取金汤固,长令宇宙新。不过行俭德,盗贼本王臣!"《送陵州路使君赴任》又云:"战伐乾坤破,疮痍府库贫。众僚宜洁白,万役但平均!"这些就是"调玉烛"的具体内容。只有百姓安定,支持朝廷,才能平息战乱。其"思朝廷"的出发点仍是"忧黎元",而燮理阴阳的"儒术"才是治乱的根本。

杜甫在秦州所作的这一重要反思,贯穿了后半部杜诗。萧涤非先生曾精辟地指出:

> 杜甫入蜀以后,思想上有一个很突出的变化,那就是他不再"自比稷与契",而向往于诸葛亮。他写了一系列赞扬诸葛亮的诗,并公然说:"凄其望吕葛,不复梦周孔。"意思就是说,他殷切期望的是吕尚、诸葛亮这类英雄人物,再也不梦想周公和孔子了。[1]

杜甫秦州以后虽然仍坚信儒术,但的确将理想调低了,和当时的现实更贴近了。不得已而求其次,他甚至将严武树为诸将的榜样。在永泰元年(765)所作《诸将五首》中,严辞抨击当时武官的昏庸,却于末首赞美严武,肯定其镇蜀安民之功:"主恩前后三持节,军令分明数举杯。西蜀地形天下险,安危须仗出群才!"如果我们将此诗与《遭田父泥饮美严中丞》合读,便不难明白,杜甫尤看重的是严武为政能注重风化,能爱民。诸葛亮也好,严武也罢,都是文武双全的人物,是杜甫心目中切合现实需要的人才。浦起龙将杜甫对"国乱尚武"的思考归结为仅仅是"耻与甲卒同列",则未免浅乎言之。从另一个角度看,则杜甫又是将理想高调了。让我们再回到陇右诗

---

[1]　萧涤非《杜甫研究》修订本,齐鲁书社1980年版,第381页。

看看。

杜甫于乾元二年(759)冬离秦州往同谷,写下《凤凰台》诗,录如下:

> 亭亭凤凰台,北对西康州。西伯今寂寞,风声亦悠悠。山峻路绝踪,石林气高浮。安得万丈梯,为君上上头。恐有无母雏,饥寒日啾啾。我能剖心血,饮啄慰孤愁。心以当竹实,炯然无外求。血以当醴泉,岂徒比清流。所贵王者瑞,敢辞微命休。坐看彩翮长,举意八极周。自天衔瑞图,飞下十二楼。图以奉至尊,凤以垂鸿猷。再光中兴业,一洗苍生忧。深衷正为此,群盗何淹留。

浦起龙将此诗归结为“注想太平之意”,笺曰:“是诗想入非非。要只是凤凰本地风光,亦只是老杜平生血性。不惜此身颠沛,但期国中兴。剖心沥血,兴会淋漓。”很有见地。的确,此诗“想入非非”,却又是“老杜平生血性”的体现,可谓是一首从严酷的现实中绽放出来的浪漫之花。与李白《古风五十九首》之“西上莲花山”有相类之趣。然而,从“凤凰台”联想到“凤鸣岐山”,周室中兴,还不算奇特。奇特的是他想象中的凤凰并非给人们马上带来祥瑞、太平的凤凰,而是一只嗷嗷待哺的小鸟:“恐有无母雏,饥寒日啾啾。”要让她带来祥瑞首先必须养活她,哺育她。杜甫不是坐等太平天赐,而是要以心血亲自哺育出太平:“我能剖心血,饮啄慰孤愁。心以当竹实,炯然无外求。血以当醴泉,岂徒比清流。所贵王者瑞,敢辞微命休。”这不就是鲁迅所说的“我以我血荐轩辕”吗?不就是《离骚》所云:“长太息以掩涕兮,哀民生之多艰……亦余心之所善兮,虽九死其犹未悔!”在凤雏的意象中,无疑凝结着中华民族精英的文化基因。诚如萧先生所指出:“一部杜诗,便是杜甫‘我能剖心血……一洗苍生忧’的实践。”(《杜甫研究》)它与前期所作《奉赠韦左丞丈二十二韵》"致君尧舜上,再使风俗淳"的理想是相承的,不过重心已从"致君"移向"致太平","再光中兴业"不是仅为一家一姓,而是为了"一洗苍生忧"。他似乎开始把希望更多地寄托在士子百姓一边,"炯然无外求",而不是把希望只押在"致君"上。

杜甫是认真的。他居然"计划外"地在凤凰台下找了个村子住下,成为陈贻焮先生所说的凤雏的"供养人"①。他实践了"血以当醴泉"的誓言,在困顿中写下令人刻骨铭心的"同谷七歌"。它与入蜀后的名篇《茅屋为秋风所破歌》遥相呼应。直至诗人逝世前一年,在漂泊途中,诗人又写下《朱凤行》,再次坚申其誓言:

> 愿分竹实及蝼蚁,尽使鸱枭相怒号!

至此,我们可以说,浦起龙"晓此,后半部诗了了"的提示是准确的,陇右诗是杜甫对"安史之乱"现实进行深刻反思之起始,此后杜诗最多反思之作,不再是潼关时期那种以同步反映现实斗争的战地记者式的"报道"。

(原载《古典文学知识》2010 年第 2 期)

---

①　陈贻焮《杜甫评传》,上海古籍出版社 1988 年版。

下　编

百年杜甫研究回眸

　　杜甫研究自宋以来历千年不衰,已俨然成一门"杜学"。二十世纪杜甫研究继承与创新表现为如下三方面:

　　其一,杜集及有关资料之考订整理。传为王洙编定的《宋本杜工部集》是最早、最重要的一种杜集,1957年经张元济整理,由商务印书馆影印,使珍本得以广泛流传;又台湾学者黄永武主编《杜诗丛刊三十五种》(1974年),汇辑影印杜注善本多种;又华文轩编《古典文学研究资料汇编·杜甫卷上编(唐宋之部)》(1964年);又叶嘉莹《杜甫〈秋兴八首〉集说》(1966年),广事搜集,时加按语,蔚成大观,既是分题专论之资料汇编,又是个人研究心得,影响颇广;而20世纪初发现的明抄本宋人赵次公《新定杜工部古诗近体诗先后并解》残卷,为傅增湘、沈曾植所重,后经林继中辑佚补编题为《杜诗赵次公先后解辑校》,于1994年出版;及张忠纲《杜甫诗话校注五种》(1994年)等一批杜集及有关资料的整理,及辨伪如程会昌(千帆)《杜诗伪书考》(1949年)、邓绍基《关于钱注吴若本杜集》(1982年)、周采泉《〈傅青主批杜诗〉质疑》(1982年)、陈尚君《新发现杜甫佚诗证伪》(1984年)、梅新林《杜诗伪王注新考》(1995年)等,都是杜学重要的基础工程。值得重视的还有洪业作序哈佛燕京学社编《杜诗引得》(1940年),及万曼《杜集叙录》(1962年)、郑庆笃等编《杜集书目提要》(1986年)、周采泉《杜集书录》(1986年)等,为杜诗研究提供了方便。

其二,对杜甫及杜诗之研究。大体上可分为五十年代前,八十年代前,及八十年代后三个阶段。世纪之初,西学东渐,"民主"与"科学"的启蒙主义鼓荡人心,为杜学开辟一新境界。梁启超1922年在诗学研究会的演讲《情圣杜甫》,首开以西方"真善美"为标准评杜诗的风气,针对传统道德标准第一的"诗圣"的提法,称杜为"情圣",认为是杜诗感情的丰富、真实、深刻,手法的熟练、鞭辟入里,使杜甫在文学史上有着崇高的地位。他又称杜为"写实派"、"半写实派",认为杜诗价值最大者在能确实描写出社会状况,讴吟时代心理。他还指出杜诗写情的艺术手法是:愈拶愈紧,愈转愈深,或一句一意,或大开大合,能用极简的语句包括无限的情绪。继起用"真善美"、"写实主义"来分析、评价杜诗的有胡适的《白话文学史》(1929年)。胡著列杜甫为专章,以较系统的社会学方法研究杜诗,认为时势的变迁同文学潮流有密切关系,伟大作家的文学能表现实在的人生。"安史之乱"后,是呼号愁苦的文学时代,杜甫与元结、白居易诸人开创了一个中国文学史上最为光华灿烂的时代。艺术上胡著认为"问题诗"是杜甫的创体,其乱离中诗歌的艺术风格是:观察细密,艺术愈真实,见解愈深沉,意境愈平实忠厚。以上观点影响深远,即使持批判态度的后来者,也未必能突破这一大框架。又由于胡适力倡白话,故强调杜诗的明白如话,指出北宋用说话的口气作诗出于杜。而滑稽风趣则是杜诗特别的风格,有意贬低杜甫律诗的价值,为人所不取。以诗人兼学者的眼光研究杜诗的有闻一多,其《杜甫》(1928年)及《少陵先生年谱会笺》(1930年)都是杜学的重要开拓,前者虽是杜甫传的片断,但既有旧学坚实的依托,又有新眼光、新方法,且具有新文艺的感染力。在后来经其学生郑临川整理发表的《闻一多说唐诗》(1979年)中,记述了闻一多对杜甫的看法,认为两汉时期文人有良心而没文学,魏晋六朝时期有文学而没良心,杜甫则二者兼备,有良心也有文学。在此期间还出现一些如段熙仲《杜诗中的文学批评》(1926年)、常工《弥尔顿与杜甫》

（1929 年）等文章，显示杜学视野正在开拓中。

三十年代是民族灾难深重的岁月，杜诗的民族意识为人们所感知，当时杂志上常有关于杜甫的文章，学界常有关于杜甫的演讲。战争使人们体验了杜诗的好处。甚至在艰难处境中的延安，也时有关于杜甫的文章。除了杜诗的普及，此期间研究领域继续拓展，如郭绍虞《杜甫戏为六绝句集解》（1932 年）、朱自清《诗多义举例》（1934 年）、志喻《杜甫诗中之宗教》（1937 年）等。进入四十年代，杜学路子更宽，大至时代、民族文化、社会，细至一字一句，多有论及。而冯至 1946 年后陆续发表的《杜甫诗》片段，如《杜甫和我们的时代》、《杜甫在长安》等，标志着这一时期新的研究水平。《杜甫传》于 1952 年出版，书既对杜充满感情，又力求言必有据，评价也力求客观公允，颇得学界好评而广为流传。综观上半世纪的杜甫研究，新、旧学并存，而新方法主要是社会学的方法，逐渐取得主流地位，但并未形成一种模式，仍属多元发展。虽然四十年代就有翦伯赞《杜甫研究》（1944 年），开尝试用阶级分析的方法研究杜甫，但真正将马克思主义文艺理论（主要是苏俄文艺理论）引进杜甫研究，并成为主流，应是五十年代后的事了。

五十年代后，大批知识分子本着对新社会的热爱，对马克思主义的信仰，主动学习马克思主义与毛泽东思想，诚心接受改造，用新学来的观点研究学术，也力图以此建设新杜学，傅庚生《杜甫诗论》（1954 年）与萧涤非《杜甫研究》（1955 年）堪称代表作。两部著作都以现实主义与人民性作为分析评价杜甫的新标准，对杜甫作了相当全面、系统的研究。傅著认为杜在"安史之乱"中生活接触到人民，思想上接近人民，其诗因之较充分地表现了人民性与现实性，《北征》为其转折之标志。"人民性"与"现实主义"的提法在当时也是较为普遍的提法，如刘大杰《人民诗人杜甫》（1953 年）、谭丕模《杜甫诗歌中的现实主义精神》（1954 年）等，都持类似观点。傅著特点在于强调杜甫是一步步走向人民，有一个由"阶级浪子"走向人民的转变立场的过程,并认为其人民性表现在诗的现实性上。傅著结合历代论杜,对杜诗主要风格特征"沉郁"做了颇详尽的剖析,探究杜诗中情思与所咏事物间的契合关系。萧著则重视生活实践这一中介环节。认为时代的影响主要是人民的影响,杜甫通过生活实践与人民交往,体会其哀乐而接受其情感。萧著特意将杜甫困守长安时期独立划出,认为是杜靠拢人民的一个重要契机,正是贫困的生活使之成为一个忧国忧民的诗人。但萧著同时认为,同一时代环境对诗人的影响程度还取决于作家自己的"生活实践、思想意识"。如同样经历"安史之乱"的王维,就没有反映人民的苦难之作。萧著正面提出杜甫仍属封建士大夫,其思想根源是儒家。儒学存在若干可取的优点,主要指入世有为的积极精神,虽主张忠君,也主张节用爱民,杜的思想处于忠君与爱民的矛盾之中,而在特定条件下,"上感九庙焚,下悯万民疮"有其统一性,"思朝廷"是为"忧黎元","忧黎元"所以"思朝廷"。萧著将传统的民胞物与的仁者精神提高到人道主义来认识,将它作为杜的基本思想,认为一部杜诗,便是"我能剖心血……一洗苍生忧"之实践。萧著还将杜诗形式的创新(如乐府、律体等)放在生活实践中去考察,认为杜对语言形式的采用,都是为更有力更逼真地反映生活。

将杜诗的写实性由传统"诗史"的认识提高到"现实主义的创作方法",应当说是个进步,傅著、萧著的解释也基本符合杜甫创作实际。但随后不久,因受苏联文论界的影响,中国文学史研究开始将文学史归结为"现实主义与反现实主义斗争"的模式。杜甫在各种文学史中成为"现实主义"的代表作家,而杜诗的极大丰富性、多向性被漠视了。

1958年"大跃进"也波及古典文学研究,"革命的浪漫主义"与"现实主义"相提并论。1962年郭沫若在北京世界文化名人杜甫纪念会的开幕词《诗歌史中的双子星座》中,提倡李、杜结合,也就是浪漫主义与现实主义的结合。该文李、杜一视同仁,评价较公允。这是一个颇有意思的时期：全国正经历"三年自然灾害"，而报刊上关于杜甫的文章也日见其多，至 1962 年因纪念世界文化名人而进入小高潮。不但文章多，角度也新而广，且趋于具体、深细，有不少是讨论对杜诗风格或字句的理解问题，还有些是对杜遗迹包括葬地的考察。这个时期的一些重要论文如马茂元《思飘云物动，律中鬼神惊》、吴调公《青松千尺杜陵诗》、蒋和森《伟大的时代的歌手》等，收入《杜甫研究论文集（三辑）》（1963 年）。

1966 年"文革"风暴同样横扫了杜学，成为一片空白。至 1971 年郭沫若《李白与杜甫》一书，才以扬李抑杜的言论打破沉寂。与上引郭氏《诗歌史中的双子星座》的观点对照，我们很难说这回对杜的极力贬抑是严肃认真的。此后一些以"儒法斗争"评杜的文章，同样随着学界正常化而灰飞烟灭了。

综观五十年代至七十年代杜甫研究方法，是比较单一的，渐趋模式化。八十年代开始，随着新时期的思想解放，带来杜学又一季春天。据统计，单 1982 年大陆报刊所发杜甫研究的文章，就有 130 余篇，其中考证辨析者近 30 篇。杜学复兴不但是对"文革"中抑杜的反弹，更是对传统治学方法的某种复归。动笔于 1971 年而结集于 1984 年的邓绍基《杜诗别解》颇具代表性。该著作不生奥义，实事求是，从前人附会割剥中求杜诗本意，推陈出新。同样动笔于"文革"中而出版于 1980 年的罗宗强《李杜论略》，也是以实事求是为宗旨，力求考辨详悉，言必有据而立论平实。李杜比较是老课题，罗氏则于比较中侧重探讨其异同是如何形成与表现，并由此对一些理论问题提出独到的见解。实事求是之风还体现在一批对旧注旧说做重新审视的论著上，如徐仁甫《杜诗注解商榷》（1979 年）、曹慕樊《杜诗杂说》（1981 年）、金启华《杜甫诗论丛》（1985 年）、成善楷《杜诗笺记》（1989 年）等。集大成之作当推陈贻焮《杜甫评传》上卷（1982 年）、中卷（1988 年）、下卷（1988 年）。该评传篇幅浩繁，逾百万言，兼传兼评，或考或辨，夹叙夹议，是对杜甫、杜诗的综合研究。八十年代杜甫研究还有两点值得注意，一是实地考察，二是集体行动。前者如山东大学《杜甫全集》校注组《访古学诗万里行》（1982 年），校注组沿杜甫生平流寓路线进行实地考察，增进对杜诗之理解；后者如成都杜甫研究会，多次在成都杜甫草堂举行全国性的专题研讨会，该学会所主办的《草堂》杂志，是杜学一个重要的园地。

综观八十年代杜学，尚处于蓄势阶段。许总《〈杜甫研究〉得失探》（1986 年）、《杜诗学大势鸟瞰》（1986 年）、张晶《新时期杜甫研究概观》（1986 年）、张志烈《读〈草堂〉——兼谈近年来的杜诗研究》（1986 年）等，都不同程度地感受到时代的要求与新变的来临。许总认为，萧涤非先生的《杜甫研究》代表了我国八十年代杜甫研究的水平，能运用马克思主义观点分析文学史现象，但由于长期"左倾"思潮的影响，仍有教条化、公式化的倾向。总体看，30 年来杜甫研究虽然繁荣，但并未摆脱对传统的"示本乐末"论的沿袭。这些文章表达了学界对杜甫研究要有个大变革的愿望。

事实上八十年代已酝酿了杜学的新变。其表现一是海外研究方法的引进，一是宏观研究的重视。1988 年上海古籍出版社出版了海外学者叶嘉莹的《杜甫〈秋兴八首〉集说》增辑本。作者之初心是针对现代诗之突破传统句法颠倒错综而不易为一般读者所理解的现实，以杜甫《秋兴八首》之集说启示今人，总结其反传统与意象化经验，力倡突破传统必须深于传统之修养，深于现实之体验。同时提出研究方法上东方与西方理论之结合、文学研究与科学技术之结合的期望。随着该书的出版，一批海外学人的汉学研究成果陆续被介绍，其中如高友工、梅祖麟的《唐诗的魅力》（1989 年），从语言结构入手分析《秋兴》，进而研究唐诗，使人耳目一新，引起较大的反响。

在引进西方批评方法之初，难免出现一些空疏不切实际，乃至只是搬弄名词概念的文章。如何让新知与旧学融贯起来，解决中国文学史的实际问题,成为严肃学者所关注的课题。作为一种示范,程千帆教授及其学生在 80 年代发表的一系列杜甫研究论文,结集为《被开拓的诗世界》(1990 年)。该集重点讨论杜甫在古典诗歌发展上的作用,探索杜甫对诗歌世界如何进行开拓,是程千帆将考证和批评密切结合起来的主张的实践。该主张的另一重要成果是莫砺锋的《杜甫评传》(1993 年),从传统思想文化的视角观照杜甫,以微见著,揭示杜甫的文化意义。评传对杜甫的诗艺人品及其影响作了全面的评述,其中如认为成都草堂时期的诗是平凡事物的美学升华等,有独到的见解。

非文学史家而在方法论上对杜甫研究具有启迪意义的有李泽厚的《美的历程》(1981 年)。书中提出在美学上具有不同意义与价值的两种"盛唐"。以李白、张旭为代表的"盛唐"是对旧的社会规范和美学标准的冲决,但还没有确定的形式;而以杜甫、颜真卿为代表的"盛唐",则是新的艺术规范、美学标准的确立,其审美理想中渗透了儒家教义,成为千年后期封建社会的艺术楷模。这种鸟瞰式的把握,使杜学更有机地与传统文化融为整体。罗宗强《隋唐五代文学思想史》(1986 年)则视杜甫为转折时期文学思想的代表,代表了从盛唐之音的诗坛萌生的一种新的创作倾向,是功利主义文学思想与缘情说的自然统一,其创作是在写实的同时强调情思神韵。

九十年代杜甫研究保持强势,平均每年论文约百篇,专著总量近 40 部。研究方法、角度更是多元地展开。首先是新方法、新观念的运用更趋自如而切近实际。如祁和晖《杜甫与巴蜀文化》(1990 年)、林继中《杜诗与宋人诗歌价值观》(1990 年)、刘明华《杜诗修养艺术》(1991 年)、赵谦《杜甫五律的艺术结构与审美功能》(1991 年)、谢思炜《杜诗解释史概述》(1991 年)、房日晰《杜甫诗歌对李贺诗的影响》(1993 年)、胡晓明《略论杜甫诗学与中国文化精神》(1994 年)、葛晓音《论杜甫的新题乐府》(1996 年)等,尝试以接受美学、结构主义、比较、统计等诸多方法进行研究,各有所得。其次,地域专题研究更精细,如天水师专中文系《杜甫陇右诗研究论文集》(1995年),在实地考察与地方史志查阅的基础上对杜诗及杜甫行踪等做了许多考论。而传统的治学方法仍显示其生命力,如郑文《杜诗檠诂》(1992年)、裴斐《杜诗八期论》(1992年)、傅光《杜甫研究(卒葬卷)》(1997年)、邝健行《杜甫贡举考试问题的再审察、论析和推断》等。

值得注意的是:九十年代将杜诗学作为一门学科来建设的呼声日高。廖仲安《杜诗学》(1994年)、胡可先《杜诗史料学论纲》(1997年)等一批文章对杜诗学的构建作了具体讨论。杜诗研究的学科化或有望在下世纪成为现实。

其三,杜诗的鉴赏与普及。杜诗普及在二十世纪有三个高潮,一是抗日战争期间;一是六十年代上半叶;一是八十年代以来。特别是八十年代以来,鉴赏文章、鉴赏辞典乃至白话译本层出不穷,以前所未有的规模大量发行,其中不乏名家参与,成果甚丰,兹不列举。总之,鉴赏普及已成为二十世纪杜诗学不容忽视的一个组成部分。

(原载《河北大学学报》1999 年第 2 期)

赵次公及其杜诗注

南宋人曾噩序《九家注》，称"蜀士赵次公为少陵忠臣"，刘克庄《后村先生大全集》卷一百《跋陈教授杜诗补注》称："杜氏《左传》、李氏《文选》、颜氏《班史》、赵氏《杜诗》，几于无恨矣！"金元之际的元好问，在《遗山先生文集》卷三六《杜诗学引》中评宋以来各家杜诗注，云："杜诗注六七十家，发明隐奥，不可谓无功。至于凿空架虚，旁引曲证，鳞杂米盐，反为芜累者亦多矣。要之，蜀人赵次公作《证误》，所得颇多。"而清人周春也在《杜诗双声叠韵谱括略》中说："杜之有注，自赵次公始也。"赵注为后人所重如此。可惜，这部洋洋数百万言的巨帙早已散佚，而作者赵次公也鲜为人知。

笔者近年来因从事《杜诗赵次公先后解》的辑校工作，对赵氏及其杜诗注作了初步的考索，今勉力成篇，以就正于海内外专家、读者。

一、赵注成书的年代

赵次公于史无传，《四川通志·人物》也无所载，惟《分门集注杜工部诗》"姓氏"云："西蜀赵氏次公，字彦材，著《正误》。"近人傅增湘《宋代蜀文辑存·作者考》据《王注分类苏诗》云："赵次公，字彦材，蜀人，任隆州司法。"按《宋史·地理志》载隆州沿革：宣和四年为仙井监,隆兴元年始改为隆州。隆兴,乃南宋孝宗年号,则次公为南宋时人。明钞本《新定杜工部古诗近体诗先后并解》残卷(北京图书馆藏本,下简作"明钞本")成〔戊〕帙卷十一后,有题识云:"宣和元刻。"宣和为北宋徽宗年号,今检明钞本巳〔己〕帙卷三《登岳阳楼》附有次公诗一首,其末句云:"中原隔氛祲,回首泪如倾。"邵溥谓为"亦杜公忧国之念,正今日事矣"。则书成于南渡后无疑,所谓"宣和元刻"者,纯属子虚乌有。又明钞本末〔丁〕帙卷三《题桃树》引"邵溥泽民尚书云";巳〔己〕帙卷三《登岳阳楼》记其与"邵溥泽民侍郎"论诗,且溥称赵氏为"叟"。邵溥,《宋史翼》卷十有传。据李心传《建炎以来系年要录》载,建炎元年二月溥犹为户部侍郎;三月,张邦昌僭位,溥权伪楚户部尚书;五月,黜知单州。其试尚书礼部侍郎在绍兴六年正月,绍兴十八年卒。由此可推知:(一)末〔丁〕帙成书当在建炎年间,故称邵为"尚书";(二)《登岳阳楼》在最后一帙(巳佚),那么全书之完成应当在绍兴六年邵溥试礼部侍郎后,绍兴十八年邵溥卒前;(三)邵氏称次公为"叟",则成书时次公在壮年后。然此实不无可疑:邵溥权伪楚尚书为时仅月余(此后邵氏未再任尚书一职),实属伪职,当时为士大夫所深讳,次公以此伪职称溥,似不近情理,一也。林希逸《竹溪鬳斋十一稿》续集卷三十引赵次公自序云:"因留功十年,注此诗。"如果建炎年间次公已完成全帙过半之末〔丁〕帙,建炎止于四年,则己帙之完成当不迟于绍兴六、七年间,如此方可言"十年"。是时邵溥已称次公为"叟",绍兴六年去隆兴几三十载,则次公隆兴间任隆州司法当近古稀,亦似不近情理,二也。建炎年间戎马倥偬,邵溥何来雅兴与次公论诗?此又为不近情理者,三也。因此我认为"邵溥尚书"系"邵溥侍郎"之误。据《宋史翼·邵溥传》载,溥绍兴四年知泸州,五年权川陕宣抚副使,置司绵州;六年除川陕宣抚使干办公事;七年,知衡州,寻改眉州,后居犍为,至卒。则邵溥绍兴四年后多在蜀,此间与次公交游论诗可能性最大。又,旧题王十朋《东坡诗集注》卷四《芙蓉城》"竟坐误读《黄庭经》"引赵注:"闻之晁子止云,神仙黑纸白字写《黄庭经》。"晁子止,即晁公武,靖康末避乱入蜀,绍兴中始举进士(参看《四川通志》卷一六五《人物·流寓》),次公与之交游当在此期间。其《郡斋读书志》云:"近时有蔡兴宗者,再用年月编次之;而次公者,又以古律诗杂次第之,且为之注。"《读书志》成书于绍兴二十一年(见陈振孙《直斋书录解题》卷八),则赵注成书当在此年前不远,故称"近时"。如果再考虑到次公完成全帙在壮年后,且于隆兴间任隆州司法这两个因素,那么成书年代当近下限,即邵溥卒年之绍兴十八年,以绍兴四年至十七年间"留功十年"而成书之可能性最大①。

赵次公除注杜诗外,尚注苏诗,旧题王十朋《东坡诗集注》采用甚夥。傅增湘《宋代蜀文辑存》卷九八辑有次公《杜工部草堂记》、《黄鹿真人碑记》文二篇,此外无所见。

综上所述,可得次公生平大略如下:

赵次公,字彦材,蜀人。与邵溥、晁公武交游。隆兴年间,任隆州司法。著有杜诗注、苏诗注。其著杜诗注当在绍兴四年至十七年之间。

二、源 流 考 辨

赵次公注杜诗最早见于著录的,是晁公武《郡斋读书志》。袁州本四上"赵次公注杜诗五十九卷"条称:

> 本朝自王原叔后,学者喜杜诗,世有为之注者数家,率皆鄙

---

① 吴若本《九日五首》注云:"缺一首。"而赵注钞本末〔丁〕帙此诗题下注:"旧本题下注云'缺一首',非。其一在成都诗中,今迁补之。"吴若本刻于绍兴三年,雷履平因而断定"次公注杜诗,当在绍兴三年以后"(《记成都杜甫草堂所藏赵次公杜诗注残帙》,《草堂》1982年第2期)。然云"缺一首"者,并非只吴若本一家,浙本亦云"缺一首",当系沿二王原注,不足为凭。说详本文第二节"源流考辨"。

浅可笑。有原甫名(衢州本作"有托原叔名者")其实非也。吕微仲(按,即吕大防)在成都时,尝谱其年月;近时有蔡兴宗者,再用年月编次之;而次公者,又以古律诗杂次第之,且为之注。两人颇以意改定其误字。人不善之(衢州本"字"下有"云"字,无"人不善之"一句)。

从中透露了赵注与吕、蔡的继承关系。早在北宋,杜诗的"诗史"特色已引起人们的重视。胡宗愈《成都草堂诗碑序》说:"先生以诗鸣于唐,凡出处、动息劳逸、悲欢忧乐、忠愤感激、好贤恶恶,一见于诗,读之可以知其世。学士大夫谓之'诗史'。"(《草堂诗笺》传序碑铭)吕大防的《少陵年谱》正是为读杜而作,《分门集注杜工部诗》载其《后记》云:"予苦韩文、杜诗之多误,既雠正之,又各为年谱,以次第其出处之岁月,而略见其为文之时,则其歌时伤世、幽忧切叹之意,粲然可观。"蔡兴宗在吕谱基础上更进一步编次了杜诗,所以晁公武说是"再用年月编次之"。《分门集注》卷首有蔡谱,事实上是简单的诗系年(赵注《古柏行》题下则称"蔡伯世作《诗谱》")。晁公武紧接着说:"而次公者,又以古律诗杂次第之,且为之注。"次公当是在蔡氏系年基础上编成不分体的注本的。赵注多次提到蔡兴宗与蔡伯世。近人洪业《杜诗引得序》注35曾疑"蔡氏兴宗其名,而伯世其字也",今有佐证者三:一是时代同,《九家注》卷十八《巳上人茅斋》引赵注云:"蔡伯世又以近传东坡《事实》所引王逸少诗为证。"东坡《事实》称"近传",而又为伯世所引,则伯世与次公为同时代人。而晁公武称近时有蔡兴宗与赵次公,"两人颇以意改定其误字"云云,则兴宗与次公同时,伯世也应与兴宗同时。二是书名同,胡仔《苕溪渔隐丛话前集》卷十一称:"《重编少陵先生集并正异》,则东莱蔡兴宗也。"而《竹坡诗话》卷四称:"东莱蔡伯世作《杜少陵正异》,甚有功。"蔡伯世、蔡兴宗所著皆名《正异》。三是籍贯同,《分门集注》在"姓氏"中列有"东莱蔡伯世撰年谱",无蔡兴宗名,而卷首却载有"东莱蔡兴宗重编"之年谱。由此可见,蔡兴宗即蔡伯世。赵次公是利用了蔡氏编年成果的。《羌村》三首引蔡云:"至德二载,岁在丁酉,秋闰八月,奉诏至鄜迎家。有《九成宫》、《徒步〔归〕行》、《玉华宫》、《北征》,及此《羌村》。"(《九家注》卷三)所引文字一依蔡谱,甚至《徒步〔归〕行》、《分门集注》所载蔡谱作《徒步得》,"得"乃"行"之讹,而同夺"归"字。又,《成都府》"季冬树木苍"句,《九家注》卷六引赵注云:

> 元祐中,胡资政守蜀,作《草堂诗(文)碑引》:"先生至成都〔之年〕月(日)不可考。"盖不详此也。

而蔡谱乾元二年条则云:

> 又《成都府》诗曰:"季冬树木苍。"乃以是月至剑南,而元祐间胡资政守蜀,作《草堂诗碑引》云:"先生至成都之年月不可考。"盖未详也。

赵注显然袭用蔡谱。在编年这一点上,吕、蔡、赵三家是有其相承关系的。

那么,赵注的底本是什么呢?应是与吴若本相近的一个注本。仇兆鳌《杜诗详注》卷二十于《九日五首》下注云:"吴若本云'缺一首',赵次公以《登高》一首足之,固未尝缺。"[①]钞本末〔丁〕帙此诗"右五"下注:"旧本题名《登高》,在成都《哭严仆射归榇》相近,合迁入此,补所谓'缺一首'者。"题下又注:"旧本题下注云'缺一首',非也。其一在成都诗中,今迁补之。"雷履平《记成都杜甫草堂所藏赵

---

① 雷文以此条为"黄鹤注"。今核各版鹤注,但云:"诗云'巫峡蟠江路',当是大历二年在夔州作。按旧史,是年九月吐蕃寇邠州、灵州,京师戒严;故诗又云'佳辰对群盗'。"仇注引鹤注当断至此,以下系仇按。

次公杜诗注残帙》一文认为,《九日》五首于商务印书馆影印《宋本杜工部集》卷十五配本中,是吴若本。事实上卷十五不是配本,据张元济考证,是绍兴初翻刻王琪本的浙本①。然而,《九日》五首吴若本、浙本皆云"缺一首",应是承王琪旧本注而来,两本当相去不远。《钱注杜诗》多引"吴若注本",洪业疑其伪(详见《杜诗引得序》)。现在有张元济辑《宋本杜工部集》,洪业已承认有吴若本(见中华书局《洪业论学集·再说杜甫》),而于"吴若注本"则无说。我认为一样非钱氏作伪,只是钱氏所谓"吴若本注",并非洪业所理解的,是"吴若注",而是有诸家注之"吴若本"。洪业献疑之七云:

> 今试考其注,则如李邕《登历下古城员外新亭》题下之注是伪王状元本中所谓"彦辅曰",而《分门集注》本所谓"洙曰"者之注也。如《草堂》"亦拥专城居"句下之注,是伪王本及《分门》本皆指为"洙曰"者之注也。如《槐叶冷陶》"走置锦屠苏"句下之注,则参校《九家注》本而可知其出于杜田《补遗》者也……诸如此类,可检而得其源者数十条。②

如果明白所谓"吴若本注"只是"集注",并非"吴若注",那么上疑可以冰释。鲁訔《杜甫年谱》"天宝十四载"条注:"《集注》云:公在率府,欲辞职,遂作《去矣行》。"鲁訔序作于绍兴二十三年,去吴若序不过二十年,当时已引《集注》本,则"吴若注本"采用集注形式也就不奇怪了(至于以吴本附集注是否出吴若手,是另一个问题了)。今人程千帆《古诗考索·杜诗伪书考》认为"王洙注"之出,"约在南渡之初,其时原叔自编无注本与后出伪注即已并行于世"。"吴若注本"当即与无注本并行的一种"王洙注本"。按明钞本,凡涉正文只

---

① 雷文此误可能是受中华书局排印今人万曼《唐集叙录》论文的影响。该书 111 页云:"宋刻卷十至十二,毛抄卷十三、十五系另一本。""十五"当作"十四",刊误。

② 《杜诗引得·序》,第 62 页。

称"旧本",注文则称"旧注",可见"旧本"与"旧注"原是合一的本子,为赵注的底本。据上文所考,赵注钞本正文最近南宋初之"浙本"或"吴若本","旧注"即他本所谓"王洙注";那么,同时具此条件的"吴若注本"作为赵注底本的可能性最大。兹将《钱注杜诗》中凡云安以后诗之正文有夹吴若本注者,与明钞本对校一过,除一处互歧外,皆吻合。如《钱注杜诗》卷六《雨》(行云递崇高)"庶减临江费"夹注:"吴若本注:'峡内无井,取江水吃。'"明钞本成〔戊〕帙卷五亦夹注云:"峡内无井,取江水吃。"钱注卷六《课伐木》"苍皮成委积"夹注:"吴本作'积委'。"钞本成〔戊〕帙卷三该诗正作"积委"。钱注卷八《惜别行送向卿》"拜跪题封向端午","向"字下夹注:"吴本作'贺'。"钞本巳〔己〕帙该诗正作"贺"字。钱注卷十五"割爱酒如渑",夹注:"吴若本旧注云:'平生所好,消渴止之。'"钞本末〔丁〕帙之夹注与吴同。钱注卷十六《十月一日》"为冬亦不难","不"字下夹注:"吴作'不亦'。"钞本成〔戊〕帙卷十正作"不亦"。钱注卷十六《孟冬》"巫峡寒都薄","峡"字夹注:"吴作'岴'。"钞本成〔戊〕帙卷十五正作"岴"。而一处互歧者为钱注卷八《咏怀》二首之一"意深陈苦词","苦"字下夹注:"吴本作'昔'。"钞本巳〔己〕帙卷七则作"苦"不作"昔",与吴本异。然而"苦"、"昔"形近,赵、钱所见何必同一刊本?单凭此据不足证赵所据非"吴本"。因此,说赵注底本为"吴若注本",虽或不中,亦当不远。

除了在当时有大影响的所谓"王洙注"外,赵注正误的另一主要对象是杜田《补遗》。杜田,赵注中常称为杜时可。《十家注》、《百家注》所引"修可曰"即其人。《分门集注》之"姓氏"云:"城南杜氏修可《续注子美诗》。"又云:"杜氏名田,字时可,著《补遗》。"将时可、修可列为二家。瞿镛《铁琴铜剑楼藏书目录》(董氏刊本)卷十九记《门类增广十注杜工部诗》则承其误云:"杜云者,城南杜修可,有《续注杜诗》者也。杜田云者,字时可,有《诗注补遗》,举其名,以别于修可也。"事实上只要将《九家注》所引杜田《正谬》与《百家注》所引"修可曰"对读,便可知本是一家。此易事耳,为省繁琐,兹不列举。作为旧本正文的主要校本,是师民瞻(师尹)的本子。如乙帙《天河》赵注云:"师民瞻本'辄'字作'转',极是。"如此类,钞本中往往可见。又据己帙卷一《送王十五判官扶侍还黔中得开字一首》"旦旦江鱼入馔来"句下赵注有"师民瞻所传任昌叔本"云云,可知师本即任本。任本至今仅见于赵注。以上所述,可为赵注本源。下叙其流变。

钞本成〔戊〕帙卷末原识云:"宣和元刻,共十本,丙寅孟春重钞。"赵注成于南宋绍兴中,已见上节所论,"宣和元刻"自属子虚乌有,可不必论,但林希逸《竹溪鬳斋十一稿》续集卷三十录赵次公自序,且云:

> 惜此板在蜀,兵火之后,今亡矣。予尝及见于杜丞相子大理正家,京中书肆已无有。前两行有"男虎录"者是。

林氏见过蜀版书,言之凿凿,但又称"男虎录者",似是赵虎整理其父次公的稿本,至少说明付刻在赵虎整理稿之后,此前并无刊本。这很可能是赵次公身后事了。据雷履平的考证,杜丞相即杜范,淳祐四年拜相(《宋史》卷四〇七本传),可知理宗时此书已极难得,去次公任隆州司法不到百年。刘克庄《后村先生大全集》卷一百载其跋陈教授《杜诗补注》云:"郡博士陈君示余《杜诗补注》……赵注未善,不苟同矣,旧注已善,不轻废也。"卷一〇六再跋陈禹锡《杜诗补注》云:"后十年禹锡示余近本。"则陈氏补赵注前后十余年,宋人重赵注如此。但不知陈氏所用底本是刊本还是钞本。此后元好问《遗山先生文集》卷三六称"蜀人赵次公作《证误》,所得颇多",但也未言是刊本还是钞本。直至清代钱曾(遵王)才在《述古堂宋版书目》中载有宋版赵次公《注杜甫集》。钱氏自称"生平所嗜,宋椠为最",似实有其书者,其实不然。《述古堂藏书目》卷二云:"赵次公《注杜

甫集》三十六卷,三十本,宋版。"洪业《杜诗引得序》注 49 指出此为
《九家注》而钱氏"盖误以为赵书也"。今证以钱氏《读书敏求记》:
"予观《通考·经籍志》云:'赵次公注杜诗五十九卷。'今按,赵注散
见于蜀本,曾序已称其最详,卷帙安得有如此之富?恐端临所考或
未核。"如钱氏手中果有宋版赵注本,便可直斥《通考》之误,何必献
疑,可见并无钱藏宋刊赵本。

赵注散见于各家集注之中,能见到的最早刻本是北京图书馆藏
宋刻残本《门类增广十注杜工部诗》。《十家注》保留了一些《九家
注》未引之赵注,如《入衡州》(《十家注》卷一、《九家注》卷十六)
"旗亭壮邑屋"句下《十家注》引赵注与明钞本吻合,《九家注》却误
作杜田《补遗》;"宽猛性所将"句下《十家注》引作"少以礼法绳之",
《九家注》"少"字误作"每"。又如《至后》,《九家注》此诗无赵注,
而《十家注》却保留了赵注,片羽遗珠,诚为善本。洪业《杜诗引得
序》以为《十家注》"实可疑其所收家数与《九家注》相差,仅在伪苏
一家而已","郭知达知苏注之当去,而所假手之二三士友,殆仅就
《十家注》本而改编尔"。今检读《十家注》残卷,得"赵云"、"坡云"、
"薛云"、"又薛云"、"杜云"、"杜田云"、"鲍云"、"集注"、"新添",加
上未标名之旧注,即他本所谓的"王洙注",计得十家。其中两薛、两
杜如上所考,当各合一,实只八家。所云"集注",或者便是鲁訔年谱
天宝十四年条所引《集注》。《九家注》就旧注、杜田注而言,诚如洪
业所指出的,是与《十家注》一脉相承。然而,《九家注》所引师尹注
为《十家注》残卷所无,且《九家注》所引旧注往往稍简于《十家注》,
而杜田注则每每增详。至于所引赵注之详,又远非《十家注》所能
及。大致地说,《九家注》是删去伪苏注,赵注则直接采自赵本,于
薛、杜诸注则多以《十家注》为底本而有所增减。

曾噩序《九家注》,称其"引赵注最详",严羽《沧浪诗话·考证》
也称其"赵注比他本最详"。今将《九家注》与明钞本校读一过,《九
家注》的确是最详尽,也最近真,乃至钞本中讹、夺、衍、倒,在《九家

注》亦往往雷同。如己帙卷八《入衡州》（《九家注》卷十六）题下赵注引杜诗"片帆左郴岸"，"左"，误作"在"，《九家注》同误。又，"君臣忍瑕垢"下赵注引《左传》"瑾瑜匿瑕，国君含垢"，倒文成"国君含垢，瑾瑜匿瑕"，《九家注》同误。又如丁帙卷一《八哀诗·故司徒李公光弼》正文"公又大献捷"，注文引互乙成"献大捷"，《九家注》同倒。似此种种，不一而足。至如甲帙《前出塞》，《九家注》卷五引赵注云："而喜开边者，乃好大喜功之主，则公之诗岂不益于教化乎？"直指杜意在刺玄宗。《百家注》、《分门集注》、《分类集注》、《黄鹤补注》咸作"好大喜功之士"。这不是一般的传讹，而是后人有意窜改，意在将杜诗纳入"忠厚"的诗教中。由此愈见《九家注》忠于原注之可贵，岂止是"字大宜老"（《直斋书录解题》语）而为善本哉！

作为集注本，《九家注》对赵注进行了必要的删节。总的说来，《九家注》的删节使赵注更简练，但也因删去大部分赵次公的解题、系年与对宋人的批评，使得后人看不到赵注在这些方面的成绩（钱谦益《注杜诗例略》认为赵注"边幅单窘"，恐怕与集注本的删节使人未窥全豹有关）。此外，《九家注》有些地方还大段漏标赵注，如卷三十《能画》注约240字，未标注家，依例当为"王洙注"，今按之钞本残卷，实乃赵注。此种情况当非一处，可惜难以一一钩沉。

除《九家注》外，因《十家注》的散逸，《百家注》虽鱼鲁亥豕，刊印不精，却成存录赵注的最重要刊本。《百家注》是以《十家注》为底本加工而成的，因此所引赵注与《十家注》吻合。如《佳人》"出山泉水清"句，《十家注》引赵曰："此佳人志夫之辞。""志"，据《九家注》卷五所引，知当作"怨"，《百家注》同误。又如《彭衙行》末句，《十家注》引赵注云："盖安绪于正月弑父。""安"字下夺"庆"，《百家注》同夺。《十家注》至《百家注》之演变，可以《北征》为例，《百家注》除增注音四处、补"师曰"、"郑曰"各一条外，只一处夺"常"字，一处"者"作"也"，其余注文一依《十家注》，甚至连正文夹注及注脚落处都一样。而所标注家却颇翻新样：《十家注》未标名之旧注，

《百家注》却撰出"鲁曰"、"彦辅曰"、"曾曰"、"竦曰"、"蔡曰"、"定功曰",计八处。分载原注,分隶数人名下以造成"百家"之假象,无非坊贾故伎。又如《玄都坛歌寄元逸人》(《九家注》卷一、《百家注》卷三)"苍精龙"注:

> 苍精龙,剑也。《春秋繁露》曰:剑佩于左,苍龙之象。上著"含景"字,则后汉士孙瑞《剑铭》有云:从革庚辛,含景吐商。其"佩"字又以《楚辞》……

此段《九家注》全作赵注,一气浑成,不可灭裂。《百家注》却截而为三:"苍精龙"一句为"赵曰";"《春秋繁露》"一句为"蔡曰";又将"上著含景字则"六字删去,以"后汉"一句为"咏曰"。张冠李戴,《百家注》中触目皆是。且又有贾人不知书而乱删赵注者,如《送韦十六评事充同谷郡御判官》(《九家注》卷四、《百家注》卷六)"子虽躯干小"句,《九家注》引赵注"《赵书》曰"云云,《百家注》却径作"赵曰:《书》曰"云云。将"《赵书》"误认作赵之引"《书》"。又,《送翰林张司马南海勒碑》,《九家注》卷十九引赵注云:"李肇《翰林志》曰:翰林院在麟德殿西厢。"《百家注》卷七却引作"李翰林院在麟德殿西厢"。奸利之祸,莫此为甚。

《十家注》是分类本,《百家注》是编年本。贵池刘氏玉海堂影宋本《百家注》卷首题有"嘉兴鲁訔编年并注",后此蔡梦弼的《杜工部草堂诗笺》也称"仍用嘉兴鲁氏编次"。然而,只要取明钞本已帙编次与《百家注》、《草堂诗笺》(《古逸丛书》本)目录校读一过,便会发现二刻本编次真正渊源是赵本。已帙计177题,《百家注》编次除增1题《哭韦大夫之晋》,缺3题——其中钞本《夜》"露下天高秋水清"重出,实缺2题,即《乘雨入行军六弟宅》与《两当县吴十侍御江上宅》,其余编次与钞本如合符节。而《草堂诗笺》目录编次与钞本同者103题,异者1题(《上水遣怀》),缺73题。尤可注意的是所缺

73 题只分三处，一是自《月》"并点巫山出"以下至《见王监兵马使说近山有白黑二鹰》二首，鱼贯 53 首；一是《铜官渚守风》、《北风》、《双枫浦》3 首相连；一是卷六开始至卷七《苏大侍御肩舆江浦》鱼贯17 首。推考其缘由，当是《草堂诗笺》因多次翻刻，阙略混乱，已非全目①，但断而复续，依赵本编次之迹犹可寻见。然而，《百家注》、《草堂诗笺》辑注者只是执目检诗进行编次，所以与钞本往往同题而异文。以己帙论，有《月》二首，钞本"万里瞿唐峡"一首在前，"并点巫山出"在后，而《百家注》则相反。《夜》"露下天高秋水清"一首钞本于己帙两见，应是次公初稿与定稿，赵虎录时失于检点而尽行编入。《百家注》辑者发现了，删去一首，而《草堂诗笺》却依样画葫芦，两见于目录②。二家依赵本编次，却皆标举"鲁訔编次"，未免数典忘祖！《草堂诗笺·碑铭序》收有鲁訔序，云："余因旧集略加编次。"今证以明钞本《先后解》，至少说明鲁訔是以赵本编次为主要依据而"略加编次"的。成〔戊〕帙卷十《朝》二首题解云："旧本在前，今次公迁之于《雷》诗下者，以其诗之一有句云：'昨夜有奔雷'，可以相连矣。"赵氏这一编次本无坚实的理由，而《草堂诗笺》却采用这一编次：《朝》二首编在卷三十三《雷》诗下。又，己帙卷一《又示宗武》题解云："此诗旧在已前《宗武生日》诗下，相去今所定一百编余。"《草堂诗笺》又依赵本编《又示宗武》于《元日示宗武》下。又，《月一首》"万里瞿唐峡"，钞本题解："旧有三首相连，此篇居后。次公既离之为三，而以'虾蟆动半轮'系之去年（大历二年）七月十二、十三夜诗矣。"《草堂诗笺》亦离为三首，而以"虾蟆动半轮"一首编在卷二九，正是大历二年秋。此数首为赵次公明言手定者，如果《草堂诗笺》果如所序"仍用嘉兴鲁氏编次"，那么我敢说鲁氏编次

① 关于《草堂诗笺》翻刻的混乱情况，洪业《杜诗引得序》论之甚详，可参阅。
② 《草堂诗笺》执目检篇尚有一证：钞本《入乔口长沙北界》，他本以"长沙北界"为题下注，《草堂诗笺》（《古逸丛书》本）却误断作《入乔口》、《长沙北界》二题。后一首自然是"有目无篇"了。当系手民执目误排，而辑注者未核所致。

是在赵本基础上"略加编次"而已。今人万曼《唐集叙录·杜工部集》页126称门类本为基础的系统之外,"再就是以鲁訔的编年本做底本的另一个系统"。所谓"鲁訔系统",看来当改称"赵次公编年系统"为妥。台湾学者叶绮莲《杜工部集源流》一文认为赵次公"编年之次亦鲜为人所取法"①,看来也应说是"后人取法,而鲜为人知"。

还有一个问题,就是《百家注》目录编次与钞本残卷几于吻合②,那么钞本已佚部分编次是否也与《百家注》目录编次吻合?从笔者前三帙的辑佚看,同题异文姑勿论,《百家注》目录编次与赵注时见歧互。如《送韦书记赵安西》"公车留二年"赵注云:"此三十九岁已前未有官诗……应是《三大礼赋》已前。"可见赵本原编当在天宝年间,而《百家注》目录却编在广德元年诗内。又如《草堂》,赵注引蔡伯世说,系于广德二年春晚,而《百家注》却编在上元二年。更有些有赵注之诗却未编入正集,可见《百家注》辑者手中赵本目录并不全。大概其残缺部分所依凭的便是"略加编次"的鲁氏编目了。但无论如何,《百家注》编目是最近赵本原编,是今日赵本辑佚编次最重要的依据。

《百家注》的支流首先是《分门集注》。洪业《杜诗引得序》指出:"南宋时《分门集注》及《黄鹤补注》诸本,皆此伪王集注(即《百家注》)之支流也。"这一判断是正确的。校读所引赵注,《分门集注》之于《百家注》,可谓亦步亦趋,少有歧互。至如《奉赠鲜于京兆》(《百家注》卷二、《分门集注》卷十七)"有儒愁饿死"句下《百家注》叠引二"赵曰",《分门集注》亦叠引二"赵曰"。此为诸本所仅见。据洪业的考证,《分门集注》与《黄鹤补注》之间隔一个"吴元榬本",而刘辰翁批点本以及后来题"宋徐居仁编次"的分类本也都是

---

① 见台湾学生书局编《杜甫和他的诗》下。
② 《百家注》目录编次除同题异文外,与钞本残帙歧互共有六处,其中一处删去钞本重出之《夜》"露下天高"一首,一处钞本缺页《秋兴》八首,实际歧异只有四处。

《黄鹤补注》的支流。就诸本所引赵注观之,大都在《九家注》、《百家注》圈绩中,有减无增,价值不高,毋庸赘论。综上所述,可成赵注宋代源流示意图。

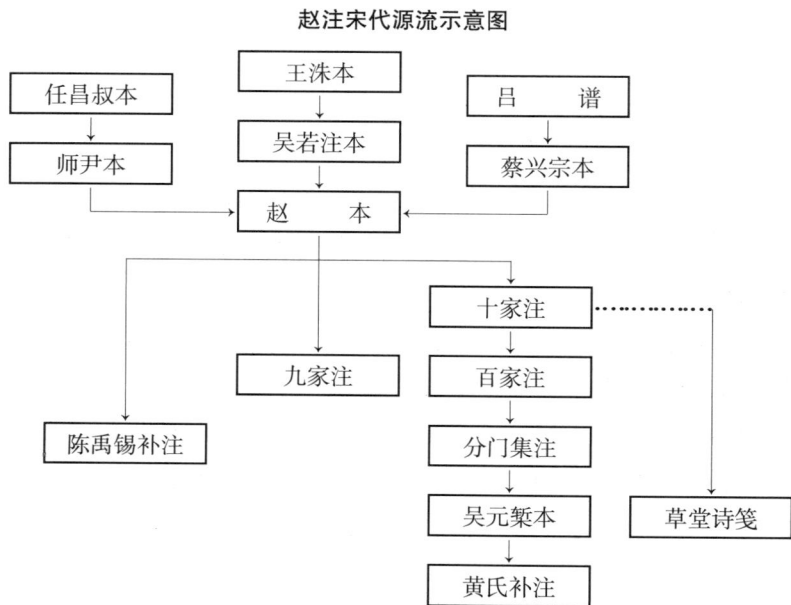

赵注宋代源流示意图

任昌叔本 → 师尹本
王洙本 → 吴若注本
吕谱 → 蔡兴宗本
师尹本、吴若注本、蔡兴宗本 → 赵本
赵本 → 十家注
赵本 → 九家注、百家注
九家注 → 陈禹锡补注
百家注 → 分门集注 → 吴元椠本 → 黄氏补注
十家注 → 草堂诗笺

至于赵注原本,则宋以来称罕见。如上所述,林希逸曾见于杜丞相子大理正家,而约略同时的刘克庄似亦见过赵注全帙。《后村先生大全集》卷一百《跋陈教授杜诗补注》称:"杜氏《左传》、李氏《文选》、颜氏《班史》、赵氏《杜诗》,几于无恨矣!"又云:"郡博士陈君示余《杜诗补注》……赵注未善,不苟同矣。"可知陈禹锡的《补注》对象是赵注本,则赵本全帙尚存而为人所重。

金元好问《遗山先生文集》卷三六《杜诗学引》一篇称"蜀人赵次公作《证误》,所得颇多"。看来,全帙依然在人间。此后便坠绪茫然了。沈曾植于明钞本后记云:"虽其说散见于蔡梦弼、黄鹤、郭知达书中,而本书则明以来罕有见者。"明末清初钱谦益注杜素称淹博,而沈曾植亦疑其未之见:"然检绛云书目无之,而逸诗附录且沿旧本之误,书赵次公为赵次翁,则受之(按钱谦益字受之)固未见也。"今传明钞残卷,据傅增湘所考,钤有"广运之宝"、"臣东阳印"、"青宫太傅"等印,是明内府藏书(见《藏园群书经眼录》四集部上),则赵注钞本难得如此。成都杜甫草堂所藏赵注钞本有许承尧后记云:"《四库提要》言宋以来注杜诸家鲜有专本传世,遗文绪论赖《千家注》以存;是亦未见赵解全书也。"可见至有清一代,赵本湮没,虽官方修书亦不得闻见。仇兆鳌《杜诗详注》参校杜诗,时称"赵本作某",且《九家注》、《百家注》所遗赵注,仇本时或有之,则赵注完帙又似侥幸尚存民间而为仇氏所援据。然而,仇注往往有"朱注引赵次公曰"字样,如仇氏有赵本全帙在手,当不必作此转引。赵注存没,可谓"缙绅先生难言之"了。直至近代赵注二残钞的发现,才使我们得以拨云雾一见次公原注面目!

三、两钞本及其全豹

现在我们能看到的赵注钞本有二。一是北京图书馆藏《新定杜工部古诗近体诗先后并解》残卷,即末帙七卷,成帙十一卷,巳帙八卷。傅增湘定为明钞本,《藏园群书经眼录》四集部上记云:

> 明写本,十二行,二十一字,棉纸精钞十巨册。每先著工部年岁及所在之地,某月至某月所存之诗,次乃录本诗,诗后低一格标注,题"次公曰"云云。
>
> 钤有"广运之宝"、"臣东阳印"、"青宫太傅"、"大学士章"等印,明内府藏书。

另一钞本藏于成都杜甫草堂,高 31 厘米,宽 20.5 厘米,十二行,行 22 字,无印鉴。北图藏本成帙卷末有"宣和元刻共十本,丙寅孟春重钞"题识一行，草堂藏本除此题识外，又别标"辛巳重钞"字样。草堂藏本有许承尧后记云：

> 卷中"玄"字缺笔，"丘"字不加"阝"旁，当是康熙时写本。丙寅为康熙二十五年，然各卷又别标"辛巳重钞"字，当是辛巳又据丙寅本重钞，则为康熙四十年也。

许氏未见明钞，故断"丙寅孟春重钞"为康熙二十五年写本，"辛巳重钞"为康熙四十年写本。所云"玄字缺笔"，非但清讳，亦是宋讳。检明钞本，桓、敦、殷、匡、竟、朗、构皆缺笔，"构"字时作"今上御名"、"御名古候切"，皆宋讳，应是沿宋钞如此。明钞本钤有"臣东阳印"、"大学士章"，当即华盖殿大学士李东阳的印鉴。在李东阳生前，明有三丙寅：太祖洪武十九年、英宗正统十一年、武宗正德元年。明钞本当在此期间重钞者。草堂钞本乃明钞本之重钞，故讹、衍、夺、倒尽沿其误。如明钞末帙《八哀诗·郑虔》"老蒙台州椽"注："贼平，与张通儒、王维并囚宣阳里。""张通儒"显系"张通"之误，而清钞本同误。又，《八哀诗·李光弼》"公又大献捷"，注引倒作"献大捷"，清钞同倒。又，《缚鸡行》正文"家中厌鸡食虫蚁"，"虫"误作"蛊"，清钞同误。又，《病柏》注引《陇西行》，"陇"误作"咙"，清钞同误。甚至明钞本所用异体字、避讳字，清钞亦沿用之。如《雨四首》"鲛人织杼悲"注引《江赋》："鲛人构馆于悬流。""构"作"御名古候切"，清钞同。又，明钞本成帙卷九《秋峡》后半注文，下及《秋兴》八首至《远游》正文俱阙，清钞亦同其缺。诸如此类不难条列数百，则草堂藏本系重钞北图藏明钞本无疑。

雷履平《记成都杜甫草堂所藏赵次公杜诗注残帙》曾证钞本赵注之非赝，其一曰：

> 以赵次公杜诗注《自序》证之。《自序》全文，见引于林希

逸。林云:"其间所言来处有四种(指赵《自序》所言有字,有语,有势,有事),与夫专用、借用、直用、翻用,或用其意而不在字语。专用之外,又有展用、倒用、拈摘参合而用,凡八个用字。观此,知公之用心苦矣。"钞本末帙《怀锦水居止》二首其二"老树饱经霜"句注云:"饱经霜三字皆有出。'饱霜'字则亦从俗语中出。《四时纂要》云:'冬瓜饱霜后收之。'《纂要》乃前人之书也。'经霜'字,则梁吴筠《行路难》曰'洞庭水上一株桐,经霜触浪困严风'也。"《九日》五首其五"风急天高猿啸哀"句注云:"'风急'字,如潘安仁云:'劲风凄急。''天高'字,宋玉云:'天高而气清。'四字两出,合使方工。"……此等处与《自序》"拈摘参合而用"之言相合。

其二以宋人集注证之,其三以诗篇编次证之,乃谓"其真为赵注,已无可疑"。今补证如下:

《九家注》引赵注有扞格难通者,校以钞本可释然。如卷三二《夔州歌十绝句》,其一引赵注云:

> 三峡者,明月峡、巫峡、归乡峡也。忠州诗下,峡固有三,而白帝城极高山之上,故为之镇。

"忠州诗下"四字颇觉突兀。今检钞本成帙卷三赵注云:

> 三峡者,明月峡、巫峡、归乡峡也。传记所载异名,详具于丁帙卷之一,忠州诗下。峡固有三,而白帝城极高山之上,故为之镇。

原来《九家注》因编次依旧本,故删去"详具于丁帙卷之一",而存"忠州诗下"半截子,便觉突兀难解。又,《九家注》卷十二《火》

"远迁谁扑灭"下引赵注云："《选》：'烂熳远迁'故。'"故"字似衍。然检钞本成帙卷三赵注云："'远迁'字，《选》有云：'烂熳远迁。'故对'将恐'。"原来《九家注》以"故"字归上文，而又删去"对将恐"三字，致使"故"字似衍。此等处谅非作伪者始料所能及，愈见钞本赵注之真。

钞本为真赵本无疑，而书名却有异议：《分门集注》"姓氏"云赵次公著《正误》；元好问云"蜀人赵次公作《证误》"；今钞本题目为《新定杜工部古诗近体诗先后并解》。雷履平认为，《先后解》为次公初稿，定本名为《正误》。雷氏关于赵本有二稿之推断是正确的，但《新定杜工部古诗近体诗先后并解》并不是初稿，而是定稿本名。试论如次。

赵之有初稿、定稿，钞本自明：巳〔己〕帙卷三有《夜》"露下天高秋水清"一首，卷五重出。试校二《夜》注文，后首较前微觉言约而意丰，绝非钞胥之重。卷三《夜》当系初稿，卷五《夜》应是定稿。南宋林希逸曾亲见刊本赵注，《竹溪鬳斋十一稿》续集卷三十《学记》云："予尝及见杜丞相子大理正家……前两行有'男虎录'者是。"可见赵注刊本是经次公之子虎整理付梓的，而《夜》"露下天高"之重出，可能是赵虎偶失检并录初稿造成。所谓"录"，当是将初稿从分体旧本录出，整理出不分体之编年本。也就是说，次公作注颇与后来黄鹤作注相类，即取分体编次之旧本草稿，经其子录出，方成为今见之编年形式。由于赵虎只是"录"，所以今钞本犹可见其利用旧本之痕迹。如钞本成〔戊〕帙卷十《壮游》"中岁贡旧乡"注："其得贡在此年，句则首篇所谓'甫昔少年日，早充观国宾'也。"所引为《奉赠韦左丞丈二十二韵》中句，今称"首篇"。然而，《九家注》"猥诵佳句新"句下引赵云："是时公已召试赐官也。"钞本末〔丁〕帙卷一《八哀诗序》注称："今次公定作诗先后，不问制作之大小也。"则《奉赠韦左丞丈二十二韵》成于赐官后，依时序编次自不得为首篇。可见"首篇"云者，是次公作注所用旧本编次。按之《宋本杜工部集》《奉赠韦左丞丈二十二韵》正在卷端。又，已〔己〕帙卷一《又示宗武》题下注："此诗旧在已前《宗武生日》诗下，相去今所定一百篇余。"今检钞本无《宗武生日》，当编在末〔丁〕帙以前，则与钞本所定相去何止三百篇！而检《宋本杜工部集》，《宗武生日》至《元日示宗武》（钞本编《又示宗武》于此诗下），约百余篇。可见赵云"相去今所定一百篇余"是指旧本而言。又，成〔戊〕帙卷八《解闷》十二首末篇"劳生重马翠眉须"注："'须'字与'壹'字同韵，而'疏'字为失韵。"按正文并无"疏"字，初不知何所指而云然，嗣检《九家注》卷三十同题所引杜田《补遗》云："'眉须'，一作'眉疏'。"乃知次公原凭旧本作注，故指言"疏"字为失韵，今赵注经赵虎单独录出，此指便落空（此条亦可为"旧本"为集注本之佐证）。今所见钞本既为编年本，即应为定本。

然而，尚有可疑者。《分门集注》"姓氏"云王洙"注子美集，先古诗，后近体"；则"先后解"之义似为分体编次。然而，李纲《梁溪先生文集》卷一三八《重校正杜子美集序》称黄伯思"乃用东坡之说，随年编纂，以古律相参，先后始末，皆有次第"；《草堂诗笺·传序碑铭》载鲁訔序云："余因旧集略加编次，古诗近体，一其先后。"如此，则"先后"有"依次"、"顺序"之义。钞本末帙卷一《八哀诗序》注称："今次公定作诗先后，不问制作大小也。"已〔己〕帙卷四《宿白沙驿初过湖五里一首》题解有"但地名无所考，不能参错近体诗为先后"云云。次公所谓"先后"，是"作诗先后"、"参错为先后"之意甚明。至于"先后解"之"解"，亦见用于钞本。如已〔己〕帙卷三《登岳阳楼》附次公诗一首，并引邵溥语云："请并附于解后。""先后解"之义，与晁公武《郡斋读书志》四上"赵次公注杜诗五十九卷"条所称"又以古律诗杂次第之，且为之注"之意吻合，颇能揭示赵本之特色。此又坊贾未必能杜撰者。至于所谓"新定"，当是赵虎录后示为定稿而付梓者。《新定杜工部古诗近体诗先后并解》当是定稿本名无疑。

《正误》首见于《分门集注》"姓氏"，可能是初稿之名。次公所处时代,如洪业所云,《续注》、《补遗》、《刊误》、《正异》、《正谬》一时蜂起。次公初但以正旧注之误为鹄的,颇合时代风气。然而正误毕竟只是赵注一端,这未能概括洋洋数百万言,有纪年编次、句法义例、题解、考证、品评、注释,内容极为丰富之赵注。定稿后易名《先后解》,原也是合于情理的。再者,《分门集注》往往以己意概括书名,未必即原题。如《东坡诗事实》,《分门集注》"姓氏"简作《释事》;杜田《补遗》,《分门集注》"姓氏"分为二人:杜修可著《续注》,杜时可作《补遗》。而元好问所谓"蜀人赵次公作《证误》",当是承《分门集注》而来,又因同音,"正"讹作"证"。

关于赵注本的卷数,与次公有交游的晁公武在《郡斋读书志》四上载:"赵次公注杜诗五十九卷。"马端临《通考·经籍志》也载五十九卷,而引起钱曾《读书敏求记》卷四的怀疑,如云:

> 予观《通考·经籍志》云:赵次公注杜诗五十九卷。今按赵注散见于蜀本,曾序已称其为最详,卷帙安得有如此之富?恐端临所考或未核,书此以谂世之读杜诗者。

雷履平在《赵次公的杜诗注》一文(《四川师院学报》1982年第1期)中驳钱说云:

> 成都杜甫草堂所藏清康熙钞本赵次公《新定杜工部古诗近体诗先后解》残存的三帙,本〔末〕帙七卷,成帙十一卷,巳帙八卷。成帙十一卷后有题识云:"宣和元刻,共十本。"这三帙仅十之三,已达二十六卷,原书卷数当在五十九卷以上。

钱、雷虽然一以为不足五十九卷,一以为在五十九卷以上,但对五十九卷表示怀疑是一致的。今存钞本残卷标末、成、巳三帙,傅增湘认为应是丁、戊、巳三帙。《藏园群书经眼录》四集部上,记其得明钞《先后解》之经过云：

> 甲寅夏秋，扬估陈蕴山驰书来告，余斥五百金收之。及细检乃知非完帙。原题末帙、成帙、巳帙，当是丁、戊、己三字，盖原书五十七〔九〕卷当分甲至己六帙，此仅存其半，故贾人涂改以泯其迹。

今检钞本"末帙"卷三《子规》题下云："次公于丙帙成都诗中《杜鹃行》古诗题下言之详矣。""成帙"卷二《暮春题瀼西新赁草屋五首》注有云："其说详于丁帙卷一。"仅此二例，足证傅说之正确。那么，现存残帙当为丁、戊、己无疑。以六帙言之，残钞本三帙为全帙二之一；以卷数言之，此三帙二十六卷，而前三帙篇数较多，合三十三卷是合理的，则全帙五十九卷无误。至于钞本题识云："宣和元刻，共十本。""宣和元刻"本属乌有，上文已证其伪，而"共十本"或是傅氏所谓"棉纸精钞十巨册"者，并非"十帙"。钱、雷所疑非是。

《钱注杜诗·略例》云：

> 杜诗昔号千家注，虽不可尽见，亦略具于诸本中。大抵芜秽舛陋，如出一辙。其彼善于此者三家：赵次公以笺释文句为事，边幅单窘，少所发明，其失也短；蔡梦弼以捃摭子传为博，泛滥踳驳，昧于持择，其失也杂；黄鹤以考订史鉴为功，支离割剥，罔识指要，其失也愚。

钱氏虽从号称"千家"的宋注中独标识次公等三家为其善者，但也指出缺点。诚然，赵注有其缺点，但"边幅单窘，少所发明"之评未为中的。宋人刘克庄《后村先生大全集》卷一百《跋陈教授杜诗补注》称："杜氏《左传》、李氏《文选》、颜氏《班史》、赵氏《杜诗》，几于无可恨矣！"此评正与"边幅单窘"相反，深言其臻于完美。现就钞本残卷看,次公之注不仅是"误者正之,遗者称之,且原其事因,明其旨趣,与夫表出其新意"(林希逸语),且有题解、串讲、品评、系年、句法种种。其体例之完备,前此未之见。后来赵注散逸,但见集注所引,而所引往往笺释文句一端而已,详如《九家注》,也每每删去题解、系年考证及对宋人之驳难,《纪年编次》、《句法义例》更是湮灭无闻。沈曾植明钞本后记云:

> 　　赵次公杜诗详注五十九卷……虽其说散见于蔡梦弼、黄鹤、郭知达书中,而本书则明以来罕有见者。钱受之评宋代诸家注云:"赵次公以笺释文句为事,边幅单窘,少所发明,其失也短……"语若曾见次公书者,然检绛云书目无之,而逸诗附录且沿旧本之误,书赵次公为赵次翁,则受之固未见也。次公此注,于岁月先后,字义援据,研究积年,用思精密。其说繁而不杀,诸家节取数语,往往失其本旨,后人据以纠驳,次公受枉多矣。

沈氏指出后人未窥全豹,所以对赵注评价片面,是符合实际的。试以《杜鹃》"西川有杜鹃"为例,《钱注杜诗》卷六笺云:

> 　　黄鹤本载旧本题注云:"上皇幸蜀还,肃宗用李辅国谋,迁之西内,上皇悒悒而崩。此诗感是而作。"详味此诗,仍当以旧注为是。

钱氏持旧说,而钞本末〔丁〕帙卷三《杜鹃》注则驳旧注云:

> 　　又谓"上皇幸蜀还,肃宗用李辅国谋,迁之西内,上皇悒悒而崩,此诗感是而作",亦非是。盖迁徙上皇岂独百鸟饲杜鹃之子之不若而已哉!况上皇之迁西内在辛丑上元二年,明年遂崩,至今岁丙午大历元年公在云安赋诗,已六年矣,既隔肃宗,

又隔当日代宗,而却方说迁徙事以为刺哉?

赵驳是有力的,钱、赵两注相较,当以赵注为有所发明。明王嗣奭《杜臆》卷七《杜鹃》条多袭赵说,今举一端以明其余。

《杜臆》:

> 起来四句"杜鹃有无",皆就身之所历,自纪其所闻……乃拘泥者见其叠用"杜鹃",而以为"题下注";注则应止分"有"、"无"二项,不应将"有"、"无"参错用之。

赵注:

> 请观其言"有杜鹃"、"无杜鹃"、"无杜鹃"、"有杜鹃",错综其语,岂直是题下注邪? 王立之知其仿佛……然亦不语其句有错文之语,与夫《雅》诗四"我"之势也。

王氏用赵氏得意语甚明。仇兆鳌亟称《杜臆》"最有发明",则次公不应受"少所发明"之讥。再如《题桃树》之注,历来以伪虞注最负盛名。《杜律虞注》下卷云:

> 总馈贫人,谓旧日天下太平,家给食足,至高秋时桃熟,皆以分馈贫者,以其不害来岁之花,仍是满眼,则望复结其实,此所谓有仁民之心也。于帘户,则通乳燕之往来,而不信任儿童之妄打慈鸦,此非有爱物之心而何?

杨士奇序《杜律虞注》云:"伯生学广而才高,味杜之言,究杜之心,盖得之深矣。观其《题桃树》一篇,自前辈已谓不可解,而伯生发明其旨,了然仁民爱物以及夫感叹意,非深得于杜乎?"明人批杜诗,不仿刘辰翁即仿伪虞注，"虞批"风行一时。然而，此注实剽窃赵注而来。钞本末〔丁〕帙卷三《题桃树》题解云：

> 谓作于三月半之间，而睹桃之结实，乃探言其至高秋时尽熟，皆以分喂贫者，以其不害来岁之花仍是满眼也……来岁桃花依旧满眼，非喜其华艳也，则又复在结实之事矣。此其为仁民之心者乎……于帘户则通乳燕之往来，而不信任儿童妄乱打击慈鸦，此其爱物之心乎？

《九家注》未引此注，遂使后人归功于伪虞注。反之，有曲解赵注者，后人不明，反归罪于次公。如《杜臆》卷一《重过何氏》五首云："赵注谓：'一遂所愿，斯游不可复继。'误矣。"《杜臆》所引赵注未知其所从出，今检《九家注》所引作：

> 时公方为布衣……而公三十九岁之冬方献三赋，次年方召试得官，授河西尉……"斯游恐不遂"，言此游恐不遂其意耳。

《百家注》则引作：

> 言未沾微禄，此为布衣时也。公方三十九岁，冬方献三赋，次年方召试为得官，故此言斯游恐不遂其意也。

二本所引，"斯游"指仕宦之游，非山林之游甚明，《杜臆》云误，非次公之误，则"次公受枉多矣"。

赵注除了被暗用、曲解，尚有因标作"赵傻"，而读者遂以为次公外另一人者。事实上"赵傻"即次公。如《钱注杜诗》卷四《黄河》二首之二钱引"赵傻"曰：

此悯蜀人之困,而愿君王之无侈,如云"不宝金玉"之义。

《百家注》引赵注云:

此篇悯蜀人困于供给而终之以愿君王之无侈靡也。如《传》云"不宝金玉"之义。

二注相较,所谓"赵傁"云云,无非删繁就简,与《百家注》所引赵注并无不同。又,《秦州杂诗》二十首,玉几本《集千家注杜工部诗集》引"赵傁"曰:"寺枕秦山,下接渭水,东流长安。"而《杜诗详注》引赵云:"渭水,在秦州。寺枕秦山,下接渭水,东流于长安。"又,《钱注杜诗》卷四《渔阳》,引"赵傁"曰:

公在梓,闻雍王授钺,作此诗以讽河北诸将。谓飘然而来,犹恐后时,乃拥兵不入本朝,岂高计乎? 末又举禄山往事以戒之。旧注以后事傅会,错乱殊甚。

《九家注》卷十一引赵注作:

时公在梓,闻雍王之胜,尚闻河北犹有未入朝者,乃谕诸将,苟飘然而来,已自后时,而不入本朝,岂高计乎? 旧注模棱其说。

虽文字繁简或异,而二注同源甚明。更明显的是,《钱注杜诗》卷十五《独坐》二首"燕玉"注引"赵傁"曰:"燕玉,妇人也。"明钞本成〔戊〕帙卷九赵次公注:"燕玉,以言妇人也。"

《钱注杜诗》卷十五《夜》(露下天高)"步蟾"注引"赵傁"曰:"当以'步簷'为正。"此条与明钞本巳〔己〕帙卷三赵注同。

玉几本《集千家注杜工部诗集》卷一《乐游园歌》"阊阖晴开㳇荡荡"句下注曰："㳇,本作昳,赵傁定作㳇。"《杜诗详注》卷二该句夹注云："旧作昳,赵傁定作㳇。"《九家注》卷二正文作"阊阖晴开昳荡荡",夹注曰："赵作㳇。"仇、郭二本所谓"赵"者,依例指赵次公。

又,玉几本《集千家注杜工部诗集》卷四《望岳》(西岳崚嶒)一首引"赵傁"曰："《华山记》:箭筶峰上有穴,才见天。攀缘自穴中而上,有至绝顶者。"《九家注》卷十九赵注云："箭栝峰,则《华山记》云:箭筶峰上有穴,才见天。攀缘自穴而上,有至绝处者。"

可见所谓"赵傁"之注,即次公之注。而次公亦自称"傁",见于钞本:巳〔已〕帙卷二《江汉》题解有"傁既自以为句法义例"云云;卷三《登岳阳楼》解,邵溥亦称赵次公曰"傁"。则"赵傁"云者,无非次公壮年后之称耳,读者岂可放过!

四、赵注的特色及其价值

清人周春《杜诗双声叠韵谱括略》称："杜之有注,自赵次公始也。"按,在次公之前已有伪王洙、黄伯思、杜田、师尹、薛苍舒等多家之注,但称得上全面、完整地阐释杜诗,集北宋注杜之大成,启后世注杜之法门者,自当首推赵次公。周春所谓"自赵次公始",便是强调了这一意义。约略言之,赵注有重出处、重整体性、重真实性、重文学性、重实践性五大特色。

一、重出处,是赵次公自觉强调的重要特色。林希逸《竹溪鬳斋十一稿》续集卷三十所录赵次公自序云:

> 余喜本朝孙觉莘老之说,谓:杜子美诗无两字无来处。又王直方立之之说,谓:不行一万里,不读万卷书,不可看老杜诗。因留功十年,注此诗,稍尽其诗,乃知非特两字如此耳,往

往一字繁切,必有来处,皆从万卷中来。

又云:

　　若论其所谓来处,则句中有字、有语、有势、有事,凡四种。两字而下为字,三字而上为语,拟似依倚为势,事则或专用,或借用,或直用,或翻用,或用其意,不在字语中。于专用之外,又有展用,有倒用,有拈摘渗合而用,则李善所谓文虽出彼而意殊,不以文害也。又至用方言之稳熟,用当日之事实者。又有用事之祖,有用事之孙。何谓祖?其始出者是也。何谓孙?虽事有祖出,而后人有先拈用或用之别有所主而变化不同,即为孙矣。杜公诗句皆有焉。世之注解者,谬引旁似,遗落佳处固多矣。至于只见后人重用重说处,而不知本始,所谓无祖。其所经后人先捻用,并已变化,而但引祖出,是谓不知夫舍祖而取孙。又至于字语明熟混成,如自己出,则杜公所谓"水中著盐,不饮不知"者。盖言非读书之多,不能知觉,尤世之注解者弗悟也。

又钞本末〔丁〕峡卷五《寄刘峡州伯华使君四十韵》注云:

　　愚尝熟味子美之诗,其于故事,有用其文者,有用其意者……说诗者不以文害辞,不以辞害意,以意逆志,是为得之。

又卷七《阁夜》颔联注云:

　　次公尝谓其读书之多,须用有出处字为对,亦自易传,及其混成,则无痕迹如自己出。

这里提出对出处用事的看法：（一）"往往一字綮切，必有来处"；（二）出处有许多变化，不可以文害意；（三）用字、用事的最高境界是"水中著盐"，混成如自己出。兹分述如下：

（一）由于次公认定杜诗"往往一字綮切，必有来处"，所以对出处考求认真严肃，也往往能于求出处时辨伪正谬。如甲帙卷三《奉赠韦左丞丈二十二韵》注"贱子请具陈"云："世有托名东坡《事实》，辄云：毛遂有言'贱子——具陈之'；以为浑言，却不引出何书。其全帙引，类皆如此。非特浼吾杜公，又浼苏公，而罔无识，真大雅之厄，学者之不幸也！"次公对出处的严格核实，必然要使作伪者露出尾巴。又如丁帙卷三《杜鹃》注云："世有《杜鹃辨》者，仙井李新元应之作也。鬻书者编入《东坡外集·诗话》中，非矣！"是次公最早对伪苏注进行了揭发，惜乎今人程千帆《古诗考索·杜诗伪书考》与万曼《唐集叙录》均未见引。次公求出处，甚至杜诗误用者，亦必指出，不以"诗圣"而忽略。如己帙卷一《大历三年春白帝城放船出瞿唐峡》"六月旷抟扶"句注云：

> 《庄子》曰："鹏之徙于南溟也，水击三千里，抟扶摇而上者九万里，去以六月息者也。"所谓"抟"者，抟聚其风也。"扶摇"者，风名也。今云"抟扶"，则无义。然起于沈佺期《移禁司刑》诗云："散枋仍葺厦，弱羽遽抟扶。"不知沈何故如此剪截经语，而公又取也？

又如己帙卷四《岳麓山道林二寺行》"细学何颙免兴孤"注，指出何颙在《后汉书·党锢传》，"乃急义名节之士，与今诗句不相干"，应是"长于佛理，终日长蔬"的周颙。而某些未明其所从出者，次公亦不妄注。如己帙卷五《千秋节有感》二首"宝镜群臣得，金吾万国回"一联，次公曰："上两句似难解，不敢强为之说，以俟明识。"这种"不知为不知"的态度正说明次公求出处的认真严肃。

（二）认识到出处有许多变化，不可以文害意。本于这一态度，所以次公对出处注解力求贴切，不许"才有字相犯便要妄引"。如戊帙卷七《夔府书怀四十韵》"豺狼哀登楚"，旧注引《七哀诗》，又云："南登霸陵岸，回首望长安。"赵注批评道："才见有一'登'字，便胡引，非是。盖霸陵者，文帝之陵，才离长安而登之，岂可却用证'楚'耶？"并指出王粲有《登楼赋》，所登者乃是荆州之楼，"此之谓'登楚'"。显然这要比旧注贴切，更合杜诗原意。清人仇兆鳌《杜诗详注》正是采用了这一注解。又，己帙卷三《泊岳阳城下》"留滞才虽尽"句下批评旧注引管辂"酒不可极，才不可尽"为出处是"字同义异，便取为证"，认为应当以江淹、鲍照"才尽"为出处，方合诗意。次公求出处，不但求出于何典，且求精确到用的是典故的哪一个侧面。如己帙《秋日荆南送石首薛明府辞满告别奉寄薛尚书颂德叙怀斐然之作三十韵》"材非一范雎"句下引范雎之功为注，且云："此皆范雎之谋，有益于秦者，故以比诸名将。旧注徒引雎逃魏齐之辱，入秦为相，终复魏齐之仇，无干涉矣。"由于求出处精当，故有助诗心之发明。

（三）次公常说"诗人于好事并好韵不可放过"，用字用事的最高境界是"字语明熟混成，如自己出，则杜公所谓'水中著盐，不饮不知'者"。而要达到这一境界，就必须事典贴合于眼前之事实，其重点在今不在古，是事典为眼前情景所用，即王嗣奭所谓"公之妙在直将古人融作自己，而借以自发其意"（《杜臆》卷六《春日江村》五首）。如丁帙卷六《诸将》五首之一"昔时金盌出人间"，旧注引卢充与崔少府女幽婚事，杜田《补遗》认为不类，乃引沈炯"茂陵玉碗，遂出人间"为出处。次公平章两说，认为"田殊不知题是'诸将'，止言将臣之贵者，常蒙玉鱼之赐，且有金碗在墓而出，皆人臣事耳"。杜诗用卢充得崔女金碗事"全出己见，有发墓之意，不必泥金碗上是女人之事也"。次公这一指导思想使之较通达地注释典故出处，以探求诗心为指归，多少能避免王夫之《薑斋诗话》卷下所批评的“宋人抟合成句之出处，役心向彼掇索，而不恤己情之所自发”的通病。

然而，字字求出处势必先天地带来形式主义的弊病。次公一面笑旧注释“腊”字三百余言，“却成‘伏’与‘腊’门类之书”（戊帙卷六《秋日夔府咏怀一百韵》“伏腊”注），另一面又注所不必注，至如引《晋书》、《北史》证“姨弟”出处，引《史记·张良传》证“多病”出处，颇近无谓。又，戊帙卷五《又呈吴郎》“无食无儿一妇人”注：“诗人于四字叠两件事，多有出处。”于是引《庄子》证“无食”，引古谚证“无儿”，引《高唐赋》证“一妇人”；并认为，此句暗用《汉书·王吉传》故事，无疑冲淡诗作原有的现实意义。字字求出处，也势必导致对文学特质认识的不足，甚至以记诵代创作。戊帙卷四《贻华阳柳少府》注引《家语》、《庄子》、张景阳诗为“过鸟”的出处，并发议论云：“窃怪公诗又有‘身轻一鸟过’，本偶阙一‘过’字，而欧阳永叔记诸大儒者不能填补，岂亦不思《家语》、《庄子》与张景阳诗，及公诸诗句乎？”在次公看来，杜甫用“过”字只是个“有来处”的问题，暴露了次公对文学特质认识不足的一面，终于跳不出王夫之所批评的“总在圈缋中求活计也”。至于有些该注未注，或误注，或未知出处究竟而为后人所修正、补注者，因学问本似积薪，后来者自当居上，可毋庸论。

于杜诗字字求出处，本是宋人风气。戊帙卷二《卜居》注云：

> 世有《名贤诗话》，载本朝熙宁初张侍郎掞，以二府成，诗（按，即《贺执政入东西府》诗）贺王文公。公和曰：“功谢萧规惭汉第，恩从隗始诧燕台。”示陆农师。陆曰：“萧规曹随，高帝论功，萧何第一，皆摭故实；而‘请从隗始’，初无‘恩’字。”公笑曰：“子善问也。韩退之《斗鸡联句》：‘感恩惭隗始。’若无据，岂当对‘功’字邪……此作诗用字祖法，王文公

盖自得此刀尺耳。"①

王安石是首倡宋诗学杜,开一代风气的大师。他的学杜较全面,能得其精华,在用字使事求出处上,也是个首创者。叶梦得《石林诗话》卷中载:"(荆公)尝云:用汉人语,止可以汉人语对,若参以异代语,便不相类。如'一水护田将绿去,两山排闼送青来'之类,皆汉人语也。"稍后的黄庭坚更是将用字使事当成创作的源头,创构了一整套"以故为新"、"点铁成金"、"脱胎换骨"等为人熟知的诗歌理论,左右着北宋后期的诗坛。任渊《山谷诗集注》卷一《古诗二首上苏子瞻》首联注云:

> 山谷诗律妙一世,用意高远,未易窥测,然置字下语皆有所从来。孙莘老云:老杜诗无两字无来历,刘梦得论诗,亦言无来历字,前辈未尝用。山谷屡拈此语,盖亦以自表现也。

山谷所屡拈的孙莘老"老杜诗无两字无来历"一语,正是次公注杜之圭臬。钞本己帙卷八《旅夜书怀》"月涌大江流"句注云:"东方璆尝与卢照邻分韵,有云'汹涌大江流'。公换一'月'字,点铁成金矣。"又,戊帙卷八《复愁》十二首之二,赵注云:"'昏鸦接翅稀',变何逊之语……何逊云:'昏鸦接翅归。'然今改一'稀'字,意义遂与逊诗不同矣。"诸如此类皆江西诗派家数。次公"四有"、"八用",正江西派诗论在阐释学上的体现。此论之得失,也是次公讲究用字出处之得失。从美学的角度看,使事用字贴切,可扩大诗的容量,对偶方便,读者还可以从巧妙的剪裁中获得美感,而作者通过用典容易含蓄地表达自己的情思。这是中国诗特有的审美趣味,而注家求

---

① 郭绍虞辑《宋诗话辑佚·唐宋名贤诗话》无此条。此条见于《苕溪渔隐丛话前集》卷三五,引《西清诗话》云。赵注所引"韩退之《斗鸡联句》'感恩惭隗始'",《全唐诗》卷七九一作孟郊句:"受恩惭始隗。"

出处,也就有助读者以意逆志,探得诗心。那么,何者为适度? 朱弁
《风月堂诗话》称黄庭坚"用昆体功夫,而造老杜浑成之地",道出黄
庭坚比"西昆体"作者高明之处,就在"浑成"二字。这也就是次公
强调的"明熟混成"、"水中著盐"。有了这一条,就使赵注的"四
有"、"八用"不至于走向灭裂饾饤、以博为奇、因注反晦的极端,而是
如沈曾植明钞本后记所称许的"繁而不杀",高出有宋诸家。这就涉
及赵注的另一特色。

　　二、重整体。宋人注杜与宋人对"诗史"的认识是对孪生子。
虽然"诗史"之称始见于晚唐孟启的《本事诗》,但对此有普遍认识
的是宋人。胡宗愈《成都草堂诗碑序》云:

　　　　先生以诗鸣于唐,凡出处、动息劳佚、悲欢忧乐、忠愤感激、
　　好贤恶恶,一见于诗,读之可以知其世。学士大夫,谓之"诗
　　史"。(《草堂诗笺》传序碑铭)

　　对"诗史"的这一认识促使注家将重点放在作品所处历史环境
的重建上,务使其出处粲然可观。这对于只在字面意义上的疏通下
功夫、求本意的旧阐释学来说,无疑是一大进步。赵次公对"诗史"
的认识接近胡宗愈,其《杜工部草堂记》云:

　　　　六经皆主乎教化,而《诗》尤关六经之用。是故《易》以尽
　　性,而情性寄寓之咏,《诗》通乎《易》;《书》以道事,而事变之
　　达,则《诗》通乎《书》……《诗》亡而后有《春秋》,有《诗》则《春
　　秋》无复勤圣人之笔削。

　　又云:

　　　　惟杜陵野老,负王佐之才,有意当世,而肮脏不偶,胸中所

蕴,一切写之以诗。(《成都文类》卷四二)

次公认为诗与史相通之处并不在于"多纪当时事,皆有依据"(陈岩肖《庚溪诗话》卷上),而在于纪实以劝教化、抒情志。出于这一认识,所以赵注以历史环境之重建为线索,多角度地探求诗心,寻找整体地把握杜诗的规律。

赵注重视整体性突出地表现在体例上。赵注体例之完整,可谓旷古未有。一是编年,既有甲帙之《纪年编次》①,又有卷首与题下之系年,及句解中所引史实。这就使千余首杜诗首尾一贯,成为历史的画廊,粲然可观。台湾学者叶绮莲在《杜工部集源流》一文中说:"宋人于杜诗之编次及校订,厥功至伟,否则杜学难以影响后世如此深且广也。"②这一评价是客观的。如第二节所考,次公编次杜诗,成为后来所谓的"鲁訔系统",影响甚大,是宋人编次杜诗之佼佼者。其中如辨李邕与杜甫初会在洛阳日,不在客齐、赵间,以纠《新唐书》之谬(详见《九家注》卷一《奉赠韦左丞丈二十二韵》所引赵注),已成定论而为仇氏《杜诗详注》所用;又,辨史云"上皇合剑南为一道"之非,释严武三持节之义甚明(详见丁帙卷一《八哀诗·严武》题解),是其精彩者。至如编《古柏行》入夔州诗中,以《登高》补《九日》五首旧云"缺一首"者,存《避地》于二王本所未编,其功甚著,诚为"少陵之忠臣"。二是首创《句法义例》。可惜此项目与《纪年编次》同佚,今丁、戊、己三帙提及《句法义例》尚有"西江"、"樯乌"、"江汉"、"莫"、"桃源"、"定"、"百丈"、"惨淡"、"骐骥"、"苦心"、"南极"、"双纪格"、"元"、"白头吟"、"气冲"、"凫鹥"、"商山四皓"、"短褐"等数十条,可见其规模之大!如"樯乌"条,丁帙卷七《夜宿西阁晓望呈元二十一曹长》"樯乌宿处飞"注:"樯而系之以

---

① 见于戊帙卷十《观公孙大娘弟子舞剑器行》注,曰:"次公有说,具于《纪年编次》,甲帙中。"

② 见台湾学生书局编《杜甫和他的诗》下。

乌,公屡使矣。此乌非真是'屋上乌'之'乌'也,特樯竿上刻为乌形,以占风耳。晋令车驾出入,相风在前,正是刻乌于竿上,名之曰'相风'……故公有云'樯乌相背发'、'危樯逐夜乌',而今云'樯乌宿处飞',杜诗〔时〕可不省,乃云樯挂帆木,而乌泊其上。假使真乌泊樯上,何至'背发'与'夜相逐',而于'宿处飞'乎?况公诗又有曰:'燕子逐樯乌。'则真燕逐樯上之刻乌而飞也……详见《句法义例》。"于此又见其探求之深,有助读者对杜诗之理解。又戊帙卷四《第五弟丰独在江左近三四载寂无消息觅使寄此》二首之二"影著啼猿树,魂飘结蜃楼"注:"盖公诗每有一句言己,一句言彼者。前篇云'楚设关城险',则以言己之在楚;'吴吞水府宽',则以言弟之在吴。又如《忆李白》云'渭北春天树',则言己之在咸阳;'江东日暮云',则以言白之在会稽。似此体格非一……次公之说详于《句法义例》。"这便是所谓"双纪格",与后来明人故弄玄虚的许多"格"不同,应当说是有助于读者对杜诗句法的把握。再如对"江汉"用法进行总结,认为"公故于夔州每用'江汉'",有助于系年之考订(如戊帙卷九《戏作寄上汉中王》二首注)。仅此数例,虽全豹未窥,《句法义例》之价值可睹! 三是串讲与题解。次公往往能于题解中对诗的主题或结构、作意进行分析,帮助读者把握全诗。如《九家注》卷六《剑门》引次公题解,认为该诗非主"在德不在险",而在"叹地险而恶负固",是对割据者的警告,深得诗心。在注解时,次公往往数句为注,一气连贯,前后互相发明。如丁帙卷四《古柏行》"君臣既与时际会,树木犹为人爱惜"句注认为:前此一联言"苍皮溜雨四十围,黛色参天二千尺",后一联言"云来气接巫峡长,月出寒通雪山白",皆为形容之句,本可连接一气,何以要插入此"君臣"一联呢?"曰,此公诗之妙处也。盖柏虽有四十围之大,二千尺之长者,而后人如萧欣辄伐之,不能久存。唯此柏以君臣际会之休,故人爱惜以至于今也。唯其如此,然后致'气接'、'寒通'之远焉。"由结构入手,把握全诗脉络,发掘深蕴的诗意,可谓妙解。

对整体性的重视还表现为"以杜证杜"的方法,即将一部杜诗视为一个整体,首击尾应,环譬而喻。如戊帙卷七《玩月呈汉中王》"江城"注,连类而及,所引杜诗先后八句,得出"凡滨江州县,皆可谓之'江城'"的结论,令人信服。又,戊帙卷六《秋日夔府咏怀奉寄郑监审李宾客之芳一百韵》"南湖日扣舷"句,次公认为此句专言郑监,理由是:"其后有《寄题郑监湖上亭》三首,又有《暮春陪李尚书过郑监亭泛舟》一首,又有《重泛郑监前湖》一首,是以知'南湖日扣舷'者,专言郑监也。"这已不是简单的类比,而是综观全局后的推理。又,戊帙卷七《社日》二首之二"今日江南老,他时渭北童"一联,赵注云:

> 公有《夔州歌十绝句》,其五云:"瀼东瀼西一万家,江北江南冬春花。"瀼东瀼西,则言瀼水之西岸、东岸也;江北江南,则言大江之北岸、南岸也。公于后篇《卜居》诗有云:"云障宽江北,春耕破瀼西。"又诗又云:"畏人江北草,旅食瀼西云。"其言"江北",盖夔江之北也。今此云"江南",亦夔江之南矣,况州治之对见,有称"江南村"焉。公社日在江南村,故得以"江南老"自名。渭北,则咸阳也……公昔有家焉,其《春日忆李白诗》云:"渭北春天树,江东日暮云。"正在咸阳所作也。句云:"他时渭北童。"则言其为童时;社日在咸阳也。渭北,一作"渭水",非是。

其左穿右穴,出没于杜诗,令人叹服。宋人"以杜证杜"当以次公最为突出。

三、重真实性。这是赵注灵魂之所在。《四库全书总目提要·杜诗捃》条:"自宋人倡诗史之说,而笺杜诗者遂以刘昫、宋祁二书据为稿本,一字一句,务使与纪传相符。"[1]这是将"诗史"狭窄地理解

---

① 典型如陈禹锡《杜诗补注》。刘克庄《后村先生大全集》卷一〇六云:"禹锡专以新、旧《唐史》为案,诗史之断,故自题其书曰:《史注诗史》……必欲史与诗无一事不合,至于年月日时,亦下算子,使之归吾说而后已。"

为"多纪当时事,皆有依据"所引起的偏颇。与此相联系的另一弊病是认为杜诗多比兴,乃至望风捕影,草木皆兵。二者共通处就在于穿凿比附,离开了文学的真实性。如上所引,次公对"诗史"的认识较通达,认为诗与史相通之处并不在于"多纪当时事,皆有依据",而在于纪实以劝教化、抒情志。所以他一面强调"只是道实事",一面又提出要有"己身之兴",如己帙卷四《客从》注所云:"虽兴寄亦每感于物而兴之,非泛为比也。"也就是强调不离形象本身,在"道实事"中见比兴,而不是比附。由于强调"只是道实事",所以赵注有无所隐讳直发诗心,反对穿凿、比附、作伪,以及重视"白描"写法等优点。如《九家注》卷五《前出塞》之六引赵注云:"而喜开边者,乃好大喜功之主,则公之诗岂不益于教化乎!"《后出塞》"岂知英雄主"句下亦引赵注:"此议好大喜功之主也。"《百家注》、《分门集注》、《分类集注》、《黄鹤补注》咸改作"好大喜功之士",后人多忌讳,曲解杜诗,则次公无所隐讳,直发诗心之志愈见。杨慎《升庵诗话》卷十一云:"杜诗之含蓄蕴藉者,盖亦多矣,宋人不能学之。至于直陈时事,类于讪讦,乃其下乘末脚,而宋人拾以为己宝,又撰出'诗史'二字以误后人。"正从反面道出宋人以杜诗为"诗史"的价值所在,也是次公注杜高明之处。然而,赵注的"只道实事"、"益于教化"是与反对穿凿并举的。如戊帙卷六《秋日夔府咏怀一百韵》"高宴诸侯礼"注:"因实道赵藩侯之宴会而感伤所闻之曲也……旧注云'言能守臣节',是何梦语!"这又是赵注不牵于礼义,实事求是的态度。己帙卷三《雨》二首之一注"惊浪满吴楚"云:"惊浪、蛟螭、寇盗,皆实言之,别无它托兴。"反对以惊浪比永王璘,以蛟螭比赋敛者。至如以比附为能事之《东溪先生集》之流,次公更是驳斥之不遗余力。在赵注中,反穿凿占有相当多的篇幅。次公反对深曲解杜诗,"杜公岂打谜作诗乎"(己帙卷三《见王监兵马使说近山有白黑二鹰》注),主张平易,不要"费力"。因此,次公颇激赏杜诗的"白描"手法。如《九家注》卷二四《倚仗》引赵注云:"'山县早休市',道事的当,盖如'小市常争米'矣。"又《九家注》卷二一《进艇》"俱飞蛱蝶元相逐,并蒂芙蓉本自双"引赵注云:"元相逐、本自双,因道实事而为新语也。"次公认为白描中自有意味,所以强调"兴"应因形象而发,是"兴寄亦每感于物而兴之"(己帙卷四《客从》注),是"道实事以寓义理"(丁帙卷四《长江》二首注)。如丁帙卷三《杜鹃》注,反对太泥于史实,以严武、杜克逊等尊王与否来比附"西川有杜鹃,东川无杜鹃;涪万无杜鹃,云安有杜鹃"。次公认为:"此四句真以言杜鹃之有无也","若其言尊君之义,则自在中间铺叙,不必泥首四句便为美刺也"。纪实被次公视为比兴内在的骨骼,而高明的比兴要有现实为依据,描写也要有实感。如戊帙卷一《病橘》题解云:"此篇直叙事纪实而感叹之诗。"诗中字字不离病橘的原形象,而"伤贡献之劳民"(仇兆鳌语)的弦外之音又在在可闻,《杜臆》称之为:"偏于无知之物写得有情。"我们只要取读杜甫《枯椶》、《麂》、《瘦马行》诸诗,就会相信次公所揭示的"道实事以寓义理"的确是杜诗一大特色。日人吉川幸次郎论中国文学的特色,据《文学遗产》1981 年第 1 期徐公持的介绍,以为:"中国人以现实的国民著称。他们认为,唯有能够现实地、感性把握住的东西,才是实在的;能提高人的美的东西,只存在于现实世界里,不存在于想象之中。"又说:"在中国文学里,描写要具有明确性,这是必不可少的要求。"与外国文学相比较而言,吉川所论基本符合我国古代文学实际。重实境(所谓"现量")、求具象,是中国文士"目击道存"的运思习惯。次公注杜,正典型地体现了这一特点。如《九家注》卷十《茅屋为秋风所破歌》"安得广厦千万间"句下引赵注云:"白乐天诗'我愿布裘长万丈,与君同盖洛阳城',盖有志衣被天下者,然近乎戏语,岂有万丈之裘乎?若公言千万间之广厦,则其言信而有征。"白居易的想象是否"近乎戏语",尚可讨论,但次公的确捉住了杜、白二家表现手法上特异之处,强调了"能提高人的美的东西,只存在于现实世界里,不存在于想象之中"。次公对纪实与比兴之间关系的看法,不但在阐释学上,而且在宋代美学发展史上，都应有一席之地。

由于次公对"诗史"、比兴持有较通达的看法，所以能整体地看问题，大胆地推求诗心，接近杜诗现实主义的实质而有所发明。如己帙卷七《朱凤行》注："此篇却是托兴君子、小人甚明。"但他反对《东溪先生集》"悯天子蒙尘"的解释，指出此解与历史背景不符合，认为是"托凤之忧小类、悯微物、恶凶恶，乃公仁义之心如此"。又戊帙卷十《写怀》二首"无贵贱不悲，无富贫亦足"注："盖贱之所以悲者，以贵形之也，故无贵则贱者不悲。贫之所以不足者，以富形之也，故无富则贫者亦足。而旧注云：言贵贱贫富，一委顺之而已，所谓乐天知命者，非是。"廖仲安、王学泰《杜诗注本述评》指出，不仅宋人旧注，直到清代仇兆鳌注此句还说："苟能达观，穷达死生，皆可一视，何必多此哀乐乎。"削弱了杜诗的思想性，比赵注倒退。的确，相形之下，赵注更接近杜甫后期思想的实际情况，应当说是高人一筹。

然而，次公对杜诗现实主义的认识只是停留在对杜甫"仁心"的发掘上，而对其积极干预生活、揭示社会内在矛盾的重大意义认识并不深刻，甚至与诗人在思想上出现较大的差距。如丁帙卷四《负薪行》注："今公诗句，怪巫山之女粗丑，而昭君独美。"未理解杜甫对"地褊衣寒困石根"的夔州妇女的无限同情，对不合理社会的忧愤，也就未能领悟杜诗现实主义的深意。因此，赵注的重真实性还停留在"只是道实事"上，而未能进入更高的层次。

四、重文学性。次公虽然强调杜诗"只是道实事"，但这并不妨碍他同时也重视杜诗的文学性。自北宋以来，道学家功利主义的文论视诗歌艺术为"闲言语"，这一偏见颇有影响。《二程语录》卷十一云：

> 某素不作诗，亦非是禁止不作，但不欲为此闲言语。且如今言能诗无如杜甫，如云："穿花蛱蝶深深见，点水蜻蜓款款飞。"如此闲言语道出做甚！

这种极端功利主义的观点影响于杜诗的阐释学,便是解经式地拷问杜诗,务使句句有"比兴"。次公则认为,诗的价值并不仅仅在于有寄托。《九家注》卷二四《送路六侍御入朝》引赵注云:

> 《天厨禁脔》者,洪觉范之书也。以"不分桃花红胜锦,生憎柳絮白于绵",谓之"比兴格"。且曰:"锦绵色红白而适用,朝廷用真材,天下福也。惟真材者忠正。小人谄谀似忠,诈讦似正,故为子美所不分而憎之。"不知于桃花、柳絮何所据而便比谄谀诈讦之小人乎?杜公造为新语,其云"不分"、"生憎",乃所以深言其红白也。

又云:

> 桃花之深红,柳絮之酽白,正是春色放荡无所借赖者,翻是触忤愁人。

花红絮白,仅仅是春色的写实。然而,正是这浩荡的春色挑起愁人心事,是所谓"杜公造为新语"者。又如《九家注》卷二二《徐步》引赵注曰:

> 此数篇诗皆道景为新句。前篇云:"仰蜂粘落蕊,行蚁上枯梨。"今云:"芹泥随燕嘴,花蕊上蜂须。"真冠绝古今矣!

道学家所认为的"闲言语",次公却道是"新句"、"新语",给予很高的评价。这无疑是对道学家文论的一种挑战。由于次公对诗歌艺术性的相对独立有所认识,所以能于以史证诗之外用文学的眼光看待杜诗。主要表现在,(一)不泥于史实,承认诗人有塑造形象的自由。如《九家注》卷三《潼关吏》引赵注云:"托诸关吏之言",

"皆所以托关吏之言而伤之也"。明言不必实有其人其言。又如《九家注》卷四《瘦马行》题解引旧注，以此诗喻房琯之斥逐。至明王嗣奭犹持此说，认为是杜甫笃于友谊，"关系伦常"（《杜臆》卷二）。次公则注意到形象内涵的广阔性，认为旧注"所喻不广，不若喻荐拔贤士为胜"。（二）是强调"诗人之情"。在注解中常可见到次公云："诗人之言，岂有拘执哉！"所谓"诗人之情"，指的是诗人的想象力与形象化。如《九家注》卷十七《登兖州城楼》"孤嶂秦碑在"引赵注："此两句则想象之而已。"钞本丁帙卷一《八哀诗·严武》"公来雪山重，公去雪山轻"注："重，言安而不摇，谓吐蕃畏公，不敢功摇而辄犯顺，所以为重也。盖公尝败之于当狗城，而克盐州城西，则吐蕃之畏公可知矣。今其去也，雪山岂不轻乎？此诗人之情也。"恰到好处地阐释了杜诗形象化的语言。由于重视"诗人之情"，所以赵注经常对作者心理作探求。如《九家注》卷十九《春宿左省》"不寝听金钥，因风想玉珂"引赵注："两句主下句有封事而欲上，故听开门且想朝马之鸣珂也。"再现了诗人"明朝有封事"而引起的细腻的心理活动。（三）重视杜诗格律、句法、用字的研究，如"双纪格"、"俯仰格"的总结，虽未免八股习气，但较之明人的杜撰体格来，还是比较合于杜诗实际的。至如"假对"、"扇面对"的点醒，则是必要的。而对句法、用字的评点，则时露精彩。今仅举其二例，以明其余。如《九家注》卷三十《秋兴》八首"红稻"、"碧梧"句引赵注："特纪其旧游之渼陂所见，尚余红稻在地，乃宫中所供鹦鹉之余粒；又观所种之梧，年深即老，却凤凰所栖之枝。既以红稻、碧梧为主，则句法不得不然也。"赵注不单纯从语法修辞考虑是"倒装句"，而是结合内容需要，是以红稻、碧梧为描写主体，"则句法不得不然"。比沈括云云似更深入一层。再如己帙卷四《宿白沙驿初过湖五里》注云："'驿边沙旧白'，则以白沙驿故也；'湖外草新青'，则以青草湖故也，可谓巧矣。"对杜诗技巧点到即止，有助于读者鉴赏。

　　五、重实践。次公注杜，颇重实地考察。许承尧在草堂藏本

《先后解》题识中称："次公蜀人,于蜀中地理最详,分析杜诗先后自可信。"如钞本己帙卷五《寄李十四员外布十二韵》题解云:"惟荆州而往方使帆,岂有在阆州诗下,归成都诗上,而言帆者乎?"又,丁帙卷一《题忠州龙兴寺所居院壁》注,辨"三峡"洋洋千余言,都有较高的参考价值。钞本丁帙卷一《八哀诗·严武》题解辨新、旧《唐书》所载严武历职,云:"次公窃观巴州有严武所赋《光福寺楠木歌》,其碑刻见存,题下云:'卫尉少卿兼御史严武。'夫武在巴州,既有碑刻之证,则新史为是;旧史言绵州者非。"以亲见碑版为证,自然有力。

次公注杜重实践还表现在将注杜与宋代实际情况相联系。如戊帙卷四《阻雨不得归瀼西甘林》注"邦人不足重,所迫豪吏侵"云:"两句言柑可用入贡为至尊之御,非不贵也,而邦人反不足以为重。其反不重者无它,苦于豪吏之侵夺故耳⋯⋯近世蜀中官取荔支,至有荔支家伐去不留,亦此之类也。"然而此类注并不多见,更多的是与诗坛具体问题结合进行批评。赵注着眼于"学者",通过注解、评点杜诗,培养学杜诗者重出处而不穿凿,以古人语道心中事,即江西诗派所谓"以故为新"的审美趣味。如《九家注》卷十九《和贾至舍人早朝大明宫》"旌旗日暖龙蛇动,宫殿风微燕雀高"句引赵注云:"余窃谓夏文庄'砚中旗影动龙蛇',徐师川'旌旗不动御炉香'皆剽杜也,然工拙可见矣。砚水之中可见旌旗之影动如龙蛇,而御炉香岂于旌旗动不动乎?或穿凿以'燕雀高'比小人得位,则'龙蛇动'何所比乎?后学妄论杜诗有如此者。"这条注不啻是范文批改。此类评论甚多,而范围甚广。如《王直方诗话》、《梦溪笔谈》、《名贤诗话》、《冷斋夜话》、《天厨禁脔》、《西清诗话》、《东溪先生集》、《潘子真诗话》、《潜溪诗眼》、《洪驹父诗话》、《漫叟诗话》、《诗话隽永》、《杜陵句解》及"王洙注",师尹、杜田、王彦辅、薛梦符、蔡兴宗诸家注。此外又多引宋诗与杜诗对比,考求其间的联系。其中以苏轼诗引用最多,如《九家注》卷三《羌村》三首之二"赖知禾黍收,已觉糟床注"引赵注,指出苏轼名句"麦陇风来饼饵香"正与此句相类。这些都使赵注有相当强烈的时代色彩,而成为研究宋代杜诗学的宝库。是为赵注的特色,也是它的价值。

赵注的价值,还在于保留了不少今日已散佚的诗文资料。如王绩诗"人间何劳隔生涯"(丁帙卷四《送李功曹之荆州》注引),《久客病归》"沉绵赴漳浦"(戊帙卷六《秋日夔府咏怀一百韵》注引),《病后醮宅》"公幹苦沉绵,居山畏不延"(戊帙卷十《送高司直寻封阆州》注引),以上王诗为《全唐诗》所失收,《全唐诗外编》亦未之见。今承西北大学中文系韩理洲同志代核以新发现两种五卷本《王无功文集》,文字无出入,《久客病归》全题作《久客齐府病归言志》。可见赵注所保存佚文之可靠。今将愚管所及录见一斑。

(一)唐以前诗文。

魏文帝曹丕诗"泪中无故人"(《九家注》卷六《积草岭》注引);曹植诗"庭树微销,落泪如线"(《九家注》卷四《湖城东遇孟云卿》注引);陆机《四时诗》"天回地游"(戊帙卷九《送李公秘书赴杜相公幕》注引);鲍照《学阮步兵体》"泾渭分清浊,视彼谷风诗"(《九家注》卷一《秋雨叹》赵注引);谢惠连诗"行云星隐见"(《九家注》卷一《同李太守登历下古城员外新亭》注引);虞骞诗"月光移数尺"(丁帙卷四《漫成一绝》注引);庾信《寒园即日(当作"目")》"寒园星散居"(《九家注》卷四《送樊二十三侍御赵汉中判官》赵注引),《献皇祖文皇帝歌辞》"终封三尺剑,长卷一戎衣"(《九家注》卷十七《重经昭陵》赵注引);吴均《述梦》诗"以亲芙蓉褥"(《九家注》卷十七《李监宅》赵注引);卢思道诗"绿叶参差映水荇"(《九家注》卷一《醉歌行》赵注引)。以上所引诗皆为逯钦立辑《先秦汉魏晋南北朝诗》所未收录者。又,己帙卷八《清明》注引张正见《采桑》:"倡妾不胜愁,结束下青楼。"逯本却用《草堂诗笺》卷三九《清明》注引作"倡狂不胜愁,结束下清楼"。"狂"、"清"皆不稳,当以赵引为正。

(二)唐代诗文。

崔融诗"屏帏几处开"(《九家注》卷十七《李监宅》赵注引);沈

佺期《李侍郎祭文》"思含飞动,才冠卿云"(《九家注》卷十八《赠高式颜》赵注引);张若虚《春江月》"请语风光催后骑,并将歌舞向前溪"(《九家注》卷十九《曲江》二首赵注引);刘希夷《边城梦还》"云沙扑地起"(《九家注》卷三《画鹘行》赵注引),《吴中少游》"芳洲花月夜"(《九家注》卷十七《赠特进汝阳王二十二韵》赵注引);孟浩然诗"结构依空林"(《九家注》卷一《同李太守登历下古城员外新亭》赵注引)。以上所引诗文为《全唐诗》、《全唐文》所未收录者。《全唐诗外编》亦未之见。又,《九家注》卷十八《重过何氏》五首之四赵注引韩愈《送僧澄观》诗"势到众佛尤瑰奇"。"瑰奇"二字钱仲联《韩昌黎诗系年集释》作"恢奇",云一作"魁奇",并认为皆未安。今有赵注所引,当以"瑰奇"为佳。又,《九家注》卷十七《奉赠太常张卿垍二十韵》注引郑处晦《明皇杂录》载明皇幸张垍宅许拜相事;《九家注》卷八《韦讽录事宅观曹将军霸画马图》注引《明皇杂录》云:"王维、郑虔皆善绘画,时称神妙。"亦皆今本《明皇杂录》及其辑佚所未见者。

(三)宋代诗话。

《九家注》卷十九《至日遣兴奉寄两院遗补》注引《诗说隽永》云:"尝见唐本杜诗,'愁对寒云雪满山'乃'白满山'也。"《诗说隽永》已佚,郭绍虞《宋诗话辑佚》收有此条。又《九家注》卷十九《郑驸马池台喜遇郑广文同饮》注引《潘子真诗话》一条,可与郭绍虞《宋诗话辑佚》所收《苕溪渔隐丛话》、《历代诗话》所引互校。其中如《苕溪渔隐丛话》引"太守、相,驷马而已"一句,赵注引作"太守则驷马而已";"其有功德加秩二千石及使者,乃有右骖"一句,赵注引作"有功德加秩中二千石如王成者"。今检《汉书》卷八,汉宣帝地节三年三月因王成"治有异等",诏"其秩成中二千石";则赵所引为有据。又如华东师范大学古籍研究所点校《仇池笔记》卷下第十九条杜甫诗,亦引赵注补《仇池笔记》脱文。

以上仅校雠时随手所录,已可见赵注保留佚文、佚诗之丰富。

赵次公杜诗注的价值及其对后世发生的持久而广泛的影响,如上所论。沈曾植于明钞本后记称:"要就全书论之,自当位在蔡(梦弼)、黄(鹤)之上。"我同意沈氏这一结论,也希望赵注能因此引起杜诗研究者的更大关注。

(原载《中华文史论丛》1988 年第 1 期)

杜诗与宋人诗歌价值观

杜甫何以从寂寞走向显赫,并在后期封建社会取得"定于一尊"的"诗圣"地位,是文学史研究的一个有意义的课题。

如果我们在整个杜诗流传的历史过程中,去追踪其不同时期被接受的情况,从不同时代读者的不同价值取向中去发现动因,那么,我们便获得一个新视角。

一

闻一多曾敏锐指出:"盛唐之音"乃是门阀贵族诗的最高成就。他将汉建安五年至唐天宝十四载计 550 年间的文学划为门阀贵族之学;将唐天宝十四载后至 1919 年"五四"运动计 1100 多年的文学划为士人文学①。这一划分法是符合两种文化构型嬗变的历史实际的。

大历年间,经"安史之乱"而惊魂未定的文人,尚沉湎于寻找失落了的开元、天宝之梦。以长安、洛阳为中心的"大历十才子"如钱起、卢纶辈,与"窃占青山白云、春风芳草"的江东诗人如刘长卿、李嘉祐辈,大都写些"体尽流畅,语半清空"的诗作。因此,作为"一代

---

① 见郑临川《闻一多先生说唐诗(上)》,《社会科学辑刊》1979 年第 4 期。

文宗"的,不可能是清醒直面现实的杜甫,而是代表往年雍容气象的王维①。而杜诗,据同代人樊晃称:"文集六十卷,行于江汉之南……属时方用武,斯文将坠,故不为东人之所知。江左词人所传诵者,皆君之戏题剧论耳,曾不知君有大雅之作,当今一人而已。"(《杜工部小集序》)这条材料至少说明杜诗当日只在较小范围内("江汉之南"),甚至是以部分面目("戏题剧论")进入文学交流系统的,尚未被时人所充分认识。

　　寻找失落之梦的大历之风并未延续太久,肃宗、代宗并非"中兴主",唐王朝继续滑坡。这就使痛定思痛的士大夫们开始对由盛世跌入乱世的历史事实进行深刻的反省。尤其至贞元末,王叔文集团的革新运动虽未直接造就新文学,但它强烈地振起统治阶级中有识之士挽狂澜于既倒之志。于是乎扫除异化力量,重建政教一体化的大一统帝国,成为士大夫普遍的追求。无论柳宗元的"明道"说,无论韩愈的"载道"说,无论白居易的"采诗"说,都是试图以文学为重建封建秩序的手段。中唐最有力的两大文学潮流,即元、白为中心的"新乐府运动",与韩、柳为中心的"古文运动",正体现了当时文学的主潮是属于重视文学社会功能性的"致用"之学。杜诗以其"以时事入诗"的社会功能性进入新时期读者的"期待视野"——读者对作品进行接受的全部前提条件,包括思想、道德、审美、文化诸方面的修养所形成的一种阅读定势——而获得"诗史"的称号。

　　据现存资料,首称杜为"诗史"的,是晚唐人孟启的《本事诗》。然而,重视杜诗有"史"的特质,还当溯至中唐。白居易《与元九书》标举"歌诗合为事而作",盛称"三吏"、《塞芦子》、《留花门》诸章;元稹《乐府古题序》亦列杜之《悲陈陶》、《哀江头》、《兵车行》诸篇为"即事名篇"之列。可见杜甫"以时事入诗"的"史"的特质,已经为

---

① 自称"起自至德元首,终于大历暮年"的高仲武《中兴间气集》,不收当时已进入创作高峰期的杜甫诗,而以"文宗右丞(王维),许以高格"的钱起,及"右丞以往,与钱更长"的郎士元辈为"中兴"代表作家,这是当时有代表性的意见。

中唐人对历史进行反思的意识所认同。不过唐人对前人的学习往往不拘一格,少有捧定一家进行句规字模的。而杜诗本身蕴含的多种风格又为唐人的选择提供了借鉴模式,即使是已认识到杜诗"尽得古今之体势"的元、白,也因主张诗歌创作应当"其辞质而径,欲见之者易喻也"(《白居易集》卷三《新乐府序》),而极力发挥杜诗"以时事入诗"、以口语入诗的一面,形成自家"浅切"的风格。至如韩愈,也从自己的审美趣味出发,学习杜诗的雄奇壮大;杜牧则学杜甫叙事夹议论的技巧;李商隐则学杜诗沉郁顿挫的格调;张籍、王建、李贺、皮日休、陆龟蒙、杜荀鹤、韦庄辈无不从杜诗中得其一枝一节,发展为自家风格。甚至风格偏僻的姚、贾,孙仅《读杜工部集序》犹称"姚合得其清雅,贾岛得其奇僻"(《草堂诗笺》传序碑铭)。总之,中晚唐至五代,杜甫的影响是广泛的,但尚未有模式化的倾向,更无推为宗主的迹象。

二

如果说晚唐文坛门径纷杂是与唐帝国土崩瓦解的政治气候相应的,那么进入"大一统"北宋王朝新"气候"的文坛,则有趋同的倾向。

经晚唐、五代长期战乱,士族门阀残余最终被扫荡,世俗地主建立起大一统的中央集权的新帝国——北宋。自"古文运动"以来矻矻以求的"政教合一"得以实现,世俗地主的文化教养、道德观念、审美趣味、价值系统成了占统治地位的意识形态,新时代读者的期待视野不得不变。首先,是对典范的尊崇。诚然,这本是中国人的一种思维定势。中国人提倡某种文学主张往往不是靠理论系统的建立,而是靠创作本身——如各式各样选本——的示范。明显如陈子昂,虽无多少理论的阐发,但有成功的创作实践,就足以影响一代文风;反之,柳冕因不长于创作,自知"志虽复古,力不足也"(《全唐文》卷五二七《答荆南裴尚书论文书》),"古文运动"不得不有待于韩、柳。然而,这种对典范的追求如上所述,唐以前并未专主一家进行模式化,至宋人才热衷于对本时代最高典范的寻求①。儒学重新取得"定于一尊"地位的"大一统"的精神气候无疑助长了这一寻求。新儒学是以尽心知性的内省功夫为基础的,它专注的不是各种专业知识的学习,而是古圣贤经典的学习,是在学习过程中与古人的认同。这种方式使北宋的自立精神只能寓于遴选、树立乃至改造古代典范之中。杜诗以其忠君爱国仁民省身的潜在意义及其丰富的审美情趣通过了宋人的价值选取。与之视野交融,在长期接受过程中得到认同,终于成为新时代的最高典范——"诗圣"。

钱穆论宋学精神说:"盖自唐以来之所谓学者,非进士场屋之业,则释道山林之趣,至是(指北宋)而始有意于为生民建政教之大本。"(《中国近三百年学术史·引论》)"三教并用"、军阀割据的唐帝国之崩坏,使新兴的世俗地主统治集团深切体会到意识形态与官僚政体"定于一"的必要性。可以说,致力于"政教合一"是宋学的精神实质。于是乎"致用"、"务本"及与之相应的审美意识便成为宋人价值选取的三股绳。

所谓"致用",便是重视文学的社会功能。范仲淹《奏上时务书》称:"臣闻国之文章,应于风化……故圣人之理天下也,文弊则救之以质,质弊则救之以文。"或"文"或"质",是以"理天下"的目的要求为转移的。故李复言《答人论文书》称:"夫文犹器也,必欲济其用。苟可适于用,加以刻镂之,藻绘之,以致美焉,无所不可;不济于用,虽以金玉饰之,何所取焉!"不必列举,此类致用之论当时俯拾皆是,甚至连喜欢逸出常轨的苏轼也要说诗文应当有为而作,"言必中

① 龚鹏程《江西诗社宗派研究》认为:会社组织萌蘖于中唐,大盛于两宋,无问释道僧俗、男女幼老、文武良贱,皆有社集。诗坛结社推宗主之风与此有关。龚氏此说颇有发明,足资参考。见台湾文史哲出版社1983年版,第二卷第三章第四节《会社组织之形成》。

当世之过,凿凿乎如五谷必可以疗饥"云云(《鸟绎先生诗集叙》)。持有此类文学观的宋人,正是以这样的期待视野来审读唐诗的。梅尧臣《答裴送序意》:"辞虽浅陋颇刻苦,未到二雅未忍捐。安取唐季二三子,区区物象磨穷年。"既然"致用"才是第一义,那么"辞虽浅陋"也就在所不计了。《宋诗抄·沧浪集抄》引苏舜钦诗云:"笔下驱古风,直趋圣所存。""会将趋古淡,先可去浮嚣。"将"致用"的目的与"古淡"的风格相联系,为我们明白地指示了宋人一种新的审美理想的诞生。

与"致用"之学相表里的是"务本"说。"务本"说兴于中唐①。随着"大唐中兴"之梦的幻灭,士大夫日渐丧失自信力。在这种心态下,儒学重事功的一面被抑制,而重视内修养的一面被发扬。更由于宋人将儒学的重建的基点放在"内省"上,"外王"从属于"内圣","致用"隶归于"务本";于是伦理学也就日渐入主文学。这就是石介所谓"道德,文之本也","功业,文之容也"(《上蔡副枢书》)。欧阳修、苏舜钦也有"道胜者,文不难而自至"、"道德胜而后振"之类的言论。宋人往往从伦理的角度批评唐人,如:

> 荆公(王安石)次第四家诗,以李白最下,俗人多疑之。公曰:"白诗近俗,人易悦故也。白识见污下,十首九说妇人与酒,然其才豪俊,亦可取也。"(《苕溪渔隐丛话》前集卷六)

可见伦理的价值取向凌驾于文艺批评标准之上,必然导致"唐人工于诗陋于闻道"的结论。欧阳修《世人作肥字说》更是从读者的接受心理的角度,明白道出宋人这一期待视野:

---

① 如梁肃《独孤及集后序》称引独孤及的意见:"必先道德而后文学。"(《全唐文》卷五一八)又,柳冕《答杨中丞论文书》亦云:"圣人养才而文章生焉。"(《全唐书》卷五二七)韩、柳出,此论就更普遍了,兹不列举。

使颜公（真卿）书虽不佳，后世见者必宝也。杨凝式以直言谏其父，其节见于艰危；李建中清慎温雅，爱其书者，兼取其为人也。（《欧阳文忠公集》卷一二九）

这种"兼取其为人"的阅读心态使宋人追求一种与修身养性相适应的内敛的风格。这一追求与上述因"致用"为第一义而"辞虽浅陋"亦在所不计的价值取向相结合，形成宋人"古淡"的审美趣味。这也就是欧阳修所谓"有如妖韶女，老自有余态"（《水谷夜行寄子美圣俞》）。这种欣赏"徐娘半老"的审美观便是宋人独具的"绚烂归于平淡"的艺术追求。如果与宋画的清雅瘦劲，宋瓷的沉静无饰，乃至宋人的嗜茶赏梅综合起来思考，不难领会宋人期待视野中向内收敛而非向外扩展的外视转内视的倾向。

三

从麦浪、波纹中，我们可以看到风的姿态；从最高典范的竞选者的被推出到或落选或中选的淘汰过程中，我们可以感知时代读者的期待视野。

宋人晁说之《成州同谷县杜工部祠堂记》称：

本朝王元之（禹偁）学白公（居易），杨大年（亿）矫之，专尚李义山（商隐）；欧阳公（修）又矫杨而归韩门，而梅圣俞（尧臣）则法韦苏州（应物）者也。（《嵩山文集》卷一六）

蔡宽夫《诗话》亦称：

景祐、庆历后，天下知尚古文，于是李太白、韦苏州诸人，始杂见于世。杜子美(甫)最晚出,三十年来,学者非子美不道,虽武夫女子皆知尊异之。李太白而下,殆莫与抗。文章隐显,固自有时哉!(《苕溪渔隐丛话》前集卷二二)

将这二则宋人的评论合看,大体上可了解宋人寻求最高典范的过程。竞选者中杜甫"最晚出",却摘取了桂冠,而关键在"景祐庆历后"。

宋初人虽也称杜诗奇博与风格的多样性,但尚未推为典范。刚上升为大一统帝国主人的世俗地主,着重的是文学的社会功能及其通俗性。白居易是宋初首先被推出的模范诗人。徐复观《宋诗特征试论》称:"自徐铉兄弟及王禹偁们的'白体'后,因白乐天诗的风格与时代新精神相合,他在宋诗中,不知不觉地有如绘画的粉本,各家在此粉本上,再加笔墨之功。"(详台湾学生书局《中国文学论集续篇》页31)此论甚中肯綮。浅切的白诗合乎世俗地主"俗"的胃口,其风格也就成了北宋诗人们的"底子"。然而,还应动态地看到,继承"大统"的世俗地主正日渐"雅"起来,他们需要继承那份贵族文化的遗产。特别是宋代从政渠道一归于科举,不再像唐人那样,士子出仕或走边塞求军功,或依藩镇充幕府,或荫任,或作吏,仕出多途。读书应科举当官,是宋代世俗地主从政的最主要途径。据统计,两宋贡举取士在十万人以上,这是世俗地主通过科举跻身上层建筑所引起的一场知识化运动,这一巨潮直接推动了世俗地主"化俗为雅"的审美要求,于是乎"元轻白俗"的风格便日渐失去号召力。欧阳修《六一诗话》载某达官的"白乐天体"云"有禄肥妻子",当时"传以为笑",便是好例子。

杨亿要矫正"语得于容易"的"白体",便抬出文风典丽的李商隐。应当承认,"西昆体"是北宋第一次"雅化"运动,有合乎世俗地主知识化要求的一面,但也有其不合潮流的一面,那就是:西昆体浮艳的文风有悖于世俗地主"政教合一"的追求。杨亿的文风与佛、老理论被石介同视为对"圣教"的破坏,唯有"文道合一"才是前行的趋势。西昆体不合这一潮流,故宋真宗一纸禁止文体浮艳的诏书,便止住了西昆体的风行。以"载道"闻名的韩愈正是在"文道合一"潮流中,继"美文派"的李商隐被推上典范的地位。

北宋诗文革新运动是在"务本"与"致用"两大思潮的交汇处发生的,唯有二者兼优的文学家才是当代典范的最佳人选。为古文而有志于古道的韩愈,在北宋文坛无疑是最有影响的典范,欧阳修诗文革新集团就曾经以"韩门"再现自居。韩文风行千年,事实上已取得后期封建社会"文圣"的地位。然而于诗,终逊杜甫一筹,何哉?关键在时人"致用"的价值取向。

韩文诚如陈寅恪所论"名虽复古,实则通今,在当时为最便宣传,甚合实际之文体"(《金明馆丛稿初编》页294),颇合于宋人"致用"的价值取向①。韩诗情况有所不同,在李、杜后想别开生面不得不流于险怪,"以不诗为诗",于儒家"温柔敦厚"的诗教不尽相合。因此,虽然宋代诗人颇受韩诗沾溉,却仍有微词,乃至苏轼谓"退之于诗,本无解处"(《后山诗话》)。简言之,韩愈"以文为诗"、"以议论为诗"固然有其合于宋人"致用"的一面,但涩硬险怪却不合于宋人淡雅的审美趣味。这是以韩愈再世自命的欧阳修何以另抬出梅尧臣为诗家楷模的原因。《宋诗抄》引龚肃的话称美梅尧臣云:"去浮靡之习于昆体极弊之际,存古淡之道于诸大家未起之先。"不过,梅诗"平得常常没劲,淡得往往没有味"(钱锺书《宋诗选注》页16),未尽如宋人的审美理想,这就为宋人后来弃韩、梅而就杜留下余地。

---

① 虽然如此,韩文还有其险怪的一面,仍需接受宋人的改造。韩琦《安阳集》卷五十载欧阳修嘉祐初知贡举,"时举者务为险怪之语,号太学体,公一切黜去,取去平淡造理者,即奏名"。欧阳修革新集团以其创作实践力纠韩文"险怪"的偏颇,化险为夷,造就宋文平易的文风。

四

苏舜钦《题杜子美别集后》称杜诗"盖不为近世所尚，坠逸过半"（《苏学士文集》卷一三），而王琪《杜工部集后记》却云："近世学者，争言杜诗。"影宋本《杜工部集》苏题在景祐三年，王后记写于嘉祐四年，其间不过二十余年，而杜诗骤由冷门爆为热门，何哉？盖此期间经历了"庆历新政"，而王琪写后记之明年，即嘉祐五年，王安石上万言书，开始变法。推崇杜甫的呼声日高，不可谓非革新之形势所造就。

北宋中期，外族威胁日甚，国内农民起义不断，故士大夫有识之士从"致用"出发，在历史反省中求更新。当时欧阳修、宋祁诸人撰写《新唐书》，稍后司马光、刘恕诸人撰《资治通鉴》，可见对史的重视。杜诗正是在这一期待视野中，其"诗史"的特质得到了再认识。宋祁《新唐书·杜甫传》重申了这一特质："甫又善陈时事，律切精深，至千言不少衰，世号诗史。"王洙《杜工部集记》则称"观甫诗与唐实录，犹概见事迹，比《新书》列传，彼为蹐驳"（影印宋本《杜工部集》）。此后，吕大防为杜诗编年，"以次第其出处之岁月，而略见其为文之时，则其歌时伤世，幽忧切叹之意，粲然可观"（《分门集注杜工部诗》载《杜少陵年谱后记》）。他们都突出地称扬杜诗"诗史"的特质，尤其是胡宗愈《成都草堂诗碑序》云："凡出处、动息劳佚、悲欢忧乐、忠愤感激、好贤恶恶，一见于诗，读之可以知世，学士大夫谓之诗史。"（《草堂诗笺》传序碑铭）他已认识到杜甫诗史的特质不但在"以时事入诗"，还在于投入式地将自身溶解于现实之中，以自己的一举手一投足反映时代之风情，此为宋人比中唐人高明之处。而这种投入式地将自身溶解于现实之中的反映方法一旦为宋人所认识，便与宋人讲究"内省"的期待视野相交融，杜诗本文中"民胞物与"

的潜在意义为宋人所发露,并发生积极的影响,其关键人物是王安石。

　　王安石之前的宋人尚未将杜甫与"内省"挂钩,奉为圣人。穆修《唐柳先生集后序》认为杜诗"其才始用为胜,而号雄歌诗,道未极浑备"(《河南穆公集》卷二)。宋祁《杜甫传》甚至说:"甫旷放不自检,好论天下事,高而不切","性褊躁傲诞"。时人所赏,只是杜诗的"雄豪",如范仲淹《祭石学士文》、田锡《贻宋小著书》、欧阳修《堂中画像探题得杜子美》、张方平《读杜工部诗》、苏舜钦《题杜子美别集后》皆作如是说。至王安石始揭出杜甫的忠君爱国仁民省身的内涵,《临川先生文集》卷九《杜甫画像》云:

　　　　吾观少陵诗,为与元气侔:力能排天斡九地,壮颜毅色不可求。浩荡八极中,生物岂不稠。丑妍巨细千万殊,竟莫见以何雕锼。惜哉命之穷,颠倒不见收。青衫老更斥,饿走半九州。瘦妻僵前子仆后,攘攘盗贼森戈矛。吟哦当此时,不废朝廷忧。常愿天子圣,大臣各伊周。宁令吾庐独破受冻死,不忍四海寒飕飕!伤屯悼屈止一身,嗟时之人我所羞。所以见公画,再拜涕泗流!

　　王安石将杜诗中吟咏个人悲哀能推己及人的仁学内涵发掘出来,并提到治国平天下的高度、广度上来认识。"吾庐独破"被阐释为一种忠君爱国仁民省身的内在责任感。事实上,这正是北宋世俗地主执政后"天下兴亡,匹夫有责"的自觉性的外射。自此以后,论杜者无不注重杜诗中"仁义"的道德内涵。如苏轼以"一饭未尝忘君"誉杜,孔武仲以"尊君卑臣"称杜,可为典型①。由于王安石将伦理规范引入文学批评,在此期待视野的审视下,韩愈不得不退出诗

---

① 　苏氏语见《东坡集》卷二四《王定国诗集叙》;孔武仲语见《宗伯集》卷一六《书杜子美哀江头后》。

坛最高典范的"竞选"。钱锺书《谈艺录》"宋人论昌黎(韩愈)学问人品"条言宋人集矢于韩氏的人品颇详。如程颐谓"退之正在好名中",又云:"有德然后有言,退之却倒学了。"《苕溪渔隐丛话》前集卷一六引苏轼云:"退之示儿皆利禄事。老杜则不然,所示皆圣贤事。"可知杜甫首先通过了宋人的价值选取,适应于新儒学的"伦理——心理"模式,为宋人的期待视野所接受。

王安石还从用字造句入手,对杜诗艺术特征进行再认识。王安石是个奇特的矛盾人物,一方面,他颇急于事功,有"新法"为证;另一方面,他又高谈道德性命,开宋道学之先河。大致说来,王氏顺从北宋儒学与释(禅)道合流的趣向,企图将"外王"与"内圣"协调起来,由"务本"而有"致用"之功。但他行新法并不如意,前后心态也就颇不一致。钱穆《中国近三百年学术史·引论》称:"北宋学术,不外经术政事两端。大抵荆公(王安石)新法以前所重在政事,而新法以后,则所重尤在经术。"这种前重用后偏务本的心态反映于诗风,正如《宋诗抄·临川集》序所指出:

> 安石少以意气自许,故诗语惟其所向,不复更为涵蓄。后从宋次道尽假唐人诗集,博观而约取,晚年始悟深婉不迫之趣。然其精严深刻,皆步骤老杜……安石遗情世外,其悲壮即寓闲淡之中,独是议论过多,亦是一病耳。

王安石早期诗风议论风发,眼光深刻,文字表达斩截干净;晚年阅尽沧桑,致力经术,意气锋芒日渐内敛,由内而外地形成一种拗峭而又淡雅的所谓"精严"的风格。而这一风格形成于对杜诗典范的选择与学习过程中。王安石曾亲手编成一部杜诗集——《杜工部诗后集》,在序中自称对杜诗艺术特征很熟悉,"每一篇出,辄能辨之"。他主张"吟诗要一字、两字工夫"(《钟山语录》),而这种造语用字工夫又当以杜诗为准则,如《石林诗话》卷上引蔡天启语云:"荆公每称老杜'钩帘宿鹭起,丸药流莺啭'之句,以为用意高妙,五字之模楷。他日公作诗,得'青山扪虱坐,黄鸟夹书眠',自谓不减杜语,以为得意。"前人诚然有崇尚杜甫的,但绝少如此句规字模,王氏算是开了学"杜样"的风气。特别是他尤重用典,主张所谓"汉人语止可以汉人语对"(《石林诗话》卷上),乃至将后人眼光引向"无一字无出处"。黄庭坚主张"以故为新"、"点铁成金",当滥觞于此。应提及的是,王安石所提倡这种"以学问为诗"的作风自有其物质依据:我国雕版印书兴于五代盛于宋。私人书肆大兴,印售之书既多,藏书者也随之增多,士大夫家藏万卷往往可见。如柯维骐《宋史新编》举王洙、王钦臣父子藏书数万卷,手自雠正;宋敏求家藏三万卷,皆略诵习云云。雕版印书使作品达到前所未有的流通量,也使士大夫可着意逞博,究心于"无一字无出处","以学问为诗"。

综上所论,王安石学杜,反映了宋人对诗歌从价值选取到审美理想的全面要求,即熔议论、学问、诗律于一炉,达到"致用"、"务本"融一,以精严深刻见长,且能以闲淡出之。宋诗特征于是乎大备,完成上文所提出的"北宋人的自立精神寓于遴选、树立乃至改造古代典范之中"这一过程。也就是说,杜诗以其忠君爱国仁民省身的潜在意义及其丰富的审美情趣通过宋人的价值选取,与之视野交融,在长期接受过程中得到认同。其间王安石起了重大作用。胡应麟《诗薮》外编卷五云:"至介甫(王安石)创撰新调,唐人格调,始一大变。苏(轼)、黄(庭坚)继起,古法荡然。"苏、黄在宋诗特征的树立上功不可泯,黄庭坚对杜诗地位的确立贡献尤著。

（原载《文学遗产》1990 年第 1 期）

杜诗与宋人诗歌价值观续论

在上文《杜诗与宋人诗歌价值观》中，我认为杜诗以其忠君爱国仁民省身的潜在意义及其丰富的审美情趣通过宋人的价值选取，与之视野交融，在长期接受过程中得到认同。本文则拟着重就江西诗派、千家注杜、宋诗话三者在杜甫"诗圣"地位确立过程中所起的作用，做一点粗浅的探讨。

一

江西诗派无可争议的领袖人物是黄庭坚（山谷）。是他将理学家的内省功夫与禅宗自我解脱的精神追求（即所谓"禅悦"的境界）结合起来，将克己复礼的外在社会要求内化为一种内心的恬淡与宁静，以此作为诗歌创作的灵感。《书旧诗与洪龟父跋其后》云：

> 龟父笔力可扛鼎，它日不无文章垂世。要须尽心于克己，不见人物臧否，全用其辉光以照本心，力学有眼，更精读千卷书，乃可毕兹能事。（《豫章黄先生文集》卷三〇）

所谓"尽心于克己，不见人物臧否"，无非是不断克服自我、泯灭个性以达到社会规范之共性的所谓"格物致知"的过程。宋儒从禅宗学了内化技巧,用以制造与古圣贤认同的氛围,在"心印"中与古人认同并得到愉悦。因之,读书也成为一种印证的手段。诚如刘若愚《中国文学理论》评黄庭坚所云:"其新奇不同之处在于以精神修养的方法观照古诗。"①这种方法体现于审美理想,便是山谷经常提起的"不烦绳削而自合"。这一审美理想与苏轼的"出新意于法度之中,寄妙理于豪放之外"(《书吴道子画后》)貌同心异。苏氏强调的是形在法度中而神在法度外,黄氏强调的却是"自合"于法度。《书王知载朐山杂咏后》云:

> 诗者,人之性情也,非强谏争于廷,怨忿诟于道,怒邻骂坐之为也。其人忠信笃敬,抱道而居,与时乖违,遇物悲喜,同床而不察,并世而不闻;情之所不能堪,因发于呻吟调笑之声,胸次释然,而闻者亦有所劝勉。(《豫章黄先生文集》卷二六)

黄氏反对以诗为讽刺之具,显然与中唐人"欲开壅蔽达人情,先向诗歌求讽刺"(白居易《采诗官》)的认识大相径庭。因此,他将宋人学杜的热点从"善陈时事"引向"句律精深"。首先,他重视的不是"三吏"、"三别"一类杜甫前期作品,而是"晚节渐于诗律细"的夔州以后诗。《与王观复书》其一云:

> 好作奇语,自是文章病,但当以理为主,理得而辞顺,文章自然出群拔萃。观杜子美到夔州后诗,韩退之自潮州还朝后文章,皆不烦绳削而自合矣。(《豫章黄先生文集》卷一九)

其二又云:

---

① 详见[美]刘若愚《中国文学理论》,杜国清译,台湾联经出版事业公司1981年版,第68页。

所寄诗多佳句,犹恨雕琢功多耳。但熟观杜子美到夔州后古律诗,便得句法,简易而大巧出焉,平淡而山高水深。(同上)

显然,黄山谷以自己的"滤色镜"对杜甫诗进行了筛选,《跋高子勉诗》说得更明白:"高子勉作诗,以杜子美为标准,用一事如军中之命,置一字如关门之键,而充之以博学,行之以温恭。"(上引集卷二六)将杜诗"标准"归结为用事、置字、博学,而处于统摄地位的是"温恭"(恰非杜之所长),与其说是"以杜子美为标准",毋宁说是要杜子美以宋人为标准。事实上,这是宋人以自己时代的诗歌价值观"请杜就范"的过程。如果说宋人眼中的陶渊明是苏东坡化了的陶渊明,那么宋人眼中的杜甫不妨说是黄山谷化了的杜甫①。或者说,黄山谷的诗在一些宋人眼中,是更标准的"杜诗"呢!《苕溪渔隐丛话》卷四九云:"近世学诗者,率宗江西,然殊不知江西本亦学少陵者也⋯⋯今少陵之诗,后生少年不复过目。"《苕溪渔隐丛话》成书于南宋初,则北宋末风气当已如此,难怪钱锺书《宋诗选注》要说:"北宋末南宋初的诗坛差不多是黄庭坚的世界。"(第135页)

任何一位开宗立派的"宗祖",都难免要像疾驰下坡的马车一样身不由己。在这"黄庭坚的世界"中,"领导新潮流"的倒不是黄庭坚,而是三股不容忽视的力量。那就是:江西诗派的形成,"千家注杜"的浩大声势,以及丛起的宋诗话。

二

"江西诗派"之称始于曾作《江西宗派图》的吕本中。《云麓漫抄》卷一四载其语云:"歌诗至于豫章始大出而力振之,后学者同作

---

① 宋人张戒《岁寒堂诗话》卷上已指出:"陆宣公之议论,陶渊明、柳子厚之诗,得东坡而后发明;子美之诗,得山谷而后发明。"

并和,尽发千古之秘,亡余蕴矣;录其名字,曰江西宗派,其源流皆出豫章也。"并列出陈师道以下 25 人的名单①。后来的人又附上各人的诗。据《文献通考·经籍考》,所录有 137 卷之多,可见"江西诗派"在当时是一股大势力。有人怀疑所谓"江西宗派图"乃吕氏"少时戏作耳"(清张大来《江西诗社宗派图录》),从而连"江西诗派"的存在也予否定。事实上,此种诗派尽可不必如今日文学团体之组织落实。《苕溪渔隐丛话》前集卷四八存有吕氏《宗派图序》云:"惟豫章始大出而力振之,抑扬反复,尽兼众体,而后学者同作并和,虽体制或异,要皆所传者一。"说明此派形成的标志在"所传者一",有共同的宗旨而已。何者为共同的宗旨? 吕本中《夏均父集序》云:

> 学诗当识法,所谓活法者,规矩备具,而能出于规矩之外;变化不测,而亦不背于规矩也。是道也,盖有定法而无定法。知是者,则可以与语活法矣。谢玄晖有言"好诗流转圆美如弹丸",此真活法也。近世惟豫章黄公首变前作之弊,而后学者知所趣向,毕精尽知,左规右矩,庶几至于变化不测。(刘克庄《江西诗派小序》引)

这段话点出黄山谷的精神就在"左规右矩","变化不测,而亦不背于规矩"。这就是"不烦绳削而自合"于规矩。方孝岳《中国文学批评》指出:"于是效法黄陈(师道)的那班江西社里的人,就捉着黄庭坚做一种格式,铸定了宋诗的模型。"②所谓"山谷模式"是成于江西社里人之手的。当然,要作为连庸才也能遵循的"规矩",山谷的"有定法而无定法"还嫌太玄,还要再简明些。《后山诗话》云:

> 学诗当以子美为师,有规矩故可学。退之(韩愈)于诗本

---

① 陈振孙《直斋书录解题》则说他所录的是"黄山谷而下三十五家"。

② 刘麟生主编《中国文学八论》,北京市中国书店 1985 年版,第 76 页,着重号为引者所加。

无解处,以才高而好尔。渊明不为诗,写胸中之妙尔。学杜不成,不失为工。无韩之才与陶之妙,而学其诗,终为乐天尔。

这段话还不失山谷精神。山谷《跋唐道人编余草稿》云:"入则重规迭矩,出则奔逸绝尘。"(《山谷题跋》卷四)虽是论书法,也是论诗法。然而,这段话有云"学杜不成,不失为工",已是"不得已而求其次",做退一步想了。而这"工",是与陶渊明的"妙"对举的,无其"妙"而学其诗,"终为乐天尔"。可见是指勤苦锻炼,即刘克庄《江西诗派小序》所谓"虽只字半句不轻出"。想退求"工",又自觉才力不如山谷,不敢想有"不烦绳削而自合"的境界,只好从勤苦锻炼入手,而"有规矩故可学"的"规矩"也就难免成为死法了。故《后山诗话》称王安石"暮年诗益工,用意益苦",将"工"与"苦"连在一起而有悖于山谷的精神了。《后山诗话》虽真赝相杂,但这种"苦吟"精神是与陈师道的为人相吻合的。黄山谷就有诗称:"闭门觅句陈无己。"(《病起荆江亭即事》)时人也有陈师道得句即急卧一榻,以被蒙面,谓之"吟榻"的传说。陈氏又为人倔强耿直,虽长年贫病而不愿折腰,甚至不屑服赵挺之衣,以寒疾而死。这样的个性加上"表达得很勉强,往往格格不吐","减省字句以求'语简而益工'"(钱锺书《宋诗选注》陈师道小序),于是形成一种枯淡瘦硬的诗风。

黄、陈二人创作风格的差异也反映在诗论上。试比较下面二段话:

> 宁律不谐,不使句弱,用字不工,不使语俗,此庾开府(信)之所长也,然有意于诗也。至于渊明则所谓不烦绳削而自合者。虽然巧于斧斤者多疑其拙,窘于检括者辄病其放。孔子曰:"宁武子其智可及也,其愚不可及也。"渊明之拙与放,岂可为不知者道哉!(《题意可诗后》,《豫章黄先生文集》卷二六)

宁拙毋巧，宁朴毋华，宁粗毋弱，宁僻毋俗，诗文皆然。（《后山诗话》）

黄山谷很明确指出"宁律不谐"云云只是庾信的境界，他追求的是大巧若拙、"不烦绳削而自合"的陶渊明境界。《后山诗话》则退一步说，他宁可追求一种拙朴粗僻的境界。这是江西派诗人因才力学问之高下"等而下之"的审美理想。因此，真正能成为江西派切实可行的宗旨的，不是高才如山谷的"不烦绳削而自合"的理论，而是《后山诗话》所云这一套"简化太极拳"。甚至那个说作诗要有"活法"如弹丸流转的吕本中，也要说："初学作诗，宁失之野，不可失之靡丽；失之野不害气质，失之靡丽不可复整顿。"（《童蒙诗训》）江西派后学因才力不能企及山谷，遂以粗野为代价保住瘦硬的倾向。然而经简化后的"山谷模式"易于效法，这恰恰是它能风靡北宋末南宋初的原因。郭绍虞《宋诗话考·江西诗派小序》云："才情出于天赋，非可强致；工夫出于学力，易见功效，故学苏（轼）者少而学黄（庭坚）者多，此江西诗派之所由形成也。"这段话可算摸透了江西派诸人的共同心理。而对杜甫的学习，也由王安石注重杜诗"诗史"与"仁义"的内涵，一退至黄山谷的力倡"熟观杜子美到夔州后古律诗，便得句法"，再退至江西后学"一句之内至窃数字"的模仿、抄袭。而阐释杜诗则相应地聚焦于"无一字无来处"。

三

首倡"杜诗无两字无来历"的，是孙莘老（觉）。任渊《山谷诗集注》卷一《古诗二首上苏子瞻》首联注云：

山谷诗律妙一世，用意高远，未易窥测，然置字下语皆有所从来。孙莘老云："老杜诗无两字无来历。"刘梦得论诗,亦言无来历字,前辈未尝用。山谷屡拈此语,盖亦以自表现也。

山谷又进一步将"无两字无来历"改为"无一字无出处"(《豫章黄先生文集》卷一九)。又说:"作诗句要须详略,用事精切,更无虚字也,如老杜诗,字字有出处,熟读三五十遍,录其用意处,则所得多矣。"①笺释家深受"杜诗字字有出处"的影响,诚如王夫之《薑斋诗话》卷三所说:"宋人抟合成句之出处,役心向彼掇索,而不恤己情之所自发,此之谓小家数,总在圈缋中求活计也。"如果说宋代经术经王安石之手而义理之学兴,传注之学废,宋学代替了汉学;那么宋代阐释学则反之,经黄山谷之手而字字求出处之风盛,退至郑玄笺注《诗经》的"汉学"。从集北宋至南宋初杜诗注家之大成的郭知达《九家注》中,不难看到当时"宋人抟合成句之出处,役心向彼掇索"之苦心。如卷二《饮中八仙歌》"天子呼来不上船"句下引薛梦符、鲍彪的意见,认为"船"是"衣襟","不上船"就是"披襟"。真是你不说我倒明白,你一说我反糊涂了。然而薛、鲍之论也是有来头的。《苕溪渔隐丛话》前集卷十引山谷云:"蜀人谓柂师长年三老,谓衫领为䘯,杜诗皆用之。"这大概就是所谓的"化俗为雅"。北宋末南宋初的大注家赵次公就曾笑旧注释"腊"字三百余言,"却成'伏'与'腊'门类之书"②。然而赵注本身也往往犯同类毛病,如引《晋书》、《北史》证"姨弟"出处,引《史记·张良传》证"多病"出处,颇近无谓。如此论杜,在宋是普遍现象。而山谷"点铁成金"、"夺胎换骨"之论也时见于注家之书。如《旅夜书怀》"月涌大江流"句赵次公注云:"东方璆尝与卢照邻分韵,有云'汹涌大江流'。公换一'月'字,

①《四库全书》本《山谷别集》卷六引家传。
② 见北京图书馆藏明抄本残帙《新定杜工部古诗近体诗先后并解》成帙卷六《秋日夔府咏怀一百韵》"伏腊"注。

点铁成金矣。"①又《复愁》十二首之二赵次公注云："'昏鸦接翅稀'，变何逊之语……何逊云：'昏鸦接翅归。'然今改一'稀'字，意义遂与逊诗不同矣。"②读者通过注家的阐释来认识杜诗，难免要将注意力集中到字法、句法上来，由"以学问看诗"到"以学问为诗"，走上江西派的路子。

"字字求出处"与"穿凿附会史家"是对连体儿。宋王得臣《增注杜工部诗》注亡而序存，有云："逮至子美之诗……非特意语天出，尤工于用字，故卓然为一代之冠，而历尽千百，脍炙人口，予每谈其文，窃苦其难晓。如《义鹘行》'巨颡拆老拳'之句，刘梦得初亦疑之，后览《石勒传》方知其所自出。盖其引物连类，掎摭前事，往往而是。韩退之谓'光焰万丈长'，而世号'诗史'，信哉！"（《草堂诗笺》）由"字字有出处"推及"引物连类，掎摭前事"，是"诗史"，其思路犁然。从现存集北宋注家之大成的注本《杜诗先后解》残帙及各集注本所引宋人之注看来③，将杜诗比附于史实，各家虽有程度深浅之别，而少能跳出其圈缋。典型如南宋陈禹锡的《杜诗补注》（后改名《史注诗史》），刘克庄《再跋禹锡杜诗补注》云：

> 陈禹锡专以新、旧《唐史》为按，诗史为断，故自题其书曰《史注诗史》。此其所以尤异于诸家欤？然新、旧史皆舛杂，或采摭小说杂记，不必皆实，前辈辨之甚详。而禹锡于三家书研录补缀，必欲史与诗无一事不合，至于年月日时，亦下算子，使之归吾说而后已……虽极研寻补缀之功，要未免于迁就牵合之疑乎？然杜公所以光焰万丈，照耀古今，在于流离颠沛，不忘君父。（《后村先生大全集》卷一〇六）

①　见北京图书馆藏明抄本残帙《新定杜工部古诗近体诗先后并解》成帙卷八。
②　见上引抄本成帙卷八。
③　我们所能见到的赵注抄本《新定杜工部古诗近体诗先后并解》残卷，一为北京图书馆所藏之明抄本，一为成都杜甫草堂所藏清代重抄本。

刘克庄道出宋人对"诗史"两个不同层次的认识,一是将杜诗当唐史,"必欲史与诗无一事不合";一是如胡宗愈《成都草堂诗碑序》所称:"(杜甫)以诗鸣于唐,凡出处、动息劳佚、悲欢忧乐、忠愤感激、好贤恶恶,一见于诗,读之可以知其世。"(《草堂诗笺·传序碑铭》)要从诗中见其"流离颠沛,不忘君父"。所以宋人注杜大致说来是重编年、重出处、重史实(以史证诗)。这不但是此后近千年来中国人认识杜诗的主要模式,也是中国人对文学价值的传统认识标准。直至现代,文学评论家与一般教科书仍以"真实"与否、"高尚"与否这一"史"的与伦理的标准来判定文学作品的价值。李白、杜甫、李贺、李商隐如梦如幻的虚构之路数,宋以后日见萎缩,后继乏人,不能不承认宋代"千家注杜"在这一意识的积淀过程中曾经发生过相当的影响。而究其渊源,当与"山谷模式"的形成有着直接的关系。

四

与"山谷模式"的形成有关涉的另一股潮流是丛起的宋诗话。唐人多重实践,中唐后虽有《诗式》、《诗品》之类谈艺之作,却并不多见。自欧阳修首创《诗话》,宋人便广泛使用这一形式,一时丛脞迭起,蔚为大观。只要浏览一下宋代胡仔的《苕溪渔隐丛话》与宋代魏庆之的《诗人玉屑》,便大体上可以了解到:宋人诗话可谓无书不谈杜甫,也几乎无书不见江西派的影子。就北宋至南宋初现存诗话而言,存其异,求其同,可抽绎出共同的或相近的倾向:由不废雕琢的形式的自觉,到归于自然的审美理想的追求。大抵六朝以来道家美学思想漫入文坛,故诗人多以"天然去雕饰"为鹄的。至中唐,皎然《诗式》始揭竿而起,公然说:"不入虎穴,焉得虎子? 取境之时,须至难至险,始见奇幻;成篇之后,观其气貌,有似等闲,不思而得,此高手也。"自此后,由雕琢入手而归于自然便成为人们的审美理想。宋人在这一发展锁链中,是重要的一环。郭绍虞《宋诗话考·六一诗话》有云:"宋人论诗每偏于艺术而复崇尚自然,其义实自欧氏发之。"欧阳修推崇梅尧臣的"意新语工",王安石重视用事琢句并达到浑然天成,苏东坡逞博而能行云流水不着痕迹,黄山谷讲究字法、句法而又要求"不烦绳削而自合",都体现了宋人由形式的自觉到归于自然的审美理想的追求。北宋至南宋初诗话也大多讲究炼字、用事、点化的工夫,体现这一追求。明显地代表或倾向江西诗派诗论的《后山诗话》、《冷斋夜话》、《竹坡诗话》、《王直方诗话》、《潘子真诗话》、《洪驹父诗话》等等,自不必说,甚至被《四库全书总目提要》视为"于欧阳修、苏轼诗皆有所抑扬",与苏、黄在政治党派上对立的叶梦得的《石林诗话》,其论诗旨趣也在这一点上与山谷不谋而合。因此,于兹对《石林诗话》稍事分析,尝海一勺,便可推见宋人诗话在由形式的自觉到归于自然的审美理想的追求上有其共同的倾向。

综观《石林诗话》,最推崇的是王安石,又集中在发露其诗法之精严而能深婉不迫。卷上云:

> 王荆公晚年诗律尤精严,造语用字,间不容发。然意与言会,言随意遣,浑然天成,始不见有牵率排比处。如"含风鸭绿粼粼起,弄日鹅黄袅袅垂",读之初不觉有对偶。至"细数落花因坐久,缓寻芳草得归迟",但见舒闲容与之态耳。而字字细考之,若经檃括权衡者,其用意亦深刻矣。

"诗律尤精严,造语用字,间不容发","而字字细考之,若经檃括权衡者",与山谷力主句法用字,讲究"无一字无来处"又何尝不一致!故卷中又云:

> 王荆公编《百家诗选》,尝从宋次道借本,中间有"暝色赴

春愁"，次道改"赴"字作"起"字，荆公复定为"赴"字，以语次道曰："若是起字，人谁不能到！"次道以为然。荆公诗用法甚严，尤精于对偶。尝云，用汉人语，止可以汉人语对，若参以异代语，便不相类。如"一水护田将绿去，两山排闼送青来"之类，皆汉人语也。此法惟公用之不觉拘窘卑凡。

叶梦得所倡用字、对偶之法与山谷同源，而所追求之审美理想复更相类。卷中云：

> 王荆公少以意气自许，故诗语惟其所向，不复更为涵蓄……晚年始尽深婉不迫之趣。

叶氏所许可者，在王安石晚年"深婉不迫之趣"，与山谷尤嗜杜甫晚年"剥落"之诗用意相似。《石林诗话》卷中云：

> 诗人以一字为工，世固知之，惟老杜变化开阖，出奇无穷，殆不可以形迹捕。如"江山有巴蜀，栋宇自齐梁"。远近数千里，上下数百年，只在"有"与"自"两字间，而吞纳山川之气，俯仰古今之怀，皆见于言外。《滕王亭子》"粉墙犹竹色，虚阁自松声"，若不用"犹"与"自"两字，则余八言凡亭子皆可用，不必滕王也。此皆工妙至到，人力不可及，而此老独雍容闲肆，出于自然，略不见其用力处。

所举诗例皆杜甫入蜀后作品，而所追求"出于自然，略不见其用力处"与山谷所谓"不烦绳削而自合"亦复相同。卷中又云：

> "池塘生春草，园柳变鸣禽"，世多不解此语为工，盖欲以奇求之耳。此语之工，正在无所用意，猝然与景相遇，借以成

章,不假绳削,故非常情所能到。诗家妙处,当须以此为根本,而思苦言难者,往往不悟。

这也就是山谷所谓"无意而意已至"的最高境界。正因其所追求之审美理想一致,故其论诗语往往与江西派诸人所论不谋而合。如下卷云:

> 古今论诗者多矣,吾独爱汤惠休称谢灵运为"初日芙渠",沈约称王筠为"弹丸脱手"两语,最当人意。

此段与上引吕本中《夏均父集序》以"好诗流转圆美如弹丸"为"活法"一段如合符契。所谓"新党"之诗话家竟与"旧党"人物同调,足见时代意识如此,非政治党派所能割断的。因此,"作诗贵雕琢,又畏有斧凿痕"(《王直方诗话》)、"篇章以含蓄天成为上,破碎雕镂为下"(《珊瑚钩诗话》)之类诗论俯拾皆是也就不奇怪了。值得注意的是,黄山谷"以精神修养的方法观照古诗"在一些诗话中有不同程度的呼应。以"忠义"论杜首见于诗话的,是苏辙的《诗病五事》,后来黄彻的《䂬溪诗话》颇承其端绪。黄彻虽不满于山谷"诗非怒邻骂座"之论,力主讽谏,但仍以"克己"、"忠厚"评杜诗。卷四云:

> 老杜云:"扁舟空老去,无补圣明朝。"又云:"报主身已老。"以稷契辈人,而使老弃闲旷,非惟不形怨望,且惓惓如此。

能比较系统地将儒家诗教输入"由雕琢入手而归于自然"这一审美理想之中的,当推张戒《岁寒堂诗话》。《四库全书总目提要》称是书"始明言志之义,而终之以无邪之旨"。因此而对颇注重艺术形式的苏、黄均表示不满。卷上云:

苏、黄用事押韵之工,至矣尽矣,然究其实,乃诗人中一害,使后生只知用事押韵之为诗,而不知咏物之为工,言志之为本也,风雅自此扫地矣。

他甚至痛诋山谷为"邪思之尤者",然而深究其用心,与山谷并无不同,评杜诗仍用山谷口吻:

子美笃于忠义,深于经术,故其诗好处,正在无意而意已至。若此诗(指《洗兵马》)是已。

如果说黄山谷《书王知载朐山杂咏后》从反面提出"诗者人之情性也,非强谏争于廷,怨忿垢于道,怒邻骂坐之为也"(上引);那么,张戒则从正面提出作诗当"主文而谲谏":

子曰:"不学《诗》,无以言。"又曰:"《诗》可以兴,可以观,可以群,可以怨,迩之事父,远之事君。"《序》曰:"先王以是经夫妇,成孝敬,厚人伦,美教化,移风俗。"又曰:"上以风化下,下以风刺上,主文而谲谏。言之者无罪,闻之者足以戒。"子美诗是已。若《乾元中寓居同谷七歌》,真所谓主文而谲谏,可以群,可以怨,迩之事父,远之事君者也。(《岁寒堂诗话》卷下)

由"主文而谲谏"的宗旨而力倡一种"微而婉"的诗风:

《国风》云:"爱而不见,搔首踟蹰。""瞻望弗及,伫立以泣。"其词婉,其意微,不迫不露,此其所以可贵也。(《岁寒堂诗话》卷上)

这种"不迫不露"的微婉诗风,正是"无意而意已至"的"不烦绳削而自合"的境界。张戒多处以"皆微而婉,正而有礼"、"其词婉而雅,其意微而有礼"赞扬杜诗,甚至认为此"乃圣贤法言,非特诗人而已",所重不在"史",而在"圣"了。只要稍不合于"微而婉"者,不必说是山谷的"奇",就是杜甫本人也要受抨击:

> 子美自以为孔雀,而以不知已者为牛……渊明之穷,过于子美,抵触者固自不乏,然而未尝有孔雀逢牛之诗,忘怀得失,以此自终,此渊明所以不可及也软!(《岁寒堂诗话》卷下《赤霄行》条)

连一点牢骚也不许发,比起山谷"情之所不能堪,因发于呻吟调笑之声,胸次释然"(《书王知载朐山杂咏后》)的立论来,要严得多。由此可见,诗话以其颇广泛的舆论,在杜诗整合过程中也是一股强大的力量。

综上所论,江西派众人出于力学工夫易见功效的心理,求作诗有"规矩",而捉着黄山谷做一种格式。这种格式实际上是以宋人阐释过的杜诗为规范形式的一种诗歌模式。杜诗的地位虽然被确立为最高典范("诗圣"),但只是以其一个片面(甚至是被修正过的那个片面)呈现于宋人眼前。"千家注杜"在发露、普及杜诗方面功不可泯,但注家往往字字求出处,乃至穿凿附会史实,与江西派创作实践相呼应,通过阐释调整了读者的期待视野,使杜诗进一步合乎宋人的价值选取,与之视野交融,得到认同。如果说二者面向的主要是较低层面的读者,那么诗话则相对地面向较高层次的读者,其总的倾向是在新历史条件下,推进了儒家诗教在诗坛中的地位,扩大了它的影响。

(原载《杜甫研究学刊》1991 年第 3 期)

北图所藏《杜诗先后解》
明钞本残帙述略

赵次公(字彦材)注杜诗最早见于著录的,是晁公武《郡斋读书志》。早在南宋,赵注已引起重视。如南宋的陈禹锡,花了十余年时光为赵注作了补注,而刘克庄在《跋陈教授(即陈禹锡)杜诗补注》中高度评价了赵次公的杜诗注,说:"杜氏《左传》、李氏《文选》、颜氏《班史》、赵氏《杜诗》,几于无恨矣!"(《后村先生大全集》卷一○○)可惜这部巨著在南宋时已极难得。南宋林希逸《竹溪鬳斋十一稿》续集卷三十录有赵氏自序,且云:

> 惜此板(指赵注杜诗)在蜀,兵火之后,今亡矣。予尝及见于杜丞相子大理正家,京中书肆已无有。前两行有"男虎录"者是。

杜丞相当指杜范,淳祐四年拜相(《宋史》卷四○七本传),可知宋理宗时此书已极难得。此后,元好问《遗山先生文集》卷三六《杜诗学引》曾称"蜀人赵次公作《证误》,所得颇多",但未言明所见是刊本还是抄本。直至清代钱曾(遵王)才在《述古堂宋版书目》中载有宋版赵次公《注杜甫集》。《述古堂藏书目》卷二云:"赵次公《注杜甫集》三十六卷,三十本,宋版。"但洪业《杜诗引得序》注49已指出,此为郭知达《九家注》之误。后人所见赵注多散见于各家集注中,如《门类增广十注杜工部诗》、《九家注》、《百家注》、《分门集注》、《杜诗详注》等,多有引用。沈曾植于明抄本赵次公《新定杜工部古诗近体诗先后并解》(下简作《先后解》)残卷后记云:"虽其说散见于蔡梦弼、黄鹤、郭知达书中,而本书则明以来罕有见者。"成都杜甫草堂所藏清抄《先后解》卷首有许承尧题记云:"《四库提要》言宋以来注杜诸家鲜有专本传世,遗文绪论赖《千家注》以存;是亦未见赵解全书也。"可见,至有清一代赵本湮没,虽官方修书亦不得闻见。然而又有谁知道赵次公《先后解》一直以抄本的形式流传,直至今天尚有近四十万字的残卷存在人间? 这就是北京图书馆藏明抄本《新定杜工部古诗近体诗先后并解》残卷。另一同样的再抄本藏于成都杜甫草堂。

《新定杜工部古诗近体诗先后并解》残卷(即末帙七卷,成帙十一卷,已帙八卷),傅增湘《藏园群书经眼录》四集部上记云:

> 明写本,十二行,二十一字,棉纸精抄十巨册。每卷均先著工部年岁及所在之地,某月至某月所存之诗,次乃录本诗,诗后一格标注,题"次公曰"云云。
>
> 钤有"广运之宝"、"臣东阳印"、"青宫太傅"、"大学士章"等印,明内府藏书。

校以北图藏本,若合符契。另一抄本藏于成都杜甫草堂,高31厘米,宽20.5厘米,十二行,行二十二字,无印鉴。北图藏本成帙卷末有"宣和元刻,共十本,丙寅孟春重抄"的题识一行,草堂本除此题识之外,又别标"辛巳重抄"字样。许承尧题记云:

> 卷中"玄"字缺笔,"丘"字不加"阝"旁,当是康熙时写本。丙寅为康熙二十五年,然各卷又别标"辛巳重钞"字,当是辛巳又据丙寅本重钞,则为康熙四十年也。

许氏显然未见过明抄本，所以判断错误。所云"玄字缺笔"，非但清讳，亦是宋讳。细检二抄本，桓、敦、殷、匡、竟、朗、构皆缺笔，"构"字时作"今上御名"、"御名古候切"，皆宋讳。应是宋抄如此，明抄沿之。明抄本钤有"臣东阳印"、"大学士章"，当即华盖殿大学士李东阳的印鉴。在李东阳生前，明有三丙寅，明抄本当是在此期间重抄者。草堂本乃明抄本之重抄，如许承尧所考，当在辛巳，即康熙四十年。证以二抄本，明抄本之讹、衍、夺、倒，清抄本尽相沿之。如明抄本末帙《八哀诗·郑虔》"老蒙台州掾"注"贼平，与张通儒、王维并囚宣阳里"，"张通儒"显系"张通"之误，而清抄本同误。又《八哀诗·李光弼》"公又大献捷"，注引倒作"献大捷"，清抄本同倒。诸如此类，计可条列数百，则草堂藏本系重抄北图所藏明抄《先后解》残卷无疑。不过草堂本自有其存在的价值，特别是明抄本因年代较久远，有些字迹不清，甚至脱页，赖草堂本以存其真。如明抄本已帙卷三《发刘郎浦一首》首联下注："刘郎浦，乃公安□□□□□□。"下六字不明，校以草堂本，乃知为"之下石首县也"六字。又已帙卷一《大历三年春白帝城放舡……》题解缺一页，当是清人重抄以后，明抄重新装订时所脱叶者，今校以清抄草堂本，可得三百余字。

至于此残帙是否为真赵注，已有雷履平同志的详证，兹不赘述[1]。另外，关于赵注本的卷数，与赵次公有交游关系的晁公武，在《郡斋读书志》四上载："赵次公注杜诗五十九卷。"马端临《通考·经籍志》也载五十九卷，而引起钱曾《读书敏求记》卷四的怀疑。钱云：

> 予观《通考·经籍志》云：赵次公注杜诗五十九卷。今按赵注散见于蜀本，曾序已称其最详，卷帙安得有如此之富？恐

---

① 雷履平《记成都杜甫草堂所藏赵次公杜诗注残帙》，《草堂》1982 年第 2 期。

端临所考或未核,书此以谂世之读杜诗者。

雷履平在《赵次公的杜诗注》(《四川师院学报》1982 年第 1 期)一文中驳钱说云:"成都杜甫草堂所藏清康熙抄本赵次公《新定杜工部古诗近体诗先后解》残存的三帙,本〔末〕帙七卷,成帙十一卷,已帙八卷。成帙卷十一后有题识云:'宣和元刻,共十本。'这三帙仅十之三,已达二十六卷,原书卷数当在五十九卷以上。"钱、雷虽然一以为不足五十九卷,一以为在五十九卷以上,但对五十九卷表示怀疑是一致的。傅增湘《藏园群书经眼录》四集部上称:

> 甲寅夏秋,扬估陈蕴山驰书来告,余斥五百金收之(按指购买《先后解》一事)。及细检,乃知非完帙。原题末帙、成帙、已帙,当是丁、戊、已三字,盖原书五十七〔九〕卷当分甲至已六帙,此仅存其半,故贾人涂改以泯其迹。

可见,今存抄本残帙应是丁、戊、已三帙。今检抄本"末帙"卷三《子规》题下云:

> 次公于丙帙成都诗中《杜鹃行》古诗题下言之详矣。

"成帙"卷二《暮春题瀼西新赁草屋五首》注有云:

> 其说详于丁帙卷一。

仅此二例,足证傅说之正确。以全书六帙言之,残抄本三帙为全书二之一;以卷数言之,抄本残卷三帙计二十六卷,而前此甲、乙、丙三帙篇数较多,合三十三卷是合理的。则全书五十九卷无可疑者。那么,抄本题识"宣和元刻,共十本"又作何解释?我认为"共十本"当即傅氏所谓"棉纸精抄十巨册"（见上引），并非"十帙"。至于"宣和元刻"，本属子虚乌有。盖检抄本已(己)帙卷三《登岳阳楼》，附有次公诗一首，其末句云："中原隔氛祲，回首泪如倾。"邵溥谓为"亦杜公忧国之念，正今日事矣。"可知赵次公注杜成于南渡以后，哪来的北宋"宣和元刻"？钱、雷二氏所疑非是。

《钱注杜诗·略例》云：

> 杜诗昔号千家注，虽不可尽见，亦略具于诸本中。大抵芜秽舛陋，如出一辙。其彼善于此者三家：赵次公以笺释文句为事，边幅单窘，少所发明，其失也短；蔡梦弼以捃摭子传为博，泛滥踳驳，昧于持择，其失也杂；黄鹤以考订史鉴为功，支离割剥，罔识指要，其失也愚。

钱谦益虽从号称"千家"的宋注中独标识次公等三家为其善者，但也深所贬斥。诚然，赵注有其缺点，但"边幅单窘，少所发明"之评未为中的。现就北图藏本看，次公注杜，不仅是"误者正之，遗者称之，且原其事因，明其旨趣，与夫表出新意"（林希逸语），且有题解、系年、串讲、品评、《纪年编次》①、《句法义例》②种种。其体例之完备，前此未之见。因全帙的散逸，后人但从集注本见其所引，而集注本所引之赵注又往往笺释文句一端而已，是以难免钱谦益"边幅单窘"之讥。即使详如《九家注》，也每每删去题解与系年考辨部分，及对宋人的驳难，而《纪年编次》、《句法义例》更是湮灭无闻。沈曾植在明抄本后记指出，后人因未窥全豹而对赵注的评价难免失之片面，这是符合实际的。今试以《杜鹃》"西川有杜鹃"为例，足资

---

① 见于成〔戊〕帙卷十《观公孙大娘弟子舞剑器行》注，曰："次公有说，具于《纪年编次》，甲帙中。"惜本已残缺。

② 残帙多处提及"详见《句法义例》"。如：末〔丁〕帙卷七《夜宿西阁晓望呈元二十一曹长》"樯乌宿处飞"注有云："详见《句法义例》。"

隅反。《钱注杜诗》卷六笺云：

> 黄鹤本载旧本题注云："上皇幸蜀还，肃宗用李辅国谋，迁
> 之西内，上皇悒悒而崩。此诗感是而作。"详味此诗，仍当以旧
> 注为是。

钱氏持旧说，而钞本末〔丁〕帙卷三《杜鹃》注则驳旧注云：

> 又谓："上皇幸蜀还，肃宗用李辅国谋，迁之西内，上皇悒悒
> 而崩，此诗感是而作"，亦非是。盖迁徙上皇岂独百鸟饲杜鹃之
> 子之不若而已哉！况上皇之迁西内在辛丑上元二年，明年遂
> 崩，至今岁丙午大历元年公在云安赋诗，已六年矣，既隔肃宗，
> 又隔当日代宗，而却方说迁徙事以为刺哉？

赵驳得有力。钱、赵二注相较，自当以赵注为有所发明。又，明
王嗣奭《杜臆》卷七释《杜鹃》条亦袭赵注。《杜律虞注》注《题桃树》
诗之说，只要细检赵注抄本末帙卷三《题桃树》之题解，就可以发现
实为袭用赵说。尤应指出的是：《题桃树》诗注，历代以伪虞注最负
盛名，"虞批"曾风行一时，后人将这条"浑得于杜"（杨士奇语）的笺
注归功伪虞注，实在不公。现得北图赵注残帙核之，将赵注归赵，亦
一快事！

清人周春《杜诗双声叠韵谱括略》称："杜之有注，自赵次公始
也。"按，在赵氏之前，已有伪王洙、黄伯思、杜田、师尹、薛苍舒等多
家注杜，但称得上全面、完整地阐释杜诗，集北宋注杜之大成，开后
世注杜之法门者，自当首推赵次公。周春所谓"自赵次公始"，便是
强调了这一层意思。而北图藏本《先后解》残帙使我们对赵注重视
整体性的特色有更深刻的感性认识。

尊杜诗为"诗史"，始见于晚唐孟启的《本事诗》，但至宋人才普

遍称之。胡宗愈《成都草堂诗碑序》云：

> 先生以诗鸣于唐，凡出处、动息劳佚、悲欢忧乐、忠愤感激、好贤恶恶，一见以诗，读之可以知其世。学士大夫，谓之"诗史"。(《草堂诗笺》传序碑铭)

对"诗史"这一评价促使注家将重点放在作品所处历史环境的再现上，务使出处粲然可观。这对只在字面意义上的疏通下功夫、求本意的旧阐释学来说，无疑是一大进步。赵次公对"诗史"的评价是接近胡宗愈的，其《杜工部草堂记》云："推杜陵野老，负王佐之才，有意当世，而肮脏不偶，胸中所蕴，一切写之以诗。"(《成都文类》卷四二)出于这一认识，所以赵注以历史环境为线索，多角度地探求诗心，寻找整体地把握杜诗的规律。

赵注重整体性首先突出地表现在体例上。

一是编年，既有甲帙之《纪年编次》，又有卷首与题下的诗系年，及句解中所引之大量史实。这就使千余首杜诗首尾一贯，成为历史的画廊，粲然可观。

二是首创《句法义例》，可惜此项目与《纪年编次》同佚，今存丁、戊、己三帙提及《句法义例》者，尚有："西江"、"樯乌"、"江汉"、"莫"、"桃源"、"定"、"百丈"、"惨淡"、"骐骥"、"苦心"、"南极"、"双纪格"、"元"、"白头吟"、"气冲"、"凫舄"、"商山四皓"、"短褐"等数十条，可见其规模之大！如"樯乌"条，末〔丁〕帙卷七《夜宿西阁晓望呈元二十一曹长》"樯乌宿处飞"注："樯而系之以乌，公屡使矣。此乌非真是'屋上乌'之'乌'也，特樯竿上刻为乌形，以占风耳。晋令车驾出入，相风在前，正是刻乌于竿上，名之曰'相风'……故公有云'樯乌相背发'、'危樯逐夜乌'。而今云'樯乌宿处飞'，杜诗〔时〕可不省，乃云樯挂帆木，而乌泊其上。假使真乌泊樯上，何至'背发'与'夜相逐'，而于'宿处飞'乎？况公诗又有曰：'燕子逐樯乌’，则真燕逐檐上之刻乌而飞也……详见《句法义例》。"于此可见其探求之深。

三是串讲与题解。次公往往能于题解中对诗的主题或结构进行分析，又往往数句为注，一气连贯，前后互相发明。如末〔丁〕帙卷四《古柏行》"君臣既与时际会，林木犹为人爱惜"句注，认为前此一联言"苍皮溜雨四十围，黛色参天二千尺"，后此一联言"云来气接巫峡长，月出寒通雪山白"，皆是形容之句，本可相接为一气，何以要中间入此"君臣"一联呢？"曰，此公诗之妙处也。盖柏虽有四十围之大，二千尺之长者，而后人如萧欣辄伐之，不能久存。惟此柏以君臣际会之休，故人爱惜以至于今也。惟其如此，然后致'气接'、'寒通'之远焉。"由结构入手，把握全诗脉络，发掘深蕴的诗意，堪称妙解。

四是"以杜证杜"。即将一部杜诗视为一个整体，首击尾应，环譬而喻。成〔戊〕帙卷七《玩月呈汉中王》"江城"注，连类而及，所引杜诗先后八句，得出"凡滨江州县，皆可谓之'江城'"的结论，令人信服。又如成〔戊〕帙卷七《社日》两首之二"今日江南老，他时渭北童"一联，赵注云："公有《夔州歌十绝句》，其五云：'瀼东瀼西一万家，江北江南冬春花。'瀼东瀼西，则言瀼水之西岸、东岸也；江北江南，则言大江之北岸、南岸也。公于后篇《卜居》诗有云：'云障宽江北，春耕破瀼西。'又诗又云：'畏人江北草，旅食瀼西云。'其言'江北'，盖夔江之北也。今此云'江南'，亦夔江之南矣，况州治之对见，有称'江南村'焉。公社日在江南村，故得以'江南老'自名。渭北，则咸阳也……公昔有家焉，其《春日忆李白诗》云：'渭北春天树，江东日暮云'，正在咸阳所作也。句云：'他时渭北童'，则言其为童时，社日在咸阳也。"左穿右穴，出没杜诗，令人叹赏。设使钱谦益得见此抄本，或当收回"赵次公以笺释文句为事，边幅单窘，少所发明"之讥评。

北图所藏明抄本《先后解》残帙之价值，还在于保留了不少今日已散佚的诗文资料。如王绩诗："人世何劳隔生涯"（末〔丁〕帙卷四《送李功曹之荆州》注引），《久客病归》："沉绵赴漳浦"（成〔戊〕帙卷六《秋日夔府咏怀一百韵》注引），《病后醮宅》："公幹苦沉绵，居山畏不延"（成〔戊〕帙卷十《送高司直寻封阆州》注引）；以上王诗为《全唐诗》所失收，《全唐诗外编》亦未之见者。今承西北大学韩理洲同志代核以新发现两种五卷本《王无功文集》，文字无出入，《久客病归》全题作《久客齐府病归言志》）。可见赵注所保存佚文之可靠，也可推知残抄本中尚保存一些佚文，如认真进行清理，定有不少收获。

沈曾植于明抄本后记云："要就全书论之，自当位在蔡（指蔡梦弼）、黄（指黄鹤）两家之上，埋沉七百年，复见于世，沉叔（傅增湘字）其亟图鼎镌，毋令黎氏草堂专美也。"北图所藏明抄《先后解》的确是难得的珍本，为治杜诗者不可不读之书。惜乎海内外治杜诗者尚有仅就《九家注》所引而言赵注，因撰此文略事介绍，以引起重视，亦尝鼎一脔之意耳。欲深论《先后解》，请俟来哲。

（原载《文献》1988 年第 4 期）

从结构分析中得"心解"

——浦起龙《读杜心解》特色之一[*]

《读杜心解》(以下简称《心解》)开篇《题辞》云:

> 吾读杜十年,索杜于杜,弗得;索杜于百氏诠释之杜,愈益
> 弗得。既乃摄吾之心,印杜之心,吾之心阒阒然而往,杜之心活
> 活然而来,邂逅于无何有之乡,而吾之解出焉。合乎百氏之言
> 十三,离乎百氏之言十七。合乎合,不合乎不合,有数存焉于其
> 间。吾还杜以诗,吾还杜之诗以心,吾敢谓信心之非师心与。
> 第悬吾解焉,请自今与天下万世之心乎杜者洁齐[斋]相见,命
> 曰《读杜心解》,别为发凡以系之。[①]

若单就《题辞》看,浦起龙的"心解"还真是"入于禅悟",倘若深入
《心解》一书之本文,可知浦氏不但有得于"百氏诠释之杜",亦且凭
借对大唐"安史之乱"前后"三十余年之事势"烂熟于胸的知识优
势,使自己对杜诗的理解"思过半矣"(《发凡》),《心解》也因此在
"考订年月、印证时事"上得到了四库馆臣的赞许(参见《四库全书
总目提要》)。

---

[*]　此文系与张家壮君合作。
[①]　按,卷首《题辞》独具意义,中华书局 1961 年排印本将之阑入《发凡》中,与雍正乙巳年无
锡浦氏静寄轩原刊本不符,当从原刊本为是。

《心解·题辞》是流传颇广的一段话,讨论中国古代文学批评方法乃至接受理论者多引及。

事实上浦氏"心解"并非"一味妙悟",而是专注于对杜诗文本的深入分析,将诗中的世界与创作语境中的世界作对比,从中体味两者的感应关系,进而悟入作者的用心。其中,对文本的把握不但体现在"考订年月、印证时事",更体现在笺释中对文本结构的分析上。本文就此一端略陈管见,亦"心解"之心解也。

粗略地整理一下杜诗学史,即可发现明末清初一部分杜诗诠释者对结构形式表现出的兴趣,现在看来不惟空前,亦且绝后。金圣叹的《杜诗解》以解数说诗,被视为"别出手眼"[①];吴见思《杜诗论文》之"以文章之法,次第疏导之"[②];黄生《杜诗说》则于起承转合之外,尤着力于杜诗之句法[③]。此外,朱瀚《杜诗解意七言律》、陈醇如《书巢笺注杜工部七言律诗》、吴瞻泰《杜诗提要》等,也都不同程度地周旋于当时已有的八股文章法理论,在杜诗的结构方式上花费心思,多方开掘着杜诗结构艺术的可能性。综观整个杜诗学史,似乎再没有另一个时期,释杜者对于形式方面,这般的兴味盎然。

浦起龙以自己的方式展开他关于杜诗结构的探求,呼应着这个时期杜诗学群落的共同兴趣。

自然,当他以时文的诸种格式来衡定杜诗的时候,也与他的同好们一样,犯着"执今以范古"的毛病,显得生硬而破碎:

> 此篇起结各四句。起四,二句为纲,二句志客堂所在。结四,后联为应,前联为上下过文。(《读杜心解》卷一之四

---

① 廖燕《二十七松堂文集》卷十四《金圣叹先生传》,见钟来因整理《杜诗解·附录》,上海古籍出版社1984年版,第278页。

② 吴兴祚《杜诗论文序》,见《杜诗论文》卷首,《四库全书存目丛书》集部第7册,齐鲁书社1997年版,第7页。

③ 据朱荆之摘抄所列,黄生对杜诗句法的总结达五十五种。见《杜诗说》附录一,黄山书社1994年版,第503—510页。

《客堂》)①

　　首、二，原题也。三、四，递入正面。五、六，逗出春候。七、八，明点"重过"。(卷三之一《重过何氏》五首其一)

　　诸如此类的结构分析，很难说是依着杜诗本身的情绪、节拍而来，所谓"纲"、"过文"，所谓"原题"、"递"、"逗"、"点"，用的是评点八股文的套子来分析杜诗，诚如时论所评"屑屑焉于起承转合间求之，以文法律诗法，若老杜得力全从八股中来"②，这些也正是历来谈《心解》者斤斤不能放过的地方。

　　然而，浦氏关于结构探索的精髓断不在这样一些简单肤廓的陈述中。将篇法结构与诗人的情感(包括心理)因素结合起来考察，揭示外在形式与内在生命相应而生的律动关系，这才是浦起龙结构分析应该格外瞩目的地方。新批评派批评家布鲁克斯曾说过："我们对结构的关心，来自我们对意义结构的关心。"③倘若这里的"意义结构"，是相对形式结构而言，那么，这句正道出浦氏用心之所在。兹举《心解》卷三之一《对雪》一诗为例，诗云：

　　战哭多新鬼，愁吟独老翁。乱云低薄暮，急雪舞回风。瓢弃樽无绿，炉存火似红。数州消息断，愁坐正书空。

　　通首结一"愁"字，乱云薄暮、急雪回风、空樽冷炉，一切景语无不由"愁"濡染而出，进而别造一凄寒之境更以托显诗人之"愁"。《增订唐诗摘钞》尝就此诗之"格"作出评说："他诗多前写景，后写

---

① 本文所用《读杜心解》系据中华书局 1961 年王志庚点校本，为省篇幅，不另注。
② 沈日霖语，见《晋人麈·读杜心解》，转引自周采泉《杜集书录》，上海古籍出版社 1982 年版，第 223 页。
③ 赵毅衡编选《"新批评"文集·引言》，百花文艺出版社 2001 年版，第 19 页。

情,此独外虚中实,亦变格也。"①诚然也算是情实之论,但只知其"变",却不如浦起龙之能知"融"。浦氏笺曰:

> 非泛咏雪也。上提伤时之意,递到雪景。下借对雪之景,兜回时事。虽似中间咏雪,隔断两头,实则中皆苦况,正足绾摄两头也。

一"递"一"兜",浦起龙正是抓住了该诗以"情绪"(伤时之愁)为元素展开诗篇的结构脉络,所以面对中间两联的"对雪之景",才能见出其运局中"笔断意连"的曲折之致,是"初看,语语若断;细玩,节节相通"(卷三之三《送司马入京》笺语)。在浦起龙看来,杜诗的"结构"是以诗人的情感表现为需要,用他自己的话说,"都是情生文也"(卷三之三《戏题寄上汉中王》三首笺语),从而形成一种"自然之结构"(卷三之四《自阆州领妻子却赴蜀山行》三首笺语)。如七律《登楼》:

> 花近高楼伤客心,万方多难此登临。锦江春色来天地,玉垒浮云变古今。北极朝廷终不改,西山寇盗莫相侵。可怜后主还祠庙,日暮聊为梁甫吟。

浦起龙笺曰:

> 声宏势阔,自然杰作。须得其一线贯串之法,盖为吐蕃未靖而作也。"花近高楼",春满眼前也。"伤客心",寇警山外也。只七字,函盖通篇。次句申说醒亮,三从"花近楼"出,四从"伤客心"出,五从"春来天地"出,六从"云变古今"出。论眼

---

① 陈伯海主编《唐诗汇评》增订本,上海古籍出版社 2015 年版,第 1654 页。

内,则三、四实,五、六虚。论心事,则三、四影,五、六形也。而两联俱带侧注,为西戎开示,恰好接出后主祠庙来。"后主还祠",见帝统为大居正,非么麽得以妄干矣,是以"梁甫"长"吟","客心"虽"伤",而不改其浩落也。于正伪久暂之间,勘透根源,彼狡焉启疆者,曾不能以一瞬,不亦太无谓哉! 使顽犷有知,定当解体。(卷四之一)

此笺烛照之微、所见之细,真可谓有茧丝牛毛之精,最能发露杜诗"景情相生,篇法乃融"之妙。"春满眼前"是丽景,而"寇警山外"的忧虑则属哀情,所云"得其一线贯串之法",是旨在提示读者须沟通丽景、哀情这一对相反然而实则相生的矛盾体,领会其"函盖通篇"之用——既"对整首诗的内容进行界定",又"用作全诗的基本结构框架"①:句与句、联与联之间的交相关摄,心中事、眼前景的内外关系("虚"与"实"、"形"与"影"),是"借写景影身世之思"(卷三之五《暮春题瀼西新赁草屋》五首笺语),而这些莫不源于首句即蕴蓄着的内在紧张,与之血脉相连,由此而形成一在形式上逐句递接、内容上交融互透的结构。由是,老杜心事与实象之关系于此尽矣。

可以看出,浦起龙对杜诗的读解已经不再像一般"顺文演意"者那样株守于表面形式的起承转合,而是能够触及甚至是深入杜诗内在的生命构成,是之谓"内结构"。兹以《凤凰台》为例稍事分析。原诗如下:

> 亭亭凤凰台,北对西康州。西伯今寂寞,凤声亦悠悠。山峻路绝踪,石林气高浮。安得万丈梯,为君上上头。恐有无母雏,饥寒日啾啾(一作啁啾)。我能剖心血(一作出),饮啄慰孤愁。心以当竹实,炯然无外求。血以当醴泉,岂徒比清流。所

---

① ［美］高友工《律诗美学》,见乐黛云编选《北美中国古典文学研究名家十年文选》,江苏人民出版社1996年版,第101页。

贵王者瑞,敢辞微命休。坐看彩翮长,举(一作纵)意八极周。自天衔瑞图,飞下十二楼。图以奉至尊,凤以垂鸿猷。再光中兴业,一洗苍生忧。深衷正为此,群盗何淹留?

笺注:

> 起八,立案。"西伯"二句,为一篇命脉。兹台非岐山鸣处,公特因台名想到"凤声",因"凤声"想到"西伯"。先将注想太平之意,于此逗出。"山峻"四句,从人不至顶落想。以下奇情横溢,都从此蹴起。中十二,欲养成凤质,为黼黻"鸿猷"之具。乃后段张本。后八,作尽兴酣畅语。归结到"再光中兴",而深衷披露,始无遗憾矣。结又冷隽,使群盗闻之,当废然消沮。要之,中后两段,悉是空中楼阁,只用"恐有"二字领起。而"恐有"二字,却从"安得"、"上上头"引出,其根则从"凤声"悠悠生出也。

经浦注分析,此篇眉眼分明。前八句是对实景的描写,并由此发生联想。尤其是点出"西伯二句,为一篇命脉",有画龙点睛的效果。西伯即周文王,象征着太平盛世,是全诗寄意所在,故曰:"先将注想太平之意,于此逗出。"此后则进入联想的诗世界。由于准确地探明了由现实世界进入诗世界的通道,所以也就能把握作者性情之真,由表及里地揭示出"内结构":"是诗想入非非。要只是凤凰台本地风光,亦只是杜老平生血性。不惜此身颠沛,但期国运中兴。刿心沥血,兴会淋漓。为十二诗意外之结局也。"所谓"十二诗",指前此自《发秦州》至《凤凰台》十二首纪行诗(《发秦州》笺云:"前后纪行诗各十二首")。诗人西行,为的就是要寻一安顿之所,至此诗始尽情发露其理想,故浦笺曰:"后八,作尽兴酣畅语。归结到'再光中兴',而深衷披露,始无遗憾矣。"内外结构吻合如此。

更能体现浦氏结构分析功力的,是其《自京赴奉先县咏怀五百字》的笺释。原诗录如下:

杜陵有布衣,老大意转拙。许身一何愚!窃比稷与契。居然成瓠落,白首甘契阔。盖棺事则已,此志常觊豁。穷年忧黎元,叹息肠内热。取笑同学翁,浩歌弥激烈。非无江海志,潇洒送日月;生逢尧舜君,不忍便永诀。当今廊庙具,构厦岂云缺?葵藿倾太阳,物性固难夺。顾惟蝼蚁辈,但自求其穴;胡为慕大鲸,辄拟偃溟渤?以兹误生理,独耻事干谒。兀兀遂至今,忍为尘埃没?终愧巢与由,未能易其节。沉饮聊自遣,放歌破愁绝。岁暮百草零,疾风高冈裂。天衢阴峥嵘,客子中夜发。霜严衣带断,指直不能结。凌晨过骊山,御榻在嵽嵲。蚩尤塞寒空,蹴踏崖谷滑。瑶池气郁律,羽林相摩戛。君臣留欢娱,乐动殷胶葛。赐浴皆长缨,与宴非短褐。彤庭所分帛,本自寒女出。鞭挞其夫家,聚敛贡城阙。圣人筐篚恩,实欲邦国活。臣如忽至理,君岂弃此物?多士盈朝廷,仁者宜战栗!况闻内金盘,尽在卫霍室。中堂舞神仙,烟雾蒙玉质。暖客貂鼠裘,悲管逐清瑟。劝客驼蹄羹,霜橙压香橘。朱门酒肉臭,路有冻死骨。荣枯咫尺异,惆怅难再述。北辕就泾渭,官渡又改辙。群冰从西下,极目高崒兀。疑是崆峒来,恐触天柱折。河梁幸未坼,枝撑声悉索。行李相攀援,川广不可越。老妻寄异县,十口隔风雪。谁能久不顾?庶往共饥渴。入门闻号咷,幼子饿已卒!吾宁舍一哀,里巷亦呜咽。所愧为人父,无食致夭折。岂知秋禾登,贫窭有仓卒。生常免租税,名不隶征伐。抚迹犹酸辛,平人固骚屑。默思失业徒,因念远戍卒。忧端齐终南,澒洞不可掇。

笺云:"是为集中开头大文章,老杜平生大本领。须用一片大魄力读去,断不宜如朱、仇诸本,琐琐分裂。通篇只是三大段。首明赍志去国之情,中慨君臣耽乐之失,末述到家哀苦之感。"

浦氏分析结构,往往注重理出"一篇命脉"之所在,故又笺曰:

> 而起手用"许身"、"比稷、契"二句总领,如金之声也。结尾用"忧端齐终南"二句总收,如玉之振也。其"稷契"之心,"忧端"之切,在于国奢民困。而民惟邦本,尤其所深危而极虑者。故首言去国也,则曰"穷年忧黎元"。中慨耽乐也,则曰"本自寒女出"。末述到家也,则曰"默思失业徒"。一篇之中,三致意焉。然则此所谓比"稷、契"者,果非虚语。而结"忧端"者,终无已时矣。

"窃比稷与契"是此诗,也是老杜平生性情之所寄,全诗结构分析围绕此核心展开:

> 首大段,在未出京前,直从《孟子》去齐、宿昼等篇脱出。此"稷、契"之素志,"忧端"之在夙昔者。"意转拙"三字,全局涵盖。"居然"四句,又为本段提笔,"忧黎元"为本段主笔。"非无"四句,欲高蹈而不忍也。"当今"四句,恋君恩之至性也。"顾惟"四句,揣分引退之词。"以兹"四句,浩然归隐之概。"终愧"四句,虽秉藏身之节,仍怀不舍之志也。自"非无"至此,一气读下,乃见曲折。注家以"蝼蚁辈"指居庙廊者,大乖口吻。中大段是中途所触,直从《孟子》雪宫、明堂等篇翻出。此"稷、契"之忠悃,"忧端"之在目击者。"岁暮"四句,提起出京景事,笔力耸拔。"霜严"二句,上承"中夜",下起"凌晨",而"过骊山",乃本段感事之根。"蚩尤"四句,状旌旗卫士之盛。"君臣"四句,为本段主笔。以下皆分应"长缨"、"与宴"也。"彤庭"四句,推"筐篚"之由来,以见不堪暴殄也。"圣人"四

句,言厚赐诸臣,望其活国。如共佚豫,便同弃掷矣。以此责臣者讽君也。"多士"二句,束上"分帛",渡下"赐宴"。"卫霍"、"神仙",就"赐宴"上借点诸杨。"暖客"四句,隔聊对法,统言与宴诸人。"朱门"四句,与穷民相形,动人主之恻隐也。而"枯荣"、"咫尺",亦正与己相对,又暗挑下段矣。以上"分帛"、"赐宴"二条,意平而局侧,文家化板法也。末大段,叙至家时事。正言赴奉先之故。恋国而不顾家者,非情也。此虽一己之"忧端",而后文复转到民穷上,仍然"稷契"之存心也。"北辕"二句,提清过骊山后赴奉先之路。"群冰"八句,点缀行役景色,自不可少。"老妻"四句,在途内顾之思。"入门"四句,到家所值恶趣。"所愧"四句,借子死跌落家贫,乃本段主笔。"生常"四句,就身贫引动结意。言免租免役之平人,犹不免如此之苦。下文"失业徒",乃不免租税者。"远戍卒",乃常隶征伐者。此正与前幅"黎元"、"寒女"等意一串。在本段为带笔,在全篇却是主笔也。时禄山反信即至矣。篇中不及之。盖此诗乃自述生平致君泽民之本怀,意各有主也。

通过浦氏的分析,我们已不难明了这篇"大文章"是以"窃比稷与契"起"穷年忧黎元"之意,通过叙事而化为感人的诗情。萧涤非先生则采用浦说,简明地理出全诗之意脉:

全诗可分三大段,首段叙述自己一贯忧国忧民的志愿。咏的是过去的怀抱。第二段叙述自京赴奉先,途中所闻所见,咏的是当前的感怀。第三段叙述到家后的事情,咏的是将来的忧怀。"穷年忧黎元",是杜甫的中心思想,也是贯串全诗的骨干。因为"穷年忧黎元",所以能够从"朱门酒肉臭"联系到"路有冻死骨";能够在"幼子饿已卒"的情况下而"默思失业徒,因念远戍卒"。这从文章结构的角度说,那就是所谓"一篇之中,三致意焉"了。①

经萧先生的整合、点醒,浦笺精神全出。浦氏之结构分析岂可与评点八股文者同日而语!《心解·发凡》说得好:

> 篇法变化,至杜律而极。后人执成法以绳杜,如欲惩中四排比之患,而为前解后解之说者,又欲矫两截判隔之失,而为七转八收之说者,概乎未有当也。夫杜一片神行而已,乌乎执!

这是一种全然不同于机械结构论的思路。提出"一片神行"(又见《所思》笺语),旨在破除"后人执成法以绳杜"之"执"。从根本上说,有这"一片神行","篇法"才得以融会贯通,它正是《登楼》诗里被浦起龙灵眼觑见的"一线贯串之法"中的"一线",而这"一线",并非只是《登楼》一诗才有的个别现象,《登牛头山亭子》、《对雪》诸篇亦莫不有之。且看《发凡》又云:

> 法之变既不容以一律绳之,乃其连章诗又通各首为大片段,却极整齐,极完密。少陵此体,千古独严,要其融贯处在神理,在纪法,不在字句也。前人尝论及之。但标举几字为串插钩带,实无当于位置浑成之妙,故不免来世口实。

"神理"与上文之"神行",其旨一也。浦起龙告诉我们,连章诗正是同样地以"一片神行",因而各诗篇虽独立自足却仍是一个"极整齐,极完密"的"大片段"。如卷三之一《喜达行在所》三首,浦云:

---

① 萧涤非《杜甫诗选注》,人民文学出版社 1979 年版,第 57 页。

题眼在一"喜"字。三章逐层下。一章,从未达前落到初达,是"喜"字根苗。　起倒提凤翔,暗藏京师。四句一气下,是未达前一层也。五为窜去之路径,六为将至之情形,七、八,就已至倒点自京。妙在前说在京时,着"西忆"、"眼穿"、"心死"等字,精神已全注欲达矣。又妙在结联说至凤翔处,用贴身写,令"喜"字反逼而出。而自身老瘦,又从旁眼看出。笔笔跳脱也。

二章,写初达时之情事气象,是"喜"字正面。　前首本从未达起也,却预忆行在。此则写初达之情矣。起反转忆贼中,笔情往复入妙。三、四,洗发"窜至"二字。而此四句正对"所亲惊老瘦",作叹息声也。五、六,明写"达",暗写"喜",七、八,明言"喜",反说"悲"。而喜弥深,笔弥幻矣。

三章,透出达后本怀,是"喜"字结穴。　起以上句剔下句,勿如俗解硬寻上篇一句作顶也。"犹瞻",从死去说来。死则不得瞻,今犹得瞻矣。来归而遇光天,喜可知矣。五、六才是面君,而以"心苏"对"影静",仍不脱"窜至"神理也。七、八,结出本愿,乃为"喜"字真命脉。　文章有对面敲击之法,如此三诗写"喜"字,反详言危苦情状是也。

"窜至"二字为此诗通局之柱,其局法之"严",正在始终"不脱'窜至'神理也"。

浦起龙又一次使用了"神理"一词。其实尚远不只上引两处,他在《戏题寄上汉中王》三首、《移居公安敬赠卫大郎钧》、《闻官军收河南河北》等诗的笺释中,都曾一再地用到它。在对浦笺《喜达行在所》展开更为具体的论析之前,应当先补充说明的是,从阐明其笺释理念的《发凡》到具体的笺释实践,"神理"的使用,在浦起龙已不是偶然,而是他的整体构思。在另一篇文章中,我们谈到了金圣叹对杜诗"神理"的着力追索。这里不妨说,金圣叹以来,虽有朱瀚、仇兆鳌等杜诗学者也间或在他们的杜诗注中提到"神理"一说,但多不过泛泛用之,无多深意(如《杜诗详注》卷十九《寄刘峡州伯华使君四十韵》,卷二十《又呈吴郎》,卷二十二《清明》二首),于"神理"关注最多、点醒最力,可与金圣叹相比的,大约只有浦起龙。但这并不意味着浦氏在步金圣叹之后尘。浦起龙笔下的"神理",是与其结构探索一体的,如前引"融贯处在神理"、"不脱'窜至'神理",又如"收局神理"(《戏题寄上汉中王》三首),凡此种种,"神理"俨然像是篇法结构的融合剂,而金圣叹笔下的"神理"则是其直接追索的对象,即所谓"追出当时神理来"(《杜诗解》卷一《与李十二白同寻范十隐居》)。换句话说,浦起龙着眼于"神理"之用,而金圣叹则意在寻绎"神理"本身。与此相应的是,金圣叹于"神理"好用"尽"字,如《杜诗解》卷一《羌村》三首之"写尽归客神理",卷二《凭何十一少府邕觅桤木数百栽》之"写尽当时神理"。而浦起龙则会用"一片",如我们在《移居公安敬赠卫大郎钧》里看到的"神理一片"。我们是从较为严格的意义上来看待二者的这种差别的,在浦氏如上表现的背后,更多的是蕴藏着他把握杜诗结构的方式。就眼下讨论的连章诗而言,浦氏既然视之为一谨严细密的"大片段",那么读解的办法亦只有"通长打片看去,才显真面目"(《读杜心解·发凡》)。通观《心解》全书,我们可以一再看到他对这一观点的申述:

> 汉魏以来诗,一题数首,无甚铨次。少陵出而章法一线。如此九首,可作一大篇转韵诗读。(卷一之一《前出塞》)

> 一片看,乃得解。(卷三之一《陪郑广文游何将军山林》十首)

> 老杜连章片段,大率如此精密,如何鲁莽读得!(卷三之五《暮春题瀼西新赁草屋》五首)

　　如此等等。所谓"一片看",是一种整体观照的方式,是像《对雪》、《登楼》那样打破单联从而识取通篇的贯串之法,而对一题数首的组诗来说,便还需打破单篇之间的界隔,一窥其"通身结构之法"(卷四之二《秋兴》八首笺语)。

　　现在,让我们重回《喜达行在所》三首。不难看出,此笺的重点,正是"疏言其命意引脉,布局谋篇之大凡"(卷四之二《秋兴》八首笺语),将发露诗人自京城冒死逃归凤翔前前后后的心理起伏变化作为其笺释的核心,以此寻求三诗结构意脉的完整、一贯。"笔情往复"四个字道破了杜甫连章诗"连"的真精神所在,是"通体盘旋"(卷三之一《陪郑广文游何将军山林》十首笺语),而不是"如俗解硬寻上篇一句作顶"。

　　与"笔情往复"互为表里的是连章诗结构的"往复",对此浦氏还有更具体而微的体认。卷四之一《曲江》二首:

　　　　"一片花飞减却春,风飘万点正愁人。且看欲尽花经眼,莫厌伤多酒入唇。江上小堂巢翡翠,苑边高冢卧麒麟。细推物理须行乐,何事浮荣绊此身?"

　　　　此章言物理推迁,且须遣之于酒。

　　　　"朝回日日典春衣,每日江头尽醉归。酒债寻常行处有,人生七十古来稀。穿花蛱蝶深深见,点水蜻蜓款款飞。传语风光共流转,暂时相赏莫相违。"

　　　　次章,言典衣尽醉,正因光景易流耳,与前章作往复罗文势。

　　何为"往复罗文势",卷三之一《送韦书记赴安西》一笺可为此作答。浦云:"韦就辟而己将隐,送韦兼以别韦也。一、二,由韦合己。三、四,一己一韦。五、六,一韦一己。七、八,由己及韦。通首如罗文然。"则此所谓"罗文",正是如今钱锺书先生所说的"丫叉句

法":"先呼后应,有起必承,而应承之次序与起呼之次序适反。"①这
种"丫叉法","并有扩而大之,不限于数句片段,而用以谋篇布局
者"②,如卷三之二《散愁》二首之"以上半配前首下半,以下半配前
首上半"即是。从《曲江》二首两诗互拱,在物理、人事之间循环钩
锁、错综流动的体势看,浦起龙所谓的"往复罗文势",大抵亦属此等
"扩而大之"的"丫叉法"。

在当时,没有哪个诠释者像浦起龙这样对杜甫连章诗之结构作
如此深入的解读。但这还是次要的。最值得我们重视的是由其中
体现出的浦氏感受杜诗的方式,那种撮散作整的融汇之精神,并将
此精神推扩到连章诗之外。卷一之一《玉华宫》一诗,浦起龙笺曰:

> 单看本篇,不过伤心物化。合观前首(引者按:即《九成
> 宫》),仍然陨涕时衰。

又卷四之一《严公仲夏枉驾草堂兼携酒馔得寒字》,浦氏云:"要合
从前严武投赠、亲造诸律、绝看,便得此诗神理。"诸如此类。读一诗
而要联系前后的诗篇并观才得解,甚至要"疏观前后数册而创通其
大致"(《读杜心解·发凡》),"通十数卷疏观其意境"(卷三之五
《季秋苏五弟缨江楼夜宴崔十三评事韦少府侄》三首笺语)。这也
就是说,单篇有时必须放置在一个更大的诗群中才能显示出它的真
正意味。故其《读杜心解·读杜提纲》早就言之在先,曰:

> 读杜逐字句寻思了,须通首一气读。若一题几首,再连章
> 一片读。还要判成片功夫,全部一齐读。全部诗竟是一索
> 子贯。

---

① 《管锥编》第 1 册,中华书局 1979 年版,第 66 页。
② 同上书,第 3 册,第 859 页。

"一索子贯"的理念不啻为一种大结构观,是对一部杜诗整体意味的综合体认。提出读杜要"通首一气读"、"连章一片读"乃至"全部一齐读",其用意即在使读者始终保有对杜诗的整体性感觉。我们由此想到浦起龙对杜诗编年的看重(见于《读杜心解·发凡·目谱》),想到他将杜甫的赋与杂文(赞、表、状、策问等)随录在有"关会"的诗篇之后,其中不都包含着一种整体意识吗?尤其是随诗附文,虽然是"别立义例"(《读杜心解·发凡》),虽然四库馆臣讥之为"自有别集以来无此编次法"①,但在浦起龙,这却是他打破文体障蔽藉以对杜诗涵蕴进行横向"整合"的合理资源,与其"疏观前后"的纵向沟通,正好构成对"一片神行"的杜诗的"浑然一体"的读解方式。

"浑然一体"的读解,为的是读出一个"浑然一体"的人。《读杜提纲》曰:

> 说杜者动云每饭不忘君,固是。然只恁地说,篇法都坏。试思一首诗本是贴身话,无端在中腰夹插国事,或结尾拖带朝局,没头没脑,成甚结构?杜老即不然。譬如《恨别》诗,"闻道河阳近乘胜,司徒急为破幽燕",是望其扫除祸本,为还乡作计。《出峡》诗,"朝士兼戎服,君王按湛卢","五云高太甲,六月旷抟扶",是言国乱尚武,耻与甲卒同列,因而且向东南。以此推之,慨世还是慨身。太史公《屈平传》谓其"系心君国,不忘欲反,冀君之一寤,俗之一改也。然终无可奈何,故不可以反"数语,正蹋着杜氏鼻孔。

可以看出,在浦起龙,对杜诗篇法结构完整性的维护,与维护诗人情志表现的"浑然性"是一体的。这一"浦氏特色",在上文的实例分

---

①　永瑢等《四库全书总目》卷一七四,中华书局 1965 年版,第 1534 页。

析中已在在可感。但略须分疏的是,结构分析在上文是作为其读解杜诗的"方法"加以讨论的,这里则欲转入"目的"的层面。虽然,读解方法本身也即融合、呈露着目的,但我们仍想通过如上《读杜提纲》的一番话对此作一点提醒,那就是,在浦氏结构探索的主题中实包含了对他而言更为重大的主题——看取"杜老"一生心迹的意图。不妨这么说,浦氏之杜诗学,既要让读杜诗者由此揣摩出作诗之法,更要从词气文势、篇章结构上看出"诗史"的大义,"诗圣"的用心。

(原载《杜甫研究学刊》2009 年第 2 期)

"知人论世"批评方法的升华
——《杜甫研究》学习札记

一

"知人论世"是我国至今仍有大影响的传统批评方法。《孟子·万章》说:

> 颂其诗,读其书,不知其人,可乎? 是以论其世也。是尚友也。

朱自清《诗言志辨》指出,孟子的"知人论世","并不是说诗的方法,而是修身的方法",即"尚(上)友古人"的途径。然而,"知人论世"自身具有的广阔的内涵空间却使后人得以不断充实,使其发展为我国最具影响力的传统的文学批评方法。而这种批评方法之产生,首先与儒家对文学作用——"诗言志"的认识有关。诗是表达内心感情世界的工具。然而,古人早已意识到语言表达思想感情的局限性,所谓"诗无达诂"、"言不尽意"、"意在言外",都是针对这一现象而发。所以《孟子·万章》又说:

> 故说诗者不以文害辞,不以辞害志,以意逆志,是为得之。

这就暗示了作者与读者之间的距离，与作为两者之间津梁的诗歌语言本身所具有的"未确定性"。因之，"志"还须读者去"逆"（即本文意义的实现过程）。这种逆不是任意的，而是据本文的提示、指向去揣摩作者本意。清人吴淇《六朝选诗定论缘起》将此过程阐述得颇为分明：

> "世"字见于文有二义：从（纵）言之，曰世运，积时而成古；横言之，曰世界，积人而成天下……我与古人不相及者，积时使然；然有相及者，古人之诗书在焉。古人有诗书，是古人悬以其人待知于我；我有诵读，是我遥以其知逆于古人。是不得徒诵其诗，当尚论其人……然未可以我之世例之，盖古人自有古人之世也……苟不论其世为何世，安知其人为何人乎？

也就是说，要准确搜寻作者志之所在，就要先求乎诗人之心；要得诗人之心，就要知乎其人；而要知其人，就要知其人所处之世，"尚友古人"，以便设身处地体味其人其境，进而逆得其志。就孟子本意而言，"知人论世"重点在通过与古人"相及"的诗书的诵读去"尚友古人"，而不在乎"世"对诗人及其志、其诗之塑造。然而，由于知人论世法有个合理的内核，即作品与人与世被视为息息相关的三要素，所以三者之间存在着多种组合关系，其内涵有极大的可拓展性。历代优秀文论家在不同程度上对"知人论世"法有所补充与修正。其中对知人论世内涵作出重大拓展的是刘勰。《文心雕龙·时序》提出"歌谣文理，与世推移"、"文变染乎世情，兴废系乎时序"的观点，指出文学受社会现实制约这一事实，对知人论世的内涵是个极重要的补充。而与"知人论世"、"以意逆志"法相应的，是汉以来长期形成的颇有民族特色的年谱、笺释与本文紧密结合的治学形式。王国维《玉谿生诗年谱会笺序》说："及北海郑君出，乃专用孟子之法以治诗。其于诗也，有谱有笺。谱也者，所以论古人之世也；笺也者,所以逆古人之志也。"特别是宋人以"诗史"目杜诗,使知人论世与年谱配套的批评方法更完善,直至今日,仍是学人治学的重要手段。然而,此法颇有流弊,"诗无达诂"、"不以辞害意"是既通达又含糊的说法。如何掌握这个"度"?唯有排除主观任意、断章取义、穿凿附会的谬误,用科学的方法来知人论世,才能使之保持生命力。前辈学者在这点上已做了不少工作。

中华人民共和国成立以来,第一代学者认真学习马克思主义与毛泽东文艺思想,力图创构一个全新的治学体系。萧涤非先生是这批学者中颇有建树的一位,其《杜甫研究》堪称是该时代文学史研究方面的代表作之一。他将鲁迅对"知人论世"批评方法的改造付诸实践,并力图以马克思主义社会学的观点去论世,去寻求作家作品与时代社会的内在关系。从先生这一努力中,我们无疑会得到如何更生传统治学方法的有益启迪。

二

《杜甫研究》开篇明义就说:

> 鲁迅先生教导我们说:"我总以为倘要论文,最好是顾及全篇,并且顾及作者的全人,以及他所处的社会状态,这才较为确凿。要不然,是很容易近乎说梦的。"(《且介亭杂文二集·题未定草》)这是对我们研究古典作家的人一个极可宝贵的指示。①

鲁迅将"知人"释义为顾及作者全人,将"论世"释义为顾及作

---

① 萧涤非《杜甫研究》修订本,齐鲁书社1980年版,第4页。以下引文凡出此书,只注页码。

者所处的社会状态。这要比前人将"世"释义为"世运"、"世界"科学得多。更重要的还在于鲁迅抓住了知人论世的合理内核：将人、世、文视为整体，突出作者的全人、全篇及其所处的社会状态。这就是"知人论世"的新精神。这一精神对萧先生影响如是之深，以致在20多年后的再版前言中还要重申他的研究是"遵循鲁迅先生的有关教导，对杜甫及其诗作一比较全面、系统和真实的论述"。《杜甫研究》以此为纲目。

《杜甫研究》表明，考据、义理、辞章，这些传统治学手段，在重视整体性的认识中得以升华。"考据"，无疑是传统治学成果最著的手段。但毋需讳言，前人考据往往陷入琐屑饾饤，甚至"为考据而考据"，浪费了不少精力。萧先生则否。《杜甫研究》凡涉及考据之文字，皆关系"全人"、"全篇"。如有关杜甫之死的考辨，页36有一段话：

> 我们认为：杜甫到底如何死的，这问题还小。至于为了为溺死一说找理由，不顾不同的历史条件和个人身世，怀疑他会象屈原一样怀沙自沉，那就不是小问题了。因为这关涉到杜甫的全人，关涉到杜甫的整个精神面貌。

先生对杜甫之死做了认真研究，还到实地做过考察，都是为了还历史以原来面目，不背离全部杜诗所表明的"全人"："杜甫是顽强的！"（页36）再如"娇儿不离膝，畏我复却去"一句之解，乃至三辨，也正是"因为问题已在一定程度上接触到杜甫的全人"（页240），"对这两句诗的不同理解还关系到杜甫的为人"（页371）。所以萧先生解此句先从全篇入手，由上文的"少欢趣"到下文的"忆昔好追凉"，尽心地体察诗人及其子女当时的情景与心态，再从诗人一贯对子女的态度来推定杜甫是怎样一个父亲；又从唐人用语习惯及全部杜诗中"畏"、"却"二字的用法，乃至各种版本的校勘等等，做了整体观照；联系杜甫当时的处境，顾及人、世、文之间的联系，力求客观，尽量做到"不要强杜以从我"。作为学术问题，杜甫之死与"畏我复却去"的阐释仍可讨论，但从这两个实例，已可一窥先生"以大观小"的考据方法了。

《杜甫研究》还体现了"知人论世"法的"尚友古人"的精神。《再版漫题》云："人高诗自高，人卑诗也卑。灿灿杜陵叟，其人即可师。"（页405）所以先生认为："吾人学杜诗，岂徒曰学其诗而已，固将学其人，学其志也。不学其人，而徒注目游心于文字之间，则所得者，杜之糟粕已耳，虽学犹之未学。"并说："吾人纵不能为老杜之大，犹当效法其真，则于诗之一道，庶几有所得乎。"①因此，先生颇欣赏黄生《杜诗说》卷四所云："杜公关心民物，忧乐无方，真境相对，真情相触……人真，故其诗亦真。读公诗者请从此参入。"《杜甫研究》处处体现出作者极力去体味杜诗的真境真情，往往能做到感同身受。譬如阐释《又呈吴郎》那首写寡妇扑枣的诗，可谓曲尽其微，以杜甫之肺腑为肺腑。对诗题，先生认为："吴郎的年辈要比杜甫小，但是为了使他能比较容易地接受自己的劝告，所以不说'又简吴郎'，而有意地用了一个表示尊敬的'呈'字。这个'呈'字看来好像和对方的身份不大相称，但却是必要的，正是杜甫细心的地方。"（页205）能体味杜甫细心的地方，正是萧先生尚友古人成功的地方。诗的第一句"堂前扑枣任西邻"，先生认为"任"字很重要。"为什么要这样放任呢？第二句就回答了这个问题：'无食无儿一妇人。'原来这西邻竟是这样一个没有吃、没有儿女、没有亲戚，一句话，什么也没有的老寡妇。杜甫写这句诗，仿佛是在对吴郎说：朋友！对于这样一个上天无路入地无门的穷苦妇人，你说我们能不任她打点枣儿吗？"（页206）如果不是对杜甫的真挚性情与人道精神有整体把握，是很难这么贴切地发露诗心的。尤其对"不为困穷宁有此？只缘恐

---

① 萧光乾《萧涤非传略》，《晋阳学刊》1987年第6期。

惧转须亲"一联的阐释,更见功力。他说:"其中便有着杜甫自己的无限的爱情。比如,他了解到打枣人原来就存在着'恐惧'心理,于是,他便关照他自己或者说警惕他自己这时的态度要特别亲善。否则,她就不好意思打了,她就要挨饿。他好象是自己在打别人的枣子,希望主人家不要使自己难堪似的。我们只要一读到'不为困穷宁有此? 只缘恐惧转须亲'这样的两句诗,至今还能仿佛听见诗人杜甫当时心脏怦怦然的跳动。"(页83)这哪里是谈诗,这是与杜甫在推心置腹地作思想感情的交流! 显然,对杜甫,萧先生还有更深层次的认识。

三

如果说,顾及全篇、全人是近现代优秀学者的共识;那么,作为萧先生体悟最深,最有个人心得的,当是将"社会状态"聚焦于"人民生活"这一新视角的采用。我认为这是对知人论世内涵的又一拓展。

萧先生将"生活"当成一个大容器,主、客观之种种,都在此中交融、碰撞。生活实践成了"论世"的中心环节,是《杜甫研究》血脉之所在。先生认为:"所谓时代的影响,主要的也就是人民的影响。"(页13)在这一认识指导下,他吸收历来杜甫年谱、作品系年的成果,综合成杜甫生活的四个时期:读书游历时期、困守长安时期、陷贼与为官时期、漂泊西南时期。在分期中体现生活、特别是人民生活对杜甫创作道路的巨大影响。如困守长安时期的独立划出,而不是笼统归入"前期",是因为十载困守"是一个重要的契机。生活折磨了杜甫,也玉成了杜甫,使他逐渐走向人民,深入人民生活,看到人民的痛苦,也看到统治阶级的罪恶……十年困守的结果,使杜甫变成了一个忧国忧民的诗人。这才确定了杜甫此后的生活道路和创作道路"(页245)。如此分期,无疑更具科学性。正是基于对生活与作家关系的考索,所以先生既不能同意前人所谓杜诗"一节高一节,愈老愈剥落"的观点,也不同意所谓杜甫晚年诗不如中年是因为"才气衰减"的看法。他认为:"每当杜甫走出书房、离开皇帝,向人民靠拢,和人民结合的时候,也就是他的诗篇大放光芒的时候。而每当他守在书房里或皇帝身边时,诗思也就枯竭,写出来的作品也就显得黯淡无光。"(页40)杜甫自己是有体会的,《览物》诗云:"曾为掾吏趋三辅,忆在潼关诗兴多。"指的正是创作"三吏"、"三别"的动乱时期。先生颇推重《瀛奎律髓》卷二九对杜甫《岁暮》诗的一段评语:

> 自天宝十四年乙未(755年)始乱,流离凡十六年。唐中叶衰矣,却只成就得老杜一部诗也。不知终始不乱,老杜得时行道如姚、宋,此一部杜诗不过如其祖审言,能雅歌咏治象耳。

萧先生认为这段话"很能发明时代环境对一个作家的巨大影响"(页14)。并进一步指出,同一时代环境对诗人影响的程度还取决于作家自己的"生活实践、思想意识"(页14)。因此,《杜甫研究》尤重杜甫是如何在生活实践中接近下层民众的。这一工作如盐入水般体现在全书中,使知人论世法增进了全新的内容。就以对杜诗的语言艺术分析为例,先生不是停留在传统的义理辞章的评析上,而是颇为详尽地追溯到杜甫对历代优秀民歌的学习,进而着力探究杜甫对"当时语"的学习,从而指出杜诗所取得的语言艺术的成就,是与他的生活实践分不开的。下卷页174说:"他(杜甫)曾经长时期的住在乡村,和劳动人民生活在一起,哭在一起也笑在一起,他自己也经常劳动。基于这种生活实践,他对劳动人民有了相当深刻的认识。"正是如此水乳交融的感情,使杜甫"百无禁忌"地使用"当时语","指挥过无礼,未觉村野丑"(《遭田父泥饮》)。杜甫语言艺术上的成功,首先是感情上接近下层民众的成功。因其"未觉村野丑",故能汲取村野语言,创建新的境界。语言现象有其自身相对独立的规律,要加以重视。然而,语言现象又不是"全封闭"的系统,它毕竟是文化现象中的现象。萧先生在处理语言与环境之间关系方面,为我们提供了有益的经验。

强调文艺对人民的态度,应当说是毛泽东文艺思想的核心部分。萧先生将"社会状态"聚焦于"人民生活",便是出于他对毛泽东文艺思想的理解,并付诸实践。在这一可贵的尝试中,有老一辈学者不尽的甘苦。一方面,他开拓了视野,使"知人论世"有了新的广阔的视角,让我们走至历史社会的下层,从杜甫与下层人民之间的关系中去理解一代诗人;另一方面,又由于历史的原因,使这一视角不得不仅仅落在简单的因果关系的线式思维之中。

按照马克思、恩格斯对历史必然性的论述,在历史的因和果之间,有个不容忽视的极其丰富的中介环节,这就是"特殊的生活条件"①。因此,萧先生抓住"生活实践"作为"知人论世"的中心环节,是慧眼所在。然而,马克思、恩格斯对社会生活的理解丰富不尽,强调的是诸社会关系的总和,因此,任何单一的关系(哪怕此种关系是那样地重要)都不能说明历史的因果。杜诗的"海涵地负"、"集大成",已是历代读者的共识。其无比的丰富性更要求研究者必须从更多的角度,更多的层面,更多的线索,对杜甫所处的灿烂多彩的唐代社会生活做总体观照,找出各种社会关系(包括交游、亲族乃至上层贵族)的内在联系及由此产生的合力。这也是《杜甫研究》留给后人的无限空间。

四

对传统批评方法更为深刻的改造,还在于用历史唯物主义与辩

---

① 《马克思恩格斯选集》第 4 卷,人民出版社 1972 年版,第 478 页。

证法来"知人",来"论世"。历史唯物主义首先要求尊重客观的历史事实,不作片面的理解。在文学史研究上,有些问题似是而非,不易理清,特别是在形式主义猖獗的岁月里。这就要求研究者要有说真话的大智大勇。《杜甫研究》中这种精神表现得很倔强。就以杜甫的忠君思想而言,这是关涉颇广的文史研究的路障。萧先生不回避矛盾,认为忠君思想应批判,"但在批判的同时,我们也必须针对不同的历史条件和不同的历史人物进行分析"(页49)。首先是历史条件。先生认为杜甫所处的时代是封建时代,而且是"一个自给自足的自然经济占主要地位的封建生产关系正巩固的存在着的时代"。在该社会中,"忠君"是普遍意识,即使是农民也仍然拥护好皇帝。杜甫的忠君思想主要是由他所处的封建的历史时代所决定的。然而,"我们还应全面的来看一看杜甫忠君思想的具体内容"(页48)。他从"一个具有丰富经验的作家,总是自相矛盾的"(页37引高尔基语)这一认识出发,剖析了杜甫思想中"忠君"与爱国、爱民之间的矛盾与联系。萧先生尖锐地指出了杜甫忠君思想庸俗的一面(如"高帝子孙尽隆准,龙种自与常人殊"之类),又剖析了儒家"忠君"思想中矛盾的两个层面:"唯天王之命是听"与"诛独夫"。因杜甫深受后者之影响,故不是无条件地拥护"天王圣明,臣罪当诛";而是有鉴别、有斗争的。这表现在对玄宗与肃宗、代宗的不同态度上,更表现在忠君与爱国、爱民的交织上。先生揭示了杜诗中"日夕思朝廷"与"穷年忧黎元"之间的联系:"思朝廷"是为了"忧黎元","忧黎元"所以就得"思朝廷"(《再版前言》页10)。在"时代对杜甫的影响"一节中,萧先生认为盛唐时代的富强"加强了他(杜甫)对于封建君主、封建朝廷的信赖观念"。"在他看来,那四十几年的'太平盛世',乃是皇帝和他的几位贤臣创造的。所以,他自始至终的把一切希望都寄托在封建朝廷上"(页12),乃至"认为要使人民安居乐业只有通过皇帝"(页57)。因之,杜甫希望有个"好皇帝",能限制贪官污吏,对人民进行有节制的剥削:"君臣节俭足,朝

"知人论世"相结合,也就是通过对诗人创作情境的再造去"尚友古人",体验其心境,沟通古今。清人吴淇《六朝选诗定论缘起》将此过程阐述得颇为分明:

> "世"字见于文有二义:从(纵)言之,曰世运,积是而成古;横言之,曰世界,积人而成天下……我与古人不相及,积时使然;然有相及者,古人之诗书在焉。古人有诗书,是古人悬以其人待知于我;我有诵读,是我遥以其知逆于古人。是不得徒诵其诗,当尚论其人……然未可以我之世例之,盖古人自有古人之世也……苟不论其世为何世,安知其人为何人乎?

由是,与"知人论世"法相应的是汉以来长期形成的年谱、笺释、文本紧密结合的传统治学方式。特别是宋人以"诗史"目杜诗,使知人论世与年谱配套的方法更趋完善细密。然而以意逆志毕竟带有很强的主观性,在儒家"诗教"的导向下,"知人"这一极为复杂的过程在"明礼义而陋于知人心"的儒者手中,往往被简单化为一种道德评价。无论"以史证诗"抑或"以诗证史",都缺乏中介系统,形成线式因果关系的十足机械的社会政治决定论。萧先生对此有清醒的认识,他一方面继承传统,考镜源流,辨章学术,仍用知人论世与年谱、笺释、文本相结合的方式治杜;另一方面又将鲁迅"顾及全篇、全人"的主张与历史唯物主义"实事求是"的精神结合起来,作为一种治杜的新方法,为传统的"知人论世"诠释模式注入新的生命。其《杜甫研究》、《杜甫诗选注》堪称典范之作。

关于《杜甫研究》在这方面所取得的成绩,笔者曾在《"知人论世"批评方法的升华》、《于平实处见精神》二文中有详论,兹不赘[①]。这里只想就《杜甫诗选注》补充说几句。

[①] 二文分别见于《文史哲》1992 年第 2 期,《文学遗产》2000 年第 5 期(均收入本《文集》第一册)。

　　萧先生在《杜甫诗选注》例言中说:"在注解上,我没有什么一定的章法,大概在题解中,包括诗的写作地点、年代、背景、中心思想和表现手法等,都有简略说明,但也不是每首诗都如此,有话则长,无话则短,也有根本从略的。为了使读者在阅览注解时不太感到枯燥,除一般必要的字注句解之外,个人也往往发些议论,作些考证,使注文具有一定的独立性。"①萧注虽无"一定的章法",却有明确的研究方向,那就是整体性的研究。所谓"整体研究",不应是列举事物构成的一切因素及其所有联系,开列出一张无穷尽的清单;而是关注"该事物的某些特殊性质或方面使该事物表现为一个有机的结构而不是一个'纯粹的堆积'"②。萧注的整体性体现在无论宏观、微观,无论题材、意辞、体式,或笺注,或分期,或考据,或议论,其透视的焦点就在杜甫之为杜甫、杜诗之为杜诗的"这一个"。具体说就是杜甫特殊的生活实践所创生的艺术形式。这就是萧先生"有话则长,无话则短,也有根本从略"的取舍原则,一似李广将兵,无定法而有活法。正因其如此,传统手法如谱系、笺注、校勘、以史证诗、以杜注杜、求出处等等,在萧先生手中无不运用自如,获得新的活力。兹结合《例言》略举数例为证,以概其余。

　　萧注采用传统的编年体,充分利用前人年谱的成果。《例言》指出:"一部杜诗,不只是他那个时代的'诗史',同时也是诗人自己的年谱。"这表明杜甫并非时代的传声筒,而是有血有肉有个性的具体的人。杜诗体现的时代精神与"诗史"特色,是诗人在生活实践中亲历、亲证得来,乃浦起龙《读杜心解·读杜提纲》所谓"慨世还是慨身"。萧先生准确地抓住"生活实践"作为"知人论世"的中介环节,极大地丰富了编年体阐释法的内涵。为了显示创作与生活的关系,《选注》将诗分成四期,每期开篇都有说明。如第三期"陷安史

① 萧涤非《杜甫诗选注》,人民文学出版社1985年版,例言第2页。
② 〔英〕卡尔·波普尔《历史决定论的贫困》,华夏出版社1987年版,第60页。着重号为引者所加。

叛军中、为官时期",指出杜甫在该时期逃难、陷贼、为官、逃荒的经历与创作之间的联系:"这一期,虽只四年,但在杜甫的创作史上却是一个最重要的四年。"萧先生以此期为杜甫全部创作中的高峰期的认识是符合客观实际的,也符合杜甫自己的评价:"曾为掾吏趋三辅,忆在潼关诗兴多。"(《览物》)这就纠正了宋以来许多批评家以杜甫夔州诗为高峰,"愈老愈剥落"的偏见。萧先生还指出:"杜甫虽然做了两年多的官,但由于唐肃宗的疏远和贬斥,反而使他能够一再的得到深入现实,深入民间的机会,这就是为什么杜甫在做官时期还能创作出辉煌的现实主义的诗的根本原因。"而在体裁上,则特别提到该时期多用五古、七古的形式,这是由于该体颇为自由,伸缩性比近体诗大得多,便于表现该时期复杂的社会生活内容。这条笺注之所以重要,就在于引领读者从一个全新的视角去读杜诗,去"以意逆志",去"尚友古人"。具体如该辑中《新安吏》的笺注,题下的说明近千字,不啻一篇"三吏"、"三别"的总论。其中主要的篇幅用来再造创作时的语境,不但引史书以表明乾元二年三月国家危急的形势,且从文本中推导出当时统治者漫无限制地实行拉伕政策,而人民则在爱国精神驱使下隐忍一切痛苦去服兵役。而这一切"史书并无记录,是由诗人杜甫来填补这一空白的"。萧注进而揣摩作者心理:由于这次战争是救亡图存的战争,不是天宝年间穷兵黩武的战争,战争性质决定了杜甫不能像写《兵车行》时那样反战,而是在毫不留情地揭露统治者凶残苛暴的同时,以无限同情和感激的心情、惟妙惟肖的笔触反映、歌颂广大人民妻劝夫、母送子先后上战场的爱国事迹。由此推心置腹地"以意逆志",指出"杜甫写这六首诗时的心情是极端矛盾、极端痛苦的。这矛盾,这痛苦,也是当时广大人民所共有的。"这就深刻地演示了杜甫"慨世还是慨身"、"一人心乃一国之心"的"诗史"特质。而作为逆志的坚实基础,便是文本结合史料所发掘出的诗人特殊的生活情境。这种情境甚至影响了该组诗的叙事方式与表现手法。而作为《新安吏》本篇的注释(计十条），则从制度、校勘与环境、语言诸方面辅助文本展示当时抓丁的惨况。尾注近七百字主要是补充史料以证明杜诗"史"的真实性，加深对诗人极端矛盾、痛苦心情的理解。综观组诗"三吏"、"三别"笺注，交织成一个疏而不漏的创作语境，其中社会学、心理学的现代治学手段有力地提升了传统笺释模式释义的有效性。事实上文本"意义"的"客观性"乃寓于历史的发展演变之中，只有通过古今视界的不断交融，才能使文本的含义通过文化传统这条隧道进入当代而不断地获得重生。据廖仲安先生的回忆，萧先生在昆明西南联大执教时，曾与学生于道上遇一群面黄肌瘦的国民党士兵，先生当即朗声咏诵《新安吏》："肥男有母送，瘦男独伶俜。白水暮东流，青山犹哭声！"使学生们当即心灵与杜甫沟通。重视诗人的生活实践，并通过自己的生活实践与之沟通，作再体验，古今视野于此交融，正是萧先生治杜能入于传统又出于传统的一大要诀。

　　萧先生的整体性研究还有力地体现在传统"以杜解杜"方法的运用上。《例言》称："解释杜诗的最好办法，自然是以杜解杜。"先生自举以《悲陈陶》"都人回面向北啼，日夜更望官军至"以证《哀江头》末句"欲往城南望（一作忘）城北"当以"望城北"为是一例说明以杜解杜"比较容易接近真相"。所以萧先生一向要求我们要对全部杜诗"熟悉，非常熟悉"，做到"融会贯通"。当笔者完成博士论文《赵次公杜诗先后解辑校》后[1]，先师当时便欣然说："很好，至少你是抄过一遍杜诗赵注，对全部杜诗有了印象。"先生将"以杜解杜"与"顾及全篇、全人"联系起来，便有了新的意义。我们只要联系《杜甫研究》中三谈"娇儿不离膝，畏我复却去"[2]，便不难明白，一个小问题至有再三的讨论，是"因为问题已在一定程度上接触到杜甫

---

[1]　该论文后由上海古籍出版社出版，改题为《杜诗赵次公先后解辑校》。

[2]　即《杜甫研究》中《谈杜甫"娇儿不离膝，畏我复却去"》、《一个小问题，纪念大诗人》、《不要强杜以从我》三篇文章。齐鲁书社 1980 年修订本下卷。

的全人"①。也就是说，先生视全部杜诗为一个有机整体，并非只许杜甫一副脸孔，不许着半点变化，或一字一句只许用一成不变的习惯用法，来不得半点差异；恰恰相反，杜甫在生活的各个不同场合有不同的特殊性表现，由此构成其"全人"。萧先生在解释个别的、具体的杜诗特征时，尤重视"设身处地"，具体问题具体分析，将"以杜解杜"视为一个开放的体系，在顾及"全部杜诗"之间的有机联系的同时，还顾及处在社会生活现实中与该时代各种因素有千丝万缕关系的杜甫"全人"。"三谈"中博引唐人惯用语、方言口语与杜诗互证便是一例。萧先生并不反对学术上的争鸣，他反对的只是"强杜以从我"。先生所追求的是一种尊重作者内在精神的"客观性"，因为有意义的形式是诗人情志的对象化，"逆志"就必须符合文本所提供的信息，"没有文本所表象的不可改变的精神，任何解释过程都是不可设想的"②。

如何笺注杜诗中的典故，也是萧注着力的一个方面。《例言》认为："我们只有首先很好的了解了这些史实和典故，才能透彻的理解原诗；而且有些典故本身就非常生动，也值得作较完整的介绍。"在《风疾舟中伏枕书怀三十六韵奉呈湖南亲友》题注中，先生又坦言："前人评杜诗'无一字无来历'，对排律来说，这话并不错。"然而先生详注其出处并非要证明"无一字无来历"，而是助人透彻理解原诗。如该诗"牵裾惊魏帝"联下，用近四百字详注辛毗牵裾谏魏帝的典故，为的是"借以透视出杜甫当时谏诤（按，指杜甫谏肃宗罢房琯相一事）的真相"（《例言》）。事实上这一谏诤是全诗一个节点，既是其漂泊西南的起因，更是涉及杜甫的"全人"——从性格、气节到为人之道等，使这首向亲友求助的绝笔仍能透出一股骨鲠之气。再如末四句："葛洪尸定解，许靖力难任。家事丹砂诀，无成涕作霖！"

---

① 《杜甫研究》，第240页。
② 张汝伦《意义的探究》，辽宁人民出版社1987年版，第85页。

萧先生下二条注,逾千字。详注目的是让读者明白杜甫是反用事典形成反讽口吻作结的。先生引浦注云:"家事只靠丹砂,则将登仙乎? 况又无成也。作霖,乃活人之本,而以涕为之,则是饮泣待毙耳。言外若曰: 亲友亦念之否?"先生按:"此解极精到,并深得'作'意。"萧注继之探讨了杜甫以排律托孤的良苦用心,并考订该诗为大历五年冬之绝笔。这些笺注连发互通地启发读者运思,去领会诗人当时悲苦的情境及其高尚的人品,以及言难言之言的艺术手法。尝海一勺,我们已约略领会到萧注的博大精深,及其以现代治学手段激活传统杜诗学的贡献。

由于诗人在文本中用文字意欲表达的原初含义,与后来解释者对文本含义所作的揭示与理解必然存在着差异,所以二者必须不断地取得视界交融,才能真正达到主客观的同一。这就意味着解释者应具有自我批判性思维,通过相关材料的检验,对自己的推测、论证进行调整,这才能不断地逼近原初含义,达到同一。而萧先生《杜甫研究》(修订本)再版前言(1980),正是一篇展示了这种自我批判性思维的好文章。其中对几个有争议的问题所作的反思尤其深刻。如关于人道主义问题,长期以来是学术禁区,萧先生用人道主义来解释杜诗中的某些思想现象难免要受到质疑。但萧先生经长期反思,特别是经历过"文化大革命"风暴之后,更坚定了自己的看法,并形成一个较为完善的理论,对杜甫研究乃至中国古典文学研究具有指导性的意义。萧先生认为,"人道主义"虽然是"舶来品",可以"从它带有普遍性的尊重人、爱护人的总精神出发来借用它的"[①]。而"这种思想在我国古代就早已有了,并逐渐形成了一种传统",也就是儒家"仁者爱人"、"民吾同胞,物吾与也"的思想,就是墨家"兼爱"的思想。中国古代的人道主义思想精神在一些大作家、历史家、诗人身上都有所表现,如司马迁、陶潜等,而"表现得最充分、最突出

---

① 《杜甫研究》再版前言第3页,下引此文只标页码。

的还是杜甫"(页4)。先生认为杜甫的人道主义含有两种可贵的进步因素:"一是自我牺牲的利他主义精神,一是善恶分明,爱憎分明。"针对"作为封建士大夫的杜甫不可能具有忘我精神"的偏见,先生义形于色地反问道:"为什么一个封建士大夫就不能具有? 民族英雄文天祥是不是封建士大夫? 且看旧史官是怎样评论他的死吧:'观其从容伏质(锧),就死如归,是其所欲,有甚于生者!'请问:这不是为祖国民族的尊严而不怕牺牲的忘我精神,又是什么? 然而,文天祥的这种精神正是从杜甫身上、从杜甫诗中直接吸收来的,是和杜甫在《茅屋为秋风所破歌》中所表现的精神一脉相承的。"(页4)先生维护传统文化中民主性精华之情溢于言表。从"顾及全人"出发,先生进一步指出杜甫对亲人的深情中兼具人道主义精神,如《自京赴奉先县咏怀五百字》云:"老妻寄异县,十口隔风雪。谁能久不顾? 庶往共饥渴!""共饥渴"就是人道主义精神。事实上在诗中这种精神贯穿于各个方面,如《又呈吴郎》中对"无食无儿一妇人"的关怀,《负薪行》对夔州劳动妇女的同情,《哀王孙》对落难王孙的怜悯等等,无不体现杜甫博大的人道主义胸怀。事实上从这一视角去认识我国古代优秀作家、作品,至今仍是一个亟待重视的课题,是继承传统文化并建构新文化的一个重要方面。

再如关于忠君思想问题,萧先生并不回避,并特地提出来:"因为在杜甫身上这一思想特别突出,而在杜甫的研究上也形成了一个颇为纠纷的问题。"先生从两个层面看待这一问题。一是:"在对待君主的态度上,杜甫也并非漫无差别,毫无条件,在不可动摇的绝对性中也有一定的相对性。"对暴君,杜甫赞同吊民伐罪:"旧俗疲庸主,群雄问独夫!"(《行次昭陵》)对所谓"尧舜君"、明主,则"葵藿倾太阳"(《自京赴奉先县咏怀五百字》),抱有幻想(如对唐明皇)。对昏庸之主如肃宗,则有所讽刺:"唐尧真自圣,野老复何知!"(《秦州杂诗》二十首)二是应当历史地看问题,"我认为在天子以四海为家的封建社会里,人君是国家和民族的代表",一些士大夫想通过忠君取得信任做一番事业也是正常的。在那个时代的伟大作家那里，"忠君和爱国爱民总是交织在一起。如杜诗'时危思报主'之与'济时肯杀身'，'日夕思朝廷'之与'穷年忧黎元'，便都是明显的例证。'报主'之中有'济时'，'济时'之中也有'报主'；'思朝廷'是为了'忧黎元'，'忧黎元'所以就得'思朝廷'，因为在那个时代老百姓的命就是捏在那个'朝廷'上"（页10）。的确，杜甫《壮游》诗云："上感九庙焚，下悯万民疮。"明确地传递了这一信息。对长期以来纠缠不清的"忠君"问题，萧先生经过长期思考，特别是"文革"后深刻的反思，以其充满历史唯物主义辩证精神的妙解，为我们提供了解决这一复杂问题的钥匙。而这一自我批判性思维又给我们这样的启迪：治学是一件严肃的事情，一个观点的形成、修订，或放弃，或确定，都必须作深刻的反思，容不得半点投机。它需要的是理论的勇气。

　　萧先生晚年旺盛的学术生命力还体现在倾全力于主编《杜甫全集校注》上。从当年山东大学《杜甫全集》校注组制定的体例及样稿看，其集题解、集注、汇评、备考、校记、年谱、书目、索引于一体的恢宏气势，其求真求实的科学态度，其批判地利用前人巨大成果，并吸收现代研究新成果以集大成的魄力，无不引人遐思。可惜出师未捷，先生已作古，令人扼腕！然而在萧先生率领下，当年校注组诸公群策群力，出手不凡，已给学术界留下深刻的印象。以《访古学诗万里行》为例，《杜甫全集》的前期工作展现了一种全新的观念：在实地考察中盘活文本与文献资料。古人云："不行万里途，不读万卷书，不可读杜诗。"萧先生以逾古稀之年亲率校注组两次赴山东、河南、陕西、甘肃、四川、湖南，循杜甫遗迹作了考察，力求亲历、亲证杜诗创作语境，的确是杜诗学最大的继承，同时又是最大的创新。其影响是深刻的。单在"世纪之交杜甫国际学术研讨会"上，就有多人提到这一创举。如傅璇琮先生在大会致辞中特意提到实地考察及《访古学诗万里行》的影响："我觉得这是很有意义的。现在台湾的一个中年学者特别提到这部书,他说这部书确实是突破了旧的格局,有创造性的行动。"①该学者还学习这种方法到夔州考察。至今,此类书已陆续出现。日本朋友棚桥篁峰也提到萧先生"曾遍访杜甫当年流浪过的地方。我也正是本着这种想法多次来中国的"②。

综上所述,萧先生对杜诗学的现代转型所作的贡献是显著的,为如何在继承传统的同时用现代方法论激活传统、改造传统,提供了宝贵的经验。在当今新学旧学、中学西学大整合的形势下,其重要性尤其明豁。但愿笔者这篇小文章能起到抛砖引玉的作用,对先生的治学方法做更为深入的研究。

(原载《文史哲》2006 年增刊)

---

① 《杜甫研究论集》,香港天马图书有限公司 2002 年版,第 14 页。
② 同上,第 18 页。

真 理 之 勇 气

——萧涤非先生的学术境界

世之学者,大抵可分为两类:一是立身与文章异,文不必如其人;一是将其人格力量与社会良心直贯到治学中去,道德文章一索子贯。萧涤非先生即属后者,他在世时被誉为"现代杜甫",便是明证①。问题还在于,如何将人格力量与社会良心直贯到治学中去?在"物质消费主义"、"市场至上主义"猖獗之今日,回顾萧先生的学术风范,对此作深刻的反思,无疑有其特殊的意义。

一

钱锺书论道德与文章之关系有云:

> 求道为学,都须有"德"。《荀子·正名》:"以仁心说,以学心听,以公心辩;不动乎众人之非誉,不治观者之耳目,不赂贵人之权势,不利传僻者之辞";即哲人著书立说之德操也……黑格尔教生徒屡曰:"治学必先有真理之勇气(der Mut der

---

① 关于萧涤非先生的文如其人,许多学人已做了生动的记述,可参看萧光乾等编《二十世纪的杜甫》所收廖仲安、任孚先等人的文章,华艺出版社 2006 年版。

396

wahrheit）"；每叹兹言，堪笺"文德"。①

黑格尔言简意赅，明乎探索真理之勇，乃文德之首；而荀子"三以"明乎"真理"之所从来，"四不"又强调坚持真理乃学术尊严之所在。真理不辩不明，且易引人坠入盲从；真理而不敢坚持，又如何能"贯"到治学中去？中西两相发明，则道德文章贯通矣！以此观萧，不难明了先生之道，就在于有此真理之勇！其平生治学之实践，便清晰地划出探索、坚持真理的轨迹。其中杜甫研究从选题到方法，无不典型地体现了这一动态过程。

萧先生对此是自觉的。在一次谈话中，他说："我为什么'特爱少陵诗'呢？这与我的身世有关。"孤穷的身世使他早早就在感情上亲近那些反映民间疾苦的诗篇。从他学生时代创作的《人力车行》一诗中，我们直接地感受到他与风诗、乐府之间的亲缘关系②。在身世、"五四"精神与进步诗人黄节先生三者的综合影响下，他的大学毕业论文选定《历代风诗选》，从此走上批判现实的道路。该课题从《诗经》一直选到清末黄遵宪。先生自己认为："这实际上是一次广泛深入的调查研究，通过这番调查，使我看到在中国古典诗人中，反映民生疾苦的，要算杜甫最为突出。"抗日战争、国内战争又不断加深这一情感上的共鸣，"是生活使我接近了杜甫，产生了研究杜甫的念头"③。

然而，值得注意的是，从认识杜甫的重要性到产生研究杜甫的念头，这十六七年间，萧先生并未真正着手对杜甫做系统研究。原因是多方面的，其中一条重要原因是：尚未找到治杜诗的系统方法。萧先生是非常重视理论与实践相结合的，他解读王国维《人间

---

① 钱锺书《管锥编》第4册，中华书局1979年版，第1506页。
② 萧涤非《有是斋诗草》，见萧光乾整理《萧涤非杜甫研究全集·附编》，黑龙江教育出版社2006年版。
③ 以上所引，系萧涤非先生与《杜甫全集》校注组成员的谈话内容，曾经记录整理发表于《文苑纵横谈》第1期，本文转引自萧光乾整理《萧涤非杜甫研究全集》代前言。

词话》关于做学问的三种境界,说:

> 第一种境界为"昨夜西风凋碧树,独上高楼,望尽天涯路"。这是博观群书,确定研究方向的阶段。而当研究方向确定之后,就要真心实意地热爱它,倾注全力地深入钻研,这就是第二种境界:"衣带渐宽终不悔,为伊消得人憔悴。"搞学问,没有一点献身精神是不行的。而当你下了苦功,对所研究的对象透彻理解、真正把握之后,就会有所发现,有所创造,取得学术上的成就,这就是第三种境界:"众里寻他千百度,蓦然回首,那人却在、灯火阑珊处。"①

研究方向确定以后,还要下大苦功深入钻研,目的就在于对所研究的对象透彻理解、真正把握,进入学术上的最高境界。而要真正透彻理解、把握研究对象,没有高屋建瓴的理论指导是不行的,所以萧先生又说:

> 我不敢说什么治杜诗的方法。如果谈得上研究杜诗的话,那还是新中国成立后的事情。主要是在学习了一些马列主义文艺理论书籍,特别是毛主席的《在延安文艺座谈会上的讲话》和鲁迅先生的有关论述之后,才算找到了正确的方法。②

方法论的建立使萧先生的治学进入一个全新的境界,"有境界则自成高格"(《人间词话》)。萧先生的《杜甫研究》无疑是其学术上的一座丰碑。许总《〈杜甫研究〉得失探》称:"自建国初期迄今,在杜诗研究界事实上还没有一部在观点、方法或规模上超越《杜甫

---

① 《萧涤非杜甫研究全集》代前言。
② 同上。

研究》的著作出现"①,当是学界的公论。因此,萧先生是如何以其真理的勇气,通过漫长的实践,"找到了正确的方法",进入治学的全新境界,便成为我们关注的焦点。

上引荀子云"以仁心说,以学心听,以公心辩",是明乎"真理"之所从来。这是坚持真理的重要前提,使"真理之勇"免乎固执盲从。萧先生一生的治学实践表明,他是注重从历史的基本事实中认识真理的,这是一个前后相承没有止境的进程。比之于荀子云云,自然是一种进步。我曾在《"知人论世"批评方法的升华》一文中②,总结先生以毛泽东、鲁迅文艺思想为指导治杜诗的两大重点:一是毛泽东文艺思想的核心——强调文艺对人民的态度;一是鲁迅主张论文要顾及全篇及作者全人,以及他所处的社会状态。然而二者之所从来,都不是割断历史,而是对传统治学方法的扬弃、升华与改造。也就是说,先生并非将毛泽东、鲁迅的文艺思想当成"公式",而是基于他在长期的治学实践中所认识的历史的基本事实,与之认同。从《汉魏六朝乐府文学史》与《杜甫研究》的比照中,不难发现这一事实。

先要说明的是,毛泽东文艺思想与鲁迅的文艺思想是有所区别的。鲁迅更多地代表了"五四"文化运动的精神,而毛泽东则开创了一种全新的文化。"五四"虽然打着"反传统"的旗帜,但由于那批倡导者大多数属于当时的知识分子精英,其教养、知识结构、所处环境等,都使他们与传统文化藕断丝连。尤其是在治学上,无论胡适、傅斯年,还是鲁迅、周作人,乃至朱自清、闻一多辈,对传统的"考据、义理、辞章",无不重视。事实上,他们是以西方的"科学"与"民主"为参照系,对传统进行甄别、批判,是积极的逆接式继承。因此,我们不妨将萧先生对鲁迅治学方法的继承与对"五四"传统的继承结

---

① 许总《杜诗学发微》,南京出版社 1989 年版,第 238 页。
② 原载《文史哲》1992 年第 2 期(收入本《文集》第一册)。

合起来看。下文即从这一视角,从两个方面阐述《汉魏六朝乐府文学史》(下文简作《乐府史》)与《杜甫研究》之间的内在联系①。

二

　　(1)关于"乐府本体研究"。《乐府史》黄节序指出:"统观成绩全部,皆能从乐府本身研究","是从乐府本体研究得来"。又举证说:"抒情一类,谓南朝乐府多男女相思及刻画女性,而汉乐府则描写夫妇之情爱,盖由儒家思想之一尊时期,其男女之间,多能以礼义为情感之节义,引《公无渡河》、《东门行》、《艳歌何尝行》、《艳歌行》、《白头吟》、《陌上桑》诸篇以为证。因此并证明《孔雀东南飞》一篇,必产生于儒家思想一尊之世,决不能作于六朝,此真从乐府中窥见大义者也。"对"乐府本体研究"的肯定贯穿整篇审查报告。从举证中,我们不难明了这种本体研究并非西方"新批评派"那种排除"非文学因素"的"本体论批评",而是以作品为中心,开放式的批评方法。这只要看黄节所激赏的论南朝乐府一篇(即该书第五编),的确是"从史事上证出诗歌,从诗歌证出地理,从地理上考见政治,从政治上窥及制度与当时人民之风尚及思想",环环相扣,其本体性、开放性不证自明。虽然此法源自传统的知人论世、以史证诗及考据、义理、辞章,但由于治学观念的更新,传统方法在萧先生手中获得新生,走向整体研究。即以训诂一项言之,其第二编第四章关于《孔雀东南飞》产生年代之论述一节,首先以本序为依据,并置诸文学史,"以大观小"云:

　　　　《孔雀东南飞》之产生,其必具之条件有二:一为文人乐府

<hr>

① 萧涤非《汉魏六朝乐府文学史》,人民文学出版社1984年版,下文只注页码。

之盛行，一为五言诗体之成熟，序云："建安中"，盖适当其时。此本绝作，如谓建安时代不能产生，则纵推而下之以至于六朝、隋、唐、明、清，亦无能产生也。（第116页）

是为大判断。此后即以训诂为主要手段剖析毫芒而证成之。兹举二例，以明其余。如"足下蹑丝履"一句，或以为丝履乃六朝时物。萧先生则引曹操《内诫令》"前于江陵得杂彩丝履"，证成丝履于建安时已自有之，一锤定音。或曰"进退无颜仪"，"仪"字非用古韵，仪字由歌入支，始于魏文帝。先生引李尤《良弓铭》："弓矢之作，爰自曩时。不争之美，亦以辨仪。"又引蔡邕《济北崔君夫人诔》："世丧母仪，宗殒宽师。哀哀孝子，靡所瞻依。"则仪字由歌入支不始于魏文明矣。将一字一词置于同时代之语境中，注重语言的时代统一性，是现代的科学精神，如是考据训诂，如板上钉钉，不可移易。

以上本体研究的方法，《杜甫研究》乃嗣其响。《杜甫研究》开篇就引鲁迅《且介亭杂文二集·题未定草（七）》："我总以为倘要论文，最好是顾及全篇，并且顾及作者的全人，以及他所处的社会状态，这才较为确凿。"在上文所引谈话中，先生认为："至于注解杜诗的具体方法，我认为最好是'以杜解杜'。"这些都表明先生对其本体研究更为自觉、系统。也举二例以为典型：一是"娇儿不离膝，畏我复却去"一句，竟至三论。就因为这个小问题"已牵涉到全诗"、"因为问题已在一定程度上接触到杜甫的全人"[1]。二是对杜甫之死多处的反复考辨，同样是"因为这关涉到杜甫的全人，关涉到杜甫的整个精神面貌"（《杜甫研究》第36页）。而考据训诂仍然是先生论证之利器，如"畏我复却去"一句中的"却"字，张相《诗词曲语辞汇释》列举八种讲法，先生仍以为不完全，且把这一句的"却"解做"仍"、"还"，欠准确，"这和他所根据的错误版本有关"，进而指出：

---

[1]　萧涤非《杜甫研究》（修订本），齐鲁书社1980年版，第233、240页。下引只注页码。

　　我以为这里的"却"，当做"即"字讲，也就是"就"的意思。"复却去"等于说"复即去"。却字可作"即"讲的例子，杜诗中便有，如《新安吏》"眼枯即见骨"，宋郭知达《九家集注杜诗》、蔡梦弼《草堂诗笺》都作"眼枯却见骨"。可见"即"与"却"，意本相同。唐传奇《霍小玉传》："至八月，必当却到华州，寻使相迎，相见非远。"所谓"却"到华州，等于说即到华州。又唐代变文《难陀出家缘起》："有事咨闻娘子，请筹暂起却回。"筹是一种厕筹，意思是说等我解过手即回来告诉你。这些也都可以为证。(《杜甫研究》第237页)

　　开放的本体研究是《乐府史》与《杜甫研究》一脉相通的治学方法。

　　(2) 关于"知变迁"与"平民文学"。萧先生于乐府研究知变迁、洞悉源流，为黄节所首肯。据刘文忠回忆："萧先生1982年济南南郊宾馆《文心雕龙》研讨会上，做过一次即兴的发言，他说他特别推崇刘勰在《文心雕龙·时序》篇的两句话：'文变染乎世情，兴废系乎时序。'并说他的《汉魏六朝乐府文学史》自始至终地体现了这两句话的精神。"①可见《乐府史》颇得力于传统的文学史观。然而先生于1983年为该书再版后记中又引用鲁迅《门外文谈》云："旧文学衰颓时，因为摄取民间文学或外国文学而起一个新的转变，这例子是常见于文学史上的。"②事实上该时代无论鲁迅还是胡适，都各有其"平民文学"的文学史观，应是学界的思潮。萧先生正是以此改造、重构了传统文论中"通变"的内涵，突出了"平民文学"在通变中推手的作用③。这里要提请注意的是，鲁迅在《门外文谈》一文中还

---

① 刘文忠《萧涤非先生在乐府文学研究上的巨大贡献》，见《二十世纪的杜甫》，第116—130页。
② 《鲁迅全集》第6卷，人民文学出版社1995年版，第95页。下引只标页码。
③ 朱睿才《平民灵魂历史的提炼和浓缩》(收入《二十世纪的杜甫》)对民间文学在该书中的核心地位有评论，可参看。

郑重指出:"不过也不能听大众的自然,因为有些见识,他们究竟还在觉悟的读书人之下……所以,'迎合大众'的新帮闲,是绝对要不得的。"(第102页)鲁迅这一"改造国民性"的精神,使之超越了同时代的"平民文学"论。萧先生以其深沉的历史与社会的责任感,于此颇有会心。兹以《乐府史》第五编《南朝乐府》为例,略作分析。

刘文忠曾指出,萧先生使用《诗大序》所提出的"风雅正变"的观点说乐府之变迁①。然而,这种"使用"的过程,更是改造、重构其内涵的过程。该编第一章《论南朝新声乐府发达之原因》,开篇即对郭茂倩《乐府诗集》论南朝乐府哀淫靡漫、流而不返之缘由乃"不能制雅乐以相变"云云,表示不同的意见,认为"原因尚不如是之简单也",而应当"从当时社会各方面,一究此种艳曲发达之根源"。随后从地理、政治、风尚、思想、制度五个方面进行考察、论析,归纳出"此种恋歌过剩之产生,实出于一不健全不景气之社会"的结论。其中论析,实得力于新学,如其论"因于地理者",不但论天然环境,更论经济条件,引李延寿《南史》云其时"凡百户之乡,有市之邑;歌谣舞蹈,触处成群……都邑之盛,士女昌逸,歌声舞节,袨服华妆,桃花绿水之间,秋月春风之下,无往非适"。萧先生进一步推论云:

> 况南朝民间乐府本不如两汉之采于穷乡僻壤,而乃以城市都邑为其策源地者。如《吴歌》盛行之建业,《西曲》发源之荆、襄、樊、邓,前者既系当日首都,后者亦为重镇。今观其歌词,《吴歌》无论矣,若《西曲》,则其中有《襄阳乐》焉,有《石城乐》焉,有《寻阳乐》焉,有《江陵乐》焉,皆以城名为曲调之标志,其为出于城市,实至显而易见。(前引《南齐书·王僧虔传》"民间竞造新声杂曲",其所谓"民间",实即城市。)
>
> 城市生活,本近声色,而当南朝时,因官吏之贪聚,世家之

---

① 刘文忠《萧涤非先生在乐府文学研究上的巨大贡献》,见《二十世纪的杜甫》,第122页。

挥霍,与夫伽蓝之建设,城市经济,益形膨胀。是以四方虽穷,而城市恒富,百姓虽流离痛苦,而城市居留者则正不妨于"桃花绿水之间,春风秋月之下",度其爱恋生活。其发为情词艳曲,盖亦理所固然。则初不必如《南史》所称,有待于宋、齐之盛也。①

从策源地与经济的根本,言两汉与南朝民间乐府之区别,其深刻性自然为古人乃至时辈所不能及,也是日后先生能认同、接受历史唯物主义的一个重要基础。可见萧先生对南朝民间乐府的认识是从历史的基本事实的清理中得来,是从乐府本体研究,尤其是与两汉民间乐府的比较中得来,所以其评价是辩证的、实事求是的。关于这一点,当代学者多有发明,兹不赘及。这里要强调的是其中体现的学者良心。诚如鲁迅所告诫:

> 由历史所指正,凡有改革,最初,总是觉悟的智识者的任务。但这些智者,却必须有研究,能思索,有决断,而且有毅力。他也用权,却不是骗子,他利导,却并非迎合。他不看轻自己,以为是大家的戏子,也不看轻别人,当作自己的喽啰。他只是大众中的一个人,我想,这才可以做大众的事业。(《门外文谈》)

"他利导,却并非迎合",这才是对大众及大众文学真正的关爱,是一种社会的、历史的责任感。萧先生对南朝民间乐府在文学史发展过程中的推手作用做了充分的肯定,但同时沉痛地向读者指出:"此种恋歌过剩之产生,实出于一不健全不景气之社会。"(第204页)第二章结尾又感慨言之:

---

① 萧涤非《汉魏六朝乐府文学史》,第198、199页。

则南朝亦为乐府史上最浪漫与最空虚之时期。唐人《新乐府》之发生，其机兆盖伏于此。又自是而后，乐府始完全与政治，社会脱离关系，仅为一般赏心悦耳之具而为情歌艳曲所占领，大有非此不足以被诸管弦之势。唐人之律绝，五代宋人之词，元明之曲，皆是也。其有歌咏民间疾苦之作如汉乐府者，非惟无入乐之机会（唐人《新乐府》，实皆未入乐之诗耳），并其入乐之资格而亦丧失之。每忆欧阳修嘲范希文为"穷塞主"之言，辄不禁怃然。凡此，皆乐府变迁之迹，亦吾国诗歌升降之所由，而南朝乐府实有以为之关键者也。①

细味之，先生对文学史上汉乐府歌咏民间疾苦精神的边缘化忧虑之情可掬。正是这种深沉的社会责任感促成 先生从"吾国诗歌之升降"的大义出发，开始其《杜甫研究》。这是《乐府史》之后继以正面倡导吾国诗歌优秀传统，"发大汉之先声"的力著。

三

如果说，"五四"是知识分子精英接受外来的科学、民主的价值观，对传统文化进行批判与改良；那么，以《在延安文艺座谈会上的讲话》为标志的毛泽东文艺思想则是直接对知识分子本身进行改造，从而打造一个文艺为无产阶级政治服务的全新的文化。与之相应，文学遗产也必须"古为今用"，古代作家也要看其对人民的态度如何，其作品是否"源于生活"。这不只是一个全新的视角，事实上，它是重建整个文艺与意识形态把握方式的一个重要组成部分。萧先生与同代一批跨越新旧社会的前辈学者为之付出心血，有得也有

---

① 萧涤非《汉魏六朝乐府文学史》，第242页。

失,并为之付出难以言说的沉重代价。今天回顾这一艰难历程,设身处地,不能不为之动容。

萧先生于 1951 年冬曾写下一首诗:

> 起死回生手,翻天覆地人。二年刚解放,万事尽鲜新。废铁能成剑,熔炉大有神。我今从此去,服务永为民!

首二联已表明他的认识是从历史的基本事实中得来,不可移易。所以他将此诗置于 1959 年出版的《解放集》卷首,二十六年后又置于《乐府诗词论薮》前言之结尾。这便是先生自觉接受毛泽东文艺思想深厚的情感基础。再者,如上文所叙,此前先生已具备认同、接受历史唯物主义的认识基础,二者相洽便使先生以新方法治杜颇能得心应手,融汇贯通。然而,正因其对真理的认识是从历史的基本事实中得来,所以在一些重大问题上他不能不有自己的理解。容下文从"人民诗人杜甫"这一核心观点切入试作分析。

在毛泽东时代,"人民"是个神圣的词,似乎只有"工农兵"才够格称为"人民"。但长期以来,一般地说,"人民"只不过是指大众、百姓,是多种社会阶层的混成体。对古代诗人而言,只要肯为广大的老百姓说公道话,为民请命,就具有"人民性",就有资格称之为"人民诗人",它与现当代意义上的"人民性"有所区别,与"人民代表"、"为人民服务"更不是一回事。如果一个民族的知识阶层,几千年来连一个人民诗人也未曾出现过,这只能是一种民族 的悲哀。"反传统"最有力的鲁迅也曾说过:"我们自古以来,就有埋头苦干的人,有拼命硬干的人,有为民请命的人,有舍身求法的人……这就是中国的脊梁。"(《中国人失掉自信力了吗》)为民请命就是替老百姓说话,就是他对人民的态度。萧先生正是在这一层意义上称杜甫为"人民诗人"的。《杜甫研究》再版前言说:"在我国文学史上,欠劳动人民的血汗最少、而为劳动人民说的话却最多的诗人,不能不推杜甫。正是基于这一客观事实,一九六二年我曾为《诗刊》撰写了一篇以《人民诗人杜甫》为题的纪念性文章。"(第2页)因其基于客观事实,固能持之弥坚。无可讳言,在那形式主义猖獗的年代,"人民性"曾经被许多人当作一种标签,用以掩盖其识见的浅陋。随着改造知识分子运动的深化,"人民性"又与"阶级性"重合,与"阶级斗争"挂钩,乃至成为对古典文学研究者批判的利器。然而就在这种不堪回首的艰难环境下,萧先生仍能以其真理之勇气,坚持着"论从史出",尽量依据历史的基本事实去发掘杜甫的人民性,取得正面的效果①。

萧先生发掘杜甫人民性的一大特点是:其一端与"生活源泉"相联系,另一端与"人道主义"相联系,形成一个颇具特色的评价古代作家的坐标。在《杜甫研究》的《杜甫作品的人民性》一小节中,他明确指出:"由于杜甫的生活,是一种艰难的也是接近人民的生活,由于杜甫的思想,是一种以热爱祖国、热爱人民为其核心的思想,也由于杜甫接受了文学遗产的优良传统,这就自然而必然的形成了杜甫作品中丰富而明显的人民性。"(第68页,着重号为笔者所加)生活、思想、传统三者是构建杜甫作品人民性的要素,从而超越前期"平民文学"的论述。

关于杜甫的思想,萧先生在《人道主义的思想》一小节开首就毫不含糊地指出:"这是杜甫的基本思想。"(第49页)先生这一观

---

① 关于萧先生在当年所承受的压力及其抗争,可从任孚先悼文中略见一斑。其《二十世纪的杜甫》一文追忆道:"记得一九五九年,学校中掀起了所谓'批判资产阶级学术思想'的运动。萧涤非先生自然也是被批判的重点之一,集中对他的代表作《杜甫研究》进行了批判,说他'美化'杜甫……为此,萧涤非先生郁闷在胸,终日默不作声。有一天,他实在忍耐不住了,因为他耿直的秉性不能使他忍气吞声。就在给我们讲古代文学时,在黑板上大笔书写'唐代最伟大的诗人黄巢',然后便大讲黄巢的'革命业绩',讲黄巢的代表作《菊花诗》如何伟大,思想性如何深刻,艺术性如何高超。整整讲了45分钟,在下课时说:'这首诗是不是黄巢的呢?有待考证。'便愤愤然拂袖而去。这在当时被认为是抵制'批判资产阶级学术思想'。空气顿时紧张起来。山大老校六号楼的走廊里,贴满了质问萧涤非教授的大字报。"(载《济南日报》1991年5月14日)《菊花诗》是不是黄巢作的? 这才是基本事实。而要坚持这样的基本事实在当时可能招来灾难,对今天的人们来说也许匪夷所思。

点历经批评,特别是"文化大革命"沙暴式的"批判",却持之弥坚,并在再版前言中对此作了更为明晰的阐释:

> 人道主义是个新名词、舶来品,它的出身、来历等我也是知道的。但我根本不是从这些出发,不是从它的特定的身份出发,而是从它的一般涵义,从它的带有普遍性的尊重人、爱护人的总的精神出发来借用它的……而且我以为这种精神,这种思想在我国古代就早已有了,并逐渐形成了一种传统。①

请注意"尊重人、爱护人"的释义,它既与俄国民粹主义的"人民性"有区别,也与当年"人民性即阶级性"的观点有距离。它是从中国历史的基本事实与文化传统中概括得来,具有很大的包容性。不但孔、孟的"仁学"、墨子的"兼爱"、宋儒的"民胞物与"具有这种品格,而且司马迁、陶渊明也具有这种品格,而"表现得最充分,最突出的还是杜甫"(再版前言第4页)。正是依据这一观点,萧先生重新诠释杜诗,充分地利用千年以来无比丰富的杜诗学资源,以新观点刮垢磨光,逐一显露出杜甫的真性情,总体地形成杜诗的主旋律。谨以《茅屋为秋风所破歌》的解读为例,以见一斑。

最早揭橥该诗崇高感的是宋代大政治家王安石,他在《杜甫画像》中称:"吾观少陵诗,谓与元气侔……青衫老更斥,饿走半九州。瘦妻僵前子仆后,攘攘盗贼森戈矛。吟哦当此时,不废朝廷忧。常愿天子圣,大臣各伊周。宁令吾庐独破受冻死,不忍四海赤子寒飕飕。伤屯悼屈止一身,嗟时之人我所羞。所以见公画,再拜涕泗流!"王氏从烂熟于胸的千百首杜诗中独赫然标举此诗者,是从其儒学理想出发,以"常愿天子圣,大臣各伊周"去认同杜甫的"致君尧舜上"(《奉赠韦左丞丈二十二韵》),重点在"济世"。此后历代论

---

① 萧涤非《杜甫研究》再版前言第3—4页,着重号为笔者所加。

杜,大都滥觞于此①。萧先生肯定了王安石的看法,但他进一步指出:"他(指杜甫)常'自比稷与契',他也要治国平天下,但他却不像孔丘、孟轲那样俨然以救世主自居的姿态出现。"(《杜甫研究》第50页)并举《凤凰台》诗为佐证,指出"一部杜诗,便是杜甫'我能剖心血……一洗苍生忧'的实践"(第51页)。他认为杜甫已超越儒家的"穷则独善其身,达则兼善天下"的理想,是"不管穷达,都要兼善天下"(第248页),在《又呈吴郎》的精彩分析中真切地体现了杜甫这种"己饥己溺"、"庶往共饥渴"(《自京赴奉先县咏怀五百字》)的精神(第206—208页),并指出白居易《新制布裘》"安得万里裘,盖裹周四垠。稳暖皆如我,天下无寒人"是从杜诗得到启发,却深度不如杜,"白只是推己及人,杜甫则是舍己为人"(第50—51页)。"在'幼子饿已卒'的情况下,他还是'默思失业徒,因念远戍卒'。当茅屋为秋风所破时,他却发出了'安得广厦千万间'的宏愿,并宁愿以'冻死'来换取广大饥寒无告者的温暖"(第250页)。这便是杜甫人民性中的真挚性。而这种己饥己溺的"真性情"并非从"克己复礼"中来,"只有通过这种生活实践(指杜甫与百姓共患难的生活),杜甫才能和人民发生血缘关系"(第84页)。杜与白于此见高下,杜之"人道主义"与儒之"济世"理想亦于此见分别。先生从生活、思想、传统多视角全方位地考察杜之人民性的方法,是鲁迅顾及全人及其所处的社会状态与毛泽东注重作家对人民的态度及其作品是否源于生活的文艺思想的综合应用。像这样成功的辩证,在《杜甫研究》、《杜甫诗选注》中比比皆是。正是这些具体分析使其人民性论述有血有肉。顺便提及,《杜甫研究》初版是将选注纳入下卷的,如果只看上卷则易误以"概括"为"割裂"。如果将今本

① 当然,也有些论者认为"济世"还有个"资格"的问题,如明代李沂辑《唐诗援》引申凫盟语认为:"'安得广厦千万间',发此大愿力,便是措大想头。"作为村野匹夫的杜甫,如何比得"稷与契"?而朱熹、王夫之则直接认为杜甫只是叹老嗟卑。他们的意见与王安石相左。请参看拙作《星宿之海:杜诗中的道德情感》第二节,《杜甫研究学刊》2005年第4期(收入本《文集》第一册)。

二书合读,就会大大减少这种误解。须知《杜甫诗选注》乃熔笺注、年谱、分期、评点于一炉,是《杜甫研究》上卷的"互文"。即以夔州诗为例,所选 61 首,占全部选诗五分之一强,其中对《秋兴》八首组诗钩深研几之剖析,有力地印证了上卷《杜甫作品的艺术性》一节所提出"杜甫是一个有意识的大力追求艺术技巧的诗人"的论点。其中思想性与艺术性、内容与形式之关系,自然形神一贯、骨肉停匀,岂有"割裂"之弊! 而先生对夔州诗之真赏识亦自见矣。

事实证明,将"人民性"用诸杜甫这样杰出的古代优秀作家身上,是合适的,其探索是宝贵的。更重要的是,我们应领会所倡"人民性"背后透出的是一位知识分子的社会良心与历史责任感,在物欲横流的当今,学界最需振起的不就是此二者吗? 是从"吾国诗歌之升降"(上引)的大义出发为吾国文学优秀传统树一正面形象的苦心。先生并无意以"人民性"甄别一切古代作家,只要平心静气细读先生参与编写并执笔的《中国文学史》第三、四编①,就得承认这是在当时历史条件下所能出版的最接近历史基本事实的撰述了②。从"文革"后《杜甫研究》再版前言中,我们已看到先生深刻的反思;从先生以耄耋之年犹发大愿要完成《杜甫全集校注》,并创循杜甫行踪考察杜诗的杜诗学新方法上看,如果天假以年,坚信先生的杜甫研究必定会有一个新的进境。

吾爱吾师,更爱其追求真理之勇气。

(原载《文史哲》1994 年第 6 期)

---

① 见游国恩等主编《中国文学史》第一、二册,人民文学出版社 1981 年版。
② 黄炽《刚正耿直的杜甫专家萧涤非教授》中有关于萧先生在"极左"时代面对学生的责疑,对李后主苦心"回护"的记述,读之可以帮助我们回到那个时代,才不至于"站着说话不腰疼"。黄文原载《山东大学报》2005 年 8 月 31 日,收入《二十世纪的杜甫》,第 214—217 页。

于平实处见精神

——萧涤非先生的治学道路

萧涤非先生治学与为人的高度一致性，在熟人圈中是人所共知的。因此，"知人论世"对先生而言，就不仅仅是传统的诠释方法，而且是一条追求真理的途径。由此而构成了先生一以贯之的治学历程，在经历旧社会转入新社会一心要跟上时代步履的老一辈学者当中，具有颇为鲜明的典型性。

建国以来三十年间的学术界，惨遭"极左"思潮的摧残，坐失大发展的良机，但也并非一片空白。近年来，学界出现一批反思文章，对"大陆学者"基本上持否定的态度。他们以同情者的姿态，将这代人对马克思主义的学习归诸"违心之论"，毫无成绩可言。所谓"大陆学者"，这是受"五四"新文化洗礼饱经沧桑的一代学人。面对新形势新社会，他们有各不相同的经历与取向，心态复杂。固然，在许多情势下，许多人有违心之言，但不可否认，他们当中也不乏在新风气鼓舞下自觉做出选择要学习唯物辩证法立志创建新文化的人。事实上在极其艰苦的学术环境中，也已经取得许多宝贵的经验与成绩。他们仍然是中国传统文化的载体，而传统的现代转化也在他们身上酝酿。他们处于新旧大变革之交，历大苦恼，得大感悟，他们对传统之现代转化有痛切的体验——这是海外诸公及海内新一代学人所无法亲历身代的。他们的努力，一部分已转化为新的传统。以古典文学研究而言，新时期古典文学研究的再度兴盛，并非直接"乾

411

嘉"或"三十年代",而是承自这批学者既有的成绩。将老一辈"大陆学者"的这点心血弃之如敝屣,一言蔽之以"违心",不但是学界的损失,也是有悖于情理,漠视老一辈为学术而抗争的人格。

忝为涤非师晚年的学生,虽自知才疏力薄,而总结先生治学经验,借此唤起世人对老一辈"大陆学者"可宝贵的精神财富的关注,可谓责无旁贷。

一

萧涤非先生原名忠临,1906 年 11 月 27 日生于江西临川一个穷秀才家庭,自幼为孤儿,贫寒的家境铸就他刚毅的性格。临川多才子。也许是家乡的人文环境促成他的勤奋好学,二十岁上便考进清华大学,继入国学研究院,自本科至研究生。清华七年,正是新文化运动继续深化的重要时期,先生所受深刻影响不言而喻。尤其是自觉地将学术研究倾向平民文学,可谓得风气之先。其间则受其导师黄节(晦闻)先生的影响至深。

黄节教授早年追随孙中山先生从事革命,是在大学讲授汉乐府的第一人,对民间文学甚注重。在他的指导下,萧先生大学毕业论文与研究生毕业论文选题分别为《历代风诗选》与《汉魏六朝乐府文学史》。黄节先生是个学植深厚的国学家,重视考据、义理、辞章的学术传统。新风气的熏陶,旧传统的训练,使萧先生的治学有了一个坚实的根基。从《汉魏六朝乐府文学史》这部处女作中,我们不难体会萧先生的旧学邃密,且新知深沉。

《汉魏六朝乐府文学史》是先生的研究生毕业论文,完成于1933 年,1943 年于昆明西南联大任教时修订出版。黄节先生在论文的审查报告(即该书黄序)中,对其考镜源流、辨章学术的治学功夫予以高度评价,称:"统观成绩全部,皆能从乐府本身研究。知变迁,有史识;知体制,有文学;知事实,有辨别;知大义,有慨叹,此非容易之才。"①过了半个多世纪,治乐府名家王运熙教授在《读〈汉魏六朝乐府文学史〉》中,又以《礼记·中庸》所云"博学、审问、慎思、明辨、笃行"称许其治学精神。如举萧著论《木兰诗》产生之时代为例,则云:

> 近人议论纷纭,著者列举六证,断为北朝作品,内容翔实,证据确凿。此诗为释智匠《古今乐录》所称述,著者据《玉海》引《中兴书目》,指出《古今乐录》系南朝陈光大二年僧智匠所编撰,又指出杜甫《兵车行》诗句模仿《木兰诗》语句,自注称《木兰诗》为"古乐府",以此证明《木兰诗》应出北朝,均可谓推勘入微之论(近年来有同志在《文学遗产》上发表论文,主张《木兰诗》产生于隋末或唐初,但论证可商处不少,不足以推翻北朝说)。②

此类例在该书中比比皆是,可见萧先生传统实证功夫是扎实的。这种重证据的作风还体现在孜孜以求,不断完善。如上例,举六证为据,已属确凿,但萧先生仍不满意,廿一年后,又在《从杜甫、白居易、元稹诗看〈木兰诗〉的时代》一文中补出证据多处③。

自司马迁倡"通古今之变"以来,传统治学者则颇注重贯通上下、推溯源流。黄节的审查报告正是从这一角度,于开篇即首肯萧著"所论皆洞悉源流"。但萧先生的推溯源流并非偏重门派传承,或"道统"、"文统"之类,而是重视历史的整体性及事物之间的有机联系,于传统方法中融进新方法。故黄节先生举例云:

---

① 萧涤非《汉魏六朝乐府文学史》,人民文学出版社1984年版。下文引只注章节或页码。
② 王运熙《乐府诗述论》,上海古籍出版社1996年版,第482页。
③ 萧涤非《杜甫研究》,齐鲁书社1980年版,第188—189页。

　　论文论魏乐府,谓四言复兴,首推魏武,且举汉乐府相较,得其时代观念之转变,取证历史,语多中肯。而论魏文七言乐府之创为新体,陈思五言乐府之为世大宗,皆能上下古今,道其所见。至论缪袭乐府,举楚词比较,得其变化之迹,推论直至鲍照,始别出机抒,自成一格。于乐府文辞之变迁,洞悉源流。复取韦昭所作之《铙歌》与缪袭比较,又得其因袭摹仿之所自,此非全观诸家作品,不能有此确论。①

　　可见萧先生是融汇了新知旧学,将推溯源流纳入整体性研究,以大观小,见微知著,进而推导出带规律性的东西。如其论南朝乐府多男女相思及刻画女性,而汉乐府则描写夫妇情爱,多能以礼义为之节,这是由于汉代儒家思想定于一尊。乃引《公无渡河》、《东门行》、《艳歌何尝行》等多篇为证,进而推论《孔雀东南飞》必产生于儒家思想一尊之世,不能作于六朝。黄节先生称"此论真从乐府中窥见大义者也"②。又如第一编第四章论五言源流,指出五言、非五言孰先孰后问题是治汉乐府之关键。于是广搜材料,排比时序,据《汉书·五行志》载成帝时歌谣,《尹赏传》载长安歌,证明西汉乐府中已有纯五言;又据《后汉书·樊晔传》载凉州歌亦为五言,此歌作于东汉光武时,亦在班固《咏史》之先,由是断言五言始自文人班固说不成立。文章还揭示产生这一错误的原因乃在于历代论者漠视民间的创造力。萧先生指出:汉乐府作品有两种,一为贵族的,多成于文士之手;一为民间的,出自街陌闾阎。前者为古典的,故多模拟《诗经》、《楚辞》,后者则为创作的,一无依傍。由是断言:"只有文人模拟乐府之体制,而决无乐府反蹈袭文人。五言诗之成立,既由于乐府之发达,则五言诗之产生,亦必由于五言乐府之流行。"③应当

①　萧涤非《汉魏六朝乐府文学史》,第2—3页。
②　同上,第2页。
③　同上,第17页。

说,这是先进的文学史观,超越了前人。正因为萧先生治学的严谨与科学,所以使这部著作深受好评。王运熙先生认为,"五四"以来出版了许多各类文学史,只有少数著作经得起历史的检验,"像刘师培《中国中古文学史》、鲁迅《中国小说史略》、王国维《宋元戏曲史》诸书,就一直受到人们的珍视,奉为本门学科的必读书。萧先生的这本乐府文学史,也是属于能够传之久远之列的著作"①。历史是公正的。

<h2 style="text-align:center">二</h2>

如何评价建国后老一辈学者"转向"学习历史唯物主义辩证法的成果,是一个不容回避的问题。情况是复杂的,这里只做个案的讨论。

不同的人,以其不同的经历与心态走进新社会。萧先生在旧社会的经历是坎坷的。在昆明西南联大那五年尤为困苦。他不但在中小学兼课,有时还得靠卖藏书维持生计,甚至将幼女送人。为此,萧先生写下《早断》诗:"好去娇儿女,休牵弱母心。啼时声莫大,逗者笑宜深。赤县方流血,苍天不雨金。修江与灵谷,是尔故山林。"以这样的经历与心态进入新社会,自然是欣喜而激动。1951年他写下这样一首诗:"起死回生手,翻天覆地人。二年刚解放,万事尽鲜新。废铁能成剑,熔炉大有神。我今从此去,服务永为民。"这是真实的感受,萧先生不但将此诗用作1959年出版的《解放集》开篇,还再度录入1985年出版的《乐府诗词论薮》前言,以此表达其九死无悔的真情。这是萧先生接受马克思主义的情感基础。

从学术上看,自《历代风诗选》、《汉魏六朝乐府文学史》到《杜

---

① 王运熙《乐府诗述论》,上海古籍出版社1996年版,第485页。

甫研究》，呈现的则是一种顺延的关系。先生颇欣赏宋人李纲《重校正杜子美集序》的一段话：

> 子美之诗，凡一千四百余篇。其忠义气节，羁旅艰难，悲愤无聊，一寓于此……时平读之，未见其工，迨亲更兵火丧乱，诵其词，如出乎其时，犁然有当于人心，然后知为古今绝唱也！

身之所历，是铁门限。所以早在 1948 年，萧先生就倾心于反映民生疾苦的杜诗，并印有《杜诗体别》讲义以授课。选定杜甫研究作为学术归宿，对先生而言只是个迟早的问题。然而采用历史唯物主义的方法研究该课题，则赋予了该课题以创新的意义。

《杜甫研究》原分上、下卷（上卷曾连载于《文史哲》），1955 年、1957 年先后由山东人民出版社出版。下卷于 1979 年改编为《杜甫诗选注》，由人民文学出版社出版。上卷则修订后由齐鲁书社于 1980 年出版，仍题《杜甫研究》①。总体说来，《杜甫研究》是以传统的"知人论世"为本，再嫁接上新方法。盖大凡一种新思想、新方法要在异地扎根，并结出佳果，其便莫过于嫁接。

自孟子提出"知人论世"的诠释法以来，经后人不断修葺，终成传统的主流模式。与之相应的是长期形成的年谱、笺释与本文紧密结合的治学方式。王国维《玉谿生诗年谱会笺序》称："及北海郑君出，乃专用孟子之法以治诗。其于诗也，有谱有笺。谱也者，所以论古人之世也。笺也者，所以逆古人之志也。"特别是宋人以"诗史"目杜诗，使知人论世与年谱配套的诠释法更趋完善。此模式合理内核在于：将作品与人与世视为息息相关的三要素，为后人留下极大的可拓性空间。回眸百年中国文学史学，许多"舶来"模式是嫁接在"知人论世"法之上而获取生命力的。如势同水火的鲁迅与胡适，尽

---

① 　萧涤非《杜甫研究》，齐鲁书社 1980 年版。下引只标页码，不另注。

管观点上大相径庭,但都取法于"知人论世"。如胡适《白话文学史》,将中国文学史视为白话文与古文的对立史,但撰写模式仍不脱乎作家、作品加背景的"知人论世",考证仍是其重要手段。鲁迅也同样以"知人论世"诠释文学现象,《魏晋风度及文章与药及酒之关系》的著名演讲便是明证。不过鲁迅针对儒者"明礼义而陋于知人心"、"断章取义"的片面性,更强调"全篇"、"全人"。《且介亭杂文二集·题未定草》说:"我以为倘要论文,最好是顾及全篇,并且顾及作者的全人,以及他所处的社会状态,这才较为确凿。"鲁迅此说使萧先生的整体性研究更明确了①。所以他引这段话作为《杜甫研究》的开篇。一部《杜甫研究》表明,考据、义理、辞章,这些传统的治学手段在重视整体性的认识中得以升华。毋庸讳言,前人考据往往有琐屑饾饤之处,而《杜甫研究》凡涉及考据之文字,皆关系"全人"、"全篇"。如有关杜甫之死的考辨,页36有云:

> 我们认为:杜甫到底如何死的,这问题还小。至于为了为溺死一说找理由,不顾不同的历史条件和个人身世,怀疑他会象屈原一样怀沙自沉,那就不是小问题了。因为这关涉到杜甫的全人,关涉到杜甫的整个精神面貌。

先生对杜之死做了认真的研究,到实地考察,为的是不背离全部杜诗所反映的"全人":"杜甫是顽强的!"(第36页)再如"娇儿不离膝,畏我复却去"一句之解,竟至三辨,也正是"感到对这两句诗的不同理解还关系到杜甫的为人"(第371页)。所以先生解此句先从全篇入手,由上文的"少欢趣"到下文的"忆昔好追凉",尽心体察诗人及其子女当时的情景心态;再从诗人一贯对子女的态度来推定杜甫是怎样一个父亲;又从唐人用语习惯及全部杜诗中"畏"、"却"二

---

① 萧先生早期已颇注重"全篇",黄节序《汉魏六朝乐府文学史》已指出:"非全观诸家作品,不能有此确论。"

字的用法,乃至各种版本的校勘等等,做了整体观照;联系杜甫的处境、顾及人、世、文三者联系,力求客观,尽量"不要强杜以从我"。作为学术问题,杜之死及"畏我"句之阐释,仍可讨论,但此例已可一窥萧先生以大观小的整体研究法了。

当然,萧先生学习历史唯物主义最有心得者,当推其将"社会状态"聚焦于"人民生活"这一新视角的运用。这是一片"生荒";开拓者歌哭成败于斯,有不尽的甘苦。

强调文艺对人民的态度,是毛泽东文艺思想的核心部分。50年代后,这一思想开始广泛地影响学界。"人民性"与"现实主义"成为当时相当普遍的提法。杜甫研究方面如刘大杰的《人民诗人杜甫》(1953年)、谭丕模《杜甫诗歌中的现实主义精神》(1954年),及傅庚生的专著《杜甫诗论》(1954年)等,都是这种提法。我认为,问题关键并不在于"提法",而在于是"标签式"、"裁判式"的硬套,还是具体问题具体分析。按照马克思、恩格斯对历史必然性的论述,在历史的因和果之间,有个不容忽视的极其丰富的中介环节,这就是"特殊的生活条件"[1]。马克思还指出:"从前的一切唯物主义——包括费尔巴哈的唯物主义——主要缺点是:对事物、现实、感性,只是从客体的或者直观的形式去理解,而不是将它们当作人的感性活动、当作实践去理解,不是从主观方面去理解。"[2]将历来被忽视的人的生活实践,特别是历史上某些作家与人民之间在生活中的联系这一中介环节郑重地提出来,加以研究,无疑是文学史研究的进步。在古代诗人中,杜甫(不是王维或李贺)与社会下层人民之间有相当广泛的联系,应当是个事实。萧先生抓住这一中介作为"知人论世"的中心环节,并以其生活实践为血脉之所在,自是可贵的尝试。

在《杜甫研究》中,萧先生将"生活"当成一个大容器,主、客观

[1]　《马克思恩格斯选集》第4卷,人民出版社1972年版,第478页。
[2]　《马克思恩格斯选集》第1卷,人民出版社1972年版,第16页。

之种种,都在此中交汇、碰撞。他吸收历来杜甫年谱、作品系年的成果,详加排比,综合成杜甫生活的四个时期:读书游历时期、困守长安时期、陷贼与为官时期、漂泊西南时期。在分期中,着力体现生活对诗人创作道路的深刻影响。如困守长安时期的独立划出,是因十载困守"是一个重要的契机。生活折磨了杜甫,也玉成了杜甫,使他逐渐走向人民,深入人民生活,看到人民的痛苦,也看到统治阶级的罪恶……十年困守的结果,使杜甫变成了一个忧国忧民的诗人。这才确定了杜甫此后的生活道路和创作道路"(第245页)。这样的分期无疑更具科学性。正是基于对生活与作家关系的考索,所以先生既不能同意前人所谓杜诗"一节高一节,愈老愈剥落"的观点,也不同意所谓杜甫晚年诗不如中年是因"才气衰减"的看法,指出创作"三吏"、"三别"的动乱时期才是杜甫《览物》诗中自许的"曾为掾吏趋三辅,忆在潼关诗兴多"的高峰期,是生活实践使然。所以先生颇推重《瀛奎律髓》卷二九对杜甫《岁暮》诗的一段评论:

> 自天宝十四年乙未(755)始乱,流离凡十六年。唐中叶衰矣,却只成就得老杜一部诗也。不知终始不乱,老杜得时行道如姚、宋,此一部杜诗不过如其祖审言,能雅歌咏治象耳。

萧先生认为这段话"很能发明时代环境对一个作家的巨大影响"(第14页)。他进一步指出,同一环境对诗人影响的程度还取决于作家自己的"生活实践、思想意识"(第14页)。因此《杜甫研究》尤重杜甫是如何在生活实践中接近社会下层的。以杜诗语言艺术之分析为例,先生不是停留在传统的义理辞章的评析上,而是详尽地追溯到杜甫对历代优秀民歌的学习,进而探究其对"当时语"的学习,从而指出所取成就与其生活实践分不开。下卷第174页说:"他曾经长时期的住在乡村,和劳动人民生活在一起,哭在一起也笑在一起,他自己也经常劳动。基于这种生活实践,他对劳动人民有了相当深刻的认识。"正是这种感情基础,使之"百无禁忌"地使用"当时语"而"未觉村野丑"。因其"未觉村野丑",故能吸取村野语言,创建新的境界。语言现象自有其自身相对独立的规律,但又不是全封闭的系统,它毕竟是文化现象中的现象,萧先生在处理语言与环境之间关系方面,为我们提供了有益的经验。

马克思主义对社会生活的论述丰富不尽,强调的是诸社会关系之总和。因此,任何单一的关系(哪怕此种关系是那样的重要)都不能说明历史的因果。尤其是杜诗的"海涵地负"、"集大成",其无比的丰富性更要求研究者必须从更多的角度、更多的层面、更多的线索去做总体观照。过分强调"人民性"便易落入简单化的困境。然而这是一个完善的问题,并非扬弃的问题。写于1980年的再版前言由是而具有重要意义。文中提出六个有争议的问题,表现了萧先生敢于坚持并且勇于不断探索的实事求是精神。其中关于人道主义、主导思想、忠君思想是三个连环性的问题。萧先生虽然重视杜甫的"人民性",却并不把他当成"人民代表",他仍认定杜甫是一个以儒家思想为主导的封建士大夫。在他身上,人道主义与忠君思想是并存的。他认为人道主义的出发点是尊重人、爱护人,这种精神与儒家"仁者爱人"、"民胞物与"的主张是相通的。而"忠君"对士大夫来说"这是正常现象。没有忠君思想倒是怪了"(第9页)。在杜甫身上,既有古代人道主义精神,也有忠君思想。"问题在于你是为了个人的荣华富贵,还是想通过忠君取得人君的信任来为国家人民做一番事业。一个伟大的作家,总是属于后者。所以在他们的作品中,忠君和爱国爱民总是交织在一起。如杜诗'时危思报主'之与'济时肯杀身','日夕思朝廷'之与'穷年忧黎元'(继中按,还可补充"上感九庙焚"与"下悯万民疮"),便都是明显的例证。'报主'之中有'济时','济时'之中也有'报主';'思朝廷'是为了'忧黎元','忧黎元'所以就得'思朝廷',因为在那个时代老百姓的命就是捏在那个'朝廷'上。"(第10页)这是思辨智慧的闪光。在教条主义、形式主义十分猖獗的年代里,这种思考十分难得。现在都在高唱"独立之精神",我想应当包括对现存理论的严肃认真的思考,而不仅是"自己想一套"。以"对人民态度"划线,并宣判古代作家,这自然是可笑、可悲的做法。但这并不意味着探索古代优秀作家与社会各层人民之间联系的工作也是无意义的。是的,发现一口新矿井,并不一定要封杀还在出矿的旧矿井。不必一切从零开始。任何建设性的努力,无论其成就大小乃至成败,都应当受到宝爱。正是在这一层意义上,吾爱吾师及其力作《杜甫研究》。

三

黄节曾以"不要勉强"四字为做好诗之"秘诀"授萧先生,先生则以此训导学生。依我的理解,"不要勉强"体现于做诗,就是不作无病呻吟,写真性情;体现于治学,就是实事求是,不写空话,不曲学阿世;体现于做人,就是不忮不忍,直道以行。萧先生的学术品格就寓于这上头。用正面提法,就是"平实"二字。

平实,是就萧先生的总体学风而言,其间对胡适、陆侃如的批判文字不无偏激,则毋庸为贤者讳。这里不妨以"文革"前夕出版的《中国文学史》为例,略陈管见。该书由游国恩、王起、萧涤非、季镇淮、费振刚主编,出版于以"现实主义"划线已十分流行且"文革"风暴正在蓄势的1963年。萧先生负责魏晋南北朝隋唐部分。在当时那样的政治背景下,要在学术上保持平实的学风,殊非易事。然而我们还是不难从中翻检到这样的文字:

> 骈文注重形式美,当然并不等于形式主义。但是,形式主义的作家特别喜欢骈文,形式主义文风的流行促成了骈文的畸形繁荣,而骈文的畸形繁荣又进一步造成形式主义文风的泛

滥,却是非常明显的事实。

　　南北朝时代,除产生了大量的形式主义的骈赋和骈文之外,还有少数作家在不同程度上摆脱宫廷贵族生活的限制和浮艳文风的影响,写出了一些内容比较充实深刻,具有独创风格的骈赋和骈文。[①]

　　值得一提的是:整部书都体现了这种较为平实客观的学风,它表明一代"大陆学者"并未失去自我,只要环境尚能存容,他们总是要以自己的形式来表达自己的意见。这部书在新著迭出的今日,仍是人们广为采用的文学史教材,我认为平实的学风正是其生命力之所在。对先生个人而言,其平实学风的灵魂还在于求真的精神,特出地体现在他的治学与为人的一致性上。

　　萧先生在其建国前编写的讲义《杜诗体别》引言中说过:

　　　　吾人学杜诗,岂徒曰学其诗而已,固将学其人、学其志也。不学其人而徒注目于文字之间,则所得者,杜之糟粕已耳,虽学犹之未学。

　　这就是传统的"知人论世"中的"尚友古人"的精神。先生求真笃行可谓一以贯之。据先生早年弟子廖仲安教授的回忆,先生在昆明西南联大执教时,曾与学生们于道上遇一群面黄肌瘦的国民党士兵,先生当即朗声咏杜诗《新安吏》:"肥男有母送,瘦男独伶俜。白水暮东流,青山犹哭声……"使学生对杜诗的现实性有深刻的感悟。又,"一二·一"惨案发生后,萧先生当即写下《哭潘琰二首》云:"堂堂黄宇变屠宫,血染青天白日红。"当夜有人上门来威胁,但先生仍将该诗发表于《妇女旬刊》上,毫无惧色。在"极左"思潮猖獗的年

———————

① 游国恩编《中国文学史》,人民文学出版社 1963 年初版,1981 年第 9 次印刷本,第 286 页。

月里,先生的脾气依旧。任孚先《痛悼萧涤非师》忆及 1959 年学校曾组织对《杜甫研究》进行批判,先生为之郁闷在胸:

> 有一天,他实在忍耐不住了,因为他耿直的秉性不能使他忍气吞声。就在给我们讲古代文学时,在黑板上大笔书写:"唐代最伟大的诗人黄巢。"然后便大讲黄巢的"革命业绩",讲黄巢的代表作《菊花诗》如何伟大,思想性如何深刻,艺术性如何高超。整整讲了 45 分钟,在下课时说:"这首诗是不是黄巢的呢? 尚待考证。"便愤愤然拂袖而去。①

这则逸事是萧先生治学风骨的传神写照。在"史无前例"的"文革"中,先生更是备受批判,特别是"批儒"时被点了名,而先生仍不改初衷,理直气壮地回答了学生们提出的有关杜甫的问题。这一倔脾气实在是酷似杜甫,山东大学有些师生称其为"现代杜甫",良有以也。

正因为萧先生一贯求真求实,所以也一向反对浮躁的学风。对这一点我是深有体会的。一九八六年,在涤非师指导下,我完成了博士论文《杜诗赵次公先后解辑校》,凡百万言。离山东大学回到故乡,此后近八年里,先生每信必谈赵注,反复叮嘱要修订好这部书,他也经常翻检我的稿子,不时指正错误。一九八八年五月十一日信中曾提及一条注,系辑自《辑注杜工部诗集》,其中称引"赵注"有"陆放翁云云"。先生指出:"你定赵注成书在绍兴十七年(1247),陆生于 1225 年,赵成书时,陆始逾弱冠,何得赵引陆说? 为弄清问题,我查了一下钱、仇及《杜臆》,发现朱氏这条注有两点错误:一是引陆放翁的话,乃全袭钱笺,未改一字;二是将陆说混入赵注,冠以'赵曰'。这表明朱氏对赵的年代根本没弄清楚,又欲消灭剽窃痕

① 见 1991 年 5 月 14 日《济南日报》。

迹,因而将钱笺纳入'赵曰'下,更不空格。"先生建议出校指出错误,不致再贻误来者,并语重心长地教诲说:"这是一项过硬的工作,希望不要功亏一篑,尽可能做到不出或少出差错。"由是记起先生在《汉魏六朝乐府文学史·引言》中说过的话:"先师在日,每戒以勿轻言著述。"近年来我发表了一些文字,其中难免急功近利之作,每思及此,便如芒刺在背!环视今日之学界,不无浮躁之气,更感平实精神之可贵,因以斯文悼念先师,并与诸学人共勉旃。

(原载《文学遗产》2000 年第 5 期)

超越"以史证诗"

——试从文化诗学的视角认知"诗史"

陈寅恪"以史证诗"之法无疑是中国学术史上的一座丰碑。其门人王永兴归纳此法云:"以宋贤治史之法治诗。"即注意"时间、空间、人事相结合之法"①。而用此法证诗的典范之作是《元白诗笺证稿》,陈先生尝直呼"白氏(居易)之诗,诚足当诗史",此笺证稿充分地展示了以史证诗的具体操作过程,及作者对"诗史"的认识。王先生还特地指出:"古今史家以时间、空间之法考证史实者多矣,但罕有人能如先生之精湛细密。因先生之考据使用可信之史料外,复注重人情事理。此亦宋贤考异之法而先生又有发展之明证也。"②将"人事"释为"人情事理",可见此法超迈前人处正在乎由史料推导出情理,乃属于精神方面的东西。事实上深谙西方文化的陈先生对史与诗的异同有独到的见解,《金明馆丛稿初编·读哀江南赋》乃云:

> 古今读《哀江南赋》者众矣,莫不为其所感,而所感之情,则有浅、深之异焉。其所感较深者,其所通解亦必较多。兰成作赋,用古典以述今事。古事今情,虽不同物,若于异中求同,同中见异,融会异同,混合古今,别造一同异俱冥,今古合流之

---

① 王永兴《陈寅恪先生史学述略稿》,北京大学出版社 1998 年版,第 189 页。
② 同上,第 192 页。

幻觉,斯实文章之绝诣,而作者之能事也。

"所感之情"与"幻觉"二事点明了文学之象有别于史实之迹(典故也可看成浓缩的史迹)的特质。这在《元白诗笺证稿》中已有所体现,如笺证白氏《长恨歌》,一面指出"夕殿萤飞思悄然,孤灯挑尽不成眠"、"七月七日长生殿,夜半无人私语时"于事理时空的不合史实;另一面又不忘点醒"文人揣写,每易过情,斯故无足怪也"、"《长恨歌》乃唐代'驳杂无实'、'文备众体'之小说中之歌诗部分",文章体制有别云。可惜陈氏并未自觉地将此卓识贯穿于以史证诗的实践中,尤其未将"所感之情"与"幻觉"二事进一步发挥,以揭示文学虚构之特质,反而有时难免将评史的标准混同,乃至取代文学批评之标准。如《元白诗笺证稿》笺证《卖炭翁》,将诗与韩愈《顺宗实录》对照后下结论云:"传世之《顺宗实录》,乃昌黎之原本,犹得从而窥见当日宫市病民之实况,而乐天此篇竟与之吻合。于此可知白氏之诗,诚足当诗史。比之少陵之作,殊无愧色。"评"诗史"而偏重在史而不究诗心、兴象、手段之差异,已见端倪。事实上杜诗同类之作如《丽人行》、《石壕吏》等,皆写当时亲历亲见之事而发自家当下深沉之感慨;白氏则写前朝已成历史的"宫市",实为讽谏之作,是陈贻焮先生所说的"谏官诗"。二者虽皆佳作,但"所感之情,则有浅、深",是否同一水平,与史传吻合是否即是"诗史",尚可商榷。至若晚年所著《柳如是别传》评钱牧斋(谦益)《投笔集》乃云:

> 《投笔集》诸诗摹拟少陵,入其堂奥,自不待言。且此集牧斋诸诗中颇多军国之关键,为其所身预者,与少陵之诗仅为得诸远道传闻及追忆故国平居者有异。故就此点而论,投笔一集实为明清之诗史,较杜陵尤胜一筹,乃三百年来之绝大著作也。[①]

① 《柳如是别传》,生活·读书·新知三联书店2001年版,第1193页。

　　由这一对钱、杜的评价,可知陈氏之"诗史",所偏在史料性的价值,其影响甚巨,乃至掩盖了其"别造一同异俱冥,今古合流之幻觉"的卓识。后之学者,大多通识、学力难企及之,更是囿于文献一端,泥于从史料到诗文的单一逻辑,弊端更著,故至今古代文学研究中以考据"史实"代替文学鉴赏者往往有之。然而就"以史证诗"的提法自身检讨,我认为此提法本身也存在着某些误区,容略事陈说如下:

　　首先,史料并不等于历史真相,即使是《史记》这样的"信史",它也只是历史的叙述,必然是要带上主观的倾向性与某些想象;何况史料也不可能完全保存(不妨说,所存事迹只是历史事件全体的九牛一毛),所以虽然是重要的、不可或缺的参照,却难以借此全面恢复当时的语境。这对当代读者而言已属常识,可不必深论。

　　尤其要着重提出的是:语境不仅仅是指那些"二重证据"所能验证的部分,还应当包括那些难以确证的精神领域"虚"的方面,如"气象"、集体人格、作者个性与创作"当下"的精神状态、思维定势、审美趣味,乃至该时代语言的表现力等等。事实上"宋贤以治史之法治诗"时,其佼佼者对杜甫"诗史"的认识已关注到这一问题。如胡宗愈《成都草堂诗碑序》云:"先生以诗鸣于唐,凡出处,动息劳佚,悲欢忧乐,忠愤感激,好贤恶恶,一见于诗,读之可以知世。学士大夫谓之诗史。"悲欢忧乐、忠愤感激、好贤恶恶便是情感方面的无形之象,却是"知世"不可或缺的重要内容。至明末王嗣奭《杜臆·杜诗笺选旧序》评杜则云:"一言以蔽之曰:以我为诗,得性情之真而已。情与境触,其变无穷。"强调的便是个体对现实感触的力度、广度与深度,而非事件的"纯记录"。清代浦起龙《读杜心解》卷首说得更明白:"少陵之诗,一人之性情而三朝之事会寄焉者。"则杜之为"诗史",是诗与史之化合,是通过个人对时代现实的切身感受,灌注了自己饱满的感情,以一人之心来感应、反映一国之心,折射时代精神,是主、客观交感互动(则发生认识论所谓的"双向建构")的结果。故浦氏于该书《读杜提纲》中又说杜甫"慨世还是慨身",且挑明了"史家只载得一时事迹,诗家直显出一时气运。诗之妙,正在史笔不到处。"史但记迹而诗能传神,古人这些看法,相当高明,与当代流行的文化诗学颇有相通之处。

文化诗学将历史和文学看作同一符号系统,认为历史的虚构成分和叙事方式同文学所使用的方法类似(钱锺书《管锥编》则从另一角度明确标示"史有诗心",这正是史与诗能结合的基础)。文化诗学试图探索文学文本周围的社会存在与文学文本中呈现的社会存在之间的互动。它注重产生文学文本的历史语境,反对形式与内容的互相对立。或者说历史与文学是相互建构的关系,历史存在通过文学形式化而永恒,文学因历史存在而获得生命与意义。在强调历史之维的同时,文化诗学不回避阐释者对历史的认识是受现在价值观的支配①,文本解读由此获得历时性与共时性的统一。

他山之石,可以攻玉。事实上在二十世纪八十年代西方出现"文化诗学"概念之前,我国许多接受西方理论影响的前辈,就已经以文化人类学的研究方法结合传统治学方法,将文学置于大文化中进行整体性的研究。如鲁迅《魏晋风度及文学与药及酒之关系》,闻一多《匡斋尺牍》,都是此方法的成功之作。尤其是后者,自觉、明确地打通文学、社会学、民俗学、民族学、考古学、文字学等等多种学科,做综合性的整体研究,完全称得上是"中国式"的文化诗学之先驱。在杜甫研究上,闻一多也开创了先例。傅璇琮《〈唐诗杂论〉导读》指出:从《唐诗杂论》中的《少陵先生年谱会笺》一篇,"我们已经可以看出其眼光的非同一般。譬如他注意辑入音乐、绘画、文献典籍等资料……宋代以来,为杜甫作年谱者不下几十家,但都没有像闻先生那样,把眼光注射于当时的多种文化形态,这种提挈全局、突出文化背景的作法,是我国年谱学的一种创新,也为历史人物研

---

① 　请参看张京媛主编《新历史主义与文学批评》前言,北京大学出版社 1993 年版。

究作出了新的开拓"①。注重"当时的多种文化形态"正是文化诗学的表征。可惜闻一多英年遇难,杜甫研究只开了个头。若天假以年,则对杜甫的"诗史",必定会给出一个全新的阐释。综观闻一多对古典文学的研究,他不但如《风诗类钞・序例提纲》所说的"带读者到《诗经》的时代",注重语境的还原与重建,而且敢于沟通古今,以现代的眼光重新审视古代的人事。如《匡斋尺牍》中解读《芣苢》,便是以现代的妇女观对古代妇女的处境进行观照,有着深切的"了解之同情",故能拉近古今之距离,引起现代读者之共鸣,使之获得在场感,从而感受到这首本来隔着厚厚的时代之墙的诗的美。这一超前性使其与文化诗学主张的"再现"历史的同时,阐释者必须显露出自己的价值观,参与建构未来的对话,有了不谋而合之处。从更深层次看,文化诗学指向文化人类学,而文化人类学则认为文化正是人类创造的用以保留、影响人类行为的一种方式,所以任何文化现象都指向对现实与未来的建构。从根本上讲,这也是人性自我塑造的途径。是的,一部《诗经》,一部杜诗,那众多的笺释从来都是指向未来,是阐释者参与建构现在、未来话语的重要手段②。就作者方面看,其对现实的"反映",也有选择与"据实构虚"的主动性,其中意味着作者与现实的抗争及对未来的某种希企与指向。容下文对杜诗做些简略的具体分析,以明我说。

为人熟知的"三吏"、"三别"是杜甫"诗史"的代表作。写作年代为唐肃宗乾元二年(759)三月。是月,六十万唐军大败于邺,郭子仪以朔方军断河阳桥保东京(洛阳)。局势十分危急。当时洛阳百姓处境如何,史无详载。《资治通鉴》卷二二一肃宗乾元二年三月条仅简单地提到:"东京士民惊骇,散奔山谷。"约略其时,杜甫由洛阳回华州,写路上见闻为此组诗,不但揭露当时唐政府毫无章法、惨无

---

① 《唐诗杂论》导读,上海古籍出版社1998年版。
② 钱谦益对杜甫《洗兵马》一诗的笺注便是颇为典型的例子,敬请参看拙作《杜诗〈洗兵马〉钱注发微》,《中华文史论丛》2011年第3期(收入本《文集》第一册)。

人道的征兵政策,还写出当时当地民众义无反顾地支持保家卫国战争的爱国主义精神,可谓与史载"士民惊骇,散奔山谷"云云背道而驰!何者为"真相"?两相比较,史册好比疏漏残缺的账本,杜诗却是精彩的影视。萧涤非师曾指出:《新婚别》"没有大胆的浪漫主义的虚构,杜甫根本不可能创作出这首诗,因为实际上他不可能有这样的生活经历,不可能去偷听新娘子对新郎官说的私房话"①。然而这是据实构虚,不但诗中事物符合事件和人物性格发展的逻辑,而且新娘子"誓欲随君去"云云,也是符合当时"不在现场"的历史实际。如史载,乾元元年卫州妇人侯四娘、滑州妇人唐四娘、某州妇人王二娘歃血请赴行营讨贼。这就是《新婚别》的大背景!民心思唐是当时历史的"气运"所在。而杜诗叙事"史"的精神,乃表现在作者尽量使用客观的口吻,不动声色,让诗中人物自己说,让细节说,乃至让文字的空白处说,颇具《史记》风采。周祖譔师对《石壕吏》细节描写有过精深的分析:

> 作者通过老妪的答语而刻画了一句话都没有说的"吏"的形象。这我们只要把老妪的话分成三段来理解就很清楚:在"听妇前致词"前,我们可以知道一定有一段"吏"的话,话的内容大概不外是"叫男人赶快出来,跟我走"之类;在"死者长已矣"后,一定又有"吏"要进去搜查的话;在"老妪力虽衰"前面一定又有"吏"要坚持进去搜查的话,但是作者都没有写出来。只要把老妪的话分成三段来理解,依他的生活经验来补充老妪每一段话前官吏所说的话,那么,官吏这一个形象就很清楚了。这就是依照了这特定事件、特定环境之下人与人之间的互相作用而进行描写的,这样的结构确是到了很高的境界。②

---

① 萧涤非《杜甫研究》(修订本),齐鲁书社1980年版,第223页。
② 周祖譔《百求一是斋丛稿》,厦门大学出版社2005年版,第196—197页。

只要不带偏见,我们并不难从叙事过程中感受到诗人强烈的情感倾向,作者巧妙地将焦点放在倾听老妇的诉词上,引发读者的同情心。这一倾向是其情感主体对客观事件选择并进行使之或明或暗处理的结果。选择,就是一种达意的方式——我要让你看事物的哪一个"面"。"士民惊骇,散奔山谷"是事实的一面,有些人留下从军抗战是事实另一更具本质性的面。从"三吏"、"三别"所选事件看,主人公都是支持中央平叛战争的,这也就体现了诗人对这场战争的基本态度。"整体"并非毛举全部细节,而是放在更大的时空背景下观照,以大观小,举其能反映整体本质的要素,这才是我们所需要的"整体研究"。所以"诗史"重要的是它反映了当时历史的主流,只有符合历史本质的,才是整体意义上的"真"。综观组诗,不但"皆精神之蜕迹",补史家所遗之民心思唐的"气运",而且与当时的现实相向建构,建构一种集体的爱国主义,鼓舞国民奋斗的有为之作;同时也是作者深受现实的感动而人性中善的因子得以升华的过程。二者结合乃深得史家"反思致用"之精神,为今人与后人"立心",是以史为鉴、建构未来之精义。史有诗心,诗有史据,理、事、情融为一体,充满人文精神,斯乃杜甫之为"诗史"。

杜甫写自然景物也往往如此。兹以被誉为"图经"的《发秦州》、《发同谷县》系列诗之《凤凰台》一首为例,稍事说明。原诗如下:

> 亭亭凤凰台,北对西康州。西伯今寂寞,凤声亦悠悠。山峻路绝踪,石林气高浮。安得万丈梯,为君上上头? 恐有无母雏,饥寒日啾啾。我能剖心血,饮啄慰孤愁。心以当竹实,炯然忘外求。血以当醴泉,岂徒比清流? 所重王者瑞,敢辞微命休? 坐看彩翮长,举意八极周。自天衔瑞图,飞下十二楼。图以奉至尊,凤以垂鸿猷。再光中兴业,一洗苍生忧。深衷正为此,群盗何淹留?

我到过此台,一小丘耳。然而杜甫却凭借其山名发兴,虚构出

诗中的"凤凰台",托出平生情志来。为省却注解,我试将此诗翻译为今之语体:

> 凤凰台呵高高耸立,北面正对着西康州。周文王早已没人提起,凤凰也遥遥离去声悠悠。高台险峻无道路,石峰如林岚气浮。哪能找到万丈梯,让我直达最上头?最上头呀最上头,台上怕有无母小凤鸟,饥寒交迫整天叫啾啾。我能剖心血,以供饮啄慰凤愁。我心且以充竹米,朗然何必外寻求?我血也可代醴泉,浓浓的血呵又岂清清的醴泉能比俦?若为王国护祥瑞,怎敢辞避此命休!愿见凤凰展彩翼,放飞八方任周游。从天衔下祥瑞图,来从昆仑十二楼。瑞图献皇帝,凤之盛德垂千秋。再广我唐中兴业,一洗天下苍生忧。深意就在为国与为民,安史余孽何故尚残留!

浦起龙说得对:"西伯二句为一篇命脉。兹台非岐山鸣处,公特因台名想到凤声,因凤声想到西伯,先将注想太平之意,于此逗出。"杜甫写凤凰,是为了引出周文王。周文王,是儒家行"王道"(即礼治文化)的象征性人物。《论语》:"子曰:'文王既没,文不在兹乎?'"孔子以周文王之后的文化载体自许,杜甫则以"奉儒"自许。剜心沥血护持凤凰,也就是护持儒学,护持文治思想,护持天下太平,护持自己的理想。然而,从"凤凰台"联想到"凤鸣岐山"、周室中兴,这还不算奇特。奇特的是:他想象中的凤凰并非是给人们马上带来祥瑞与太平的凤凰,而是一只嗷嗷待哺的小鸟:"恐有无母雏,饥寒日啾啾!"要让它带来祥瑞首先必须养活它,哺育它。杜甫不是坐等太平天赐,而是要以心血亲自哺育出太平:"我能剖心血,饮啄慰孤愁。心以当竹实,炯然忘外求。血以当醴泉,岂徒比清流?所贵王者瑞,敢辞微命休?"这不就是鲁迅所说的"我以我血荐轩辕"吗?不就是《离骚》所云"长太息以掩涕兮,哀民生之多艰……

亦余心之所善兮,虽九死其犹未悔"吗?在凤雏的意象中,无疑凝聚着中华民族精英的历史文化基因。这不是诗而史、史而诗又是什么?这种"诗史"的特质,又岂能以西方荷马"史诗"为参照标准?而诗人对未来的希企岂不显著?必须指出的是,诗人是认真的,并非做白日梦。诚如萧涤非师《杜甫研究》所指出:"一部杜诗,便是杜甫'我能剖心血……一洗苍生忧'的实践。"而且据陈贻焮先生《杜甫评传》考证,杜甫居然"计划外"地在凤凰台下临时找了个村子住下,成为凤雏的"供养人"。他实践了"血以当醴泉"的誓言,在困顿中写下令人刻骨铭心的"同谷七歌"便是最好的说明①。它与入蜀后的名篇《茅屋为秋风所破歌》遥相呼应。

现在就看看脍炙人口的《茅屋为秋风所破歌》吧!前大半篇属写实,但最后那一转——

安得广厦千万间,大庇天下寒士俱欢颜,风雨不动安如山!呜呼!何时眼前突兀见此屋,吾庐独破受冻死亦足!

真是惊天动地,将千百年来百姓寻找"乐土",孔孟"天下为公"的理想一气呼出!同时,我们还从上下文的比对中,看到作者自身在创作过程中人性的升华,从对自家合理的关心中跳出,推己及人,关心天下寒人,乃至发"吾庐独破受冻死亦足"的大愿,成就了"一国之心"②。从

---

① 陈贻焮《杜甫评传》,上海古籍出版社 1988 年版,第 661 页。

② 这个问题很复杂,还得另作深入研究。蒋寅《金陵生文学史论集·杜甫是伟大诗人吗》引清朝人钱澄之的一段话说:"(杜甫)崎岖秦陇,往来梓蜀夔峡之间,险阻饥困,皆为保全妻子计也。其去秦而秦乱,去梓而梓乱,去蜀而蜀乱,公皆挈其家超然远引,不及于狼狈,则谓公之智适足以全躯保妻子,公固无辞也。"钱氏固然有"站着说话不腰疼"之嫌,但的确提出一个令人思考的问题:"合理的自私"与"杀身成仁"、"共赴国难"之间的"度",该如何把握?有一点是清楚的——杜诗大于杜甫。杜甫在创作中使自己"渣滓日去"是个不争的事实。这也可以看作是主客观"相互建构"的一例。诚如 C. G. 荣格《人·艺术和文学中的精神》所指出:"创作中的作品成了诗人命运所系的东西,并且决定着诗人的心理发展。不是歌德创作了《浮士德》,而是《浮士德》创造了歌德。"(卢晓晨译,工人出版社 1988 年版,第 112 页)我们也不妨说:是杜诗创造了杜甫!

杜诗对后世深广的影响看,这种真与善的结合具有塑造人性的功能。这就是上文提到"文化诗学试图探索文学文本周围的社会存在与文学文本中呈现的社会存在之间的互动"的理由所在,也是"语境不仅仅是指那些'二重证据'所能验证的部分,还应当包括那些难以确定的精神领域",以及"文化诗学在'再现'历史的同时阐释者必须显露出自己的价值观,参与建构未来的对话的主张"的理由所在。

陈寅恪"以史证诗"之法无疑是中国学术史上的一座丰碑,但还有很大的拓展空间。

跋

　　况周颐《蕙风词话》云："吾听风雨，吾览江山，常觉风雨江山外有万不得已者在。此万不得已者，即词心也。"余览杜诗，则有忧生忧世万不得已者自沉冥杳霭寂寞中来。此万不得已者，即杜之诗心也。此诗心诗意"即之愈稀，味之无穷"，超越语言，超越个体之生命，与华夏文化同在，引我思，引我悟。偶有怦然心动之处，则寓诸笔端，虽无千岩万壑，或有竹露滴响，汇为此集，以便省览。敝帚自珍，亦人之常情。忆及卅年前，余踏雪济南，负笈萧涤非先生门下，完成博士论文《杜诗赵次公先后解辑校》，从此亲近老杜，如影之随形也。往事如昨，痛先生已归道山，余亦白首，检半生学杜所得不过尔尔，奈何也！

　　书成得砺锋兄序，自愧脸上贴金，然彼勉励之情可感。又得高克勤、田松青二先生支持，使拙著得以出版，借此一并致谢！

林继中　乙未炎夏识于面壁斋

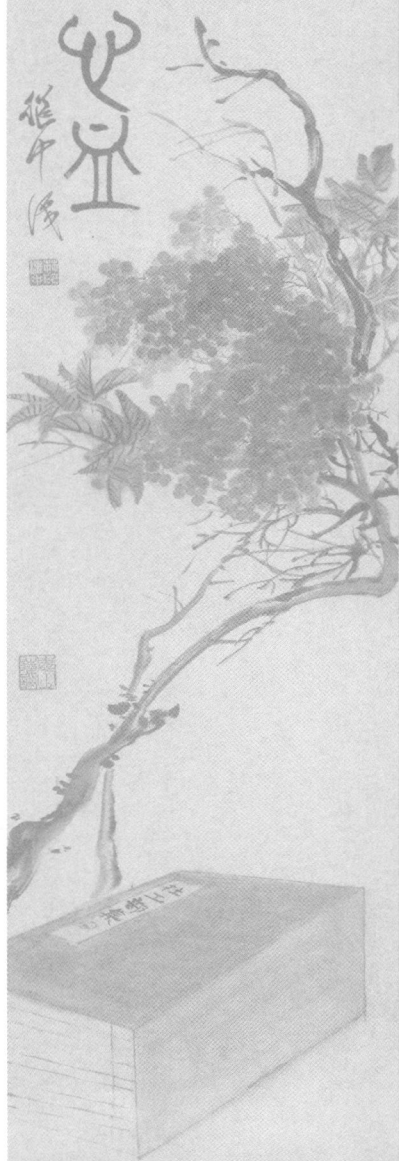

杜 诗 选 评

前 言

　　这是一个古老的传说：当追日的巨人夸父因饥渴而轰然倒地的一瞬，他用尽最后的力，抛出手中的杖。那桃木杖划空而坠，深深地植入黄土地——长出一片桃林，为子孙解饥渴。

　　当我们的诗人杜甫历尽磨难，于一叶扁舟伏枕托孤之际，他油然记起了遥远的传说："持危觅邓林。"邓林，那世世代代觅觅寻寻的桃树林啊！可潦倒的天才却没意识到他手中的桃竹杖也早已划空而过，化作文化史上另一片邓林——那星空般熠熠闪烁的一千四百多首杜诗，哺育着一代又一代华夏子孙！

　　杜甫（712—770），字子美，生于一个"奉儒守官"的家庭。远祖是晋代名将杜预，祖父是初唐诗人杜审言。光荣的家世增强了杜甫的家庭观念，"奉儒守官"的家教使杜甫对济世有执着的追求。结合其创作看，杜甫一生大略可分为三个阶段：一是"安史之乱"前（712—755），二是"安史之乱"发生后至入蜀前（756—759），三是入蜀后至死于由长沙到岳阳的途中（760—770）。用杜诗来概括，前期是"赋诗分气象"，从盛唐汲取能量；中期是"忆在潼关诗兴多"，铁与血激荡起诗人浩荡的诗情；后期是"晚节渐于诗律细"，只手开拓诗国的一片新疆域。

　　千百年来，人们对杜诗的认识与评价，有一个深化的过程。首先，是认识到杜诗集古今诗歌之大成的意义，"盖所谓上薄风骚，下该沈宋，古傍苏李，气夺曹刘，掩颜谢之孤高，杂徐庾之流丽，尽得古今之体势,而兼人人之所独专"(元稹《唐杜工部员外郎杜君墓系铭并序》)。元稹、白居易倡新乐府,也是从学习杜甫"缘事而发"、"借古题写时事"的形式入手。由于他们对杜诗内容现实性的关注,引发了人们对杜诗具有史的意义之认识。晚唐孟启《本事诗》首称杜诗为"诗史",而宋人对其内涵有更深刻的发露:"先生以诗鸣于唐,凡出处,动息劳佚,悲欢忧乐,忠愤感激,好贤恶恶,一见于诗,读之可以知世。学士大夫谓之诗史。"(胡宗愈《成都草堂诗碑序》)此后,凡经乱离,人们都分外痛切地感受到杜诗这一"诗史"的特质。南宋李纲于此体会甚深刻:"子美之诗凡千四百三十余篇,其忠义气节,羁旅艰难,悲愤无聊,一见于诗……平时读之,未见其工,迨亲更兵火丧乱之后,诵其诗如出乎其时,犁然有当于人心,然后知其语之妙也。"(《重校正杜子美集序》)而王安石则注重其人格力量与伦理风范,《杜甫画像》诗云:"吾观少陵诗,谓与元气侔。力能排天斡九地,壮颜毅色不可求。浩荡八极中,生物岂不稠。妍丑巨细千万殊,竟莫见以何雕锼。惜哉命之穷,颠倒不见收。青衫老更斥,饿走半九州。瘦妻僵前子仆后,攘攘盗贼森戈矛。吟哦当此时,不废朝廷忧。常愿天子圣,大臣各伊周。宁令吾庐独破受冻死,不忍四海赤子寒飕飕。伤屯悼屈止一身,嗟时之人我所羞。所以见公画,再拜涕泗流!"此后三种认识共存而因人、因事、因时代各有侧重[①]。

　　然而集大成的杜诗是个多面体,只强调某一面,就容易片面。对"诗史"的误解便是显例。诗史非史诗,不是将史迹编年成诗,或将诗写得一似史传体,甚至要求句句与史实如合符契,"如下算子"。诗史者,诗而具史之特质也。中国文化又称"史官文化",其认识基础是重经验,究天人之际而反思致用。它的深层,便是浓重的忧患意识。这是长期以来形成的民族心理。从根子上说,黄河流域那并不裕如的生存环境与"靠天吃饭"的农业活动,决定了我们这个民族

---

① 　参看廖仲安《杜诗学》,《首都师范大学学报》1994 年第 5、6 期。

是个具有深广的忧患意识的民族。《诗·小旻》所谓的"战战兢兢，如临深渊，如履薄冰"，《易》所谓"君子终日乾乾，夕惕若"，反映的便是这种普遍存在的忧患心态。固然，举凡人类都会有忧患意识，但从此种意识引出的哲理之思，各民族却不尽相似。总体说来，忧患意识使我民族更执着于现实，更注重经验，形成一整套对个人与宇宙形式上的独特理解。方东美《中国形而上学中之宇宙与个人》一文指出，中国本体论立论特色有二："一方面深植根于现实界，另一方面又腾冲超拔，趋入崇高理想的胜境而点化现实。"①本着这种入世的超越精神，中国士大夫更多的不是向往那来生再世的幸福，或木乃伊、舍利子之类的"永恒"，而是立足于现世间，追求与自然融洽、化入历史的永恒，即"时间人"的永存。尤值得关注的是儒家价值观念所起的整合作用。《孟子·告子》有云：

> 孟子曰："舜发于畎亩之中，傅说举于版筑之间，胶鬲举于鱼盐之中，管夷吾举于士，孙叔敖举于海，百里奚举于市。故天将降大任于斯人也，必先苦其心志，劳其筋骨，饿其体肤，空乏其身，行拂乱其所为，所以动心忍性，曾益其所不能。人恒过，然后能改；困于心，衡于虑，而后作；征于色，发于声，而后喻。入则无法家拂士，出则无敌国外患者，国恒亡。然后知生于忧患而死于安乐也。"

孟子将人生忧患与社会忧患、个体忧患与群体忧患结合起来思考，从而将忧患意识提升到关系国家存亡的历史规律这一层面来认识。于是忧患意识被视为士大夫必备的修养，由此将忧患意识化为个体人格内在的历史责任感。把握杜甫诗史特质的关键，舍此而焉求？

---

① 该文收入刘小枫编《中国文化的特质》，生活·读书·新知三联书店1990年版。

　　清人浦起龙于此别有会心。他在《读杜心解·目谱》中说:"少陵之诗,一人之性情而三朝之事会寄焉者也。"在《读杜提纲》中又说杜:"慨世还是慨身","史家只载得一时事迹,诗家直显出一时气运。诗之妙,正在史笔不到处。"浦氏已意识到,杜诗"史"的特质是以其个体人格伦理为内涵的,后人通过杜诗感受到的不是历史的陈迹,而是透过诗人强烈的主观情志所显露的时代命运。因此,我们不但从"三吏"、"三别"中感受到时代的巨痛,还从"独立苍茫自咏诗"的诗人那一举手一投足之间感受到时代的气息。"三吏"、"三别"是诗史,《秋兴八首》也是诗史,《咏怀古迹》、《观公孙大娘弟子舞剑器行》、《江南逢李龟年》又何尝不是诗史? 或从时事中提取,或从经验中蒸馏,杜诗意象莫不给人强烈的现实感。更有一类是将堵积胸中的悲天悯人情怀一吐而出,化作超现实的意象,如《凤凰台》者,其意象正是"深植根于现实"而又"腾冲超拔"的儒学化境。溯其源流,当与诗史同出自那深沉的忧患意识。甚至作为杜诗标志的沉郁顿挫风格,也与忧患意识相表里。所谓沉郁,是屈骚的"心挂结而不解兮,思蹇产而不释";是扬雄赋"经年锐积"的"沉郁之思";是阮籍诗在寂寞中体验忧患人生的"情伤一时,心存百代"。杜甫上承历史多年积淀下来的士大夫的文化心理,海纳了盛唐以壮阔为美的时代特征,而个人深入社会底层的生活经历又使之将忧患由"上感九庙焚"降及"下悯万民疮"。杜诗的沉郁因之具有更为广阔的基础,"由雅入俗"地横跨"雅文化"与"俗文化",有更为丰富的文化内涵。杜诗之沉,不是阴沉;郁,不是悒郁;是清人浦起龙所谓的"一副血诚",是萧涤非先生指出的"沉雄勃郁"。杜诗由是成为中国文化的某种浓缩,也因此而每当民族灾难降临之际,志士仁人总是要手书口吟杜诗。自抗金到反清,从深山隐士到海外游子,莫不如是,莫不如是! 在这一意义上,杜甫是民族文化的第一提琴手,谓为中华文化之"托命人"并不为过。

　　事情往往会是这样:经过反复思量、比较、总结之后,我们竟然会回到原来的出发点,惊讶地发现当初那简单的印象不但是鲜活的,而且是颇富直觉性的。真是禅宗话头所云:"见山还是山,见水还是水。"对杜诗的认识似乎也经历了这么个周期:以"集大成"、"子美集开诗世界"始,中经"诗史",再到发掘其人格伦理意义之"诗圣",进而发现"人民诗人",终于又回到杜甫首先是一个诗人,其贡献首先是诗歌内容与形式之创造。我仿佛看到闻一多透过镜片正视着我们:"明明一部歌谣集,为什么没人认真的把它当文艺看呢?"[①]对《诗经》,我们首先要用诗的眼光读它;对杜诗,也应当首先用诗的眼光读它。

　　杜甫诗歌创作的成就是多方面的,这里我只想讲两点:一是其形式对内容的高度适应性,一是其诗歌语言无与伦比的表现力。

　　从某种意义上说,文学史就是内容与形式相适应的追求史。经魏晋南北朝至隋唐长期酝酿,无论民族融合、三教互渗、南北沟通,还是中外交流、个体对社会的参与等等方面,唐代社会生活空前丰富多彩。特别是"安史之乱"激发民族、阶级、宗教、文化诸多矛盾,使中央与地方、个体与社会、心灵与物质、善与恶、美与丑之间的种种冲突尖锐化,其复杂程度也是前代所难以比拟的。新内容需要新形式。而文学自身的进程,至盛唐末期也成熟到一个"若无新变,不能代雄"的境地。一切似乎已到了蛇不蜕皮便不能再生长的地步。文学史乃降大任于斯人——杜甫。

　　杜诗形式对内容的适应,大体有二类:"量体穿衣"与"量体裁衣"。所谓"量体穿衣",我指的是根据内容选择合适的形式,就是萧先生《杜甫研究》所指出的:"使各种不同诗体都能'各尽所能'、'各得其所'。"如用伸缩性较大而便于铺叙的古体诗来反映社会生活,用律诗来抒发个人感情。前者如《羌村三首》、《北征》、《茅屋为

---

① 《闻一多全集》第 1 卷《神话与诗·匡斋尺牍》,生活·读书·新知三联书店 1982 年版,第 356 页。

秋风所破歌》等，后者如《春望》、《蜀相》、《闻官军收河南河北》等。有的学者还认为，杜诗中"歌"与"行"也是有分别的，"行"多反映时事与述志，"歌"多个人感慨云。杜甫各种体裁都能运用自如，的确是"集大成"者。然而更要紧的是，即使是旧形式的使用，也是充满杜甫的创造精神的，腾挪跳掷，不受其束缚。如杜甫喜用五古、七古作抒情长篇，以反映壮阔的社会生活场景，抒发复杂矛盾的思想感情。五古如《自京赴奉先县咏怀五百字》、《北征》，七古如《洗兵马》，无不抒情、叙事、议论并发，一泻千里。叙事带情以行，议论提起全篇精神，使得杜甫的抒情长篇波澜老成，前无古人。

　　所谓"量体裁衣"，就是根据内容需要改造旧形式或自创新形式。改造旧形式，杜甫往往由改变其功能入手，七律为显例。诚如萧先生《杜甫研究》所说："杜甫以前，几乎没例外，七律一般都是用来作'奉和'或'应制'这类阿谀的官样诗体的，杜甫却大大扩充了七律的领域，往往用来感叹时事，批评现实，这是一个很大的演进。"[①]可以说，七律到杜甫手中，才成为中国诗的重要体裁。胡震亨《唐音癸签》云："少陵七律与诸家异者有五：篇制多，一也；一题数首不尽，二也；好作拗体，三也；诗料无所不入，四也；好自标榜，即以诗入诗，五也。此皆诸家所无。其他作法之变，更难尽数。"其中"一题数首不尽"是指"连章体"，如《诸将五首》、《秋兴八首》等。"连章"好比"拐子马"，将几首七律组合起来，每首都具有七律严整典丽之长，又能数首如一首，从不同角度表现同一主题，色阶丰富，灵活而又有整体组织，无排律之弊，有古体诗之长，是杜甫长期潜思实践的杰构！而自创音节，打破旧谱的"拗格律诗"，也有效地增强了律诗的表现力。至于本是"官样文章"的排律，杜甫也赋予新的功能，如《秋日夔府咏怀一百韵》、《偶题》、《清明》、《风疾舟中伏枕书怀三十六韵奉呈湖南亲友》等，可叙事，可抒情，可议论，成了杜甫手

---

① 萧涤非《杜甫研究》，齐鲁书社 1980 年版，第 131 页。

中的长枪大戟。而向来以短小空灵取胜的绝句,在杜甫手中或驱之发议论,或贯之成组诗,手法上则打破唐人熟见的第三句一转的格式,往往四句皆对偶,画面平列,使人耳目为之一新。

最具冲击力的改造与创新自当推其乐府歌行之作,"率皆即事名篇,无复依傍",是"量"新内容之体"裁"出的新形式。然而这种新题乐府比同代人写的任何旧题乐府都更贴近汉乐府之本质——"缘事而发"。客观的叙事,以时事入诗,是其生命之所在。它以典型的素材、逼真的描写、深沉的思考,使时事凝定为永恒而鲜活的历史瞬间。尤其是"三吏"、"三别",以组诗的多角度,全方位而多层面,深度地反映了特殊历史时期的社会生活,在尖锐的冲突中展示人的复杂而矛盾的内心世界,刻画了老妪老翁、新婚女子、应征少年诸色人等的形象,交织成波澜壮阔的社会生活长卷,是中国式的史诗,历史而又超越历史,"直显出一时气运"! 而且这种叙事精神在杜诗中泛开来,长如《自京赴奉先县咏怀五百字》,短如《三绝句》,律如《示獠奴阿段》等各种体裁,无不充满这种"缘事而发"的精神。

对诗歌语言的构建,是杜甫另一个不容忽视的成就。文学语言之所以有余味,就在于能构建艺术之幻象,以象尽意,感发出读者整体直观的意会思维,通过在场者("直寻"来的"象"),逗出隐蔽者("意义整体")。自《文选》明确提出"事出于沉思,义归乎翰藻"的标准以来,语言的文学意味一直是作者的自觉追求。尤其在唐代,唐人生活的诗化与语言的生活化互动,有力地促进了诗歌语言的构建。如杨炯《骢马》"夜玉装车轴,秋风铸马鞭",李白《长相思》"昔日横波目,今作流泪泉"等,都是诗歌特有的语言[①]。

杜诗的语言,更是一种创构情感意象的典型的诗语言。中国诗与直觉思维有着不解之缘,从来就不想离开这感性世界而去。杜甫

---

① 　参看林庚《唐诗综论·唐诗的语言》,人民文学出版社 1987 年版,第 86 页。

用力处,也就在追求语言的感觉化,对个别事物的具体表达。"山豁何时断,江平不肯流"(《陪王使君晦日泛江》),"不肯流"是诗人此时此地对"江平"的特殊感觉。杜甫用词下字总是尽量将词语的指称功能隐去,凸现其表现功能,使之感觉化。"古墙犹竹色,虚阁自松声"(《滕王亭子》),"犹"、"自"二字,情景相因,诗人于安史乱世面对盛世遗物,自然有"风景不殊,正自有山河之异"的慨叹见于言外。"碧瓦初寒外"(《冬日洛城北谒玄元皇帝庙》),元象无形之"初寒",如何置诸有形有质的"碧瓦"之"外"?仰视巍巍玄元寺,觉碧瓦之高,已超然乎充塞天地人间之寒气,则非下"外"字不可。此乃"呈于象,感于目,会于心"者也。

再看其字词的特殊组合形式。杜诗组词往往将景物与情志紧密结合到"化合"的程度。"影著啼猿树"(《第五弟丰独在江左》),固然可释为:身羁峡内,每依于峡间之树,而峡间之树多著啼猿;但如此分解,"啼猿树"之意味又何在哉!"池要山简马,月静庾公楼"(《秋日寄题郑监湖上亭》),马乃今日之马,楼乃今日之楼,却冠之以古人的名目,以名词做形容词,造成古今时空的交错,"别造一同异俱冥,今古合流之幻觉"(陈寅恪《读哀江南赋》语),于是主如庾公之雅兴,客如山简之风流如见。

与杜诗语言的情感性质相配套的是:以形象直接取代概念、推理、判断。"万事已黄发,残生随白鸥"(《去蜀》),万事如何?"已黄发。"读者自悟出"万事已休"的断语。残生又如何?"随白鸥。"读者亦可悟出"漂泊无着"的断语。"身世双蓬鬓,乾坤一草亭"(《暮春题瀼西新赁草屋》),密集的意象间无一动词,只让意象的张力互相支撑,在对称中形成反差,互相补明意义。从这些富有个性的"句法"中,我们感触到杜甫自家的"逻辑"与"秩序"。

杜诗句法,是以情感生命之起伏为起伏的。其诗句极力追摹生命的节奏,让诗的律动与人的内在生命之律动同步合拍,由此焕发出诗美。将浓烈的情感注入格律,在森严的格律中从容地进行心理刻画，借助诗的律动追摹心理的律动、情感的律动，是杜诗独到之处。"青——惜峰峦过，黄——知橘柚来"（《放船》），由第一眼的印象到引起感受的情绪，再到理性的判断，不正是"意识流"所追求的效果？"返照入江翻石壁"（《返照》），似乎是在追踪客观事象的因果过程，却正与"不可久留豺虎乱"那忐忑心绪同一轨迹。"香稻啄余鹦鹉粒，碧梧栖老凤凰枝"（《秋兴八首》），"倒装句"也罢，"以名词做形容词"也罢，"形容短语"也罢，总归诗人服从的是强烈的主观感受而不是语法规则。"即从巴峡穿巫峡，便下襄阳向洛阳"（《闻官军收河南河北》），并非实事，只是驰想，"双动"用法与流水对使还乡之思迅疾如飞，体现了诗人当时心灵的节奏。"不为困穷宁有此，只缘恐惧转须亲"（《又呈吴郎》），入微的心理体验使读者体会到贫妇人的恐惧，也间接揣摸到吴郎插篱之用心，更感受到诗人悲天悯人的情怀，一支笔写出三人心理。

　　总而言之，深刻的人生体验是杜诗语言无与伦比表现力的根本。试读《自京窜至凤翔喜达行在所》其三：

　　　　死去凭谁报？归来始自怜。犹瞻太白雪，喜遇武功天。影静千官里，心苏七校前。今朝汉社稷，新数中兴年。

　　《杜诗镜铨》引张云："脱险回思，情景逼真，只'影静'、'心苏'字，以前种种奔窜惊危之状，俱可想见。"只有经历过九死一生奔赴朝廷的人，眼中才有"影静"的感受。其背后有多少沦陷区"眼穿当落日，心死著寒灰"的日日夜夜！可以说，杜甫创作的一大特色是：以深刻的人生体验来反映客体；或者说，他表现的不是客观世界本身，而是主体对客体的体验。吴乔《围炉诗话》云：学杜诗"须是范希文（范仲淹）专志于诗，又一生困穷乃得"！萧先生《杜甫诗选注·前言》引用这一则诗话，有深意在。

　　自接手杜诗选评这项工作以来，心中着实惶恐。有涤非师《杜甫诗选注》在，本可不作。但由于淡懿诚先生的坚持，也考虑到选评与选注的侧重点有所不同，还是有事可做，因勉为其难。本册子仍依据萧注本，选目有所增删，分期也由四期并为三期，注解也参考了他本，特别是海内外的新成果。只是自己明白：以我之浅陋，疏漏错误难免。还乞读者诸君哂正！

　　为了行文简便，一些常用本用简称，详书后所附书目，而引萧注本就不一一注明了。

2002 年大暑后一日于面壁斋

第一辑　游历与困守（712—755）

望　岳 (五古)[1]

岱宗夫如何？齐鲁青未了[2]。
造化钟神秀，阴阳割昏晓[3]。
荡胸生层云，决眦入归鸟[4]。
会当凌绝顶，一览众山小[5]。

【注释】

〔1〕 岳，指东岳泰山。杜甫开元二十四年(736)始游齐赵，作此诗，为现存杜诗最早的一首。时年二十五。

〔2〕 岱宗，即泰山。齐鲁，今山东一带。青，指山色。发端用设问句，引出"青未了"，造成跌宕的语气。看似平易，其实奇崛，为历代论者所称许。如赵秉文《题南麓书后》云："夫如何，三字几不成语，然非三字无以成下句有数百里之气象。"

〔3〕 造化，指大自然。钟，聚集。阴阳，指山的向背。割，分割，极言山之崇高，其向背黑白分明如割，是所谓的"炼字"。

〔4〕 荡，摇动。荡胸，张衡《南都赋》："淯水荡其胸。"此处则言云在山前涌动。决，裂开。眦(zì)，眼角。决眦，张目极视的样子，形容飞鸟明灭，须张目极视以摄入。葛兆光《中国古典诗歌基础文库·唐诗卷》："这两句都采用了倒装的句式，后一句甚至连视觉与被视物的

449

主被动关系都倒装了。"

〔5〕　会当,古人口语,定要。末句有孔子登泰山而小天下之意。

【点评】

杜甫赋诗重气象。此诗扣紧"望"字,大处着眼,写出整体气势,反映出作者的心胸与抱负,是古人所谓"纵则长河落天,收则灵珠在握"手段。

题张氏隐居二首 (录一,五律)[1]

之子时相见,邀人晚兴留[2]。
霁潭鳣发发,春草鹿呦呦[3]。
杜酒偏劳劝,张梨不外求[4]。
前村山路险,归醉每无愁[5]。

【注释】

〔1〕　此诗当是开元二十四年(736)后,与高适、李白同游齐赵时作。杜诗早期多五言,人称法度森严。张氏,或以为是张建封之父张玠,性豪侠,轻财重士;惜无过硬的依据。

〔2〕　之子,这位先生。暗用汉成帝时童谣:"张公子,时相见。"晚兴留,因"晚"、因"兴"而留。

〔3〕　鳣发发,《诗经·硕人》:"鳣鲔发发。"发发,一作泼泼,意为鱼儿触网尾儿泼泼。这里借以描写雨后鱼儿跃出水面发出的清响。鹿呦呦,《诗经·鹿鸣》:"呦呦鹿鸣,食野之苹。"虽然二句都用典,但由于与眼前景色相合,所以不觉其用典,给人以清新明丽的田野印象。

〔4〕　杜酒,《急就篇注》称,杜康作秫酒。曹操《短歌行》:"何以解忧?唯有杜康。"潘岳《闲居赋》:"张公大谷之梨。"此联意思是:酒为我的本家杜康所发明,却偏劳您来殷勤相劝;梨是你们张家最有名,自然无须远求了。语气幽默,用典巧而不纤。

〔5〕　仇注:醉归忘险,极尽主人之兴矣。

【点评】

诗中用典,往往会造成与读者心灵沟通的隔阂。杜甫也喜欢用典,却善于将事典意象化,使之如盐入水,浑然不觉。王国维《人间词话》说:"语语都在目前,便是不隔。"可以说这是杜甫的一手绝活儿,早期此诗已见端倪。

房兵曹胡马 (五律)〔1〕

胡马大宛名,锋棱瘦骨成〔2〕。
竹批双耳峻,风入四蹄轻〔3〕。
所向无空阔,真堪托死生〔4〕。
骁腾有如此,万里可横行〔5〕。

【注释】

〔1〕　兵曹,州府掌管军防、驿传的小官。

〔2〕　大宛(yuān),汉西域国名,以出产号称"天马"的"汗血马"著称。

〔3〕　竹批,《齐民要术》:"马耳欲小而锐,状如斩竹筒。"批,削也。"风入"句,虚写,不说四蹄生风,反说风入四蹄,更能托出一个"轻"字来。

〔4〕　无,视之若无。有蔑视之意,杜甫善用此义,如"意无流沙碛"(《八

哀诗》)。无空阔,意为:在这样神骏的马面前,什么空阔辽远的距离都不在话下。此联一气呵成,是所谓"走马对",看似率意而成,却上下句气象铢两悉称,"无空阔"见其气质,"托死生"见其品德。

〔5〕 《杜意》认为尾联与颈联犯重。也就是"万里可横行"与"所向无空阔"意思有重复。浦注称:"此与《画鹰》诗,自是年少气盛时作,都为自己写照。"

【点评】

唐人画仕女多"丰颊肥体",画马好肥大,如韩幹《牧马图》便是。杜甫却说:"幹唯画肉不画骨,忍使骅骝气凋丧!"他独倡"瘦硬通神",此诗正典型地体现了这一审美趣味。李贺《马诗》云:"向前敲瘦骨,犹自带铜声。"无疑是从"锋棱瘦骨成"化出。

画　鹰（五律）

素练风霜起,苍鹰画作殊[1]。
㧐身思狡兔,侧目似愁胡[2]。
绦镟光堪摘,轩楹势可呼[3]。
何当击凡鸟,毛血洒平芜[4]。

【注释】

〔1〕 素练,白绢。风霜起,形容画在绢上的鹰凶猛。

〔2〕 㧐(sǒng)身,竦身。㧐,挺立。孙楚《鹰赋》:"深目蛾眉,状如愁胡。"胡人深目高鼻,加一"愁"字,活脱脱写出鹰侧目若思的神态。

〔3〕 绦,丝绳;镟,辘轳。由画鹰联想到真鹰,用绦系鹰足于镟上。下句

写悬画鹰于楹上,呼之欲出。

〔4〕 何当,犹"安得"。尾联寄托了诗人的抱负。

【点评】

南齐袁嘏曾自称:"我诗有生气,须人捉着,不尔便飞去。"此诗足以当之。

夜宴左氏庄 （五律）[1]

风林纤月落,衣露净琴张[2]。
暗水流花径,春星带草堂[3]。
检书烧烛短,看剑引杯长[4]。
诗罢闻吴咏,扁舟意不忘[5]。

【注释】

〔1〕 庄,唐人诗题常有"庄"、"山庄"、"山池"、"池馆"、"别墅"之类,都指庄园。

〔2〕 纤月,初生之月,所谓"新月曲如眉"。净琴张,就是弹琴。琴音清,所以说"净琴"。

〔3〕 暗水,承上句"月落",所以但闻水声而已。带,襟带、萦绕。班固《西都赋》:"带以洪河泾渭之川。"因月落,故繁星显,如带萦于草堂之上,形容春星之密。《唐诗摘抄》赏其"就无月时写景,语更精切"。

〔4〕 上句写检读主人藏书入神,不觉烛燃殆尽;下句写看剑气旺,自然喝酒痛快,引满而长饮。此联写出夜宴气氛。

〔5〕 吴咏,用江南的吴音吟诗。杜甫曾游吴越,今闻吴咏而忆旧游,勾

起放舟江湖之想。

【点评】

陈贻焮《杜甫评传》称:"描绘琐细而浑然不见痕迹,只觉风韵绝妙,情意深长,艺术上颇为成功。"

赠李白 (七绝)[1]

秋来相顾尚飘蓬,未就丹砂愧葛洪[2]。
痛饮狂歌空度日,飞扬跋扈为谁雄[3]。

【注释】

〔1〕 此诗约作于天宝四载(745)秋,是现存绝句中最早的一首。

〔2〕 尚飘蓬,天宝三载李白被皇帝放还,遂与杜作齐赵之游,故有此喻。葛洪,东晋人,闻交趾出丹砂,因求勾漏令,以便炼丹。李白自称"十五游神仙",后从道士高如贵受"道箓",但仍炼丹不成,故曰"愧葛洪"。

〔3〕 飞扬跋扈,这里指任性而行,不肯受约束。钱注:"按太白性倜傥,好纵横术,魏颢称其眸子炯然,哆如饿虎;少任侠,手刃数人。故公以飞扬跋扈目之,犹云'平生飞动意'也。"一些注家认为对李白有讥讽的意思,其实不然。李杜初识于洛阳,杜赠诗云:"李侯金闺彦,脱身事幽讨。"用"脱身"表达其对李白不肯折腰事权贵的赞赏。这里说"为谁雄",有规劝,更有高才难为用的不平,属正话反说。

【点评】

寥寥几笔勾勒出一个虎虎有生气的李白,并通过李白异常的生活方式提示其出世与入世的矛盾所造成的内在痛苦。《杜诗镜铨》引蒋弱六的话说："是白一生小像。"是。

郑驸马宅宴洞中（七律）[1]

主家阴洞细烟雾，留客夏簟青琅玕[2]。
春酒杯浓琥珀薄，冰浆碗碧玛瑙寒[3]。
误疑茅堂过江麓，已入风磴霾云端[4]。
自是秦楼压郑谷，时闻杂佩声珊珊[5]。

【注释】

〔1〕　此诗约作于天宝四、五载（745、746）归长安后。郑驸马，即代国长公主之子郑潜曜，尚临晋公主。郑驸马还是杜甫好友郑虔之侄。杜甫可能是通过郑虔结识郑驸马。洞，指莲花洞，《长安志》载洞在神禾原，即郑驸马之居。

〔2〕　簟（diàn），竹席，琅玕（láng gān），一种玉石，诗人常用以形容竹之苍翠。

〔3〕　仇注："琥珀杯、玛瑙碗，言主家器物之瑰丽。若三字连用，易近于俗，将杯碗倒拈在上，而以'浓''薄''碧''寒'四字互映生姿，得化腐为新之法。"浦注："'琥珀'是'酒'是'杯'，'玛瑙'是'浆'是'碗'，一色两耀，精丽绝伦。"杜甫正是通过对字词不同于日常用语的创造性组合，来构建诗的意象。

〔4〕　风磴（dēng），凌风而上的石阶。赵注："两句言在富贵之家，都城之地，而有幽逸之兴，故误疑其人自己所结之茅堂，过越江麓，已深入风磴霾藏云端之处也。"这种设疑，是初唐诗常见的句式。

〔5〕　秦楼，《列仙传》：秦穆公女弄玉与婿日于楼上吹箫作凤鸣，后仙

去。郑谷,郑朴字真,汉成帝时耕隐于谷口不应征聘,名震京师。这里反用其意,以见驸马家恍如仙境。

【点评】

这是一首拗体七律,诗中多用平仄不依常格的句子。可见杜甫早期就已经在着手尝试新的艺术表现手法了。陈贻焮《杜甫评传》指出:"有意突破格律、探索拗救之法以发展近体诗表现艺术的,却是从杜甫开始。"

饮中八仙歌 (七古)[1]

知章骑马似乘船,眼花落井水底眠[2]。
汝阳三斗始朝天,道逢麹车口流涎,
恨不移封向酒泉[3]。
左相日兴费万钱,饮如长鲸吸百川,
衔杯乐圣称避贤[4]。
宗之潇洒美少年,举觞白眼望青天,
皎如玉树临风前[5]。
苏晋长斋绣佛前,醉中往往爱逃禅[6]。
李白一斗诗百篇,长安市上酒家眠,
天子呼来不上船,自称臣是酒中仙[7]。
张旭三杯草圣传,脱帽露顶王公前,
挥毫落纸如云烟[8]。
焦遂五斗方卓然,高谈雄辩惊四筵[9]。

【注释】

〔1〕 约作于天宝五载（746）杜甫初至长安时。此诗结构奇特，如连山断岭，似接不接。许学夷《诗源辨体》称："此歌无首无尾，当作八章。然体虽八章，文气只似一篇。"贯穿全篇的便是作者对才俊之士的仰慕与同情，正如《唐诗解》所说："知章则以辅太子而见疏，适之则以忤权相而被斥，青莲（指李白）则以触力士（指宦官高力士）而放弃，其五人亦皆厌世之浊而托于酒，故子美咏之。"

〔2〕 知章，贺知章，一见李白便呼为"谪仙人"，解所佩金龟换酒与之为乐。

〔3〕 汝阳，汝阳王李琎。酒泉，郡名，有泉味如酒，故名。唐皇室斗争一向剧烈，作为"让皇帝"李宪长子的李琎，处于极敏感的地位，所以在"三斗始朝天"背后有谨慎的处世态度。

〔4〕 左相，李适之，天宝元年（742）为左丞相，五载（746）为奸相李林甫所排斥，贬宜春太守，仰药而亡。尝作诗云："避贤初罢相，乐圣且衔杯。"圣，指清酒。

〔5〕 宗之，崔宗之。白眼，晋阮籍见庸俗之人，便作白眼。玉树，《世说新语》载谢安问诸子侄："子弟亦何预人事，而正欲使其佳？"谢玄答曰："譬如芝兰玉树，欲使其生于庭阶耳。"这里用玉树临风形容美少年醉态，同时暗示他是齐国公崔日用之子。

〔6〕 苏晋，苏晋少能属文，被誉为"后来王粲"。一方面长斋，一方面又贪杯逃禅，不守戒律，写出其不受约束的个性。

〔7〕 一斗诗百篇，才饮一斗酒，便能写百篇诗，形容其文思敏捷。范传正《李公新墓碑》称："他日（玄宗）泛白莲池，公不在宴。皇欢既洽，召公作序。时公已被酒于翰苑中，仍命高将军扶以登舟。"杜甫移"翰苑"为"市上酒家"，更能写出李白的布衣精神。

〔8〕 张旭，书法家，世称"草圣"。《新唐书》称其嗜酒，每大醉，呼叫狂走乃下笔，或以头濡墨而书，世呼"张颠"。

〔9〕 焦遂，布衣，名迹不见他书。《杜诗镜铨》："独以一不醉客作结。"

【点评】

诗人将八位不同社会阶层的饮者狂放的一面集中起来，异中见同;又各赠数言,同中见异,得趣欲飞。诚如李沂《唐诗援》所说:"参差历落,不衫不履,各极其致。"与后期沉重的《八哀诗》对读,不难品味出此诗浓郁的盛唐气息。

春日忆李白 (五律)[1]

白也诗无敌,飘然思不群[2]。
清新庾开府,俊逸鲍参军[3]。
渭北春天树,江东日暮云[4]。
何时一樽酒,重与细论文?

【注释】

[1] 此诗约作于天宝六载(747)春,杜甫到长安不久。

[2] 思(sì),名词,这里指诗思。金圣叹《杜诗解》称:"'白也'对'飘然',妙绝。"

[3] 庾开府,庾信,在北周为骠骑大将军,开府仪同三司。鲍参军,鲍照,刘宋时曾为前军参军。二人都是六朝的重要作家。

[4] 二句写"忆"。渭北,杜之所在;江东,李之所在。只写两地景色,景化为情。

【点评】

杜甫性情之真,于斯可见。

送孔巢父谢病归游江东兼呈李白 （七古）[1]

巢父掉头不肯住，东将入海随烟雾[2]。

诗卷长留天地间，钓竿欲拂珊瑚树。

深山大泽龙蛇远，春寒野阴风景暮[3]。

蓬莱织女回云车，指点虚无是归路[4]。

自是君身有仙骨，世人那得知其故。

惜君只欲苦死留，富贵何如草头露？

蔡侯静者意有余，清夜置酒临前除[5]。

罢琴惆怅月照席："几岁寄我空中书[6]？

南寻禹穴见李白，道甫问讯今何如[7]！"

【注释】

〔1〕 约天宝六载（747）作于长安，为现存杜诗中最早的一首七古。孔巢
父，与李白等六人隐居徂徕山，号"竹溪六逸"。谢病，托病弃官，不
一定是真病。诗多缥缈语，可看出杜甫早期受屈原的影响。

〔2〕 掉头，犹摇头。

〔3〕 二句写东游的境界。上句用《左传》"深山大泽，实生龙蛇"，含有比
意，即巢父归隐有似龙蛇处于深山大泽。

〔4〕 蓬莱，传说中的海上仙山。织女，星名，这里泛指仙女。归路，指归
宿。此句用虚景作衬。

〔5〕 蔡侯，蔡先生，侯是尊称。静者，不热衷富贵的人，往往用以称不当
官的人。意有余，意犹未尽（所以下句有"清夜置酒"以尽情意）。
除，台阶。

〔6〕　空中书,指仙人凌空来信。杜甫不信神仙,话说得很幽默:不知你
　　　　哪年才成仙,来信相告?

〔7〕　禹穴,传为夏禹藏书处,有二,一在浙江绍兴,一在陕西旬阳,此指
　　　　前者。问讯,问好。

【点评】

　　瑰丽飘忽,风格近李白。

奉赠韦左丞丈二十二韵 （五古）[1]

纨绔不饿死,儒冠多误身[2]。

丈人试静听,贱子请具陈[3]。

甫昔少年日,早充观国宾[4]。

读书破万卷,下笔如有神[5]。

赋料扬雄敌,诗看子建亲[6]。

李邕求识面,王翰愿卜邻[7]。

自谓颇挺出,立登要路津[8]。

致君尧舜上,再使风俗淳[9]。

此意竟萧条,行歌非隐沦[10]。

骑驴三十载,旅食京华春[11]。

朝扣富儿门,暮随肥马尘。

残杯与冷炙,到处潜悲辛[12]。

主上顷见征,欻然欲求伸。

青冥却垂翅,蹭蹬无纵鳞[13]。

甚愧丈人厚,甚知丈人真。

每于百僚上,猥诵佳句新[14]。

窃效贡公喜,难甘原宪贫[15]。

焉能心怏怏,只是走踆踆[16]。

今欲东入海,即将西去秦[17]。

尚怜终南山,回首清渭滨[18]。

常拟报一饭,况怀辞大臣[19]。

白鸥没浩荡,万里谁能驯[20]!

【注释】

〔1〕 韦左丞,韦济,天宝九载(750)做尚书左丞。丈,对年辈较长的人的尊称。实质上这是一首"干谒诗",也就是专献给达官贵人看,希望得到提携的诗。这类诗在唐代非常流行。

〔2〕 纨绔,细绢做成的裤子,泛指富贵子弟。儒冠,同样是以物代人,指儒者,这里是自指。《潜溪诗眼》:"此一篇立意也,故使人静听而具陈之耳。"开门见山,托出主题。

〔3〕 静听,谛听。贱子,杜甫自称。具陈,细说。

〔4〕 观国宾,就是"观光",这里指在京都参加进士考试。杜甫开元二十三年由乡贡参加进士考试,不第,时年二十四,故称"早充观国宾"。充,充当,指不及第而言。

〔5〕 破,吃透。《对床夜语》:"读书而至破万卷,则抑扬上下,何施不可;非谓以万卷之书为诗也。"《唐诗援》:"起二句潦倒悲愤,得此振起。"

〔6〕 扬雄,一作杨雄,西汉大赋家;子建,曹植的字,大诗人。敌,匹敌;亲,接近。

〔7〕 李邕,天宝初为北海太守,人称"李北海",名闻天下。王翰,盛唐著名诗人,豪放不羁,自比王侯,是《凉州词》"葡萄美酒夜光杯"的作者。卜邻,择邻。以上连用四位名人来衬托自己的文学成就。

〔8〕 挺出,特出。津,渡口。要路津,喻重要职位。

〔9〕 这句表达了杜甫的政治理想:我要辅佐君王,让他达到尧、舜的水平,使民风重归淳朴。

〔10〕 隐沦,隐逸之士。

〔11〕 三十载,《杜诗阐》认为三十载当作十三载,时杜甫年未四十。京华,京师。

〔12〕 四句写干谒贵人求荐的屈辱。《杜工部诗说》:"极言困厄之状,略不自讳。"

〔13〕 顷,不久前,歘,同忽。青冥,指天空。蹭蹬,失势的样子。四句暗写天宝六载(747)事:时唐玄宗下诏征天下士人有一艺者,皆得诣京师就选。奸相李林甫怕士人说他坏话,便使全部应试者落选,还上表称贺:"野无遗贤。"因当时李林甫尚在位,故诗中不便明言。

〔14〕 猥,谦语,犹"承蒙"。韦济在公众之前吟诵杜诗,是一种推荐手段,故杜甫表示感激。

〔15〕 贡公喜:汉贡禹与王吉为友,闻王显贵,弹冠而喜,自知随之而贵。原宪,孔子的学生,甚穷困。

〔16〕 怏怏,气愤不平貌。踆踆(qūn qūn),行步迟重貌。

〔17〕 秦,指长安。

〔18〕 终南山,在长安。清渭,长安有渭水、泾水,人称"清渭浊泾"。

〔19〕 报一饭,报答一饭之恩。大臣,指韦济。

〔20〕 没浩荡,灭没于浩荡的烟波之间。《唐宋诗醇》:"一结旷达,收转前半,意在言外,所谓'篇终接混茫'也。"

【点评】

此篇前人多取为压卷之作,最见杜甫真性情。言抱负则直云"致君尧舜上",不故作谦语;言困顿则自称"朝扣富儿门,暮随肥马尘",不讳言干谒之狼狈。《杜臆》称其"直抒胸臆,如写尺牍"。然而直抒并非一泻无余,而是几经转折、振起,极见顿挫功夫。

乐游园歌 （七古）[1]

乐游古园崒森爽，烟绵碧草萋萋长[2]。

公子华筵势最高，秦川对酒平如掌[3]。

长生木瓢示真率，更调鞍马狂欢赏[4]。

青春波浪芙蓉园，白日雷霆夹城仗[5]。

阊阖晴开诀荡荡，曲江翠幕排银榜[6]。

拂水低徊舞袖翻，缘云清切歌声上。

却忆年年人醉时，只今未醉已先悲。

数茎白发那抛得？百罚深杯亦不辞[7]！

圣朝已知贱士丑，一物自荷皇天慈[8]。

此身饮罢无归处，独立苍茫自咏诗[9]。

【注释】

〔1〕 乐游园，即乐游原，在长安东南郊，为唐时游览胜地。此诗当作于
天宝十载（751）。题下自注："晦日贺兰杨长史筵醉歌。"晦日，指农
历正月三十日，是唐时一个节日。

〔2〕 古园，乐游园本是汉代的乐游苑，故称"古园"。其中古木参天，森
疏萧爽，自非如今景象。崒（zú），高危貌。烟绵，连绵貌。

〔3〕 公子，指设筵的杨长史。秦川，一名樊川，此指长安一带的平原。
沈佺期诗："秦地平如掌。"

〔4〕 长生木，一种罕见树种。《艺文类聚》引《邺中记》："世人谓之西王
母长生树。"嵇含有《长生树赋》，称之为嘉木，可招祥瑞。成善楷
《杜诗笺记》认为，长生木瓢不是一般饮器，不说玉罍金樽，避免了

富贵气。调,平声。唐人调马有二义,一为驯马;一为戏马。此处取后义,即酒后戏马取乐,故接云"狂欢赏"。

〔5〕　青春、波浪、芙蓉园,句中无动词,却自然洇为一片境,写出芙蓉园中春光水色。下句:白日、雷霆、夹城仗,同样句式,与上句刚柔相济。芙蓉园,在乐游园西南,中有芙蓉城。夹城,由重墙组成的大明宫通往芙蓉园和曲江的夹道。仗,仪仗。此写皇帝出游的声势。

〔6〕　阊阖,天门,借指宫殿门。长安宫殿在龙首原上,地势最高,故王维诗云:"九天阊阖开宫殿,万国衣冠拜冕旒。"诶(dié)荡荡,阔大貌。诶,汉乐府《天门歌》:"天门开,诶荡荡。"曲江,在乐游园南,亦名曲江池。皇帝节日赐宴群臣,进士及第游园,使此地成为长安最重要的公共场所。翠幕,游宴时搭成的华丽帐幕。银榜,匾额,借指宫殿。此句意为:曲江翠幕之盛,几乎压倒沿岸的行宫。

〔7〕　上句与"苦遭白发不相放"同意,下句即所谓"痛饮"。《唐诗别裁》:"极欢宴时,不胜身世之感。"

〔8〕　贱士丑,陆机诗:"玄冕无丑士。"玄冕,一作"冠冕"。当官的"无丑士",则"丑士"当在布衣。一物,杜甫《回棹》诗:"劳生系一物。"钱注:"言此生犹一物耳。"又,杜甫《秋述》:"我弃物也,四十无位。"邓绍基《杜诗别解》说:"联系起来看,诗人自谓'一物',是不得志,不称心的语言。"

〔9〕　苍茫,指暮色。《唐诗品汇》引刘云:"每诵此结不自堪。"

【点评】

　　《读杜心解》说:"'青春'六句,一气读。虽纪游,实感事也。"其实通篇如此,敏感的诗人于歌舞升平中已感受到深刻的危机。

投简咸华两县诸子 （七古）[1]

赤县官曹拥材杰，软裘快马当冰雪[2]；
长安苦寒谁独悲？杜陵野老骨欲折[3]。
南山豆苗早荒秽，青门瓜地新冻裂[4]。
乡里儿童项领成，朝廷故旧礼数绝[5]。
自然弃掷与时异，况乃疏顽临事拙[6]。
饥卧动即向一旬，敝衣何啻联百结[7]。
君不见空墙日色晚，此老无声泪垂血。

【注释】

〔1〕 此诗约作于天宝十载(751)冬。其时，杜甫已陷入困境，过着"日籴
太仓五升米"、"卖药都市，寄食友朋"的穷日子。投简，即投赠。咸
华，咸阳与华原二县。

〔2〕 赤县，指长安。《元和郡县志》："唐县，有赤、畿、望、紧，上中下六等
之差，京都所治为赤县，京之旁邑为畿县。"

〔3〕 杜陵，在长安南。杜甫曾居杜陵，每自称"杜陵野老"、"杜陵布衣"。

〔4〕 南山豆苗，陶潜诗："种豆南山下，草盛豆苗稀。"青门，长安东门。
秦东陵侯召平尝种瓜青门，二句写苦于饥寒。

〔5〕 乡里儿童，指恃势小人。《晋书·隐逸传》："陶潜不能拳拳事乡里
小儿。"项领，《后汉书·吕强传》"群邪项领"，注："项领，自恣也。"
此句意为乡里恶势力已成气候，与下句"礼数绝"对比，一长一消。

〔6〕 上句倒装，因"与时异"，自然遭弃掷。

〔7〕 向，近。何啻，岂止。

【点评】

杜诗名句"朱门酒肉臭,路有冻死骨"绝不是"顿悟语",而是目睹身受的"渐悟语"。"赤县官曹拥材杰,软裘快马当冰雪;长安苦寒谁独悲? 杜陵野老骨欲折",已见端倪。

病后过王倚饮赠歌 (七古)[1]

麟角凤嘴世莫辨,煎胶续弦奇自见[2]。
尚看王生抱此怀,在于甫也何由羡[3]。
且过王生慰畴昔,素知贱子甘贫贱。
酷见冻馁不足耻,多病沉年苦无健[4]。
王生怪我颜色恶,答云伏枕艰难遍。
疟疠三秋孰可忍,寒热百日相交战。
头白眼暗坐有胝,肉黄皮皱命如线。
唯生哀我未平复,为我力致美肴膳。
遣人向市赊香粳,唤妇出房亲自馔。
长安冬菹酸且绿,金城土酥净如练[5]。
兼求畜豪且割鲜,密沽斗酒谐终宴[6]。
故人情义晚谁似,令我手足轻欲旋。
老马为驹信不虚,当时得意况深眷[7]。
但使残年饱吃饭,只愿无事长相见!

【注释】

〔1〕 杜甫天宝十载(751)作《秋述》称:"秋,杜子卧病长安旅次。"此诗或

当作于病后。

〔2〕麟角凤嘴，传说煮凤喙麟角作胶，能连断弦，故名"集弦胶"。此句意为：世人莫知麟角凤嘴之妙用，煮作续弦胶而其奇自见。暗喻王倚有特异情怀，危难时始验其奇。

〔3〕何由羡，言不能及其高怀。

〔4〕酷见，犹甚知、熟知。与上句"素知"相应，则王倚素知杜甫甘于贫贱，甚知杜甫不以冻馁为耻，写出王生知己之深。

〔5〕冬菹(zū)，酸菜。金城土酥，仇注引《唐书》云，金城县属京兆府，后改名兴平。《长安志》云，京兆府岁贡兴平酥。见是因为本地所产，故称土酥。赊来的粳米，土产的食品，这一切表明王倚自己也并不富裕，而能慷慨如此，尤其感人。

〔6〕畜豪，畜之肥大者。王维诗"草屩牧豪豨"，豪豨，即大猪。

〔7〕老马为驹，旧解纷纭。《读杜札记》引许嵩庐云："似只承上句'手足轻欲旋'言之，俗所谓返老还童也。"此说有一定道理。《诗经·角弓》："老马反为驹，不顾其后。如食宜饇，如酌孔取。"言老马反而像小马驹，竟不顾后果，譬如吃也要吃到饱，喝也要喝个够。所以杜甫说"老马为驹"这话真不假呵！与下三句连读，直见杜甫的真率，与王倚相濡以沫之情深。

【点评】

　　四川文史馆《杜甫年谱》称："此歌完全采用人民生动言语，发出恳挚真情，作风较前大不相同。"是。

兵车行 （七古）[1]

车辚辚，马萧萧，行人弓箭各在腰[2]。
爷娘妻子走相送，尘埃不见咸阳桥。

牵衣顿足拦道哭，哭声直上干云霄！

道旁过者问行人，行人但云："点行频[3]！

或从十五北防河，便至四十西营田。

去时里正与裹头，归来头白还戍边[4]！

边庭流血成海水，武皇开边意未已[5]。

君不闻汉家山东二百州，千村万落生荆杞[6]。

纵有健妇把锄犁，禾生陇亩无东西。

况复秦兵耐苦战，被驱不异犬与鸡[7]。

长者虽有问，役夫敢申恨[8]？

且如今年冬，未休关西卒。

县官急索租，租税从何出？"

信知生男恶，反是生女好；

生女犹得嫁比邻，生男埋没随百草！

君不见青海头，古来白骨无人收。

新鬼烦冤旧鬼哭，天阴雨湿声啾啾！

【注释】

〔1〕　唐玄宗晚年经常发动战争。《通鉴》卷二一六："天宝十载四月，鲜于仲通讨南诏，将兵八万，至西洱河，大败，死者六万人。制大募两京(长安、洛阳)及河南、北兵以击南诏……杨国忠遣御史分道捕人，连枷送诣军所。于是行者愁怨，父母妻子送之，所在哭声振野。"此诗所反映正是此类事实。是为杜集乐府首篇。

〔2〕　辚(lín)，形容车行走时的声音。萧萧，马鸣声。行人，指行役之人。

〔3〕　点行，就是按名强征。

〔4〕　里正，《通典·食货》："凡百户为一里，里置正一人。掌按比户口，课植农桑，检察是非，催驱赋役。"古以头巾裹头。因年纪小，所以得里正给他裹头。

〔5〕 武皇，汉武帝，此指唐玄宗。

〔6〕 山东，唐人称华山以东为山东。

〔7〕 秦兵，即关中之兵。

〔8〕 长者，尊称上文的"道旁过者"。敢申恨，岂敢申说自己的怨恨。《唐书·杨国忠传》："自仲通、李宓再举讨蛮之军，凡举二十万人弃之死地，只轮不返，人衔冤毒，无敢言者。"《吴礼部诗话》："'虽'字、'敢'字，曲尽事情。"

【点评】

唐人多写乐府，但真正能继承乐府民歌写实精神开创新局面的是杜甫。此题属"即事名篇"，用自创题写时事。诚如《蔡宽夫诗话》所称："惟老杜《兵车行》、《悲青坂》、《无家别》等数篇，皆因事自出己意，立题略不更蹈前人陈迹，真豪杰也。"

丽人行 （七古）[1]

三月三日天气新，长安水边多丽人[2]。
态浓意远淑且真，肌理细腻骨肉匀[3]。
绣罗衣裳照暮春，蹙金孔雀银麒麟[4]。
头上何所有？翠为匐叶垂鬓唇[5]。
背后何所见？珠压腰衱稳称身[6]。
就中云幕椒房亲，赐名大国虢与秦[7]。
紫驼之峰出翠釜，水精之盘行素鳞[8]。
犀箸厌饫久未下，鸾刀缕切空纷纶[9]。
黄门飞鞚不动尘，御厨络绎送八珍[10]。

萧鼓哀吟感鬼神,宾从杂遝实要津[11]。
后来鞍马何逡巡:当轩下马入锦茵[12]。
杨花雪落覆白蘋,青鸟飞去衔红巾[13]。
炙手可热势绝伦,慎莫近前丞相嗔[14]!

【注释】

〔1〕 此诗讽刺杨国忠兄妹荒淫奢侈。杨国忠天宝十一载(752)十二月做右丞相,诗当作于十二载春。《岘傭说诗》称:"《丽人行》前半竭力形容杨氏姐妹之游冶淫佚。后半叙国忠之气焰逼人,绝不做一断语,使人于意外得之。此诗之善讽也。"

〔2〕 三月三日,上巳日,开元时长安士女于是日游赏曲江。

〔3〕 上句状其丰神,下句状其体貌。

〔4〕 蹙(cù),古代刺绣的一种手法,用金丝银线绣成绉纹状织品。

〔5〕 翠,翡翠。匌(è)叶,妇人首饰。鬓唇,鬓边。

〔6〕 祆(jié),衣服的后襟。

〔7〕 就中,犹其中。云幕,指帐幕。椒房,汉代皇后居室以椒和泥涂壁,故世称皇后为椒房。椒房亲,此指杨贵妃姐虢国夫人、秦国夫人。《旧唐书·杨贵妃传》:"太真有姊三人,皆有才貌,并封国夫人,大姨封韩国,三姨封虢国,八姨封秦国,并承恩泽,出入宫掖,势倾天下。"

〔8〕 驼峰,唐人有名食驼峰炙。水精,即水晶。紫、翠、素(白)、水精(透明),以明丽的色彩衬出肴馔之精美。

〔9〕 犀箸,犀牛角做的筷子。厌饫(yù),吃腻了。空纷纶,谓大师傅们白忙了一阵。

〔10〕 黄门,即宦官。飞鞚,即飞马。御厨,天子之厨。内廷不断飞马送来食品,却路不动尘,写出皇家气派,也写出君臣的娇贵暴殄。

〔11〕 杂遝(tà),众多而纷乱。要津,此指重要职位。此句言众多的宾客都是些政府要员。实,是嗟叹的口气。

〔12〕 逡巡,徐行貌。这里有大模大样、旁若无人的意味。锦茵,锦做的

地毯。后来者为杨国忠，但"丞相"二字留待末句才点出，更有意味。

〔13〕 上句妙用眼前景作隐语。民间说法，杨花入水化为浮萍。而萍之大者为蘋，即萍、蘋与杨花出于一体，暗喻杨国忠与从妹虢国夫人有不正常关系。乐史《杨太真外传》："虢国又与国忠乱焉，略无仪检。"青鸟，传说西王母以青鸟传消息。红巾，妇人用品。此言眼前事已透露出杨家某些隐私。

〔14〕 嗔（chēn），怪罪。尾联以劝诫人回避的语气，反衬出杨家的不可一世。《杜诗镜铨》引蒋弱六云："美人相、富贵相、妖淫相，后乃现出罗刹相。"

【点评】

《读杜心解》云："无一刺讥语，描摹处语语刺讥；无一慨叹声，点逗处声声慨叹。"诗人一脸严肃地描述着鲜丽的衣锦、精美的饮馔，"绝不作一断语"，读者却不难从中自作断语。此为"寓主意于客位"的高明手法。

前出塞九首（五古）

戚戚去故里，悠悠赴交河[1]。
公家有程期，亡命婴祸罗[2]。
君已富土境，开边一何多[3]！
弃绝父母恩，吞声行负戈[4]。

【注释】

〔1〕 交河，在今新疆吐鲁番，是个天然要塞，曾为唐安西都护府治所。

明诗人云:"沙河二水自交流,天设危城水上头。"

〔2〕　婴,触。此句意为:想逃命,又怕触犯法网(祸及家庭)。

〔3〕　一何多,犹"何其多"。

〔4〕　这一首写被迫应征的心情,其中对皇帝穷兵黩武政策做出批评。

出门日已远,不受徒旅欺[1]。

骨肉恩岂断? 男儿死无时!

走马脱辔头,手中挑青丝[2]。

捷下万仞冈,俯身试搴旗[3]。

【注释】

〔1〕　徒,士兵,指军旅中的伙伴。此句意为:离家日久,熟习军旅生活,也就不再受伙伴们的戏弄了。

〔2〕　脱辔头,去掉马的络头不用。挑青丝,信手挑着马缰。二句写骑马老练。

〔3〕　搴(qiān),拔取。此首写练兵。由于生死无时,故轻生自奋。仇注云:"上四意决,下截气猛。"

磨刀鸣咽水,水赤刃伤手[1]。

欲轻肠断声,心绪乱已久[2]。

丈夫誓许国,愤惋复何有[3]?

功名图麒麟,战骨当速朽[4]。

【注释】

〔1〕　《三秦记》:"陇山顶有泉,清水四注,俗歌:'陇头流水,鸣声鸣咽。遥望秦川,肝肠断绝。'"诗开头四句化用陇头歌。

〔2〕　轻,轻忽。写心不在焉的神情,故有开头看到"水赤"才知"刃伤手"之举。

〔3〕　此句意为：男子汉既以身许国，又有什么好愤恨留恋的呢？
〔4〕　图麒麟，汉宣帝曾画功臣像于麒麟阁。此首写烦乱心绪，似壮
　　　而悲。

> 送徒既有长，远戍亦有身[1]。
> 生死向前去，不劳吏怒瞋！
> 路逢相识人，附书与六亲：
> 哀哉两决绝，不复同苦辛[2]！

【注释】

〔1〕　送徒有长，送征夫有负责人。亦有身，（征夫）也是一条命，是愤
　　　恨语。
〔2〕　决绝，永别。此首写军吏暴戾，征夫自尊与痛绝的心情。

> 迢迢万里余，领我赴三军。
> 军中异苦乐，主将宁尽闻[1]？
> 隔河见胡骑，倏忽数百群[2]。
> 我始为奴仆，几时树功勋[3]！

【注释】

〔1〕　异苦乐，苦乐不均。宁(nìng)，岂。此句意为：军中苦乐悬殊，主将
　　　你难道都知道？
〔2〕　河，指交河。倏忽，一会儿工夫。此句写少数民族骑兵出没神速。
〔3〕　为奴仆，《通鉴》："戍边者多为边将苦使，利其死而没其财。"将士兵
　　　当奴仆是写实。此首写前线之现实，是组诗的分水岭，以下专写军
　　　中战事。

> 挽弓当挽强，用箭当用长。

射人先射马,擒贼先擒王[1]。

杀人亦有限,立国自有疆。

苟能制侵陵,岂在多杀伤[2]?

【注释】

〔1〕 首四句用民谣常见的比兴手法,点明擒其魁首是上策。下四句是其引申。

〔2〕 此首借戍卒之口说出诗人的观点:战争目的只在制止侵略,何必多杀人。

驱马天雨雪,军行入高山。

径危抱寒石,指落层冰间[1]。

已去汉月远,何时筑城还[2]?

浮云暮南征,可望不可攀[3]!

【注释】

〔1〕 此句写山险路危,筑城只能抱石而上,手指遂被冻落。

〔2〕 汉月,指汉人聚居的内地。

〔3〕 家乡在南方,故浮云南飞而叹不可攀随而去。此首写寒天筑城思家。

单于寇我垒,百里风尘昏[1]。

雄剑四五动,彼军为我奔[2]。

虏其名王归,系颈授辕门[3]。

潜身备行列,一胜何足论[4]?

【注释】

〔1〕 单(chán)于,指少数民族君长。

〔2〕　四五动，是说没费多大力气。奔，败走。

〔3〕　名王，此泛指敌方要人。辕门，军行以车为阵，辕相向为门，即军门。

〔4〕　二句写战士有功不居。此首写立功过程与不居功的品格。

> 从军十年余，能无分寸功？
> 众人贵苟得，欲语羞雷同[1]。
> 中原有斗争，况在狄与戎[2]？
> 丈夫四方志，安可辞固穷[3]？

【注释】

〔1〕　苟得，指争功贪赏。

〔2〕　二句意为：中原尚且有斗争，何况边疆地区？应指争功事。

〔3〕　末句放开一步，见自家心胸。此首写论功。

【点评】

　　杜甫善用组诗纪事叙情。从第一首出门到第九首论功，层次井然，九首如一首，塑造了一个普通征夫的形象。其中着重心理刻画，更易感人。

同诸公登慈恩寺塔 （五古，附唱和二首）[1]

> 高标跨苍穹，烈风无时休[2]。
> 自非旷士怀，登兹翻百忧[3]。
> 方知象教力，足可追冥搜[4]。

仰穿龙蛇窟，始出枝撑幽[5]。

七星在北户，河汉声西流[6]。

羲和鞭白日，少昊行清秋[7]。

秦山忽破碎，泾渭不可求[8]。

俯视但一气，焉能辨皇州[9]。

回首叫虞舜，苍梧云正愁[10]。

惜哉瑶池饮，日晏昆仑丘[11]。

黄鹤去不息，哀鸣何所投？

君看随阳雁，各有稻粱谋[12]！

【注释】

〔1〕　同，就是和。原注："时高适、薛据先有此作。"是为和诗。诗写于天宝十一载(752)秋。此时唐帝国内部矛盾已趋尖锐，但统治集团仍浑然不觉，杜甫忧心如焚。萧先生指出：此诗用比兴手法，"把对社会现实的讽刺融化在景物的描写和故事的感叹里，所以需要我们细心领会"。

〔2〕　高标，指塔顶。立木为表记，最顶部为"标"。苍穹，天空。"烈风无时休"正衬出塔高出天。

〔3〕　旷士，超世之士。杜甫是入世之士，忧患意识使之登高反而易开沉郁之绪，所以说是"翻百忧"。《唐诗归》钟惺云："登望诗不独雄旷，有一段精理冥悟，所谓令人发深省也，浮浅人不知。"

〔4〕　象教，佛教假形象以教人，故又称"象教"。因慈恩寺塔（即大雁塔）为玄奘所立，所以说是"象教力"。下句意为登塔可以穷高极远地搜寻胜境。

〔5〕　龙蛇窟，形容塔内屈曲的磴道。枝撑，塔中斜柱。钱注引黄庭坚云："慈恩塔下数级，皆枝撑洞黑，出上级乃明。"

〔6〕　七星，北斗。河汉，银河。《杜臆》："河汉西流已奇，而用一'声'字尤妙。"妙在写得逼真，如闻如见。

〔7〕　羲和，驾日车之神。少昊，白帝，秋天之神。

〔8〕 秦山，指终南诸山。忽破碎，凭高一望，诸山错杂，"破碎"是其强烈的主观印象，与诗人当时"翻百忧"的心绪有关。下句意为：泾水、渭水在暮色中清浊不分。

〔9〕 皇州，指长安。

〔10〕 以下八句写登塔所感。虞舜，古代贤君，借指唐太宗，是追想国初政治修明的意思。苍梧，九嶷山，传说虞舜葬此。杜甫欲"致君尧舜上"，不意玄宗却越来越昏庸。回首一叫，将胸中郁碑吐出，是诗中显豁处。

〔11〕 《列子》："周穆公升昆仑之丘，遂宾于西王母，觞于瑶池之上。"日晏，日晚。此句暗喻玄宗与贵妃游宴骊山，荒淫无度。"惜哉"二字已露讽谏之意，"日晏"则含天下将乱之意。

〔12〕 黄鹄、雁，喻君子、小人。稻粱谋，指个人打算。一来一往，则朝廷亲小人、远贤臣之昏庸自见。是写实景中的寓意，禅家所谓"现量"。《义门读书记》称："身世之感，无所不包，却只说塔前所见，别无痕迹。"

【点评】

《瓯北诗话》称杜甫思力深厚，"他人不过说到七八分者，少陵必说到十分，甚至十二三分者"。观诸人同作，便知杜甫的确是时代的先觉者，诸人莫及。

【附录】

一、岑参同作：《与高适薛据同登慈恩寺浮图》

塔势如涌出，孤高耸天宫。登临出世界，磴道盘虚空。突兀压神州，峥嵘如鬼工。四角碍白日，七层摩苍穹。下窥指高鸟，俯听闻惊风。连山若波涛，奔凑似朝东。青松夹驰道，宫观何玲珑！秋色从西来，苍然满关中。五陵北原上，万古青濛濛。净理了可悟，胜因夙所宗。誓将挂冠去，觉道资无穷。

二、高适同作：《同诸公登慈恩寺塔》

香界泯群有，浮图岂诸相？登临骇孤高，披拂忻大壮。言是羽翼生，迥出虚空上。顿疑身世别，乃觉形神王。宫阙皆户前，山河尽檐向。秋风昨夜至，秦塞多清旷。千里何苍苍，五陵郁相望。盛时惭阮步，末宦知周防。输效独无因，斯焉可游放。

送高三十五书记十五韵 （五古）[1]

崆峒小麦熟，且愿休王师！

请公问主将：焉用穷荒为[2]？

饥鹰未饱肉，侧翅随人飞[3]。

高生跨鞍马，有似幽并儿[4]。

脱身簿尉中，始与捶楚辞[5]。

借问"今何官？触热向武威[6]？"

答云一书记，所愧国士知[7]。

人实不易知，更须慎其仪。

十年出幕府，自可持军麾[8]。

此行既特达，足以慰所思[9]。

男儿功名遂，亦在老大时。

常恨结欢浅，各在天一涯；

又如参与商，惨惨肠中悲[10]。

惊风吹鸿鹄，不得相追随[11]。

黄尘翳沙漠，念子何当归[12]。

边城有余力，早寄从军诗！

【注释】

〔1〕 高三十五,高适排行三十五,故称。书记,唐元帅府及节度使幕府设有掌书记一职。高适时为河西节度使哥舒翰掌书记,天宝十一载(752)随翰入朝,诗当作于是年。浦注称:"时事忧危之情,朋友规切之谊,临歧颂祷赠处执别之忱,蔼然具见于此诗。"

〔2〕 起四句表明诗人反对穷兵黩武的一贯主张。不过西北战事性质较复杂,如诗中所称"崆峒小麦熟"一事,《唐书·哥舒翰传》载:"吐蕃每至麦熟时,即率部众至积石军获取之,共呼为吐蕃麦庄。"哥舒翰天宝六载(747)设伏痛击,"杀之略尽,吐蕃屏迹,不敢近青海"。今又当崆峒麦熟,吐蕃既不敢来,故杜甫叮嘱"愿休王师"。正如杜甫所担心的,明年(天宝十二载)哥舒翰又出兵收九曲,伤亡极大,颇遭非议。九曲地肥,吐蕃据之屯兵畜牧,屡入侵。收复是必要的,但不应邀功嗜杀(如石堡城之役)。至于"焉用穷荒为",如果是主张自动放弃缓冲地带河西,在战略上则未必明智。崆峒,山名,在临洮。

〔3〕 饥鹰,喻高适。

〔4〕 幽,河北之地;并,山西之地。幽并民俗善骑射。

〔5〕 高适曾为封丘县尉,有诗云:"拜迎官长心欲碎,鞭挞黎庶令人悲。"今为书记,不必再鞭挞百姓了。

〔6〕 武威,郡名,在甘肃。

〔7〕 国士知,以国士相待。国士,国家的杰出人物。此指哥舒翰对高适的重视。

〔8〕 持军麾,指当任主将。军麾,用作指挥的军旗。

〔9〕 特达,犹特出。

〔10〕 参与商,参、商二星座,一出一没互不相见,表示分手后难再见面。

〔11〕 此句言己不得同往。

〔12〕 翳(yì),遮蔽。何当,何时。

【点评】

　　在理智与情感的交叉点上立意,故佳。

曲江三章章五句 （七古）[1]

曲江萧条秋气高,菱荷枯折随风涛,
游子空嗟垂二毛[2]。
白石素沙亦相荡,哀鸿独叫求其曹[3]。

【注释】

〔1〕 曲江,汉武帝所造,其水曲折,故名。南有芙蓉苑,西有慈恩寺,为
长安游赏胜地。诗约作于天宝十一载(752),献赋不遇后。

〔2〕 二毛,头发夹杂黑、白二色。

〔3〕 其曹,其同类。

即事非今亦非古,长歌激越捎林莽[1]。
比屋豪华固难数[2]。
吾人甘作心似灰,弟侄何伤泪如雨[3]?

【注释】

〔1〕 即事吟诗,随意写怀,不古不今,七言五句,此为杜甫创体。捎林
莽,捎即摧折,木曰林,草曰莽。意为长歌当哭,其激越可摧林莽。

〔2〕 比屋,连屋,多的意思。

〔3〕 从弟侄"泪如雨",反观自己因长期困顿所致的麻木。

自断此生休问天,杜曲幸有桑麻田[1]。
故将移住南山边[2]。

短衣匹马随李广,看射猛虎终残年[3]。

【注释】

〔1〕 杜曲,地名,在长安南,又称"下杜"。杜甫远祖杜预是京兆杜陵人,故杜甫自称"杜陵野老"、"杜陵布衣"。困守长安时,杜甫曾住在杜陵,下杜的桑麻田大概是祖业。

〔2〕 南山,指终南山。杜陵近终南山。

〔3〕 汉将李广尝在南山射虎,随李广是想象语。

【点评】

此诗结构奇特,五句成章,中间一句有意将上下联间离开来,造成陌生化效果。如第一首"游子空嗟垂二毛",《杜诗镜铨》称:"前后四句写景,将自己一句插在中间,章法错落。"下二句似乎脱节,却突出了孤寂的意象。由此可见杜甫不断创新的精神。

陪郑广文游何将军山林十首 (录五,五律)[1]

不识南塘路,今知第五桥[2]。

名园依绿水,野竹上青霄。

谷口旧相得,濠梁同见招[3]。

平生为幽兴,未惜马蹄遥[4]。

【注释】

〔1〕 郑广文,即郑虔,天宝九载(750)授广文馆博士。杜甫称郑"有才过屈宋",是其好友。山林,此指庄园。诗约作于天宝十一二载间(752—753)。《杜臆》:"此十诗明是一篇游记,有首有尾。中间或

赋景,或写情,经纬错综,曲折变幻,用正出奇,不可方物。"

〔2〕 第五,复姓。浦注云:"看来山林以水胜,着眼处在此,向后读去便知。"

〔3〕 谷口,扬雄《法言》:"谷口郑子真耕于岩下,名震京师。"此处以郑子真喻郑虔。濠梁,《庄子》:"庄子与惠子游于濠梁之上。"这联的意思是:郑虔和我是老交情了,今日又得何将军邀请同游山水。

〔4〕 杜甫困守长安,身心交病,得此探幽机会自然高兴。杜甫山林宴游之作往往与对官场的厌恶有关。

万里戎王子,何年别月支[1]。
异花来绝域,滋蔓迎清池。
汉使徒空到,神农竟不知[2]。
露翻兼雨打,开拆渐离披[3]。

【注释】

〔1〕 戎王子,花草名。月支,即月氏(yuè zhī),古族名,曾于西域建国。

〔2〕 汉使,指张骞,曾奉使月支。神农,传说神农尝百草。此联意为戎王子不为人所知。

〔3〕 拆,疑当作坼(chè),裂开,指花瓣舒张开来。离披,散乱,此句意为:戎王子风吹雨打之下已渐零落。《杜诗言志》:"因池边瞥见绝域异花,为雨露所离披,即触著古今多少怀才抱德之士,流落不偶以没世者,不禁为之叹惜。"此诗正是组诗"兴"之所在,下一首诗便将流落不偶之意挑明了。

旁舍连高竹,疏篱带晚花。
碾涡深没马,藤蔓曲藏蛇[1]。
词赋工无益,山林迹未赊[2]。
尽捻书籍卖,来问尔东家[3]。

【注释】

〔1〕　碾涡，碾硙间漩涡，指水磨。

〔2〕　赊（shē），遥远。此联意为：既然能文没有什么用，那么我来山林隐居的日子不会太遥远了。

〔3〕　捻，一作拈，取也。《杜臆》："卖书典宅，正见其穷，此愤激之词，非实语也。"

　　　　剩水沧江破，残山碣石开[1]。

　　　　绿垂风折笋，红绽雨肥梅[2]。

　　　　银甲弹筝用，金鱼换酒来[3]。

　　　　兴移无洒扫，随意坐莓苔[4]。

【注释】

〔1〕　破，分。碣石，山名，在今河北昌黎县北。此联意为：何氏园林中的水是从沧江分流来的水，假山是从碣石开采来的石山。著一"破"字、"开"字，使剩水残山与大自然连为一体。

〔2〕　绿垂、红绽，倒装句，主要是为突出第一印象：先瞥见绿垂、红绽，随即意识到笋折、梅肥。诗人准确地传递了自己的感受。

〔3〕　银甲，银制之假指甲，用以弹筝。金鱼，佩饰，是当官品位的一种标志。此联意为：银甲因弹筝要用，便解下（无用的）金鱼去换酒。乃见何将军待客之热诚。

〔4〕　仇注引王嗣奭曰："通首散漫写去，无起束呼应，另是一格。"

　　　　风磴吹阴雪，云门吼瀑泉[1]。

　　　　酒醒思卧簟，衣冷欲装绵。

　　　　野老来看客，河鱼不取钱。

　　　　只疑淳朴处，自有一山川[2]。

【注释】

〔１〕　阴雪,飞瀑喷溅,似夏日飞雪。仇注云:"以下句解上句。"

〔２〕　王维田园山水之作,往往不见人迹,而杜甫则善借人情见山水,别是一番身手。后四句赞风土淳朴,正与官场污浊形成鲜明对比,也是杜甫向往何氏山林的内在原因。

【点评】

这组诗反映了杜甫思想的一个侧面,是徘徊于廊庙与山林之间的一串脚印。

赠陈二补阙 （五律）〔１〕

世儒多汩没,夫子独声名〔２〕。
献纳开东观,君王问长卿〔３〕。
皂雕寒始急,天马老能行〔４〕。
自到青冥里,休看白发生〔５〕。

【注释】

〔１〕　补阙,唐代官名,掌讽谏、举荐人才。陈二,周勋初《高适年谱》认为即陈兼。陈于天宝十二载(753)被征入京,诗当作于此后不久。

〔２〕　汩没(gǔ mò),埋没。

〔３〕　献纳,献言供采纳。东观,宫中藏书处。《后汉书》:永光十二年,帝幸东观,览书林,阅篇籍,博选艺术之士,以充其官。长卿,司马相如,字长卿。《汉书》:上读《子虚赋》而善之,曰:"朕独不得与此人同时哉!"狗监杨得意侍上,曰:"臣邑人司马相如,自言为此赋。"上惊,召问相如。按,此联连用二典故,表示陈二的被征为补阙,是备

受重视的。

〔4〕 皂雕,黑雕,猛禽。天马,西域良马。《分门集注杜工部诗》引王洙曰:"所谓穷而益坚,老而益壮。"

〔5〕 青冥,蓝天,此指朝廷。后四句是诗人劝勉陈二之辞,但不无慨叹自家落拓不遇之意。故浦注云:"陈遇既晚,公且中年未遇,故词间喜憾交集。"

【点评】

虽是贺他人之诗,却可感受到诗人自家于困顿中壮志不衰。

秋雨叹三首 (录二,七古)[1]

雨中百草秋烂死,阶下决明颜色鲜[2]。
著叶满枝翠羽盖,开花无数黄金钱[3]。
凉风萧萧吹汝急,恐汝后时难独立[4]。
堂上书生空白头,临风三嗅馨香泣[5]。

【注释】

〔1〕 《唐书·韦见素传》:"天宝十三年秋,霖雨六十余日,京师庐舍垣墙,颓毁殆尽,凡一十九坊汗潦。"诗即作于是年。

〔2〕 决明,一种药材,能明目,故称决明。

〔3〕 二句写决明之"颜色鲜"。

〔4〕 汝,指决明。二句忧决明,也是自忧。

〔5〕 书生,自指。末句因恐决明之难久,故三嗅而泣,有自家身世之感。此首假物寓意,叹老大无成。

阑风伏雨秋纷纷,四海八荒同一云[1]。

去马来牛不复辨,浊泾清渭何当分[2]?

禾头生耳黍穗黑,农夫田父无消息[3]。

城中斗米换衾裯,相许宁论两相值[4]。

【注释】

〔1〕 阑风,残风;伏雨,藏伏云中之雨。阑风伏雨,言风过雨来之状。同
一云,言无处不雨。

〔2〕 《杜诗镜铨》引蒋云:"暗影昏昏世界,是一篇《秋霖赋》。"何当分,
犹何尝分,不可分也。

〔3〕 禾头生耳,言禾稻因多雨而发芽。《朝野金载》:"俚谚曰:'秋雨甲
子,禾头生耳。'"无消息,指无因灾减免赋税的消息。《通鉴》:"天
宝十三载八月,上忧雨伤稼,杨国忠取禾之善者献之,曰:雨虽多,
不害稼也。扶风太守房琯,言所部灾情,国忠使御史推之。是岁,
天下无敢言灾者。"故浦注云:"伤政府蒙蔽也。"

〔4〕 末句言米价暴涨,只要双方同意,就不计较衾裯与斗米是否等值
了。裯(chóu),被单。

【点评】

自己在贫困中,还能推己及人地想到更贫困的农夫田父,这正
是杜甫高尚的品质。

奉先刘少府新画山水障歌 (七古)[1]

堂上不合生枫树,怪底江山起烟雾[2]!

闻君扫却《赤县图》,乘兴遣画沧洲趣[3]。

画师亦无数，好手不可遇。

对此融心神，知君重毫素。

岂但祁岳与郑虔，笔迹远过杨契丹[4]。

得非玄圃裂？无乃潇湘翻[5]？

悄然坐我天姥下，耳边已似闻清猿[6]。

反思前夜风雨急，乃是蒲城鬼神入[7]。

元气淋漓障犹湿，真宰上诉天应泣[8]。

野亭春还杂花远，渔翁暝踏孤舟立。

沧浪水深青溟阔，欹岸侧岛秋毫末[9]。

不见湘妃鼓瑟时，至今斑竹临江活[10]。

刘侯天机精，爱画入骨髓。

自有两儿郎，挥洒亦莫比。

大儿聪明到：能添老树巅崖里。

小儿心孔开：貌得山僧及童子[11]。

若耶溪，云门寺[12]，

吾独胡为在泥滓？青鞋布袜从此始[13]！

【注释】

〔1〕　天宝十三载(754)，秋雨成灾，杜甫携家投奉先县令杨某，杨为杜甫
夫人的同族。此诗当在奉先所作。少府，唐人对县尉的尊称(县令
称明府)。《文苑英华》本注："奉先尉刘单宅作。"知刘少府即刘单。
障，上面有题字画的整幅绸布。《说诗晬语》："唐以前未见题画诗，
开此体者老杜也。"

〔2〕　起句认假作真，半空中飞来，故《唐诗归》钟惺云："唐突得妙！"

〔3〕　扫却，画完。杜诗："戏拈秃笔扫骅骝。"赤县，古称中国为赤县神
州，唐人也称京师辖县为赤县，此当指后者。沧洲，靠水的地方，常
指隐士居所。按，至此方点破是画。先一幅可能是城市楼台，后一

487

幅才是山水。

〔4〕　祁岳、郑虔,皆与杜甫同时的画家。杨契丹,隋代画家。

〔5〕　玄圃,传说在昆仑山巅,仙人所居。此联遥接起句,又用"得非"、"无乃"等若疑若讶之词,以画作真。山裂水翻,化静为动。

〔6〕　天姥,山名,在浙江。

〔7〕　蒲城,即奉先县。赵注:此诗篇中使字,云"不合",云"怪底",云"得非",云"无乃",云"似闻",云"乃是",皆以形容其所画景物之逼真也。云"玄圃",云"潇湘",云"天姥",乃取仙山及人间奇境称比之也。

〔8〕　元气,天地自然之气。元气淋漓,形容笔墨的饱满酣畅。真宰,天神。此联当与上联一气读,风雨、元气、天泣,都由"湿"字发奇想,将山水画水墨氤氲的奇趣发露出来。

〔9〕　沧浪,水名,这里是形容画中水色之清。青溟,碧海。下句形容画中岛岸之缥缈,隐约可辨。

〔10〕　湘妃,舜的两个妃子。传说舜死,其二妃以泪洒竹,竹尽斑。《楚辞·远游》:"使湘灵鼓瑟兮。"

〔11〕　貌得,画得。貌,作动词用。

〔12〕　若耶溪,在浙江绍兴若耶山下,溪上有云门寺。

〔13〕　泥滓(zǐ),泥淖。青鞋布袜,表示将去遨游山水。《读杜心解》称:"末忽因画而动出世之思。"诗人以己之神往,衬出画之神妙。《岘佣说诗》云:"起手用突兀之笔,中段用翻腾之笔,收处用逸宕之笔。突兀则气势壮,翻腾则波澜阔,逸宕则神韵远:诸法备矣。须细细揣摩。"

【点评】

该诗化画意为诗情,再造艺术幻境。不但"通篇字字跳跃",且生气远出,有画所不能到的"象外之象"。

醉时歌 （七古）[1]

诸公衮衮登台省，广文先生官独冷[2]。
甲第纷纷厌粱肉，广文先生饭不足。
先生有道出羲皇，先生有才过屈宋[3]。
德尊一代常坎轲，名垂万古知何用！
杜陵野客人更嗤，被褐短窄鬓如丝[4]。
日籴太仓五升米，时赴郑老同襟期[5]。
得钱即相觅，沽酒不复疑。
忘形到尔汝，痛饮真吾师[6]。
清夜沉沉动春酌，灯前细雨檐花落[7]。
但觉高歌有鬼神，焉知饿死填沟壑[8]。
相如逸才亲涤器，子云识字终投阁[9]。
先生早赋归去来，石田茅屋荒苍苔[10]。
儒术于我何有哉？孔丘盗跖俱尘埃[11]。
不须闻此意惨怆，生前相遇且衔杯！

【注释】

〔1〕　原注："赠广文馆博士郑虔。"此诗作于天宝十二载（753）秋。通篇
　　　多用反讽口吻，《杜臆》云："此篇总是不平之鸣，无可奈何之词，非
　　　真谓垂名无用，非真薄儒术，非真齐孔、跖，亦非真以酒为乐也。杜
　　　诗'沉醉聊自遣，放歌破愁绝'，即此诗之解，而他诗可以旁通。"

〔2〕　衮衮，连续不断、众多貌。台，御史台，省，中书省、尚书省、门下省，
　　　都是政府的重要部门。广文先生，指广文馆博士郑虔。该馆属"冷

门"，后因雨馆塌，竟无人来修，其"冷"可见。《杜诗镜铨》引张云："开手以富贵形贫贱，起得排宕。"

〔3〕　羲皇，伏羲。出，超出，即陶潜所谓"羲皇上人"，以此赞郑虔与世无争的高尚品格。屈宋，即屈原、宋玉，以此赞郑虔的文才。

〔4〕　杜陵野客，杜甫自称。嗤，嗤笑。褐（hè），粗布。

〔5〕　太仓，御仓。《唐书》：天宝十二载（753）八月，京城霖雨，米贵，出太仓米十万石，减价粜与贫人。杜甫家无宿粮，天天籴太仓米，当是写实。同襟期，同此襟怀与性情。

〔6〕　尔汝，直呼你我，不拘形迹。

〔7〕　动春酌，邓绍基《杜诗别解》认为，"动春酌"是指喝冬酿或春酿的"春酒"。杜甫写于冬天的《野望》诗云："射洪春酒寒仍绿。"此句写秋夜喝春酒，时节正与天宝十二载秋粜太仓米事合。檐花，檐前之花。刘邈诗："檐花初照月。"《岘斋诗谈》评此联云："苍莽中忽下幽秀句。"

〔8〕　二句言高歌入神，哪管他今后会饿死填沟壑！《唐宋诗醇》："跌宕不羁中权有此，使前后文势倍觉生色。"

〔9〕　相如，司马相如，汉代大文学家，曾开酒店。子云，扬雄字。扬雄曾教人作奇字，后受株连，从天禄阁跳下，几死。

〔10〕　归去来，陶潜有《归去来兮辞》，此意在劝郑虔弃官回乡。石田，指瘠瘠的山田。

〔11〕　盗跖，柳下跖，春秋末年的"大盗"。这里将"圣人"与"大盗"并举，是用《庄子·盗跖》语，也是自家的激愤语。

【点评】

《十八家诗抄》引张云："满纸郁律纵宕之气。"的确，此醉歌不同于李白的醉歌，一出于激愤，一出于豪放。细读此诗，有助于我们理解杜甫沉郁顿挫的总体风格。

渼陂行 (七古)[1]

岑参兄弟皆好奇,携我远来游渼陂[2]。

天地黯惨忽异色,波涛万顷堆琉璃[3]。

琉璃汗漫泛舟入,事殊兴极忧思集[4]。

鼋作鲸吞不复知,恶风白浪何嗟及[5]。

主人锦帆相为开,舟子喜甚无氛埃[6]。

凫鹥散乱棹讴发,丝管啁啾空翠来[7]。

沉竿续缦深莫测,菱叶荷花净如拭[8]。

宛在中流渤澥清,下归无极终南黑[9]。

半陂以南纯浸山,动影袅窕冲融间。

船舷暝戛云际寺,水面月出蓝田关[10]。

此时骊龙亦吐珠,冯夷击鼓群龙趋。

湘妃汉女出歌舞,金支翠旗光有无[11]。

咫尺但愁雷雨至,苍茫不晓神灵意。

少壮几时奈老何,向来哀乐何其多[12]。

【注释】

〔1〕 天宝十三载(754)夏作。渼陂(bēi),在长安远郊,鄠县西五里,其源出终南山。《杜臆》引胡松《游记》云:"渼陂上为紫阁峰,峰下陂水澄湛,环抱山麓,方广可数里,中有芙蕖、凫雁之胜。"

〔2〕 岑参,盛唐著名的边塞诗人,早期写景抒情之作已露出"奇"的异彩,殷璠《河岳英灵集》称其诗"语奇体峻,意亦造奇"。杜甫此诗也有意以"奇"制胜。

〔３〕　黯惨,昏暗无光。琉璃,一种硅酸化合物烧成的釉料,常见有绿色
　　　　和金黄色,这里专指绿色以形容碧波。

〔４〕　汗漫,水势浩瀚。事殊,指风雨欲来偏要乘船出游。兴极,指岑参
　　　　兄弟好奇而兴致很高。忧思集,指诗人自己担心风浪危险。

〔５〕　鼍(tuó),即扬子鳄,俗称猪婆龙。

〔６〕　锦帆开,指开船。无氛埃,指时已风恬浪静。

〔７〕　凫鹥(fú yī),野鸭和水鸥。棹讴,渔歌之属。上句谓舟人唱歌而野
　　　　鸟惊飞,倒装句。啁啾(zhōu jiū),指乐器声。空翠,指山光水色。

〔８〕　沉竿续缦,以竹竿系上绳子,用来测水的深浅。

〔９〕　渤澥(bó xiè),海湾,形容渼陂之广大。终南黑,终南山的倒影呈
　　　　深色。

〔１０〕　上下两联细写终南山的倒影。渼陂南边的水面都是终南的倒影,
　　　　随波荡漾,山光水色交融,如梦似幻:船舷擦过水影里的云际山大
　　　　定寺,似乎也戛然有声;而月亮正从蓝田关的倒影升出水面。陈贻
　　　　焮《杜甫评传》称:"船舷是实,山寺倒影是虚,虚实相戛,匪夷所思,
　　　　足见构思之奇。"

〔１１〕　骊龙,《庄子》:"夫千金之珠,必生九重之渊而骊龙颔下。"冯
　　　　(píng)夷,河神。湘妃,舜之妃子娥皇、女英。相传舜死,二妃亦死
　　　　于湘水,为其女神。汉女,汉水之神。金支,即金枝,饰物。翠旗,
　　　　以翡翠鸟的羽毛饰旗。此极言湘妃汉女仪仗之美。仇注:"此写月
　　　　下见闻之状:灯火遥映,如骊龙吐珠;音乐远闻,如冯夷击鼓;晚舟
　　　　移棹,如群龙争趋;美人在舟,依稀湘妃汉女;服饰鲜丽,仿佛金支
　　　　翠旗。"

〔１２〕　此写天气忽变,由此引发诗人对人生哀乐无常的感慨。结句暗用
　　　　汉武帝《秋风辞》:"欢乐极兮哀情多,少壮几时兮奈老何!"仇注引
　　　　卢世㴶曰:"此歌变眩百怪,乍阴乍阳,读至收卷数语,肃肃恍恍,萧
　　　　萧悠悠,屈大夫《九歌》耶? 汉武帝《秋风》耶?"

【点评】

　　天气忽阴忽晴,景物忽虚忽实,情感忽哀忽乐,由此生出一片奇

情,变幻莫测。杜甫早期诗多浪漫情调。

·

天育骠骑图歌 (七古)^[1]

吾闻天子之马走千里,今之画图无乃是^[2]?
是何意态雄且杰,骏尾萧梢朔风起。
毛为绿缥两耳黄,眼有紫焰双瞳方^[3]。
矫矫龙性含变化,卓立天骨森开张^[4]。
伊昔太仆张景顺,监牧攻驹阅清峻^[5]。
遂令大奴字天育,别养骥子怜神俊^[6]。
当时四十万匹马,张公叹其材尽下^[7]。
故独写真传世人,见之座右久更新。
年多物化空形影,呜呼健步无由骋^[8]。
如今岂无骐𫘝与骅骝? 时无王良伯乐死即休^[9]!

【注释】

〔1〕 天育,马厩名。骠骑,犹飞骑。唐人好马,唐政府设有太仆专司养
马。《新唐书·兵志》载,自贞观至麟德四十年间,皇帝的马厩里有
七十万六千匹马,分置八坊,占地千二百三十顷。马不但用来打
仗,还用来击球、杂耍、跳舞,这些都是唐人喜好的生活内容。杜甫
自己也善骑马,尤爱神骏,现存马诗多首,每篇不同,各具精彩。萧
先生评是诗云:"句句说真马,即句句是画马,特觉生动。"又云:"叹
马实自叹。"
〔2〕 《诗法易简录》:"以九字长句起,便有奔放之势。"
〔3〕 "是何"以下四句写马外形与意态之雄杰。萧梢,摇尾的样子。缥,

淡青色。《太平御览·兽部》引《相马经》:"眼欲得高,眶欲得端正,睛欲如悬铃紫艳光。"

〔4〕 二句虚写马神。天骨,天生的骨骼。《杜臆》:"此篇妙在'卓立天骨森开张',分明画出豪杰模样。"

〔5〕 伊,发语词。攻,此意为训练。《新唐书·兵志》:"监牧,所以蕃马也。监牧之制,其官领以太仆。"

〔6〕 大奴,马奴的头目。字,养也。一作守。别养,另置一处养之。骦子,即此骠骑。

〔7〕 张公,即太仆张景顺。张说《陇右监牧颂德碑序》:"开元元年,牧马二十四万匹,十三年,乃有四十三万匹。"

〔8〕 物化,化为异物。此句意为:真马已死,空留画马。画马再好,也不能驰骋,故曰"无由骋"。《诗法易简录》:"先用'呜呼'二字顿宕其气,以引起之,赶出末两长句,乃愈觉酣畅漓淋,极情尽致矣。"

〔9〕 骙裹、骅骝,都是千里马。王良、伯乐,皆春秋时人,王良善御,伯乐善相马。浦注云:"结更从画马空存,翻出异材常有来,既为画马转一语,亦为奇士叫一屈,又恰与篇首响应。"《石洲诗话》:"无限感慨,一句尽之。"

【点评】

诗中不无对"开元盛世"的怀念,也是对天宝末"无问贤不肖,选深者留之,依资据阙注官"(《通鉴》)用人政策的抨击。

官定后戏赠 (五律)^{〔1〕}

不作河西尉:凄凉为折腰^{〔2〕}。
老夫怕趋走,率府且逍遥。
耽酒须微禄,狂歌托圣朝^{〔3〕}。

故山归兴尽，回首向风飙[4]。

【注释】

〔1〕 题下原注："时免河西尉，为右卫率府兵曹。"天宝十四载（755）杜甫
被委派为河西县尉，但他不肯就任，乃改任右卫率府胄曹参军（正
八品下）。这是看守兵器、管门禁锁钥的小官，与杜甫"致君尧舜"
的抱负相去甚远。杜甫有点啼笑皆非，便写此自嘲诗"戏赠"自己。
一说"赠"乃"题"之误。

〔2〕 尉，县尉。高适为封丘县尉有诗云："拜迎官长心欲碎，鞭挞黎庶令
人悲！"这正是杜甫"不作河西尉"的原因。故《杜臆》云："若论得
钱，则为尉颇不凄凉，其云'凄凉'者，为折腰且怕趋走，不如率府兵
曹且得逍遥。"而"鞭挞黎庶"更是杜甫所不能接受。

〔3〕 "须"字，"托"字，表明自己为贫而仕的不得已。《唐诗归》谭元春
云："二语是穷人、狂人至言，'托'字尤深。"

〔4〕 此句意为：一官羁绊，归家不得，但临风回首而已。

【点评】

当官的不得已，本不易表白，以自嘲口吻出之，便觉从容。

自京赴奉先县咏怀五百字 （五古）[1]

杜陵有布衣，老大意转拙：
许身一何愚，窃比稷与契！[2]。
居然成濩落，白首甘契阔[3]。
盖棺事则已，此志常觊豁[4]。
穷年忧黎元，叹息肠内热[5]。

取笑同学翁，浩歌弥激烈[6]。
非无江海志，萧洒送日月，
生逢尧舜君，不忍便永诀[7]。
当今廊庙具，构厦岂云缺？[8]
葵藿倾太阳，物性固莫夺[9]。
顾惟蝼蚁辈，但自求其穴。
胡为慕大鲸，辄拟偃溟渤[10]？
以兹悟生理，独耻事干谒[11]。
兀兀遂至今，忍为尘埃没[12]？
终愧巢与由，未能易其节[13]。
沉饮聊自遣，放歌破愁绝[14]。

岁暮百草零，疾风高闪裂[15]。
天衢阴峥嵘，客子中夜发[16]。
霜严衣带断，指直不得结。
凌晨过骊山，御榻在嵽嵲[17]。
蚩尤塞寒空，蹴踏崖谷滑[18]。
瑶池气郁律，羽林相摩戛[19]。
君臣留欢娱，乐动殷胶葛[20]。
赐浴皆长缨，与宴非短褐。
彤庭所分帛，本自寒女出[21]，
鞭挞其夫家，聚敛贡城阙！
圣人筐篚恩，实欲邦国活[22]。
臣如忽至理，君岂弃此物[23]？
多士盈朝廷，仁者宜战栗[24]！

况闻内金盘，尽在卫霍室^[25]。

中堂舞神仙，烟雾蒙玉质^[26]。

暖客貂鼠裘，悲管逐清瑟^[27]。

劝客驼蹄羹，霜橙压香橘。

朱门酒肉臭，路有冻死骨^[28]！

荣枯咫尺异，惆怅难再述^[29]！

北辕就泾渭，官渡又改辙^[30]。

群冰从西下，极目高崒兀^[31]。

疑是崆峒来，恐触天柱折^[32]。

河梁幸未坼，枝撑声窸窣^[33]。

行李相攀援，川广不可越。

老妻寄异县，十口隔风雪^[34]。

谁能久不顾？庶往共饥渴^[35]！

入门闻号咷，幼子饿已卒。

吾宁舍一哀，里巷亦呜咽！

所愧为人父，无食致夭折。

岂知秋禾登，贫窭有仓卒^[36]。

生常免租税，名不隶征伐^[37]。

抚迹犹酸辛，平人固骚屑。

默思失业徒，因念远戍卒^[38]。

忧端齐终南，澒洞不可掇^[39]！

【注释】

〔1〕　这是玄宗天宝十四载（755）十一月，安禄山作乱的前夕，杜甫由长
　　　安往奉先县探亲时所作。此诗在杜甫创作上具有划时代的意义，

堪称一代史诗。全诗可分三大段：首段叙述自己一贯忧国忧民的志向。《杜诗镜铨》云："首从咏怀叙起，每四句一转，层层跌出。自许稷、契本怀，写仕既不成，隐又不遂，百折千回，仍复一气流转，极反复排荡之致。"第二段叙述途中所见所闻，夹叙夹议，感慨成文，字字沉痛。第三段叙述家人处境的悲惨，推己及人，忧愤深广。《杜诗镜铨》云："此五百字真恳切至，淋漓沉痛，俱是精神，何处见有语言？岂有唐诸家所能及！"

〔2〕 起四句当作一气读。布衣，指无官职的平民。此时杜甫已获小官，属追述口吻。或云杜甫以布衣自居，如林庚《诗人李白》云："杜甫当时已初任右卫率府胄曹参军，却仍无妨自称布衣，而杜甫之所骄傲于布衣的，则正是在那'窃比稷与契'的政治抱负上。"录供参考。拙，迂拙，与第三句的"愚"相应。《杜诗阐》："凡人老大，则工于世故，杜陵布衣独不然，至老弥拙。盖由许身愚，动以稷、契自命耳。"许身，犹自许。稷，周的祖先，教民耕种；契，殷的祖先，推行文化教育。三、四句为全诗总纲。

〔3〕 濩（huò）落，即廓落，大而无用。契阔，犹辛苦。

〔4〕 觊（jì），希企；豁，开展意。此句言常希望稷契之志能有开展之日，至死方休。

〔5〕 穷年，一年到头。黎元，民众。肠内热，意为忧心如焚。

〔6〕 弥，更加。此联云：旁人越是笑我，我就愈加坚决、慷慨！

〔7〕 四句连读，表达诗人对朝廷欲去不忍的矛盾心理。

〔8〕 廊庙具，喻朝廷之栋梁。

〔9〕 葵藿句，葵花向日，藿是豆叶，不向日；但诗文多葵藿连文，是"复词偏义"。《淮南子·说林》："圣人之于道，犹葵之与日也。虽不能与终始哉，其向之诚也。"

〔10〕 顾，回视，此处有反思义。蝼蚁，此喻小老百姓。杜诗："愿分竹实及蝼蚁。"四句应作一气读：念我辈"蚁民"本该安分自求其穴，怎么搞的会去羡慕巨鲸排海（也想参与国事）？溟渤，茫茫的渤海，此泛指大海。当时诗人心情矛盾，朝廷昏庸，仕途蹭蹬，使诗人想退

隐江湖，而"穷年忧黎元"、"葵藿倾太阳"的热肠又使之不忍永诀，进退维谷。诗人想从哲理上的参悟求解脱。"蝼蚁求穴"与《庄子》所谓"鹪鹩巢林"、"偃鼠饮河"在哲理上有相通之处。杜甫多次将自己的在野比作"鹪鹩在一枝"、"飞栖假一枝"。所以接下说："以兹悟生理。"士大夫失意则以道家思想自解是常有的事。

〔11〕 以兹，以此，则上注所说的思考。生理，人生的道理、准则。独，特。干谒，拜见显贵。此句紧接上四句，意为：由此我悟出了人生的道理，深以干谒为耻。这是杜甫对长安生活沉痛的总结与反思，为其间"朝扣暮随"的干谒生活深感悔恨。杜甫的内省是深刻而痛苦的，可以说是一种觉醒。敢于正视自己，是其人格伟大之处。历来注家以"诗圣"解读杜甫，似未必能得杜诗心，故多写几句供参考。

〔12〕 兀兀，辛苦貌。忍，岂忍。此句意为：由于"事干谒"，所以不得不过着"朝扣富儿门，暮随肥马尘"的辛苦日子，但我又岂忍长此以往，为庸庸碌碌的生活所埋没？

〔13〕 巢与由，巢是巢父，由是许由。嵇康《高士传》："尧之让许由也，由以告巢父。父曰：'汝何不隐汝形？非吾友也！'许由怅然不自得。"二人不肯涉足仕途，故阮籍诗云："巢由抗高节。"此句与"非无江海志，萧洒送日月"相应。杜甫多次表示要"归山买薄田"，但老是"不忍便永诀"，所以这里说是"终愧巢与由"，不像他们那样"抗高节"，与"苦被微官缚，低头愧野人"意近。

〔14〕 一面是"窃比稷契"，一面是"终愧巢由"，强烈的矛盾毕杜甫之一生不能解决，痛饮放歌是杜甫常有的无可奈何之举。以上一大段往复矛盾，一放一收，最能体现杜甫沉郁顿挫的风格。

〔15〕 以下三十八句写过骊山所见所闻所感，是所谓"史笔"，深刻地揭露了社会矛盾。

〔16〕 天衢，天空。阴峥嵘，形容寒气阴森。客子，行人，杜甫自指。

〔17〕 骊山，距长安六十里。《雍录》："温泉在骊山。秦汉隋唐常游幸，惟玄宗特多。盖即山建立百司，庶府皆行，各有寓止。自十月往，至岁尽乃还宫。又缘杨妃之故，其奢荡益著。"嵽嵲（dié niè），山高

貌。此句言适逢玄宗皇帝下榻骊山。

〔18〕蚩尤,黄帝时诸侯。传说黄帝与蚩尤战,蚩尤作大雾。此以蚩尤指大雾。塞,充满。下句言因雾大,故路滑。

〔19〕瑶池,传说西王母与周穆王会于瑶池。此借指玄宗与杨贵妃游幸骊山温泉。郁律,热气蒸腾貌。羽林,皇帝的卫队。相摩戛,言其众多。

〔20〕殷(yǐn),震动。胶葛,天空广大貌。长缨,贵人服饰,借指贵人。短褐,粗布短衣,借指平民。

〔21〕彤庭,指朝廷。《通鉴》载天宝八载二月,引百官观左藏,赐帛有差。是时州县殷富,仓库积粟帛,动以万计,杨钊(国忠)奏请所在粜变为轻货,及征丁租地税皆变布帛输京师。屡奏帑藏充牣,古今罕传,故上(玄宗)帅群臣观之。上以国用丰衍,故视金帛如粪壤,赏贵宠之家,无有限极。这正是以下几句所反映的历史事实。

〔22〕圣人,唐人称皇帝通曰“圣人”。筐篚(fěi),盛东西的竹器。筐篚恩,指皇帝赐物之恩。

〔23〕忽,忽视。上四句意为:皇帝的赏赐,无非是要臣子们把国家搞活,如果做臣子的连这个道理也不懂,皇帝岂不是白丢了这些财物?此句是对皇帝的回护。

〔24〕多士,指百官。此联意为,朝廷里有这么多的官,其中有良心者对上述现象应感到震惊惶恐!

〔25〕内,大内,指宫禁。卫霍,卫青、霍去病,指外戚。此影射杨国忠一伙,大胆的指斥,距明皇只隔一层薄纸。

〔26〕烟雾,形容衣裳的轻飘。玉质,形容美人肌肤洁美。

〔27〕悲:淋漓酣畅的意思。

〔28〕《孟子·梁惠王》:“庖有肥肉,厩有肥马,民有饥色,野有饿莩(饿死的人),此率兽而食人也。”杜甫“朱门”一联诚如《瓯北诗话》所说:“此皆古人久已说过,而一入少陵手,便觉惊心动魄,似从古未经人道者。”其原因大约有二:一是此为杜甫亲身所历、所感,下文“入门闻号咷,幼子饿已卒”可证,所以有极强烈的情感力量;二是句式

凝炼警策,在十字之间,形成极其强烈的对比、碰撞,揭示社会普遍矛盾之深,可谓震烁古今。历史与现实、内容与形式的高度统一使其虽用古人意而能如《杜诗镜铨》所称:"拍到路上无痕。"

〔29〕荣,指富裕豪华。枯,指穷愁饥困。咫(zhǐ),周代八寸为咫,比喻近距离。这一大段通过路上见闻,情感上已从个人遭遇的纠葛中摆脱出来,开始从更高角度观察社会现象,并反映其本质性的问题。

〔30〕北辕,是说向北走。官渡,泾水与渭水合流处的渡口,因为政府所设,故称"官渡"。改辙,是说过了官渡又改道。以下三十句由己及人,歌斯哭斯,叙事、抒情、议论浑然一体,密不可分。

〔31〕崒(zú)兀,高峻貌。此句写河流挟冰块而下,势如山崩。

〔32〕崆峒,地名,在甘肃岷县。天柱折,《淮南子·天文训》:"昔者共工与颛顼争为帝,怒而触不周之山,天柱折,地维绝。"此写冰河汹汹,使人有天崩地塌之感,与当时帝国危机大厦将倾的形势相应。

〔33〕坼(chè),断裂。枝撑,桥的支柱。窸窣(xī sū),动摇声。

〔34〕异县,指奉先。天宝十三载(754)冬,杜甫因京师乏食,把家小送奉先寄寓,故云"寄异县"。见前《奉先刘少府新画山水障歌》注〔1〕。

〔35〕庶,庶几,希冀之词。萧先生云:"'庶'字深厚,有求之不得的意思。是说自己这番去探望妻子,即使不能解决全家生活问题,但能一道过苦日子也是好的。"

〔36〕登,禾稻收割叫做登。窭(jù),穷。仓卒,急变。卒,同"猝"。这里指陡然发生的事故——"幼子饿已卒"。

〔37〕唐制,凡官僚家庭,都享有免租税和免兵役的特权。

〔38〕抚迹,犹抚事,指幼子饿死事。平人,即平民。唐人避唐太宗李世民讳,改民为人。骚屑,动摇不安之意。此四句是说自己是享受特权的人,尚且遭遇如此惨境,一般百姓的痛苦更是可想而知了。这里最能体现杜甫推己及人的伟大人格。《杜诗镜铨》引张云:"只此家常事,曲折如话,亦非人所能及。"杨伦云:"穷困如此,而惓惓于国计民生,非希踪稷契者,讵克有此。"

〔39〕颎(hòng)洞,即"颎蒙鸿洞",相连无际貌。言忧思之深广,如终南

山之高,且浩渺无际,不可收拾。陈贻焮《杜甫评传》云:"诗戛然而止于此,犹如洪流顿遭闸阻,波涛骤涌,高与天齐,势不可当。如此长篇巨制不费此大力气不能结束得住。"

【点评】

此为杜诗中大制作,波澜迭起,如闻夜潮。《杜诗镜铨》称:"五古前人多以质厚清远胜,少陵出而沉郁顿挫,每多大篇,遂为诗道中另辟一门径。无一语蹈袭汉魏,正深得其神理。此及《北征》,尤为集内大文章,见老杜平生大本领;所谓'巨刃摩天'、'乾坤雷硠'者,惟此种足以当之。"

后出塞五首 (录三,五古)[1]

男儿生世间,及壮当封侯。
战伐有功业,焉能守旧丘[2]。
召募赴蓟门,军动不可留[3]。
千金装马鞭,百金装刀头[4]。
闾里送我行,亲戚拥道周[5]。
斑白居上列,酒酣进庶羞[6]。
少年别有赠:含笑看吴钩[7]。

【注释】

〔1〕　此组诗当作于天宝十四载(755)安禄山叛乱之初。诗通过主人公从自动应募到认识真相逃离叛军的具体过程的描写,深刻地总结了唐明皇的好大喜功,过宠边将,终于养虎贻患的历史教训。故

《唐诗援》云:"'天子好边功,一时多叛将',皆明皇时实录。公于《出塞》诗中描写略尽。"

〔2〕 旧丘,故乡。

〔3〕 蓟门,今北京一带,当时属安禄山辖地。

〔4〕 两句写买马备刀从军的豪情,用《木兰诗》"东市买骏马,西市买鞍鞯"的句法。

〔5〕 闾(lú)里,乡里。道周,即道边。

〔6〕 斑白,发半白,此泛指老人。庶羞,众味。庶,众多;羞,美味食品。

〔7〕 吴钩,春秋时吴王所制的弯形刀,后通称宝刀。《载酒园诗话又编》:"妙在'含笑看'三字,说得少年须眉欲动。"此为组诗第一首,与《前出塞》首篇比较,更觉意气激昂。《载酒园诗话又编》认为:"前篇(指《前出塞》)似征调之兵,故其言悲;此似应募之兵,故其言雄。"

> 朝进东门营,暮上河阳桥[1]。
>
> 落日照大旗,马鸣风萧萧[2]。
>
> 平沙列万幕,部伍各见招[3]。
>
> 中天悬明月,令严夜寂寥。
>
> 悲笳数声动,壮士惨不骄[4]。
>
> 借问大将谁? 恐是霍嫖姚[5]。

【注释】

〔1〕 东门营,洛阳东门的营地,点明征兵入伍的所在。河阳桥,在今河南孟县西,为洛阳通蓟门的要津。

〔2〕 此为杜诗名句,因为抓住了事物的特征,故能集中地表现出那千军万马的壮阔军容。《诗经》:"萧萧马鸣",加一"风"字,觉全局皆动。

〔3〕 幕,帐幕。部伍,军队的基层组织。

〔4〕　此联言军中肃杀的气氛,使骁勇的将士们此时亦凄然不再骄纵。

〔5〕　霍嫖姚,汉嫖姚校尉霍去病,借指勇悍的统军主将。从询问中透出某种疑虑。《载酒园诗话又编》云:"殊带怵惕意,却妙在一'恐'字,语意甚圆。"此为组诗第二首,写大军宿营,气象森肃。《唐诗归折衷》引吴云:"于诸作中,气最高,调最响。"《唐宋诗醇》称:"诗如宝刀出匣,寒光逼人。"

献凯日继踵,两蕃静无虞[1]。
渔阳豪侠地,击鼓吹笙竽[2]。
云帆转辽海,粳稻来东吴[3]。
越罗与楚练,照耀舆台躯[4]。
主将位益崇,气骄凌上都[5]。
边人不敢议,议者死路衢[6]。

【注释】

〔1〕　献凯,报捷。继踵,一个接一个。两蕃,指奚与契丹。无虞,平安无事。此联有讽刺意味:奏报日至,而两蕃其实无寇警,边将邀功虚报不言而喻。

〔2〕　渔阳,郡名,在今河北蓟县一带。其地尚武,当时是安禄山的一个重要据点。

〔3〕　辽海,即渤海。

〔4〕　舆台,奴仆,此泛指安禄山的爪牙。此句写安禄山以赏赐结人心。《通鉴》:"天宝十三载二月,禄山奏所部将士勋效甚多,乞超资加赏,于是除将军者五百余人,中郎将者二千余人。禄山欲反,故先以此收众心也。"

〔5〕　上都,指京师。

〔6〕　衢(qú),大路。此言安禄山以恐怖手段钳制众口。此为组诗之第四首,颇写实。至此,主人公已完全认清"主将"的真面目。《读杜

心解》称："文势一步紧一步，局势一着危一着。"

【点评】

《唐诗品汇》引范德机云："前后出塞皆杰作，有古乐府之声而理胜。"所谓"理胜"，其实就是逻辑力量在诗中的体现。通过场景的转换，认识的加深，事态的发展，"一气转折到底"，有很强的艺术感染力。

第二辑　陷敌与避难（756—759）

避　地 （五律）[1]

避地岁时晚，窜身筋骨劳。
诗书遂墙壁，奴仆且旌旄[2]。
行在仅闻信，此身随所遭[3]。
神尧旧天下，会见出腥臊[4]。

【注释】

〔1〕 此诗可能作于至德元载（756）杜甫避地鄜州，闻肃宗即位灵武，欲赴行在而尚未成行之际。

〔2〕 上句言战乱中只好将诗书藏于墙壁暗龛之中。孔安国《尚书序》：“及秦灭典籍，我先人用藏其家书于屋壁。”下句言出身低贱的叛党，如今也各拥旌旄俨然成了将军。《后出塞》有云：“越罗与楚练，照耀舆台躯。”舆台便是奴仆，正与此同义。《杜诗镜铨》引卢云：“当时贼党如田乾真、蔡希德、崔乾祐之徒各拥旌旄。”这里值得重视的是“遂”（于是、就）与“且”（尚且）的用法。本联无动词，以连词充动词用。“遂”有不得已之意，“且”有不平之意。杜甫往往利用意象间的张力形成对联的拱力结构，创造杜诗特有的句法，此联颇为典型。

〔3〕 行在，皇帝临时驻地。

〔4〕　神尧,唐高祖称神尧皇帝。

【点评】

　　杜甫总是将情感的表达放在第一位,由此形成极具个性的诗性句法。该诗首见于赵次公注本,之所以被接受,当与此有关。

月　夜 (五律)〔1〕

今夜鄜州月,闺中只独看〔2〕。
遥怜小儿女,未解忆长安〔3〕。
香雾云鬟湿,清辉玉臂寒〔4〕。
何时倚虚幌,双照泪痕干〔5〕?

【注释】

〔1〕　至德元载(756)八月,杜甫为安、史叛军所俘,陷长安时所作。
〔2〕　鄜(fū)州,今陕西富县,时杜甫妻儿在鄜州。浦注:“心已驰神到彼,诗从对面飞来。”
〔3〕　《瀛奎律髓汇评》引许印芳云:“对面着笔,不言我思家人,却言家人思我。又不直言思我,反言小儿女不解思我,而思我者之苦衷已言外。”
〔4〕　《唐诗别裁》:“语丽情悲。”
〔5〕　虚幌,指薄帷。

【点评】

　　此诗技巧值得借鉴。《瀛奎律髓汇评》引纪昀曰:“入手便摆落现境,纯从对面着笔……后四句又纯为预拟之词,通首无一笔正面。"道出个中奥妙。

哀王孙 （七古）[1]

长安城头头白乌,夜飞延秋门上呼[2]。
又向人家啄大屋,屋底达官走避胡。
金鞭折断九马死,骨肉不得同驰驱[3]。
腰下宝玦青珊瑚,可怜王孙泣路隅。
问之不肯道姓名,但道困苦乞为奴。
已经百日窜荆棘,身上无有完肌肤。
高帝子孙尽隆准,龙种自与常人殊[4]。
豺狼在邑龙在野,王孙善保千金躯。
不敢长语临交衢,且为王孙立斯须[5]。
昨夜东风吹血腥,东来骆驼满旧都[6]。
朔方健儿好身手,昔何勇锐今何愚[7]。
窃闻天子已传位,圣德北服南单于[8]。
花门剺面请雪耻,慎勿出口他人狙[9]。
哀哉王孙慎勿疏,五陵佳气无时无[10]。

【注释】

〔1〕　至德元载(756)八月,杜甫得知肃宗在灵武即位,便只身由鄜州投
奔灵武,途中被叛军俘获押送长安。此诗当陷长安时所写。诗从
一个特殊的角度反映了战乱给人们带来的痛苦,同时流露了杜甫
对唐王室的深厚感情。这里涉及复杂的"忠君"问题。萧先生《杜
甫研究再版前言》指出:《哀王孙》原也是一首好诗,不失为一篇诗

史,但也表现了"龙种自与常人殊"的庸俗忠君思想。杜甫《壮游》云:"上感九庙焚,下悯万民疮。"杜甫之所以伟大,乃在于忠君与爱国爱民总是交织在一起的,"思朝廷"是为了"忧黎元","忧黎元"就得"思朝廷",我们应历史地看问题。《原诗》:"终篇一韵,变化波澜,层层掉换,竟似逐段转韵者。七古能事,至斯已极。"

〔2〕头白乌,仇注引杨慎曰:侯景篡位,令饰朱雀门。其日有白头乌万计集于门楼。童谣曰:"白头乌,拂朱雀,还与吴。"此盖用其事,以侯景比禄山也。延秋门,长安西门,玄宗由此门西逃。《唐鉴》:甲午既夕,命陈玄礼及亲近宦官宫人,出延秋门。妃主王孙之在外者,皆委之而去。按,起句用比兴,得民歌口吻。

〔3〕金鞭句,言皇帝急出奔,委王孙而去。

〔4〕高帝,汉高祖刘邦。隆准,高鼻梁。《汉书·高祖纪》:"帝隆准龙颜。"《杜诗镜铨》引蒋云:"见其宝尚存,故疑为王孙;问其姓名不得,又因见'龙准'而断为高帝之子,叙次语意曲折。"

〔5〕斯须,一会儿。

〔6〕《唐书·史思明传》:"禄山陷两京,常以骆驼运两京御府珍宝于范阳,不知纪极。"

〔7〕朔方健儿,指哥舒翰统领的朔方军。《肃宗实录》:以翰为元帅,领河、陇、朔方募兵十万,并高仙芝旧卒,号二十万,拒战于潼关。后哥舒翰大败于潼关,故曰"今何愚"。历史学家陈寅恪《书杜少陵哀王孙诗后》则认为:"朔方健儿"指安禄山统领的同罗部落,号"曳落河"者。同罗部落昔为朔方军劲旅,今叛变自取败亡,故称其"愚"。录供参考。

〔8〕传位,天宝十五载(756)七月,肃宗即位,改元至德元载(756)。南单于,汉代南匈奴王,借指回纥。《通鉴》载玄宗谕太子曰:"西北诸胡,吾抚之素厚,汝必得其用。"

〔9〕花门,指回纥兵马。花门山堡在甘州(今甘肃张掖市),回纥骑兵的驻地。劗(lí)面,古代突厥、回纥等民族的风俗,遇大忧大丧,则割面流血以示哀痛、忠诚。狙,伏击。此指叛军的搜索与他人的

告密。

〔10〕　五陵,指唐高祖献陵、太宗昭陵、高宗乾陵、中宗定陵、睿宗桥陵。以此言唐王朝气数未尽,复兴有日。

【点评】

杜甫七言古诗往往得力于乐府。此诗开头的比兴,中间的叙述,结尾的劝勉与反复叮咛,口吻亲切,情景如见。梁启超《情圣杜甫》称此诗一句一意,"他的情感,像一堆乱石,突兀在胸中,断断续续地吐出,从无条理中见条理,真极文章之能事"。

悲陈陶 （七古）[1]

孟冬十郡良家子,血作陈陶泽中水[2]！
野旷天清无战声,四万义军同日死[3]！
群胡归来血洗箭,仍唱胡歌饮都市[4]。
都人回面向北啼,日夜更望官军至[5]。

【注释】

〔1〕　此篇与《悲青坂》同为至德元载(756)冬所作。《唐书·房琯传》:至德元载十月,琯自请将兵,收复京都,肃宗许之。琯分为三军,自将中军。辛丑(二十一日),二军(中军与北军)先遇贼于咸阳县之陈陶斜,接战,官军败绩。陈陶斜,又叫陈陶泽,在咸阳县东。

〔2〕　孟冬,冬季的第一个月,即十月。

〔3〕　《唐书·房琯传》:"琯用春秋车战之法,以车二千乘,马步夹之。既战,贼顺风扬尘鼓噪,牛皆震骇,因缚刍纵火焚之,人畜挠败,为(叛军)所伤杀者四万余人。"无战声,犹"杀人如草不闻声",形容败得

惨,死得冤。岑参诗:"昨闻咸阳败,杀戮净如扫。"

〔4〕　血洗箭,箭上沾满了血,像是用血洗过。此句写叛军之骄横。

〔5〕　都人,京都百姓。肃宗在灵武,灵武在长安北,故向北啼。浦注云:
　　　　"结语兜转一笔好,写出人心不去。"

【点评】

此诗写实:写官军之草草,叛军之骄狠,人心之思唐,历历
在目。

对　雪 (五律)

战哭多新鬼,愁吟独老翁[1]。
乱云低薄暮,急雪舞回风。
瓢弃樽无绿,炉存火似红[2]。
数州消息断,愁坐正书空[3]。

【注释】

〔1〕　多新鬼,即陈陶、青坂惨败事。

〔2〕　无绿,即无酒。酒色绿,故以绿代酒。火似红,是说没生火。但由
　　　　于习惯,还是不自觉地伸手向炉取暖,苦况如画。《唐诗归》钟惺
　　　　云:"一'似'字写得荒凉在目。"

〔3〕　书空,《世说新语》:"殷浩坐废,终日书空,作'咄咄怪事'四字。"

【点评】

杜甫极善渲染气氛,此篇通过独坐、急雪回风、空樽冷炉的渲
染,写出自己的愁思。

春　望（五律）[1]

国破山河在,城春草木深[2]。
感时花溅泪,恨别鸟惊心[3]。
烽火连三月,家书抵万金[4]。
白头搔更短,浑欲不胜簪[5]。

【注释】

〔1〕　作于至德二载(757)三月,仍陷叛军中。

〔2〕　山河在,河山如故,暗寓江山易主;草木生,草木丛生,暗寓人烟稀少——胡人入长安多烧杀。吴见思《杜诗论文》:"在"字则兴废可悲,"深"字则荟蔚满目。起联极沉痛,笔力千钧。

〔3〕　时,指时局。《温公续诗话》:"花鸟,平时可娱之物,见之而泣,闻之而悲,则时可知矣。"是所谓"景随情化","愁思看春不当春"。

〔4〕　上联,写季春三月战事连绵。杜诗"三月师逾整,群凶势就烹",正其时形势。下联,写盼得家书心情。此本平常语,但因道得个个乱离人心思,遂成名句。

〔5〕　浑欲,几乎要。此联意为:搔一下头上白发,发现更稀薄了,几乎连簪也不能插了——诗人忡忡的忧心可见。

【点评】

梁启超《情圣杜甫》曾认为,杜甫有一种特别技能,"几乎可以说别人学不到:他最能用极简的语句,包括无限情绪,写得极深刻"。此首可为范例。

遣　兴（五古）[1]

骥子好男儿,前年学语时[2]。
问知人客姓,诵得老夫诗[3]。
世乱怜渠小,家贫仰母慈[4]。
鹿门携不遂,雁足系难期[5]。
天地军麾满,山河战角悲[6]。
倘归免相失,见日敢辞迟[7]。

【注释】

〔1〕 此亦陷叛军时所作。

〔2〕 骥子,杜甫幼子宗武,小名骥子。

〔3〕 人客,客人。

〔4〕 渠,他,指骥子。此联意为:可怜他年龄尚幼小就逢战乱,贫穷的家境幸赖有慈母关爱。这句虽是忆幼子,却更感怀战乱中持家的妻子。《杜臆》称其"爱隔情深"。《杜诗镜铨》引张云:"二句情事百种。"

〔5〕 鹿门,鹿门山,在襄阳,传说东汉时庞德公携妻子登鹿门山隐居。雁足,《苏武传》载,汉使者言天子射上林中,得雁,足有系帛书,知苏武所在。后以雁足指称书信。此联意为身陷贼中,未能携家避难,至今全无音信。

〔6〕 此句极写战祸之广,是对"世乱"的补足,在此乱世更见"爱隔情深"。

〔7〕 下句意为:只要有相见之日,岂敢嫌它来得太迟!《杜臆》称其"语宽心急"。

【点评】

《唐诗归》钟惺云："极婉极细，只是一真。"

哀江头（七古）[1]

少陵野老吞声哭，春日潜行曲江曲[2]。
江头宫殿锁千门，细柳新蒲为谁绿[3]？
忆昔霓旌下南苑，苑中万物生颜色[4]。
昭阳殿里第一人，同辇随君侍君侧[5]。
辇前才人带弓箭，白马嚼啮黄金勒[6]。
翻身向天仰射云，一笑正坠双飞翼[7]。
明眸皓齿今何在？血污染魂归不得[8]！
清渭东流剑阁深，去住彼此无消息[9]。
人生有情泪沾臆，江草江花岂终极[10]。
黄昏胡骑尘满城，欲往城南望城北[11]。

【注释】

〔1〕　此诗仍写于长安沦陷区。江，指曲江。曲江原是唐代游赏胜地，权
　　　贵云集，有说不尽的繁华（详见《丽人行》的描写）。抚今追昔，悲从
　　　中来。其中不无对统治集团骄奢招祸的历史反思。

〔2〕　少陵野老，少陵是汉宣帝许皇后葬地，杜甫曾居少陵西，故自称"少
　　　陵野老"。

〔3〕　《剧谈录》："（曲江池）花卉环周，烟水明媚，……入夏则菰蒲葱翠，
　　　柳阴四合，碧波红蕖，湛然可爱。"今细柳新蒲，风景依旧，国事已
　　　非，"为谁绿"是沉痛语。

〔4〕　霓旌,彩旗,指天子之旗。南苑,指芙蓉苑,在曲江东南。

〔5〕　昭阳殿,汉成帝宠幸赵飞燕女弟,居昭阳殿。唐人多以赵飞燕比杨贵妃。辇(niǎn),天子之车。

〔6〕　才人,宫中的女官,正四品。唐代宫廷有娴习武艺的宫女,称"射生宫女",句中才人,当即指此。

〔7〕　一笑,指杨贵妃。才人射中飞鸟,贵妃为之一笑。

〔8〕　此联承上陡落,从回忆中猛省。明眸皓齿正是杨贵妃"一笑"的形象。血污游魂,指贵妃缢死马嵬驿一事(详见《北征》注)。前联与此联对比强烈。《硯斋诗谈》称:"叙事檃括,不烦不简,有骏马跳涧之势。"

〔9〕　清渭,即渭水,经长安;剑阁,长安入蜀必经之地,在今四川剑阁县北。去住,一去一住,指玄宗入蜀避难,而贵妃却缢死葬渭水之滨。无消息,犹白居易《长恨歌》:"一别音容两渺茫!"与上文"同辇随君"、"双飞翼"形成对比。《岘傭说诗》:"《丽人行》何等繁华,《哀江头》何等悲惨!两两相比,诗可以兴。"

〔10〕　臆,胸膛。终极,穷尽。此言花草年年依旧,蒲柳自绿,惟有人情不能自已,更觉缠绵悱恻。

〔11〕　往城南,杜甫时居城南,日暮当返;望城北,肃宗军驻灵武,地当城北,故望之,眷眷之情,可与《悲陈陶》"都人回面向北啼,日夜更望官军至"参看。

【点评】

此诗叙事带情以行,是所谓"唱叹",不是实叙。其中尤令人惊叹的是时空错位式的剪接,让"明眸皓齿"的杨贵妃从"一笑"直接"血污游魂",间不容发,却是已隔人鬼。苏辙《诗病五事》称其"如连山断岭,虽相去绝远,而气象连络",是。

自京窜至凤翔喜达行在所三首（五律）[1]

西忆岐阳信，无人遂却回[2]。

眼穿当落日，心死著寒灰。

雾树行相引，连山望忽开[3]。

所亲惊老瘦：辛苦贼中来[4]。

【注释】

〔1〕　至德二载（757）四月，杜甫由长安冒死逃归凤翔，肃宗拜为左拾遗。此为痛定思痛之作。行在所，蔡邕《独断》："天子以四海为家，谓所居为行在所。"

〔2〕　岐阳，即凤翔，在岐山南，故称。信，信息。却回，唐人习惯语，"却"字加重语气。此联意为：盼望着西边的凤翔有官军再来的消息，竟不见踪影，于是决意从长安逃回去。

〔3〕　《杜臆》："'眼穿当落日'，望之切也，应'西'字。'心死著寒灰'，则绝望矣，应'忆'字。于是拼死向前，望树而往，指山而行，见莲峰（连山，一作莲峰）或开或合，俱实历语。"四句似叙事，实写心情，或盼或惊或迷或喜，乃见逃归不易。

〔4〕　结句写亲友慰问，语平意深。

秋思胡笳夕，凄凉汉苑春[1]。

生还今日事，间道暂时人[2]。

司隶章初睹，南阳气已新[3]。

喜心翻倒极：鸣咽泪沾巾。

【注释】

〔1〕　两句追忆陷长安叛军中之苦况。

〔2〕　此联写初达行在所之心情。回想昨日逃命,随时有作鬼的可能,想来难免后怕,故曰"暂时人"。间(jiàn)道,小道。

〔3〕　《后汉书·光武纪》:更始(刘玄)以光武行司隶校尉,于是置僚属,作文移,一如旧章。三辅吏士见司隶僚属,皆欢喜不自胜。老吏或垂涕曰:"不图今日复见汉官威仪!"又,望气者苏伯阿为王莽使,至南阳,遥望见舂陵郭,喟曰:"气佳哉,郁郁葱葱然。"汉光武帝是南阳人。此联借古喻今,写朝廷新气象。

死去凭谁报? 归来始自怜[1]!

犹瞻太白雪,喜遇武功天[2]。

影静千官里,心苏七校前[3]。

今朝汉社稷,新数中兴年[4]。

【注释】

〔1〕　凭谁报,谁人来报消息? 黄生云:"起语自伤名位卑微,生死不为时所轻重,故其归也,悲喜交集,亦止自知之而已。"梁启超《情圣杜甫》称:"仅仅十个字,把十个月内虎口余生的甜酸苦辣都写出来。"

〔2〕　太白、武功,皆山名,在凤翔附近。二句犹言"得见天日"。

〔3〕　苏,苏醒、苏活。七校,指武卫,汉武帝曾置七校尉。此联写拜左拾遗后平静的心情。影静心苏,与第一首眼穿心死的高度紧张形成对比。《杜诗镜铨》引张云:"脱险回思,情景逼真。只'影静'、'心苏'字,以前种种奔窜惊危之状,俱可想见。"

〔4〕　国家中兴有望,是"喜"字的真命脉。

【点评】

　　《读杜心解》:"文章有对面敲击之法,如此三诗写'喜'字,反详言危苦情状是也。"其实此诗成功之处在于能用极洗炼的语言勾勒出极复杂的心理变化,波澜起伏。

述　怀 (五古)[1]

去年潼关破,妻子隔绝久;
今夏草木长,脱身得西走。
麻鞋见天子,衣袖露两肘[2];
朝廷愍生还,亲故伤老丑。
涕泪受拾遗,流离主恩厚[3];
柴门虽得去,未忍即开口[4]。
寄书问三川,不知家在否[5]。
比闻同罹祸,杀戮到鸡狗[6]。
山中漏茅屋,谁复依户牖?
摧颓苍松根,地冷骨未朽[7]。
几人全性命? 尽室岂相偶[8]?
嵚岑猛虎场,郁结回我首[9]。
自寄一封书,今已十月后。
反畏消息来,寸心亦何有[10]。
汉运初中兴,生平老耽酒。
沉思欢会处,恐作穷独叟。

【注释】

〔1〕　此为杜甫逃归凤翔后,忆及妻子之作。

〔2〕　麻鞋,以麻为之,形似草鞋。

〔3〕　拾遗,从八品,因是谏官,常在皇帝左右,故在流离中益感主恩之厚。杜甫于至德二载(757)五月十六日任左拾遗。

〔4〕　柴门,指妻子所在之家。得去,能去。此句写先公后私。

〔5〕　三川,县名,在鄜州(今延安)南。寄书未得回信,故曰"不知家在否",自此展开悬想揣测,以见其忐忑不安的心理。

〔6〕　比闻,近来听说。罹祸,遭难。

〔7〕　此句从"比闻"中来,悬想遍地白骨。

〔8〕　据以上揣测,则合家团聚岂非梦想? 偶,合也。

〔9〕　嶔岑,山高峻貌。猛虎场,言贼寇残暴,所至成为"屠宰场"。

〔10〕　因以上揣测,凶多吉少,反而害怕消息来,使希望成为绝望。矛盾心理的刻画极为深刻。"畏"字是笼罩全诗的情绪。

【点评】

《杜臆》:"他人言苦情,一言两言便了,此老自'寄书回三川'至末,宛转发挥,蝉联不断,字字俱堪坠泪!"

独酌成诗 （五律）

灯花何太喜,酒绿正相亲[1]。
醉里从为客,诗成觉有神。
兵戈犹在眼,儒术岂谋身。
苦被微官缚,低头愧野人[2]。

【注释】

〔1〕　灯花,灯心余烬所爆火花。古人以灯花为吉。《西京杂记》:"夫目

�得酒食,灯火花得钱财。"这里是以灯花表现旅夜得酒之喜悦,反衬出孤寂的心情。

〔2〕 仇注,陶(潜)叹折腰,杜(甫)愧低头,皆不肯屈节于仕途者。

【点评】

在孤寂中再现丰富的内心世界。

北 征 (五古)[1]

皇帝二载秋,闰八月初吉[2];
杜子将北征,苍茫问家室[3]。
维时遭艰虞,朝野少暇日[4];
顾惭恩私被:诏许归蓬荜[5]。
拜辞诣阙下,怵惕久未出[6]。
虽乏谏诤姿,恐君有遗失。
君诚中兴主,经纬固密勿[7]。
东胡反未已,臣甫愤所切[8]。
挥涕恋行在,道途犹恍惚。
乾坤含疮痍,忧虞何时毕[9]?

靡靡逾阡陌,人烟眇萧瑟[10]。
所遇多被伤,呻吟更流血。
回首凤翔县,旌旗晚明灭。
前登寒山重,屡得饮马窟[11]。

邠郊入地底,泾水中荡潏[12]。
猛虎立我前,苍崖吼时裂[13]
菊垂今秋花,石戴古车辙。
青云动高兴,幽事亦可悦:
山果多琐细,罗生杂橡栗;
或红如丹砂,或黑如点漆;
雨露之所濡,甘苦齐结实。
缅思桃源内,益叹身世拙[14]!
坡陀望鄜畤,岩谷互出没[15]。
我行已水滨,我仆犹木末[16]。
鸱鸮鸣黄桑,野鼠拱乱穴。
夜深经战场,寒月照白骨。
潼关百万师,往者散何卒[17]?
遂令半秦民,残害为异物[18]。

况我堕胡尘,及归尽华发。
经年至茅屋,妻子衣百结。
恸哭松声回,悲泉共幽咽。
平生所娇儿,颜色白胜雪。
见耶背面啼,垢腻脚不袜[19]。
床前两小女,补绽才过膝。
海图坼波涛,旧绣移曲折;
天吴及紫凤,颠倒在短褐[20]。
老夫情怀恶,呕泄卧数日。
那无囊中帛,救汝寒凛慄?

粉黛亦解包,衾裯稍罗列。

瘦妻面复光,痴女头自栉[21];

学母无不为,晓妆随手抹。

移时施朱铅,狼藉画眉阔。

生还对童稚,似欲忘饥渴。

问事竞挽须,谁能即嗔喝?

翻思在贼愁,甘受杂乱聒。

新归且慰意,生理焉得说[22]?

至尊尚蒙尘,几日休练卒?

仰观天色改,坐觉妖氛豁。

阴风西北来,惨淡随回纥[23]。

其王愿助顺,其俗善驰突。

送兵五千人,驱马一万匹。

此辈少为贵,四方服勇决[24]。

所用皆鹰腾,破敌过箭疾。

圣心颇虚伫,时议气欲夺[25]。

伊洛指掌收,西京不足拔[26]。

官军请深入,蓄锐可俱发。

此举开青徐,旋瞻略恒碣[27]。

昊天积霜露,正气有肃杀[28]。

祸转亡胡岁,势成擒胡月。

胡命其能久?皇纲未宜绝[29]。

忆昨狼狈初,事与古先别:

奸臣竟菹醢,同恶随荡析;

不闻夏殷衰,中自诛褒妲。

周汉获再兴,宣光果明哲。

桓桓陈将军,仗钺奋忠烈。

微尔人尽非,于今国犹活[30]。

凄凉大同殿,寂寞白兽闼[31]。

都人望翠华,佳气向金阙[32]。

园陵固有神,洒扫数不缺。

煌煌太宗业,树立甚宏达[33]。

【注释】

〔1〕 唐肃宗至德二载(757)四月,杜甫由长安逃至当时唐政府所在地凤翔,五月授左拾遗,因疏救房琯,触怒肃宗,八月放还鄜州探望妻子,乃作是诗。因鄜州在凤翔东北,故题“北征”。全诗七百字,铺陈终始,夹叙夹议,气势磅礴,是杜诗代表作。或以为堪与乐府长篇《孔雀东南飞》媲美。

〔2〕 初吉,《毛传》:“初吉,朔日(初一)也。”后泛指月初。起笔如史笔,写明年月日以示郑重其事。

〔3〕 苍茫,犹渺茫。《杜诗解》:“只插苍茫二字,便将一时胸中为在为亡,无数狐疑,一并写出。”参看《述怀》。

〔4〕 维时,是时。维,发语词。

〔5〕 顾惭,自思感到惭愧。恩私,指皇帝特殊的恩惠。被(pī),通“披”,覆盖。诏许,指廷诤忤旨,墨制放还一事。蓬荜,蓬门荜户,穷人所居。

〔6〕 诣,到。阙,宫阙,指朝廷。怵惕(chù tì),恐惧不安。

〔7〕 这四句讲得很委婉,意为:我虽然缺乏谏官的才具,仍担心陛下虑事有所不周;陛下诚然是中兴明主,但处理国事还是要周密谨慎才是啊!

〔8〕 臣甫,小臣杜甫。《杜臆》引钟惺云:“‘臣甫’章奏字面,诗中如对

君。"此诗格式有意依照奏议。

〔9〕 乾坤含疮痍,与"天地日流血"同意,写国家到处是战争的创伤。以
上二十句为一段,写忧国恋阙之情。

〔10〕 靡靡,犹迟迟。《诗经·黍离》:"行迈靡靡,中心摇摇。"阡陌,田间
道路,南北曰阡,东西曰陌。

〔11〕 饮马窟,古时行军,遇水洼饮马,称饮马窟。一路是饮马窟,正战时
景象。

〔12〕 邠(bīn)郊,邠州郊原。即今陕西彬州,是个盆地,自山上俯视,如
在地底。荡潏,水涌貌。中,邠郊之中。

〔13〕 猛虎,状苍崖之蹲踞。吼,形容怒号之山风。

〔14〕 缅思,遥想。拙,不顺。"菊垂今秋花"至此十二句,写山中幽景。
《杜诗镜铨》引张谱称其"作极要紧极忙文字,偏向极不要紧闲处传
神",是。

〔15〕 坡陀,冈陵起伏貌。鄜畤,本为秦文公所筑祭天的坛场,此指鄜州。

〔16〕 木末,树梢。这里将图景平面化了:我已行至水滨,而仆人还在山
腰,看过去就像在树梢上。

〔17〕 卒,仓促。悲叹当日潼关之战,官军惨败何其速。

〔18〕 半秦民,一半的秦地百姓。为异物,人死称为异物。以上三十六句
为第二段,写途中所见。《杜诗言志》:"此第二节,则述途中之所
见。参差历落,总从'恍惚'二字中来……不整写,却杂写;不顺写,
却乱写。真得在路人一片苍茫恍惚神理。"

〔19〕 耶,即爷字,俗称父曰爷。《杜诗解》云:"看他只用'背面'二字轻避
过今昔黑白不同丑语,却别以脚上垢腻,似对不对,反形之。"背面,
还有怕生之意。

〔20〕 "海图"以下四句连看。海图,绣着海景的图障。天吴,水神,与紫
凤同为障上所绣。"曲折"、"颠倒",形容补丁之杂,绣纹错乱。贫
困之境却以幽默口吻出之,读者倍觉伤神。

〔21〕 "痴女"以下五句写娇女天真之状极逼真,又影衬其母之梳妆。

〔22〕 生理,生计。万方多艰,一家生计又何从谈起!第三段三十六句,

写团聚。此段最见杜甫的人情味与白描功夫。

〔23〕"仰观"以下四句连读。意谓形势好转,回纥(hé)出兵助唐。坐觉,顿觉。妖氛,指叛军。豁,开朗。回纥,今维吾尔族。至德二载(757)九月,肃宗借回纥兵平乱。怀仁可汗派遣太子叶护带精兵四千余人至凤翔。唐肃宗诏书有云:"讨彼凶逆,一鼓作气,万里摧锋,二旬之间,两京克定。"阴风惨淡,借秋风写回纥军之气势。

〔24〕少,少壮。《史记·匈奴传》载其风俗。"贵壮健,贱老弱。"回纥与匈奴同族。游牧民族尚武,以下三句皆写其勇决。或云,少,上声。言杜甫预见到回纥骄悍,多则难制。故后来有《留花门》云:"胡为倾国至,出入暗金阙。"录供参考。

〔25〕言皇帝虚心依靠回纥,百官虽有异议,但慑于皇威而气为之夺。

〔26〕伊洛,伊水、洛水,在洛阳。指掌,指毫不费力。西京,长安。

〔27〕青徐,青州、徐州,今山东、苏北一带。恒碣,恒山、碣石山,今河北一带。旋瞻,即见。略,略取。

〔28〕昊(hào)天,秋天。旧云秋于五行属金,有肃杀之气。

〔29〕皇纲,指唐帝国的帝业传统。第四段二十八句,议论时事。《说诗晬语》称"议论须带情韵以行",举此诗为例。而此段议论风发,读来尤觉意气骏爽。

〔30〕十二句写马嵬兵变。《旧唐书·杨国忠传》:"翌日,至马嵬,军士饥而愤怒。龙武将军陈玄礼惧乱,先谓军士曰:'今天下崩离,万乘震荡,岂不由国忠割剥氓庶,朝野怨咨,以至此耶? 若不诛之以谢天下,何以塞四海之怨愤?'众曰:'念之久矣。事行身死,固所愿也。'……斩首以徇。是日,贵妃既缢,韩国、虢国二夫人亦为乱兵所杀。"俎醢(zǔ hǎi),剁为肉酱。荡析,清除。夏殷,指夏桀王与殷纣王。夏桀嬖妹喜,殷纣嬖妲己。褒姒,周幽王女宠。既言"褒姒",上文应作"周殷"。但《日知录》云:"不言周,不言妹喜,此古人互文之妙。"所谓互文,指上句举夏殷以包括周,下句举褒姒以包括妹喜。"中自诛褒姒",言唐玄宗赐杨贵妃死出于主动,故"事与古先别"。但《资治通鉴》载:"军士围驿。上(指玄宗)闻喧哗,问

外何事,左右以'国忠反'对。上杖屡出驿门,慰劳军士,令收队,军士不应。上使高力士问之,玄礼对曰:'国忠谋反,贵妃不宜供奉,愿陛下割恩正法。'……上乃命力士引贵妃于佛堂,缢杀之。"可见玄宗杀杨贵妃是被动的,但诗人只从侧面点破:"仗钺奋忠烈。"杜甫除了为皇帝讳以外,用心可能在于:当时国家危急,不宜将皇帝说成"昏君",故称其"圣心独断",以收同仇敌忾之效。

〔31〕　大同殿,在兴庆宫勤政楼北,玄宗于此朝见群臣。白兽闼,即白兽门,在凌烟阁之北。玄宗曾由此门攻入太极殿,杀韦后,平内乱,成就帝业。这两句意在激励肃宗。

〔32〕　翠华,天子之旗。

〔33〕　四句提出列祖列宗,以激励肃宗。以上二十句为第五段,回顾历史作结。由于善于选择历史意象,所以充满阳刚之气,鼓舞人心,将激情推至高潮。《唐诗别裁》称:"皇帝"起,"太宗"结,收得正大。

【点评】

　　《唐宋诗醇》引李因笃云:"其才则海涵地负,其力则排山倒岳,有极尊严处,有极琐细处,繁则如千门万户之象,简则有急弦促柱之悲。"杜甫以诗的形式,达到散文灵变自如无所不包的艺术效果,的确是一次成功的尝试。

羌村三首 （五古）[1]

峥嵘赤云西,日脚下平地[2]。
柴门鸟雀躁,归客千里至。
妻孥怪我在,惊定还拭泪[3]。
世乱遭飘荡,生还偶然遂[4]！

邻人满墙头,感叹亦歔欷。

夜阑更秉烛,相对如梦寐[5]。

【注释】

〔1〕　与《北征》同为归至鄜州省亲所作。羌村,在鄜州城外,杜甫家小所在。

〔2〕　峥嵘,山高峻貌,这里形容云层叠出。日脚,与"雨脚"同样,属拟人写法。

〔3〕　妻孥(nú),即妻子。陈式《杜意》:"以年余陷贼之人,生还事属可怪,通篇只摹一'怪'字出。""怪"字的确摹写出"九死一生"后的复杂心理反应。《唐诗归》钟惺云:"五字却藏有'喜'在内。"

〔4〕　遂,如愿。

〔5〕　夜阑,夜深。秉烛,本意为持烛,后来通用为燃烛。更秉烛,因前烛已尽,乃更换新烛,以见相对之久。且虽相对,犹疑在梦中,极写惊喜之情,反衬相见不易。

晚岁迫偷生,还家少欢趣[1]。

娇儿不离膝:畏我复却去[2]。

忆昔好追凉,故绕池边树。

萧萧北风劲,抚事煎百虑。

赖知禾黍收,已觉糟床注[3]。

如今足斟酌,且用慰迟暮[4]。

【注释】

〔1〕　偷生,杜甫心在国家,这次放还,自视为偷生苟活,深以为耻。少欢趣,"少"字有分寸,不是没有。

〔2〕　下句是上一下四句法,在"畏"字读断。意为:孩子们怕我又要走了。《杜诗解》:"娇儿心孔千灵,眼光百利,早见此归,不是本意,于

是绕膝慰留，畏爷复去。"
〔3〕 赖知，幸而知道。承上句"煎百虑"，要是再没有酒，简直就得愁死！糟床，即酒醡。听禾黍收而觉糟床注酒，是所谓"示现"手法。苏东坡诗："桑畦雨过罗纨腻，麦陇风来饼饵香。"亦同一手法。
〔4〕 迟暮，衰老之年。

群鸡正乱叫，客至鸡斗争。

驱鸡上树木，始闻叩柴荆。

父老四五人，问我久远行[1]：

手中各有携，倾榼浊复清[2]。

苦辞"酒味薄，黍地无人耕[3]，

兵革既未息，儿童尽东征。"

"请为父老歌：艰难愧深情[4]！"

歌罢仰天叹，四座泪纵横。

【注释】

〔1〕 问，慰问。

〔2〕 榼（kē），盛酒的酒器。浊复清，浊酒与清酒。

〔3〕 苦辞，再三地说。苦，一作"莫"。

〔4〕 这一联就是歌词。《杜臆》："酒薄由于黍少，黍少由于从征，则父老谦让之言。从谦让味出艰难，从艰难味出深情，则公自道感激之意。"

【点评】

　　《读杜心解》称："三诗俱脱胎于陶（渊明）。"殊不知杜甫此诗写的是民病时艰，有很强烈的时代现实气息，与"脱胎"二字不相干。至于文学素养与技巧借鉴中有陶的成分，自当别论。

奉和贾至舍人早朝大明宫 （七律,附唱和三首）^[1]

五夜漏声催晓箭,九重春色醉仙桃^[2]。
旌旗日暖龙蛇动,宫殿风微燕雀高^[3]。
朝罢香烟携满袖,诗成珠玉在挥毫^[4]。
欲知世掌丝纶美,池上于今有凤毛^[5]。

【注释】

〔1〕 此诗作于乾元元年（758）左拾遗任上。唱和是旧体诗颇常见的形
式,一人首唱,他人或同咏或依韵而和。此诗是贾至首唱,杜甫、王
维、岑参和之（见附录）。七律比五律定型较后,这四名诗人的唱和
可以说是一次七律形式的切磋,后人于四首唱和诗颇多比较与批
评,从中获取经验。

〔2〕 五夜,即五更,又称甲夜、乙夜、丙夜、丁夜、戊夜。这里指五更初。
漏箭,古人计时的更筹。九重,古人谓天有九重。此喻皇帝的深
宫,连及宫中之桃,亦称仙桃。《兰丛诗话》称下联:"又捶琢,又混
成。'醉仙桃'不可解,亦正不必求解。"

〔3〕 旍(qí),同旗。《东坡志林》:"七言之伟丽者,杜子美云'旌旗日暖
龙蛇动,宫殿风微燕雀高','五更鼓角声悲壮,三峡星河影动摇',
尔后寂寥无闻焉。"风微而燕雀高,则燕雀身轻可见。燕雀实景,龙
蛇虚象,以实衬虚。

〔4〕 《薑斋诗话》:"情、景名为二,而实不可离。神于诗者,妙合无垠。
情中景尤难曲写,如'诗成珠玉在挥毫',写出才人翰墨淋漓、自心
欣赏之景。"

〔5〕 丝纶:《礼记》:"王言如丝,其出如纶。"意为帝王哪怕一句极细微

的话也有大影响。后称帝王诏书为丝纶。凤毛，《宋书》：谢凤子超宗，作《殷淑妃诔》，帝大嗟赏，谓谢庄曰："超宗殊有凤毛。"池，凤池。魏晋南北朝时，中书省设在禁苑，掌机要，人称凤凰池。又，《世说新语·容止》载王劭风姿似父（王导），桓公望之曰："大奴（王劭小名）固自有凤毛。"杜甫合凤池、凤毛二典称美贾至继美其父贾曾，先后为中书舍人。《瀛奎律髓》："四人早朝之作，俱伟丽可喜。不但东坡所赏子美'龙蛇'、'燕雀'一联也。然京师喋血之后，疮痍未复，四人虽夸美朝仪，不已泰乎！"此批评颇中要害。

【点评】

王维、岑参和作也有出色的联句："九天阊阖开宫殿，万国衣冠拜冕旒"、"花迎剑佩星初落，柳拂旌旗露未干"。但整首看，杜甫一首似较严谨。《杜诗说》称："就三诗（指杜、王、岑之作）论之，杜老气无前，王、岑秀色可揽。一则三春秾李，一则千尺乔松。"

【附录】

一、贾至诗：《早朝大明宫呈两省僚友》

银烛朝天紫陌长，禁城春色晓苍苍。千条弱柳垂青琐，百啭流莺绕建章。剑佩声随玉墀步，衣冠身惹御炉香。共沐恩波凤池里，朝朝染翰侍君王。

二、王维和诗：

绛帻鸡人报晓筹，尚衣方进翠云裘。九天阊阖开宫殿，万国衣冠拜冕旒。日色才临仙掌动，香烟欲傍衮龙浮。朝罢须裁五色诏，佩声归向凤池头。

三、岑参和诗：

鸡鸣紫陌曙光寒，莺啭皇州春色阑。金阙晓钟开万户，玉阶仙仗拥千官。花迎剑佩星初落，柳拂旌旗露未干。独有凤凰池上客，阳春一曲和皆难。

春宿左省（五律）[1]

花隐掖垣暮，啾啾栖鸟过[2]。
星临万户动，月傍九霄多[3]。
不寝听金钥，因风想玉珂。
明朝有封事，数问夜如何[4]。

【注释】

〔1〕　作于乾元元年（758）春左拾遗任上。左拾遗属门下省，在东，称左省。夜宿，值宿。

〔2〕　掖垣，宫墙。

〔3〕　《唐诗广选》引赵子常曰：凡为五言，工在一字，谓之句眼。如此诗三、四"动"字、"多"字之类是也。《原诗》："从来言月者，只有言圆缺，言明暗，言升沉，言高下，未有言多少者。若俗儒不曰'月傍九霄明'，则曰'月傍九霄高'，以为景象真而使字切矣……试想当时之情景，非言明、言高、言升可得；而惟此'多'字可以尽括此夜宫殿当前之景象。"宫殿高入云霄，似近月亮，故觉其得月独多。写的是主观感受，不是客观事实。

〔4〕　四句写忠勤为国，值宿不寐情景。《唐诗摘抄》："五恐宫门已开，六恐朝士已集，及数问夜漏如何，极尽胸中有事，竟夜无眠光景。"《瀛奎律髓汇评》引查慎行云："灵武即位以后，缺事多矣。岑嘉州（参）云：'圣朝无缺事。'不如老杜'明朝有封事'为纪实也。"

【点评】

　　杜甫善于将情志与景物结合，创造出诗的意象，使"至虚而实，至渺而近"，再现复杂的内心世界，此诗可为范例。

曲江二首 （七律）[1]

一片花飞减却春，风飘万点正愁人[2]。
且看欲尽花经眼，莫厌伤多酒入唇[3]。
江上小堂巢翡翠，苑边高冢卧麒麟[4]。
细推物理须行乐，何用浮名绊此身[5]？

【注释】

〔1〕 这两首诗作于乾元元年春。

〔2〕 《而庵说唐诗》："'一片花飞减却春'，妙绝语，然有所本：古诗有
'飞此一片花，减却青春色'之句。"《瀛奎律髓》："'一片花飞'且不
可，况于'万点'乎？"

〔3〕 经眼，犹过眼，"经"字下得细，因为写的是飞花。

〔4〕 《唐宋诗举要》引吴曰："衬笔更发奇想惊人，盛衰兴亡之感，故应尔
尔。""安史之乱"，曲江建筑多被毁，公卿多被杀，小堂无主，故翡翠
来巢；高冢绝后，故石兽仆卧而无人修复。苑，指芙蓉苑，在曲江西
南。杜甫往往以丽句写荒凉，此其一例。

〔5〕 此句承上句而来。物理，指事物盛衰变化之理。《围炉诗话》："因
落花而知万物有必尽之理。'细推'者，自一片、万点、落尽、饮酒、
冢墓，皆在其中，以引末句失官不足介怀之意。"《瀛奎律髓汇评》引
冯舒云："落句开宋。"因其说理，开宋诗风气也。

朝回日日典春衣，每日江头尽醉归[1]。
酒债寻常行处有，人生七十古来稀[2]。

穿花蛱蝶深深见，点水蜻蜓款款飞^[3]。

传语风光共流转，暂时相赏莫相违^[4]！

【注释】

〔1〕　典，典当。典衣买醉，与前章"行乐"呼应，见仕不得志。

〔2〕　寻常，原指随处，但古人以八尺为寻，两寻为常，故又以此为借对，对数目字"七十"。

〔3〕　《石林诗话》："'深深'字若无'穿'字，'款款'字若无'点'字，皆无以见其精微如此。然读之浑然，全似未尝用力，此所以不碍其气格超胜。"

〔4〕　传语，犹传告。共流转，犹共盘桓。二句用拟人手法。《杜诗镜铨》云："二诗以送春起，以留春住。"

【点评】

《而庵说唐诗》曾说过："大率看公（指杜）诗，另要一副心肝，一双眼睛待他才是。"比如此诗言及时行乐，其实是"忧愤而托之行乐者"（《杜臆》）。宋代道学家程颐将"穿花蛱蝶深深见"视为"闲言语"，便是少了一双看杜诗的眼睛。

曲江对酒　（七律）

苑外江头坐不归，水精宫殿转霏微^[1]。

桃花细逐梨花落，黄鸟时兼白鸟飞^[2]。

纵饮久判人共弃，懒朝真与世相违。

吏情更觉沧洲远，老大徒伤未拂衣^[3]。

【注释】

〔1〕　水精宫,即水晶宫,喻精美的宫殿,又借指宫殿近水。霏微,春光掩
　　　映之貌。

〔2〕　梨花,一作杨花。蔡梦弼云:"杨"自对"桃","白"自对"黄",谓之
　　　"自对格"。仇注引《丹铅录》:梅圣俞"南陇鸟过北陇叫,高田水入
　　　低田流",黄山谷"野水自添田水满,晴鸠却唤雨鸠来",李若水"近
　　　村得雨远村同,上川波流下川通",其句法皆自杜来。今按,杜甫此
　　　联不仅是个句法问题,其中"逐"字、"兼"字,化无序为有序,使花鸟
　　　而通人情,反衬下联"人共弃"、"与世违"的孤寂。

〔3〕　沧洲,靠水的地方,指隐居处。《瀛奎律髓》:"少陵为谏官而纵饮懒
　　　朝如此,殆以道不行也。"

【点评】

　　《杜诗镜铨》引张上若云:"此与《曲江》二首,流便真率,已开
《长庆集》一派,但其中仍有变化曲折,视元(稹)白(居易)务取平易
者不同耳。"

望　岳　(七律拗格)[1]

西岳崚嶒竦处尊,诸峰罗立如儿孙[2]。
安得仙人九节杖,拄到玉女洗头盆[3]?
车箱入谷无归路,箭栝通天有一门[4]。
稍待西风凉冷后,高寻白帝问真源[5]。

【注释】

〔1〕　此诗系乾元元年(758)六月后,杜甫由左拾遗贬官华州司功参军,

经华山所作。岳,西岳华山。

〔2〕 峥嵘,高峻貌。竦处,最高处。《唐诗快》:"同一望岳也,'齐鲁青未了',何其雄浑;'诸峰罗列似儿孙',何其奇峭!"

〔3〕 九节杖,《列仙传》:"王烈授赤城老人九节苍藤杖,行地马不能追。"玉女洗头盆,《集仙录》:"明星玉女居华山祠,前有五臼石,号曰玉女洗头盆。"《砚斋诗谈》称:"'西岳峥嵘竦处尊,诸峰罗立如儿孙',笔势自上压下;'安得仙人九节杖,拄到玉女洗头盆',则自下腾上,才敌得住。"

〔4〕 车箱,华山下有车箱谷,深不可测。箭栝(kuò),箭栝岭。或云箭栝岭在岐山。《读杜劄子》引黄白山云:"此二句乃形容语,路径险仄,车不能回,狭而且长,有似箭栝,不必泥于地名也。"

〔5〕 白帝,传说少昊为白帝,治华山。真源,群仙所居之地,此有访道之意。《而庵说唐诗》:"薄宦不得遂意,托于遐举,其殆有去志乎?明年,去官入蜀。"

【点评】

《杜诗镜铨》引邵子湘云:"语语是望岳,笔力苍老浑劲,此种气候极难到。"

瘦马行 (七古)[1]

东郊瘦马使我伤:骨骼硉兀如堵墙[2]。
绊之欲动转欹侧,此岂有意仍腾骧[3]?
细看六印带官字,众道三军遗路旁[4]。
皮干剥落杂泥滓,毛暗萧条连雪霜。
去岁奔波逐余寇,骅骝不惯不得将[5]。

士卒多骑内厩马，惆怅恐是病乘黄^[6]。

当时历块误一蹶，委弃非汝能周防^[7]。

见人惨澹若哀诉，失主错莫无晶光^[8]。

天寒远放雁为伴，日暮不收乌啄疮。

谁家且养愿终惠，更试明年春草长！

【注释】

〔１〕　乾元元年（758）冬贬官华州司功后所作，借写马以寄身世之感。

〔２〕　硉（lù）兀，崖石突兀之状。这里形容马的瘦骨耸起。

〔３〕　欹侧，歪歪倒倒。腾骧，飞跃。

〔４〕　六印，《唐六典》：“凡在牧之马，皆印。”并注曰：“印右膊以小‘官’字，右髀以年辰，尾侧以监名。皆依左、右厢……二岁（马齿）始春，则量其力，又以‘飞’字印其左髀、膊。细马、次马，以龙形印其项左。送尚乘者，尾侧依左、右闲（马厩）印以‘三花’。其余杂马送尚乘者，以‘风’字印左膊，以‘飞’字印左髀。”

〔５〕　骅骝，古良马名。将，参与。此言非惯战的骅骝不得参与逐寇。

〔６〕　乘黄，古良马名。因为三军多骑内厩的马，所以推测此瘦马本来恐怕也是内厩的好马。

〔７〕　历块，王褒《圣主得贤臣颂》：“过都越国，蹶如历块。”形容马行之速。误一蹶，暗示诗人当时疏救房琯，触怒肃宗，一跌不起，有似此马。

〔８〕　错莫，犹落寞、惆怅。

【点评】

　　《杜诗镜铨》引张云：“虽是借题写意，而写病马寂寞狼狈光景亦尽。”咏物诗贵在亦真亦幻，不流于影射。

义鹘行 （五古）[1]

阴崖二苍鹰，养子黑柏颠。

白蛇登其巢，吞噬恣朝餐。

雄飞远求食，雌者鸣辛酸。

力强不可制，黄口无半存[2]。

其父从西归，翻身入长烟。

斯须领健鹘，痛愤寄所宣。

斗上掠孤影，嗷哮来九天[3]。

修鳞脱远枝，巨颡拆老拳[4]。

高空得蹭蹬，短草辞蜿蜒[5]。

折尾能一掉，饱肠皆已穿。

生虽灭众雏，死亦垂千年[6]。

物情有报复，快意贵目前。

兹实鸷鸟最，急难心炯然。

功成失所往，用舍何其贤！

近经潏水湄，此事樵夫传[7]。

飘萧觉素发，凛欲冲儒冠[8]。

人生许与分，只在顾盼间[9]。

聊为《义鹘行》，用激壮士肝。

【注释】

〔1〕　当是乾元元年在长安作。这是一首寓言诗，《杜臆》云："是太史公

一篇《义侠客传》，笔力相敌，而叙鸟尤难。"鹘(hú)，隼，猛禽。

〔2〕　黄口，雏鸟。

〔3〕　斗上，猝然急上。捩(liè)，扭转。此指鹘在空中翻转。噭(jiào)，号呼声。《杜诗镜铨》："写出猛势，刻画处，十分痛快淋漓，如有杀气英风，闪动纸上。"

〔4〕　修鳞，指长蛇。巨颡(sǎng)，指蛇首，脑门子。老拳，《晋书·载记》，石勒引李阳臂笑曰："孤往日厌卿老拳，卿亦饱孤毒手。"拳，喻鹘之爪，这里只是用典。《诸家老杜诗评》引《刘宾客嘉话录》，以此为例称"为诗用僻字，须有来处"。后人也往往以"无一字无来处"称杜诗，不足为训。

〔5〕　蹭蹬(cèng dèng)，挫折，此借写由上坠下貌。二句写蛇被鹘从高空掷下，在草丛中再也不能自如游走了。

〔6〕　垂千年，永为鉴戒。浦注：犹所谓"遗臭万年"也。

〔7〕　潏水，在长安杜陵。

〔8〕　此联意为：听了鹘的义举，只觉白发飘萧直欲冲冠。《杜臆》云以下一段是"借端发议，时露作者品格性情"。

〔9〕　此联意为：对一个人的评价（在大是大非面前），有时一下子就能判定。

【点评】

中国古代寓言诗本就稀罕，像《义鹘行》这样故事完整且刻画生动者，就更难得，故《杜诗镜铨》引王仲槱评："得之韵言，尤为空前绝后。"

·

九日蓝田崔氏庄（七律）〔1〕

老去悲秋强自宽，兴来今日尽君欢。

羞将短发还吹帽,笑倩旁人为正冠[2]。

蓝水远从千涧落,玉山高并两峰寒[3]。

明年此会知谁健? 醉把茱萸仔细看[4]。

【注释】

〔1〕 约作于乾元元年(758)为华州司功时。九日,指农历九月九日重阳节。蓝田,长安蓝田县,距华州八十里。崔氏庄,崔季重的别业。唐代士大夫多在蓝田置别业,如诗人王维有著名的辋川庄。

〔2〕 吹帽,《晋书·孟嘉传》:"(嘉)后为征西桓温参军,温甚重之。九月九日,温燕(宴)龙山,僚佐毕集。时佐吏并著戎服。有风至,吹嘉帽堕落,嘉不之觉。温使左右勿言,欲观其举止。嘉良久如厕,温令取还之。命孙盛作文嘲嘉,著(zhāo)嘉坐处。嘉还见,即答之,其文甚美。"后人用此典表示游兴酣畅。倩(qiàn),请。此联为"流水对"。

〔3〕 蓝水,《三秦记》载,蓝田有川,方三十里,其水北流,出玉石,会溪谷之水,为蓝水。玉山,《太平寰宇记》载,蓝田山在蓝田县西三十里,一名玉山。此联工整有力,唤起一篇精神。

〔4〕 茱萸,植物名。《续齐谐记》载,费长房对桓景说:"九月九日,汝家中当有灾,宜急去,令家人各作绛囊,盛茱萸,以系臂,登高饮菊花酒,此祸可除。"后来于重阳插茱萸成为风俗。王维有句云:"遥知兄弟登高处,遍插茱萸少一人。"陈贻焮《杜甫评传》曾与本诗作比较称:"两诗俱佳,但一在念亲人,一在哀伤迟暮,思想感情有少年和老年之别。"

【点评】

全诗顿挫起伏,感情悲喜变化,"结句收拾全题,词气和缓有力,而且有味"(许印芳语)。诚为七律佳篇。

赠卫八处士 （五古）[1]

人生不相见，动如参与商[2]。

今夕复何夕，共此灯烛光！

少壮能几时？鬓发各已苍！

访旧半为鬼，惊呼热中肠。

焉知二十载，重上君子堂。

昔别君未婚，儿女忽成行。

怡然敬父执，问我来何方[3]。

问答未及已，儿女罗酒浆[4]。

夜雨剪春韭，新炊间黄粱[5]。

主称"会面难"，一举累十觞。

十觞亦不醉：感子故意长。

明日隔山岳，世事两茫茫[6]。

【注释】

〔1〕 约作于乾元二年（759）春华州司功任上。处士，没当过官的读书
人。八是卫处士排行。萧先生说："由于这首诗表现了乱离时代一
般人所共有的'沧海桑田'和'别易会难'之感，同时又写得非常生
动自然，所以向来为人们所爱读。"

〔2〕 参与商，参、商二星名，一出一没，永不相见。

〔3〕 父执，父亲的挚友。《唐诗归》钟惺云："只叙真境，如道家常，欲歌，
欲哭。"

〔4〕 未及已，还没等说完。儿女，一作驱儿。罗，罗列，摆出。

〔5〕 间,去声,掺和的意思。黄粱,即黄米。新炊是刚煮的饭,其中掺和着黄米。《杜臆》:"叙款待风味率真。"

〔6〕 《杜诗详注》引周甸云:"前曰'人生',后曰'世事',前曰'如参商',后曰'隔山岳',总见人生聚散不常,别易会难耳。"

【点评】

《增订唐诗摘抄》:"只是真,便不可及。真则熟而常新。人也未尝无此真景,但为笔墨所隔,写不出耳。"此诗之妙,就在能写出人人心中所欲言。

洗兵马 (七古)[1]

中兴诸将收山东,捷书夜报清昼同[2]。
河广传闻一苇过,胡危命在破竹中[3]。
只残邺城不日得,独任朔方无限功[4]。
京师皆骑汗血马,回纥倭肉葡萄宫[5]。
已喜皇威清海岱,常思仙仗过崆峒[6]。
三年笛里关山月,万国兵前草木风[7]。

成王功大心转小,郭相谋深古来少[8]。
司徒清鉴悬明镜,尚书气与秋天杳[9]。
二三豪俊为时出,整顿乾坤济时了:
东走无复忆鲈鱼,南飞觉有安巢鸟[10]。
青春复随冠冕入,紫禁正耐烟花绕。
鹤驾通宵凤辇备,鸡鸣问寝龙楼晓[11]。

攀龙附凤势莫当,天下尽化为侯王。

汝等岂知蒙帝力? 时来不得夸身强[12]。

关中既留萧丞相,幕下复用张子房[13]。

张公一生江海客,身长九尺须眉苍;

征起适遇风云会,扶颠始知筹策良[14]。

青袍白马更何有? 后汉今周喜再昌[15]。

寸地尺天皆入贡,奇祥异瑞争来送:

不知何国致白环,复道诸山得银瓮[16]。

隐士休歌紫芝曲,词人解撰河清颂[17]。

田家望望惜雨干,布谷处处催春种。

淇上健儿归莫懒:城南思妇愁多梦[18]。

安得壮士挽天河,净洗甲兵长不用[19]!

【注释】

〔1〕 题下原注:"收京后作。"此诗约作于乾元二年(759)春二月,杜甫在
洛阳时。《杜臆》:"一篇四转韵,一韵十二句,句似排律,自成一体。
而笔力矫健,词气老苍,喜跃之象,浮动笔墨间。"王安石编杜诗,以
此篇为压卷。

〔2〕 诸将,史载乾元元年(758)九月,郭子仪等九节度使大举讨伐安庆
绪于相州。山东,赵注:"山东者,今之河北也。盖谓之山东山西,
以太行山分之也。"清昼同,不分昼夜频传。

〔3〕 一苇过,《诗经·河广》:"谁谓河广,一苇杭之。"极言渡河之易。
胡,指安、史。

〔4〕 邺城,即相州(今河南安阳)。时安庆绪困守邺城。朔方军,其节度
使为郭子仪。独任,专任、信任。此句有深意,指出要依靠本国兵

力和对将帅的信任才能取胜,特别是要专任郭子仪率领的朔方军。杜甫写此诗后不到一个月,九节度之师溃于相州,正是由于肃宗信任宦官鱼朝恩而不信任诸将所致。

〔5〕 上句言收京后,官员皆骑回纥所送的大宛马。餧,同喂。汉元帝尝宴单于于葡萄宫,这里只是借用。这两句隐含杜甫对借回纥兵的忧虑。

〔6〕 海岱,《尚书·禹贡》:"海岱惟青州。"时河北尚未全复,故只说"清海岱",有分寸。崆峒,此指甘肃平凉县内之崆峒山。这是提醒肃宗不要忘了在灵武时的境况,安不忘危。

〔7〕 三年,自安禄山反至今已三年多。《关山月》,乐府横吹曲之一。横吹曲是军乐。草木风,淝水之战,苻坚登城望晋军:"八公山上草木,皆类人形,怃然有惧色",及战,大败。此写到处人心惶惶,饱受战祸。《诗薮》:"以和平端雅之调,寓愤郁凄悢之思。"以上为第一段,写胜利在望,但要居安思危,特别要信任本国军队与将帅。

〔8〕 成王,肃宗子李俶(即后来的代宗)。郭相,郭子仪,时为中书令。

〔9〕 司徒,指李光弼。尚书,指王思礼,时为兵部尚书。秋天杳,言其为人爽朗,像秋天一样清远。即《八哀诗》所称:"胸襟日沉静,肃肃自有适。"

〔10〕 忆鲈鱼,《世说新语》:"(张翰)见秋风起,因思吴中菰菜羹、鲈鱼脍,曰:'人生贵得适意尔,何能羁宦数千里以要名爵?'遂命驾便归。"此言天下大定,则官员不必避乱思归。安巢鸟,曹操《短歌行》:"月明星稀,乌鹊南飞。绕树三匝,何枝可依?"此翻用其意,言百姓开始有家可归。

〔11〕 四句写皇室始安。正耐,犹正要。鹤驾,太子车驾。凤辇,指天子车辇。此句言太子李俶随天子肃宗至上皇玄宗所居之龙楼问安。以此见皇室重整朝仪,也暗含对玄宗、肃宗及太子之间关系之隐忧,希望皇家能伦常有序。以上为第二段,希望君臣各安其位。

〔12〕 四句转入对无功受禄、蓄势作乱的新贵们的严厉批评。《通鉴》:"乾元元年二月,以李辅国兼太仆卿,辅国依附张淑妃,料元帅府行

军司马,势倾朝野。"又,《唐书·肃宗纪》载,至德二载十二月大赦,
并封蜀郡、灵武元从功臣三十余人。

〔13〕　萧丞相,汉高祖刘邦的丞相萧何,这里比房琯。张子房,刘邦的重
　　　　要谋臣张良,这里比张镐,曾为谏议大夫,代房琯为相。二人其时
　　　　已罢相。房出为邠州刺史,地在关中,故云"关中既留";张罢为荆
　　　　州大都督长史,身居幕府,故曰"幕下复用"。杜甫希望肃宗起用他
　　　　们,措辞深婉。

〔14〕　四句直接写张镐。史载,张镐风仪魁岸,廓落有大志,涉猎经史,好
　　　　谈王霸大略。天宝末自褐衣拜左拾遗。肃宗时代房琯为相。曾兼
　　　　河南节度使,督师淮上,杖杀不肯救援张巡的闾丘晓,逆料史思明
　　　　诈降,是挽狂澜于既倒的人物。杜甫笔下之张镐风仪落落,更觉虎
　　　　虎有生气。

〔15〕　青袍白马,胡人侯景乱梁,童谣云:"青丝白马寿阳来。"此以侯景比
　　　　安、史。后汉今周,以中兴之主的后汉光武帝与周宣王比唐肃宗,
　　　　是杜甫的愿望,也是本诗厌乱思治的本旨。以上为第二段。

〔16〕　白环,传说舜时西王母献白环及佩。银瓮,传说王者刑罚中则银
　　　　瓮出。

〔17〕　紫芝曲,秦末隐士作《紫芝歌》。河清颂,鲍照作《河清颂》。以上六
　　　　句写君臣沉浸在太平梦中,为以下转折蓄势。

〔18〕　淇上健儿,指围攻邺城的战士,遥接"只残邺城不日得"。淇水,在
　　　　邺城附近。四句掉笔写百姓祈盼最后胜利,让战士及时回家以救
　　　　燃眉之急。

〔19〕　《鲁通甫读书记》:"少陵新乐府,题多创获,若《兵车行》、《丽人
　　　　行》,尚于古人有所因借。《哀江头》、《哀王孙》、《悲陈陶》、《悲青
　　　　坂》,皆随事撰成,空所依傍。至《洗兵马》一篇,题更奇特,点在篇
　　　　终,尤见点睛飞去之妙。窃意古人成诗而后有题,篇终混茫,中踌
　　　　躇满志,无以命题,而直揭篇末'洗兵马'三字,大书于上,其时不知
　　　　如何叫绝也!"

【点评】

　　《岘佣说诗》:"《洗兵马》对仗既整,音节亦谐,几近初唐四家体;然苍劲之气,时流楮墨,非少陵不能作也。"细参此篇当悟杜甫是如何以乐府"即事名篇"的精神来整合前人的艺术经验的。

新安吏 (五古)[1]

客行新安道,喧呼闻点兵[2]。

"借问新安吏;县小更无丁?"

"府帖昨夜下,次选中男行。"[3]

"中男绝短小,何以守王城?"[4]

肥男有母送,瘦男独伶俜[5]。

白水暮东流,青山犹哭声[6]!

莫自使眼枯,收汝泪纵横!

眼枯即见骨,天地终无情!

我军取相州,日夕望其平[7]。

岂意贼难料,归军星散营[8]。

就粮近故垒,练卒依旧京。

掘壕不到水,牧马役亦轻[9]。

况乃王师顺,抚养甚分明。

送行勿泣血,仆射如父兄[10]。

【注释】

〔1〕　萧先生说:这以下六首诗,历来称为"三吏"、"三别",是杜甫有计

划、有安排而写成的组诗。从文学源流来说，它们是《诗经》、汉乐府的苗裔，是白居易诸人的新乐府的祖师，从杜甫本人创作过程来说，则是他的现实主义的一个光辉的顶点，是他那种"穷年忧黎元"的进步思想和"毫发无遗憾"的艺术要求的高度结合的典范。"惊心动魄，一字千金"，不是《古诗十九首》，而是"三吏"、"三别"。这六首诗的写作年代是乾元二年（759）的三月间。这个月的初三，郭子仪、李光弼、王思礼等九个节度使的兵六十万大败于邺城，"战马万匹，惟存三千，甲仗十万，遗弃殆尽"，结果"诸节度各溃归本镇"，"子仪以朔方军断河阳桥保东京（洛阳）"（俱见《通鉴》卷二百二十一）。可见当时国家局势十分危急。为了迅速补充兵力，统治者便实行了漫无限制、毫无章法、惨无人道的公开的拉夫政策。但是统治者的这种罪恶，以及人民在这种罪恶的政策下隐忍一切痛苦去服兵役的爱国精神，史书并无记录，是由诗人杜甫来填补这一空白的。《通鉴》说，邺城败后，"东京士民惊骇，散奔山谷"，杜甫大概就是在这时由洛阳赶回华州，所以有机会亲眼看到这些可歌可泣可悲可恨的现象，从而写成这六首杰作。杜甫写这六首诗时的心情是极端矛盾、极端痛苦的。这矛盾，这痛苦，也是当时广大人民所共有的。产生这种矛盾心情的根源，则是和这次战争性质有关。这次战争，已不是天宝年间所进行的穷兵黩武的战争，而是一个救亡图存的战争。正因为是这样，所以杜甫一方面大力揭露兵役的黑暗，大骂"天地终无情"，另一方面却又不得不含着眼泪安慰、劝勉那些未成丁的中男走上前线。客观情况，使杜甫不能不站在更高的——整个祖国整个民族长远利益的立场上来考虑问题，处理问题。他不能像在写《兵车行》时那样反战。也正因为这样，所以当时人民即使是在这种难以忍受的残酷压迫下也仍然妻劝其夫，母送其子的先后走上战场，甚至老妪也毅然地献出了她的生命。在丝毫不留情面地揭露统治阶级的凶残苛暴的同时，以无限的同情和感激，以惟妙惟肖的笔触，来反映并歌颂广大人民的这种高度的爱国精神，便是这六首诗的基本内容和总的倾向。"三吏"、"三别"在表现手法上有一个显著的不同之点,即浦起龙所谓:"'三吏'夹带问答叙事,'三别'纯托送者行者之词。"因为夹带问答,所以在"三吏"中杜甫本人是出场的;因为通篇都是人物的独白,所以在"三别"中杜甫没有露面。在押韵上,"三吏"除《新安吏》外俱换韵,"三别"则一韵到底,这和问答与独白有关。

〔2〕　客,诗人自指。新安,今河南新安县。陈贻焮《杜甫评传》:"发端仿《木兰诗》,借问答迅速进入本事,简捷有力。"

〔3〕　中男,《唐会要》:"天宝三载十二月赦文……自今已后,百姓宜以十八已上为中男,二十三已上成丁。"成丁服兵役,因无丁可抽,依次抽至中男。

〔4〕　王城,指洛阳。

〔5〕　伶俜(líng pīng),孤零貌。

〔6〕　《杜臆》:"此时瘦男哭,肥男亦哭,肥男之母哭,同行同送者哭;哭者众,宛若声从山水出。而山哭,水亦哭矣!至暮,则哭别者已分手去矣,白水亦东流,独青山在,而犹带哭声,盖气青色惨,若有余哀也。"

〔7〕　相州,即邺城,今河北临漳县。

〔8〕　《通鉴》:郭子仪等九节度使围邺城,久不下,上下解体。史思明自魏州引兵趣邺。三月壬申,官军步骑六十万陈于安阳河北,思明自将引精兵五万敌之。大风忽起,吹沙拔木,天地晦,咫尺不相辨。两军大惊,官军溃而南,贼溃而北,弃甲仗辎重委积于路。此两句写该战役。

〔9〕　四句是劝慰语。仇注:"就粮,见有食也。练卒,非临阵也。掘壕牧马,见役无险也。"旧京,即洛阳。

〔10〕　顺,名正言顺,合乎正义。仆射(yè),指郭子仪。史载,子仪爱护士卒,有云:"朔方将士思郭子仪,如子弟之思父兄。"

【点评】

杜甫《壮游》云:"上感九庙焚,下悯万民疮。"正是在国难与民病的强烈矛盾中,才有"三吏"、"三别"这样撕肝裂肺之作。

潼关吏（五古）

士卒何草草,筑城潼关道[1]。

大城铁不如,小城万丈余[2]。

借问潼关吏,——修关还备胡!

要我下马行,为我指山隅:

"连云列战格,飞鸟不能逾[3]。

胡来但自守,岂复忧西都!

丈人视要处,窄狭容单车。

艰难奋长戟,万古用一夫。"[4]

哀哉桃林战,百万化为鱼。

请嘱防关将:慎勿学哥舒[5]!

【注释】

〔1〕　潼关,在陕西潼关县,古为桃林塞,是洛阳通向长安的咽喉。草草,匆忙。这里形容士卒的疲苦不堪。

〔2〕　万丈余,形容其高。城在山上,故云。

〔3〕　战格,战栅。

〔4〕　以上为潼关吏对诗人介绍潼关险要的形势,故引出诗人以下的忧虑。

〔5〕　化为鱼,《后汉书·光武纪》:赤眉在河东,但决水灌之,百万之众,可使为鱼。《唐书·哥舒翰传》:翰率兵出关,为贼所乘,自相践踏,坠黄河死者数万人。此句用典贴切,是诗人请吏转告防关将,以哥舒翰为戒,切勿轻举。

【点评】

在"三吏"、"三别"中,此篇较平直无特色,但仍是组诗中重要的和声。

石壕吏 （五古）

暮投石壕村,有吏夜捉人[1]。
老翁逾墙走,老妇出门看。
吏呼一何怒! 妇啼一何苦[2]!
听妇前致词:"三男邺城戍。
一男附书至,二男新战死[3]。
存者且偷生,死者长已矣!
室中更无人,惟有乳下孙。
有孙母未去,出入无完裙[4]。
老妪力虽衰,请从吏夜归。
急应河阳役,犹得备晨炊[5]。"
夜久语声绝,如闻泣幽咽。
天明登前途,独与老翁别[6]。

【注释】

〔1〕 投,投宿。石壕村,在今河南陕县东南。

〔2〕 《唐诗镜》:"其事何长,其言何简。'吏呼'二语,便当数十言。"

〔3〕 附书,捎信。

〔4〕 《杜诗镜铨》:"独匿过老翁,家中人偏一一敷出。"

〔5〕 河阳役,时唐军败于邺城,郭子仪退守河阳。河阳,黄河北岸,即今

河南孟津县。

〔6〕《唐诗选脉会通评林》："'夜久语声绝'二句泣鬼神语;结句尤难为情。"独与,暗示老妪已被捉去。

【点评】

　　此篇为"三吏"中最精彩的一篇,不著议论,靠叙事本身感动人,呜咽悲凉。

新婚别 (五古)[1]

兔丝附蓬麻,引蔓故不长[2]。

嫁女与征夫,不如弃路旁。

结发为妻子,席不暖君床。

暮婚晨告别,无乃太匆忙[3]!

君行虽不远,守边赴河阳[4]。

妾身未分明,何以拜姑嫜[5]?

父母养我时,日夜令我藏。

生女有所归,鸡狗亦得将[6]。

君今往死地,沉痛迫中肠!

誓欲随君去,形势反苍黄[7]!

勿为新婚念,努力事戎行!

妇人在军中,兵气恐不扬。

自嗟贫家女,久致罗襦裳。

罗襦不复施,对君洗红妆[8]。

仰视百鸟飞,大小必双翔。

人事多错迕,与君永相望^[9]!

【注释】

〔1〕　"三别"通篇作本人语气,是另一种写法。此篇尤得乐府民歌之精髓,不但口吻酷肖,所表达之矛盾复杂情绪,前无古人。

〔2〕　兔丝,即菟丝子,蔓生植物。此以菟丝子缠绕其他植物为比兴。叹女嫁征夫之不可靠,难以白头偕老。

〔3〕　无乃,岂不是。写出新妇无奈口吻。

〔4〕　此句有深意。萧先生认为:第一,它点明了造成新婚别的根由;第二,它说明了当时进行的战争是一次守边卫国的正义战争;第三,从诗的结构上来看,它也是下文"君今往死地"和"努力事戎行"的张本;第四,这两句还含有一种言外之意,是一种带刺儿的话。即守边竟守到河阳,守到自己家里来了,这岂不可叹?

〔5〕　姑嫜,丈夫之母曰姑,丈夫之父曰嫜。未分明,古礼:妇人嫁三日,告庙上坟,谓之成婚。今暮婚晨别,所以说是媳妇的身份尚未确,如何去拜见公婆?

〔6〕　鸡狗亦得将,即俗语:"嫁鸡随鸡,嫁狗随狗。"将,随也。

〔7〕　苍黄,同仓皇。此联意为:本想和你同往,但又怕事情反而弄得更糟糕。写出新娘子进退两难、心乱如麻的心态。《唐诗归》钟惺云:"五字吞吐难言,羞恨俱在其中。"

〔8〕　四句以细节写深情。久致,说明嫁妆来之不易;不复施,洗红妆,表示爱的专一,也含有鼓励其夫一心一意去守边之意。虽属虚构,却入情理。

〔9〕　错迕(wǔ),错杂交迕。

【点评】

　　萧先生极赞赏此篇人物语言的个性化:"在《垂老别》里,杜甫化身为老汉,说着老头子的话;在《无家别》里,杜甫又化为单身汉,说着另一套话。但这都还不算难，因为类似的生活经验，杜甫还是有的。只有在《新婚别》里，他得化身为新娘子，说着新娘子式的话，这才真有些难。"

垂老别（五古）[1]

四郊未宁静，垂老不得安。

子孙阵亡尽，焉用身独完？

投杖出门去，同行为辛酸。

幸有牙齿存，所悲骨髓干。

男儿既介胄，长揖别上官[2]。

老妻卧路啼，岁暮衣裳单。

孰知是死别，且复伤其寒！

此去必不归，还闻劝加餐[3]！

土门壁甚坚，杏园渡亦难[4]。

势异邺城下，纵死时犹宽。

人生有离合，岂择盛衰端？

忆昔少壮日，迟回竟长叹。

万国尽征戍，烽火被冈峦[5]。

积尸草木腥，流血川原丹。

何乡为乐土？安敢尚盘桓！

弃绝蓬室居，塌然摧肺肝[6]。

【注释】

〔1〕　梁启超《中国韵文里头所表现的感情》将此诗作为"回荡的表情法"

一例。这是"一种极浓厚的情感蠕结在胸中,像春蚕抽丝一般,把他抽出来"。又说:"他最了解穷苦人们的心理。所以他的诗因他们触动情感的最多,有时替他们写情感,简直和本人自作一样。'三吏'、'三别',便是模范的作品。"

〔2〕　介胄,犹甲胄,谓军服。陈贻焮《杜甫评传》:"神气活现,俨然一倔强老头! 可悯,亦复可敬。"

〔3〕　仇注:"夫伤妻寒,妻劝夫餐,皆永诀之词。"陈贻焮《杜甫评传》:"以细节写夫妻缱绻情深,所以感人。"

〔4〕　土门,即土门口,为太行八陉之五。杏园,在河南汲县,都是当时控制河北的要地。

〔5〕　冯至《杜甫传》:"诉苦到极深切的时刻,一想到国家的灾难,便立即转变出振奋的声音。"

〔6〕　《杜诗镜铨》引蒋弱六云:"通首心事,千回百折,似竟去又似难去。至'土门'以下,一一想到,尤肖老人口吻。"

【点评】

浦起龙《读杜提纲》称:"史家只载得一时事迹,诗家直显出一时气运。诗之妙,正在史笔不到处。"杜诗是有血有肉的史,让你回到生活中,亲历唐人的苦难。噫!

无家别 (五古)[1]

寂寞天宝后,园庐但蒿藜[2]!
我里百余家,世乱各东西。
存者无消息,死者为尘泥。
贱子因阵败,归来寻旧蹊[3]。

久行见空巷,日瘦气惨凄[4]。

但对狐与狸,竖毛怒我啼[5]!

四邻何所有? 一二老寡妻。

宿鸟恋本枝,安辞且穷栖?

方春独荷锄,日暮还灌畦。

县吏知我至,召令习鼓鞞[6]。

虽从本州役,内顾无所携。

近行止一身,远去终转迷。

家乡既荡尽,远近理亦齐[7]!

永痛长病母,五年委沟溪。

生我不得力,终身两酸嘶。

人生无家别,何以为蒸黎[8]?

【注释】

〔1〕《杜臆》:"目击成诗,若有神使之,遂下千秋之泪。"人至无家可别,其痛无以复加。

〔2〕 此篇以追叙起,天宝后指安禄山之乱。但,只是,仅仅。意为家园什么都没了,只有蒿藜。

〔3〕 贱子,无家者自称。蹊(xī),小路。

〔4〕《唐诗归》钟惺云:"日何以瘦? 摹写荒悲在目。此老胸中偏饶此等字面。"

〔5〕 怒我啼,怒我而啼。狐狸竟敢鼓怒向人,乡村成鬼窟矣!

〔6〕 鞞(pí),军中小鼓。习鼓鞞,就是又要他去打仗。

〔7〕 意为近行到底比远去为幸,而下联转思既已无家,又何害远近? 翻进一层作意。

〔8〕 蒸,众也。黎,黑也。蒸黎指老百姓。浦注:"可作六篇总结,反其言以相质,直可云:何以为民上?"矛头已指向统治者。

【点评】

的确，《无家别》已将"三吏"、"三别"推上绝壁，忍无可忍。再进一步，便是东汉乐府《东门行》："拔剑东门去，舍中儿母牵衣啼……吾去为迟，白发时下难久居！"当然，杜甫之为杜甫，只能把笔尖戛然停在："人生无家别，何以为蒸黎？"

秦州杂诗二十首 （录四，五律）[1]

满目悲生事，因人作远游[2]。
迟回度陇怯，浩荡及关愁[3]。
水落鱼龙夜，山空鸟鼠秋[4]。
西征问烽火，心折此淹留[5]。

【注释】

〔1〕　肃宗乾元二年(759)七月，杜甫对朝廷深感失望，坚定去志。《新唐书》本传："关辅饥，辄弃官去，客秦州。"此为客秦州以后作，二十首都是五律。秦州，今甘肃天水市。

〔2〕　因人，附人，与人同行。

〔3〕　陇，指陇山，亦名陇坂。《三秦记》："陇坂九回，不知高几里，欲上者七日乃得越。"《陇头歌辞》云："朝发欣城，暮宿陇头。寒不能语，卷舌入喉。"又云："陇头流水，鸣声幽咽。遥望秦川，心肝断绝。"

〔4〕　鱼龙，川名；鸟鼠，山名，皆在秦州。黄生云："五六本以鱼龙水、鸟鼠山叙所经之地，乃拆而用之，则鱼龙鸟鼠皆成活物，益见造句之妙，莫如杜公矣。"写出塞上神秘色彩。

〔5〕　西征，杜甫往西行。烽火，指战事。言担心前路有战事，故不得淹留该地。其时秦州正处吐蕃威胁之中。赵注："心折淹留，意不

欲久客于秦矣。"

> 鼓角缘边郡,川原欲夜时^[1]。
> 秋听殷地发,风散入云悲^[2]。
> 抱叶寒蝉静,归山独鸟迟。
> 万方声一概,吾道竟何之^[3]!

【注释】

〔1〕 缘边郡,"缘"字有回环的意思,四面鼓角,故曰"缘"。

〔2〕 殷地发,《杜诗直解》:"殷,雷声也。雷至八月已收声,今自秋听之,如雷在地中而发声。"此"雷声"应指鼓角声,非真雷声,即第七句所谓"万方声一概"之声。

〔3〕 之,往也。诗人原以为秦州太平,今闻鼓角殷地,乃不知往何方为宜。

> 莽莽万重山,孤城山谷间^[1]。
> 无风云出塞,不夜月临关^[2]。
> 属国归何晚,楼兰斩未还^[3]。
> 烟尘一长望,衰飒正摧颜^[4]。

【注释】

〔1〕 《说诗晬语》:"起手贵突兀。王右丞(维)'风劲角弓鸣',杜工部'莽莽万重山'、'带甲满天地',岑嘉州(参)'送客飞鸟外'等篇,直疑高山坠石,不知其来,令人惊绝。"

〔2〕 高空云飞,地面无风而能出塞;边关昼长,月已临关尚未入夜。二句写塞上风景奇异,景中含有边愁。沈德潜云:"起手壁立万仞。无风二句奇语,偶然写出。或以无风、不夜为地名,不但穿凿,亦令杜诗无味。"

〔3〕 属国,苏武留匈奴十九年,回汉朝任典属国(外交官)。楼兰,西域

国名,傅介子斩楼兰王头归汉。

〔4〕 摧颜,催人衰老。

唐尧真自圣,野老复何知[1]!

晒药能无妇? 应门亦有儿[2]!

藏书闻禹穴,读记忆仇池[3]。

为报鸳行旧,鹪鹩在一枝[4]。

【注释】

〔1〕 这是杂诗最后一首,带有总结性质。诗多反语,须领悟。唐尧,指唐肃宗。此句是对肃宗不听谏的愤慨语。

〔2〕 能无,岂无。应门,看管门户。

〔3〕 禹穴,一在绍兴,一在陕西旬阳县东。仇池,山名,在甘肃成县(同谷县)西。此句言既不见用,便访道探奇,聊以卒岁。仍是愤慨语。

〔4〕 鸳行,古人以此比喻同列僚友。鹪鹩,一种小鸟。《庄子·逍遥游》:"鹪鹩巢于深林,不过一枝。"言无所求。《杜诗镜铨》引张上若云:"(二十首)结以唐尧自圣,无须野人,惟有以家事付之妇与儿,此身访道探奇,穷愁卒岁,寄语诸友,无复有立朝之望矣。"

【点评】

《后村诗话》:"若此二十篇,山川、城郭之异,土地风气所宜,开卷一览,尽在是矣。网山《送蕲帅》云'杜陵诗卷是图经',岂不信然!"

月夜忆舍弟 (五律)[1]

戍鼓断人行,边秋一雁声[2]。

露从今夜白，月是故乡明^[3]。

有弟皆分散，无家问死生。

寄书长不达，况乃未收兵。

【注释】

〔1〕　杜甫有四弟：颖、观、丰、占。杜甫在秦州时，惟占相随。舍弟，对人称弟，犹称"家兄"之类。

〔2〕　戍鼓，戍楼所击禁鼓。戍鼓一击，人行即断。一雁，古人以雁行喻兄弟，一雁已含兄弟分散之意。

〔3〕　《杜臆》："只'一雁声'便是忆弟。对明月而忆弟，觉露增其白，但月不如故乡之明，忆在故乡兄弟故也，盖情异而景为之变也。"

【点评】

《唐诗选脉会通评林》引刘辰翁曰："浅浅语使人愁。"

梦李白二首 （五古）^[1]

死别已吞声，生别常恻恻^[2]！

江南瘴疠地，逐客无消息^[3]。

故人入我梦，明我长相忆。

恐非平生魂，路远不可测。

魂来枫林青，魂返关塞黑^[4]。

君今在罗网，何以有羽翼^[5]？

落月满屋梁，犹疑照颜色^[6]。

水深波浪阔，无使蛟龙得^[7]。

【注释】

〔1〕　此诗作于乾元二年(759)秋流寓秦州时。至德二载(757)，李白因李璘事系浔阳狱，乾元元年(758)长流夜郎(贵州桐梓县)，乾元二年遇赦还。但杜甫一直未能得到李白的消息，忧思成梦，乃作是诗。

〔2〕　恻恻，忧伤、悲痛。言死别止于一恸，生离则时常牵挂。

〔3〕　瘴疠地，指李白流放的南方。多疾病，故称"瘴疠地"。逐客，被放逐者，指李白。

〔4〕　四句写梦境如真如幻。梦见李白，却言"恐非平生魂"；而魂来魂去，又言之凿凿。江南多枫，故云"魂来枫林青"，寓《楚辞·招魂》"湛湛江水兮上有枫"之意；秦州多关塞，故云"魂返关塞黑"。青、黑，写夜间景色。《唐宋诗举要》：吴曰："'长相忆'下倒接'恐非平生魂'二句，疑真疑幻之情，千古如生。再以'魂来'、'魂返'写其迷离之状，然后入'君今'二句，缠绵切至，恻恻动人。"

〔5〕　罗网，法网，指李白系狱遭放逐。此联本意是担心李白不能脱祸重获自由。仍是梦里疑似之情。

〔6〕　此为名句，《唐诗选脉会通评林》引杨慎曰："'落月'二语，言梦中见之，而觉其犹在，即所谓'梦中魂魄犹言是，觉后精神尚未回'也。"妙在以觉后真景与梦中幻境相联系，情景相生，味愈出。

〔7〕　末句再三叮嘱，暗示政治环境险恶。

浮云终日行，游子久不至[1]。

三夜频梦君，情亲见君意[2]。

告归常局促，苦道："来不易：

江湖多风波，舟楫恐失坠！"

出门搔白首，若负平生志。

冠盖满京华，斯人独憔悴[3]！

孰云网恢恢？将老身反累[4]！

　　千秋万岁名,寂寞身后事^[5]!

【注释】

〔1〕　李白诗:"浮云游子意。"浮云的飘荡与游子的浪迹相似。但如今只见浮云日至而游子不归。游子指李白。

〔2〕　因游子久不至,故三夜频梦之。不说自己思之切,反说君情亲,是杜甫常用手法。以下三联写梦中李白。

〔3〕　冠盖,代表官僚。冠,帽子;盖,车盖。斯人,指李白。这两句为李白抱不平。

〔4〕　网恢恢,《老子》:"天网恢恢,疏而不漏。"天网,犹天理。恢恢,广大貌。此为反诘:谁说天网恢恢?像李白这样的天才,将老反受到不公正的待遇,天理何在!

〔5〕　身后,死后。此联与"名垂万古知何用"同意。

【点评】

　　杜甫善于将自家相思化为对方情意,是所谓"诗从对面飞来"手法。而李、杜情性相通,于此可见。

天末怀李白 (五律)

　　凉风起天末,君子意如何^[1]?

　　鸿雁几时到?江湖秋水多^[2]!

　　文章憎命达,魑魅喜人过^[3]。

　　应共冤魂语,投诗赠汨罗^[4]。

【注释】

〔1〕 天末,天之尽头。陆机诗:"借问欲何为? 天风起天末。"

〔2〕 《拜经楼诗话》:"少陵'水流心不竞,云在意俱迟'一联,古今以为名句。明人云:'鸿雁几时到? 江湖秋水多。却有自然之妙。'"

〔3〕 上句,即"诗穷而后益工"的意思,它使人联想到法国诗人皮埃尔·勒韦迪的警句:"作品的价值是与诗人同他自身命运的剧烈冲突成比例的。"下句,言魑魅有害人之意,与《梦李白》"水深波浪阔,无使蛟龙得"同一忧虑。仇注:"盖文章不遇,魑魅见侵,夜郎一窜,几与汨罗同冤。"

〔4〕 冤魂,指屈原。汨罗,屈原投汨罗江而死。《唐诗归》钟惺云:"'赠'字说的精神与古人相关,若用'吊'字则浅矣。"

【点评】

《唐诗成法》:"文章知己,一字一泪。"

捣　衣 (五律)[1]

亦知戍不返,秋至拭清砧[2]。
已近苦寒月,况经长别心[3]。
宁辞捣熨倦,一寄塞垣深[4]?
用尽闺中力:君听空外音[5]!

【注释】

〔1〕 捣衣,杨慎《丹铅录》:"古人捣衣,两女子对立,执一杵如舂米然。今易作卧杵。"

〔2〕 砧,捣衣石。萧先生说:"起句极沉痛,因为已撇过许多话、许多痛

苦才说出来的。"黄生云:"望归而寄衣者,常情也;知不返而必寄衣者,至情也,亦苦情也。安此一句于首,便觉通篇字字是至情,字字是苦情。"

〔3〕 两句说捣衣心情。一来天冷,二来久别。《唐诗归》钟惺云:"二语一字不及捣衣,掩题思之,却字字是捣衣,以情与景映出事来,笔端深妙!"

〔4〕 塞垣,丈夫征戍之地。

〔5〕 末二句是杜甫同情戍妇的话,"君"字指所有读者。或云,即王湾"风响传声不到君"意。《唐诗归》谭元春云:"余尝爱此二语,与王右丞(维)'别后同明月,君应听子规',皆以含蓄渊永意出纸外,而王语之渊永以清,此语之渊永以厚,不可不察。"

【点评】

《唐诗选脉会通评林》引周珽曰:"此诗因闻砧而托捣衣戍妇之辞,曰'亦知',曰'已近'、'况经',曰'宁辞'、'一寄',通篇俱用虚字播弄描写,何等宛转呜咽。"

空 囊 (五律)[1]

翠柏苦犹食,明霞高可餐[2]。
世人共鲁莽,吾道属艰难[3]!
不爨井晨冻,无衣床夜寒[4]。
囊空恐羞涩:留得一钱看[5]。

【注释】

〔1〕 囊,钱袋。

〔2〕 翠柏、明霞,《列仙传》:"赤松子好食柏实。"司马相如《大人赋》:"呼吸沆瀣餐朝霞。"不说没饭吃,却说学仙人辟谷,自嘲口吻。

〔3〕 鲁莽,粗疏。此联意谓"众人贵苟得",得过且过,自己则意在行兼济之道,故难免艰难过日。

〔4〕 这两句实写空囊。上句写无食,下句写无衣。爨(cuàn),烧饭。不爨,即未举火做饭,故不必打水,故井冻。床寒,无衣被可知。

〔5〕 羞涩,不好意思。以幽默口吻写苦况,与起句呼应。

【点评】

此诗颇得民间乐府谐趣的精神,是杜甫倔强性格的特殊表现形式。

送 远 (五律)

带甲满天地,胡为君远行[1]!

亲朋尽一哭:鞍马去孤城。

草木岁月晚,关河霜雪清[2]。

别离已昨日,因见古人情[3]。

【注释】

〔1〕 带甲,指士兵。胡为,何为。起句突兀,写出乱世情境。《唐诗别裁》:"何等起手! 读杜要从此等着眼。"

〔2〕 上句五字全是仄声,下句有四字全平,是为拗句。这种"律中带古"的形式是为了表达其胸中特殊的感受,抒发不平之气。

〔3〕 是说别离已成过去,则离情自与古人相通。《诗辩坻》:"是因我而获古人之心。"

【点评】

　　浑然一气，是《唐诗直解》所称："妙在八句佳处寻不出，说不破。"

佳　人（五古）[1]

　　绝代有佳人，幽居在空谷。
　　自云良家子，零落依草木。
　　关中昔丧乱，兄弟遭杀戮[2]。
　　官高何足论？不得收骨肉。
　　世情恶衰歇，万事随转烛[3]。
　　夫婿轻薄儿，新人美如玉。
　　合昏尚知时，鸳鸯不独宿[4]。
　　但见新人笑，那闻旧人哭！
　　在山泉水清，出山泉水浊[5]。
　　侍婢卖珠回，牵萝补茅屋。
　　摘花不插发，采柏动盈掬[6]。
　　天寒翠袖薄，日暮倚修竹[7]。

【注释】

〔1〕　黄生云："偶有此人，有此事，适切放臣之感，故作此诗。"在佳人身上，我们看到诗人的影子。萧先生云："我认为这首诗的写作过程和白居易的《琵琶行》差不多，只是杜甫没有明白说出'同是天涯沦落人，相逢何必曾相识'而已。"

〔2〕　关中，指长安。天宝十五载（756）六月，安禄山陷长安。

〔３〕　转烛,《草堂诗笺》:"转烛,言世态不常也。烛影随风转而无定。"二句慨叹人情冷暖,世态炎凉,母家衰败,夫婿则斥旧而迎新。

〔４〕　合昏,植物名,即合欢。其花朝开夜合,故名。此句写夫婿轻薄,花鸟不如。

〔５〕　黄生云:"二句似喻非喻,最是乐府妙境。"暗示佳人宁在山守志。

〔６〕　上句言无心修饰,故摘而不插;下句写甘于清苦。柏味苦,以此为比。

〔７〕　仇注:"杨亿诗'独自凭阑干,衣襟生暮寒',本杜'天寒翠袖'句,而低昂自见。"陈贻焮《杜甫评传》认为杨诗去掉"翠袖"、"修竹"这些冷清孤寂的意象,显得单调,故不如杜。《杜园说杜》:"'合昏'四句,兴也;'在山'二句,守志也;'侍婢'二句,安贫也;'摘花'二句,苦心也;'天寒'二句,冷况也。此八句比兴兼之也。妙在只是叙事,不加赞语,而高节自见。"

【点评】

不必正面写佳人容貌,只写其心灵、风韵情境,佳人之端庄美丽自见。末二句尤其传神。

铁堂峡 (五古)〔1〕

山风吹游子,缥缈乘险绝〔2〕。
硤形藏堂隍,壁色立精铁〔3〕。
径摩穹苍蟠,石与厚地裂〔4〕。
修纤无垠竹,嵌空太始雪〔5〕。
威迟哀壑底,徒旅惨不悦〔6〕。
水寒长冰横,我马骨正折。

生涯抵弧矢，盗贼殊未灭^[7]。

飘蓬逾三年，回首肝肺热^[8]。

【注释】

〔1〕 乾元二年（759）十月，杜甫自秦州往同谷，纪行诗十二首，今选三首。《十八家诗抄》引张云："诸诗缒幽凿险，独辟己境。"

〔2〕 缥缈，衣裳飞扬貌。

〔3〕 硖，通峡。堂隍，《汉书》作堂皇。《胡广传》："列坐堂皇上。"注：室无四壁曰皇。此句意谓铁堂峡内宽如堂皇。下句"壁色立精铁"，精一作积，五字皆入声，造成拗峭之感。二句刻画"铁堂"，声色并作。仇注："入蜀诸章，用仄韵居多，盖逢险峭之境，写愁苦之词，自不能为平缓之调也。"可见杜甫很注重以音韵声律来表情，内容与形式相得益彰。

〔4〕 穹苍，苍穹，即苍天。赵注："径之屈蟠而摩天，以言其高。"仇注："上四，状其峭削幽秀，此仰视所见。下四，状其深峻阴寒，此俯视所见。皆所谓乘绝险也。"

〔5〕 修纤，细长。太始，犹云太古。

〔6〕 威迟，历远貌。

〔7〕 生涯，《庄子》："吾生也有涯。"抵弧矢，遭用兵之时。

〔8〕 逾三年，自至德二载（757）放还鄜州，到乾元二年（759）发秦州，已过了三个年头。这三个年头，杜甫都在漂泊之中。飘蓬，《商君书》："夫飞蓬遇飘风而行千里。"

【点评】

或云，此诗句句是应接不暇之境。而尤可注意者，是音韵声律与内容的互动，可谓声情并茂。

青阳峡 （五古）

寒外苦厌山，南行道弥恶。

冈峦相经亘，云水气参错[1]。

林迥硖角来，天窄壁面削[2]。

磎西五里石，奋怒向我落[3]。

仰看日车侧，俯恐坤轴弱[4]。

魑魅啸有风，霜霰浩漠漠。

昨忆逾陇坂，高秋视吴岳[5]。

东笑莲华卑，北知崆峒薄[6]。

超然侔壮观，已谓殷寥廓。

突兀犹趁人，及兹叹冥漠[7]。

【注释】

〔1〕 经亘，经为纵，亘为横。二句写地形复杂，山水交错纵横。

〔2〕 硖角，从旁横射者；壁面，当前峙立者。上句是远望，下句是近见。

〔3〕 向我落，极写石势倾危。《水经注》：吴山"三峰霞举，叠秀云天，崩岩倾返，山顶相捍，望之恒有落势。"《杜臆》："石怒向我落，一经公笔，顽石俱活。"

〔4〕 《杜臆》："'仰看日车侧'即'愁畏日车翻'意。"坤轴弱，古人以地下有三千六百轴。此言落石之势，恐大地承载不起也。《唐诗归》钟惺云："'弱'字形容危险，妙绝！"

〔5〕 昨忆，即《秦州杂诗》云："迟回度陇怯。"吴岳，即吴山，在唐陇州吴山县西北，其顶有五峰。

〔6〕　莲华，华山有莲华峰。崆峒，此指原州之崆峒，在吴岳北。

〔7〕　以上八句用陪衬法。仇注：“此自陇坂说到青阳，乃借众山以形其突兀。陇坂之上，西见吴岳，东压莲峰，北掩崆峒，已极宇宙大观。若欲侔此壮观，意谓寥廓之地隐伏难见矣。今到青阳，其突兀之状犹若逐人而来，始叹冥漠之境不可穷尽也。”

【点评】

《雪涛诗评》：“少陵秦州以后诗，突兀宏肆，迥异昔作。非有意换格，蜀中山水，自是挺特奇崛，独能象景传神，使人读之，山川历落，居然在眼。所谓春蚕结茧，随物肖形，乃为真诗人，真手笔也。”

凤凰台（五古）[1]

亭亭凤凰台，北对西康州[2]。

西伯今寂寞，凤声亦悠悠[3]。

山峻路绝踪，石林气高浮。

安得万丈梯，为君上上头？

恐有无母雏，饥寒日啾啾。

我能剖心血，饮啄慰孤愁。

心以当竹实，炯然无外求[4]。

血以当醴泉，岂徒比清流[5]？

所重王者瑞，敢辞微命休？

坐看彩翮长，纵意八极周[6]。

自天衔瑞图，飞下十二楼[7]。

图以奉至尊，凤以垂鸿猷[8]。

再光中兴业,一洗苍生忧。

深衷正为此,群盗何淹留^[9]?

【注释】

〔1〕 台在同谷县凤凰山。原注:"山峻,人不至高顶。"陈贻焮《杜甫评
传》:"传说周文王时有凤鸣于岐山。诗人因凤凰台而联想及此,又
见'山峻,人不至高顶',勾引起君门九重、忠悃无由上达的慨叹。"
浦注:"是诗想入非非,要只是凤台本地风光,亦只是老杜平生血
性,不惜此身颠沛,但期国运中兴,刿心沥血,兴会淋漓。"

〔2〕 西康州,即同谷县(今甘肃成县)。

〔3〕 西伯,周文王。寂寞,谓西伯已作古。亦悠悠,凤声如今也渺远,听
不见了。浦注:"西伯二句为一篇命脉。兹台非岐山鸣处,公特因
台名想到凤声,因凤声想到西伯,先将注想太平之意,于此逗出。"

〔4〕 传说凤凰非竹实不食,今以心为竹实,故不必寻求于外。

〔5〕 醴泉,甘泉。

〔6〕 坐看,将看到。八极周,周游八方。

〔7〕 衔瑞图,《春秋元命苞》:"黄帝游洛水,凤凰衔图置帝前。"十二楼,
《汉书·郊祀志》:"方士有言黄帝时为五城十二楼,以候神人于执
期。"此言凤凰将瑞图衔至人间。

〔8〕 垂鸿猷,垂盛德于后世。

〔9〕 群盗,指安、史叛军。

【点评】

　　子曰:"文王既没,文不在兹乎?"(《论语》)孔子以文化载体自
许,杜甫以稷、契自许,都以济世活国为己任。刿心沥血护持凤凰,
也就是护持自己的理想。《十八家诗抄》引张廉卿云:"孤怀伟抱,
忽尔喷溢,成此奇境。"探得诗心。

乾元中寓居同谷县作歌七首 （七古）[1]

有客有客字子美，白头乱发垂过耳[2]。
岁拾橡栗随狙公，天寒日暮山谷里[3]。
中原无书归不得，手脚冻皴皮肉死。
呜呼一歌兮歌已哀，悲风为我从天来[4]。

【注释】

〔1〕　作于乾元二年（759）十一月。《唐宋诗醇》："史迁云：'人劳苦倦极，未尝不呼天地；疼痛惨怛，未尝不呼父母也。'甫之遇为何如哉？流离困顿，转徙山谷，仰天一呼，万感交集，而笔之奇，气之豪，又足以发其所感，淋漓顿挫，自成音节，自古及今，不可有二。"

〔2〕　有客，《诗经·周颂》："有客有客，亦白其马。"杜甫寓居同谷，故自称有客。

〔3〕　岁，指岁暮。橡栗，即橡子，可食用。狙公，养猴人。

〔4〕　末句抒发强烈的主观感情，是所谓"有我之境"。

长镵长镵白木柄，我生托子以为命[1]！
黄独无苗山雪盛，短衣数挽不掩胫[2]。
此时与子空归来，男呻女吟四壁静[3]。
呜呼二歌兮歌始放，闾里为我色惆怅！

【注释】

〔1〕　镵（chán），古代一种铁器，刨土工具。子，指长镵。《杜诗镜铨》：

"叫得亲切。"杜甫当时衣食无着,没有锄头便掘不到黄独充饥,性命交关,所以说"托子以为命"。

〔2〕 黄独,薯蓣科。蔡梦弼云:"黄独俗谓之土芋,根唯一颗而色黄,故谓之黄独。"

〔3〕 《杜诗镜铨》引张溍曰:"既曰呻吟,又曰静,言除呻吟外,别无所有,别无所闻也。"

有弟有弟在远方,三人各瘦何人强[1]?
生别展转不相见,胡尘暗天道路长。
东飞驾鹅后鹙鸧,安得送我置汝旁[2]!
呜呼三歌兮歌三发,汝归何处收兄骨?

【注释】

〔1〕 有弟,杜甫有弟四人:颖、观、丰、占。这时只有杜占跟着杜甫。强,强健。

〔2〕 驾鹅,野鹅。鹙鸧,即秃鹙,似鹤而大。浦注:"鸟群逐而己孤飞,所以兴也。"

有妹有妹在钟离,良人早殁诸孤痴[1]。
长淮浪高蛟龙怒,十年不见来何时?
扁舟欲往箭满眼,杳杳南国多旌旗[2]。
呜呼四歌兮歌四奏,林猿为我啼清昼!

【注释】

〔1〕 钟离,今安徽临淮关。良人,丈夫。痴,指幼稚。

〔2〕 箭满眼,犹"带甲满天地",极写兵乱。

四山多风溪水急,寒雨飒飒枯树湿。

黄蒿古城云不开，白狐跳梁黄狐立[1]。
我生何为在穷谷？中夜起坐万感集[2]！
呜呼五歌兮歌正长，魂招不来归故乡[3]！

【注释】

〔1〕　跳梁，犹跳跃，写同谷古城之荒芜。

〔2〕　暗用阮籍《咏怀》："夜中不能寐，起坐弹鸣琴。"仇注："此章咏同谷冬景也。此歌忽然变调，写得山昏水恶，雨骤风狂，荒城昼冥，野狐群啸，顿觉空谷孤危，而万感交迫，招魂不来，魂惊欲散也。"

〔3〕　魂招不来，魂早归故乡去，故召之不来。

南有龙兮在山湫，古木龙炭枝相樛[1]。
木叶黄落龙正蛰，蝮蛇东来水上游。
我行怪此安敢出，拔剑欲斩且复休[2]。
呜呼六歌兮歌思迟，溪壑为我回春姿[3]！

【注释】

〔1〕　湫：水池。此指同谷万丈潭，俗传有龙自潭飞出。龙炭（lóng zōng），形容树木高耸丛集。樛（jiū），枝曲下垂貌。

〔2〕　此诗写龙蛇应有所指。龙蛰（zhé），龙潜伏起来，如冬眠。此喻唐王朝处于被动状态。蝮蛇，喻安、史叛军，自东而来。安敢出，惊怪安史辈何敢叛乱。且复休，言已有此心而无此能力也。四句写面对"安史之乱"无能为力的无奈。

〔3〕　末句则于冬日而呼唤春归，是对清明政治的期盼。

男儿生不成名身已老，三年饥走荒山道。
长安卿相多少年，富贵应须致身早。

山中儒生旧相识，但话宿昔伤怀抱。

呜呼七歌兮悄终曲，仰视皇天白日速[1]！

【注释】

〔1〕 朱熹云："杜陵此歌七章，豪宕奇崛，诗流少及之者。顾其卒章，叹老嗟卑，则志亦陋矣。人可以不闻道哉！"施鸿保驳之曰："朱子特未遭此境耳！"道学家过苛之论不必理睬。仇注引申涵光云："《同谷七歌》，顿挫淋漓，有一唱三叹之致，从《胡笳十八拍》及《四愁诗》得来，是集中得意之作。"

【点评】

《杜臆》云："读《骚》未必堕泪，而读此不能终篇，则节短而声促也。"有道理。《离骚》悲郁如茧抽丝，缠绵悱恻，往而复返不可排遣；"七歌"则哀响琤琤，慷慨呜咽，催人泪下。不同效果与采用不同的表达形式有关。

水会渡 （五古）[1]

山行有常程，是夜尚未安[2]。

微月没已久，崖倾路何难[3]。

大江动我前，汹若溟渤宽[4]。

篙师暗理楫，歌笑轻波澜。

霜浓木石滑，风急手足寒。

入舟已千忧，陟巘仍万盘[5]。

回眺积水外，始知众星干[6]。

远游令人瘦,衰疾惭加餐。

【注释】

〔1〕 乾元二年(759)十二月一日,杜甫为谋生自同谷县入蜀,写下十二首纪行诗。《发同谷县》云:"奈何迫物累,一岁四行役。"春从东都回华州,秋从华州客秦州,冬从秦州赴同谷,不足一月又从同谷入蜀,拖家带口,其无奈可知。然而行万里路却成就了大诗人。《杜诗话》云:"大山水诗须有大气概,方能俯仰八方,吐纳千古。少陵《发同谷县》十二首较《秦州》诗更为刻画精诣。"此诗写夜渡。

〔2〕 二句意为:山中行旅不可随意行止,非到埠头则无处安歇,所以"有常程"。到此须夜渡,所以"中夜尚未安"。中夜,指深夜。

〔3〕 何难,何其难。

〔4〕 大江,指嘉陵江。溟渤,泛指大海。《杜臆》:"妙在'动'字,夜景实历始知。"《唐诗归》钟惺云:"动字灵警。"深夜江面模糊,只能感觉到其汹涌。"动"字能写出这种夜渡特殊的经验,所以成功。

〔5〕 陟(zhì),登高。巘(yǎn),山峰。万盘,形容山路迂回曲折。

〔6〕 众星干,历来评论多以为下此"干"字险。众星如何有干湿?但经历了"入舟已千忧"的惊险之后,有此奇特的感受是可以理解的:当时以为一切都在波涛中,而今抵岸回看,乃嗔怪何以众星没在急流轰浪中被打湿,其惝恍之情如画。故《唐诗归》钟惺云:"险,想却真。"

【点评】

杜甫山水纪行诗,妙在不可移易,具有鲜明的情感色彩。《杜诗镜铨》引李因笃云:"万里之行役,山川之夷险,岁月之暄凉,交游之违合,靡不由尽,真诗史也。"

剑　门 (五古)[1]

惟天有设险,剑门天下壮[2]。

连山抱西南,石角皆北向。

两崖崇墉倚,刻画城郭状[3]。

一夫怒临关,百万未可傍。

珠玉走中原,岷峨气悽怆[4]。

三皇五帝前,鸡犬各相放[5]。

后王尚柔远,职贡道已丧[6]。

至今英雄人,高视见霸王;

并吞与割据,极力不相让。

吾将罪真宰,意欲铲叠嶂[7]!

恐此复偶然,临风默惆怅[8]。

【注释】

〔1〕　剑门,剑门关在四川剑阁县东北,因大剑山、小剑山两崖相嵌如门之辟,如剑之植,故名。西晋张载《剑阁铭》:"一夫荷戟,万夫趑趄。形胜之地,非亲勿居。"李白《蜀道难》:"剑阁峥嵘而崔嵬,一夫当关,万夫莫开。所守或匪亲,化为狼与豺。"都因此关险要而担心军阀割据。杜甫此诗主旨亦在于此。

〔2〕　惟,发语词。

〔3〕　崇墉,高墙。言两崖高耸如城墙,且纹理刻画如城郭状。

〔4〕　此下发议论。上句说朝廷剥削,所以珠玉等物日往中原;下句说蜀民穷困,以至山川气色也为之悽怆。言下之意,是劝皇帝不要诛求

太甚,以免生乱激变。岷峨,岷山、峨眉山。

〔5〕　三皇,一般指燧人、伏羲、神农。五帝,指黄帝、颛顼、帝喾、尧、舜。二句说上古蜀与中原鸡犬相闻而互不往来,相安无事。

〔6〕　后王,指夏、商、周三代君王。柔远,怀柔远方,其实就是征服远方。此言后王通蜀,使蜀进贡,淳朴之道丧矣,蜀地自此多事。

〔7〕　罪真宰,谴责天公(因天公不该造此险要之地,有利于割据)。

〔8〕　复偶然,重复发生。二句意为:怕割据之事再发生,所以思之怅然。

【点评】

　　《岘傭说诗》:“《剑门》诗议论雄阔,然惟剑门则可,盖其地古今阨塞,英雄所必争,故有此感慨。若寻常关隘,即作此大议论,反不称矣。此理不可不知。”诗中著议论,须带情以行,此诗得之。

第三辑　流寓与归宿(760—770)

卜　居（七律）[1]

浣花溪水水西头，主人为卜林塘幽。

已知出郭少尘事，更有澄江销客忧[2]。

无数蜻蜓齐上下，一双鸂鶒对沉浮[3]。

东行万里堪乘兴，须向山阴上小舟[4]。

【注释】

〔1〕　乾元二年(759)年底，杜甫到达成都，寓居西郊草堂寺。次年，即上元元年(760)春，始筑室于浣花溪，即著名的杜甫草堂。卜居，选择居处。

〔2〕　郭，城的外围加筑的一道墙，即外城。

〔3〕　鸂鶒(xī chì)，水鸟名，又叫紫鸳鸯。齐上下，写蜻蜓之飞入神。对沉浮，写物情，更写出诗人与物俱适之情。

〔4〕　尾联化用二典故。《华阳国志》：蜀使费祎聘吴，孔明送之，祎叹曰："万里之行，始于此矣。"草堂在万里桥西，故云。又，《世说新语》载，王子猷居山阴，雪夜乘舟访戴安道，造门而返。人问其故，曰："吾本乘兴而行，兴尽而返，何必见戴？"黄生云："因居近万里桥，故即所见以寓兴。堪，可也。言有时乘兴，便可东行万里，直上小舟而向山阴矣。"从中透露出杜甫虽居蜀而终将东游的素志。

【点评】

上篇写出杜甫艰难备尝始得一安身之处的适意,末句又从万里桥生情,一泻万里,境界为之一宽。

王十五司马弟出郭相访遗营草堂赀 (五律)[1]

客里何迁次,江边正寂寥[2]。

肯来寻一老,愁破是今朝[3]。

忧我营茅栋,携钱过野桥[4]。

他乡唯表弟,还往莫辞劳[5]。

【注释】

〔1〕 此诗当在上元元年(760)初营草堂时作。杜甫建浣花溪西草堂,全赖亲友资助。杜甫不但以诗记其事,且以诗为书札向各处寻求树秧、瓷碗之类,使诗成为其日常生活的一部分。赀(zī),同资,钱财。

〔2〕 迁次,移居。此句意为:在客中还要往哪里移居呢? 就往那幽寂的江边。

〔3〕 一老,杜甫自指。

〔4〕 《杜臆》:"大抵贵官人,未肯过野桥访客,此见其用情之厚也。"

〔5〕 末联意为:在这外地他乡,只有表弟你这位亲人了,望今后不辞辛劳,常来常往啊!

【点评】

《杜诗镜铨》引蒋云:"且诉且谢且祝,只如白话自妙。"杜甫草堂时期的诗歌创作的确开辟了诗歌的新疆土,以日常生活琐事入诗,娓娓道来,亲切有味。对这一新视角,浦注表示不理解,曰:"诗似太朴"

为　农（五律）

锦里烟尘外，江村八九家[1]。

圆荷浮小叶，细麦落轻花。

卜宅从兹老，为农去国赊[2]。

远惭勾漏令，不得问丹砂[3]。

【注释】

〔1〕　锦里，成都古称"锦官城"，锦里即指成都。烟尘外，战火之外。《杜臆》："此避地得所，而'烟尘外'三字为一诗之骨。"久历战乱之苦的杜甫，在成都的确找到一个暂时的避难所，大大地松了一口气，乃至有终焉之志。但颈联"去国赊"还是透露出未能忘怀故国之思。

〔2〕　卜宅，选择居所。赊（shē），遥远，此联意为：从此以草堂为家，在远离故国的地方务农终老。

〔3〕　勾漏令，《晋书·葛洪传》载葛洪炼丹求仙，闻交趾出丹砂，因求为勾漏令。为农并非求仙，故曰"惭"，隐含不得已之意。

【点评】

轻松中仍透出忧郁。

蜀　相（七律）[1]

丞相祠堂何处寻？锦官城外柏森森[2]。

映阶碧草自春色,隔叶黄鹂空好音^[3]。
三顾频烦天下计,两朝开济老臣心^[4]。
出师未捷身先死,长使英雄泪满襟^[5]。

【注释】

〔1〕 此诗为上元元年(760)春游武侯祠所作。蜀相,即三国时蜀汉刘备的丞相诸葛亮。《唐宋诗醇》云:"此为谒祠之作,前半用笔甚淡,五、六写出孔明身份,七、八转折而下,当时后世,悲感并到,正意注重后半。"

〔2〕 丞相祠堂,即武侯祠,在成都南郊,晋人所建。现存殿宇为清代重建,并于刘备昭烈庙。锦官城,故址在成都市南,蜀汉时管理织锦之官驻此,后以锦官城称成都。《唐诗贯珠》:"'森森'二字有精神。"

〔3〕 此联写祠内实景,但"自"、"空"二字有意味。《杜诗解》:"碧草春色,黄鹂好音,入一'自'字、'空'字,便凄清之极。"春光花鸟依旧,而英雄已矣,寄托无限感怆之意。

〔4〕 三顾,诸葛亮《出师表》:"三顾臣于草庐之中。"两朝开济,指孔明佐刘备(先主)开基创业,又佐刘禅(后主)济美守成。《唐诗别裁》:"骡括武侯生平,激昂痛快。"

〔5〕 上句指诸葛亮多次出师伐魏,病死军中,匡复汉室之志终未实现。杜甫身当乱世,报国无门,故于此有强烈的感应。《杜诗解》称:"当日有未了之事,在今日长留一未了之计,未了之心。"下联"长使"二字正写出这种历史的感应。如《宋史·宗泽传》载,抗金名将宗泽病危吟此联,三呼"过河"而薨。即诗人孤忿之深,其诗感染力之强可见。此诗押"侵"韵,笔者曾亲聆黄典诚教授以闽南方言吟诵,森、音、心、襟皆闭口音,更觉潜气内转,荡气回肠。

【点评】

此诗之所以浑化,就在于虽句句贴切蜀相,却又意不在记叙蜀相,而在诸葛亮与刘备之间"君臣相得"的人才环境,颈联为全诗血脉所在。我们解读此诗境的过程中,也"解读"了诗人。

堂　成 (七律)[1]

背郭堂成荫白茅，缘江路熟俯青郊[2]。

桤林碍日吟风叶，笼竹和烟滴露梢[3]。

暂止飞乌将数子，频来语燕定新巢[4]。

旁人错比扬雄宅，懒惰无心作解嘲[5]。

【注释】

〔1〕　堂成，草堂落成，在上元元年（760）暮春。

〔2〕　荫，覆盖。青郊，郊野。

〔3〕　林叶碍日吟风，竹梢和烟滴露，用倒装句求变化。

〔4〕　《鹤林玉露》："'暂止飞乌将数子，频来语燕定新巢。'盖因乌飞燕语，而喜己之携雏卜居，其乐与之相似；此比也，亦兴也。"

〔5〕　扬雄，蜀人，其"草玄堂"在成都。杜甫草堂虽然亦在成都，但无心学扬雄作《解嘲》，故曰"错比"，其中寓有甘于寂寥的意思。

【点评】

　　《闻鹤轩初盛唐近体读本》评曰："写堂成不作正说，只将'乌止''燕来'借衬形容，更是径别。"

田　舍 (五律)

田舍清江曲，柴门古道旁。

草深迷市井,地僻懒衣裳[1]。

杨柳枝枝弱,枇杷树树香。

鸬鹚西日照,晒翅满渔梁[2]。

【注释】

〔1〕 迷市井,仇注引《风俗通》云:"古者二十五亩为一井,因为市交易,故称市井。"唐时有一些散见于渡口村侧、城郭近郊的非正式集市,称草市,圩市。诗中"市井"当属此类。因在郊野乡村,草木丛生,市井掩映其间,故曰"迷"。

〔2〕 鸬鹚(lú cí),即鱼鹰。渔梁,用以捕鱼的堤堰,莫砺锋《杜甫评传》称"尾联是唐代田园诗中少见的佳句",王、孟诸人从未写过这种"充满泥土气息的诗句"。

【点评】

陈贻焮《杜甫评传》称:"这首诗的好处在于捕捉住了一个个鲜明的感官印象,而情趣即在其中了。"

江 村 (七律)[1]

清江一曲抱村流,长夏江村事事幽[2]:
自去自来堂上燕,相亲相近水中鸥[3];
老妻画纸为棋局,稚子敲针作钓钩[4]。
但有故人供禄米,微躯此外更何求[5]?

【注释】

〔1〕 此诗写出草堂落成后杜甫的一段轻松心情,诚如仇注所云:"盖多

年匍匐,至此始得少休也。"

〔2〕　"事事幽"为下面四句张本。《唐诗选脉会通评林》引周敬曰:"最爱其不琢不磨,自由自在,随景布词。遂成《江村》一幅妙画。"

〔3〕　燕则来去自在,鸥则与人相近无猜,衬出主人的直率无机心。

〔4〕　此联诚为萧闲即事之笔,颇见生趣。但此联也招来不少非议,斥为"琐碎近俗",是"千家诗声口","杜诗之极劣者"。开"由雅入俗"的宋诗风是真,"极劣"则不然。《小清华园诗谈》云:"昔人谓狮子搏象用全力,搏兔亦用全力。余以为杜诗亦然。故有时似浅而实不浅,似淡而实不淡,似粗而实不粗,似易而实不易,此境最难,然其秘诀只在'深入浅出'四字耳。"此诗之妙,正在能将生活琐碎之事诗意化。

〔5〕　禄米,相当于现在的"薪水"、"工资"。杜甫在草堂时常接受一些有禄米的当官朋友的接济,这里也隐隐透出一点忧虑,可与"厚禄故人书断绝"同参。微躯,贱躯,杜甫自称。此句意为:我只需些少生活必需品,此外别无所求。注意,这里指的是物质需求,至于济世活民、比兴风雅的理想追求,杜甫毕其一生是无穷尽的。

【点评】

景融于情,故不觉其琐碎。

宾　至　(七律)[1]

幽栖地僻经过少,老病人扶再拜难。
岂有文章惊海内? 漫劳车马驻江干[2]!
竟日淹留佳客坐,百年粗粝腐儒餐[3]。
不嫌野外无供给,乘兴还来看药栏[4]。

【注释】

〔1〕 题一作"有客"。萧先生说:"这位'不速之客',大概是杜甫所不乐
见的'俗物',所以诗题不写出他的尊姓大名,诗的语气也很傲岸,
带嘲讽。"

〔2〕 《唐诗别裁》:"自谦实自任也。"漫劳,徒劳。江干,江边。

〔3〕 仇注:"此诗五、六失粘。"也就是说,此联平仄与颔联平仄雷同。竟
日,整天。淹留,长久逗留。这里已露出对这位久坐不去的"佳客"
的厌烦情绪。下句言以穷书生长年食用的粗糙食物请客。

〔4〕 药栏,花药之栏。既然"语不投机半句多",那就请尊客看花吧!

【点评】

《唐诗归》钟惺云:"少陵有言:'畏人嫌我真',读此可想。"

客　至 (七律)[1]

舍南舍北皆春水,但见群鸥日日来[2]。
花径不曾缘客扫,蓬门今始为君开[3]。
盘飧市远无兼味,樽酒家贫只旧醅[4]。
肯与邻翁相对饮,隔篱呼取尽余杯[5]。

【注释】

〔1〕 杜甫自注:"喜崔明府相过。"唐人称县令"明府"。仇注引张綖曰:
"前有《宾至》诗,而此云客至。前有敬之之意,此有亲之之意。"

〔2〕 《唐诗摘抄》:"经时无客过,日日有鸥来。语中虽见寂寞,意内愈形
高旷。前半见空谷足音之喜,后半见贫家真率之趣。"

〔3〕 二句流水对。黄生云:"花径不曾缘客扫,今始缘君扫;蓬门不曾为

客开,今始为君开。上下两意交互成对。"佳客不至今日至,喜意溢乎纸上。

〔4〕　兼味,指两种以上的菜肴。飧(sūn),熟食。醅(péi),酒之未漉者。唐人好新酒,以旧醅待客,故示歉意。

〔5〕　肯,这里是征求的语气,即:尊客(县令)您肯与田父野老同饮一杯吗?

【点评】

《初白庵诗评》:"自始至末,蝉联不断,七律得此,有掉臂游行之乐。"情景的浑融的确使人忘记了形式与技巧的存在。

狂　夫 （七律）

万里桥西一草堂,百花潭水即沧浪[1]。
风含翠筱娟娟净,雨浥红蕖冉冉香[2]。
厚禄故人书断绝,恒饥稚子色凄凉[3]。
欲填沟壑惟疏放,自笑狂夫老更狂[4]。

【注释】

〔1〕　百花潭,即浣花溪。沧浪(láng),就是隐居处。《楚辞·渔父》中,渔父歌《沧浪歌》劝屈原归隐自全,后以"沧浪"指归隐处。

〔2〕　筱(xiǎo),竹子。娟娟,美好貌。浥(yì),沾湿。蕖(qú),荷花。《鹤林玉露》:"上句风中有雨,下句雨中有风,谓之互体。"

〔3〕　萧先生认为此联每句各有四层意。上句:既是故人,又做大官,却连信也没有,则新交可知;下句:饥而曰恒,乃及幼子,至于形于颜色,则全家可知。

〔4〕　填沟壑,指死亡。杜甫以疏放对抗逆境,难怪《杜诗镜铨》要说:"读末二句,见此老倔强犹昔!"

【点评】

欲填沟壑而竟有雅兴流连雨荷风竹,此老真铁骨兰心。

野　老（七律）

野老篱边江岸回,柴门不正逐江开[1]。
渔人网集澄潭下,估客船随返照来[2]。
长路关心悲剑阁,片云何意傍琴台[3]?
王师未报收东郡,城阙秋生画角哀[4]。

【注释】

〔1〕　野老,杜甫自称。

〔2〕　《田舍》云:"草深迷市井。"草堂前大概是个"草市"之类,是渔人估客的聚散地,是眼前景。"船随返照",则倍觉画面的光线强烈,色彩鲜明。

〔3〕　《读杜心解》:"临江晚望而成。始望而得野趣,久望而动愁肠也。"下四句正是晚望勾出的漂泊感。长路,指归乡的漫漫长途。剑阁是杜甫来时必经之地,黄生云:"剑阁乃由蜀入京之道,因盗贼未宁,归途有梗,故作歇后云:长路关心,悲剑阁之难越;片云何意,傍琴台而不归?"琴台,《玉垒记》载,司马相如琴台在浣花溪北。

〔4〕　东郡,指东京及周围诸郡,其时尚在叛军手中。画角,军中所用的一种有彩绘的吹奏乐器,如同现在的军号。《杜臆》:"柴门面江而开,故渔网商船,时常在目。'长路关心',言其思乡;'片云何意',

言非恋蜀。东郡未收，归乡无日，故听画角而生哀也。"

【点评】

由晚景而生旅情，不觉其入时事。

遣　兴 （五律）[1]

干戈犹未定，弟妹各何之？
拭泪沾襟血，梳头满面丝[2]。
地卑荒野大，天远暮江迟[3]；
衰疾那能久？应无见汝期！

【注释】

〔1〕 杜甫在草堂虽有了个落脚处，但时事仍不容乐观，战乱尚无已时。
此题为"遣兴"，是聊以自遣之意，诗中充满流寓的感慨。

〔2〕 浦注：伤离叹老，一诗之干。以三、四作转枢。"沾襟血"申上"弟
妹何之"之惨；"满面丝"，起下"衰疾那能久"之悲。

〔3〕 此联写远望时的心理感受：荒野阔大，故以为地势卑下；暮色苍茫
无边，故觉江流迟缓。这种审美心理反映了主体寥落悲慨的情绪。
故《瀛奎律髓汇评》引许印芳云："五、六写景不著一情思字，而孤危
愁苦之意含蓄不尽。"

【点评】

情动于中，发为意象，则无意于工而无不工。

戏题王宰画山水歌（七古）[1]

十日画一水,五日画一石。

能事不受相促迫,王宰始肯留真迹[2]。

壮哉昆仑方壶图,挂君高堂之素壁。

巴陵洞庭日本东,赤岸水与银河通,

中有云气随飞龙[3]。

舟人渔子入浦溆,山木尽亚洪涛风[4]。

尤工远势古莫比,咫尺应须论万里。

焉得并州快剪刀,剪取吴淞半江水[5]。

【注释】

〔1〕 王宰,《历代名画记》载,蜀人,多画蜀山,玲珑嵌空,巉嵯巧峭。《唐朝名画录》载,朱景玄尝见其真迹,临江双树,交植屈曲,枝分八面,妙上品。

〔2〕 艺事只有从容不迫,才能充分体现画家的主体性。于此见杜甫对艺术规律认识之深刻。

〔3〕 昆仑、方壶,传说神仙所居。山是仙山,水则东接日本,直上银河。极言王宰之画山水,咫尺万里。

〔4〕 浦溆,水边。亚(yà),低伏。

〔5〕 并州,今山西太原。吴淞,黄浦江支流。李贺诗:"欲剪湘中一尺天,吴娥莫道吴刀涩。"韩愈、李贺颇学杜诗奇险的一面。

【点评】

　　六朝人题画,形同咏物。至杜甫始大力创作题画诗,使之成为别具一格的诗体。此诗化咫尺为万里,想象自画面飞出。

题壁上韦偃画马歌 (七古)^[1]

> 韦侯别我有所适,知我怜君画无敌^[2]。
> 戏拈秃笔扫骅骝,欻见麒麟出东壁^[3]。
> 一匹龁草一匹嘶,坐看千里当霜蹄^[4]。
> 时危安得真致此?与人同生亦同死^[5]!

【注释】

〔1〕 《唐朝名画录》:韦偃,京兆(长安)人,寓居于蜀,以善画山水、竹树、人物等,思高格逸。居闲尝以越笔点簇鞍马人物、山水云烟,千变万态。或腾或倚。或龁或饮,其小者或头一点,或尾一抹,巧妙精奇,韩幹之匹也。画松石、鞍马等可居妙上品云。

〔2〕 侯,君,对人的尊称。适,往。有所适就是要到某地去。怜,爱。

〔3〕 骅骝,周穆王八骏马之一,后泛称骏马。欻见,忽然看到。麒麟,喻所画骏马。

〔4〕 龁(hé),咬。坐看,将看到。当,对看,这里有被踩在脚下的意味。此句意为:我们将看到这些马奔驰千里。《庄子·马蹄》:"马蹄可以践霜雪。"故称马蹄为霜蹄。

〔5〕 见骏马而思战斗,浦注:"结联,见公本色。"

【点评】

画者、被画者、观者,一气如虹。

戏为韦偃双松图歌（七古）

天下几人画古松？毕宏已老韦偃少[1]。

绝笔长风起纤末，满堂动色嗟神妙。

两株惨裂苔藓皮，屈铁交错回高枝。

白摧朽骨龙虎死，黑入太阴雷雨垂[2]。

松根胡僧憩寂寞，庞眉皓首无住著[3]。

偏袒右肩露双脚，叶里松子僧前落[4]。

韦侯韦侯数相见，我有一匹好东绢，

重之不减锦绣段。

已令拂试光凌乱，请公放笔为直干[5]！

【注释】

〔1〕　毕宏，《封氏闻见记》载，毕宏，天宝中御史，善画古松。《唐朝名画录》称其松石绝妙，置于能品上。又载，韦偃善松石山水，山以墨斡，水以手擦，曲尽其妙。

〔2〕　太阴，极北为太阴。朱注：皮裂，故干之剥蚀如龙虎骨朽；枝回，故叶之阴森如雷雨下垂。这里恐怕还涉及韦氏的笔墨技巧。《唐朝名画录》载其山以墨斡，水以手擦，曲尽其妙。则韦偃是很大胆地用水墨新法画松石的。白摧，正是形容其用燥笔飞白，笔力劲健；黑入，则言其水墨淋漓，如雷雨并作。

〔3〕　庞眉皓首，形容画中胡僧宽眉毛，白发苍苍。无住著，《楞严经》："名无住行，名无著行。"

〔4〕　《杜诗镜铨》引蒋云："写入定僧宛然。"

〔5〕 五句一气读。东绢,关东出产的绸绢。或云,即四川鹅溪绢。《杜
臆》:"起来二句极宽静,而忽接以'绝笔长风起纤末',何等笔力!
至于描写双松止四句,而冥思玄构,幽事深情,更无剩语。后入'胡
僧',窅冥灵超,更有神气。"甚是。但《杜臆》以为东绢长二丈,如何
能"放笔为直干"? 是"所以戏之";此则不然。盖杜诗有云:"新松
恨不高千尺,恶竹应须斩万竿。""放笔为直干"正是杜甫追求的刚
健的审美趣味,也是其正直人格之体现。

【点评】

　　杜甫反对画肥马,于书法倡"瘦硬通神",画松又要求"放笔为
直干",其不同流俗如此。

南　邻 (七律)[1]

　　锦里先生乌角巾,园收芋栗不全贫[2]。
　　惯看宾客儿童喜,得食阶除鸟雀驯[3]。
　　秋水才深四五尺,野航恰受两三人[4]。
　　白沙翠竹江村暮,相送柴门日色新。

【注释】

〔1〕 杜甫有《过南邻朱山人水亭》,则杜甫草堂南面住的是位姓朱的隐
　　　士。诗写与邻居串门,竟日淹留,关系融洽。

〔2〕 角巾,隐士之冠。因在"锦官城"隐居,故自称"锦里先生"。

〔3〕 黄生云:"三见儿童化其好客。四见鸟雀与为忘机。三句尤深,盖
　　　富翁好客不难,贫士好客为难,贫士家人不厌客为尤难。非平日喜
　　　客之诚,浃入家人心髓,何以有此?"

〔4〕　《杜臆》："'野航'乃乡村过渡小船,所谓'一苇杭之'者,故'恰受两三人';作'野艇'者非。"此联疏落而饶意趣,《杜诗镜铨》引申涵光云："今人作七律,堆砌排耦,全无生气,而矫之者又单弱无体裁。读杜诸律,可悟不整为整之妙。"

【点评】

老杜笔底,寻常的人际关系也有浓郁的诗意。

恨　别 (七律)[1]

洛城一别四千里,胡骑长驱五六年[2]。
草木变衰行剑外,兵戈阻绝老江边[3]。
思家步月清宵立,忆弟看云白日眠[4]。
闻道河阳近乘胜,司徒急为破幽燕[5]！

【注释】

〔1〕　诗作于上元元年(760)夏。

〔2〕　首二句领起恨别,四千里言其远,五六年言其久。

〔3〕　剑外,剑门之外,指蜀地。

〔4〕　忆弟看云,陶渊明《停云》诗序："停云,思亲友也。"看云思亲成为古人的现成思路,如《野客丛谈》："梁暄不归,弟璟每望东南白云,惨然久之。"《杜臆》："宵立昼眠,起居舛戾(不正常),恨极故然。"同时还写出其无聊、无奈之情绪。

〔5〕　近乘胜,《通鉴》载,上元元年三月,李光弼破安太清于怀州,四月破史思明于河阳西渚。司徒指李光弼。幽燕,叛军老巢。杜甫力主直捣幽燕,彻底平息叛乱。《唐宋诗醇》称："彼其流离漂泊,衣食不

暇而关心国事,触绪辄来,所谓发乎性,止乎忠孝者,寻常词章之士,岂能望其项背哉!"

【点评】

《唐诗别裁》:"若说如何思,如何忆,情事易尽,步月、看云,有不言神伤之妙。"也就是萧先生所说:"通过日常生活细节来表达思家忆弟的深情,极具体,极深刻。"

后　游 (五律)[1]

寺忆曾游处,桥怜再渡时。
江山如有待,花柳更无私[2]。
野润烟光薄,沙暄日色迟[3]。
客愁全为减,舍此复何之?

【注释】

〔1〕　上元二年(761)春,杜甫曾游新津县修觉寺,作《游修觉寺》诗,此为重游之作,故题《后游》。

〔2〕　江山花柳,如待人欣赏,细思便得大自然无私的道理,是为"理趣"。

〔3〕　暄(xuān),温暖。此联写暮色极细腻:原野湿润,故蒸发出薄薄一层烟岚;日色迟留,故沙地尚暖。

【点评】

杜甫云:"赋诗分气象。"此诗之妙,便在有景、有情、有理,写出当时气象。

漫成二首 (五律)[1]

野日荒荒白,春流泯泯清[2]。
渚蒲随地有,村径逐门成。
只作披衣惯,常从漉酒生[3]。
眼边无俗物,多病也身轻[4]。

【注释】

〔1〕　仇注引《杜臆》云:"二诗格调疏散,非经营结构而成,故云漫成。"

〔2〕　荒荒,黯淡无际的样子,泯泯(mǐn mǐn),水清的样子。或云,泯泯,犹浼浼,水流进貌。

〔3〕　陶渊明诗:"相思则披衣,言笑无已时。"《宋书·陶潜传》:"郡将候潜,值其酒熟,取头上葛巾漉酒,毕,还复著之。"两句用陶渊明自况。仇注:"披衣习惯,言疏放已久;漉酒为生,见醉乡可乐。"

〔4〕　俗物,《世说新语》:嵇、阮、山涛在竹林酣饮,王戎后往,阮曰:"俗物已复来败人意。"

江皋已仲春,花下复清晨[1]。
仰面贪看鸟,回头错应人[2]。
读书难字过,对酒满壶频[3]。
近识峨嵋老,知余懒是真[4]。

【注释】

〔1〕　皋(gāo),水边高地。

〔2〕　写出心不在焉的散漫神态。《杜诗镜铨》引刘须溪云："偶然语偶然道之，自见天趣。"

〔3〕　上句取陶渊明"读书不求甚解"之意。

〔4〕　峨嵋老，下有原注："东山隐者。"《杜臆》引赵汸云："公诗中屡言懒，非真懒也，平日抱经济之具，百不一试，而废弃于岷山旅寓之间，与田夫野老共一日之乐，岂本心哉？况又有俗子溷之，其懒宜矣。"

【点评】

　　《唐书》本传称杜甫在成都"与田夫野老相狎荡，无拘检"，《新唐书》本传则称"甫放旷不自检"，皆道出杜甫疏放的一面。这两首诗是其不肯受世俗束缚的自画像，惟妙惟肖。

春夜喜雨（五律）

好雨知时节，当春乃发生[1]。
随风潜入夜，润物细无声[2]。
野径云俱黑，江船火独明[3]。
晓看红湿处，花重锦官城[4]。

【注释】

〔1〕　发生，《庄子》："春气发而百草生。"

〔2〕　仇注："雨骤风狂，亦足损物。曰潜、曰细，写得脉脉绵绵，于造化发生之机，最为密切。"

〔3〕　"火独明"更衬出"云俱黑"，写雨意之浓入神。

〔4〕　此句又是借花衬雨。细雨湿花，故重。

【点评】

《读杜心解》："喜意都从罅缝里迸透!"

江　亭（五律）

坦腹江亭暖,长吟野望时[1]。
水流心不竞,云在意俱迟[2]。
寂寂春将晚,欣欣物自私[3]。
故林归未得,排闷强裁诗[4]。

【注释】

〔1〕　坦腹,露腹,无拘束状。

〔2〕　此联历来称为"理趣"名句。二句相反相成:心,则不随流水以竞发;意,却同浮云而迟回。主体与客体是不即不离的感应关系。《杜工部草堂诗话》引张子韶《心传录》曰:"陶渊明辞云:'云无心而出岫,鸟倦飞而知还。'杜子美云:'水流心不竞,云在意俱迟。'若渊明与子美相易其语,则识者往往以谓子美不及渊明矣。观其云'云无心','鸟倦飞',则可知其本意;至于水流而心不竞,云在而意俱迟,则与物初无间断,气更浑沦,难轻议也。"

〔3〕　物自私,仇注:"按此章云'欣欣物自私',有物各得所之意,前诗云'花柳更无私',有与物同春之意。"

〔4〕　《瀛奎律髓汇评》引纪昀云:"春已寂寂,则有岁时迟暮之慨;物各欣欣,即有我独失所之悲,所以感念滋深,裁诗排闷耳。"从玄言式的超拔中回归现实,是杜甫之所以为杜甫的特质。

【点评】

后三联都处于矛盾状态,以此抒发诗人内心的忧郁。

江上值水如海势,聊短述 (七律)[1]

为人性僻耽佳句,语不惊人死不休[2]！
老去诗篇浑漫与,春来花鸟莫深愁[3]。
新添水槛供垂钓,故著浮槎替入舟[4]。
焉得思如陶谢手,令渠述作与同游[5]！

【注释】

〔1〕《读杜心解》:"吴论云:水如海势,见此奇景,偶无奇句,不能长吟,聊为短述,题意在下三字。愚按:此论得旨,通篇只述诗思之拙,水势只带过。"

〔2〕《杜诗镜铨》引邵云:"首二句见此老苦心。今人轻易作诗,何也?"

〔3〕浑漫与,都是随意付与。《百家注》引赵曰:"耽佳句而语惊人,言其平昔如此。今老矣,所为诗则'漫与'而已,无复有意于惊人也,故寄语花鸟无用深愁耳。"仇注云:"赵注将'愁'字属花鸟说,盖诗人形容刻露,花鸟亦应愁怕。"萧先生举韩愈诗"孟郊死葬北邙山,从此风云得暂闲"、姜白石赠杨万里诗"年年花月无闲处,处处江山怕见君"云:"可以互参。"

〔4〕故,因也,与"新"字对,是借对。此联意为:新添的水槛只能供垂钓之用(值如此水势),便用木筏子代替出入的小船。

〔5〕陶谢,陶渊明与谢灵运,都是六朝的大诗人。渠,他们。意为让陶、谢来作诗,我则陪同游览。萧先生云:"语谦而有趣。"

【点评】

纪昀以为"此诗究不称题",杜甫正是因无佳句与题相称,故在

"短述"中乘兴写出自己的创作态度,自然无论文气。

春水生二绝 （录一,七绝）

一夜水高二尺强,数日不可更禁当[1]。

南市津头有船卖,无钱即买系篱旁[2]!

【注释】

〔1〕 禁当(jīn dāng),承受。意为:按一夜水涨二尺多的速度,再几天可就受不了啦。

〔2〕 下句意为:可惜没钱马上将船买来,系在篱笆旁备用。

【点评】

萧先生说:"杜甫绝句,多用方言俗语点化入诗,故特觉活泼,此亦一例。"

水槛遣心二首 （录一,五律）[1]

去郭轩楹敞,无村眺望赊[2]。

澄江平少岸,幽树晚多花。

细雨鱼儿出,微风燕子斜[3]。

城中十万户,此地两三家[4]。

【注释】

〔1〕　槛,栏杆。水槛,指草堂水亭的栏杆。言凭栏眺望以自排遣也。

〔2〕　去郭,指远离城郭。轩,堂前之栏。槛,堂前之柱。赊,远也。此联意为:因水槛远离城郭,门户宽敞,又没有村庄遮挡,所以可以看得很远。

〔3〕　《石林诗话》:"诗语固忌用巧太过,然缘情体物,自有天然工妙,虽巧而不见刻削之痕。老杜'细雨鱼儿出,微风燕子斜',此十字,殆无一字虚设。雨细著水面为沤,鱼常上浮而淰;若大雨,则伏而不出矣。燕体轻弱,风猛则不能胜,惟微风乃受以为势,故又有'轻燕受风斜'之语。"

〔4〕　结语尤见清旷。

【点评】

　　在草堂较为平静的日子里,杜甫颇关注些小凡物,如:"仰蜂粘落絮,行蚁上枯梨","芹泥随燕嘴,蕊粉上蜂须",观察入微,但都不如"细雨鱼儿出,微风燕子斜"与全诗清旷气象拍合,故虽小而大。

所　思 (七律)

苦忆荆州醉司马,谪官樽酒定常开[1]。
九江日落醒何处?一柱观头眠几回[2]?
可怜怀抱向人尽,欲问平安无使来[3]。
故凭锦水将双泪,好过瞿塘滟滪堆[4]!

【注释】

〔1〕　荆州司马,原注:崔吏部漪。由吏部贬荆州司马,故称"谪官"。仇

注:"'苦忆'二字,直贯通章。"

〔2〕 二句写"醉司马"癫狂落拓情状,而"忆"在其中。九江,《尚书·禹贡》:"过九江至于东陵。"注云:"江分为九道,在荆州。"一柱观,宋临川王刘义庆镇江陵所建,观甚大而惟一柱,故名。

〔3〕 上句言崔满腹牢骚无知己可诉,而杜欲问崔平安却无使可托。

〔4〕 《杜诗镜铨》:"瞿塘峡在夔州峡口,有滟滪石,过此则达荆州。二句即太白诗'我寄愁心与明月,随风直到夜郎西'意。"泪双点能凭江水而"寄",想象奇特。

【点评】

是为七律,却以歌行入律,以散句起,五、六句对仗浑化,不为律所缚,故刘须溪云:"肆笔纵横有疏野气,大家数不可无此。"

绝句漫兴九首 (录四,七绝)[1]

眼见客愁愁不醒,无赖春色到江亭[2];
即遣花开深造次,便教莺语太丁宁[3]!

【注释】

〔1〕 盛唐人擅长七绝,而杜甫则别开异径。沈祖棻《唐人七绝诗浅释》:"杜甫七绝如《江南逢李龟年》、《赠花卿》等篇,声调情韵,和王(昌龄)、李(白)诸家的区别是不大的,可见他并不是没有能力写出那样的作品来,但由于追求艺术上的独创性,确实在这方面有意和另外一些诗人立异,而其成绩也很可观。如在题材方面,他创造了《戏为六绝句》这种论诗的体裁。在篇章结构方面,他运用古人写杂诗的方法创作了《漫兴》、《解闷》等组诗。在格律方面,不但时时突破当时已经固定的律化绝句的音节,采用当时民歌的声调;而且

有的时候,还爱押仄韵,故意仿效唐以前的古歌谣。这对宋代著名的江西派诗人黄庭坚等很有影响。"

〔2〕《杜诗解》:"眼,春之眼也。眼见客愁,可应暂避。今全然不顾,客自愁,春自到,毫无半分相为之意,则无赖之至也。"这组诗往往将春天拟人化,而这一句则是诗人的"自我分离"。德国学人莫芝宜佳《〈管锥编〉与杜甫新解》云:"诗的第一句,诗人与春天调换了位置,为的是用春天的眼睛从外面审视自己。"又云:"'愁不醒',使人想到'醉不醒'。"其造语的确有奇趣。

〔3〕造次,仓促,匆忙。太丁宁,厌其烦絮。元曲有云:"无情杜宇闲淘气,头直上耳根底,声声聒得人心碎。你怎知、我这里,愁无际。"可互参。

> 手种桃李非无主,野老墙低还是家。
> 恰似春风相欺得,夜来吹折数枝花[1]。

【注释】

〔1〕春风吹折花,似是有意欺人。仍是"春色无赖"。《杜臆》以为"吹折花枝"与下首"点污琴书""接虫打人"都是有所指,是"远客孤居,一时遭遇,多有不可人意者",则又太过敏了。还是黄生评得好:"意喜之而语故怨之,口角趣绝。"

> 熟知茅斋绝低小,江上燕子故来频[1]。
> 衔泥点污琴书内,更接飞虫打着人[2]。

【注释】

〔1〕言燕子虽熟知茅屋非常低小,偏要来此筑巢。

〔2〕接,迎也。打着人,指燕子捕飞虫时低飞,其翅扑打到人。写燕子低飞入神。黄生云:"亦假喜为嗔之辞。"

> 隔户垂杨弱袅袅,恰似十五女儿腰[1]。
> 谁谓朝来不作意,狂风挽断最长条[2]。

【注释】

〔1〕 袅袅,形容细长柔软的东西随风摆动。

〔2〕 作意,留意。《读杜心解》:"此与'手种桃李'章不同,乃好物不坚牢之意,盖以自况也。"黄生云:"此首是竹枝本色。"

【点评】

　　此组诗受蜀地民歌竹枝词的影响,写得活泼风趣。特别是假喜为嗔的口吻,最得民歌神韵。

江畔独步寻花七绝句（录三,七绝）

> 稠花乱蕊裹江滨,行步欹危实怕春[1]。
> 诗酒尚堪驱使在,未须料理白头人[2]。

【注释】

〔1〕 "裹"字下得奇,写出夹岸繁花的景色。怕春,爱之甚,反而怕失去春,与"行步欹危"的健康状况有关。

〔2〕 承上联,表示尚能诗酒,尽情享受春光,毋需他人照料。在,语助词。料理,当时口语,照料。《唐诗归》钟惺云:"'实怕春',莫作'怕'字看,皆喜极无奈何之辞。"

> 黄四娘家花满蹊,千朵万朵压枝低[1]。
> 留连戏蝶时时舞,自在娇莺恰恰啼[2]。

【注释】

〔１〕　蹊(xī),小路。

〔２〕　恰恰,象声词,鸟叫声。《岘佣说诗》称此诗"音节夷宕可爱"。

不是爱花即欲死,只恐花尽老相催^[1]。
繁枝容易纷纷落,嫩蕊商量细细开^[2]！

【注释】

〔１〕　此句可为"怕春"的注脚。

〔２〕　萧先生云:"商量二字生动,一似花真解语。"

【点评】

　　此组诗如《东坡题跋》所说:"可以见子美清狂野逸之态。"用生动活泼的"当时语",也很典型。

戏为六绝句 (七绝)^[1]

庾信文章老更成,凌云健笔意纵横^[2]。
今人嗤点流传赋,不觉前贤畏后生^[3]。

【注释】

〔１〕　郭绍虞《杜甫戏为六绝句集解·序》云:"杜甫《戏为六绝句》,开论诗绝句之端,亦后世诗话所宗。论其体则创,语其义则精。盖其一生诗学所诣,与论诗主旨所在,悉萃于是,非可以偶尔游戏视之也。"

〔２〕　庾信,梁朝文人,善诗赋。晚年羁留北朝,文风大变,多身世之感,

故杜甫称其"老更成"。郭绍虞认为：杜甫论诗之旨,在能兼清新
与老成。清新与老成,二者相反而适以相成,其推尊庾信即在此。

〔3〕　嗤点,嗤笑点窜。流传赋,指庾信《哀江南赋》等广为流传的作品。
前贤,指庾信,并以庾信以例其余六朝前辈诗人。后生,指当时一
些"好古者遗近"的后辈。杜甫自己的态度是："不薄今人爱古人。"
这正是杜甫能兼清新与老成的一个重要原因。

　　　　王杨卢骆当时体,轻薄为文哂未休[1]。
　　　　尔曹身与名俱灭,不废江河万古流[2]。

【注释】

〔1〕　王杨卢骆,即"初唐四杰"：王勃、杨炯、卢照邻、骆宾王。当时体,那
个时代的体裁。《读书堂杜诗注解》："文章各代别有体裁,不得执
一以论。"哂,讥笑。"轻薄为文"是"后生"讥笑王、杨、卢、骆的话。

〔2〕　尔曹,指哂笑者。万古流,指"四杰"万古流传。杜甫反对苛责前
贤,故云。

　　　　纵使卢王操翰墨,劣于汉魏近风骚[1]。
　　　　龙文虎脊皆君驭,历块过都见尔曹[2]。

【注释】

〔1〕　卢王,以卢、王概括王杨卢骆。"劣于"二字读断,"汉魏近风骚"五
字连读。

〔2〕　龙文、虎脊,皆名马。君驭,国君的好马,即所谓"御马"。历块过
都,王褒《圣主得贤臣颂》："过都越国,蹶若历块。"蹶,这里是腾越
的意思,即所过都国,只如超越土块那么容易。《杜诗琐证》："言
卢、王诸人翰墨,虽不及汉、魏之近《风》《骚》,然其才力雄骏,如龙
文虎脊之马,堪充君驭,而超越都邑如历片土,俯视尔曹,真下乘

耳。"尔曹,指讥笑"四杰"的"后生"。

> 才力应难跨数公,凡今谁是出群雄[1]?
> 或看翡翠兰苕上,未掣鲸鱼碧海中[2]!

【注释】

〔1〕 跨,超过。数公,即上面提到的庾信、"四杰"诸人。凡今,所有的今人(实际上只是指"后生"们)。

〔2〕 《岁寒堂读杜》:"兰苕,香草;翡翠,小鸟;言小巧如珍禽在芳草之上,不能创大观也。"掣,牵引。杜甫推崇雄浑阔大的艺术风格,是植根于"盛唐气象"的审美理想。

> 不薄今人爱古人,清词丽句必为邻。
> 窃攀屈宋宜方驾,恐与齐梁作后尘[1]。

【注释】

〔1〕 《杜诗论文》:"接上言,即不必薄今人,不可不爱古人也。清词丽句,极力模仿,与为比肩;而所云清丽者,必拟屈、宋,但不可过为纤艳,入手齐、梁耳。"这里体现了杜甫较为辩证的文学史观念:一方面指出"清词丽句"之于文学,不可或无,今人、古人都有贡献,也是他不废齐、梁之原因;另一方面指出向上一路,宜以汉魏乃至屈、宋为典范,方不至连齐、梁都不如,即宋人所谓"学其上,仅得其中;学其中,斯为下矣"之义。方驾,并驾齐驱。

> 未及前贤更勿疑,递相祖述复先谁?
> 别裁伪体亲风雅,转益多师是汝师[1]!

【注释】

〔1〕 《杜诗琐证》:"'未及前贤'云云,言今人断不及前贤。然各有渊源,

递相祖述，复以何者为先乎！此正不必以时代宗派也。但须区别裁汰浮伪之体，而亲近《风》《雅》，则古今多师，莫非汝师矣。"

【点评】

元稹称杜诗："上薄《风》《骚》，下该沈、宋……杂徐、庾之流丽，尽得古今之体势，而兼人人之所独专。"其集大成，当得益于"不薄今人爱古人"、"转益多师"的学习态度。

赠花卿 （七绝）[1]

锦城丝管日纷纷，半入江风半入云。
此曲只应天上有，人间能得几回闻[2]？

【注释】

〔1〕　花卿，花敬定，曾平定段子璋叛乱的将军。杜甫《戏作花卿歌》："成都猛将有花卿，学语小儿知姓名。"

〔2〕　天上有，指此曲应是皇家梨园旧曲，如今流入民间者。黄生云："予谓当时梨园弟子，流落人间者不少，如《寄郑李百韵诗》'南内开元曲，当时弟子传'，自注云：'柏中丞筵，闻梨园弟子李仙奴歌。'所云天上有者，亦即此类。"

【点评】

仇兆鳌云："风华流丽，顿挫抑扬，虽太白、少伯（王昌龄），无以过之。"

送韩十四江东省觐 (七律)[1]

兵戈不见老莱衣,叹息人间万事非[2]!
我已无家寻弟妹,君今何处访庭闱[3]?
黄牛峡静滩声转,白马江寒树影稀[4]。
此别应须各努力,故乡犹恐未同归[5]。

【注释】

〔1〕 省觐,探亲。

〔2〕 老莱衣,《列女传》:"老莱子行年七十,着五色之衣,作婴儿戏于亲侧。"这是一节关于"孝"的故事,杜甫以此说明战乱万事反常,连最基本的事亲之道也难实行。

〔3〕 庭闱,父母所居,借指父母。《岘佣说诗》:"第三句'我已无家寻弟妹',忽插入自己作衬,才是愁人对愁人,意更沉痛。"

〔4〕 黄牛峡、白马江,皆韩十四往江东必经之地。此二句是想象中之景,非眼前实景。《杜诗详注》引朱瀚曰:"'滩声'、'树影'二句,在韩是一片归思,在杜是一片离情。气韵淋漓,满纸犹湿。"

〔5〕 《昭昧詹言》:"结句又兜转,如回风舞絮,与前半相应。"

【点评】

通体浏亮,抑扬顿挫富音乐性。

茅屋为秋风所破歌 (七古)[1]

八月秋高风怒号,卷我屋上三重茅。

茅飞渡江洒江郊，高者挂罥长林梢，

下者飘转沉塘坳^[2]。

南村群童欺我老无力：忍能对面为盗贼，

公然抱茅入竹去，唇焦口燥呼不得！

归来倚杖自叹息。

俄顷风定云墨色，秋天漠漠向昏黑。

布衾多年冷似铁，娇儿恶卧踏里裂^[3]。

床头屋漏无干处，雨脚如麻未断绝。

自经丧乱少睡眠，长夜沾湿何由彻^[4]？

安得广厦千万间，大庇天下寒士俱欢颜，

风雨不动安如山^[5]！

呜呼！何时眼前突兀见此屋？

吾庐独破受冻死亦足！

【注释】

〔1〕 这首诗最能体现杜甫的仁者之心，在艺术上也有特色。《唐诗镜》："子美七言古诗气大力厚，故多局面可观。"

〔2〕 罥(juàn)，缠绕。塘坳(ào)，低洼积水处。

〔3〕 恶卧，睡不老实，乱蹬踢。

〔4〕 何由彻，如何挨到天明。

〔5〕 安得，表示愿望。广厦，大房子。寒士，萧先生云："按此诗'寒士'，虽指贫寒的书生，但可以而且应当理解为'寒人'。从杜甫全人以及'穷年忧黎元'、'一洗苍生忧'这类诗句来看，做这样的引申是合乎实际的。"

【点评】

推己及人，甚至宁苦身以利人，这是极高的人生境界，在此诗中有深刻的体现。

百忧集行（七古）

忆年十五心尚孩,健如黄犊走复来:
庭前八月梨枣熟,一日上树能千回。
即今倏忽已五十,坐卧只多少行立[1]。
强将笑语供主人,悲见生涯百忧集[2]。
入门依旧四壁空,老妻睹我颜色同[3]。
痴儿不知父子礼,叫怒索饭啼门东[4]。

【注释】

〔1〕 少行立,体衰而少走动站立。《杜诗镜铨》:"写憔悴,言少意多。"
〔2〕 写依人作客之无奈,泪下无声。
〔3〕 颜色同,同一愁色。言妻子看我愁眉不展,也同样面有忧色。
〔4〕 门东,古时庖厨之门在东。言小儿望厨房而哭索食物。

【点评】

以少年时光景衬出今日之身心交病。

枯　棕（五古）[1]

蜀门多棕榈,高者十八九[2]。

611

其皮割剥甚,虽众亦易朽[3]。

徒布如云叶,青青岁寒后。

交横集斧斤,凋丧先蒲柳[4]。

伤时苦军乏,一物官尽取。

嗟尔江汉人,生成复何有[5]?

有同枯棕木,使我沉叹久。

死者即已休,生者何自守?

啾啾黄雀啅,侧见寒蓬走[6]。

念尔形影干,摧残没藜莠。

【注释】

〔1〕　作于上元二年(761)。字字实写枯棕,又字字兼比时事,反映战乱中百姓所受的残酷剥削。

〔2〕　蜀门,犹蜀中,指成都。十八九,十有八九。意为蜀中高树多为棕榈。

〔3〕　割剥甚,棕皮可制蓑衣、帚刷,充坐垫之类,故人常割剥,但割剥太厉害会使棕榈腐朽。

〔4〕　四句言棕榈虽如松柏之后凋,但割剥之甚,则反先蒲柳之凋丧。

〔5〕　江汉人,指巴蜀百姓。生成,生养,指大地所产而为人所育者,泛指一切物产。言巴蜀百姓所有物产已被官尽取而无遗。

〔6〕　啅(zhuó),群雀噪声。啅一作啄。仇注:"雀啄棕毛,飘如蓬走,究竟形销影灭,埋没藜莠耳。"

【点评】

取譬贴切,象外有象。

得广州张判官叔卿书使还以诗代意 （五律）

乡关胡骑满，宇宙蜀城偏[1]。
忽得炎州信，遥从月峡传[2]。
云深骠骑幕，夜隔孝廉船[3]。
却寄双愁眼，相思泪点悬[4]。

【注释】

〔1〕 《杜臆》:"'宇宙蜀城偏'，见寄书不便，故承之以'忽得炎州信'。"

〔2〕 月峡，《十道志》:"渝州(今重庆)有明月峡，三峡之始。"

〔3〕 骠骑幕，霍去病为汉骠骑将军，此指张判官为节镇幕僚。孝廉船，《世说新语》载张凭尝谒丹阳尹刘惔，明日，恢遣传教觅张孝廉船，召与同载，时人荣之。《杜臆》:"'云深''夜隔'，总见其远。'骠骑幕'判官所居，而'孝廉船'则因张凭同姓而借用之，止是悲其相隔耳。"

〔4〕 "愁眼"可寄，且泪点犹悬，奇语！可与李白"狂风吹我心，西挂咸阳树"媲美。

【点评】

情思化为情景，结句尤觉语奇情深。

不　见 （五律）[1]

不见李生久，佯狂真可哀。

世人皆欲杀，吾意独怜才[2]。

敏捷诗千首，飘零酒一杯[3]。

匡山读书处，头白好归来[4]。

【注释】

〔1〕　题下自注："近无李白消息。"诗当作于上元二年（761），李白流放夜郎后，次年李白卒于当涂。

〔2〕　此联可谓肝胆相照。

〔3〕　此联概括李白一生，而天才如此，落拓如此，不平自在其中。

〔4〕　匡山，在四川彰明县南。仇注："太白，蜀人，而公亦在蜀，故云归来。"

【点评】

以心为镜，映出心目中的李白。

屏迹三首 （录一，五律）

用拙存吾道，幽居近物情[1]。

桑麻深雨露，燕雀半生成[2]。

村鼓时时急，渔舟个个轻。

杖藜从白首，心迹喜双清[3]。

【注释】

〔1〕　用拙，不显露长处，即题目"屏迹"（隐居绝迹）之用意。仇注："拙者心静，故能存道；幽者身暇，故近物情。"

〔2〕　《杜臆》："半生成，谓生者已成，成者又生，半字最佳。"

〔3〕 心迹,心灵与行为。此句言从心灵到行为都清净无俗气。

【点评】

较王摩诘"竹喧归浣女,莲动下渔舟",风味自别。

花 鸭 (五律)[1]

花鸭无泥滓,阶前每缓行[2]。
羽毛知独立,黑白太分明[3]。
不觉群心妒,休牵俗眼惊!
稻粱沾汝在,作意莫先鸣[4]!

【注释】

〔1〕 此为《江头五咏》之五。这是一组咏物自喻的诗。旧注谓"花鸭,戒
多言也",其实是借花鸭以抒愤懑,对直言见斥的不平。

〔2〕 此句写花鸭洁身自爱,"每缓行"得其动态。

〔3〕 此句借花鸭羽毛黑白分明喻自身的爱憎分明、疾恶如仇的性格。

〔4〕 稻粱,喻当官的禄位。意为如果考虑到禄位,你就别直言了。
"沾"、"作意",有讽刺意味。

【点评】

句句贴合花鸭特征,毫不牵强。平凡物一经杜甫寓意,则不同
凡响。

遭田父泥饮，美严中丞 (五古)[1]

步屧随春风，村村自花柳[2]。
田翁逼社日，邀我尝春酒[3]。
酒酣夸新尹："畜眼未见有[4]！"
回头指大男："渠是弓弩手。
名在飞骑籍，长番岁时久[5]。
前日放营农，辛苦救衰朽。
差科死则已，誓不举家走[6]！
今年大作社，拾遗能住否[7]？"
叫妇开大瓶，盆中为吾取[8]。
感此气扬扬，须知风化首[9]。
语多虽杂乱，说尹终在口。
朝来偶然出，自卯将及酉[10]。
久客惜人情，如何拒邻叟？
高声索果栗，欲起时被肘[11]。
指挥过无礼，未觉村野丑。
月出遮我留，仍嗔问升斗[12]。

【注释】

〔1〕 此诗宝应元年（762）作于成都草堂。遭，不期而遇。泥，去声，缠住
不放。美，赞美。严中丞，指严武，时为成都尹兼御史中丞。《杜诗
详注》引郝敬曰："此诗情景意象，妙解入神……野老留客，与田家

朴直之致,无不生活。昔人称其为诗史,正使班(固)、马(司马迁)记事,未必如此亲切。千百世下,读者无不绝倒。"

〔2〕　屧(xiè),木板拖鞋。自花柳,意为大自然不随人事而转移。自,与"天下兵虽满,春光日自浓"之"自"同义。

〔3〕　逼社日,逼近农村的社日,快过节了。

〔4〕　新尹,新任的府尹,指严武。畜眼,犹蓄眼,老眼。蓄,久积也。意为老眼从未见过如此好官。

〔5〕　飞骑,军名。长番,长久当兵值勤没轮换。

〔6〕　差科,指徭役赋税。

〔7〕　大作社,社日要大热闹。拾遗,杜甫曾任左拾遗,故称。

〔8〕　取(zhǒu),此指取酒。

〔9〕　萧先生云:"这两句是杜甫的评断,也是写此诗的主旨所在。风化首,是说为政的首要任务在于爱民,田父的意气扬扬,不避差科,就是因为他的儿子被放回营农。"

〔10〕　自卯将及酉,上午五点至七点为卯时,下午五点至七点为酉时,意为早晨本是偶尔出来走走,不想在此呆了一整天。

〔11〕　被肘,肘作动词用,拖住。

〔12〕　"指挥"、"嗔",写出田父粗豪性格。《杜诗详注》引刘会孟曰:"此等语,并声音笑貌,仿佛尽之。"《唐书》本传称杜在成都草堂,"与田父野老相狎荡,无拘检"。正因其与田父野老亲近,所以能"未觉村野丑"。

【点评】

《杜臆》:"妙在写出村人口角,朴野气象如画。"梁启超《情圣杜甫》则称:"这首诗把乡下老百姓极粹美的真性情,一齐活现。"并说道:"杜集中关于时事的诗,以这类为最上乘。"

野人送朱樱 （七律）[1]

西蜀樱桃也自红,野人相赠满筠笼[2]。

数回细写愁仍破,万颗匀圆讶许同[3]。

忆昨赐沾门下省,退朝擎出大明宫[4]。

金盘玉箸无消息,此日尝新任转蓬[5]。

【注释】

〔1〕 野人,田野之人,指当地百姓。朱樱,红樱桃。此诗当作于居成都时,见樱桃而思朝廷,与《槐叶冷淘》诗一样,有"每食不忘君"的意味。这种忠君思想与感情在封建士大夫中并不少见,毋庸讳言有其愚昧的一面。而在艺术表现手法上,则诚如《潜溪诗眼》所说:其感兴出于自然,直书目前所见,平易委曲,终篇遒丽。有其过人之处,值得借鉴。

〔2〕 也自红,是逗起回忆之关键。唐人李绰《岁时记》载:"四月一日,内园进樱桃,寝园荐讫,颁赐百官,各有差。"杜甫心目中所见,是朝廷礼仪中的樱桃,眼前西蜀樱桃虽也时至而红,却已无颁赐之功用,其所自来,只是野人所赠而已。"也自"二字感慨系之,故《杜诗解》云:"言樱桃之色之红,我岂不知? 然不过知之于宫中宣赐耳……若西蜀樱桃之红,我乃今日始见,则岂非因野人之赠哉。"

〔3〕 细写,小心倾倒。此句言樱桃之细皮嫩肉,尽管已是小心倾倒,仍然担心会有破损。讶许同,惊讶于樱桃千颗万颗竟然会粒粒都匀圆得如此相似。《唐宋诗举要》:吴曰:"肖物精微,得未曾有。杜公天才豪迈,复能细心熨贴如此。"

〔4〕　门下省,在宣政殿东。杜甫曾任左拾遗,就属门下省。大明宫,有含元、宣政、紫宸诸殿,是朝廷主要的政治活动中心。"朝",借为"朝夕"之"朝",故与"昨"对,是为借对。

〔5〕　金盘玉箸,借代朝廷、皇帝。《昭昧詹言》:"前半细则极其工细,后发大议论则极其壮阔。"这种写法使人联想到齐白石工笔加大写意的画风。

【点评】

　　《杜诗镜铨》:"开手击此动彼,入后一气直下,独往独来,小题具如此笔力。"

野　望 (七律)

　　西山白雪三城戍,南浦清江万里桥[1]。

　　海内风尘诸弟隔,天涯涕泪一身遥[2]。

　　惟将迟暮供多病,未有涓埃答圣朝[3]。

　　跨马出郊时极目,不堪人事日萧条[4]。

【注释】

〔1〕　西山,在成都西,一名雪岭。三城,即松、维、堡三城。三城界于吐蕃,是边防要塞,屡见于杜诗。

〔2〕　仇注:"临桥而望三城,近虑吐蕃;天涯而望海内,远愁河北也。"

〔3〕　痛惜此身只是"供多病",而不能"答圣朝","供"字写出多少无奈。《初白庵诗评》云:"中二联用力多在虚字。"

〔4〕　《砚斋诗谈》:"触目感伤,言简意透。"

【点评】

对仗工整,用意深沉。如《瀛奎律髓》所云:"此格律高耸,意气悲壮。"

奉送严公入朝十韵 (五排)[1]

鼎湖瞻望远,象阙宪章新[2]。

四海犹多难,中原忆旧臣。

与时安反侧,自昔有经纶[3]。

感激张天步,从容静塞尘[4]。

南图回羽翮,北极捧星辰[5]。

漏鼓还思昼,宫莺罢啭春[6]。

空留玉帐术,愁杀锦城人[7]。

阁道通丹地,江潭隐白蘋[8]。

此生那老蜀? 不死会归秦[9]！

公若登台辅,临危莫爱身[10]！

【注释】

〔1〕 严公,指成都尹严武。唐肃宗宝应元年(762)四月,玄宗、肃宗相继死去。六月,代宗召严武还朝。此诗当作于严奉诏之后离任之前。后来杜甫又相送至绵州奉济驿,可见友情之深。此诗为排律,《杜诗镜铨》引张云:"端严简括,排体之正。"

〔2〕 鼎湖,暗示皇帝之死。传说黄帝铸鼎于荆山下。鼎成,有龙垂胡髯下迎,后世因名其处为鼎湖。象阙,指朝廷。宪章新,暗示新皇帝代宗即位。

〔３〕　安反侧，平叛。经纶，以治丝喻行政才能。

〔４〕　张天步，犹张国运，指收复京师。以上四句颂严武之旧绩而勉为
　　　　新功。

〔５〕　上句以《庄子》中大鹏九万里而图南的寓言，喻严武的自蜀回京。
　　　　下句言其入朝辅政。北极星，喻朝廷，臣下辅政如众星之拱北极。

〔６〕　上句漏鼓思昼，言待漏之久。漏，古代计时器，时刻已到则以鼓报
　　　　之，称漏鼓。故上朝又称待漏。

〔７〕　玉帐术，李靖有《玉帐经》，此指用兵之术。严武已去蜀，故云空留。

〔８〕　阁道，栈道。丹地，以丹漆涂地，指朝廷。江潭，杜甫草堂在百花潭
　　　　畔。此句言己仍隐居于蜀。

〔９〕　此联写自己也决心归朝廷。《义门读书记》："亦欲入朝，不徒送公
　　　　也。收转前半，词高意足。"

〔１０〕台辅，即宰辅。《新唐书·严武传》载，严武还朝后曾"求宰相不
　　　　遂"。看来杜甫是了解这位朋友的用世之心的，故勉以正道。浦注
　　　　称："离别之情，留滞之感，责难之义，无处不到。"且十韵一气流转，
　　　　至结句犹盛。

【点评】

　　杜诗往往焕发出一种人格美，此诗有之。故卢世㴖云："法言忠
告，令人肃然。夫奉送府主（杜曾为严之幕僚），谁敢作此语，亦谁肯
作此语！"

客　夜 （五律）〔1〕

客睡何曾著，秋天不肯明〔2〕！
入帘残月影，高枕远江声〔3〕。

计拙无衣食,途穷仗友生。

老妻书数纸,应悉未归情[4]。

【注释】

〔1〕 宝应元年(762),徐知道作乱于成都。时杜甫因送严武至绵州,归至梓州不得返。

〔2〕 何曾、不肯,黄生云:"索性以俗语作对,声口隐出纸上。"

〔3〕 "入帘"对"高枕","高"字当动词用。萧先生认为:"江声本来自远方,但枕上卧而听之,一似高高出于头上,故曰'高枕'。"

〔4〕 意为妻子写长信来催归,但她应当了解我的苦衷。四句写纷乱的思绪。

【点评】

从不眠人眼中写客夜入神。

客　亭 (五律)[1]

秋窗犹曙色,落木更天风。

日出寒山外,江流宿雾中[2]。

圣朝无弃物,老病已成翁[3]。

多少残生事,飘零任转蓬[4]。

【注释】

〔1〕 此诗与前诗为同时之作。

〔2〕 写峡中秋晓如画。《瀛奎律髓》:"王右丞(维)诗云:'江流天地外,山色有无中。'此诗三、四以写秋晓,亦足以敌右丞之壮。然其佳

处,乃在五、六有感慨。"

〔3〕 与孟浩然"不才明主弃"似异实同,但更含蓄。古人更欣赏这种"怨而不怒"的诗句。

〔4〕 《唐诗选脉会通评林》引徐曰:"说到无聊,只得如此放下。"其实是对"圣朝"无话可说的惆怅。

【点评】

情景相生,故冯舒乃曰:"看杜诗何拘情景!"

秋 尽（七律）

秋尽东行且未回,茅斋寄在少城隈[1]。
篱边老却陶潜菊,江上徒逢袁绍杯[2]。
雪岭独看西日落,剑门犹阻北人来[3]。
不辞万里长为客,怀抱何时好一开?

【注释】

〔1〕 少城,在成都大城之西。隈(wēi),山水弯曲处。杜甫草堂背郭沿江,故云。《杜臆》:"东行未回,谓到梓未还成都;而'且'字极有含蓄。盖公无日不思还京,故云秋已尽矣,东行且未得回,何况故乡!"

〔2〕 陶潜菊,陶潜诗:"采菊东篱下。"袁绍杯,《后汉书·郑玄传》:袁绍总兵冀州,大会宾客,郑玄最后至,乃延升上坐。杜甫在这里以郑玄自况,"袁绍杯"当指地方官酒筵。将名词"陶潜"、"袁绍"当形容词用,是很特殊的诗歌语言。陶潜菊,是隐逸情怀与景物结合而成的意象,有丰富的文化内涵。

〔3〕　下句言剑门天险阻断与中原的交通。杜甫在《剑门》诗中对军阀凭
　　　险割据早已表示担心,如今不幸而言中。宝应元年(762)七月,剑
　　　门兵马使徐知道反,以兵守要害,严武不得回朝,杜甫也流落梓州。

【点评】

《闻鹤轩初盛唐近体读本》评曰:"题标'秋尽',通首皆迟暮淹
留之感。"

闻官军收河南河北 (七律)[1]

剑外忽传收蓟北,初闻涕泪满衣裳[2]。
却看妻子愁何在,漫卷诗书喜欲狂[3]!
白日放歌须纵酒,青春作伴好还乡[4]。
即从巴峡穿巫峡,便下襄阳向洛阳[5]。

【注释】

〔1〕　此诗作于广德元年(763)春,杜甫在梓州。是年正月史朝义自缢,
　　　李怀仙以幽州降,"安史之乱"告一段落。

〔2〕　剑外,即剑南。蓟北,即河北。《岘傭说诗》:"'剑外忽传收蓟北',
　　　今人动笔,便接'喜欲狂'矣。忽拗一笔云'初闻涕泪满衣裳',以曲
　　　取势。"此泪,应是悲喜交集之泪,饱含往昔的流离艰辛,当然也倾
　　　泻出巨大的惊喜。

〔3〕　萧先生云:"这句应结合杜甫一家的经历来理解。杜甫和他的妻子
　　　都是死里逃生吃够了苦的,现在看见妻子无恙(时已迎家来梓州),
　　　故有'愁何在'的快感。漫卷,胡乱地卷起(这时还没有刻板的书)。
　　　是说书也无心看了。杜甫当时大概正在看书,情状逼肖。"

〔4〕　黄生云："'青春作伴'四字尤妙,盖言一路花明柳媚,还乡之际更不寂寞。"

〔5〕　巴峡,指四川东北部巴江中的峡。一说渝州（今重庆）以下之川东峡江地带,均可称"巴峡"。陈贻焮《杜甫评传》说："'巴峡'、'巫峡'、'襄阳'、'洛阳'是沿途相距不近的四个地点。诗人标出它们,然后用'即从'、'穿'、'便下'、'向'这样一些表示快速的字眼将它们串联起来,就不仅从意思上,也从急促的节奏上将行旅的神速和渴望还乡心情的急迫表现出来了。"《唐诗别裁》："一气流注,不见句法字法之迹。"

【点评】

《读杜心解》曰："八句诗,其疾如飞,题事只一句,余俱写情。"

春日梓州登楼二首 （五律）

行路难如此,登楼望欲迷[1]。

身无却少壮,迹有但羁栖[2]。

江水流城郭,春风入鼓鼙[3]。

双双新燕子,依旧已衔泥[4]。

【注释】

〔1〕　开头第一句,似承有关"行路难"之诗而来,故曰"难如此"。仇注称之为"语似承上,却是突起"的起句法,"既飘忽,又陡健"。望欲迷,四望凄迷。

〔2〕　不说"却无身少壮,但有迹羁栖",偏倒转一字作拗句,为的是追求一种生新的效果。好比有些人不但爱吃麻辣,还特爱苦涩。杜甫

晚年于诗律也开了求拗涩审美趣味的头。

〔3〕　入鼓鼙,邓绍基《杜诗别解》认为:"人"作"纳"解。这里"鼓鼙"并不指兵事,如"东城多鼓鼙"只是写城中鼓乐而已。故《杜臆》云:"春风今入鼓鼙,转杀气为生气矣。"

〔4〕　仇注:"新燕巢楼,而旅人无定,对景伤情,语意双关。"还有一层意思:燕子依旧筑巢,我却无意栖蜀,乃有下一首"长啸下荆门"云云。

> 天畔登楼眼,随春入故园[1]。
> 战场今始定,移柳更能存。
> 厌蜀交游冷,思吴胜事繁。
> 应须理舟楫,长啸下荆门[2]。

【注释】

〔1〕　登楼眼,《杜臆》:"心之所至,目亦随之,故登楼一望,而天畔之眼,遥入故园。"李白诗:"南风吹我心,飞堕酒楼前。"同一机杼。

〔2〕　平日已厌蜀思吴,如今战事初定,便可长啸而去。陈贻焮《杜甫评传》云:"'长啸下荆门',感情色彩强烈,长长地呼出了一口恶气!"

【点评】

"登楼眼",所见者近,所思者远。"恍兮惚兮,其中有物。"

有感五首 (录一,五律)[1]

洛下舟车入,天中贡赋均[2]。

日闻红粟腐,寒待翠华春[3]。
莫取金汤固,长令宇宙新[4]。
不过行俭德,盗贼本王臣[5]!

【注释】

〔1〕 这组诗当作于广德元年(763),是对时事的感慨与对历史的反思。由于议论精警,感慨深沉,所以是杜诗中成功的议论之作。黄生称之为"在公生平为大抱负,即全集之大本领"。

〔2〕 洛下,指洛阳。古人以洛阳为"天下之中",四方入贡路程较均等,故云:"天中贡赋均。"

〔3〕 红粟腐,《汉书·食货志》:"太仓之粟,陈陈相因,腐败而不可食。"翠华,天子之旗,指天子。历来注家多认为此诗议论为当时程元振议迁都洛阳一事而发,但《杜臆》提出异议:"前四亦追论往事。若在当时,诸侯已不贡,安得红腐之粟?"的确,此诗并非一事一议,而具有更深广的忧愤与反思。

〔4〕 金汤,金城汤池,形容城池之坚固。此句是由上四句引发出来的大议论,是带有规律性的警句。历史经验表明:险固不足恃,惟有想办法经常保持天下处于富足、生机勃勃的状态,这才是长治久安之道。

〔5〕 要做到"宇宙新"并不难,只要提倡、实行节俭(在封建社会也就是"有限剥削"),不要"官逼民反",天下就会太平。须知所谓"盗贼",原本是王朝的百姓啊!

【点评】

《吕氏童蒙训》称:"子美诗云:'语不惊人死不休。'所谓惊人语,即警策也。"此诗之美,便在警策。

送路六侍御入朝（七律）[1]

童稚情亲四十年，中间消息两茫然。

更为后会知何地，忽漫相逢是别筵[2]。

不分桃花红似锦，生憎柳絮白于绵[3]。

剑南春色还无赖，触忤愁人到酒边[4]。

【注释】

〔1〕 诗作于广德元年（763），杜甫在梓州。侍御，唐人称殿中侍御史与监察御史为"侍御"，司纠察百官、承诏推鞫等职事。

〔2〕 四句写出久别重逢、乍逢又别、别后难逢的复杂心情。《唐宋诗举要》："起四句几跌几断，第三句倒插一语尤奇。"

〔3〕 不分，嫌恶的意思。分，读去声，一作"忿"，义同。生憎，偏憎，最厌恶。《杜诗解》："'桃花红胜锦，柳絮白于绵'，岂复成诗？诗在'不忿'、'生憎'字。加四俗字，便成佳笔。"

〔4〕 剑南，指蜀地。无赖，即"无赖春色到江亭"之"无赖"，以狡狯小儿形容春色。此联意为：愁人欲以酒消愁。而春色似无赖小儿不肯放过，以其烂漫撩人，致使到唇的酒也消不了愁。

【点评】

在明白如话、活脱流转中，如朱东润《中国历代文学作品选》所云："充满着乱世人生的感慨。"所以浅而复深。

舟前小鹅儿 （五律）[1]

鹅儿黄似酒,对酒爱新鹅[2]。

引颈嗔船逼,无行乱眼多[3]。

翅开遭宿雨,力小困沧波。

客散层城暮,狐狸奈若何[4]。

【注释】

〔1〕 原注:"汉州城西北角官池作。"官池即房公湖。据《方舆胜览》,房
公湖,乃汉州西湖,为房琯任汉州刺史时所凿。此诗当是广德元年
(763)春杜甫游汉州时所作。

〔2〕 二句以小鹅儿绒毛之嫩黄与杯中酒色之嫩黄作对比,相映成趣。

〔3〕 二句为小鹅儿传神。刘征赏析云:"嗔"字活画出小鹅儿与小孩子
一样娇顽可爱;"多"字写出小鹅儿东一个西一个,令人眼花缭乱。

〔4〕 末句对小鹅儿表示担心:狐狸来了我可该把你们怎么办?

【点评】

刘征赏析云:"同情自然界的弱小者,也寄托着对人世间的弱小
者的同情。由此可以理解杜甫的博大的人道主义精神。"

陪章留后侍御宴南楼得风字 （五排）[1]

绝域长夏晚,兹楼清宴同。

朝廷烧栈北，鼓角漏天东[2]。

屡食将军第，仍骑御史骢[3]。

本无丹灶术，那免白头翁[4]。

寇盗狂歌外，形骸痛饮中[5]。

野云低渡水，檐雨细随风。

出号江城黑，题诗蜡炬红[6]。

此身醒复醉，不拟哭途穷[7]。

【注释】

〔1〕　章留后侍御，指当时的梓州刺史章彝。杜甫《冬狩行》原注："时梓州刺史章彝兼侍御史留后东川。"宝应元年（762）严武被召还朝，东川节度虚悬，以章氏代领其众为留后，故称"章留后"。诗当作于广德元年（763）夏。得风字，指分韵作诗，杜甫得"风"字为韵。

〔2〕　烧栈，《汉书》：张良说高祖烧绝栈道。上句言朝廷在烧栈之北，暗示长安未太平。漏天，《梁益记》，雅州西北有大、小漏天。雅州属西川，此句云鼓角在漏天之东，恐梓州多事。

〔3〕　将军第，梓州为东川节度使府驻地，章氏摄东川节度使，故其府邸可称"将军第"。二句写备受章留后的盛情款待。

〔4〕　丹灶术，指炼丹求仙之术。求仙无术，故难免乎白头老死。

〔5〕　仇注："寇盗付狂歌之外，乱且莫愁；形骸寄痛饮之中，老可暂忘。"浦注："狂豪之态如见。"

〔6〕　出号，《通鉴》注：凡用兵下营，就主帅取号。号，相当于"口令"。

〔7〕　哭途穷，《魏氏春秋》：阮籍常率意独驾，不由径路，车迹所穷，辄恸哭而返。后因作逆境中的悲伤。此句言托身醉乡，穷途免哭，其实是表现诗人倔强的性格。

【点评】

《杜诗镜铨》："诗之豪放不必言，通首格律甚细。"

放　船（五律）

送客苍溪县，山寒雨不开^[1]。
直愁骑马滑，故作放舟回。
青惜峰峦过，黄知橘柚来^[2]。
江流大自在，坐稳兴悠哉。

【注释】

〔1〕苍溪县，属阆州。此诗当作于广德元年（763）秋，杜甫在阆州。

〔2〕将"青"、"黄"二字置于句首，不但突出对实景第一眼的强烈印象，且紧接着"惜"、"知"二字写应接不暇的主观感受，可见船行之速。仇注引《偶谈》云："钱起诗'山来指樵火，峰去惜花林'，不如此诗'青惜峰峦过，黄知橘柚来'。"关键就在杜诗能按意识的顺序（而不是句法的逻辑），凸显鲜明的主观感受，而不是为求奇而奇。

【点评】

整首诗一气流注充满动感，颈联起着点睛的作用，使通体皆活。李因笃云："三联'惜'字'知'字，正写出放船之驶，用加一倍法；结句亦翻跌出之。"

王　命（五律）^[1]

汉北豺狼满，巴西道路难^[2]。

血埋诸将甲,骨断使臣鞍[3]。
牢落新烧栈,苍茫旧筑坛[4]。
深怀喻蜀意,恸哭望王官[5]。

【注释】

〔1〕 仇注:"题曰'王命',望王朝之命将也。"杜甫有《为阆州王使君进论巴蜀安危表》,对吐蕃入侵深表忧虑,恳请朝廷"速以亲贤出镇",正是此诗主旨。诗当作于广德元年(763),杜甫在阆州。

〔2〕 汉北,指处于汉水上游之北的陇西,时为吐蕃所侵。巴西,古郡名,此犹言川西。二句写边防警急,川西官民疲于奔走。

〔3〕 上句写诸将浴血苦战,下句言使臣来往劳顿,但战、和无功。《唐书》载,广德元年(763)七月,吐蕃陷秦、成、渭三州,入大震关,陷兰、廓、河、鄯、洮、岷等州。又,是年四月遣左散骑常侍李之芳等出使吐蕃,被留。

〔4〕 新烧栈,栈道为新近之战火所焚烧(或为防吐蕃而自烧),"牢落"形容其残破零落。旧筑坛,因战事想起筑坛拜将的故事,"苍茫"形容旧事之遥远。此句即题目求命将之意。

〔5〕 喻蜀,史载:唐蒙奉命通夜郎,征巴蜀吏卒,并诛杀其渠帅,巴蜀人大为惊恐。汉武帝乃遣司马相如告喻巴蜀人此非朝廷本意。此句仍是望朝廷派员入蜀安边之意。

【点评】

叙事中充满期盼之情。

桃竹杖引赠章留后 （七古）[1]

江心蟠石生桃竹，苍波喷浸尺度足[2]。

斩根削皮如紫玉，江妃水仙惜不得[3]。

梓潼使君开一束，满堂宾客皆叹息[4]。

怜我老病赠两茎，出入爪甲铿有声[5]。

老夫复欲东南征，乘涛鼓枻白帝城[6]。

路幽必为鬼神夺，拔剑或与蛟龙争。

重为告曰：杖兮杖兮，

尔之生也甚正直，慎勿见水踊跃学变化为龙[7]。

使我不得尔之扶持，灭迹于君山湖上之青峰[8]。

噫！风尘澒洞兮豺虎咬人，忽失双杖兮吾将曷从[9]？

【注释】

〔1〕 桃竹，即棕竹，干细而坚韧，可制手杖。引，曲调名，如汉乐府有《箜篌引》。章留后，指章彝，参见前诗《陪章留后侍御宴南楼得风字》注〔1〕。

〔2〕 尺度足，长短已符合挂杖的尺度要求。

〔3〕 江妃、水仙，泛指水神。

〔4〕 梓潼使君，即梓州刺史，指章留后。

〔5〕 爪甲铿有声，形容坚杖挂地有声。

〔6〕 鼓，拍打；枻（yì），桨。白帝城，在今重庆奉节县。

〔7〕 重为告曰，"重"读平声，《唐诗别裁》："犹楚辞之'乱曰'。"乱，有两重义：一是就内容而言，篇章既成，撮其大要，突出重点；二是

就音乐节奏而言,乱是尾声。学变化为龙,《后汉书·费长房传》:壶公赠长房一竹杖,长房乘之,须臾来归。即以杖投地,化为龙。

〔8〕 君山,在洞庭湖中。此句言失杖之扶持,使不得游历君山(也就是实现上文所云"东南征")。

〔9〕 《杜臆》:"至'重为告'以下,又换一意,变幻恍惚,不可端倪。总是感章公用情之厚,以双杖之比,恃之而得以安居于蜀;出蜀便失所恃,欲再觅一章留后而不可得,故赋此为赠,非赋竹杖也。"或以为诗讽章氏勿为军阀之割据,亦推测之词,供参考。曷,何。

【点评】

诗由赠杖发兴,奇想凌空,笔力横绝,直追李太白。《杜诗镜铨》云:"长短句公集中仅见,字字腾掷跳跃,亦是有意出奇。"

岁　暮（五律）

岁暮远为客,边隅还用兵。

烟尘犯雪岭,鼓角动江城[1]。

天地日流血,朝廷谁请缨[2]?

济时敢爱死? 寂寞壮心惊[3]!

【注释】

〔1〕 雪岭,即西山,在松州(今四川松潘)。史载,广德元年(763)十二月,吐蕃陷松、维、保三州。

〔2〕 天地,此指人间。请缨,《汉书·终军传》:终军向汉武帝自请曰:"愿受长缨,必羁南越王而致之阙下。"这里是感叹朝中无人挺身

御敌。

〔3〕　爱死,惜死。此言人间日夜在流血,济世扶危,我岂惜一死? 壮心,曹
　　　操诗:"烈士暮年,壮心不已。"此言客居寂寞中,激起报国的壮志。

【点评】

不说"人间日流血",却说"天地日流血",更具直觉性,触目
惊心。

释　闷 (七排)[1]

四海十年不解兵,犬戎也复临咸京[2]。
失道非关出襄野,扬鞭忽是过湖城[3]。
豺狼塞路人断绝,烽火照夜尸纵横。
天子亦应厌奔走,群公固合思升平[4]。
但恐诛求不改辙,闻道蝮孽能全生[5]。
江边老翁错料事,眼暗不见风尘清[6]。

【注释】

〔1〕　诗当作于广德二年(764)春。

〔2〕　十年,自天宝十四载(755)安禄山乱起至此,凡十年。犬戎,指吐
　　　蕃。咸京,指长安。此句略带蔑视口吻,云十年来国势衰颓,于今
　　　连吐蕃也敢来侵犯京都(指去年十月吐蕃入长安,代宗奔陕州)。

〔3〕　此联用二典故:《庄子·徐无鬼》:"黄帝将见大隗乎具茨之山……
　　　至于襄城之野,七圣皆迷,无所问途。"因代宗出奔不同于黄帝访道
　　　迷路,故云"非关"。又《晋书·明帝纪》载明帝尝微行至于湖,阴察
　　　王敦营垒。杜甫以明帝微行喻代宗出奔,算是婉言隐语,替皇帝保

留点面子。"忽是"二字毕竟露出点奔走的狼狈。

〔4〕 "亦应"、"固合",用推测语气表示不满,是说诸位也该反省反省了!

〔5〕 诛求,征敛。嬖孽,指宦官程元振。《杜臆》:"吐蕃入寇,逼乘舆,毒生民,祸皆起于程元振。所望一时君臣,翻然悔悟。当柳伉疏入,但削官放归,此诗所以有嬖孽全生之叹也。"

〔6〕 萧先生说:"诛求应当改辙,却偏未改辙;嬖孽不应全生,却偏能全生,国事竟是这样出人意料之外,所以说'错料事'。"仇注云:"通篇一气转下,皆作怪叹之词。"

【点评】

　　排律是长篇对偶,比律诗更受束缚,容易流于呆板。此诗多用虚字插入,如"也复""非关""忽是""亦应""固合""但恐"之类,使语气得以舒张从容,细腻而富有表现力。故《杜臆》称:"此排律体……然语排而气势流走,意不排也。"

阆山歌 (七古)[1]

阆州城东灵山白,阆州城北玉台碧[2]。
松浮欲尽不尽云,江动将崩未崩石[3]。
那知根无鬼神会? 已觉气与嵩华敌[4]。
中原格斗且未归,应结茅斋著青壁[5]。

【注释】

〔1〕 阆山,统指阆州城周围的灵山、玉台山等。诗当作于广德二年(764)春。

〔2〕 灵山,一名仙穴山,传说蜀王鳖灵曾登此山,故名。玉台山,上有玉

台观,唐滕王所建。

〔3〕　写浮云、危石,皆取动势。《义门读书记》:"景色无穷,缩作二句,奇绝!"

〔4〕　根,石根、山根。嵩华,嵩山与华山。仇注:"石根下盘,乃鬼神所护;云气上际,与嵩华并高。"杜诗:"千崖秋气高。"

〔5〕　青壁,犹苍崖。言中原战乱归不得,不如在苍崖上搭个茅屋隐居。陈贻焮《杜甫评传》云:"于'青壁''著'一'茅斋'便成高栖胜境。这'著'字用得好,犹如魔杖,一挥而就,又如盆景,点缀即成,见诗人意趣的天真和手法的别致。"

【点评】

《杜臆》称其"写景不着色相"。的确,此诗用力处全在气势与动感。

滕王亭子二首 (七律、五律)[1]

君王台榭枕巴山,万丈丹梯尚可攀[2]。

春日莺啼修竹里,仙家犬吠白云间[3]。

清江锦石伤心丽,嫩蕊浓花满目斑[4]。

人到于今歌出牧,来游此地不知还[5]。

【注释】

〔1〕　题下原注:"在玉台观内。"亭为唐高祖第二十二子滕王李元婴所造。诗作于广德二年(764)春。

〔2〕　榭(xiè),建在台上的房屋。万丈丹梯,将登山之路比作求仙之梯航。

〔3〕 莺啼修竹,孙绰《兰亭诗》:"啼莺吟修竹。"写实兼用事。仙家犬吠,《神仙传》:淮南王白日升天,鸡犬随之,故鸡鸣天上,犬吠云中。这里以淮南王比滕王。

〔4〕 伤心丽,仇注:"江石丽而伤心,抚遗迹也。"将主观感受("抚遗迹"而"伤心")附着在实景"清江锦石"之"丽"上,如牡蛎之附礁石,坚不可分,产生一种超现实之美,是杜甫诗歌语言的创造。《薑斋诗话》评"昔我往矣,杨柳依依;今我来思,雨雪霏霏"云:"以乐景写哀,以哀景写乐,一倍增其哀乐。"此联亦是。

〔5〕 出牧,指滕王李元婴出任隆州(后避玄宗李隆基讳,改阆州)刺史,李元婴史载其劣迹多端,这里却说"人到于今歌出牧",似有称颂之嫌,杨慎甚至批评杜甫说:"未足为诗史。"但"诗史"并非"历史",杜甫于乱世中重在"抚遗迹"而思盛世,故第二首又云:"尚思歌吹入,千骑拥霓旌。"李白《苏台览古》诗云:"旧苑荒台杨柳新,菱歌清唱不胜春。只今唯有西江月,曾照吴王宫里人。"可与此同参。

> 寂寞春山路,君王不复行。
> 古墙犹竹色,虚阁自松声[1]。
> 鸟雀荒林暮,云霞过客情。
> 尚思歌吹入,千骑拥霓旌。

【注释】

〔1〕 仇注:"此再写吊古之意,情与景相因。"情景相因,关键在"犹""自"二字,使"古墙""虚阁"仿佛成了有生命的主体。事实上诗人已不动声色地将主观感受通过二字注入,是所谓"风景不殊,正自有山河之异",深寓着诗人的感慨。古人称之为"以实为虚,化景物为情思"手段。

【点评】

　　杜甫善于"化景物为情思",也就是从视觉经验中抽取某些元素,重新组合,注入主观感受,创造感性幻象。细品此诗,仿佛得之。

别房太尉墓 (五律)[1]

他乡复行役,驻马别孤坟[2]。

近泪无干土,低空有断云。

对棋陪谢傅,把剑觅徐君[3]。

惟见林花落,莺啼送客闻[4]。

【注释】

〔1〕 房太尉,指房琯,广德元年(763)八月卒于阆州僧舍,赠太尉。杜甫
　　　曾因论救房琯被贬,交谊甚深。广德二年(764)春,杜甫携眷自阆
　　　州归成都,行前专程往房琯墓拜别,作此诗。

〔2〕 《瀛奎律髓汇评》:"第一句自十分好:他乡已为客矣,于客之中又
　　　复行役,则愈客愈远,此句中折旋法也。"

〔3〕 陪谢傅,谢傅指晋太傅谢安。安有大功于晋。觅徐君,《说苑》载,
　　　吴季札聘晋过徐,心知徐君爱其剑,及还,徐君已殁,遂解剑系冢而
　　　去。以谢之地位、功业比房,以季札挂剑喻己不忘故友之情,用典
　　　贴切。

〔4〕 《唐诗选脉会通评林》引赵云龙曰:"末语多思,愈觉惆怅。"

【点评】

　　不作悲绝语,却挥之不去,掩卷怅然。

将赴成都草堂途中有作
先寄严郑公五首 （录一，七律）[1]

常苦沙崩损药栏，也从江槛落风湍[2]。
新松恨不高千尺，恶竹应须斩万竿[3]！
生理只凭黄阁老，衰颜欲付紫金丹[4]。
三年奔走空皮骨，信有人间行路难[5]。

【注释】

〔1〕　严郑公，指严武，广德元年（763）封郑国公，故称。广德二年（764）春，正当杜甫准备携家去蜀之际，闻严武再度镇蜀，遂从阆州返成都，途中作此诗。

〔2〕　言当年在草堂常苦于沙岸崩塌，损坏了药圃的护栏，也曾设置江槛以减弱风浪的冲刷。不用说，这几年草堂没人管理，其破败是可想而知了。

〔3〕　预料竹丛会淹没小松树，打算回草堂好好整修一番。以上四句都是回草堂预想的工作，而"新松"一联表现了杜甫扶善嫉恶、爱憎分明的性格，可与鲁迅"横眉冷对千夫指，俯首甘为孺子牛"一联互参。

〔4〕　生理，犹生计。黄阁老，《唐国史补》："两省相呼为阁老。"严武以黄门侍郎为成都尹，故称"黄阁老"。下句言惟有仙丹可救我衰老，语带幽默。

〔5〕　三年奔走，指在梓、阆漂泊的日子。《杜诗镜铨》："痛定思痛，语极沉着。"

【点评】

历练慷慨，老笔纵横。

草　堂 （五古）[1]

昔我去草堂，蛮夷塞成都[2]；
今我归草堂，成都适无虞[3]。
请陈初乱时，反复及须臾。
大将赴朝廷，群小起异图[4]。
中宵斩白马，盟歃气已粗[5]。
西取邛南兵，北断剑阁隅[6]。
布农数十人，亦拥专城居[7]。
其势不两大，始闻蕃汉殊[8]。
西卒却倒戈，贼臣互相诛。
焉知肘腋祸，自及枭獍徒[9]。

义士皆痛愤，纪纲乱相逾。
一国实三公，万人欲为鱼[10]。
唱和作威福，孰肯辨无辜？
眼前列杻械，背后吹笙竽。
谈笑行杀戮，溅血满长衢。
到今用钺地，风雨闻号呼。
鬼妾与鬼马，色悲充尔娱[11]。
国家法令在，此又足惊吁[12]！

贱子且奔走，三年望东吴[13]。

弧矢暗江海,难为游五湖[14]。

不忍竟舍此,复来薙榛芜[15]。

入门四松在,步屧万竹疏[16]。

旧犬喜我归,低徊入衣裾。

邻里喜我归,沽酒携胡芦。

大官喜我来,遣骑问所须。

城郭喜我来,宾客隘村墟[17]。

天下尚未宁,健儿胜腐儒。

飘飘风尘际,何地置老夫!

于时见疣赘,骨髓幸未枯[18]!

饮啄愧残生,食薇不敢余[19]。

【注释】

〔1〕　此诗作于广德二年(764)春,杜甫回到成都草堂,忆及成都少尹徐知道叛乱情状。浦注:"徐知道事史俱不载,此诗可作史补。"

〔2〕　蛮夷。《杜诗详注》引卢曰:"知道非蛮夷,乃纠集蛮夷为乱耳。"

〔3〕　适无虞,才安定。

〔4〕　大将,指严武。群小,指徐知道等。

〔5〕　中宵,半夜。盟歃(shà),以畜牲之血涂口旁盟誓。

〔6〕　邛南,邛州(今四川邛崃)以南,羌族聚居地。剑阁,在成都北,断其道可绝援师入蜀。

〔7〕　专城,古称州牧、太守为专城。此指叛乱平民自封刺史。

〔8〕　不两大,不肯并列,指徐知道与叛军中的羌夷争权,蕃汉分裂。

〔9〕　肘腋祸,徐知道为亲近所杀,是所谓"祸起肘腋"。枭獍徒,以食母食父的禽兽比叛军首领。以上叙徐知道倡乱自败。

〔10〕　"一国"句,《左传》僖公五年:"一国三公,吾谁适从?"此指叛军各

立山头,乱仍未已。典故中加一"实"字,以明果然如此。为鱼,指百姓似鱼肉,任其屠戮。

〔11〕 鬼妾、鬼马,指被杀害者所遗之妻妾与马匹。赵注:"已杀其主矣,则妾谓之鬼妾,马谓之鬼马,如匈奴以亡者之妻为鬼妻也。"

〔12〕 至此为第二段,言徐知道虽死,而叛军仍乘乱残害百姓。国家法令不行,是其伤心处。

〔13〕 三年,指诗人流离梓、阆三年。望东吴,欲往东吴不果,故曰"望"。

〔14〕 弧矢,弓箭。意为天下都不太平。东吴亦在战火之中。二句申明"望"字。

〔15〕 薙(tì):除草。

〔16〕 屣(xiè):木板拖鞋。万竹疏,谓竹林已变得稀疏。

〔17〕 以上八句句法本《木兰诗》。以上一段写归草堂之心情。大官,指严武。

〔18〕 疣赘,肉瘤,喻已为多余之人。但下句"骨髓幸未枯"又表露其不屈的性格,仍思报国。

〔19〕 薇,指薇蕨,泛言野菜。传说伯夷、叔齐隐居时,采薇而食。最后一段感慨不能于此危难之时为国效力。

【点评】

此诗记时事,不但补史所未载,更重要的是从一时一事"带入天下",如浦起龙《读杜提纲》所云:"史家只载得一时事迹,诗家直显出一时气运,诗之妙,正在史笔不到处。"

题桃树 (七律)[1]

小径升堂旧不斜,五株桃树亦从遮[2]。
高秋总馈贫人食,来岁还舒满眼花[3]。

帘户每宜通乳燕，儿童莫信打慈鸦[4]。

寡妻群盗非今日，天下车书正一家[5]。

【注释】

〔1〕 题，品题。诗亦广德二年(764)回草堂之作。赵次公云："题止谓之题桃树，非是专谓咏桃，盖因桃树而题其所怀也。此诗含仁民爱物之心，与夫遏乱喜治之意。"

〔2〕 升，登上。从，任从。赵注："径虽小由之而升堂，自直而不斜，桃树虽掩其上亦不妨也。盖有不忍伐树芟枝之意，以引下句，须得此桃为用矣。"

〔3〕 馈(kuì)，赠送。二句中明"亦从遮"之故。总馈、来岁，说明是年年如此。

〔4〕 乳燕，雏燕。通，打开窗子任燕子穿行。慈鸦，传说乌鸦能反哺其母，故曰慈鸦。莫信，仇注："莫任其伤残。"二句由爱护桃树进一步泛及他物，是诗人民胞物与之仁心的体现。

〔5〕 《礼记·中庸》："今天下车同轨，书同文。"同轨同文象征着统一。二句意为：如今形势正趋向统一，不再是群盗横行造成许多孤儿寡妇的年代了！

【点评】

诗饱含古代的人道主义精神，诚如萧先生所指出："妙在结合眼前实景和日常生活，故不流于说教。"

绝句四首 (录一,七绝)[1]

两个黄鹂鸣翠柳，一行白鹭上青天。

窗含西岭千秋雪，门泊东吴万里船。

【注释】

〔1〕　以下三组绝句,皆作于广德二年(764)返草堂后。

【点评】

　　杜诗语言,属于那种"在我们内心引起图像的语言"。一句一景,和而不同。通过画面我们不但感受到美,也感受到诗人和悦的情绪。末句的泊舟隐约勾出一丝去蜀的情思。

绝句六首 <small>(录一,五绝)</small>

江动月移石,溪虚云傍花^{〔1〕}。
鸟栖知故道,帆过宿谁家^{〔2〕}。

【注释】

〔1〕　二句写月与花的倒影。仇注:"江动月翻,恍如移石而去,溪虚云度,隐然傍花而迷;写景俱在空际。"
〔2〕　二句形成对比:鸟至夜而知返,而旅人反不知宿于何处;以见人之身不由己。

【点评】

　　一句一景,易落板实,此诗则写得空灵。通过倒影化实为虚,是成功的写法。

绝句二首 （录一，五绝）

迟日江山丽,春风花草香[1]。
泥融飞燕子,沙暖睡鸳鸯[2]。

【注释】

〔1〕 迟日,指春天的太阳。《诗经·七月》:"春日迟迟。"毛传:"迟迟,舒缓也。"

〔2〕 "泥融"句,春泥黏湿,故燕子衔泥筑巢频飞。《鹤林玉露》称:"上二句,见两间(指天地之间)莫非生意;下两句,见万物莫不适性。于此而涵泳之,体认之,岂不足以感发吾心之真乐乎?"

【点评】

仍是一句一景,有人批评"似学堂对句"。但由于诸景皆焕发春天勃勃的生机,与杜甫经三年漂泊阆、梓而后暂安的情怀,可谓内外气象交融,故语对而意流,不失为好诗。

登 楼 （七律）[1]

花近高楼伤客心,万方多难此登临[2]!
锦江春色来天地,玉垒浮云变古今[3]。
北极朝廷终不改,西山寇盗莫相侵[4]!

可怜后主还祠庙,日暮聊为《梁甫吟》[5]。

【注释】

〔1〕 此为七律名篇,亦作于初回成都草堂时。《唐诗别裁》称其"气象雄伟,笼盖宇宙,此杜诗之最上者"。高友工《律诗的美学》则称其"有意识地通过个人的与共通的引喻意欲构成一个意象世界,引入单一意象所无法提供的丰富意蕴"。

〔2〕 春满眼而伤心,是因为"万方多难"。王夫之《薑斋诗话》:"以乐景写哀,以哀景写乐,一倍增其哀乐。"此即反衬法。

〔3〕 玉垒,山名,在灌县(今四川都江堰)西,为吐蕃往来之冲。诗人从"玉垒浮云"中悟出"古今"之变的常理,反衬出下联恐朝廷倾覆的心理。

〔4〕 从变化的自然景色,引出对变幻不定的时局的担忧。这种担忧以正面出之,即:朝廷与北极星一样永恒,正告吐蕃莫乘机入侵。

〔5〕 后主,指三国蜀后主刘禅,是个亡国昏君。《梁甫吟》,乐府相和歌辞曲名。诸葛亮居隆中时,喜吟《梁甫吟》。此句云蜀后主亡国后方知用人才的重要性,乃思孔明。

【点评】

溢出视野的"来天地"之春色,穿透历史的"变古今"之浮云,与个人的感伤,国事的忧虑,共构一意蕴丰富的意象世界。

宿 府 (七律)[1]

清秋幕府井梧寒,独宿江城蜡炬残[2]。
永夜角声悲自语,中天月色好谁看[3]?

风尘荏苒音书绝,关塞萧条行路难^[4]。

已忍伶俜十年事,强移栖息一枝安^[5]。

【注释】

〔1〕　广德二年(764)在成都作,时为严武节度参谋,故值宿于幕府。

〔2〕　幕府,古代将军府署称"幕府",此指节度使衙门。江城,指成都。

〔3〕　永夜,长夜。《唐宋诗举要》引吴曰:"'永夜'二句皆中夜不眠凄恻之景。"角声哀怨似人之自诉衷肠,而月色虽好只是自赏,皆因景生情。此联雄壮工致,且独宿之情宛然。

〔4〕　荏苒(rěn rǎn),时光渐逝。

〔5〕　伶俜(líng pīng),孤单。十年,指"安史之乱"至今。一枝,《庄子·逍遥游》:"鹪鹩巢于深林,不过一枝。"此句言勉强入幕,即所谓"束缚酬知己,蹉跎效小忠"。《汇编唐诗十集》:"八句皆对,韵度不乏,非老杜不能。"

【点评】

《唐诗选脉会通评林》称:"孤衷幽绪,低徊慨切。"

丹青引 (七古)^[1]

将军魏武之子孙,于今为庶为清门^[2]。

英雄割据虽已矣,文采风流今尚存:

学书初学卫夫人,但恨无过王右军^[3]。

丹青不知老将至,富贵于我如浮云^[4]。

开元之中常引见,承恩数上南熏殿。

凌烟功臣少颜色,将军下笔开生面^[5]。

良相头上进贤冠，猛将腰间大羽箭。

褒公鄂公毛发动，英姿飒爽来酣战[6]。

先帝御马玉花骢，画工如山貌不同[7]。

是日牵来赤墀下，迥立阊阖生长风[8]。

诏谓将军拂绢素，意匠惨淡经营中[9]。

斯须九重真龙出，一洗万古凡马空[10]！

玉花却在御榻上，榻上庭前屹相向[11]。

至尊含笑催赐金，圉人太仆皆惆怅[12]。

弟子韩幹早入室，亦能画马穷殊相[13]。

幹惟画肉不画骨，忍使骅骝气凋丧[14]？

将军善画盖有神，必逢佳士亦写真。

即今漂泊干戈际，屡貌寻常行路人。

穷途反遭俗眼白，世上未有如公贫[15]。

但看古来盛名下，终日坎壈缠其身[16]。

【注释】

〔1〕　题下自注："赠曹将军霸。"《历代名画记》："曹霸，魏曹髦之后。髦画称于后代。霸在开元中得名，天宝末，每诏写御马及功臣，官至左武卫将军。"丹青，绘画颜料，此指绘画。引，一种曲调名。从此诗可见杜甫深厚的艺术修养及文艺交感对创作的影响。

〔2〕　魏武，魏武帝曹操。庶，平民。清门，寒门。曹霸于天宝末年得罪，削籍为民，故云。

〔3〕　卫夫人，晋代书法家卫铄。王右军，晋代大书法家王羲之，曾师事卫夫人。无过，未能超过。

〔4〕　二句写曹氏专注于艺术，化用《论语·述而》"发愤忘食，乐以忘忧，不知老之将至云尔"与"不义而富且贵，于我如浮云"。

〔5〕　凌烟，凌烟阁，唐太宗贞观十七年(643)曾图画功臣二十四人于此

阁中。少颜色,指旧画颜色剥落。开生面,指曹氏重新画过,面目
如生。

〔6〕 四句写所画形象。进贤冠,儒者之帽,唐时为文臣朝冠。大羽箭,
唐太宗特制的四羽大竿长箭。褒公,段志玄封褒国公。鄂公,尉迟
敬德封鄂国公。二人皆猛将,画中栩栩如生,《唐诗快》评云:"闪烁
怕人!"

〔7〕 先帝,指玄宗。如山,形容画工之众。貌,描画,作动词用。貌不
同,画不像。

〔8〕 赤墀(chí),丹墀,宫廷中的台阶。迥立,昂首卓立。阊阖(chāng
hé),天门,借指宫门。

〔9〕 意匠,犹构思。此句形容曹霸画前刻意构思。

〔10〕 斯须,一会儿。九重,九重门,指深宫。真龙,《汉书·礼乐志》载
《郊祀歌》:"天马来,龙之媒。"古代马高八尺曰龙。一洗,犹一扫。

〔11〕 玉花,玉花骢。此句言画马似真马,出现在御榻之上,而与庭前真
马相对,一笔而映衬双透。

〔12〕 圉(yǔ)人,养马人。太仆,掌管车马的官。此句言画马胜似真马,
致使养马人有失落感。

〔13〕 韩幹,《历代名画记》:"韩幹,大梁人,官至太府寺丞。善写貌人物,
尤工鞍马。初师曹霸,后独自擅。"入室,喻得师真传。《论语·先
进》:"由(仲由)也升堂矣,未入于室也。"穷殊相,穷尽种种不同的
形象。

〔14〕 此句体现杜甫重骨气的美学观。

〔15〕 六句写曹霸的日渐潦倒。俗眼白,阮籍善作青、白眼,见"礼俗之
士"则示以白眼。如今贤如曹霸竟然遭庸俗人的白眼,故曰
"反遭"。

〔16〕 坎壈(lǎn),困顿失意。《读杜心解》:"结联又推开作解譬语,而寄
慨转深。"《昭昧詹言》称:"此诗处处皆有开合,通身用衬,一大法
门。"《岘傭说诗》云:"《丹青引》画人是宾,画马是主。却从善书引
起善画,从画人引起画马,又用韩幹之画肉,垫将军之画骨,末后搭

到画人,章法错综,绝妙。"

【点评】

《而庵说唐诗》:"气厚力大,沉酣夭矫。看其局势,如百万雄兵团团围住,独马单枪杀进去又杀出来,非同小可。"此诗的确是波澜迭出而浑然一气。

忆昔二首 (七古)[1]

忆昔先皇巡朔方,千乘万骑入咸阳[2]。
阴山骄子汗血马,长驱东胡胡走藏[3]。
邺城反覆不足怪,关中小儿坏纪纲,
张后不乐上为忙[4]。
至今今上犹拨乱,劳心焦思补四方[5]。
我昔近侍叨奉引,出兵整肃不可当[6]。
为留猛士守未央,致使岐雍防西羌[7]。
犬戎直来坐御床,百官跣足随天王[8]。
愿见北地傅介子,老儒不用尚书郎[9]!

【注释】

〔1〕　诗当作于广德二年(764)。萧先生说:"题目虽曰忆昔,其实是讽今。"

〔2〕　巡朔方,指唐肃宗即位灵武(今宁夏灵武市)。朔方,北方。入咸阳,肃宗至德二载(757)十月还京。咸阳喻长安。

〔3〕　阴山骄子,指回纥军。汗血马,西域名马。东胡,指安史叛军。此

651

联写唐借回纥军驱逐叛军。

〔4〕　邺城反覆,指唐九节度使兵败邺城事,详见《新安吏》注〔8〕。关中小儿,指宦官李辅国。纪纲,国家法度。张后,肃宗皇后张良娣。《唐书·后妃传》:"皇后宠遇专房,与中官李辅国持权禁中,干预政事,请谒过当,帝无如之何。""上为忙"写肃宗惧内,颇幽默。

〔5〕　今上,指代宗。拨乱,整治乱世。

〔6〕　近侍,指自己曾任皇帝身边近侍之臣左拾遗。叨,忝,谦辞。奉引,指拾遗职掌供奉扈从。

〔7〕　猛士,指平叛名将郭子仪。未央,汉代未央宫,喻唐之宫禁。岐雍,岐州、雍州,唐属凤翔府,地处关内。此联批评代宗因夺郭子仪兵柄,调边兵入卫,遂使吐蕃乘虚而入,关内的凤翔府竟成了对吐蕃的边防线。

〔8〕　犬戎,指吐蕃。广德元年(763)十月,吐蕃陷长安。皇帝调兵入卫本为自保,却招来"犬戎直来坐御床"的恶果,也才有百官跣足而逃的闹剧,讽刺辛辣。直来,极言边防之不堪一击。跣(xiǎn)足,打赤脚。

〔9〕　傅介子,据《汉书·傅介子传》载,北地人,使楼兰,斩其王首级而还。《木兰辞》:"可汗问所欲,木兰不用尚书郎。"杜甫仿其口吻,表示只要能使国家中兴,个人得失无所谓。"傅介子"与"老儒"对举,隐含对乱世轻儒者之微辞。沉痛的往事以诙谐语调出之,更具讽刺意味,这正是本诗的一大特色。

忆昔开元全盛日,小邑犹藏万家室;
稻米流脂粟米白,公私仓廪俱丰实;
九州道路无豺虎,远行不劳吉日出;
齐纨鲁缟车班班,男耕女桑不相失[1];
宫中圣人奏云门,天下朋友皆胶漆[2];
百余年间未灾变,叔孙礼乐萧何律[3]。

岂闻一绢直万钱,有田种谷今流血^[4];

洛阳宫殿烧焚尽,宗庙新除狐兔穴^[5]。

伤心不忍问耆旧,复恐初从乱离说^[6]。

小臣鲁钝无所能,朝廷记识蒙禄秩^[7]。

周宣中兴望我皇,洒血江汉身衰疾^[8]。

【注释】

〔1〕 以上八句极写开元全盛景象。开元为唐玄宗年号,是所谓"盛唐"
高峰期。《读杜心解》称:"述开元之民风、国势,津津不容于口,全
为后幅想望中兴样子也。"

〔2〕 圣人,指皇帝。唐人称天子为"圣人"。云门,乐舞名,用于祭祀天
神。这里表示礼乐不废,与下面"宗庙狐兔"形成对比。

〔3〕 叔孙,汉叔孙通,为汉高祖制礼仪。萧何,汉丞相,在秦法基础上编
汉律九章。这里以汉喻唐。

〔4〕 直,同值。

〔5〕 狐兔穴,宗庙而居狐兔,可见其破败。此喻吐蕃入长安。代宗于广
德元年(763)十二日返长安,收拾残局,故曰"新除"。

〔6〕 耆(qí)旧,指德高望重的老人。不忍问,是怕勾起"安史之乱"以来
一系列伤心事,与"反畏消息来"同工。

〔7〕 小臣,杜甫自称。蒙禄秩,指授检校工部员外郎。

〔8〕 周宣,周宣王,史称"宣王中兴"。江汉,岷江、西汉水,泛指蜀地。
洒血,极言对中兴的企盼。

【点评】

有人曾以碎瓷断砖为喻,表明记忆的断片能引起遐思,造就美
感。杜甫入蜀后多回忆,便是以盛唐的"断片"之再现(其实是诗人
构建的历史意象),激发现实中对"中兴"的企盼,与再造的力量。
此诗第二首是典型。

春日江村五首 （录一，五律）^[1]

农务村村急，春流岸岸深。

乾坤万里眼，时序百年心^[2]。

茅屋还堪赋，桃源自可寻^[3]。

艰难昧生理，飘泊到如今^[4]。

【注释】

〔1〕 诗作于永泰元年（765）。江村，指浣花溪居所。

〔2〕 两句当与尾联"艰难昧生理，飘泊到如今"合读。四川文史馆《杜甫年谱》云："言平生着眼用心都不在小处，所以不事生产；可是遭时不遇，又逢丧乱，以致飘泊到于今日。"百年，指一生。杜甫一生心事，都在济国活民。鲍照诗："争先万里途，各事百年身。"《杜诗说》称："杜好以'百年''万里'为对，其源盖出鲍也。"

〔3〕 潘岳《秋兴赋》："仆野人也，偃息不过茅屋茂林之下。"《杜诗说》："意谓已雅志当世，不为一身，是以蹉跎至此，若肯专心自谋，则隐居避世，不待今日矣！"

〔4〕 昧生理，不懂营生之道。诗从农务发兴，联系自家生计，感慨万端，曲折地表达诗人身辞幕府而心系王事的矛盾心情。

【点评】

　　杜甫善于纳须弥于芥子，将深巨的时空寂寞浓缩在一联十字之中，振起全篇精神，如颔联便是。

去　蜀 (五律)^[1]

五载客蜀郡,一年居梓州^[2]。
如何关塞阻,转作潇湘游^[3]?
万事已黄发,残生随白鸥^[4]。
安危大臣在,不必泪长流^[5]。

【注释】

〔1〕　永泰元年(765)剑南节度使严武卒。杜甫失去依靠,终于决心离成都乘舟东下,前途未卜,写下此诗。

〔2〕　蜀郡,即成都。

〔3〕　此句言北归故里的关塞阻断,只好转由水路东进,作潇湘之游。潇水、湘水皆在湖南境内。《杜诗解》:"'如何关塞'一转,不觉失声怪叫:'今日去蜀,又非归关中耶?'看他'游'字下得愤极。今日岂得'游'之日?我岂得'游'之人?然此行不谓之'游'又谓之何?"

〔4〕　一句中作转语:万事如何?老大无成,休再提起;残生又如何?归宿无着,仍似白鸥漂泊。黄发,发白转黄,形容衰老已久。残生,余生。

〔5〕　《杜诗镜铨》:"结用反言见意,语似自宽,正隐讽大臣也。"其中隐寓诗人对蜀郡安危的忧患。事实是,严武死后不久,蜀中军阀混战,西川节度使成都尹郭英乂被杀。

【点评】

《杜诗镜铨》:"有篇无句,此方是老境。结又得体。"

旅夜书怀 （五律）

细草微风岸，危樯独夜舟[1]。

星垂平野阔，月涌大江流[2]。

名岂文章著？官应老病休[3]！

飘飘何所似？天地一沙鸥[4]！

【注释】

〔1〕 通联只是名词的并列，不是依靠语法，而是借助画面之间氤氲而焕发出整体意味。危樯，高高的桅杆。

〔2〕 上联写近景，此联写远景。"垂"字写出在平野看星星的独特感受：大地在茫茫的夜色中展开，空旷无参照物，似乎星星与你直接相对。而月影的涌动，正是江的涌动。此联气象与李白"山随平野阔，江入大荒流"语意暗合，而色阶更丰富，如《杜诗说》称："句法略同，然彼止说得江山，此则野阔、星垂、江流、月涌，自是四事也。"

〔3〕 上句为不服气的话：我岂止是文章好，我更愿"窃比稷与契"，在治国方面显露才能。古代文人常有此叹，如陆游诗云："此身合是诗人未？细雨骑驴入剑门。"下句为反语，杜甫是因其正直受排斥，并非由于老病。"岂""应"二字是《鹤林玉露》所谓的"活字斡旋"。就好比车轴能使车轮旋转，活字能将诗味托出。

〔4〕 沙鸥，这是杜甫常用来自喻的意象。天地之大，沙鸥之渺，对比强烈。有人批评其"大言无实"，但正是这种反差表露了诗人全部的情绪感受，如德国莫芝宜佳《〈管锥编〉与杜甫新解》所说："无助的漂泊、孤寂清冷、美景联想、凄怆绝望和高傲自负。这是一个极富表现力的、深刻的自我注释，不管在中国还是在西方都不难理解。"

【点评】

《瀛奎律髓汇评》引纪昀曰:"通首神完气足,气象万千,可当雄浑之品。"

三绝句 (七绝)[1]

前年渝州杀刺史,今年开州杀刺史[2]。
群盗相随剧虎狼,食人更肯留妻子[3]?

【注释】

〔1〕 此三首为去蜀后所作,属古绝句,不受格律限制。

〔2〕 渝州,今重庆。开州,今重庆开州。此句写蜀中之乱。

〔3〕 更肯,岂肯。

二十一家同入蜀,唯残一人出骆谷[1]。
自说二女啮臂时,回头却向秦云哭[2]。

【注释】

〔1〕 入蜀,广德元年(763)吐蕃攻入长安,关中百姓多有逃亡入蜀。骆谷,骆谷道,今陕西周至县西南,是由秦入蜀的通道。

〔2〕 啮臂,咬臂。二句写逃难者的回忆:当时只身逃出骆谷,弃二女时咬其臂为记,希望以后相寻。知此事渺茫,惟面秦痛哭而已。

殿前兵马虽骁雄,纵暴略与羌浑同[1]:
闻道杀人汉水上,妇女多在官军中。

【注释】

〔1〕　此首写禁军的暴行。羌,吐蕃、党项之属。浑,吐谷浑。《通鉴》载,
　　　广德元年(763)吐蕃入长安,代宗逃往陕州,"诸将方纵兵暴掠"。

【点评】

　　萧先生称此组诗为绝句中的"三吏"、"三别"。

禹　庙 (五律)[1]

禹庙空山里,秋风落日斜。

荒庭垂橘柚,古屋画龙蛇[2]。

云气嘘青壁,江声走白沙[3]。

早知乘四载,疏凿控三巴[4]。

【注释】

〔1〕　钱注引《方舆胜览》:"禹祠在忠州临江县南,过江二里。"

〔2〕　橘柚,《尚书·禹贡》:"厥包橘柚,锡贡。"《孟子·滕文公》:
　　　"(禹)驱龙蛇而放之菹。"晁说之《送王性之序》引孙莘老云:"橘柚
　　　锡贡、龙蛇,皆禹之事也。"橘柚与画龙蛇皆眼前实景,又与大禹事
　　　迹绾连,是景物与历史的交汇,故前人称其"用事入化"。

〔3〕　浦注:"嘘"之,"走"之,造物之气势,即神禹之气势也。

〔4〕　四载,《书·益稷》:"禹曰:洪水滔天……予乘四载,随山刊木。"
　　　《史记·夏本纪》:"陆行乘车,水行乘舟,泥行乘橇,山行乘樏。"上
　　　句言早已熟知大禹治水用各种交通工具,无处不到,艰难备尝。下
　　　句言今日所见,大禹疏凿之功。三巴,指巴郡、巴东、巴西。

【点评】

此诗处处暗示禹的存在,或者说禹隐形于这一切与之相关的事物中,成为潜在的统一全诗气氛的中心,是高友工《唐诗的魅力》所称"整体性典故"之范例。杜诗后期此类历史意象日渐增多。

船下夔州,郭宿,雨湿不得上岸,
别王十二判官 (五律)[1]

依沙宿舸船,石濑月涓涓。
风起春灯乱,江鸣夜雨悬[2]。
晨钟云岸湿,胜地石堂烟[3]。
柔橹轻鸥外,含情觉汝贤[4]。

【注释】

〔1〕 诗当作于大历元年(766)春晚,杜甫由云安县移居夔州。题意为:船欲下夔州,先宿于(云安)郭外,因雨不得上岸与王十二作别。判官,唐制,节度、观察、防御、团练等使,皆有判官辅助处理事务,非正官而为僚佐。

〔2〕 上联犹写月色,是未雨。继则"风起",紧接才是"夜雨悬"。此联"乱""悬"二字极富表现力,如童庆炳《中国古代心理诗学与美学》所称:"乱"不仅形容灯在江风中摇晃,同时透露诗人骚动不安的心情;"悬"字则"把江鸣雨声,无休无止,通宵不绝于耳的那种感觉,鲜明而强烈地表现出来了"。的确,"悬"字表现的不是下雨的实况,而是诗人对雨下不绝似长悬空中的特殊感受。

〔3〕 云岸,一作云外。《原诗》曾设问云:"声无形,安能湿?钟声入耳有闻,闻在耳,止能辨其声,安能辨其湿?"这里同样是表现诗人独特

的感受：钟声穿云而来,故湿。是属于"通感"的艺术幻象,故《原诗》又云:"于隔云见钟,声中闻湿,妙语天开,从至理实事中领悟,乃得此境界。"下句言名胜之地石堂隐于烟雨之中,正是暗示王十二住处。或云石堂在夔州,与诗意不合。

〔4〕 上句言船慢慢离岸,不言与王十二别,而言轻鸥渐远,诚如《唐风怀》所说:"五字摇荡,含情正远。"汝,指王十二判官。《杜诗镜铨》:"写别况只用'觉汝贤'三字,无限含蓄。"

【点评】

写离情别意只在景中,深润细密,浑沦透脱。

漫成一首（七绝）

江月去人只数尺,风灯照夜欲三更。
沙头宿鹭联拳静,船尾跳鱼拨剌鸣。

【点评】

画面鲜活。

示獠奴阿段（七律）[1]

山木苍苍落日曛,竹竿袅袅细泉分[2]。
郡人入夜争余沥,竖子寻源独不闻[3]。
病渴三更回白首,传声一注湿青云[4]。

曾惊陶侃胡奴异,怪尔常穿虎豹群^[5]。

【注释】

〔1〕 獠,《杜诗镜铨》引《困学纪闻》云:"《北史》:獠者,南蛮别种,无名字,以长幼次第呼之。丈夫称阿謩、阿段,妇人称阿夷、阿等之类,皆语之次第称谓也。"杜甫在夔州得夔州都督、御史中丞柏茂琳帮助,生活安定,有果园、公田及奴仆,阿段即其一。

〔2〕 此联写以竹筒引水。《杜诗镜铨》引鲁訔曰:"夔俗无井,皆以竹引山泉而饮,蟠窟山腹间,有至数百丈者。"

〔3〕 竖子,年轻的仆人。独不闻,没人知道。二句写阿段不与人争水,自己悄悄上山寻水源。

〔4〕 病渴,杜甫在云安时已有消渴之疾,即糖尿病。此病常口渴思饮水,正盼水之时,忽听得水声从天而来,其情可知。湿青云,言水筒之源流高远。

〔5〕 胡奴异,传说晋陶侃有一胡奴,颇怪异,今阿段能冒险寻源,也不平常。

【点评】

以七律为仆人作传,前不见古人。颈联尤富诗情,当与《又呈吴郎》媲美。

白帝城最高楼 (七律拗格)^[1]

城尖径仄旌旆愁,独立缥缈之飞楼^[2]。
峡坼云霾龙虎睡,江清日抱鼋鼍游^[3]。
扶桑西枝对断石,弱水东影随长流^[4]。

杖藜叹世者谁子？泣血迸空回白头[5]。

【注释】

〔1〕　白帝城,在夔州(今重庆奉节)东白帝山上。前人多称此诗"奇气奡兀",当与其自创音节的拗体形式更能表达勃郁之气有关。拗律,用古体诗句法与声调,对仗则合于律诗,是所谓"运古入律"。七言拗律又称"吴体"。

〔2〕　尖,形容城之突兀,犹"山尖"。旌旆愁,因楼之高危,旌旆在上,使人望而生愁。缥缈,恍惚有无之间。这里是形容高楼凌云欲飞。

〔3〕　坼(chè),裂开。霾(mái),晦暗。鼋鼍(yuán tuó),鼋为大鳖,鼍为鳄鱼。《杜诗镜铨》引蒋云:"三四身在云霄,目前一片云气苍茫,平低望去,峡中多少怪怪奇奇之状,隐约其际。惟下视江流,不受云迷,却受日光,遂觉如日抱之,而波光日光两相涌闪,亦怪奇难状。以一语该万态,妙绝千古。"

〔4〕　此联是虚景。扶桑,神木,传说为日出处。断石,指峡。弱水,《山海经》:"昆仑之丘,其下有弱水。"注:"其水不胜鸿毛。"二句极写"最高"之楼,可极目远见扶桑;而山下水流源远,遥接西方弱水。

〔5〕　杖藜,拄着藜木杖。此联为自画像,活画出一腔热血而报国无门的济世者形象。句中夹一"者"字,是以散文句法入诗,用拗折之笔,写拗涩之情。

【点评】

　　叶嘉莹《杜甫〈秋兴八首〉集说·代序》认为:"杜甫的拗律,确曾为后人开了一条门径,使后人得了一个避免流于平弱庸俗的写七律的法门。"

八阵图 （五绝）[1]

功盖三分国，名成八阵图。
江流石不转，遗恨失吞吴[2]。

【注释】

〔1〕 八阵图：古代一种作战队列。传说诸葛亮八阵遗迹有四，此指在夔州者。

〔2〕 石不转，《刘宾客嘉话录》：“夔州西市，俯临江沙，下有诸葛亮八阵图，聚石分布，宛然犹存。峡水大时，三蜀雪消之际，颍涌漰漾，大木十围，枯槎百丈，随波而下。及乎水落川平，万物皆失故态，诸葛小石之堆，标聚行列依然，如是者近六百年，迨今不动。”此联意为：布为八阵图之石，迄今仍在，时时勾起人们对孔明未能灭吴成大业之遗憾。或云，“失吞吴”是批评刘备失计于出兵灭吴，亦通。因为孔明的总体战略是“联吴抗魏”，常以不能劝阻刘备攻吴为憾，而所布八阵图也是为了守蜀而不是攻吴。

【点评】

　　孔明事迹是杜诗后期重要的历史意象。此诗以“遗恨”为焦点，更易勾起失意的共鸣，故《唐诗选脉会通评林》引周珽评曰：“洒英雄之泪，唾壶无不碎者矣！”

负薪行 （七古）[1]

夔州处女发半华，四十五十无夫家。

更遭丧乱嫁不售，一生抱恨长咨嗟[2]。

土风坐男使女立，应当门户女出入[3]：

十犹八九负薪归，卖薪得钱应供给。

至老双鬟只垂颈，野花山叶银钗并[4]。

筋力登危集市门，死生射利兼盐井[5]。

面妆首饰杂啼痕，地褊衣寒困石根[6]。

若道巫山女粗丑，何得此有昭君村[7]？

【注释】

〔1〕 大历元年(766)杜甫到夔州，此诗当为初至所作。诗为古体，每四
句一换韵。

〔2〕 四句写当地女子出嫁难。发半华，头发半白。嫁不售，嫁不出去。

〔3〕 土风，当地风俗。应，一作"男"，"应当门户"一作"应门当户"。二
句写重男轻女，男子赋闲在家，女子出入操劳。

〔4〕 双鬟(huán)，处女的发型，两个环形发髻。

〔5〕 登危，指上山。集市门，入市卖柴。射利，谋利挣钱。因贩私盐犯
法，故云"死生射利"。

〔6〕 石根，犹山根。此句是说这些女子衣裳单薄，困守在这山坳里。

〔7〕 昭君，历史上的美女，汉元帝宫女，远嫁匈奴。此联为夔州女抱不
平——是生活的折磨使之"粗丑"。最后一问，令人深思。

【点评】

萧先生认为："把贫苦的劳动妇女作为题材并寄以深厚同情,在全部古典诗歌史上都是少见的。"

夔州歌十绝句 （录一,七绝）

中巴之东巴东山,江水开辟流其间[1]。
白帝高为三峡镇,夔州险过百牢关[2]。

【注释】

〔1〕 中巴,指巴郡(今重庆)。巴东山,即夔州一带群山。首句七字皆平声,属拗句。

〔2〕 白帝,白帝城。百牢关,入蜀之隘口,在今陕西勉县西南。

【点评】

《杜诗镜铨》："十首亦竹枝词体,自是老境。"杜甫在夔州常学习民歌的表现手法,创为新风格,此诗可见一斑。

古柏行 （七古）

孔明庙前有老柏,柯如青铜根如石[1]。
霜皮溜雨四十围,黛色参天二千尺[2]。
君臣已与时际会,树木犹为人爱惜[3]。

云来气接巫峡长，月出寒通雪山白[4]。

忆昨路绕锦亭东，先主武侯同閟宫。

崔嵬枝干郊原古，窈窕丹青户牖空[5]。

落落盘据虽得地，冥冥孤高多烈风[6]。

扶持自是神明力，正直元因造化工[7]。

大厦如倾要梁栋，万牛回首丘山重[8]。

不露文章世已惊，未辞剪伐谁能送[9]？

苦心岂免容蝼蚁，香叶终经宿鸾凤[10]。

志士幽人莫怨嗟：古来材大难为用[11]。

【注释】

〔1〕　孔明庙，指夔州的孔明庙，在西郊。

〔2〕　二句以夸张手法极写古柏之高大。沈括《梦溪笔谈》曾坐实"四十围"与"二千尺"不成比例云："杜甫武侯庙柏诗云：'霜皮溜雨四十围，黛色参天二千尺。'四十围乃是径七尺，无乃太细长乎？"这就叫"死于句下"。

〔3〕　君臣，指刘备与孔明。际会，犹遇合。

〔4〕　赵次公云："巫峡在夔之下（指下游），巫峡之云来，而柏之气与接；……雪山在夔之西，雪山之月出，而柏之寒与通，皆言其高大也。"

〔5〕　"忆昨"以下四句，写成都武侯祠前古柏作陪衬。锦亭，借指成都草堂，武侯祠在其东。閟(bì)宫，指祠庙。窈窕(yǎo tiǎo)，形容祠庙深邃。丹青，指祠庙中壁画之类。牖(yǒu)，窗户。

〔6〕　此二句又转回写夔州古柏。言此柏比平原之柏更得地利，落落出群，但又因其高，故常抗烈风。冥冥，形容天色高远。

〔7〕　言不为烈风所拔是因神明扶持，而其正直，乃出于自然。

〔8〕　《文中子》："大厦之倾，非一木所支。"万牛，此句形容古柏之重如丘山，万牛拉不动，一时回首表示无奈。

〔9〕　写柏,也是自喻。下句,言古柏虽不辞被砍伐剪裁为栋梁,但又有谁能将它送出山去? 喻己虽不惜为国为民做出奉献,但又有谁能作推荐?

〔10〕　柏心味苦,也难免为蝼蚁所伤;柏叶气香,终能引鸾栖凤。二句寄托自己身世之感。

〔11〕　末句由一己的遭遇,提升为历史上带规律性的经验,故《昭昧詹言》云:"推开作收,凄凉沉痛。"

【点评】

以彼形此,自然无间;开阖排奡,一气贯注。

白　帝（七律拗格）

白帝城中云出门,白帝城下雨翻盆[1]。
高江急峡雷霆斗,古木苍藤日月昏[2]。
戎马不如归马逸,千家今有百家存。
哀哀寡妇诛求尽,恸哭秋原何处村[3]?

【注释】

〔1〕　首联以歌行入律。《杜诗镜铨》引蒋云:"云在城中出,雨在城下翻,已想见此城风景。"

〔2〕　雨骤江涨,故曰"高江";峡束流急,故曰"急峡"。《杜诗镜铨》引邵云:"不曰'急江高峡',而曰'高江急峡',自妙于写此江此峡也。"萧先生说:"在这景物中便含有那个战乱时代的影子,不要单作景语看。"

〔3〕　诛求,勒索。四句写战乱中百姓死亡惨重,连寡妇也被勒索殆尽,

痛哭之声时有,不辨来自何方。

【点评】

　　或云"此篇四句截,上下如不相属",其实上四写险急之雨景,下四写战时之困境,内外气象交感,造成沉郁的整体气氛,并无"不相属"之弊。

江　上 (五律)[1]

江上日多雨,萧萧荆楚秋。

高风下木叶,永夜揽貂裘[2]。

勋业频看镜,行藏独倚楼[3]。

时危思报主,衰谢不能休[4]。

【注释】

〔1〕　诗作于大历元年(766)秋,于夔州西阁时。因在三峡,故称江上。

〔2〕　貂裘,用苏秦游说秦王,书十上而不成,裘衣为敝的故事,叹事业无成。

〔3〕　二句颇含蓄,不正面说破"勋业如何"、"行藏如何",而是用行动作答:频看镜,日见衰颓,则勋业无成可知;独倚楼,孤寂抑郁,则进退失据可知。行藏,《论语·述而》:"用之则行,舍之则藏。"指出仕与归隐。萧先生《杜甫研究》颇称许此联之精炼,说:"只用两句便总结了他自己的一生。"

〔4〕　《后山诗话》:"裕陵(宋真宗)常谓杜子美诗云'勋业频看镜,行藏独倚楼',谓甫之诗皆不逮此。"这句固然"怨而不怒"合乎温柔敦厚之诗教,但皇帝看中的恐怕还是结句"报主"的忠心。其实杜甫的

忠君是与爱民相联系的，是《壮游》所谓："上感九庙焚，下悯万民疮。"

【点评】

《读杜心解》："高爽悲凉。于老杜难得此朗朗之语，不须注脚也。"含蓄不等于晦涩。

返　照（七律）

楚王宫北正黄昏，白帝城西过雨痕[1]。

返照入江翻石壁，归云拥树失山村[2]。

衰年病肺惟高枕，绝塞愁时早闭门[3]。

不可久留豺虎乱，南方实有未招魂[4]。

【注释】

〔1〕 楚王宫，在巫山县西北。楚王宫北，当指夔州西阁一带，杜甫时寓西阁。

〔2〕 上句言斜日照于江面，反映于石壁上，光影闪烁。下句言暮云遮住树林，山村也迷失其中而不可寻。每句用双动词，入、翻、拥、失，增加意义的层次与动感。

〔3〕 绝塞，险绝难通的边远地区，此指夔州。

〔4〕 豺虎乱，喻军阀混战。未招魂，赵次公曰："公自言也。客于南楚，魂魄飞越，实为未招也。"《杜诗镜铨》引黄云："后半言情，能湿纸上泪痕。"

【点评】

《杜诗镜铨》引黄白山云："年老多病,感时思归,集中不出此四意,而横说竖说,反说正说,无不曲尽其情。此诗四项俱见,至结语云云,尤足悽神戛魄!"

诸将五首 (七律)[1]

汉朝陵墓对南山,胡虏千秋尚入关[2]。
昨日玉鱼蒙葬地,早时金碗出人间[3]。
见愁汗马西戎逼,曾闪朱旗北斗殷[4]。
多少材官守泾渭?将军且莫破愁颜[5]!

【注释】

〔1〕 组诗作于夔州,时大历元年(766)秋。诗的主题是通过近年来发生的重大事件,对朝廷的将领进行批评,目的还在于激发其良心与责任感,以报效国家。晚年的杜甫,已远离政治中心,不可能再以亲历亲见来写"三吏"、"三别"一类作品,直接干预现实;他更多地以历史事件为反省对象,以深刻的议论警示世人,同时抒发自己的思想感情,《诸将五首》与《有感五首》是其代表作。

〔2〕 汉朝,实指唐朝。南山,即终南山。胡虏,指吐蕃。关,指萧关。《资治通鉴》广德元年(763)载,柳伉上疏,言及吐蕃不血刃而入京师,劫宫闱,焚陵寝,而"武士无一人力战者","召诸道兵,尽四十日无只轮入关"。当时昏君与诸将上下离心如此,这正是杜甫所要抨击的要害。

〔3〕 此联是萧先生所说的"用丽词写丑事,用典故代时事",是后期杜诗常见的手法。"昨日"句,九家注引《西京杂记》云:汉楚王戊太子

葬时,以玉鱼一双为殓。金碗,《太平御览》引《汉武故事》,称汉武帝茂陵有玉碗,曾被人盗卖。《南史·沈炯传》称炯经汉武帝通天台,作表文称:"茂陵玉碗,遂出人间。"因"玉鱼"已用"玉"字,故改称"金碗"。早时,犹早先。二句为互文,意为原先殉葬之玉鱼、金碗,如今皆被发掘而见于人间。浦注:"既曰'千秋',又曰'昨日'、'早时',以'千秋'字避指斥之嫌,以'昨日'、'早时'(按,有"不久前"之意),显惨祸之速,既隐之,复惕之也。"汉陵被掘在西汉亡后,赤眉起义之际;唐陵被掘,却在唐军平"安史之乱"后,奇耻大辱尽现当朝帝王与诸将的无能。

〔4〕　见,同"现"。因吐蕃屡次入侵都是眼前事,故曰"见愁"。殷,赤色。此句言吐蕃势盛,其朱旗翻动,北斗也被映红。闪,暗示吐蕃入侵属袭击,不得久据中土。程千帆《古诗考索》认为:朱旗,用《封燕然山铭》"朱旗降天"意。诗人面对今日的衰微,愁敌进逼,遥想先朝的强盛,克敌扬威,对比强烈。故"朱旗"是以汉喻唐,当指强盛期的唐军。亦通,录供参考。

〔5〕　材官,勇武之臣,此指诸将。泾渭,泾水、渭水,在长安之北。末句戒诸将莫放松警惕。

> 韩公本意筑三城,拟绝天骄拔汉旌[1]。
> 岂谓尽烦回纥马,翻然远救朔方兵[2]!
> 胡来不觉潼关隘,龙起犹闻晋水清[3]。
> 独使至尊忧社稷,诸君何以答升平[4]?

【注释】

〔1〕　韩公,张仁愿,封韩国公,唐中宗神龙三年(707)于河北筑三受降城以拒突厥。天骄,匈奴自称是"天之骄子"。此句言张仁愿筑三城本意在制止外族的入侵。

〔2〕　岂谓,岂料。翻然,犹反而。二句强调意想不到,不该发生的事却发生了:防边的朔方军却要外族回纥来援救。与上联形成强烈的

对比。

〔3〕 潼关隘,潼关在今陕西东部,是著名的关隘,地势险要。但险不足恃,"不觉"二字表明潼关之险要对敌人已不构成障碍。晋水清,晋水出自晋阳,唐高祖李渊起兵之地。钱笺引《册府元龟》:"高祖师次龙门县,代水清。"此句强调地利不如人和,以高祖龙兴事激励诸将奋起抗敌。

〔4〕 至尊,指当今皇帝代宗。史载,代宗为广平王时,曾亲拜于回纥马前,祈求回纥军收京免剽掠,有忧社稷之心。"独"字暗示君臣离心,含有柳伉疏中所言"武士无一人力战者,此将帅叛陛下也"、"召诸道兵,尽四十日无只轮入关,此四方叛陛下也"的意思,是对诸将的谴责,以设问出之,婉转而严厉。《载酒园诗话》称:"读至此,真令顽者泚颜,懦者奋勇,可谓深得讽喻之道。"

> 洛阳宫殿化为烽,休道秦关百二重[1]。
> 沧海未全归禹贡,蓟门何处尽尧封[2]?
> 朝廷衮职虽多预,天下军储不自供[3]。
> 稍喜临边王相国,肯销金甲事春农[4]。

【注释】

〔1〕 化为烽,化为兵火,指洛阳宫殿焚于"安史之乱"。秦关百二,《史记·高祖本纪》:"秦得百二焉。"注:得百中之二焉,秦地险固,二万人足以当诸侯百万人也。

〔2〕 禹贡,《尚书》有《禹贡》篇,详述九州版图贡赋,与"尧封"同样是指统一。沧海,指山东淄青等地。蓟门,指卢龙等处。此联言淄青、卢龙等地尚在军阀割据中。

〔3〕 衮职,指三公。当时武将、诸镇节度使多兼中书令、平章事,故曰"多预"。军储,指军需供给。此联言诸将高官厚禄,却不为朝廷分忧,军需供给皆仰朝廷。

〔4〕 王相国,王缙。广德二年(764)拜同平章事(相国),后迁河南副元

帅。下句言王缙能休养士卒，使之屯田自给。稍喜，有分寸，史载王缙平庸。萧先生说："表扬王缙，所以深愧诸将。"

回首扶桑铜柱标，冥冥氛祲未全销[1]。
越裳翡翠无消息，南海明珠久寂寥[2]。
殊锡曾为大司马，总戎皆插侍中貂[3]。
炎风朔雪天王地，只在忠良翊圣朝[4]。

【注释】

〔1〕　回首，前三首皆写两京事，此首写南方事，故曰"回首"。扶桑，唐岭南道有扶桑县，此泛指南海一带。铜柱，东汉马援征交趾，立铜柱汉界。唐玄宗时以兵定南诏，复立马援铜柱（《新唐书·南蛮传》）。氛祲，妖氛，指南疆战乱之气。《唐书·代宗本纪》载，广德元年十二月，市舶使吕太一逐广南节度使，纵兵大掠。

〔2〕　越裳，南方古国名，唐时安南都护府有越裳县。翡翠，珍禽，与南海明珠皆泛指南方贡品，因唐帝国衰败，不再朝贡，故曰"无消息"、"久寂寥"。

〔3〕　殊锡，特别的尊宠。大司马，即太尉，属"三公"之一，正一品。侍中貂，唐代侍中正二品，冠以貂尾为饰。二句言诸将都受到恩宠。

〔4〕　翊(yì)，辅佐。尾联言无论炎热的南方，还是飞雪的北国，都是王土，要靠忠臣辅助才能恢复旧疆。此句从正面诱导诸将。

锦江春色逐人来，巫峡清秋万壑哀。
正忆往时严仆射，共迎中使望乡台[1]。
主恩前后三持节，军令分明数举杯[2]。
西蜀地形天下险，安危须仗出群材[3]！

【注释】

〔1〕 严仆射,指严武,武死后赠尚书左仆射。此句忆在严武幕时,曾一起到望乡台迎中使。天子私使叫"中使"。

〔2〕 节,符节,古代出使,持节为信。此指严武一镇东川,再为成都尹,三为剑南节度使。下句言严武治军有方,故能好整以暇,雅宴常开。写严武有名将风度。

〔3〕 安危,赵注:"安危,安其危也。"此联言西蜀地险,容易割据,更须超群之人才来镇守。仇注引陈廷敬曰:"一、二章言吐蕃、回纥,其事对,其诗章、句法亦相似;三、四章言河北、广南,其事对,其章、句法又相似;末则收到蜀中,另为一体。"

【点评】

议论以唱叹出之,慷慨蕴藉,既见其不凡的器识,更感其忧患之至情,是张戒《岁寒堂诗话》所谓的"杜子美诗,专以气胜"者。

八哀诗 (录一,五古)[1]

故司徒李光弼[2]

司徒天宝末,北收晋阳甲[3]。
胡骑攻吾城,秋寂意不惬。
人安若泰山,蓟北断右胁[4]。
朔方气乃苏,黎首见帝业[5]。
二宫泣西郊,九庙起颓压[6]。
未散河阳卒,思明伪臣妾[7]。
复自碣石来,火焚乾坤猎。

高视笑禄山，公又大献捷。

异王册崇勋，小敌信所怯[8]。

拥兵镇汴河，千里初妥贴[9]。

青蝇纷营营，风雨秋一叶。

内省未入朝，死泪终映睫[10]。

大屋去高栋，长城扫遗堞[11]。

平生白羽扇，零落蛟龙匣[12]。

雅望与英姿，惨怆槐里接[13]。

三军晦光彩，烈士痛稠叠[14]。

直笔在史臣，将来洗筐箧[15]。

吾思哭孤冢，南纪阻归楫[16]。

扶颠永萧条，未济失利涉[17]。

疲苶竟何人？洒泪巴东峡[18]。

【注释】

〔1〕　原序云："伤时盗贼未息，兴起王公、李公，叹旧怀贤，终于张相国。八公前后存殁，遂不铨次焉。"赵次公认为《八哀诗》是依傍《文选》中《七哀诗》的题目，而与颜延年《五君咏》相近，每篇记一人事迹。仇注引郝敬曰："《八哀诗》雄富，是传记文字之用韵者。文史为诗，自子美始。"值得重视的是：杜甫以文史为诗，却保持了诗心、诗味，不为"传记体"所泯没，这是一条宝贵的经验。

〔2〕　此组诗八首，一首伤悼一位先贤，此为第二首。李光弼，平叛名将，与郭子仪齐名。司徒，官名，三公之一。李曾为检校司徒，是诏除的加官，不是实职。本篇通过名将李光弼的遭遇，写出用人之道关系国家的安危。贤才要尽其用，正是《八哀诗》的主脑。

〔3〕　晋阳，即山西太原。史载：天宝十五载，安史乱起。七日，肃宗即位灵武，改元至德。八月授光弼太原尹，以卒五千赴太原，故曰"北收

晋阳甲”。

〔4〕　史载,史思明至德二载率众十余万攻太原,光弼大破之,斩首七万余级,加检校司徒,四句记其事。意不慊,指敌不能如意。蓟北,安史叛军老巢河北。因光弼守太原,在其西,无异断其右胁。

〔5〕　朔方,指肃宗驻地灵武。光弼重挫安史叛军,使老百姓看到帝业中兴的希望。黎首,犹黎民。

〔6〕　二宫,指玄宗、肃宗。泣西郊,《资治通鉴》至德二载十二月条:上皇至咸阳,上(指肃宗)备法驾迎于望贤宫。上捧上皇足,呜咽不自胜。九庙,宗庙,代表帝业。

〔7〕　史载,史思明至德二载(757)十二月降,次年四月复反叛,故曰“伪臣妾”。乾元元年(758)九节度使兵溃邺城下,光弼守河阳,故曰“未散河阳卒”。

〔8〕　碣石,山名,在今河北昌黎县附近,借指燕地。乾坤猎,将天下当成大猎场。史载,乾元二年(759)史思明攻河阳,光弼大破之,斩首万余级,生擒八千,乘胜收怀州,以功进临淮郡王。非李唐帝室而异姓封王,故曰“异王”。“小敌”句,《后汉书·光武纪》:刘秀于昆阳之战,表现英勇,诸将曰:“刘将军生平见小敌怯,今见大敌勇。”以刘秀比光弼,计其大节。

〔9〕　镇汴河,指李光弼以河南副元帅,都统河南、淮南东西等八道行营节度使,出镇临淮。妥贴,安宁。

〔10〕　青蝇,喻进谗的小人。《诗经·青蝇》:“营营青蝇,止于樊。岂弟君子,无信谗言。”史载,宦官鱼朝恩、程元振与光弼不协,常进谗言。广德初,吐蕃入侵,光弼因惧宦官迫害,迁延不敢至,后愧耻成疾,卒于徐州,年五十七。四句纪其事,也写出李光弼复杂的内心,既是痛惜良将,也是对宦官乱政的忧患与愤慨。

〔11〕　遗堞,城上矮墙。《南史·檀道济传》:“道济见收……乃脱帻投地曰:‘乃坏汝万里长城!’”二句言朝廷失光弼,如大屋去栋梁、长城毁遗堞。

〔12〕　白羽扇,儒将常用白羽扇指挥军事。光弼史称“能读班氏《汉书》”,

非一介武夫。蛟龙匣,指灵柩。

〔13〕　槐里,汉武帝茂陵所在地,卫青、霍去病墓亦在附近。今光弼葬三原,近高祖献陵,中宗定陵,故以槐里为比。

〔14〕　晦光彩,《国史补》称李光弼代领郭子仪军,营垒旗帜,精彩一变。今光弼已殁,故曰“晦”。稠叠,稠密而重叠,此言英烈之士为之痛惜不止。

〔15〕　此二句言将来必有直笔而书的史臣,会为李光弼洗去种种毁谤。筐箧,《史记·甘茂传》:“魏文侯令乐羊将而攻中山,乐羊返而论功,文侯示之谤书一箧。”

〔16〕　南纪,指江汉。《诗·四月》:“滔滔江汉,南国之纪。”

〔17〕　扶颠,《论语·季氏》:“危而不持,颠而不扶,则将焉用彼相矣!”此言匡复之志无实现之日。《易》:“利涉大川。”此言想渡河却失去舟船。

〔18〕　疲苶(nié),疲惫貌。二句是说:我这疲惫困顿的衰翁又算什么,竟独自为你泪洒巴东!

【点评】

　　杜甫晚年勇于独创,在记人方面则不满足于《饮中八仙歌》写意的形式,乃创此组诗,追求史传的效果。历代论者评价不一,叶梦得、刘克庄、王士禛乃至仇注,都对其“累句”及史料剪裁颇有非议,甚至动手删改。关键就在于杜甫虽追求史传效果,但仍以诗为诗,记叙还是为了抒发己情,并非当真把诗当传记。本篇捉住李光弼功高震主、晚景悲凉的特点,写来徘徊悲慨,感人至深,是八篇中较成功的一篇。

秋兴八首 （七律）〔1〕

玉露凋伤枫树林,巫山巫峡气萧森〔2〕。

江间波浪兼天涌,塞上风云接地阴[3]。

丛菊两开他日泪,孤舟一系故园心[4]。

寒衣处处催刀尺,白帝城高急暮砧[5]。

【注释】

〔1〕 作于大历元年(766),杜甫在夔州。秋兴,因秋发兴,重点在兴,
　　 "兴"读去声。此组诗为杜甫惨淡经营之作,首尾相衔,以故国之思
　　 为核心,八首只如一首,是所谓"连章体"。《唐诗成法》曰:"此诗诸
　　 家称说,大相悬绝。有谓妙绝古今者,有谓全无好处者。愚谓若首
　　 首分论,不惟唐一代不为绝传,即在本集亦非至极;若八首作一首
　　 读,其变幻纵横,沉郁顿挫,一气贯注,章法、句法,妙不可言。"这种
　　 完整性体现于艺术上,便是"一片境",即以现实与想象交错之意象
　　 群,共构一怀乡恋阙慨往伤今的艺术幻境。

〔2〕 《杜诗解》:"'露凋伤'、'气萧森'六字,写秋意满纸。"萧森,清
　　 肃貌。

〔3〕 钱注:"江间波涌,则上接风云;塞上阴森,则下连波浪。此所谓悲
　　 壮也。"一自下而上,一自上而下,写天地间一片秋气,触发下联羁
　　 旅之感。塞上,指夔州。《白帝城楼》:"城高绝塞楼。"

〔4〕 丛菊两开,指去蜀至今已二年。他日,昔日。言节物感人,今日之
　　 泪犹昔日,愁怀依旧。一系,犹久系。故园,即下篇之故国,指长
　　 安,言虽去蜀,犹不得归长安。

〔5〕 催刀尺,为裁新衣;急暮砧,为捣旧衣。处处皆然,独使客子有无家
　　 之感。

夔府孤城落日斜,每依北斗望京华[1]。

听猿实下三声泪,奉使虚随八月槎[2]。

画省香炉违伏枕,山楼粉堞隐悲笳[3]。

请看石上藤萝月,已映洲前芦荻花[4]。

【注释】

〔1〕 每依,见其夜夜如此。长安号"北斗城",长安不可见,故依北斗星
　　　而望长安。

〔2〕 《水经注·江水注》:"每至晴初霜旦,林寒涧肃,常有高猿长啸,属
　　　引凄异,空谷传响,哀转久绝。故渔者歌曰:'巴东三峡巫峡长,猿
　　　鸣三声泪沾裳。'"昔闻其语,今身历其境,故下一"实"字。按句法
　　　理顺应为"听猿三声实下泪",然而也就失去了"三声泪"那声色并
　　　作的诗味。槎,木筏。《博物志》:旧说天河与海通,有人居海滨,年
　　　年八月有浮槎往来,此人乃乘槎而去,十余日,至天河。又《荆楚岁
　　　时记》:汉武帝令张骞穷河源,乘槎经月,至天河。下句化用这两个
　　　故事,而主意在以张骞比严武,至天河比还朝廷。杜甫曾以检校尚
　　　书工部员外郎的身份在严武幕府为参谋,故云"奉使"。《杜诗会
　　　粹》:"听猿挥泪,已非虚语,故曰'实下';乘槎而返,未卜何时,故曰
　　　'虚随'。"

〔3〕 画省,即尚书省。因汉代省中画古贤烈女,故曰"画省"。杜曾任检
　　　校工部员外郎,属尚书省。违伏枕,言因病不得还朝任职。山楼,
　　　指白帝城楼。粉堞,城上白色女墙。

〔4〕 《杜工部诗通》:"请看、已映,四字极有味。盖以月应落日而言,谓
　　　方日落而遽月出,才临石上而已映洲前,光阴迅速如此,人生几何,
　　　岂堪久客羁旅邪? 其感深矣。"

　　　　千家山郭静朝晖,日日江楼坐翠微〔1〕。
　　　　信宿渔人还泛泛,清秋燕子故飞飞〔2〕。
　　　　匡衡抗疏功名薄,刘向传经心事违〔3〕。
　　　　同学少年多不贱,五陵衣马自轻肥〔4〕。

【注释】

〔1〕 第一首写暮,第二首写夜,此首写朝。翠微,山色。天天坐于山色
　　　之中,极写无聊。

〔２〕　信宿,再宿,隔夜。泛泛,无所得也。故飞飞,萧先生说:"故,即故意。秋分燕子当归,现在它却偏偏不急于归,偏要在客人面前飞来飞去,好像故意嘲笑客人无家可归似的,故觉其可厌。《夔府咏怀》诗云:'局促看秋燕!'可与此句互参。"此联写眼前景,但与首联无聊心绪贯通:渔舟越宿无所得,犹泛泛江中;燕子秋来当去,尚飞飞于山前,则无聊之意在景中。

〔３〕　此联由眼前景转入心中事。《汉书·匡衡传》:匡衡数上疏言事,迁光禄大夫、太子少傅。又,《刘向传》:汉宣帝令刘向讲经,成帝即位,诏领校中五经秘书。杜甫上疏救房琯,抗疏似匡衡,却遭贬斥,杜家素业儒似传经之刘向,却求典校五经而不可得,故曰"功名薄"、"心事违"。

〔４〕　五陵,汉时长安有五陵:长陵、安陵、阳陵、茂陵、平陵。汉时曾徙豪杰名家于其间。此言同辈不事儒业却富贵煊赫,与己形成反差,隐含讥刺。

　　　　　　　闻道长安似弈棋,百年世事不胜悲[1];
　　　　　　　王侯第宅皆新主,文武农冠异昔时[2]。
　　　　　　　直北关山金鼓振,征西车马羽书驰[3]。
　　　　　　　鱼龙寂寞秋江冷,故国平居有所思[4]。

【注释】

〔１〕　萧先生称:"此首为八首之枢纽,前三首多就夔州言,此以下五首多就长安言。"似弈棋,形容长安迭经战乱,如下棋之胜负不定。百年,《读杜心解》:"统举开国以来,今昔风尚之感也。"

〔２〕　承首联今昔之感,言人政俱非。

〔３〕　"直北"句,指回纥。"征西"句,指吐蕃。金鼓、羽书,边情紧急可见。

〔４〕　《水经注》:"鱼龙以秋日为夜,秋分而降,蛰寝于渊也。"鱼龙寂寞,写秋江兼自喻。《辟疆园杜诗注解》:"言吾之飘泊秋江,正犹鱼龙

值秋而潜蛰。以鱼龙喻己寂寞,甚奇。故国平居,是言长安太平无事之时,回首追思,益重其悲。"结句是本组诗的灵魂。

蓬莱宫阙对南山,承露金茎霄汉间[1]。
西望瑶池降王母,东来紫气满函关[2]。
云移雉尾开宫扇,日绕龙鳞识圣颜[3]。
一卧沧江惊岁晚,几回青琐点朝班[4]。

【注释】

〔1〕　蓬莱,即大明宫。《唐会要》:"龙朔二年,修旧大明宫,改名蓬莱宫,北据高原,南望终南山如指掌。"金茎,指铜柱,汉武帝作柏梁铜柱,置承露仙人掌。此借汉喻唐。仇注:"五章思长安宫阙,叹朝廷之久违也。"

〔2〕　王母,传说中的西王母,居瑶池。"东来"句,《关尹内传》:"关令尹喜常登楼,望见东极有紫气西迈,曰,应有圣人经过。果见老君乘青牛车来。"赵注:瑶池在西极,故云"西望";老子自洛阳而入函谷,故云"东来"。此联以传说故事为长安宫阙生色,并无讥讽义。

〔3〕　雉尾,雉尾扇。皇帝御朝先以此扇为障,坐定开扇。龙鳞,皇帝衣上所绣龙纹。识圣颜,萧先生说:"大概杜甫因献赋,曾一度入朝,这里'云移'二句,也正是回忆此事。"

〔4〕　尾联从回忆中回到现实。一卧,有一蹶不复振之慨。岁晚,指秋季。青琐,汉建章宫中宫门,门上花纹以青色涂之,故称青琐门。这里泛指宫门。点朝班,指百官朝见,依班次受传点入朝。此句忆及肃宗时曾任左拾遗上朝事。叶嘉莹《杜甫〈秋兴八首〉集说》按语:"则今日之一卧沧江,与昔时之几回青琐,遥遥相对,一气承转,劲健有力,固真有不胜今昔之慨者矣。"

瞿塘峡口曲江头,万里风烟接素秋[1]。

花萼夹城通御气,芙蓉小苑入边愁[2]。
珠帘绣柱围黄鹄,锦缆牙樯起白鸥[3]。
回首可怜歌舞地,秦中自古帝王州[4]。

【注释】

〔1〕 瞿塘峡,三峡之一,在夔州东。曲江,长安胜境。素秋,秋属金,尚白,故称。此联言夔府与长安万里隔断,而秋色无边,遥连两地。

〔2〕 花萼,楼名,在兴庆宫西南隅。夹城,玄宗筑夹城复道,从大明宫通往曲江芙蓉园,为皇帝游曲江之通道,故曰"通御气"。入边愁,钱注:"禄山反报至,上(玄宗)欲迁幸,登兴庆宫花萼楼,置酒,四顾悽怆。此所谓'入边愁'也。"《杜诗解》:"御气用一'通'字,何等融和;边愁用一'入'字,出人意外。先生字法不尚纤巧,而耀人心目如此。"

〔3〕 缆,船索。樯,船桅。以锦为船索,以象牙为船桅,极言其奢华。二句忆曲江之繁华:岸上楼殿林立,苑中黄鹄似在围里;曲江游船如织,水上白鸥屡被惊起。二句写昔日盛况,已寓今日衰意。

〔4〕 上句于"回首"读断。"可怜歌舞地",言曲江本为可爱之名胜地。可怜,犹可爱,杜诗有云:"可怜九马争神骏。"言"回首",则有风光不再之意。下句复振起,长安岂止是歌舞之地,且自古为建都之地,犹"皇纲未宜绝"之意。

昆明池水汉时功,武帝旌旗在眼中[1]。
织女机丝虚夜月,石鲸鳞甲动秋风[2]。
波漂菰米沉云黑,露冷莲房坠粉红[3]。
关塞极天惟鸟道,江湖满地一渔翁[4]。

【注释】

〔1〕 昆明池,汉武帝所开凿,在长安西南,周回四十里,本以习水战,故

用"旌旗"二字。在眼中，言忆及昆明池，当年汉武帝习战旌旗之盛如在眼前。钱注："此借武帝以喻玄宗也。"仇注："公《寄贾严两阁老》诗：'无复云台仗，虚修水战船。'则知明皇曾置船于此矣。"

〔2〕　织女，曹毗《志怪》："昆明池作二石人，东西相望，像牵牛织女。"石鲸，《西京杂记》："昆明池刻玉石为鲸鱼，每至雷雨，常鸣吼，鬐尾皆动。"二句极富想象力，是叶嘉莹所谓"写实而超乎现实之外者"。上句言织女机上之丝，于月下虚无恍惚；下句言石鲸秋风里，鳞甲皆张。是《杜律集解》所谓"夜月犹虚织女之丝，秋风犹动石鲸之甲"。杜甫往往把无生命的东西说得活灵活现。二句承上联，都是对昔日昆明池盛况的回忆，但因为意象中已潜入诗人的种种感慨，故铺叙中仍透出荒凉之感。《杜工部诗集注解》评云："妙在说荒凉处反壮丽。"应倒过来说：妙在说壮丽处透出荒凉。叶嘉莹《杜甫〈秋兴八首〉集说·代序》称此联创造出"空幻苍茫飘摇动荡的意象"。

〔3〕　菰（gū）米，草本，生浅水中，叶似蒲苇，秋结实，状如米，一称雕胡米。杜诗《行官张望补稻畦水归》："秋菰成黑米。"沉云黑，形容菰米之繁盛。昆明池多菰米、莲花，二句以菰米、莲子熟透未收言其盛。高友工等《杜甫的〈秋兴〉》称："红"与"黑"色彩强烈，暗示菰米、莲子趋于腐烂的过熟。而露是透明的，莲花是红的，"半透明的露珠映在红色的背景上，描绘出一幅光彩照人的美丽画面"。

〔4〕　鸟道，只有飞鸟方可飞渡的路，极言通往长安道路之险峻。渔翁，杜甫自谓。前六句极言昔日之盛，尾联一落千丈地回到当前孤寂无依的现实。

　　　　昆吾御宿自逶迤，紫阁峰阴入渼陂[1]。
　　　　香稻啄余鹦鹉粒，碧梧栖老凤凰枝[2]。
　　　　佳人拾翠春相问，仙侣同舟晚更移[3]。
　　　　彩笔昔曾干气象，白头吟望苦低垂[4]。

【注释】

〔1〕 末章咏渼陂忆旧游,为八首之总结。昆吾、御宿,皆地名,长安至渼陂途经之地。紫阁峰,终南山之峰名。渼陂(měi bēi),水名,源自终南山。渼陂之南是紫阁峰,陂中可见其倒影。《渼陂行》:"半陂以南纯浸山。"

〔2〕 此二句颇多讥评,原因就在它颠倒与破坏了常规的语法。叶嘉莹《杜甫〈秋兴八首〉集说·代序》认为,诗的主旨在写回忆中渼陂风物之美,故以"啄余鹦鹉粒"、"栖老凤凰枝"为形容短语,以状香稻之丰,碧梧之美。萧先生认为,二句不是什么倒装句,而是以名词作形容词用,同类句有:"篱边老却陶潜菊,江上徒逢袁绍杯。"浦注:"鹦鹉粒,即是红豆(香稻,一作"红豆");凤凰枝,即是碧梧。犹饲鹤则云'鹤料',巢燕则云'燕泥'耳。"此句体现了杜甫以感受为主体,追求诗歌语言的感觉化与对个别事物的具体表达。《而庵诗话》对此已有所悟入:"论诗者以为杜诗不成句者多,乃知子美之法失久矣……其不成句处,正是其极得意处也。"

〔3〕 拾翠,捡到翠鸟的羽毛。仙侣,指同游的伙伴。晚更移,天晚了还移舟他处,写游兴未尽。二句写春游。

〔4〕 彩笔,即五色笔。《南史·江淹传》:"又尝宿于冶亭,梦一丈夫自称郭璞,谓淹曰:'吾有笔在卿处多年,可以见还。'淹乃探怀中得五色笔一以授之。尔后为诗绝无美句,时人谓之才尽。"此写当年曾以诗文惊动皇帝。干,凌风上征之意。杜诗:"气冲星象表,词感帝王尊。"此二句则与《莫相疑行》之"往时文彩动人主,今日饥寒趋路旁"同意。吟望,长吟远望。《杜诗提要》:"昔游、今望四字,不唯收尽一篇之意,而八篇之大旨,无不统摄于斯矣。"

【点评】

　　"八首是一首"的组诗《秋兴八首》,其气势、规模、变化、境界之大,在七律中罕有其匹。它是杜甫晚年创新之作,以现实与想象交错的秋声月影写尽怀乡恋阙之情、慨往伤今之意。诚如明人唐元竑

《杜诗捃》所云：其"抽绪似《骚》"，是"空中彩绘，水面云霞"；有"神光离合之妙"（翁方纲语）。

咏怀古迹五首（录三，七律）

支离东北风尘际，漂泊西南天地间[1]。
三峡楼台淹日月，五溪衣服共云山[2]。
羯胡事主终无赖，词客哀时且未还[3]。
庾信平生最萧瑟，暮年诗赋动江关[4]。

【注释】

〔1〕　支离，流离。东北，蜀地之东北指长安。西南，指自秦州入蜀地。
二句自伤"安史之乱"以来的漂泊生涯。

〔2〕　三峡楼台，指当地民居，依山筑屋，重叠如楼台。《夔州歌》："闾阎
缭绕接山巅，复道重楼锦绣悬。"淹日月，长期淹留。五溪衣服，《后
汉书·南蛮传》："武陵五溪蛮，好五彩衣服。"此句泛言夔州一带的
少数民族同居山区。

〔3〕　羯(jié)胡，指安禄山。因其忘恩负义，故曰"无赖"。词客，指庾信，
兼自喻。庾信初仕梁，侯景作乱，奔江陵。后出使西魏，滞留北朝
二十七年，与杜甫长期漂泊未归境遇颇相似。

〔4〕　庾信与徐陵齐名，"文并绮艳，世号徐庾体"。及入北朝，风格大变，
常有乡关之思。动江关，犹"惊海内"。杜诗："岂有文章惊海内，漫
劳车马驻江干。"全诗或咏庾或自咏，暗相叠合。

摇落深知宋玉悲，风流儒雅亦吾师。
怅望千秋一洒泪，萧条异代不同时[1]。

江山故宅空文藻，云雨荒台岂梦思？
最是楚宫俱泯灭，舟人指点到今疑^{〔2〕}。

【注释】

〔1〕　摇落，宋玉《九辩》："悲哉，秋之为气也，萧瑟兮草木摇落而变衰。"
萧条，寂寞冷落。此写二人虽生不同时，却遭际相似，故曰"深知"。

〔2〕　故宅，指归州宋玉宅。空文藻，言人已殁而文藻空在。"空"字与下
三句合看，有不为后人所理解之意。云雨荒台，宋玉《高唐赋序》称
巫山神女入楚怀王梦，自称："旦为朝云，暮为行雨，朝朝暮暮，阳台
之下。"这本是宋玉寓言以讽楚王，却不为后人所理解而疑心实有
其事。更可悲的是，楚宫早已泯灭，而船夫犹向过客指指点点：某
处便是云雨高台。《唐宋诗醇》引顾曰："李义山诗云：'襄王枕上元
无梦，莫枉阳台一段云。'得此诗之旨。"此诗与宋玉同慨文章无知
己，的确是"深知"。

群山万壑赴荆门，生长明妃尚有村^{〔1〕}。
一去紫台连朔漠，独留青冢向黄昏^{〔2〕}。
画图省识春风面？环佩空归月夜魂^{〔3〕}。
千载琵琶作胡语，分明怨恨曲中论^{〔4〕}。

【注释】

〔1〕　明妃，指汉元帝宫女王昭君（晋时避司马昭讳，称明君），以和亲远
嫁匈奴呼韩邪单于。《汉书·元帝纪》文颖注，称其"本蜀郡秭归人
也"。《诗境浅说》："首句咏荆门之地势，用一'赴'字，沉着有力。"

〔2〕　紫台，即紫宫，天子居所。朔漠，北方的沙漠。青冢，指昭君墓，在
今内蒙古自治区呼和浩特市城南二十里。《太平寰宇记》："其上草
色常青，故曰青冢。"

〔3〕　画图，《西京杂记》："元帝后宫既多，不得常见，乃使画工图形，按图

召幸。诸宫人皆赂画工,昭君自恃容貌,独不肯与,工人乃丑图之,遂不得见。后匈奴入朝,求美人,上案图以昭君行。及去,召见,貌为后宫第一,帝悔之,而重信于外国,故不复更人。乃穷案其事,画工毛延寿弃市。"二句意为:从画图中就能够识别春风般富有生气的美人?(这一愚蠢的做法使得昭君一去不返)只有那孤寂的魂魄时或乘着月色归来——听,那是她的玉佩在响。仇注引陶曰:"此诗风流摇曳,杜诗之极有韵致者。"

〔4〕 尾联谓千载而下,其怨恨之情仍从琵琶曲中传出。《琴操》载:"昭君恨帝始不见遇,心思不乐,心念乡土,乃作怨旷思维歌。"琵琶为西域乐器,故云"作胡语"。《杜诗镜铨》引李因笃云:"只叙明妃,始终无一语涉议论,而意无不包。"

【点评】

让古人徘徊于现实环境中,而古人皆寄我一腔血悃,同为千载负才不偶人。

江 月 （五律）

江月光于水,高楼思杀人。

天边长作客,老去一沾巾。

玉露泫清影,银河没半轮[1]。

谁家挑锦字,烛灭翠眉颦[2]。

【注释】

〔1〕 泫(tuán),形容露水多。半轮,半个月轮。

〔2〕 锦字,即锦字书,《晋书·列女传》载,苏蕙织锦为回文旋图诗,寄给

被流放的丈夫窦滔,其词凄婉。此为诗人看月而想象月下有思妇在思念远人。烛灭,不得不停织锦书,思绪为之断,是所谓雪上加霜,味愈出。

【点评】

月色与思绪两凄清。

月（五律）

四更山吐月,残夜水明楼[1]。
尘匣元开镜,风帘自上钩[2]。
兔应疑鹤发,蟾亦恋貂裘[3]。
斟酌姮娥寡,天寒奈九秋[4]。

【注释】

〔1〕《苕溪渔隐丛话》引苏东坡语,称此联"才力富健,去表圣(司空图)之流远甚"。"吐"、"明"二字颇能传递自然的律动。仇注:"月照水而光映于楼,故曰'水明楼'。"浦注称此联"心境双莹"。

〔2〕上句承"山吐月",《杜诗镜铨》云:"尘匣喻暗山。"尘封的镜匣一旦打开,镜面仍如此明亮,写月出入神。下句写月如钩,依檐下如自动为窗帘上钩。沈云卿诗:"台前疑挂镜,帘外自悬钩。""自上钩"比"自悬钩"更生动天真。

〔3〕传说月中有玉兔、蟾蜍,因月之亘古而疑兔之发白,因月之高寒而推想蟾亦恋貂裘,诗人之思天真可爱。

〔4〕姮娥,即嫦娥,月中女神。九秋,因秋季九十天,所以称为"九秋"。仇注:"寡妇孤臣,情况如一,故借以自比。"

【点评】

《杜诗说》称其"命意深而出语秀"，是。

第五弟丰独在江左，近三四载寂无消息，觅使寄此二首（录一，五律）[1]

闻汝依山寺，杭州定越州[2]。

风尘淹别日，江汉失清秋[3]。

影著啼猿树，魂飘结蜃楼[4]。

明年下春水，东尽白云求[5]。

【注释】

〔1〕 诗作于大历元年（766），时在夔州。江左，指长江下游，江苏一带。仇注谓此章"念弟远离，而致欲访之意"。

〔2〕 定越州，言不在杭州，便是在越州，推测口吻。此联因弟杜丰无消息而设想其所在。

〔3〕 风尘，指战乱。此句言因战乱而久别。下句写自己在夔州无所作为，蹉跎又过了一个秋天。失，一去不回。《杜臆》："谓今秋已蹉过不得往矣，须'明年下春水'以求之，前后相应。"

〔4〕 上句写自己在夔州，下句言弟在海角。啼猿树，卢照邻《巫山高》："莫辨啼猿树。"杜甫进一步将自己的影子印在栖有啼猿的树上，以强化身羁峡内愁肠欲断的感受。结蜃楼，《史记·天官书》："海旁蜃气象楼台，广野气成宫阙然。"因江左傍海，故借以况杜丰踪迹之渺茫。

〔5〕 上句，仇注引顾曰："古人望白云而思亲，公于手足之谊亦然。"下句言明春将出峡至吴越。

【点评】

口吻亲切,意象沉着。

阁 夜 (七律)[1]

岁暮阴阳催短景,天涯霜雪霁寒宵[2]。
五更鼓角声悲壮,三峡星河影动摇[3]。
野哭千家闻战伐,夷歌几处起渔樵[4]。
卧龙跃马终黄土,人事音书漫寂寥[5]。

【注释】

〔1〕 诗于大历元年(766)冬在夔州西阁作。时蜀地有崔旰之乱。

〔2〕 阴阳,犹日月。冬天日短,故云短景。天涯,指远离故乡的夔州。
以流水对作起句,更觉岁月匆匆。

〔3〕 此联是被称为"杜样"的典型律句,壮采豪宕,最具杜律的风格特
征。《十八家诗抄》引张云卿云:"勿学其壮阔,须玩其沉至。"提醒
人要注重其内在的沉至。

〔4〕 野哭,原野之哭,是杜甫体验过的战乱惨况,故以"千家"泛言其众。
夷歌,当地少数民族的民歌。起渔樵,起于渔父樵夫之间,暗示自
己的漂泊异乡。

〔5〕 卧龙,指诸葛亮。跃马,指公孙述。《蜀都赋》:"公孙跃马而称帝。"
二人是所谓"一贤一愚,一忠一奸"。仇注:"思及千古贤愚,同归于
尽,则目前人事远地音书,亦漫付之寂寥而已。"

【点评】

胡应麟《诗薮》认为,七律最宜伟丽,又最忌粗豪,而此诗"气象

雄盖宇宙，法律细入毫芒"，所以可法。《唐宋诗醇》则称其："音节雄浑，波澜壮阔，不独'五更鼓角'、'三峡星河'脍炙人口为足赏也。"真是："倾国宜通体，谁来独赏眉？"

缚鸡行（七古）

小奴缚鸡向市卖，鸡被缚急相喧争。

家中厌鸡食虫蚁，不知鸡卖还遭烹。

虫鸡于人何厚薄？吾叱奴人解其缚。

鸡虫得失无了时，注目寒江倚山阁[1]。

【注释】

〔1〕　杜甫家里也许是有信佛的，所以"厌鸡食虫蚁"，因其"杀生"。然而卖鸡鸡遭烹，同样是"杀生"——大足佛教石窟就有戒卖鸡的著名雕刻"养鸡人"。人于虫、鸡又何必厚此薄彼？面对这一两难问题，引出尾联以不了了之的态度。

【点评】

赵次公说："一篇之妙，在乎落句。"然而此诗末句的"理趣"，就寓于活生生的描写过程中，在人与鸡及虫之间的生态关系里。这要比白居易"外容闲暇中心苦，似是而非谁得知"的议论来得含蓄而发人深省，正如西方人所谓"像闻到玫瑰花香一般，闻到思想"。

偶　题 (五排)[1]

文章千古事,得失寸心知[2]。
作者皆殊列,名声岂浪垂[3]!
骚人嗟不见,汉道盛于斯[4]。
前辈飞腾入,余波绮丽为[5]。
后贤兼旧制,历代各清规[6]。
法自儒家有,心从弱岁疲[7]。
永怀江左逸,多谢邺中奇[8]。
骕骦皆良马,骐驎带好儿[9]。
车轮徒已斫,堂构惜仍亏[10]。
漫作潜夫论,虚传幼妇碑[11]。
缘情慰漂荡,抱疾屡迁移。
经济惭长策,飞栖假一枝[12]。
尘沙傍蜂虿,江峡绕蛟螭[13]。
萧瑟唐虞远,联翩楚汉危[14]。
圣朝兼盗贼,异俗更喧卑[15]。
郁郁星辰剑,苍苍云雨池[16]。
两都开幕府,万宇插军麾[17]。
南海残铜柱,东风避月支[18]。
音书恨乌鹊,号怒怪熊罴[19]。
稼穑分诗兴,柴荆学土宜[20]。
故山迷白阁,秋水忆皇陂[21]。

不敢要佳句,愁来赋别离^{〔22〕}。

【注释】

〔1〕　《杜臆》:"此公一生精力用之文章,始成一部《杜诗》,而此篇乃其自序也。"仇注:"此诗是二段格,前半论诗文,以'文章千古事'为纲领;后半叙境遇,以'缘情慰漂荡'为关键。"将诗论与抒情结合起来,相互发明,不但是此诗特色,更使我们体会到杜甫视诗为其生活不可或缺的一部分。而采用排律的形式,因难见巧,尚在其次。

〔2〕　千古事,曹丕《典论·论文》:"盖文章,经国之大业,不朽之盛事。"赵注:"两句言文章垂不朽之高,其得失盖吾心自知之。禅家尝云:'如人饮水,冷暖自知',亦此之谓。"

〔3〕　殊列,独特之成就与地位。浪垂,轻易流传。《九家注》:"言以文章名,必有所长也。"

〔4〕　骚人,楚辞作者。赵注:上句指屈原、宋玉,文章之祖起于骚。"嗟不见",则屈、宋远矣。"盛于斯",则倒用"于斯为盛"也。《百家注》引师尹曰:"文章惟汉为浑厚森严,故曰'汉道盛于斯'。"此联承"千古事",直探文学之源流。

〔5〕　前辈,指汉魏优秀作家。此言文风流变之规律:前辈勇于创新,开辟草莱;至其末流乃专骛形式之绮丽,如齐梁诗可谓汉魏之余波。

〔6〕　此联言后来的杰出作家,善于继承前人的体制,而各具时代风格。《杜诗镜铨》云:"首叙诗学,源流兼收,中自有区别,当与《戏为六绝句》'别裁伪体'、'转益多师'语参看。"

〔7〕　赵注:"此则公自谓也:言文章之法自是吾儒家者流所有,而吾之用心,已自弱冠时疲苦至今也。如公之家,则又累世儒矣,盖其祖审言已有文称也。"弱岁,年少。《礼·曲礼》:"二十曰弱。"

〔8〕　江左逸,江左即江东,为东晋政治文化中心,此指东晋以后飘逸的文风。邺中奇,曹魏初封于邺(今河北临漳县西),此指曹操父子及"建安七子"等人瑰奇的文风。谢,愧谢,自愧不及。

〔9〕　骐骥、骈骁,皆千里马,喻邺中诗人。曹丕《典论·论文》:"今之文

693

人……咸以自骋骥骤于千里。"带好儿,化用《诗·麟之趾》:"麟之趾,振振公子。"喻曹操之有丕、植,阮瑀之有阮籍。

〔10〕　二句叹自己虽然作诗得心应手,而儿子不若曹氏之能子承父业。斫,砍削。《庄子·天道》:轮扁对齐桓公曰:"斫轮,徐则甘而不固,疾则苦而不入。不徐不疾,得之于手而应于心,口不能言,有数存焉于其间。臣不能以喻臣之子,臣之子亦不能受之于臣,是以行年七十而老斫轮。"堂构,盖房子。《尚书·大诰》以父子相继造屋喻治车要继承父业。

〔11〕　《潜夫论》,后汉王符隐居著《潜夫论》,以讥当时得失。幼妇碑,蔡邕作隐语题邯郸淳《曹娥碑》云:"黄绢幼妇,外孙齑臼。"即"绝妙好辞"也。此自谓作诗有成就。

〔12〕　缘情,陆机《文赋》:"诗缘情而绮靡。"经济,经世济民,指治国才能。假一枝,《庄子》:"鹪鹩巢于深林,不过一枝。"假,借。此言自己漂泊流寓,如鸟儿之暂栖一枝而已。四句合看,有言外之意。儒家诗教主张"诗言志",将诗当为教化的重要手段,是所谓"经国之大业",也就是"千古事"。然而杜甫怀才不遇,只能是"缘情慰漂荡"而已。《石洲诗话》云:"杜公之学,所见直是峻绝。其自命稷、契,欲因文扶树道教,全见于《偶题》一篇,所谓'法自儒家有'也。此乃羽翼经训,为《风》《骚》之本,不但如后人第为绮丽而已。无如飞腾而入者,已让过前一辈人,不得不怀江左之逸,谢邺中之奇,而缘情绮靡,斯已降一格以相从矣。又无奈所遇不偶,迁流羁泊,并所谓'缘情'者,只用以慰漂荡,尤可慨也。故山不见,只作愁赋,别离之用,更何堪说!"浦注以中幅此四句为"前后转枢",其是。

〔13〕　虿(chài),蝎子一类的毒虫。蛟螭,传说中龙一类的动物。此以蜂虿、蛟螭喻寇盗。

〔14〕　唐虞,传说中的盛世。楚汉,以刘邦与项羽的楚汉相争喻当时混乱的局面。

〔15〕　兼,并存。此言军阀与吐蕃等多种祸源并存。异俗,指夔州蛮荒之地的风俗。喧卑,嚣杂貌。

〔16〕　星辰剑，《晋书·张华传》载，雷焕望斗牛间有紫气，掘地得双剑。
　　　　此以埋没之宝剑喻己。云雨池，《三国志·周瑜传》载，周瑜称蛟龙
　　　　"终非池中物也"。

〔17〕　两都，长安与洛阳。开幕府，指有战事。

〔18〕　铜柱，东汉马援征交趾，立铜柱为记。此暗示南方也不平静。月
　　　　支，古代活动于甘肃、青海一带的少数民族。此指当时频繁入侵的
　　　　吐蕃。

〔19〕　恨乌鹊，传说鹊叫有喜，今无佳音，转恨乌鹊。

〔20〕　此言因农事而少闲暇作诗。学土宜，随风就俗。

〔21〕　迷白阁，因遥远而望不见故国的终南山白阁峰。皇陂，皇子陂，在
　　　　长安城南。

〔22〕　要，平声，期盼。《杜诗镜铨》引蒋弱六曰："前半说文章，后半说境
　　　　遇，得先甘后苦，皆'寸心知'者。前语少而意括，后语详而情绵，公
　　　　一生心迹尽是矣！"

【点评】

　　是现实生活使杜甫从儒家诗教中越出，不局限于以诗为教化之
具，大幸！

愁 （七律拗格）[1]

江草日日唤愁生，巫峡泠泠非世情[2]。
盘涡鹭浴底心性？独树花发自分明[3]！
十年戎马暗万国，异域宾客老孤城。
渭水秦山得见否？人今罢病虎纵横[4]。

【注释】

〔1〕 杜甫自注:"强戏为吴体。"吴体,最早出现的一种拗体诗,有意用不尽合律的句子打破平仄的和谐,造成拗峭的风格。杜甫开创的此种风格对宋人,特别是以黄庭坚为首的江西诗派有重大的影响。

〔2〕 泠泠(líng líng),水声清越。非世情,因己心情不佳,故觉清泠之江水不近人情。

〔3〕 底心性,啥意思。旋涡之险,而鹭偏浴于此,故责其可怪。

〔4〕 罢病,疲病。言军吏寇盗横行,百姓如今已疲病至极。

【点评】

《杜臆》:"愁起于心,真有一段郁戾不平之气,而因以拗语发之。公之拗体大都如是。此诗前四句是愁,后四句是所以愁。"

孤　雁（五律）

孤雁不饮啄,飞鸣声念群[1]。
谁怜一片影,相失万重云。
望尽似犹见,哀多如更闻[2]。
野鸦无意绪,鸣噪亦纷纷[3]。

【注释】

〔1〕 仇注引师氏曰:"鲍照《孤雁》诗云:'更无声接绪,空有影相随。'孤则孤矣,岂若此诗'飞鸣声念群'一语,孤之中仍有不孤之念乎?"杜甫晚年之苦,不但在其贫病,更在其"失群",是远离政治中心之苦,不觉于孤雁飞鸣中写出。

〔2〕 孤雁已去,影如在,声似闻,写诗人印象之深。《杜诗镜铨》引张云:

"羁离之苦,触物兴哀,不觉极情尽态如此。公诗每善于空处传神。"空处,就是雁已去后写雁。

〔3〕　以无思无想的乱鸦反衬孤雁之孤——不为凡众所理解。

【点评】

神理俱足,寄托遥深。

昼　梦 (七律拗格)[1]

二月饶睡昏昏然,不独夜短昼分眠[2]。
桃花气暖眼自醉,春渚日落梦相牵[3]。
故乡门巷荆棘底,中原君臣豺虎边[4]。
安得务农息战斗,普天无吏横索钱!

【注释】

〔1〕　大历二年(767)作于夔州。也是拗律。

〔2〕　饶睡,多睡。昼分,犹正午。言午睡不仅是因为夜短,下四句说其他原因。

〔3〕　下句言睡之久,日落犹在梦中。

〔4〕　荆棘底,写战后荒凉景象;豺虎边,写处于叛军与吐蕃的威胁中。底、边,强调长期所处的状况,至今仍未改变。萧先生说:"这种政治气候也使得杜甫昏昏欲睡,所谓'世情只益睡'(《雨村》),不必拘说是梦境。"

【点评】

此诗结构颇有特色,结尾一声呼号,打破整首诗特意营造的沉闷气氛,令人倍觉警醒。

暮春题瀼西新赁草屋五首 （录一,五律）^[1]

> 彩云阴复白,锦树晓来青^[2]。
> 身世双蓬鬓,乾坤一草亭^[3]。
> 哀歌时自短,醉舞为谁醒^[4]?
> 细雨荷锄立,江猿吟翠屏^[5]。

【注释】

〔1〕 大历二年(767)三月,杜甫由夔州的赤甲迁居瀼西。瀼(ràng),水名,即今重庆奉节城东门外之梅溪河。陆游《入蜀记》云,古代夔州人"谓山间之流通江者曰瀼"。赁(lìn),租用。

〔2〕 锦树,红、绿相间的春树。《杜诗说》:"阴复白",雨无时也;"晓来青",花已落也。

〔3〕 仇注引赵汸曰:"'双蓬鬓',老无所成;'一草亭',穷无所归。"细小的"双蓬鬓""一草亭",而冠以深巨的"身世""乾坤",形成强烈的时空对比,造成一种无言的威压。

〔4〕 哀歌自短,深哀故歌不能长,如向秀哀嵇康之《思旧赋》,刚开头便煞了尾。

〔5〕 翠屏,春山翠绿如画屏。"细雨荷锄立"与陶潜"带月荷锄归"同其美妙,而"江猿吟翠屏"之余哀更深永含蓄有美感,称得上是"美丽的哀愁"。

【点评】

　　使情感获得感人的形式,是诗人重要的任务。此诗在情感的具象化方面颇为成功，黄生曰："景中全是情。"这就叫"抟虚成实"。

又呈吴郎 （七律）[1]

堂前扑枣任西邻，无食无儿一妇人[2]。
不为困穷宁有此？只缘恐惧转须亲[3]！
即防远客虽多事，便插疏篱却甚真[4]！
已诉征求贫到骨，正思戎马泪沾巾[5]。

【注释】

〔1〕 大历二年(767)秋，杜甫自瀼西草堂搬到东屯，并将草堂让给姓吴的亲戚。此诗便是一封给吴郎的特殊"书札"。

〔2〕 堂，即瀼西草堂。杜甫常让邻家寡妇来堂前任意打枣。

〔3〕 下句意为：只因为担心寡妇会害怕，不敢来打枣，所以就更应当表示亲切。"恐惧"二字体贴深至。

〔4〕 上句说寡妇提防你这位远客未免多心了，下句接着说你在堂前插上篱笆却也像是真的在拒绝她呢。上句是为顾全吴郎的面子，给台阶下，话说得很委婉。

〔5〕 征求，即诛求，剥削。进一步强调贫妇人"不为困穷宁有此"的无奈，激发吴郎的同情心。下句由近及远，指出战乱尚未有穷期，以共患难之情动人。

【点评】

萧先生《杜甫研究》指出：诗中用散文中常用的虚字如不为、只缘、已诉、正思、即、便、虽、却等作转接，化呆板为活泼。此外，措辞的委婉，避免以主人自居，使诗更能感化人，很值得我们注意。

暇日小园散病,将种秋菜,
督勤耕牛,兼书触目（五古）[1]

不爱入州府,畏人嫌我真!
及乎归茅宇,旁舍未曾嗔[2]。
老病忌拘束,应接丧精神。
江村意自放,林木心所欣。
秋耕属地湿,山雨近甚匀。
冬菁饭之半,牛力晚来新[3]!
深耕种数亩,未甚后四邻。
嘉蔬既不一,名数颇具陈。
荆巫非苦寒,采撷接青春[4]。

飞来两白鹤,暮啄泥中芹[5]。
雄者左翮垂,损伤已露筋。
一步再流血,尚惊矰缴勤[6]。
三步六号叫,志屈悲哀频。
鸾凤不相待,侧颈诉高旻[7]。
杖藜俯沙渚,为汝鼻酸辛!

【注释】

〔1〕　大历二年(767)秋作于夔州瀼西。诗中写三事:小园散病,督勤耕牛,飞来白鹤。《杜诗说》:“数题一诗,贵在联络无痕。”

〔2〕　未曾嗔,从未讨厌我。四句写自己率真的性情只合住在乡下。

〔3〕　冬菁,即芜菁、蔓菁。赵注:"饭之半,则以冬菁饭牛,是其刍之半也。"也就是说,蔓菁叶是喂牛的重要草料。下句言牛得食后体力得以恢复。

〔4〕　此二句是说夔州地暖,四时蔬菜相接,可采撷到明春。

〔5〕　以下十二句即"兼书触目",是写偶然所见,但也取古乐府之意。《古乐府·飞鹄行》:"飞来双白鹄,乃从西北来,十十五五,罗列成行。妻卒被病,行不能相随。五里一反顾,六里一徘徊。吾欲衔汝去,口噤不能开。吾欲负汝去,毛羽何摧颓!乐哉新相知,忧来生别离。踌躇顾群侣,泪下不自知。"杜甫触目,不无自伤孤穷之意。

〔6〕　矰缴(zēng zhuó),古代射鸟的箭,系有丝绳。

〔7〕　高旻,高天。

【点评】

拉杂写来,但以真性情贯之,则浑然一体。

登　高 (七律)[1]

风急天高猿啸哀,渚清沙白鸟飞回。

无边落木萧萧下,不尽长江滚滚来[2]。

万里悲秋常作客,百年多病独登台[3]。

艰难苦恨繁霜鬓,潦倒新停浊酒杯[4]。

【注释】

〔1〕　这是杜甫最有名的一首七律,笔力扛鼎。《诗薮》:"此诗自当为古今七律第一。"

〔2〕 《唐诗广选》引杨诚斋曰:"全以'萧萧''滚滚'唤起精神,见得连绵,不是装凑赘语。"萧先生说:"二句从大处写秋景。"

〔3〕 此联含八九层意,或云:他乡作客一可悲,经常作客二可悲,万里作客三可悲,况当秋风萧瑟四可悲,登台易生悲愁五可悲,亲朋凋零独去登台六可悲,扶病而登七可悲,此病常来八可悲,人生不过百年,在病愁中过却,九可悲。而这八九层意思是来自万里、悲秋、作客、多病等诸多意象的交错组合,如此并不觉堆垛,历来为论者所推许。

〔4〕 末二句用当句对,"艰难"对"苦恨","潦倒"对"新停"。潦倒,犹衰颓。时杜甫因肺病戒酒,故曰"新停"。乱世衰年,令人不忍卒读。

【点评】

诗中诸多意象交织共时,互为斗拱,是秋的和弦,幻化出无穷的意味。此孙仅所谓"复邈高耸,若凿太虚而号万窍"者。

九　日 (七律)

重阳独酌杯中酒,抱病起登江上台[1]。
竹叶于人既无分,菊花从此不须开[2]!
殊方日落玄猿哭,旧国霜前白雁来[3]。
弟妹萧条各何在? 干戈衰谢两相催[4]!

【注释】

〔1〕 重阳,即九月九日。此诗与《登高》当作于一时。

〔2〕 竹叶,酒名,对下句"菊花",是借对。因"新停浊酒杯",故曰"无分(fèn)"。古人往往饮酒赏菊,既不饮,菊又何须开? 是故作恨语。

《杜诗镜铨》:"使性得妙!"

〔3〕 殊方,异乡。白雁,《梦溪笔谈》:"北方有白雁,似雁而小,色白,深
　　　秋则来。白雁至则霜降,河北人称之'霜信'。"

〔4〕 衰谢,衰颓。谢,凋谢,指毛发脱落。《唐宋诗醇》:"悲塞矣,而声情
　　　高亮。"

【点评】

《瀛奎律髓汇评》引无名氏曰:"八句对,清空一气如话。"

写怀二首 (录一,五古)[1]

劳生共乾坤,何处异风俗[2]?

冉冉自趋竞,行行见羁束[3]。

无贵贱不悲,无富贫亦足[4]。

万古一骸骨,邻家递歌哭[5]。

鄙夫到巫峡,三岁如转烛[6]。

全命甘留滞,忘情任荣辱。

朝班及暮齿,日给还脱粟[7]。

编蓬石城东,采药山北谷[8]。

用心霜雪间,不必条蔓绿[9]。

非关故安排,曾是顺幽独[10]。

达士如弦直,小人似钩曲[11]。

曲直吾不知,负暄候樵牧[12]。

【注释】

〔1〕 大历二年(767)冬作于夔州。

〔2〕 劳生,《庄子·大宗师》:"大块载我以形,劳我以生。"这里泛指所有的人。

〔3〕 冉冉,行貌。行行,走着不停。言人人皆为利而趋走,不得自由。

〔4〕 二句说贵与贱、富与贫都是相对而存在的,无贵无富,也就不会有趋竞了。讲的虽是《老子》"不贵难得之货,使民不为盗;不见可欲,使民心不乱"的道理,但"悲""足"二字已表明诗人的倾向在贫贱者一边。

〔5〕 二句意谓:人生总归一死,万古如斯,邻家因丧事歌哭之声更递可证。

〔6〕 鄙夫,杜甫自称。转烛,风吹烛摇。形容三年来生活动荡不安。

〔7〕 朝班,在朝站班。脱粟,仅脱去秫壳的粗米。言自己毕竟到老还挂个"工部员外郎",每天还能勉强吃到些粗粮。自嘲语。

〔8〕 编蓬,结茅屋。

〔9〕 二句写采药。条蔓,指药草。言只要用心在雪地寻找,仍可找到药草,不必等春回草绿。

〔10〕 言自己幽居属天性自然。

〔11〕 《后汉书》载顺帝时童谣:"直如弦,死道边;曲如钩,反封侯。"

〔12〕 负暄,晒太阳取暖。言曲直我都不去管他了,我只是晒着太阳,等那从事劳作的家人回来。这是故作达观语,实为愤懑之至。

【点评】

杜甫晚年常将悲愤转为郁闷,甚至以达观语出之,这就好比莎士比亚所形容:"像堵塞的炉膛,把心灵烧成灰烬!"

观公孙大娘弟子舞剑器行 （并序,七古）[1]

大历二年十月十九日,夔州别驾元持宅,见临颍李十二娘舞剑器,壮其蔚跂^[2]。问其所师,曰:"余,公孙大娘弟子也。"开元五载,余尚童稚,记于郾城观公孙氏舞剑器浑脱,浏漓顿挫,独出冠时^[3]。自高头宜春梨园二伎坊内人,洎外供奉舞女,晓是舞者,圣文神武皇帝初,公孙一人而已^[4]。玉貌锦衣,况余白首!今兹弟子,亦匪盛颜^[5]。既辨其由来,知波澜莫二^[6]。抚事慷慨,聊为《剑器行》。昔者吴人张旭善草书、书帖,数尝于邺县见公孙大娘舞西河剑器,自此草书长进,豪荡感激,即公孙可知矣^[7]!

> 昔有佳人公孙氏,一舞剑器动四方。
> 观者如山色沮丧,天地为之久低昂^[8]。
> 㸌如羿射九日落,矫如群帝骖龙翔。
> 来如雷霆收震怒,罢如江海凝清光^[9]。
> 绛唇珠袖两寂寞,晚有弟子传芬芳^[10]。
> 临颍美人在白帝,妙舞此曲神扬扬^[11]。
> 与余问答既有以,感时抚事增惋伤^[12]。
> 先帝侍女八千人,公孙剑器初第一。
> 五十年间似反掌,风尘澒洞昏王室^[13]。
> 梨园弟子散如烟,女乐余姿映寒日。
> 金粟堆南木已拱,瞿唐石城草萧瑟^[14]。
> 玳筵急管曲复终,乐极哀来月东出。
> 老夫不知其所往,足茧荒山转愁疾^[15]!

【注释】

〔1〕　这是一首七言古诗。七古少约束、富容量、声长字纵,是唐诗人放笔骋气的沙场。杜甫于此体更是"浏漓顿挫"、"豪荡感激",臻于妙境。剑器,唐代健舞之一。桂馥《札朴》称,此舞以彩帛结两头、双

手持之而舞。或云舞双剑。杜甫所见,当是舞剑者。《杜臆》:"此诗见《剑器》而伤往事,所谓'抚事慷慨'也。故咏李氏,却思公孙;咏公孙,却思先帝。全是为开元天宝五十年治乱兴衰而发。"

〔2〕 别驾,职官名,此指夔州都督府的别驾,从四品下。蔚跂,言其光彩照人,举足凌厉。

〔3〕 剑器浑脱,将剑器与浑脱两种舞综合起来的一种新型舞蹈。浏漓顿挫,疾捷酣畅而又节奏有力。

〔4〕 高头宜春梨园二伎坊内人,指供奉宫廷的歌舞艺人。伎坊,即教坊。《教坊记》:"右教坊在光宅坊,左教坊在延政坊,右多善歌,左多工舞……妓女入宜春院,谓之'内人',亦曰'前头人',常在上(皇帝)前头也。"浦注:"按高头,疑即前头之谓。"《雍录》:"开元二年,置教坊于蓬莱宫侧,上自教法曲,谓之梨园弟子。"洎(jì):及。宜春、梨园设在宫禁内,是内供奉;设在宫禁外的教坊及杂应官妓为外供奉。圣文神武皇帝,指唐玄宗。《杜诗说》:"特书尊号于声色之事,非微文刺讥,盖欲与上文文势相配耳。"

〔5〕 玉貌锦衣,指公孙大娘年轻貌美。况余白首,现在我都白了头,公孙氏就更不用提了,甚至连其徒弟也不怎么年轻了。

〔6〕 波澜莫二,言李十二娘与其师公孙氏同出一辙,得其真传。

〔7〕 张旭,唐代大书法家,善草书,后世尊为"草圣"。言张旭技艺受启发如此,则公孙氏之舞可推知其妙。

〔8〕 色沮丧,形容观众为之色变,犹目瞪口呆。

〔9〕 爚(huò),光芒闪烁貌。羿(yì),古善射者。《淮南子》:"尧之时,十日并出,焦禾稼,杀草木……尧乃使羿诛凿齿于畴华之野……上射十日而下杀猰貐。"群帝,诸神。四句写公孙大娘之舞。鼓声收,舞者登场,故曰"收震怒";舞罢,收剑,肃然而立,故曰"凝清光"。清光,以水色喻剑光。二句正写出"浏漓顿挫",忽然而来忽然而罢变化莫测的舞姿。

〔10〕 两寂寞,人舞俱亡。

〔11〕 临颍美人,即序说的李十二娘。

〔12〕既有以,即序所说的"既辨其由来"。以,因由。

〔13〕五十年,自开元五年(717)观公孙氏之舞至作诗时的大历二年(767),为五十年。颙洞,阔大貌。言"安史之乱"使唐王朝破落。

〔14〕金粟堆,即玄宗泰陵。木已拱,墓前树木已有两手合抱之粗,言下葬已多年。瞿唐石城,指夔州。上句伤玄宗,下句自伤。

〔15〕仇注:"足茧行迟,反愁太疾,临去而不忍其去也。"此句言惜别。在夔州难得一见如此妙舞,且勾起对开元盛世的回忆,故"临去而不忍其去也"。去的是李十二娘诸人,因是流浪艺人,所以"不知其所往",且"足茧荒山",浪迹天涯。二句诗意可与白居易《琵琶行》"同是天涯沦落人"同参。

【点评】

梁启超《情圣杜甫》说杜诗"能像电气一般一振一荡地打到别人的心弦上",此诗可以当之。

夜　归 (七古)

夜半归来冲虎过,山黑家中已眠卧。
傍见北斗向江低,仰看明星当空大[1]。
庭前把烛嗔两炬,峡口惊猿听一个[2]。
白头老罢舞复歌,杖藜不睡谁能那[3]?

【注释】

〔1〕北斗低,明星大,直写深夜特有的感觉。

〔2〕《杜臆》:"一炬足矣,两则多费,故嗔之,旅居贫态也。"

〔3〕黄生注:老罢,犹老去。那,去声,开口呼,即"奈"字。

【点评】

《岁寒堂诗话》认为：王安石只知巧语之为诗，而不知拙语亦诗；黄庭坚只知奇语之为诗，而不知常语亦为诗。只有杜甫遇巧则巧，遇拙则拙，遇奇则奇，遇俗则俗，无非诗者。这首诗便是以直觉把握事物，以常语写奇趣，是《杜臆》所称："字字灵活，语语清亮。"

元日示宗武 （五排）[1]

汝啼吾手战，吾笑汝身长[2]。

处处逢正月，迢迢滞远方。

飘零还柏酒，衰病只藜床[3]。

训谕青衿子，名惭白首郎[4]。

赋诗犹落笔，献寿更称觞[5]。

不见江东弟，高歌泪数行[6]。

【注释】

〔1〕 诗作于大历三年（768）正月初一。宗武，杜甫的长子。首言父子，末用兄弟，充满亲情，是杜甫人性一面的体现。

〔2〕 手战，双手因衰病而颤抖。《杜臆》："啼手战，见子孝；笑身长，见父慈。"

〔3〕 柏酒，即椒柏酒，《岁时记》："正月一日，进椒柏酒。"

〔4〕 青衿（jīn），读书人穿的衣服，青领。此指宗武。白首郎，白首为郎，指杜甫为工部员外郎。

〔5〕 犹落笔，言虽手战，还是下笔写诗。称觞（shāng），古时节日的习俗，向老人举杯祝寿。

〔6〕 上句原注："第五弟漂泊江左，近无消息。"见《第五弟丰独在江左》

诗注。

【点评】

仇注:"此诗皆悲喜并言。啼手战,是悲;笑身长,是喜。逢正月,是喜;滞远方,是悲。对柏酒,是喜,坐藜床,是悲。"云云。悲喜交集,但喜只是衬悲。

短歌行赠王郎司直（七古）[1]

王郎酒酣拔剑斫地歌莫哀,
我能拔尔抑塞磊落之奇才[2]。
豫章翻风白日动,鲸鱼跋浪沧溟开[3]。
且脱佩剑休徘徊!
西得诸侯棹锦水,欲向何门趿珠履[4]?
仲宣楼头春色深,青眼高歌望吾子,
眼中之人吾老矣[5]!

【注释】

〔1〕　杜甫大历三年(768)自夔出峡,至湖北江陵,诗当作于是年。《短歌行》,乐府旧题。司直,司法官。王郎不知何人,郎是对年轻人的美称。

〔2〕　浦注:"首句'莫哀'二字,另读。斫剑而歌,哀情发矣,故劝之莫哀也。"拔尔抑塞,排解你的郁闷。

〔3〕　豫章,樟树。此联以大木巨鲸喻王郎之奇才。

〔4〕　棹,当动词用,言王郎将西入蜀。锦水,即锦江,在成都,趿(tā)珠履,趿拉着饰有珠宝的鞋子,喻受重用。《史记·春申君列传》:"春

申君客三千余人,其上客皆蹑珠履。"

〔5〕 仲宣楼,王粲字仲宣,作《登楼赋》,此泛指荆州之楼。青眼,阮籍能
作青白眼,青眼表示好感。眼中之人,指王郎,是呼而告之:吾老
矣! 言下之意是要王郎及时努力。

【点评】

将抑塞化为磊落慷慨,故能"突兀横绝,跌宕悲凉"(卢世㴑
语)。乃知杜诗之沉郁,绝非沉闷抑郁,乃沉雄郁勃耳!

江 汉 (五律)[1]

江汉思归客,乾坤一腐儒[2]。
片云天共远,永夜月同孤[3]。
落日心犹壮,秋风病欲苏[4]。
古来存老马,不必取长途[5]。

【注释】

〔1〕 江汉,长江、汉水,此指湖北。诗取首句二字为题。

〔2〕 《杜诗说》:"'一腐儒'上着'乾坤'字,自鄙而兼自负之辞。人见其
与时龃龉,未免腐儒目之,然身在草野,心忧社稷,乾坤之内,此腐
儒能有几人!"

〔3〕 萧先生说:"这两句正写思归之情。如果顺说,便是'共片云在远
天,与孤月同长夜'。但说'共远'、'同孤',便将情感和景物密切结
合,融成一片。"这种融合,是人与自然的沟通。

〔4〕 落日,喻垂暮之年。《瀛奎律髓汇评》引纪昀曰:"'落日'二字,乃景
迫桑榆之意,借对'秋风',非实事也。"病欲苏,病快好了。仇注引

赵汸曰:"中四句,情景混合入化……他诗多以景对景,情对情;其以情对景者已鲜,若此之虚实一贯不可分别,效之者尤鲜。"

〔5〕 老马,诗人自喻。《韩非子》:"管仲曰:'老马之智可用也。'"此句与"心犹壮"相应,是自信语。

【点评】

杜甫暮年,可谓每下愈况,但他仍顽强如初,故诗能含阔大于深沉,得沉郁顿挫之美。

公安送韦二少府匡赞 (七律)[1]

逍遥公后世多贤,送尔维舟惜此筵[2]。

念我能书数字至,将诗不必万人传[3]!

时危兵革黄尘里,日短江湖白发前[4]。

古往今来皆涕泪,断肠分手各风烟[5]。

【注释】

〔1〕 此为大历三年(768)暮秋于湖北公安县所作诗。韦二,韦匡赞,排行第二。少府,县尉。

〔2〕 逍遥公,北周韦夐,号为逍遥公;唐时韦嗣立,封逍遥公。此言韦氏一门多贤。维舟,系舟。因与韦二送别,特意系舟于此,故曰"惜此筵"。

〔3〕 上句言如承相念,请写封短信来;下句嘱其不必到处传播我的诗。《送魏仓曹》:"将诗莫浪传!"同代人樊晃《杜工部小集序》称杜集六十卷"行于江汉之南",可见杜诗在江汉一带是受欢迎的。

〔4〕 下句有多层意思:暮秋夜长日短;江湖漂泊,短而又短;白发垂老,

来日无多,是又更短矣!

〔5〕 各风烟,各自在战乱中奔波。

【点评】

《杜诗镜铨》引李曰:"公晚年七律渐近自然,如此首之高浑,非老手不办。"

晓发公安 (七律拗格)[1]

北城击柝复欲罢,东方明星亦不迟[2]。

邻鸡野哭如昨日,物色生态能几时[3]?

舟楫眇然自此去,江湖远适无前期[4]。

出门转眄已陈迹,药饵扶吾随所之[5]。

【注释】

〔1〕 大历三年(768)冬,杜甫由公安往岳阳,作此诗。自注:"数月憩息此县。"这是一首拗体诗。

〔2〕 击柝,打更。明星,金星、启明星。二句写"晓",更尽而启明星出。

〔3〕 上句言邻鸡之鸣,野哭之声,一如昨日;下句言万物人生又能有几时? 写一种幻灭感。

〔4〕 此二句写晓发,但虽发而无目的地,一种怅然之感油然而生。

〔5〕 上句言转眼之间,数月憩息之地已成陈迹;下句言远适无期,惟有老病随身。

【点评】

《杜臆》:"七言律之变,至此而极妙,亦至此而神。此老夔州以后诗,七言律无一篇不妙,真山谷所云'不烦绳削而合'者。"

蚕谷行（七古）

天下郡国向万城,无有一城无甲兵!
焉得铸甲作农器,一寸荒田牛得耕?
牛尽耕,蚕亦成。
不劳烈士泪滂沱,男谷女丝行复歌[1]。

【注释】

〔1〕　男谷女丝,即男耕妇织。行复歌,一边走,一边唱,《唐诗归》钟惺
　　　云:"一双眼只望天下太平。"

【点评】

　　语似平直,感情却深厚。

朱凤行（七古）[1]

君不见潇湘之山衡山高,山巅朱凤声嗷嗷[2]。
侧身长顾求其群,翅垂口噤心劳劳。
下愍百鸟在罗网,黄雀最小犹难逃[3]。
愿分竹实及蝼蚁,尽使鸱枭相怒号[4]!

【注释】

〔1〕 朱凤,红色的凤凰。《壮游》云:"七龄思即壮,开口咏凤凰。"凤凰一直是杜甫钟爱的意象,是仁者的象征。这是杜甫最后一次以凤凰自喻了。

〔2〕 衡山,古南岳,在湖南省。嗷嗷(áo áo),嘈杂的哀号声。

〔3〕 愍(mǐn),怜恤。

〔4〕 竹实,传说凤凰非竹实不食。蝼(lóu)蚁,蝼蛄和蚂蚁,与上句的鸟雀同样,喻小民。鸱枭(chī xiāo),猫头鹰一类猛禽,喻盘剥百姓的凶人。

【点评】

此老倔强,悲天悯人情性不改。

登岳阳楼 (五律)[1]

昔闻洞庭水,今上岳阳楼。

吴楚东南坼,乾坤日夜浮[2]。

亲朋无一字,老病有孤舟[3]。

戎马关山北,凭轩涕泗流[4]。

【注释】

〔1〕 大历三年(768)冬,杜甫至岳州(岳阳),作此五律名篇。岳阳楼,与黄鹤楼、滕王阁并称江南三大楼阁,在洞庭湖畔岳阳西门城楼上,人称:"洞庭天下水,岳阳天下楼。"《唐子西文录》云:"过岳阳楼,观杜子美诗,不过四十字,气象宏放,涵蓄深远,殆与洞庭争雄,所谓富哉言乎者。"

〔2〕　坼(chè),分裂。极言洞庭湖之壮阔,吴楚之地好像被分裂为二。《诗薮》云:"'气蒸云梦泽,波撼岳阳城',(孟)浩然壮语也;杜(甫)'吴楚东南坼,乾坤日夜浮',气象过之。"

〔3〕　《缊斋诗谈》:"'吴楚东南坼,乾坤日夜浮。'十字写尽湖势,气象甚大,一转入自己心事,力与之敌。"登高易愁,是士大夫忧患意识在心理上的一种体现。萧先生说:"境界的空阔,在一定情况下,往往能逗引或加强人们的飘零孤独之感。"当时杜甫患肺病、风痹、耳聋,出蜀后全家又一直住在船上漂泊不定,所以这二句是写实。

〔4〕　上句写北方战火未息,而这正是他想归去的故国。《杜诗说》:"前半写景如此阔大,转落五六,身事如此落寞,诗境阔狭顿异。结语凑泊极难,不图转出'戎马关山北'五字,胸襟气象,一等相称,宜使后人搁笔也。"

【点评】

《唐宋诗醇》:"元气浑沦,不可凑泊,千古绝唱!"

南　征 (五律)〔1〕

春岸桃花水,云帆枫树林。

偷生长避地,适远更沾襟。

老病南征日,君恩北望心〔2〕。

百年歌自苦,未见有知音〔3〕!

【注释】

〔1〕　大历四年(769)春,杜甫因"戎马关山北",吐蕃连年入寇,所以不能北归,由岳阳折往长沙,故曰"南征"。

〔2〕　君恩,唐代宗曾召杜甫补京兆功曹,后授检校工部员外郎,可谓"君恩",但主要是指对朝廷的思念。

〔3〕　杜甫在当时尚未广为人知,诚如同代人樊晃《杜工部小集序》所说:"属时方用武,斯文将坠,故不为东人之所知。江东词人所传诵者,皆君之戏题剧论耳,曾不知君有大雅之作,当今一人而已!"

【点评】

《杜诗镜铨》引刘须溪云:"此等不忍再读!"

客　从 (五古)[1]

客从南溟来,遗我泉客珠[2]。
珠中有隐字,欲辨不成书[3]。
缄之箧笥久,以俟公家须[4]。
开视化为血,哀今征敛无[5]。

【注释】

〔1〕　约作于大历四年(769),时在长沙。这首五古是寓言式的讽刺诗。《杜臆》称:"此为急于征敛而发。上之所敛,皆小民之血,今并血而无之矣。"

〔2〕　南溟,南海。遗,送。泉客,即鲛人。传说南海有鲛人,眼能泣珠。赵次公云:"必用'泉客珠',言其珠从眼泣所出也。"以此形容被剥削的财物皆含着百姓的血泪。

〔3〕　隐字,隐约有文字。佛教故事说摩尼珠中有金字偈语,借喻珠中有百姓难言之隐。

〔4〕　缄(jiān),封藏。箧笥(qiè sì),贮物之竹箱。俟,等待。公家须,指

官方征敛。

〔5〕 化为血,与鲛人泣血成珠相应,言珠已化为乌有,再也无物供搜刮了。痛哉斯言！即"已诉征求贫到骨"之意。

【点评】

葛晓音《论杜甫的新题乐府》称此诗"以奇幻的想象活用了某些汉古诗(如《董娇娆》)化片断情节为完整比兴的特点",是。

清明二首 （录一,七排）[1]

此身飘泊苦西东,右臂偏枯半耳聋。
寂寂系舟双下泪,悠悠伏枕左书空[2]。
十年蹴鞠将雏远,万里秋千习俗同[3]。
旅雁上云归紫塞,家人钻火用青枫[4]。
秦城楼阁烟花里,汉主山河锦绣中[5]。
春去春来洞庭阔,白蘋愁杀白头翁[6]。

【注释】

〔1〕 大历四年(769)作于湖南。这是一首七言排律。此体难工,《艺苑卮言》云:"盖七字为句,束以声偶,气力已尽矣,又欲衍之使长,调高则难续而伤篇,调卑则易冗而伤句,合璧犹可,贯珠益艰。"虽然难度大,但此篇写来风致自足,感愤悲怆,尚属佳作。

〔2〕 左书空,右臂偏枯(风疾),所以用左手在空中比划。《世说新语》:"殷中军被废,在信安,终日恒书空作字扬州吏民寻义逐之,窃视,唯作'咄咄怪事'四字而已。"

〔3〕 蹴鞠,踢球。将雏,带着子女。此言长期在外流浪,但清明节各地

踢球、打秋千的习俗与故乡并无二致。

〔4〕　紫塞,秦长城土紫色,号"紫塞",此泛指北方。钻火,燧人氏教民钻木取火。《杜诗镜铨》:"春取榆柳之火,'用青枫',亦见异俗。"

〔5〕　秦城,指长安。汉主,喻唐朝。此联于壮丽中寄悲慨。

〔6〕　末句见丽景而感伤。萧先生说:"末二句是所谓'蹉对',也叫'交股对'。因上句用二'春'字,下句用二'白'字,而位置并不相当。"

【点评】

七排也是杜甫创新实验的一种诗体。朱瀚说是"食肉不食马肝,未为不知味",意思是不必强为此体。然而不探索又怎能创新?由此更见得杜甫之超越凡辈。

小寒食舟中作 (七律)[1]

佳辰强饮食犹寒,隐几萧条戴鹖冠[2]。
春水船如天上坐,老年花似雾中看[3]。
娟娟戏蝶过闲幔,片片轻鸥下急湍[4]。
云白山青万余里,愁看直北是长安[5]。

【注释】

〔1〕　大历五年(770)作于长沙。

〔2〕　食犹寒,寒食前后三日禁火,至清明方举火。小寒食为寒食之次日,故仍禁火冷食。隐几,凭着几桌。鹖冠,隐士常戴的冠。

〔3〕　《苕溪渔隐丛话》:"山谷(黄庭坚)云:'船如天上坐,人似镜中行','舡如天上坐,鱼似镜中悬',沈云卿(佺期)诗也。云卿得意于此,故屡用之。老杜'春水船如天上坐',祖述佺期之语也;断之以'老

年花似雾中看'，盖触类而长之。"其实这不仅仅是用前人句而变化之，即宋人所谓的"夺胎换骨"，而是有自家对生活的深切感受，是年老衰病目力减退的写照。

〔4〕　娟娟，轻盈之状。《唐诗归》钟惺云："非二字说不出戏蝶之情。"其实"片片"二字也写出鸥鸟之轻盈，且是群飞。二句为尾联情绪的急转弯蓄势。

〔5〕　《西河诗话》："船如天上，花似雾中，娟娟戏蝶，片片轻鸥，极其闲适。忽望及长安，蓦然生愁，故结云'愁看直北是长安'，此即事生感也。"

【点评】

整首诗都在为最后一句的"蓦然生愁"造气氛。

江南逢李龟年 （七绝）[1]

岐王宅里寻常见，崔九堂前几度闻[2]。
正是江南好风景，落花时节又逢君[3]。

【注释】

〔1〕　李龟年，唐玄宗时代名歌手。《明皇杂录》："龟年能歌，尤妙制《渭川》，特承顾遇。于东都（洛阳）大起第宅……其后龟年流落江南，每遇良辰胜赏，为人歌数阕，座中闻之，莫不掩泣罢酒。则杜甫尝赠诗（即此首）。"原注："崔九，即殿中监涤也，中书令湜之弟也。"

〔2〕　岐王，玄宗之弟李范，死于开元十四年（726），正是杜甫"往昔十四五，出游翰墨场"之时。

〔3〕　沈祖棻《唐人七绝诗浅释》说："江南，指明并非东都；落花，象征人的漂泊。出一'又'字，便将今昔对比、感昔伤今之情，完全烘托了

出来。"萧先生说:"'落花时节'四字,弹性极大,彼此的衰老飘零,社会的凋敝丧乱,都在其中。"

【点评】

声调韵味,不减王昌龄。可见杜甫七绝与盛唐诸家异,非不能,有所不为也,别开生面也。

风疾舟中伏枕书怀三十六韵
奉呈湖南亲友 (五排)[1]

轩辕休制律,虞舜罢弹琴。

尚错雄鸣管,犹伤半死心[2]。

圣贤名古邈,羁旅病年侵[3]。

舟泊常依震,湖平早见参[4]。

如闻马融笛,若倚仲宣襟[5]。

故国悲寒望,群云惨岁阴。

水乡霾白屋,枫岸叠青岑。

郁郁冬炎瘴,濛濛雨滞淫[6]。

鼓迎非祭鬼,弹落似鸮禽[7]。

兴尽才无闷,愁来遽不禁。

生涯相汩没,时物正萧森[8]。

疑惑樽中弩,淹留冠上簪[9]。

牵裾惊魏帝,投阁为刘歆[10]!

狂走终奚适？微才谢所钦[11]。
吾安藜不糁，汝贵玉为琛[12]。
乌几重重缚，鹑衣寸寸针[13]。
哀伤同庾信，述作异陈琳[14]。
十暑岷山葛，三霜楚户砧[15]。
叨陪锦帐座，久放白头吟。
反朴时难遇，忘机陆易沉[16]。
应过数粒食，得近四知金[17]。

春草封归恨，源花费独寻[18]。
转蓬忧悄悄，行药病涔涔。
瘗夭追潘岳，持危觅邓林[19]。
蹉跎翻学步，感激在知音。
却假苏张舌，高夸周宋镡[20]。
纳流迷浩汗，峻址得嵚崟[21]。
城府开清旭，松筠起碧浔[22]。
披颜争倩倩，逸足竞骎骎[23]。
朗鉴存愚直，皇天实照临[24]。

公孙仍恃险，侯景未生擒[25]。
书信中原阔，干戈北斗深[26]。
畏人千里井，问俗九州箴[27]。
战血流依旧，军声动至今。
葛洪尸定解，许靖力难任[28]。
家事丹砂诀，无成涕作霖[29]。

【注释】

〔1〕 萧先生说:"这篇五言排律是诗人杜甫的绝笔,是770年冬他由长沙往岳阳经洞庭湖时所作。这首诗也可以说是他自写的一通'讣闻'和托孤的遗嘱……这首诗大体可分四段,这四段,可以依照诗的标题来划分。首段风疾舟中,次段书怀,后两段奉呈亲友(当然,书怀也即在其中)……前人评杜诗'无一字无来历',对排律来说,这话并不错。"

〔2〕 四句暗示自己的风疾。轩辕制律以调八方之风,舜弹五弦琴以歌南风,而自己则大发其头风,因此怪他们律管有错,琴心有伤,大可不必制、不必弹了。雄鸣管,《汉书·律历志》载,"黄帝使伶伦制十二筒,以听风之鸣。其雄鸣为六,雌鸣亦六。"半死心,枚乘《七发》:"龙门之桐,高百尺而无枝,其根半死半生。于是使琴挚斩以为琴,野茧之丝以为弦。"这里半死心有自比之意。

〔3〕 古邈(miǎo):古远。

〔4〕 震,东方。参(shēn),参星,晓星。湖,指洞庭湖。

〔5〕 马融笛,马融《长笛赋》序云:"有洛客舍逆旅,吹笛为《气出》《精列》相和。融去京师逾年,暂闻,甚悲而乐之。"仲宣,王粲字仲宣,其《登楼赋》云:"凭轩槛以遥望兮,向北方而开襟。"二句写羁旅望乡心绪。

〔6〕 冬炎瘴,岳州地热,故冬天犹有湿热之气不散。

〔7〕 二句写土俗。《岳阳风土记》:"荆湖民俗,岁时会集,或祷祠,多击鼓,令男女踏歌,谓之歌场。"非祭鬼,祭不该祭祀之鬼,所谓淫祀。弹落,弓弹击落。鸮(xiāo),猫头鹰。

〔8〕 汩(gǔ)没,沉沦。时物,岁时景物。以上一段,写风疾及舟中所见。

〔9〕 樽中弩,即杯弓蛇影,言多疑畏之事。冠上簪,朝簪,指自己还挂个"工部员外郎"的头衔。

〔10〕 牵裾,史载辛毗谏魏文帝,帝起入内,毗随而引其裾。此喻作者曾因谏房琯罢相事而触犯唐肃宗。投阁,扬雄被收,投阁自杀。仇注:"子云(扬雄字)被收,本为刘歆子棻狱辞连及,今云为刘歆,借

用以趁韵耳。”

〔11〕狂走，指逃难。奚适，何处安身。谢，愧也。所钦，所钦敬的人。从下联“汝贵玉为琛”看，当指湖南亲友中的朝贵。

〔12〕藜不糁（shǎn），只用藜做羹，而无米粒。琛，宝。浦注：“吾自为吾，汝自为汝，苦乐各不相谋也。‘所钦’字、‘汝’字，泛指朝官。”

〔13〕乌几，乌皮几。因此小桌破旧，只好用绳子层层缚起而用之。鹑衣，《荀子》：“子夏贫，衣若县（悬）鹑。”鹑尾短秃，故以为形容。

〔14〕同庾信，庾信尝作《哀江南赋》。异陈琳，陈琳作檄可愈魏太祖头风。此谦言无陈琳之才。

〔15〕十暑，自乾元二年（759）入蜀，至大历三年（768）出峡，计十个年头，故称“十暑”。岷中，指蜀中，葛布宜夏，以应“十暑”。三霜，自大历三年至此时大历五年，凡三年，故称“三霜”。楚户，《史记·项羽本纪》：“楚虽三户，亡秦必楚。”砧，捣衣石，制冬衣必捣帛，以应“三霜”。

〔16〕反朴，《老子》：“还淳返朴。”言难于再回到那政治清明的时代。陆沉，《庄子》：“方且与世违，而心不屑与之俱，是陆沉者也。”注：“人中隐者，譬无水而沉也。”

〔17〕数粒食，极言其穷。张华《鹪鹩赋》：“巢林不过一枝，每食不过数粒。”四知：天知、地知、子知、我知。此言不受来路不正之财物。以上一段写自己的境遇。

〔18〕封归恨，犹埋归恨。杜甫意识到已不能还乡。源花，即桃花源，相传即在湖南。二句言北归无望，南下亦无立足之地。

〔19〕瘗（yì），埋葬。潘岳《西征赋》：“夭赤子于新安，坎路侧而瘗之。”杜在湖南有小女夭亡，故云“追潘岳”。觅邓林，即觅杖，有仰仗湖南亲友扶持之意。《山海经》：“夸父与日逐走，入日，渴欲得饮……弃其杖，化为邓林。”

〔20〕苏张舌，苏秦、张仪，战国时辩士。假，借重。两句谓多承湖南亲友奖誉己之才能。郭受《赠杜甫》诗云：“新诗海内流传遍。”韦迢赠诗亦云：“大名诗独步。”周宋镡（xín），《庄子·说剑》：“天子之剑，以

燕谿石城为锋,齐岱为锷,晋魏为脊,周宋为镡,韩魏为铗。"

〔21〕　浩汗,水大貌。嶔崟,山高貌。《杜诗镜铨》注:"二句即'泰山不让土壤,故能成其高;河海不择细流,故能就其深'意。"这是对湖南亲友的期盼语,希望家属能得到他们的容纳。

〔22〕　清旭,朝晖,浔,水边,此指湘江畔。

〔23〕　披颜,开颜。倩倩,笑貌。逸足,良马。駸駸(qīn),马行疾貌。二句是诗人设想诸湖南亲友都争着欢迎他们一家子。

〔24〕　朗鉴,明鉴,指湖南亲友。存,存问。愚直,自称。二句是说你们如果容得我这个愚直的老头子,为我照拂家小,则皇天有眼,会有善报的。以上一段写入湖南后的困境并寄望于湖南亲友。

〔25〕　公孙,公孙述,尝割据四川。侯景,梁的叛将。二句喻当时作乱的军阀。

〔26〕　北斗深,北斗指长安,言长安战祸深重。

〔27〕　千里井,赵次公引《苏氏演义》载《金陵记》云:"日南计吏,止于传舍间,及将就路,以马残草,泻于井中而去,谓无再过之期。不久,复由此,饮于此井,遂为昔时刬节刺喉而死。故后人戒之曰:'千里井,不刬泻。'或又云:'千里井,不堪唾。'"九州箴,扬雄曾作九州箴。箴是一种寓远见诚的文体。中国古分九州,此言问俗遍于各地。二句写作客他乡之小心谨慎。

〔28〕　尸解,道教称死为尸解。葛洪之死,世称其"尸解得仙"。许靖,三国时人,每有患急,先人后己。杜甫挈家逃难,因以自喻。因中途病笃,故称"力难任"。

〔29〕　丹砂诀,炼丹之方。涕作霖,犹泪如雨下。二句言求仙不成,家事无着。惟有涕泪如雨。此段言兵戈未息,一命垂危,乞亲友垂怜。一代诗史,身后萧条,令人扼腕!

【点评】

杜甫以此绝笔,结束了苦难的历程,然而留下了闻一多所说的"四千年文化中最庄严、最瑰丽、最永久的一道光彩"。

主要参考书目

九家集注杜诗　宋·郭知达编

集千家注分类杜工部诗　宋·徐居仁编次、黄鹤补注

杜臆　明·王嗣奭撰

钱注杜诗　清·钱谦益笺注［钱注］

唱经堂杜诗解　清·金圣叹撰

杜诗详注　清·仇兆鳌注［仇注］

杜诗说　清·黄生编

读杜心解　清·浦起龙撰［浦注］

杜诗镜铨　清·杨伦撰

杜甫研究　萧涤非（齐鲁书社　1980）

杜甫诗选注　萧涤非（人民文学出版社　1985）

杜甫评传　陈贻焮（上海古籍出版社　1982）

杜诗别解　邓绍基（中华书局　1987）

杜诗笺记　成善楷（巴蜀书社　1989）

杜诗檠诂　郑文（巴蜀书社　1992）

唐诗汇评　陈伯海主编（浙江教育出版社　1992）

杜诗赵次公先后解辑校　林继中辑校（上海古籍出版社　1994）

杜诗全集（今注本）　张志烈主编（天地出版社　1999）

725